Arne Dahl
Gier

PIPER

Zu diesem Buch

Es ist kaum zu verstehen, was der junge Chinese flüstert. Aus seinem Mund ergießt sich ein Schwall Blut. Aber dass seine letzten Worte von entscheidender Bedeutung sind, ist dem Beobachter von Europol instinktiv klar. Kurz darauf wird in einem Waldstück bei London eine schrecklich zugerichtete Leiche gefunden, eine junge Amerikanerin. Wer steckt hinter diesen beiden Morden? Die geheimen Ermittler von Europol sind ratlos. Nur eines wird immer klarer: Die Dimension dieser Verbrechen lässt selbst den Erfahrensten unter ihnen den Atem stocken. Und bald kosten die Ermittlungen auch einigen von ihnen das Leben.

Arne Dahl, geboren 1963, hat mit seinen Kriminalromanen um das Stockholmer A-Team eine der erfolgreichsten Serien weltweit geschaffen. Nach neun Bänden, zuletzt unter anderen »Totenmesse«, »Dunkelziffer« und »Opferzahl«, von denen sich allein in Deutschland über eine Million Exemplare verkauften und für die er international zahlreiche Auszeichnungen erhielt, wurden die ersten drei Bücher um das A-Team in Schweden erfolgreich verfilmt und vom ZDF ausgestrahlt. »Gier« ist der Beginn eines neuen Thrillerquartetts. Arne Dahl lebt mit seiner Frau in Stockholm und schreibt am dritten Fall für das Europol-Team.

Arne Dahl

GIER

Thriller

Aus dem Schwedischen von
Antje Rieck-Blankenburg

Piper München Zürich

Mehr über unsere Autoren und Bücher:
www.piper.de

Von Arne Dahl liegen bei Piper vor:
Misterioso
Böses Blut
Falsche Opfer
Tiefer Schmerz
Rosenrot
Ungeschoren
Totenmesse
Dunkelziffer
Opferzahl
Gier
Zorn
Bußestunde

FSC
www.fsc.org
MIX
Papier aus verantwortungsvollen Quellen
FSC® C083411

Ungekürzte Taschenbuchausgabe
1. Auflage Mai 2013
2. Auflage Juni 2013

Titel der schwedischen Originalausgabe:
»Viskleken«, Albert Bonniers Verlag, Stockholm 2011

Umschlaggestaltung: semper smile, München, nach einem Entwurf von Hafen Werbeagentur
Satz: Kösel, Krugzell
Gesetzt aus der Swift
Papier: Pamo Super von Arctic Paper Mochenwangen GmbH, Deutschland
Druck und Bindung: CPI – Clausen & Bosse, Leck
Printed in Germany ISBN 978-3-492-30310-1

1 – Einflüsterungen

Operation Glencoe

London, 2. April

Eigentlich kann es nicht noch kälter werden, denkt der Beobachter und zieht den Mantel eng um seinen Körper. Kälter als an den frostigen Tagen Anfang April kann es in London nicht werden.

Dieses Grau, denkt er und blickt die Themse hinunter in Richtung des Betonklotzes. Er heißt ExCeL, Exhibition Centre London, und in ihm wird in ebendiesem Moment der London Summit eröffnet, auf dem die Staatsoberhäupter der zwanzig reichsten Länder der Welt über die verheerende Finanzkrise diskutieren werden. Es ist das Gipfeltreffen der G20-Staaten.

Dieses unendlich feuchtkalte Grau. Und zu allem Übel noch dieses Warten. »Operation Glencoe«. Bei diesem Wort spürt er deutlich, dass ihn noch eine völlig andere Kälte erfasste. Ein Luftstrom, der nicht von außen zu kommen scheint, sondern aus der Tiefe der Geschichte.

Ausgehend von diesem Wort, über das er so lange nachgegrübelt hat.

Glencoe.

So hieß ein kleines Dorf in den schottischen Highlands, das an einem eisigen Februarmorgen im Jahr 1692 Schauplatz eines grausamen Massakers wurde. Wilhelm I. von Oranien hatte nach dem Sieg über die Katholiken unter König Jakob beschlossen, ein Exempel gegen Unruhestifter zu statuieren. Und so ließ er hundertzwanzig Mann in dem nichts ahnenden kleinen Glencoe einquartieren. Die Dorfbevölkerung nahm die Soldaten gastfreundlich auf.

In den frühen Morgenstunden des 13. Februar wurden achtunddreißig Männer in ihren Betten abgeschlachtet. Sämtliche Häuser wurden niedergebrannt, und vierzig Frauen und Kinder erfroren in der eisigen Kälte des winterlichen Tals. Es wären noch bedeutend mehr gewesen, wenn sich nicht einige Soldaten geweigert hätten, dem Befehl nachzukommen.

Warum zum Teufel benennt man den Sicherheitseinsatz bei einem Gipfeltreffen, das zum Ziel hat, die angeschlagene kapitalistische Wirtschaft zu retten, nach einem dreihundert Jahre zurückliegenden, außerordentlich heimtückischen Massaker in den Ausläufern der schottischen Highlands?

Der Beobachter von Europol, der europäischen Polizeibehörde, spürt, wie ihm der eisige Februarwind von damals durch Mark und Bein fährt. Es ist der Wind der Vorzeichen, der Wind des Vertrauensbruchs, der Wind des Verrats. Der Wind hinterlässt seine Spuren in ihm. Doch nun nimmt er seine Arbeit als Beobachter wieder auf. Vor ihm liegen die unendlichen Bürokomplexe der London Docklands. Von dem schottischen Tal ist nur der Name in Erinnerung geblieben.

Glencoe.

Und der Codename von Scotland Yard für den groß angelegten Polizeieinsatz in London während dieser Tage Anfang April lautet »Operation Glencoe«.

Der Beobachter von Europol agiert während dieser Tage allerdings nicht als Ermittler. Er soll nur wachsam sein.

Mir ist es in der Tat gelungen, die Gegenwart ziemlich intensiv in Augenschein zu nehmen, denkt er und zieht den Mantel noch etwas enger um seinen Körper. Vor allem aber hat er das gegenwärtige Geschehen rund um den Sicherheitsgipfel im Internet verfolgt. Vielleicht ist das Internet inzwischen ja die Gegenwart, überlegt der Beobachter. Mangels aktiverer Betätigungsfelder hat er die Protesteinträge gegen das Treffen und die überwältigende Zahl von Demonstrationsaufrufen durchforstet, die Aktivisten verschiedenster Gruppierungen, von Umweltorganisationen bis hin zu mehr oder weniger kampfbereiten antikapitalistischen Fraktionen, ins Netz gestellt hatten. Eine für ihn interessante Neuigkeit bestand in der Entdeckung, dass die Koordination der Aktionen über Twitter stattfinden sollte. Das bedeutete beispielsweise, dass man in der Lage war, choreografisch genau abgestimmte Protestzüge zu veranstalten wie den der sozialistischen Organisation »G-20 Meltdown« am »Financial Fool's Day«. Am 1. April.

Das war gestern. Er ist dort gewesen, direkt gegenüber des gigantischen Palastes der Bank of England in der Threadneedle Street. Sie kamen aus vier verschiedenen Richtungen, vier wurmähnliche Züge in unterschiedlichen Farben, die sich durch die Stadt wanden, angeführt von vier mit Stoffkleidern ausstaffierten Holzpuppen, die vier Reiter der Apokalypse aus dem Buch der Offenbarung. Während sich die Reiter mit ihrem Gefolge näherten – das rote Kriegsross von oben aus der Moorgate, das grüne Ross des Klimawandels von der Liverpool Street Station, das silberne gegen finanzielle Verbrechen protestierend von der London Bridge her und das schwarze Pferd gegen geschlossene EU-Grenzen von der Cannon Street kommend –, konnte der Beobachter nicht umhin, an das geschlachtete Lamm aus dem Buch der Offenbarung zu denken, das ein Siegel nach dem anderen auf der heiligen Buchrolle bricht. Die ersten vier Siegel schicken die vier Reiter der Apokalypse los. Das fünfte offenbart die umherirrenden Seelen der Menschen, die für die Wahrheit ihr Leben ließen. Das sechste löst ein gewaltiges Erdbeben aus, »und die Sonne wurde schwarz wie ein Trauergewand, und der ganze Mond wurde wie Blut«. Und als sowohl das Lamm als auch der Beobachter das siebente Siegel erreichten, durch dessen Bruch die Apokalypse in ihre Schlussphase eintritt, waren alle vier Demonstrationszüge vor der Bank of England versammelt.

Aus diesem Grund waren sie schließlich hier. Denn die Finanzmärkte schienen gerade das siebte Siegel aufgebrochen zu haben. Aus purer Profitgier.

Der Beobachter ist ein verhältnismäßig erfahrener Polizist. Er meint, seine Pappenheimer zu kennen, zu wissen, wie sie denken und handeln. Und er ist der Meinung, dass die Entwicklung, die in den vergangenen Jahren vonstattengegangen ist, bei der die Finanzblase endlos aufgebläht wurde und schließlich explodierte, in auffällig hohem Maß an das Vorgehen eines Verbrechers erinnert. Gewinnmaximierung ohne jegliche Gedanken an die Konsequenzen. Aber wer ist eigentlich der Verbrecher? Und worin genau besteht dieses große und eigentümliche Verbrechen, in dessen Mitte wir unser Leben weiterleben?

Die vier Züge waren zu einem einzigen geworden und skandierten: »Build a bonfire, put the bankers on top.« Sie forderten die verschreckten Banker, die durch die Fenster der Zentralbank des Vereinigten Königreichs hinausschauten, lautstark auf, zu springen. Eine Stunde später waren die Demonstranten eingekesselt. Es dauerte sieben Stunden, dem Kessel wieder zu entschlüpfen. Der Beobachter benötigte immerhin fast eine Viertelstunde, um einem vor Adrenalin strotzenden Polizisten das Wort »Europol« begreiflich zu machen, bevor der ihn aus dem engen Kessel entweichen ließ. Danach pfiff er auf London, machte sich auf den Rückweg in sein mikroskopisch kleines Hotelzimmer und surfte weiter im Internet.

Während des »Financial Fool's Day« fand eine Reihe weiterer Demonstrationen statt. Dreitausend Menschen waren unterwegs zum »Clima Camp in the City« in der Bishopsgate, und Hunderte Mitglieder der »Stop the War Coalition« marschierten von der amerikanischen Botschaft zum Trafalgar Square, wo sie sich mit anderen Demonstrationszügen vereinten. Insgesamt wurden viele Tausend Aktivisten eingekesselt.

Gegen Abend, als sein Magen ernsthaft zu knurren begann, kam dann auch die Meldung, dass ein Mann gestorben sei, ein unschuldiger Fußgänger wurde von der Polizei so stark misshandelt, dass er kurz darauf starb.

Je mehr er von dem Ganzen sah, desto erleichterter war er, lediglich Beobachter zu sein. Und in dem Moment, als ihn die Proteste seines Magens regelrecht dazu zwangen, sein Hotelzimmer zu verlassen, entdeckte er das Gerücht. In einer Twitter-Meldung, die wohl der Organisation »Stop the War Coalition« zuzuschreiben war, wurde jedenfalls behauptet, dass es sich um ein Gerücht handelte. Der Verfasser meinte, den Ort lokalisieren zu können, an dem ein gewisser »BO« aus seiner Limousine steigen und sich den Leuten stellen würde. Es wurde behauptet, die Information käme aus dem innersten Kreis.

Der Beobachter suchte fieberhaft weiter, um eine Bestätigung des Gerüchts zu erhalten oder es zumindest auf einer anderen Seite noch einmal zu entdecken. Doch es gelang ihm nicht. Es war nur ein einziges Mal herausgetwittert worden.

Dennoch steht er heute an der besagten Stelle, nicht weit von der Umzäunung entfernt, die den gesamten hässlichen Betonklotz an der Themse umgibt. Zahllose Demonstranten sind vor Ort, umringen ihn von allen Seiten. Er steht an der Straße, die, mit soliden Absperrungen gesichert, direkt zum ExCeL führt, dem Exhibition Centre. Mehrere Limousinen mit den Staatsoberhäuptern der zwanzig reichsten Nationen der Welt sind bereits vorbeigefahren. Obendrein werden handverlesene Gäste erwartet.

Sein Blick schweift zwischen der Straße und der Menschenmenge hin und her. Er beobachtet.

Die Mächtigen der Welt versammeln sich in dem hässlichen Betonklotz und werden versuchen, ein System zu bandagieren, das sich erneut selbst in den Fuß geschossen hat und wie ein fahrlässiges, psychopathisch veranlagtes Kind verbunden werden muss – ein System, von dem behauptet wird, dass es absolut notwendig für den Fortbestand der Menschheit sei. Aber dieses Mal ist nicht nur der Fuß verletzt, ein normaler staatlicher oder supranationaler Druckverband reicht nicht aus. Diesmal hat der Schuss obendrein das Bein getroffen, und ob die große Oberschenkelarterie unversehrt geblieben ist, ist noch unklar.

Eigentlich müssten die da drinnen die Existenzberechtigung dieses Wirtschaftssystems diskutieren. Aber sie diskutieren lediglich, wie viele Billionen aus Hilfs-, Ausbildungs-, Pflege-, Kultur- und Umweltfonds überführt und geradewegs in eine Bankenwelt gepumpt werden können, die auf diese Weise dafür belohnt wird, dass sie schlimmsten Raubbau betrieben hat. Nicht einmal die Bonifikationen der Chefs werden eingefroren.

Der Beobachter spürt, dass er für einen kurzen Moment seinen klaren neutralen Blick verliert. Wir leben wahrhaftig in einer merkwürdigen Zeit, denkt er jetzt. Genau in dem Augenblick, in dem die Weltwirtschaft kollabiert, kommt im größten Wirtschaftsimperium ein Politiker an die Macht, der das, was er sieht, keineswegs gutheißt. Der tatsächlich zu Veränderungen bereit zu sein scheint. Dem es gelingen könnte, eine Art Ideal mit dem Inferno der Realpolitik zu vereinen. Der dem Rest der Welt eine, wenn auch paradoxe, Hoffnung vermittelt.

Aber ist er wirklich der richtige Mann, um die Apokalypse zu verhindern? Ist er nicht nur eine Galionsfigur? Ein letztes machtloses Symbol unserer Träume. Wirkt er als mächtigster Mann der Welt nicht erstaunlich machtlos?

Der Beobachter steht auf der Straßenseite, wo sich die Menschenmenge nicht ganz so dicht drängt, ziemlich nahe am Straßenrand. Verschiedene Instanzen der »Operation Glencoe«, kurz gesagt viele Bullen, säumen die Straße, während eine weitere Limousine vorbeirauscht. Die türkische Flagge weht im Aprilwind. Premierminister Recep Tayyip Erdoğan. Der Beobachter mustert die Menschenmenge, während der Wagen passiert. Er nimmt wahr, wie sich der kollektive Zorn für einen Augenblick verstärkt. Wie Fäuste in die Luft gereckt werden, die aufgebrachten Rufe einen anderen, verzweifelteren Klang annehmen. Erdoğan hält nicht an. Bislang hat keiner angehalten.

Als die Limousine das ExCeL Exhibition Centre erreicht, sieht der Beobachter einen Schatten hinaus- und auf die geöffneten Wagentüren zutreten. Allem Anschein nach handelt es sich um Premierminister Gordon Brown. Der Gastgeber des G20-Treffens. Gestern Abend hat er zu einem Dinner in Downing Street Number 10 geladen. Brown ist ein untadeliger Gastgeber. Und vielleicht sogar ein Mann, dem es mit diesem Treffen ernst ist.

Eine weitere Limousine fährt vorbei. Diesmal weht die französische Flagge im Wind. Auch Präsident Nicolas Sarkozy hält nicht an, um die Menschen zu grüßen, deren Aggressivität erneut explodiert und in deren Gesichtern sich derartige Verzweiflung widerspiegelt.

Würde *er* es dennoch tun? Würde »BO« wirklich so dumm sein?

Wäre das tatsächlich Barack Obamas Stil?

Der Schwitzende steht unten an der Themse. Er schaut in das braune Wasser hinab und ahnt, dass er der Einzige in ganz London ist, der sich nach einem erfrischenden Bad sehnt. Er sieht einen ganz anderen Fluss vor sich, wunderbar kühl und erquickend. Damals war er das noch. Er sieht seine Freundin vor sich. Sie steigen gemeinsam hinunter in den Fluss, nackt. Das waren andere Zeiten.

Er nimmt sein Handy aus der Hosentasche. Betrachtet es. Das letzte Lebenszeichen. Dann lässt er es aus der Hand gleiten. Es versinkt rasch im braunen Wasser.

Ein letzter Augenblick des Innehaltens, denkt er und macht sich auf den Weg.

Er schiebt sich durch die Menschenmenge. Er weiß, dass es seine letzte und einzige Chance ist. Er wird ihn nur hier erreichen können. Nur hier.

Er ist immer noch weit von der Straße entfernt, steht tief im Inneren der Menge. Sie wogt. In ihr wogt der Wille nach Veränderung. Der Wille, die Welt mit klaren Augen zu sehen. Zu sehen, was tatsächlich mit ihr geschieht.

Es ist so eng, dass ihm heiß wird. Dabei ist es erst Anfang April, die Leute haben sich ordentlich eingepackt. Dennoch scheint keiner von ihnen zu schwitzen. Keiner außer ihm.

Der Schwitzende ist nicht gerade groß gewachsen, er kann kaum erkennen, was sich auf der Straße abspielt. Also muss er unbedingt noch näher heran. Er hastet vorwärts, aber die Menschenmenge scheint ihn zurückzudrängen, ihn geradezu zu erdrücken. Er spürt spitze Ellenbogen, den einen oder anderen Tritt, hört Beschimpfungen, die er nicht versteht. Aber er muss nach vorn. Er muss ganz nach vorn.

Schließlich steht er so zentral, dass er eine weitere Limousine vorbeifahren sehen kann – vorher hat er sie lediglich gehört. Sie fährt weiter, ohne anzuhalten. Ohne auch nur einen

Gedanken daran zu verschwenden, stehen zu bleiben. Er erkennt die Flagge wieder. Es ist ein groteskes Paradox. Die rot-gelbe Flagge. Im Wagen sitzt Hu Jintao, der Präsident. Aber jetzt kann er ihn nicht mehr sehen. Die Limousine hat die Absperrungen bereits passiert und befindet sich auf dem Weg hinunter zum ExCeL.

Der Schwitzende bebt innerlich. Er schiebt sich weiter voran. Er stößt mit einer Frau zusammen, die ebenso energisch vorwärtsstrebt wie er. Ihre Blicke begegnen sich für einen kurzen Moment. Hätte er es nicht eilig, würde er kurz innehalten. Irgendetwas an dem Blick der Frau kommt ihm bekannt vor. Er hat etwas Absolutes. Etwas Endgültiges. Es ist, als schaue er genau in dem Moment in die Augen eines Menschen, als der sein Leben aushaucht. Maximale Lebensenergie, gefolgt von der Ewigkeit des Todes, vereint in ein und demselben Blick.

Aber er hat keine Zeit. Sie auch nicht. Sie arbeitet sich weiter durch die Menge hindurch. Er ebenfalls, in seine Richtung. Der Schweiß brennt ihm inzwischen nicht mehr in den Augen, blendet ihn nicht mehr. Er ist jetzt fast an der Straße angekommen. Nur noch drei Reihen, aber das sind die standhaftesten, die mit den fanatischsten Aktivisten.

Weit in der Ferne sieht er, wie sich wieder eine Limousine nähert. Mit ungeahnter Deutlichkeit, als halte ihm jemand ein Fernglas vor die Augen, kann er die amerikanische Flagge ausmachen, die über dem Kotflügel des Wagens weht.

Sie spürt keinerlei Unbehagen mehr. Vermutlich hat sie es die ganze Zeit über nicht gespürt. Die Empfindungen, die sie hatte, als sie das Röhrchen einführte, entsprachen eher dem Gefühl, sich des Lebens zu erinnern, als einem realen Unbehagen.

Das Wichtigste war, dass sie ungehindert vorankam, und das kam sie, den ganzen Weg durch die Menschenmenge hindurch, bis sie geradewegs mit dem Chinesen zusammenstieß.

Chinese?, denkt sie und lächelt bitter. Vorurteile. Durch und durch.

Sie erinnert sich an seinen Blick. Wie es war, genau in dem

Moment geradewegs in die Augen eines Menschen zu schauen, als der sein Leben aushaucht. Für den Bruchteil einer Sekunde fragt sie sich, was er hier wohl macht. Dann fokussiert sie den Blick wieder nach vorn. Schärft ihre Aufmerksamkeit aufs Äußerste. Wie sie es schon seit Langem tut. Blendet alles um sich herum aus. Alles, was ihr bisheriges Leben ausgemacht hat.

Inzwischen ist sie fast an der Straße angekommen. Sie hört den Wagen, noch bevor sie ihn erblickt. Ein diffuses Gefühl vermittelt ihr den Eindruck, dass sich dieses Motorengeräusch anders anhört. Lange bevor sie in der Ferne die amerikanische Flagge auf der Motorhaube der Limousine erkennt, weiß sie, dass er es ist.

Ihre einzige Chance.

Sie arbeitet sich bis zur Absperrung vor. Die skandierenden Aktivisten lassen sie jedoch nicht durch, sie brennen geradezu für etwas, das sie selbst noch nie empfunden hat. Wie ist sie eigentlich hier gelandet? Sie ist wahrhaftig keine von ihnen. Sie war noch nie Feuer und Flamme für irgendeine Sache und ist es nicht einmal jetzt. Aber ihre Entschlossenheit ist stärker als die der anderen. Sie wird es irgendwie schaffen, an ihnen vorbeizukommen. Sie scheinen zu merken, dass sie anders ist. Dass es für sie um so viel mehr geht.

Sie hängt genau in dem Moment mit dem Oberkörper über der Absperrung, als die Limousine in ungefähr fünfzig Meter Entfernung sichtbar wird. Ihr Winken kommt ihr so pathetisch vor. Sie kann nur darauf hoffen, dass er erkennt, wie andersartig es ist.

Hoffen.

Als könnte ihre Hoffnung in diesem Fall irgendetwas ausrichten.

Die Limousine nähert sich Meter um Meter, so schnell, wie die letzten Sandkörner in einem Stundenglas herunterrinnen, und dennoch kommt es ihr ziemlich langsam vor. Alles geschieht extrem langsam. Wie in Zeitlupe.

Sie sieht ihre eigene verzweifelt winkende Hand sich bewegen wie in einem durchsichtigen Gelee oder als befände sie sich auf dem Mond. Umgeben von einer ätherischen, beschaulichen Langsamkeit. Ein Walzer im Universum.

Die Limousine nähert sich ruckartig. Wie die Filme auf YouTube, wenn sie noch nicht vollständig geladen sind. Langsam und in gewisser Weise Stück für Stück.

Und fährt vorbei.

Die Limousine fährt an ihrer von Gelee umschlossenen Hand vorbei.

Steht sie womöglich doch an der falschen Stelle?

Hat sie sich derart getäuscht?

Dann scheint es, als würde die Limousine einige Meter weiter doch noch stehen bleiben. Eine unerwartete Hoffnung erfüllt sie.

Hoffnung.

Sie hört die Bremsgeräusche ganz deutlich.

Aber sie kommen aus der falschen Richtung.

In dem Moment begreift sie es.

Sie lässt die Hand sinken, und die Welt wird zu einem Stillleben.

Der Schwitzende steht zwei Reihen von der Straße entfernt, als die Limousine vorbeifährt. Sie fährt tatsächlich vorbei, hält nicht an. Er zwängt sich zwischen die vorn stehenden laut brüllenden Aktivisten und schaut ihr nach. Sie muss jeden Moment anhalten.

Sie muss.

Doch bereits in dem Moment, als die Limousine vorbeifuhr, begriff er es. Ihm ist klar geworden, dass sie nicht anhalten würde. Jetzt passiert sie die Absperrungen und fährt weiter hinunter in Richtung des ExCeL Exhibition Centre.

Er schaut ihr hinterher und schwitzt.

Und lässt die Hoffnung fahren.

Doch plötzlich weigert er sich, aufzugeben. Gewiss, er hatte all seine Hoffnung in das gesetzt, was gerade nicht eintraf, aber er will dennoch nicht aufgeben. Irgendetwas in ihm schaltet um auf Plan B. Es gibt zwar keinen Plan B, aber er entwickelt einen. In diesem Moment entwickelt er ihn.

Er schaut sich um. Überall stehen sie, die Uniformierten und Kampfbereiten, aber sich an sie zu wenden wäre regelrecht dumm. Es sind keine Menschen, mit denen man reden kann. Er lässt seinen Blick hinüber zur anderen Straßenseite schweifen, wo weniger Leute stehen. Irgendetwas bewirkt, dass sein Blick an einer bestimmten Person hängen bleibt. Warum, weiß er nicht genau, aber er beschließt, mit dieser Person zu reden. Diesem Mann will er alles erzählen. Und der wird ihn verstehen.

Er ist etwas größer als die anderen und beugt sich gerade zu einem Bereitschaftspolizisten hinunter, der in seine Papiere schaut. Er sagt etwas zu ihm. Und der Schwitzende begreift, dass der Mann Polizist ist, allerdings eine andere Art Polizist. Einer, dem der uniformierte Polizeibeamte nicht uneingeschränkt vertraut. Mit ihm muss er reden.

Denn jetzt muss er es loswerden. Unbedingt. Jetzt muss es die Menschheit erfahren.

Er heftet seinen Blick auf den groß gewachsenen Polizisten mit dem hellweißen Haar, schiebt sich unter der Absperrung hindurch und rennt quer über die Straße.

Der Weißhaarige schaut auf, und ihre Blicke begegnen sich.

»Mister Sadestatt?«, fragt der übereifrige Polizeibeamte der »Operation Glencoe« skeptisch und betrachtet den Ausweis durch seine Schutzmaske hindurch. Es gelingt ihm mit seinen dicken Handschuhen kaum, die Ausweispapiere festzuhalten.

»Actually«, entgegnet der Beobachter mit so liebenswürdiger Stimme wie möglich, »I am Chief Inspector Arto Söderstedt. From Europol in Den Haag. I'm here as an observer.«

Der Bereitschaftspolizist schüttelt den Kopf und mustert die eigentümlichen Ausweispapiere, die offenbar wichtiger sind als die Observierung der Demonstranten und die Bewachung der Route des Präsidenten der USA. Mit einer inneren Gereiztheit sieht Arto Söderstedt gerade noch die Limousine von Barack Obama hinter den Absperrungen verschwinden und in Richtung der grotesken Konferenzanlage hinunterfahren. Er verspürt eine gewisse Enttäuschung, weil die Twitter-Meldung ein

Fake war. An dem Gerücht war nichts dran, vielleicht existierte es noch nicht einmal, vielleicht handelte es sich auch nur um einen dummen Witz. Doch er empfindet nicht nur Enttäuschung, sondern auch Erleichterung. Erleichterung darüber, dass der amerikanische Präsident nicht so dumm ist. Andernfalls hätte er ihn auch nicht für zukunftstauglich gehalten.

Sein Beobachterblick bleibt an einem anderen Punkt hängen. Er sieht, wie sich ein asiatisch aussehender Mann auf der gegenüberliegenden Straßenseite unter der Absperrung hindurchschiebt und losrennt.

Auf ihn zu.

Er hat seinen Blick fest auf Arto Söderstedts Augen gerichtet. Zweifellos ist er auf dem Weg zu ihm. Beinahe hat er ihn erreicht, ist nur noch ein paar Meter entfernt, als der Beobachter plötzlich begreift, dass er kein anonymer Beobachter mehr ist. Ein unerwarteter Schrecken erfasst ihn, ein kurzer Augenblick des Entsetzens, den er später ein ums andere Mal analysieren wird, eine Furcht vor dem Fremden, vor Selbstmordattentätern, vor Asiaten, eine Furcht, die seiner Person nicht angemessen ist.

Aber das Gefühl hält nur einen sehr flüchtigen Moment an.

Dann hört er ein Geräusch. Ein Motorengeräusch. Doch die nachfolgenden Ereignisse sind für ihn alle tonlos. Als das grafitgraue Auto dem Chinesen die Beine bricht, dringt kein Geräusch in sein Bewusstsein. Auch der nachfolgende fast senkrechte Flug durch die Luft ist lautlos. Nicht einmal, als der Körper hart, knochenhart auf dem Asphalt aufschlägt, hört Arto Söderstedt einen einzigen Laut.

Dann kommen alle Geräusche auf einmal. Als wären sie komprimiert worden und würden nun in einem einzigen Augenblick alle gleichzeitig herausgepresst werden. Das Quietschen der Bremsen, der Knall der Kollision, der Aufprall des Körpers auf dem Asphalt, die entsetzten Schreie der Aktivisten und sogar die unkontrollierten Ausrufe des Fahrers hinter der Scheibe des grafitgrauen Wagens. Söderstedt identifiziert den Wagen als Zivilstreife, während er dem Bereitschaftspolizisten seine

Papiere aus der Hand reißt und unerwartet geschmeidig im Schersprung die Absperrung überwindet. Er geht neben dem stark blutenden Chinesen in die Hocke, traut sich jedoch nicht, ihn zu berühren. Der Mann lebt. Er sieht Arto Söderstedt wieder geradewegs in die Augen. Als wäre der ein Auserwählter.

Söderstedt hebt den Blick und lässt ihn über die Szenerie schweifen. Zu seiner Linken sieht er, wie zwei Männer in feinen Anzügen zögerlich aus dem grafitgrauen Wagen steigen. Rechts von ihm hat auf der anderen Straßenseite in einiger Entfernung ein weiteres Auto angehalten, um das herum ein gewisser Tumult entstanden ist.

Aber vor allem blickt er auf die Menschenmenge, die Friedenseiferer von »Stop the War Coalition«, er sieht den Schrecken in ihren Augen, und ihm wird klar, wie ähnlich sie einander alle sind, wie ähnlich sie reagieren. Die Polizisten der »Operation Glencoe« wie die Demonstranten. Ihre Blicke. Diese stummen geöffneten Münder hinter vorgehaltenen Händen. Er hat keine Ahnung, warum ihm das ausgerechnet jetzt durch den Kopf geht.

Er beugt sich hinunter zu dem verletzten Mann und sieht in seinem Blick, dass er kurz davor ist zu sterben. Zitternd schaut er einem Menschen genau in dem Moment in die Augen, als der sein Leben aushaucht. Der Mann hält sich gerade noch, mit einem letzten Quäntchen Willenskraft, am Leben. Und der Wille erscheint Arto Söderstedt plötzlich so zielgerichtet.

Er beugt sich über das Gesicht des Sterbenden. Es ist, als sei dessen ganzer Körper zerbrochen. Wie ein heißer Geysir speien die röchelnden Atemzüge des Mannes Blut in Söderstedts Ohr. Dennoch weicht er nicht zurück. Dieser Mann will ihm etwas mitteilen. Jetzt noch.

Söderstedt zittert und lauscht. Er schlottert immer stärker und hört, wie eine Anzahl merkwürdiger Silben mit dem Blut hervorsprudeln. Es ist so offensichtlich, dass der Mann etwas sagen will, dass sich hinter den fremden Silben ein gewisser Sinn verbirgt. Söderstedt schaut dem Mann in die Augen, als der stirbt. Er sieht, dass der Chinese in der Gewissheit stirbt, der Auserwählte habe seine Worte gehört.

Arto Söderstedts Kinn sinkt auf seine bebende Brust. Er spürt, wie ihm das Blut eines Fremden sachte aus dem Ohr tropft. Als er die Augen schließt, merkt er, wie entsetzlich kalt es ist. Gewiss, der April ist der heftigste Monat, aber nicht deswegen geht ihm ein Schauder durch Mark und Bein.

Er spürt einen eisigen Februarwind, einen harschen Wind des Verrats, der von dem verlassenen Tal herunterbläst.

Die Putzfrau

Nacka, Stockholm, 2. April

Wie die Putzfrau einige Stunden später selbst zugeben würde, wusste sie, dass sie spätestens um neunzehn Uhr das Haus hätte verlassen haben müssen. Aber sie wusste nicht, aus welchem Grund. Es hatte irgendetwas mit dem Alarm zu tun. Mit der Alarmanlage des Hauses. Sie brauchte an nichts weiter zu denken, so hatte man ihr eingeschärft, an nichts, außer an die Alarmanlage und daran, dass sie die Haustür um spätestens 19:00 Uhr von außen zuschloss. Bis dahin sollte sie alles geputzt haben.

Der ersten Vernehmungsleiterin gegenüber sagte sie aus, sie putze die Villa einmal die Woche, immer donnerstags, und es gäbe dort keine Besonderheiten. Es war eine Villa unter vielen. Die Putzfrau war bisher keinem der Familienmitglieder begegnet, nur als sie sich vorstellte, hatte die Frau des Hauses ihr ausführlich erklärt, was alles zu tun sei. Seither waren donnerstags alle außer Haus. An diesem Tag traf sie ohnehin keinen an, denn die Eheleute waren über das verlängerte Wochenende nach Paris geflogen, und ihr Sohn wollte bei einem Freund übernachten.

Möglicherweise spielte dieses Wissen eine gewisse Rolle bei den nachfolgenden Ereignissen. Denn sie war etwas entspannter, während sie putzte. Summte ein altes Volkslied aus ihrem Heimatdorf Bengbu vor sich hin, aber ohne Erinnerungen aufkommen lassen zu wollen.

Doch was sie dazu verleitete, sich auf das Sofa im Wohnzimmer zu legen, und weshalb sie obendrein auch noch einschlief, blieb ein Rätsel. Dergleichen hatte sie noch nie zuvor getan. Sie erledigte ihre Putzaufträge immer einwandfrei. Denn sie hatte große Angst, etwas falsch zu machen.

Wie alle anderen auch.

Und dennoch passierte es.

Sie hatte fertig geputzt, das alte Volkslied hallte noch in ihr nach, sie war zufrieden mit ihrer Arbeit – und fühlte sich in einer Art und Weise frei, die sie seit ihrer Kindheit nicht mehr erlebt hatte. Sie setzte sich aufs Sofa und fand sich bald in einer halb liegenden Position wieder, sank tiefer und tiefer in die Polster, die die angenehmsten waren, auf denen sie je gelegen hatte. Das Sofa wiegte sie in den Schlaf.

Eigenartig aber war, dass sie zwei Minuten vor 19:00 Uhr erwachte. Es dämmerte bereits, und sie brauchte eine ganze Weile, bis sie begriff, wo sie war. In dem Moment sprang die Uhr des luxuriösen DVD-Players auf 18:59 Uhr um. Und erst da fiel es ihr ein.

Sie sprang förmlich vom Sofa auf, raffte ihre wenigen Habseligkeiten zusammen und rannte in Richtung Haustür. Sie sah die Tür am Ende des unendlich langen Korridors und die kleine Box an der Wand daneben, das Gerät, das sie unter keinen Umständen berühren durfte.

Sie war schon lange nicht mehr gerannt, und sie war zu langsam.

Zwei Meter von der Haustür entfernt hörte sie, wie es in dem Gerät an der Wand klickte und das Kästchen einen dumpfen Summton von sich gab, bevor ein kleines blaues Lämpchen an seiner Unterkante aufleuchtete und zu blinken begann.

Sie stürzte auf die Tür zu, hielt jedoch inne, als ihre Hand bereits wenige Zentimeter über dem Türgriff war. Wie verhext starrte sie auf das Gerät mit dem blinkenden Lämpchen. Es war mit einer kleinen Uhr ausgestattet, auf der eine Zeitangabe zu lesen war. 06:30.

Das muss die Alarmanlage sein, dachte sie, obwohl es ihr schwerfiel, klar zu denken. Die Alarmanlage war aktiviert. Wenn sie den Türgriff jetzt herunterdrückte, dachte sie weiter und zog sachte ihre Hand zurück, würde der Alarm ausgelöst werden. Die Anlage würde anfangen zu piepen und zu lärmen, die Nachbarn würden angerannt kommen, bewaffnete Securityleute würden auftauchen, und sie würde nicht nur ihren Job verlieren, sondern außerdem im Gefängnis landen, die Polizei würde sie vernehmen, und ihr gesamtes Leben würde in die Brüche gehen.

Sie atmete aus. Und zog die Hand endgültig zurück. Zwang sich, nachzudenken. Vermutlich bedeuteten die Zahlen 06:30 auf dem Display, dass der Alarm morgens um halb sieben deaktiviert wurde.

Wenn es ihr gelänge, nicht in einem Anflug von Panik den Türgriff herunterzudrücken und die Tür aufzureißen, blieben ihr zwei Möglichkeiten. Sie könnte entweder ihre Arbeitgeber in Paris anrufen, sie bei ihrem romantischen Wochenendausflug behelligen und damit hinnehmen, dass sie ihren Job verlieren würde, nachdem man sie gehörig ausgeschimpft hätte. Aber immerhin würde sie aus der Villa kommen. Doch sie könnte auch etwas anderes tun.

Die Eheleute waren weit weg, mit ihnen müsste sie nicht rechnen. Der Sohn allerdings war ein Unsicherheitsfaktor. Aber danach zu urteilen, wie sein Zimmer allwöchentlich aussah – es sauber zu machen nahm jedes Mal mehr als die Hälfte der Zeit in Anspruch –, würde er wohl kaum vor morgen früh um halb sieben hereingestürzt kommen. Es bestand höchstens das Risiko, dass er heute Abend zu Hause auftauchen würde, weil er irgendwelche Utensilien für die Übernachtung bei seinem Freund vergessen hatte, oder dass er eine Party plante, weil er sturmfrei hatte. Aber die würde er sicher auf den morgigen Freitag legen. Und dann wäre sie längst weg.

Nein, das wahre Risiko waren die Nachbarn. Sie könnten sie morgen früh sehen und die Polizei rufen. Aber sie kannte die Nachbarn, jedenfalls einige, da sie auch bei ihnen putzte. Außerdem besaß sie die Fähigkeit, sich unsichtbar zu machen.

Sie blieb neben der beängstigend blinkenden Alarmanlage stehen und versuchte, so rational zu denken, wie sie es lange nicht mehr getan hatte. Es stand schließlich viel auf dem Spiel. Sie war nicht legal in diesem Land.

Allmählich nahm der Entschluss, im Haus zu bleiben, Form an. Sie würde ganz einfach über Nacht bleiben. Keiner würde etwas davon erfahren. Sie würde ihren Job retten. Außerdem war es nicht gerade so, dass zu Hause irgendjemand auf sie wartete. Und nach ihrem Zuhause sehnte sie sich nun wirklich nicht. Denn es war kein richtiges Heim. Eine heruntergekommene Einzimmerwohnung mit Küchenecke im fünften Stock in Vällingby, die sie sich mit drei anderen illegalen Putzfrauen teilte, die nicht unbedingt das Verlangen verspürten, ihre eigene Bude zu putzen, wenn sie nach einem vierzehnstündigen Arbeitstag nach Hause kamen.

Ja, dachte sie, warum sollte sie nicht für eine Nacht bleiben und ein wenig Luxus genießen? Aus der Not eine Tugend machen? Natürlich durfte sie kein Licht machen. Oder sie musste sich in den Räumen ohne Fenster aufhalten oder in den Räumen mit diesen lichtundurchlässigen Jalousien, die sie so ungern abstaubte.

Die Villa war so groß, dass es in der Tat ein vollständig eingerichtetes Zimmer ohne Fenster im Erdgeschoss gab. Es war das Arbeitszimmer des Mannes und in der Regel leicht zu putzen. Der Hausherr hatte offenbar einen Sinn für Ordnung.

Aber sie hatte nicht vor, ins Arbeitszimmer zu gehen. Nein, völlig unerwartet begann sie mutig zu werden. Sie wollte ins Schlafzimmer der Eheleute hinaufgehen, jenes Zimmer mit den am dichtesten abschließenden Jalousien, dem großen Flachbildschirmfernseher an der Wand und den vielen DVDs. Außerdem wollte sie etwas essen. Sie wusste, was sich im Kühlschrank und in den Küchenschränken befand. Die zahlreichen Köstlichkeiten würden wahrscheinlich schlecht werden, wenn sich ihrer keiner erbarmte.

Sie schlich in die Küche. Es war immer noch hell genug, um auch ohne Beleuchtung etwas sehen zu können, und das Licht im Kühlschrank brauchte sie wohl nicht zu fürchten. Außerdem konnte sie ja den kleinen Knopf herunterdrücken, damit das Licht nicht anging.

Sie kannte den Kühlschrank in- und auswendig, denn eine ihrer wichtigsten Aufgaben bestand darin, ihn zu putzen. Ihre Arbeitgeberin hatte nämlich keine besonders ausgeprägten hausfraulichen Qualitäten. Nach außen wollte sie einen perfekten Eindruck machen, aber einer versierten Putzfrau reichte ein kurzer Blick hinter die Fassade aus, um ein ganz anderes Bild zu erhalten. Die Frau des Hauses war eine richtige Schlampe.

Jeden Donnerstag musste sie den Kühlschrank vollständig ausräumen und säubern, und am darauffolgenden Donnerstag sah er dennoch wieder so aus, als hätte dort ein Meteorit eingeschlagen.

Dennoch gab es dort auch eine Reihe hochwertiger Lebensmittel, die bereits fertig zubereitet waren. Sie hatte sich zwar nie ganz an die fremdartige schwedische Kost gewöhnt, warum auch immer, aber es gab genügend anderes. Schmackhafte Käsesorten, leckeres Brot, sogar einige ausgesuchte asiatische Delikatessen – und Wein. Aber ganz so weit wollte sie es dann doch nicht treiben. Keinen Wein.

Sie deckte ein kleines Tablett mit verschiedenen Leckereien und nutzte die letzten Spuren des Tageslichts an diesem Aprilabend, um die Treppe hinaufzusteigen. Als sie das Schlafzimmer betreten hatte, warf sie vorsichtig einen Blick aus dem Fenster. Niemand, keine Nachbarn, die in ihre Richtung schauten. Vorsichtig zog sie die Jalousien herunter und vergewisserte sich, dass sie das Fenster bis über den Rahmen hinaus abdeckten. Nun konnte kein Lichtstrahl nach draußen dringen.

Sie stellte das Tablett auf einen leeren Nachttisch, ging zum Fernseher, nahm die Fernbedienung in die Hand und begann zu zappen. Doch sie verlor schnell die Lust. Lieber wollte sie einen richtigen Film sehen.

Sie fand die DVD unmittelbar. Ang Lee. Wunderbar. Der Regisseur, der ihre Gedanken lesen konnte. Wo Traum und Wirklichkeit ein und dasselbe waren. *Wo hu cang long*. Oder: *Crouching Tiger, Hidden Dragon*.

Die folgenden zwei Stunden vergingen wie im Flug. Als der Abspann des Films lief, stellte sie fest, dass das Tablett leer war. Außerdem musste sie auf die Toilette.

Die Uhr auf dem DVD-Player zeigte kurz nach halb zehn an. Vielleicht sollte sie sich noch etwas zu essen holen? Und möglicherweise einen weiteren Ang-Lee-Film ansehen. In der DVD-Sammlung gab es mehrere.

Sie griff sich das Tablett und ging vorsichtig die Treppe hinunter. Inzwischen war es im Haus stockdunkel. Aber sie tastete sich langsam und bedächtig voran. Als sie am Arbeitszimmer des Mannes vorbeikam, registrierte sie darin einen Lichtschein. Vor Schreck ließ sie das Tablett fallen. Scheppernd krachte es auf den Boden. Der Nachhall schien unendlich. Ihr Herz pochte heftig.

Ist der Sohn etwa nach Hause gekommen? Sitzt er dort drinnen und surft heimlich auf dem Computer seines Vaters?

Sie schlich bis zur Tür. Ihr Herz schlug wie verrückt in ihrer Brust. Dann warf sie einen Blick in den Raum. Jetzt hatte sie nichts mehr zu verlieren.

Doch da war niemand.

Sie wagte sich weiter in das Arbeitszimmer hinein. Schließlich konnte sie den gesamten Raum einsehen.

Kein Mensch weit und breit. Aber der Computer war eingeschaltet. Kreisförmige Gebilde huschten in eigentümlichen Mustern über den Bildschirm. Sie ging auf den Schreibtisch zu, griff nach der Maus und bewegte sie leicht.

Da erschien ein völlig anderes Bild auf dem Bildschirm. Eine Internetstartseite. Eigentlich nichts Besonderes, aber es war merkwürdig, dass der Mann vergessen hatte, den Computer auszuschalten, bevor er nach Paris gefahren war.

Sie setzte sich und begann langsam, den Inhalt des Computers zu erforschen. Sie wollte herausfinden, was er für Geheimnisse barg. Sie öffnete das E-Mail-Programm. Sollte sie wirklich einen Blick hineinwerfen?

Sie hatte bereits so viele Tabus gebrochen, dass es nun anscheinend keinerlei Grenzen mehr gab. Aber zunächst ging sie die

Liste der zuletzt aufgerufenen Seiten durch, und dann begab sie sich selbst auf die Suche im Internet.

Nach einer Weile tippte sie einen langen, schwer zu buchstabierenden schwedischen Begriff ein, woraufhin es ungewöhnlich lange dauerte, bis die Trefferliste erschien. Danach gab sie dasselbe Wort in die Suchfunktion des Computers ein. Keine unmittelbaren Treffer.

Mit rasendem Puls begann sie, die E-Mails durchzusehen. Es kam ihr vor, als werfe sie einen verbotenen Blick in das Herz eines fremden Menschen.

Die Zeit verging. Viel Zeit.

Sie las eine ganze Menge. Und sah noch mehr.

Sie sah Dinge, die sie nicht sehen wollte.

Als sie plötzlich ein Geräusch hinter sich hörte, drehte sie sich erschrocken um. Mit offenem Mund blickte sie in zwei beachtliche Pistolenläufe. Zwei Männer standen mit gezogenen Waffen im Arbeitszimmer.

All ihre Albträume wurden mit einem Schlag Realität. Sie starrte auf die Schusswaffen und begriff, dass ihr Leben zu Ende war. Es war eine glasklare, vollkommen rationale Erkenntnis.

In dem Moment kam ein dritter Mann ins Zimmer. Er ging auf sie zu und nahm behutsam, aber bestimmt ihre Hände von der Tastatur. Als sie zu ihm aufschaute, sah sie, wie unglaublich groß er war.

Der Mann räusperte sich und hielt ihr seinen Polizeiausweis hin. »Mein Name ist Kriminalkommissar Jon Anderson von der Abteilung Internetkriminalität der Reichskriminalpolizei«, sagte er mit fester Stimme. »Kann es sein, dass Sie im Internet nach Kinderpornografie gesucht haben?«

Klare Worte

Den Haag, 6. April

Jutta Beyer aus Berlin war sich immer noch nicht ganz sicher, was sie eigentlich in Den Haag sollte. Sie war sich aber auch nicht sicher, ob irgendeiner ihrer Kollegen es wusste.

Sie selbst bevorzugte klare Strukturen, wie sie in der Abteilung 4 des Landeskriminalamts Berlin herrschten. Dort war sie Kriminalobermeisterin gewesen und hatte sich mit organisierter Kriminalität und ausgeklügeltem Bandenwesen herumgeschlagen, wovon Deutschland gegenwärtig geradezu überschwemmt wurde. Neben den russischen und osteuropäischen Gruppierungen unterwanderte auch die italienische Mafia, allen voran die Königin des europäischen Kokainhandels, die geheimnisvolle 'Ndrangheta aus Kalabrien, die Gesellschaft. Im Westen Deutschlands war es nach wie vor am schlimmsten – Nordrhein-Westfalen wurde regelrecht überrollt von internen Auseinandersetzungen der Mafia. Schließlich hatte die Arbeitsbelastung im Landeskriminalamt so bizarre Formen angenommen, dass selbst Jutta Beyer bereit war, ihre gewohnte Umgebung zu verlassen und sich auf etwas Neues einzulassen.

Da kam das Angebot von Europol.

Am 1. Juli würde die europäische Polizeibehörde Europol ihr zehnjähriges Jubiläum feiern, und bis zum Ende des Jahres sollte eine Umstrukturierung stattfinden. Außerdem plante man, aus dem mit Efeu umrankten ehemaligen Schulgebäude im schönsten Stadtviertel von Den Haag in einen riesigen Wolkenkratzer mit Büroetagen umzuziehen – Europol sollte zu einer formellen

EU-Behörde werden. Nach wie vor war Europol eine nichtoperative Instanz, deren Mitarbeiter weder Personen festnehmen und verhören noch bei Verbrechen ermitteln durften, doch nun erstreckte sich das Mandat auf alle Formen von grenzüberschreitenden Verbrechen. Die Beschränkung auf organisierte Kriminalität galt nicht mehr. Die meisten Eingeweihten waren sich darin einig, dass dies ein deutlicher Schritt hin zu einer Europapolizei war, zu einem europäischen FBI.

Jutta Beyers Enthusiasmus darüber, an diesem historischen Ereignis teilhaben zu können, kannte keine Grenzen. Sie liebte historische Ereignisse, seit man sie als Zwölfjährige auf die Berliner Mauer gehoben hatte, während die Menschen aus dem Osten und Westen zu beiden Seiten das Gestein mit Hämmern und Hacken traktierten. In ihrem hellblauen Kleid, ihren Teddy in der Hand, stand sie auf einem niedrigen Mauersockel und blickte hinüber in den Westen. Zahlreiche Zeitungen rund um den Globus veröffentlichten Fotos von ihr. Historische Fotos.

Und historische Dimension könnte ihre neue Aufgabe auch haben.

In Berlin ließ sie niemanden zurück, sie hatte keine Familie und auch keine engen freundschaftlichen Verbindungen. Da war es ein wunderbares Gefühl, dem ausufernden Kleinkrieg gegen rechtsextremistische Banden, brutale russische Mafiosi mit niedrigem Intellekt, italienische Unterhändler und dem Füllhorn von Drogenhändlern den Rücken zu kehren und sich stattdessen dem Gebiet der weitaus bedeutenderen organisierten Kriminalität zuzuwenden.

Ihr Enthusiasmus erlosch jedoch rasch. In Den Haag war sie in einer internationalen Gruppe gelandet, deren Auftrag und Grenzen erstaunlich unscharf definiert waren. Oft hatte sie versucht, den operativen Chef der Gruppe – allein diese Bezeichnung in einer nichtoperativen Gruppe – zu einer Erklärung zu bewegen, worum es bei dem Ganzen eigentlich ging. Der Mann war extrem professionell und sympathisch, aber sie hatte den Eindruck, dass er ihr etwas vorenthielt. Ja, der gesamten Gruppe. Deren Mitgliederzahl auf absurde Art ebenfalls diffus war.

Zumindest das hatte der Chef ihr verraten: Die Strukturen der Gruppe waren gewollt flexibel. Das war der tiefere Sinn. Diejenigen, die nach Den Haag umgezogen waren, bildeten nur den harten Kern, denn diejenigen, die in ihren Heimatländern arbeiteten und sich nur zeitweise dem Team anschlossen, machten einen ebenso großen Teil der Mannschaft aus. Aber in welcher Hinsicht sich die neue Opcop-Gruppe eigentlich von ihrer Mutterorganisation Europol unterschied, blieb unklar. Zumal diese Europol Liaison Officers, diese verdammten ELOs, auch bei ihnen überall herumsprangen.

Einen Monat war sie jetzt hier, seit dem 1. März, und in dieser Zeit hatte sie sich hauptsächlich damit beschäftigt, Papiere hin und her zu schieben und sich mit dem Computersystem vertraut zu machen. Aber eigentlich verbrachte sie die meiste Zeit damit, sauer zu sein, da sie nicht genau wusste, was sie tun sollte und vor allem tun durfte. Es kam ihr vor, als wären der gesamten Europol-Behörde auf merkwürdige Weise die Hände gebunden.

Sie war eine Polizistin, die die Dinge endlich anpacken wollte, aber klare Richtlinien und Grenzen benötigte.

Doch bislang bestanden die Aktivitäten der Opcop-Gruppe hauptsächlich in Zusammenkünften. Sitzungen, bei denen man sich in erster Linie mit administrativen Fragen beschäftigte. Und zu einer solchen war sie auch an diesem frühen Montagmorgen Anfang April unterwegs.

In Den Haag, dieser seltsamen kleinen Puppenstubenstadt, hatte der Frühling Einzug gehalten. Es war in der Tat ein sehr schöner Morgen, an dem sie durch die Stadt radelte. Obwohl sie auch in Berlin häufig mit dem Rad unterwegs gewesen war, empfand sie den holländischen Radfahrer als sehr eigene Spezies. Die Leute fuhren, wie es ihnen gerade passte, bevorzugt mit drei, vier Kindern auf dem Lenker und einer Ente oder Guillotine auf dem Gepäckträger, entgegen allen Verkehrsregeln. Wo Jutta Beyer Regeln doch so schätzte.

Daher war es nahezu ein versöhnlicher Anblick, als sie den Raamweg hinaufradelte und sich das von wildem Grün umrankte Europol-Gebäude wie eine Oase nach einer langen Wanderung durch die Wüste vor ihr auftürmte. Als sie auf den Parkplatz einbog, bot sich ihr ein eigentümliches Bild. Das Gebäude von Europol sah irgendwie aus wie ein Weihnachtsbaum, den man mittels einer Schrottpresse zusammengefaltet hatte. Als sie beinahe mit Marek Kowalewski kollidierte, dem polnischen Kollegen mit dem etwas zu breiten Lächeln, verflüchtigte sich das Bild. Sie parkten ihre Fahrräder nebeneinander.

»Sollen wir sie zusammenschließen?«, fragte Marek und rasselte wie ein Gespenst mit seinem Fahrradschloss.

»Lieber nicht«, entgegnete Jutta und schloss ihr Fahrrad mit der eigenen Kette an.

Dass sie anschließend gemeinsam durch die Korridore zum Versammlungsraum gingen, konnte Jutta kaum vermeiden. Ebenso wenig wie die Begegnung mit der außergewöhnlich brüsken Rumänin Lavinia Potorac – einer ehemaligen Turnerin mit durchtrainiertem Körper, der stets in sackartiger Kleidung steckte, und einem unerträglichen Charakter. Sie kam gerade aus der Damentoilette und grüßte mit einem kurzen Nicken. Vor der Tür zum Versammlungsraum stand der elegante Madrilene Felipe Navarro und richtete gerade den Knoten seiner Krawatte. Lavinia Potorac schüttelte mit finsterer Miene den Kopf, zog ihren Ausweis durch das Lesegerät, tippte den Code ein und stieß die Tür mit voller Wucht auf. Navarro stoppte die Tür mit der Hand und hielt sie Jutta und Marek mit einer galanten Geste auf. Keiner der beiden dankte ihm.

Der Rest der bunten Schar hatte bereits Platz genommen. Jutta registrierte Miriam Hershey aus London und Laima Balodis aus Wilna, die bereits beste Freundinnen waren; daneben den etwas weltfremden Athener Angelos Sifakis und die in allen Lagen streitbare Französin Corine Bouhaddi. Ebenfalls anwesend waren Fabio Tebaldi, der mit Morddrohungen konfrontierte junge Mafiajäger aus San Luca an der Zehenspitze des italienischen Stiefels, und der Altmeister der Gruppe, der etwas sonderbare Schwede Arto Söderstedt. Wenn er nicht doch Finne war, Jutta Beyer wusste es nicht genau.

Außerdem waren momentan einige der nationalen Mitarbeiter in Den Haag. Sie erkannte keinen von ihnen wieder, die Gruppe blieb für sie diffus und konturlos.

Dazu trug auch diese Sprache bei. Sie alle waren gezwungen, sich mit »the EUnglish language« abzumühen, dieser merkwürdig klanglosen Kunstsprache, die innerhalb der EU verwendet wurde. Obwohl alle einen Grundkurs absolviert hatten, waren die Gespräche noch immer mühselig.

Jutta Beyers Stimmung hatte beinahe ihren Siedepunkt erreicht, als sie ihren gewohnten Platz im Versammlungsraum einnahm. Irgendetwas im Zimmer war verändert worden, aber Jutta hatte keine Zeit, darüber nachzudenken, denn in diesem Moment setzte sich Kowalewski etwas zu dicht neben sie. Und lächelte sie an. Noch breiter als sonst. Wahrscheinlich wollte er mit ihr übers Wochenende plaudern. Sie nahm sich unnötig viel Zeit, um ihre Unterlagen auszupacken, und hoffte inständig darauf, dass der Chef endlich hereinkommen würde.

Aber dem war nicht so. Die Zeit verging. Es war schon nach acht Uhr, und die Möglichkeiten, Papierstapel, Stifte und Notizbuch auf dem Tisch anzuordnen, waren irgendwann erschöpft. Nun würde sie doch mit Marek sprechen müssen. Sie wusste, dass sie manchmal sehr unhöflich sein konnte, wenn sie genervt war oder ihr jemand zu nahekam.

Doch als sie schließlich aufsah, stellte sie erleichtert fest, dass Kowalewski sich bereits abgewandt hatte. Und nun rief er laut: »Let's play Chinese whispers, children!«

Alle Anwesenden sahen zu ihm hin. Sie hatten sich bereits an sein zwanghaftes Bedürfnis gewöhnt, den Klassenclown zu geben. Aber diesmal trafen ihn überwiegend erstaunte, wenn nicht sogar vorwurfsvolle Blicke.

»Shit«, sagte Kowalewski und legte die Ohren an. »Heißt das nicht so auf Englisch? Dieses Spiel, bei dem einer ein Wort flüstert und die anderen es weiterflüstern müssen?«

»Du hast also noch nicht gehört, was passiert ist?«, fragte die dunkelhaarige Engländerin Miriam Hershey und ließ ihren

Blick zwischen Marek Kowalewski und Arto Söderstedt hin- und herschweifen. Doch der machte lediglich eine abwehrende Handbewegung.

»Was denn?«, fragte Kowalewski mit Nachdruck.

Söderstedt streckte den Rücken durch, sodass es hörbar in seinem hellhäutigen Körper knackte, und sagte: »Let's just say I've had my fair share of Chinese whispers.« Von Stiller Post hatte er wirklich genug.

Jutta Beyer dankte dem Himmel, dass der Chef in diesem Augenblick den Raum betrat und alle ihre Aufmerksamkeit auf ihn richteten. Er nickte ihnen rasch zu und nahm hinter seinem Pult Platz. Der Leiter der Opcop-Gruppe war ein recht stilvoller Mann in mittleren Jahren mit mittelblondem, etwas längerem Haar, das an den Schläfen schon ein wenig grau geworden war. Und in der Region um den Hosenbund herum war sein Körper nicht mehr ganz so schmal. Auf der Wange hatte er einen kleinen roten Fleck, und er kam aus Schweden. Sein Name war Paul Hjelm.

»Guten Morgen. Ich kann euch heute mitteilen, dass Europol nun einen großen Schritt hin zu einer operativen Institution gemacht hat«, sagte er in seinem halbwegs gepflegten Englisch. »Am vergangenen Donnerstag wurde nämlich unser Kollege Arto Söderstedt in London in einen Vorfall verwickelt, bei dem es sich zwar nur um einen Unfall handelte, der die Führungsgruppe hier im Haus aber dazu veranlasste, am Wochenende bestimmte Prinzipien zu diskutieren. Ich weiß, dass ihr Prinzipien furchtbar leid seid, ich bin es auch.«

Er schaute auf die versammelte Opcop-Gruppe, und einige seufzten. Hjelm fuhr fort: »Vor allem aber bin ich es leid, die Dinge zu verschleiern. Ihr habt nun bereits einen guten Monat hier in eurer neuen Anstellung hinter euch, und es wird Zeit für klare Worte. Seid ihr bereit für klare Worte?«

»Mehr als bereit«, antwortete Felipe Navarro und richtete erneut seinen Krawattenknoten. »Wir haben uns zwar auf das Ganze eingelassen, ohne genau zu wissen, worum es hier geht, aber dass die Sache derart unklar ist, verblüfft uns doch ein wenig. Schließlich sollte eine neuartige internationale Polizeieinheit ins Leben gerufen werden.«

»Uns war nicht klar, dass das Neuartige darin besteht, dass wir nichts zu tun haben würden«, fügte Corine Bouhaddi sarkastisch hinzu.

Paul Hjelm lächelte kurz und sagte dann: »Man hat euch ja erklärt, dass Opcop ›Overt Police Cooperation‹ bedeutet, also offene Polizeiarbeit unter dem Dach von Europol. So lautet die offizielle Bezeichnung, aber praktisch gesehen sind wir ›Operating Cops‹. Wir sind eine Einheit, die erproben soll, inwieweit eine internationale Polizeitruppe handlungsfähig ist. Und währenddessen wird Europol zu einer formalen EU-Behörde umstrukturiert.«

»Erproben?«, rief Fabio Tebaldi aus. »Was zum Teufel soll denn ›erproben‹ bedeuten?«

»Zunächst einmal muss ich aufs Deutlichste betonen, dass alles, was hier in diesem Raum gesprochen wird, höchster Geheimhaltung unterliegt. Wer sich nicht an die Schweigepflicht hält, muss mit einer Gefängnisstrafe von bis zu zehn Jahren rechnen. ›Erproben‹ bedeutet, dass wir eine Einheit sind, die sich offiziell erst in Zukunft mit eigenen Ermittlungen befassen darf.«

Nun ging ein überraschtes Raunen durch den Raum. Denn Europols Aufgabe bestand bisher lediglich darin, die nationalen Polizeieinheiten bei der Koordination und Informationsbeschaffung zu unterstützen, Europol ermittelte nicht selbst aktiv. Und nun sollten die Polizisten von Opcop auch selbst Ermittlungsarbeit leisten, anstatt nur Befehle entgegenzunehmen und Daten abzugleichen.

»Im Grunde ist es ganz einfach«, fuhr Paul Hjelm fort. »Die internationale Kriminalität ist dabei, uns über den Kopf zu wachsen. Um wenigstens eine geringe Chance gegen die organisierte Kriminalität zu haben, die sich ja nie auf nur ein Land beschränkt, muss die Polizei ebenfalls international aufgestellt sein. Bis jetzt ist das von den Regierungen aber noch nicht abgesegnet. Wir sind also der Vortrupp, die Avantgarde, die heimlichen Wegbereiter. Wir werden erproben, ob es überhaupt möglich ist, polizeiliche Ermittlungen auf europäischer Ebene durchzuführen.«

Er hielt inne und ließ den Blick aus seinen blauen Augen über die Zuhörerschaft schweifen. Die erfahrenen Kriminalbeamten aus allen Ecken Europas tauschten skeptische Blicke aus. Etwas anderes war auch nicht zu erwarten gewesen. Er hoffte nur, dass sie seine eigene Skepsis nicht bemerkten.

Es war, wie erwartet, Corine Bouhaddi, die das Ganze auf den Punkt brachte: »Aber wie, bitte schön, sollen wir polizeiliche Ermittlungen im Geheimen durchführen?«

»Sehr gute Frage«, entgegnete Paul Hjelm. »Natürlich sieht die Praxis anders aus. Wir dürfen nur nicht herumposaunen, dass es diese Opcop-Gruppe gibt. Notfalls müssen wir immer auf die Polizeibehörden unserer jeweiligen Nationen verweisen können. Weitere Direktiven sind euch heute Morgen per Mail zugesandt worden.«

»Dürfen wir Waffen benutzen?«, fragte die Rumänin Lavinia Potorac.

»Wenn wir erfolgreiche Ermittlungen durchführen wollen, müssen wir auch bewaffnet sein, die Antwort lautet also Ja. Wir müssen uns aber bewusst machen, dass bei einem Schusswechsel etwas mehr als sonst auf dem Spiel steht. Es ist meine Aufgabe, dafür zu sorgen, dass keine Spuren bis zu unserer Gruppe zurückverfolgt werden können, es ist aber keineswegs sicher, dass mir das immer möglich ist.«

Jutta Beyer reckte den Arm in die Luft. Die übrigen Anwesenden im Raum sahen sie verwundert an. Selbst Hjelm wirkte ein wenig irritiert und erteilte ihr mit einer kleinen Handbewegung rasch das Wort.

»Was passiert«, fragte sie, »wenn uns eine Ermittlung in ein EU-Land führt, das nicht durch die Gruppe vertreten ist? Zum Beispiel Ungarn oder Holland?«

Paul Hjelm nickte bedächtig. »Die EU hat aktuell siebenundzwanzig Mitgliedsstaaten. Eine Gruppe von siebenundzwanzig Polizisten wäre jedoch nicht nur so teuer, dass sich die Rechenkünstler der EU querstellen würden, sie wäre auch nicht handlungsfähig. Mehrere kleinere Länder werden sich daher bis auf Weiteres damit abfinden müssen, von einem Nachbarland repräsentiert zu werden. Wenn sich alles gut entwickelt, wird es später ein Rotationsprinzip geben. Ohne die großen Vier geht es aber nicht. Also sind Deutschland, Frankreich, Großbritannien und Italien ständig vertreten. Schweden repräsentiert im Augenblick den Norden und Polen und Rumänien mit Litauen den Osten. Spanien steht für Südwesteuropa, Griechenland für Südosteuropa, Deutschland repräsentiert den deutschsprachigen Raum und die Beneluxländer und Großbritannien die Inselstaaten. Das ist nicht in jeder Hinsicht gerecht, und es gab auch bereits Proteste aus Holland, das sich jedoch momentan damit trösten muss, Gastgeberland unseres Hauptquartiers zu sein.«

Paul Hjelm hielt einen Augenblick inne und rieb sich den Nacken, dann fuhr er fort: »Und wie ihr seht, sind über das Wochenende in unserem Versammlungsraum einige Veränderungen durchgeführt worden.«

Die Polizisten sahen sich um. In die holzgetäfelten Wände waren Bildschirme eingepasst worden, die ausgeschaltet erst auf den zweiten Blick zu erkennen waren. Und wenn man sie zählte, was mindestens die Hälfte der Mitglieder der Opcop-Gruppe gerade zu tun schien, stellte sich heraus, dass es siebenundzwanzig Stück waren.

»Ziemlich kunstvolle Tischlerarbeit, oder?«, fragte Hjelm mit einem schiefen Lächeln.

»Eurovision Song Contest, meine Güte!«, rief Marek Kowalewski aus.

»Aber nur für Eingeweihte«, konterte Corine Bouhaddi trocken.

»Für die siebenundzwanzig Eingeweihten.« Paul Hjelm nickte. »Bleibt nur zu hoffen, dass wir sie nicht allzu oft brauchen, aber wir werden in jedem Fall regelmäßig Vollversammlungen mit sämtlichen nationalen Opcop-Beauftragten abhalten. Es muss also keiner das Gefühl haben, er sei außen vor.«

Felipe Navarro, dem es nur mit großer Selbstüberwindung gelang, die Finger von seinem Krawattenknoten zu lassen, räusperte sich. »Aber wahrscheinlich hat sich jeder von uns schon Gedanken darüber gemacht, dass Schweden hier in der Gruppe sehr stark vertreten ist«, sagte er. »Die EU hat momentan ziemlich genau eine halbe Milliarde Einwohner. Davon sind neun Millionen Schweden. Das sind weniger als zwei Prozent.«

»Aber wir bewohnen ziemlich genau zehn Prozent der geografischen Fläche«, warf da ein recht kleiner Mann mit dunklem Teint ein, der auf dem Platz neben Arto Söderstedt saß. Er arbeitete offenbar auf Länderebene und absolvierte gerade einen Pflichtbesuch im Hauptquartier. Die meisten hatten bisher angenommen, er sei Spanier, aber als Navarro am vergangenen Freitag versuchte, ein paar spanische Sätze mit ihm zu wechseln, antwortete er nur stockend und mit lateinamerikanischem Akzent.

»Bist du etwa auch Schwede?«, platzte es – zu seinem Ärger auf Spanisch – aus Navarro heraus.

»Tut mir leid«, erwiderte der Mann in auch nicht gerade flüssigem EUnglish. »Ich heiße Jorge Chavez. Und ich habe mich noch nicht endgültig entschieden, ob es so gut ist, Schwede zu sein.«

Jetzt räusperte sich Paul Hjelm geräuschvoll und sagte: »Es gibt ein schwedisches Gruppenmitglied, nämlich Arto Söderstedt. Dass der Chefposten mit einem Schweden, also meiner Wenigkeit, besetzt wurde, ist reiner Zufall. Der Direktor ist, wie ihr wisst, Brite, und die stellvertretenden Direktoren kommen aus Frankreich, Italien und Spanien. Die großen Länder haben also keinen Grund, sich zu beklagen.«

»Ich frage mich nur«, warf der Süditaliener Fabio Tebaldi ein, »ob die schwedische Polizei tatsächlich in der Lage ist, bei schweren internationalen Verbrechen angemessen zu reagieren. Da oben im Norden seid ihr doch weitgehend verschont davon.«

»Das ist ein Mythos«, entgegnete Jorge Chavez. »Der Mythos vom idyllischen nordischen Paradies. Aber das ist Bullshit.«

»Ihr seid jedenfalls gut darin, euch neutral zu verhalten«, warf Corine Bouhaddi angriffslustig ein.

»Na, na«, meinte Paul Hjelm beschwichtigend. »Wir haben uns wirklich bemüht, die Gruppe so repräsentativ wie möglich zusammenzustellen. Wir haben eine gerechte Geschlechter- und Altersverteilung, und ich glaube, dies gilt auch in geografischer Hinsicht.«

»Ich bin der Meinung, dass das gar nicht der springende Punkt ist«, stimmte ihm Miriam Hershey zu. »Ich bin britische Jüdin und fühle mich durchaus repräsentiert. Lasst uns das Thema beenden und zu den wichtigen Dingen kommen.«

»Nämlich: Gibt es irgendwelche Aufträge für uns?«, ergänzte Laima Balodis, als wären die beiden Zwillinge.

Paul Hjelm starrte das ungewöhnliche Duo einen kurzen Moment lang an und antwortete dann: »Nein.«

»Nein?«, kam es aus der Menge.

»Noch nicht. Aber jetzt sind wir jedenfalls bereit. Are we ready?«

Wie im Umkleideraum einer Fußballmannschaft, dachte Jutta Beyer genervt.

Die Antwort war ein Gemurmel, aus dem heraus sich schließlich eine Stimme erhob. Es dauerte eine Weile, bis es Angelos Sifakis gelang, sich Gehör zu verschaffen. Dann fragte er leise: »Aber was ist denn eigentlich in London passiert?«

»In London?«

»Was war so wichtig, dass die Vollversammlung sich gezwungen sah, das Wochenende damit zu verbringen, über Prinzipien zu diskutieren? Und schließlich zu diesem Ergebnis kam?«

»Ach so«, sagte Paul Hjelm, der auf dem Schlauch gestanden hatte. »Das.«

»Tja, das«, schaltete sich Arto Söderstedt ein. »Das war auf dem G20-Treffen in London. Ein Mann ist in meinen Armen gestorben. Ein Asiate.«

»Arto war als Beobachter dort, und er wurde nicht in kriminelle Handlungen verwickelt«, beteuerte Hjelm. »Aber das hätte genauso gut passieren können. Und dann hätte er keine Handlungsbefugnis gehabt. Wir sind am Wochenende zu dem Schluss gekommen, dass sich keiner von euch in so einem Fall machtlos fühlen soll.«

»Der Verbrecher ist möglicherweise der Linksverkehr«, sagte Söderstedt. »Weshalb ich nun doch glaube, dass es sich um einen Chinesen gehandelt hat. Japan hat Linksverkehr, China Rechtsverkehr. Der Mann hat den Polizeiwagen ganz einfach nicht gesehen, der auf der linken Spur angebraust kam.«

»Also schlichtweg ein Unfall?«, fragte Sifakis, in dessen Stimme möglicherweise eine Spur Enttäuschung mitschwang.

»Schlichtweg ein Unfall«, bestätigte Paul Hjelm. »Wenn auch ein ziemlich außergewöhnlicher.«

»Aber er wollte etwas von mir«, sagte Söderstedt. »Er hat mir etwas zugeflüstert. Unmittelbar bevor er starb.«

»Arto, das haben wir doch schon ausdiskutiert«, wiegelte Hjelm ab, und er klang müde. »Du musst das vergessen. Das weißt du. Selbst wenn es irgendeinen Verdacht auf ein Verbrechen gäbe, wir haben keinerlei Anhaltspunkte. Das Opfer ist noch nicht einmal identifiziert. Aber sein ungewöhnlicher Tod hat die Opcop-Gruppe aktiviert, und die wird jetzt in ihre wunderbare Bürolandschaft zurückkehren, fleißig ihre internen Mails lesen und abwarten, bis ich angemessene Aufträge ausgemacht habe. Das Meeting ist hiermit beendet.«

Die Opcop-Gruppe blickte ihren Chef verdutzt an. Das epochemachende Meeting verlief gewissermaßen im Sande. Wie ein spärliches Rinnsal in einem trockenen Flussbett verließ die Gruppe den Raum. Nur drei Männer blieben zurück.

Es waren Paul Hjelm, Arto Söderstedt und Jorge Chavez, und die Erleichterung der drei, wieder Schwedisch sprechen zu können, war deutlich.

»Mir fällt gerade ein, dass ich noch nie zuvor einen Chefposten innehatte«, sagte Hjelm. »Hoher Polizeibeamter war ich, ja. Aber nie Chef. ›Are we ready?‹ Meine Güte, wie peinlich.«

»Jetzt weißt du jedenfalls, wie Politik funktioniert«, meinte Chavez.

»Nun komm schon«, warf Söderstedt ein. »Du bist jetzt schon

einen Monat lang der Chef von diesem Haufen. Es läuft doch gut.«

»Ich weiß, dass du die Sache mit diesem Chinesen weiterverfolgen wirst«, sagte Hjelm und sah ihm in die Augen. »Aber jetzt wissen alle von dem Vorfall. War es denn wirklich nötig, das hier aufs Tapet zu bringen?«

»Ich hab doch gesagt, du weißt jetzt, wie Politik funktioniert«, wiederholte Chavez. »Arto hingegen weiß es nicht. Aber er ist ja auch nicht der Chef.«

»Lediglich hoher Polizeibeamter«, warf Söderstedt ein. »Außerdem will ich, dass die Sache auf unserer Agenda steht.«

»Offenbar hast auch du gelernt, wie es in der Politik läuft«, sagte Chavez. »Das hätte ich von unserem ungekrönten König der Fettnäpfchen nicht erwartet.«

Paul Hjelm legte seine Hände flach auf das Katheder und betrachtete sie eine Weile. Dann sagte er: »Wie steht ihr eigentlich zu dem Ganzen? Meint ihr, Opcop ist eine Totgeburt?«

»Es wird nicht einfach werden – aber das Modell ist vermutlich das einzige zukunftstaugliche«, meinte Söderstedt. »Jedenfalls, wenn wir die großen Schurken fangen wollen. Wir entwickeln uns gerade zu einer Gesellschaft, in der man einfach davonkommt, wenn man das Verbrechen über die Grenzen verschiebt.«

»Aber steuern wir so nicht auf eine Überwachungsgesellschaft zu?«, entgegnete Hjelm. »Haben wir nur die Wahl zwischen dem einen oder dem anderen?«

»Das sollten wir lieber heute Abend bei einem Bier diskutieren«, meinte Chavez. »Bis jetzt ist es jedenfalls herrlich, Strohwitwer zu sein, Jungs.«

»Das bin ich schon seit dem Jahreswechsel«, klagte Hjelm. »Während du erst am Freitag gekommen bist. Das ist ein Unterschied.«

»Aber dafür hast du meine Frau für ein paar Wochen hiergehabt, du Bandit«, konterte Chavez.

»Das ist eben die Kehrseite der Arbeit im Ausland«, meinte Söderstedt. »Ab morgen bin ich übrigens nicht mehr allein. Meine Familie zieht hierher.«

»Oh, wirklich?«, stieß Hjelm aus. »Davon hast du noch gar nichts erzählt.«

»Ich habe es nicht zu hoffen gewagt, aber jetzt scheint es in der Tat zu klappen. Anja hat aushandeln können, dass sie für ihren Job nicht vor Ort sein muss, und wir haben ja nicht mehr so viele Kinder im Haus.«

»Nicht mehr als vierzehn?«, fragte Chavez.

In dem Moment ertönte ein eigentümlicher Summton aus Hjelms Computer auf dem Katheder. Mit einer routinierten Handbewegung klickte er mit der Maus ein Symbol an und sagte: »Es ist an der Zeit, die Akustik dieser Kathedrale zu testen.«

Ein bläulicher Blitz schien durch den Versammlungsraum zu zucken. Es dauerte einen Moment, bis sie ihn an einer bestimmten Stelle an der Wand lokalisierten. Ein bläulich blitzendes Quadrat leuchtete in der Reihe der dunkelgrauen Flächen auf. Auf dem Bildschirm erschien ein weibliches Gesicht. Es sah allerdings gar nicht sanftmütig aus. Eher aufgebracht. Die Wangen waren leicht gerötet.

»Oh, Mann!«, platzte es aus Söderstedt heraus. »Schließt schnell die Türen. Wenn die anderen das zu sehen bekommen, werden sie Pogrome gegen uns Schweden anzetteln.«

»Hallo«, sagte die dunkelhaarige Frau auf dem Bildschirm. »Funktioniert es?«

»Du hast gerade unsere neu installierte Europol-Videokommunikationsanlage eingeweiht«, erklärte Paul Hjelm. »Hallo, Schatz.«

»Schatz?«, wiederholte die Frau. »Ist das hier nicht ein offizieller Europol-Kanal?«

»Er kann es sein«, antwortete Hjelm. »Und zwar dann, wenn ich es sage.«

»Die Macht ist ihm tatsächlich zu Kopf gestiegen«, seufzte Jorge Chavez. »Ich bin voll und ganz deiner Meinung, Kriminalkommissarin Kerstin Holm, das hier ist ein offizieller Europol-Kanal, der nicht mit Privatgesprächen kontaminiert werden darf.«

Auf dem Bildschirm tauchte ein anderes Gesicht auf. Mit blonden kurzen Haaren, aber ebenso unverkennbar weiblich.

Beim Anblick dieses Gesichts fuhr Chavez fort: »Hej, Schatz, bist du etwa auch da?«

»Wer ist denn dieser eigentümliche Spanier?«, fragte Sara Svenhagen in Stockholm und machte wieder Platz für ihre Chefin.

»Es handelt sich hier um einen offiziellen Anruf von der schwedischen Einheit der Opcop-Gruppe in Stockholm«, sagte Kerstin Holm.

»Das Ganze erinnert allerdings mehr an eine Schlangengrube«, ließ Arto Söderstedt verlauten.

»Seht zu, dass ihr diesem aufmüpfigen Finnen das Maul stopft«, forderte Kerstin Holm, »und hört gut zu, was ich zu sagen habe.«

»Ich höre«, erwiderte Paul Hjelm klar und deutlich.

Kerstin Holm räusperte sich und sagte: »Ich glaube, ich habe den ersten Fall für die Opcop-Gruppe aufgetan.«

Fremder Vogel

London, 6. April

Das Leben als Ornithologe in London war eine fortwährende Prüfung. Denn die außerordentlich dicht bebaute Großstadt hatte keineswegs eine große, artenreiche Vielfalt an Vögeln zu bieten. Umso größer die Herausforderung, pflegte ihr Mentor Cuthbert von der ornithologischen Abteilung der Natural History Society immer zu sagen, doch sie hegte den Verdacht, dass er wegen seiner zunehmenden Leibesfülle immer seltener die Neigung verspürte, seine Wohnung bei Charing Cross zu verlassen. Cuthbert hatte von seinem durchgesessenen Sofa aus eine ganze Reihe erstaunlicher Beobachtungen auf seinem Balkon im dritten Stock gemacht und dokumentiert, doch sie war sich nicht sicher, ob er diese Neuntöter und Teichrohrsänger, diese Kreuzschnäbel und Haubentaucher und die Weihen tatsächlich in der realen Welt gesehen hatte. Aber laut sagen würde sie es nicht.

Immerhin war es Cuthbert gewesen, der sie vor zwanzig Jahren an die Hand genommen hatte, eine aufgeregte junge Nachwuchsornithologin, die sich in allzu hohem Maß für Vögel interessierte. Er hatte sie neben seinem Geborgenheit vermittelnden, beleibten Körper in der U-Bahn Northern Line platziert, wo er bis hinauf nach Golders Green sitzen blieb und sie dann eilig aus dem Waggon schob, während er sagte: »Also los, Audrey, du wirst sehen, was für eine schöne Wanderung ich für dich geplant habe.«

Als der frühe Morgenzug zwei Jahrzehnte später an der völlig menschenleeren Station seine Türen mit einem Ruck öffnete, hallten Cuthberts Worte in ihr nach, als hätte er sie gestern gesagt. Und genau genommen war seitdem auch nichts Besonderes mehr geschehen. Zwanzig Jahre ihres Lebens ohne ein einziges herausragendes Ereignis. Audrey interessierte sich immer noch in allzu hohem Maß für Vögel. Für sie waren die Vögel im Laufe der Zeit zu mit Flügeln ausgestatteten Boten aus einer besseren Welt geworden. Den Rest ihres Lebens verharrte sie sozusagen in eingefrorenem Zustand bei Cuthbert, bei der ersten Wanderung durch Hampstead Heath, bei dem Augenblick, als sie von seiner Homosexualität erfuhr, ohne es allerdings richtig zu begreifen.

Es war immer noch eine schöne Wanderung. Eigentlich ihre Lieblingswanderung. Sobald man die eintönigen Viertel nordwestlich des Parks hinter sich gelassen hatte, befand man sich mitten in der Natur.

Es war kalt, die Aprilsonne hatte es gerade erst über den Horizont geschafft. Audrey trug wie immer robuste Kleidung – das Wetter stellte für einen erfahrenen Ornithologen nie ein Problem dar –, und als sie durch das Tor des kleinen Tiergeheges im Golders Hill Park oben im Nordwesten wanderte, war sie scheinbar ganz allein.

Sie spazierte entlang ihrer gewohnten Strecke durch Hampstead Heath – oder genauer gesagt entlang Cuthberts Strecke, die ihr in den zwei Jahrzehnten in Fleisch und Blut übergegangen war. In den eigentlichen Park hinein, den Hügel hinauf bis zum Hill Garden und dann durch die etwas bewaldetere West Heath, die ihr immer etwas gruslig vorkam. Sie hatte Schwierigkeiten, sich an diese merkwürdigen Auswüchse an den Ästen und unten im Moos zu gewöhnen, und es wurde eher noch schlimmer, seitdem sie wusste, um was es sich dabei handelte. Sie verspürte keinerlei Lust, sie aufzusammeln. Noch nie hatte sie diese ekligen Dinger angefasst, und sie hatte auch nicht vor, jetzt damit anzufangen.

Glücklicherweise wurde sie durch eine Amsel abgelenkt, die ihre Aufmerksamkeit erregte. Ein völlig unterschätzter meisterhafter Sänger in seinem geschmeidigen, schwarz glänzenden Federkleid. Wieder fröhlicher, überquerte sie die verlassen daliegende Straße und gelangte ans Ufer des Vale of Health Pond, wo sie durch ihr Fernglas hindurch deutlich die bunten Gefieder eines Königsfischerpaares erkennen konnte, das im Gebüsch am Ufer im leichten Frühlingswind mit den Flügeln schlug. Ihr Federkleid erinnerte sie irgendwie an Weihnachtsbaumschmuck.

Dann tauchte Audrey in den belaubtesten Teil von Hampstead Heath ein. Sie bahnte sich geradewegs zwischen den Bäumen von East Heath hindurch einen Weg und entdeckte mit ihrem Adlerblick eines der unverwechselbaren Rotkehlchennester zwischen ein paar Baumwurzeln. Sie ging in gebührendem Abstand in die Hocke und verharrte dort vollkommen reglos. Die Brutsaison der Rotkehlchen hatte gerade begonnen, und mit etwas Glück würde sie eine Anzahl von Eiern im Nest vorfinden, das wie eine akkurat geformte Schale aus Moos, Laub und Gras dalag. Und ganz richtig, als sie langsam das Fernglas anhob, erblickte sie vier wohlgeformte gelbbraune Eier mit rotbraunen Flecken, die auf der Grasschicht in der kleinen Schale lagen. Das Rotkehlchenweibchen kam von einem Zweig heruntergehüpft und legte sich wieder in dem Nest zurecht, wobei seine wunderschöne ziegelrote Kopf- und Brustzeichnung geradewegs in die Linsen von Audreys Fernglas leuchtete. Sie ließ das Fernglas sinken, schob die Finger in die Jackentasche, griff nach ihrem Handy, machte ein Foto von dem Rotkehlchenweibchen auf seinen Eiern und schickte es an Cuthbert.

Sie blieb noch eine Weile hocken und beobachtete den kleinen Boten. Die bekannte wohlige Ruhe überkam sie. Dankbar nahm sie die Botschaft ihrer Anverwandten aus einem vorherigen Leben entgegen.

Dann setzte sie ihre Wanderung fort. Sie erreichte den kleinen Bach, der durch East Heath floss, überquerte ihn, wich dem Sportplatz am Rand der Parliament Hill Fields aus und begann den Grabhügel zu erklimmen. Die Bäume wurden von Grasflächen abgelöst, das Blickfeld weitete sich. Aber noch immer war keine Menschenseele in Sicht. Als sie sich auf den Grabhügel setzte, der der Legende nach die Überreste von Königin Boudicca enthielt, die einst den Aufstand gegen Cäsar angeführt haben soll, war sie vollkommen allein in dem großen Park.

Damals war es nicht so gewesen. Vor zwanzig Jahren gingen genau hier, auf diesem Grabhügel, ihre so lange zurückgehaltenen Gefühle mit ihr durch, und sie warf sich regelrecht auf diesen beleibten gutmütigen Mann, der in einem früheren Leben ganz sicher ein Adler gewesen war. Sie verspürte ein so starkes Verlangen nach ihm.

Doch er schob sie ruhig, aber bestimmt von sich und sagte: »Oftmals komme ich nicht als Ornithologe hierher, Audrey. Ich komme her, um mich in West Heath mit Männern zu treffen, verstehst du?«

Sie verstand nicht, sie begriff nur, dass sie abgewiesen worden war und er ihr einen Korb gegeben hatte. Erst mehrere Jahre später stellte sie fest, dass die ekligen Auswüchse, die unten in West Heath jede Nacht auftauchten, Kondome waren. Benutzte Kondome.

Sie befand sich am obersten Punkt von Hampstead Heath und blickte hinunter über die lang gezogene Silhouette der Stadt. Dann richtete sie ihr Fernglas auf den Bird Sanctuary Bathing Pond. Sie hoffte, dass die Schellenten bereits zu dem Teich zurückgekehrt waren, diese kompakten kleinen schwarz-weißen Seevögel mit den goldgelben Augen. Sie wusste, dass sie selbst in ihrem früheren Leben so einer gewesen war. Ein *Goldeneye*. Durch die Nebelschwaden hindurch erkannte sie hin und wieder die Konturen träge dahingleitender Seevögel, aber es gelang ihr nicht, die Arten zu bestimmen.

Sie justierte ihr Spezialfernglas, das eine hohe Lichtstärke hatte, und fing den goldenen Blick des Entenpärchens ein, der sich plötzlich durch den Nebel hindurchschob. Genau in dem Moment, als ihr vor lauter Glück ein zaghaftes Pfeifen entschlüpfte – das dem Lockruf der Schellente ziemlich ähnelte –, zog sich der Nebel zurück und ließ sie noch etwas anderes hinter dem schwimmenden Vogelpaar erkennen. Ein weißes Stück

Stoff, das hinter einem Baum in dem Waldstück auf der anderen Seite des Teichs hervorlugte.

Genau in dem Augenblick kräuselte sich die Wasseroberfläche aufgrund einer Windbö, die nicht nur dafür sorgte, dass sich der Nebel weiter lichtete, sondern auch das Stoffstück leicht angehoben wurde. Hinter dem flatternden Weiß erblickte Audrey noch etwas anderes. Sie konnte nicht genau ausmachen, was es war, aber es veranlasste sie dazu, aufzustehen und dort hinüberzugehen.

Ohne auch nur einem einzigen Menschen zu begegnen, gelangte sie hinunter auf die Straße, die zwischen dem Model Boating Pond und dem Bird Sanctuary Pond verlief. Vorsichtig, um das Schellentenpaar im Teich nicht zu stören, trat sie zwischen die Bäume. Und stand plötzlich vor dem schrecklichsten Anblick ihres Lebens.

Es war eine Art Kunstwerk. Aber ein sinnlos zerstörtes Kunstwerk. Die Frau lag in einer auffällig entspannten Position, bequem zurückgelehnt gegen einen Baum, während ein anderer, etwas dünnerer Baumstamm sich von rechts über sie neigte und so ihren Körper quasi einrahmte. Sie war nackt, aber das weiße Stoffstück, das an ein Laken erinnerte, bedeckte ihre Scham und ihre angewinkelten Knie, zudem war ein Zipfel hinter ihrem rechten Arm befestigt, der an dem Baum über ihrem Kopf lehnte. Der angewinkelte linke Arm, in dessen Hand ihr Kopf ruhte, war mit dem Ellenbogen auf einen Stein am Boden gestützt. Es war der Kopf, der den beschaulichen, nahezu pietätvollen Eindruck der Szene störte. Vom Gesicht war nämlich nicht mehr viel übrig. Der ganze Körper war weiß, so auch das Gesicht, aber es waren keine Gesichtszüge mehr zu erkennen, alles war derart geschwollen, dass Augen, Nase und Mund nur noch als Andeutungen auszumachen waren.

Audrey betrachtete die Szenerie. Es schien ihr, als wäre die Zeit stehen geblieben. Sie wusste, dass sie in Panik aufschreien würde, aber nicht sofort. Anstelle des Menschen reagierte die Ornithologin in ihr, die jederzeit die Kamera bereithielt. Sie nahm das Handy aus ihrer Jackentasche, richtete die Szene mit dem Teich im Hintergrund aus und betätigte den Auslöser. Vollkommen ruhig schickte sie das Foto an Cuthbert, wie sie es immer machte, und steckte das Handy wieder zurück in die Tasche.

Dann nahm die Zeit wieder Fahrt auf. Als ihr Schrei ertönte, hatte er nicht die geringste Ähnlichkeit mit dem Lockruf der Schellente. Bevor sie umfiel, sah sie noch, wie das Schellentenpaar von der Oberfläche des Teiches abhob. Die goldenen Augen der Vögel blickten sie an wie eine Fremde.

Das Erste, was Chief Inspector Ralph Dryden vom Metropolitan Police Service, besser bekannt als Scotland Yard, an dem Handyfoto auffiel, während er durch den endlos langen Korridor ging, waren die Vögel. Zwei eigentümliche Piepmätze, die im Bildhintergrund von der Wasseroberfläche abhoben. Er wusste nicht, ob er schon jemals solche Vögel gesehen hatte. Gab es die in London überhaupt?

Es existierten natürlich bessere Bilder, professionelle Polizeifotografien, aber dieses Handyfoto zeigte die außergewöhnliche Unberührtheit des ersten Anblicks. Während er den Tragen auswich, die den engen Korridor säumten, betrachtete er die merkwürdig drapierte Leiche. Das gesamte Arrangement verkörperte eine gewisse Bewusstheit. Etwas nahezu Ästhetisches.

Als er mit dem Oberschenkel gegen eine Trage stieß, ließ er das Handy in die Hosentasche gleiten und nahm stattdessen die Polizeifotos aus dem Kuvert. Die Nahaufnahmen von dem demolierten Gesicht überblätterte er rasch – davon würde er bald noch mehr als genug zu sehen bekommen – und zog stattdessen ein Bild hervor, das aus einer seitlichen Perspektive während der Bergung der Leiche aufgenommen worden war. Der Anblick der am Baumstamm klebenden Haare, die abgerissen worden waren, als das Personal der Rechtsmedizin die Leiche bewegt hatte, ergriff ihn dermaßen, dass er mit dem anderen Oberschenkel gegen eine weitere Trage stieß. Stolz darauf, keinen Fluch ausgestoßen zu haben, erreichte Dryden die richtige Tür.

Entweder hat Fitzherbert Dienst oder Mallory, dachte er, öffnete die Tür und hoffte auf Ersteren. Er hatte gewisse Schwierigkeiten, mit Mallory zu kommunizieren.

»Ralphie.« Doktor Hazel Mallory stand hinter der kreideweißen Leiche und nickte ihm zu, während sie sich ein Paar Latexhandschuhe abstreifte.

Vermutlich hatten seine Probleme mit ihr damit zu tun, dass sie ihn immer Ralphie nannte. Doch im Moment war er nicht einmal in der Lage, sich darüber aufzuregen.

Die Leiche lag auf dem Rücken, den Kopf sichtlich entspannt gegen die linke Hand gelehnt.

»Was ist das denn?«, entfuhr es Dryden, während er mit dem Finger darauf zeigte. »Rigor mortis?«

»Gewiss«, antwortete Mallory und berührte die Hand der Leiche. »Aber vor allem Klebstoff.«

Als sie an der Hand zog, sah er, wie fest die unteren Fingergelenke an der aufgequollenen Wange klebten.

»Wie die Haare auch.« Dryden nickte.

»Wie die Haare, die Oberschenkel und die andere Hand auch. Das Laken war an den Oberschenkeln und am rechten Unterarm festgeklebt, und der Hinterkopf klebte, wie du weißt, am Baum. Ein extrem starker Klebstoff. Spezialkleber. Er ist bereits zur Analyse geschickt worden, ebenso das Laken und die Haarsträhnen.«

Chief Inspector Ralph Dryden seufzte, klickte das Handyfoto des eigenartigen Fräulein Audrey Watts erneut an, das die Metropolitan Police von einem absonderlichen Kauz namens Cuthbert Lanning erhalten hatte, und schüttelte den Kopf.

»Es ist also keine Einbildung«, sagte er finster, »sie werden wirklich immer verrückter.«

»Wir haben es natürlich selbst in der Hand, ob wir als Zyniker enden wollen oder nicht«, entgegnete Hazel Mallory mit einem schwachen Lächeln.

Dryden betrachtete sie. Zum ersten Mal hatte er das Gefühl, den Menschen hinter der Maske wahrzunehmen. Und diese Frau schien in der Tat kein dummer Mensch zu sein. Tatsache war, dass es sich bei Hazel Mallory um eine recht stilvolle, intelligente Frau in den Vierzigern handelte. Und in einem kurzzeitigen Anflug von Einsicht wurde ihm klar, dass er offenbar deswegen gewisse Schwierigkeiten hatte, mir ihr zu kommunizieren.

»Sie sollte offensichtlich um jeden Preis in dieser Position verharren«, meinte er schließlich. »Erinnert dich das an etwas?«

Mallory, die ihre Aufmerksamkeit wieder der Leiche zugewandt hatte, schaute erneut auf und begegnete seinem Blick. »Ich bin schließlich nur Obduzentin …«

»Aber …?«

»Aber natürlich schreit es förmlich nach irgendeinem klassischen Kunstwerk.«

Dryden nickte und hielt ihr das Handy hin. Sie betrachtete das Foto eine Weile und sagte dann: »Goldeneyes.«

»Wie bitte?«

»Die Vögel«, antwortete Hazel Mallory.

Dryden spürte, dass ihm heiß wurde. Er wartete ab, bis das Gefühl verflog, und fragte dann in einem etwas formelleren Ton: »Also, was kannst du über sie berichten?«

»Wie es scheint, war sie eine kerngesunde, durchtrainierte Frau um die fünfunddreißig, hellhäutig, mittelblond, einen Meter zweiundsiebzig groß, achtundfünfzig Kilo schwer, keine besonderen körperlichen Merkmale.«

»Und die Todesursache?«

»Ich war fast fertig mit der äußerlichen Untersuchung, als du kamst, und wie du siehst, habe ich sie bisher noch nicht obduziert. Es liegt also noch keine endgültige Todesursache vor. Viel deutet jedoch darauf hin, dass sie schlicht und einfach erschlagen wurde. Die Verletzungen im Gesicht sind offensichtlich umfassend. Jemand hat mit einem Gegenstand ohne scharfe Kanten auf sie eingeprügelt, denn es sind keine äußeren Blutungen zu erkennen.«

»Lediglich aufs Gesicht?«, fragte Dryden und musterte das entsetzlich aufgequollene Gesicht, während ihn für einen Moment der Gedanke tröstete, dass er wohl nie als Zyniker enden würde.

Ihn erfüllte eine tiefe Trauer um die Toten, die verstümmelten Leichen. Er spürte, wie Hazel Mallory ihn fixierte.

Sie antwortete: »Nein, es sind keinerlei sonstige äußere Verletzungen am Körper zu erkennen. Bis auf eine Sache. Aber die ist ihr nach Eintritt des Todes zugefügt worden.«

»Ich sehe es.« Dryden nickte. »Jetzt, wo du es sagst.«

Mallory hielt die freie Hand der Leiche hoch und sagte: »Ja, abgefeilte Fingerabdrücke.«

»Hm.« Dryden runzelte die Stirn. »Und ein Gesicht, das nicht zu erkennen ist. Wahrscheinlich muss man davon ausgehen, dass wir sie auch mittels DNA nicht identifizieren können. *Wir* kennen sie nicht, aber irgendjemand anders tut es. Sie ist eine Botschaft an jemanden. Eine Botschaft über die Köpfe der Polizei hinweg in Form eines anonymen und sehr punktuell demolierten Kunstwerks.«

Mallory machte eine flüchtige, schwer zu deutende Geste.

Dryden fuhr fort: »Wie lange ist sie schon tot? War sie bereits tot, als man sie in Hampstead Heath platzierte?«

»Ich werde hinten anfangen«, sagte Mallory und streifte ein Paar neue Latexhandschuhe über. »Sie war allem Anschein nach bereits tot, als man sie in den Park brachte. Seit ungefähr zehn Stunden. Weitere Details folgen, wenn ich meine Arbeit erledigt habe, ohne gestört zu werden.«

Dryden konnte ein leises Lächeln nicht zurückhalten. Er vollführte eine großzügige Geste mit der Hand in Richtung der Leiche, und als er Hazel Mallorys Handschuh sich zwischen die Beine der Leiche schieben sah, machte er auf dem Absatz kehrt und verließ den Raum.

Genau in dem Moment, als die Tür hinter ihm zuglitt, hörte er Mallorys Stimme von drinnen: »Ralph!«

Nicht Ralphie?, dachte er flüchtig, bevor er die Tür erneut aufschob und eine gebückte Mallory mit nahezu der ganzen Hand im Enddarm der Leiche steckend sah. Es war ein beklemmender Anblick.

»Verdammt«, entfuhr es ihm.

»Hier ist irgendetwas«, sagte Mallory und zog sachte ihre Hand wieder heraus. Dryden wurde klar, dass das ploppende Geräusch, das ertönte, als die Hand wieder zum Vorschein kam, ihn noch lange verfolgen würde.

Mallory wischte einen Gegenstand ab und hielt ihn gegen das Licht. Es war ein winziges durchsichtiges Röhrchen aus Glas oder Plastik, in dessen beiden Enden zwei sehr kleine, ebenfalls durchsichtige Korken steckten. Im Inneren des Röhrchens war ein Stück Papier zu erkennen.

»Im Hintern?«, fragte Dryden und kam näher.

»Außerdem ziemlich weit hineingeschoben«, erklärte Mallory und deutete auf den Karton mit den Latexhandschuhen.

Dryden biss die Zähne zusammen und streifte ein Paar über. Dann nahm er das kleine Röhrchen in die Hand und drehte und wendete es.

»Irgendeine Kunststoffhülse«, sagte er und begann vorsichtig, einen der kleinen Korken zu bewegen. Nach einer halben Minute gab er nach. Mallory reichte ihm eine Pinzette aus ihrer umfangreichen Sammlung von Obduktionsinstrumenten auf einem Beistelltisch. Dryden nahm sie entgegen und zog einen zusammengerollten kleinen Zettel heraus. Er betrachtete das relativ grobfaserige, schwach blaugrüne Papier, rollte den Zettel vorsichtig auf dem Tisch auseinander und richtete die Lampe darauf.

Dann las er laut: »An die operative Einheit, Europol.«

Commander Andrew Crowley musterte die beiden Gestalten auf der anderen Seite des Schreibtischs und war selbst überrascht von dem Gedanken, dass sie ein schönes Paar abgeben würden. Dann überlegte er, warum ihm ausgerechnet dieser Gedanke gekommen war.

Chief Inspector Ralph Dryden gehörte nicht gerade zu seinen Topkräften, war aber ansonsten ein gewandter, relativ junger Polizeibediensteter mit akzeptablen Karrierechancen. Im Großen und Ganzen gab es nichts gegen ihn einzuwenden, allerdings war er eher unscheinbar.

Doktor Hazel Mallory hingegen war alles andere als blass. Ohne Latexhandschuhe und den obligatorischen weißen Kittel war sie eine blendende Schönheit. Commander Crowley ließ für einen kurzen Augenblick seinen sexuellen Phantasien freien Lauf.

Doch Mallory zerstörte rasch seine Träume: »Ich verstehe, ehrlich gesagt, nicht ganz, warum ich hier bin«, sagte sie.

Crowley blinzelte, als fühlte er sich ertappt. Dann riss er sich zusammen und sagte streng: »Ich muss mich deines Schweigens versichern, Hazel.«

»Als würde ich etwas ausplaudern!«, rief sie gekränkt. »Ich habe noch nie das Geringste ausgeplaudert. Um meine Schweigepflicht ist es weiß Gott besser bestellt als um eure. Bei euch sickern die Fakten doch geradewegs durch wie durch ein Sieb.«

»Solange die Boulevardpresse unseren unterbezahlten Polizisten ein halbes Jahresgehalt für etwas Klatsch und Tratsch zahlt, ist es schwer, etwas dagegen zu unternehmen. Aber ich spreche nicht von deiner Schweigepflicht, Hazel.«

»Ich stelle fest, dass es dir offenbar gefällt, meinen Namen auszusprechen, Andrew«, sagte Mallory scharfzüngig. »Um was geht es dann?«

»Um dein absolutes Schweigen, Hazel. Du darfst diesen Zettel nicht einmal erwähnen, weder Kollegen noch anderen Polizisten gegenüber. Du darfst ihn überhaupt nicht erwähnen.«

Mallory zog die Stirn in Falten und musterte ihn.

»Wenn das klar ist, kannst du jetzt gehen«, sagte Crowley.

Kopfschüttelnd verließ Hazel Mallory mit einem raschen, schwer zu deutenden Blick auf Dryden den Raum.

Nun las Andrew Crowley laut vor, was auf dem kleinen Zettel stand, der auf seinem Schreibtisch lag: »›An die operative Einheit, Europol.‹«

»Es gibt keine operative Einheit innerhalb von Europol«, sagte Ralph Dryden und wand sich etwas in dem unbequemen Besucherstuhl.

»Und auf der Rückseite«, fuhr Commander Crowley ungerührt fort, »›e98weriN‹ respektive ›79sYsd76‹, jeweils in einer Zeile.«

»Eine Art Code«, meinte Dryden nachdenklich und zuckte mit den Schultern.

»Ein Benutzername, ein Passwort?«, schlug Crowley vor.

»Nicht ganz unwahrscheinlich«, meinte Dryden. »Aber wofür?«

Commander Crowley beugte sich über den Schreibtisch vor und blickte Dryden an. »Es wird deine Aufgabe sein, das herauszufinden, Ralph. Und zwar ohne Kontakt zu irgendwelchen anderen Polizisten aufzunehmen und ganz ohne dein herkömmliches Team.«

»Ich verstehe nicht ganz, was diese Geheimhaltungsneurose soll«, warf Dryden ein. »Was ist denn daran so speziell?«

Andrew Crowley holte tief Luft und befingerte den handgeschriebenen kleinen Zettel.

»Europol schickt ein paar Leute aus Den Haag her. Du wirst mit ihnen zusammenarbeiten, aber mit niemand anderem.«

»Von wo?«, rief Dryden aus. »Von der ›operativen Einheit, Europol‹?«

»Das hast du gesagt«, meinte Crowley und fixierte Dryden. »Es gibt keine operative Einheit bei Europol.«

Vorspiel

Stockholm, 6. April

Aus ihrem neuen Bürofenster betrachtet, sah der Frühling irgendwie anders aus. Zwar hatte der April begonnen wie sonst auch – mit heftigen Wetterumschwüngen –, und auch die ersten kühn emporstrebenden Knospen im wie üblich vernachlässigten Innenhof des Polizeigebäudes erinnerten sie an die Vorjahre.

Dennoch schien die Tatsache, dass sie nun in einem anderen Raum in einem anderen Teil des Gebäudes auf Kungsholmen in Stockholm saß, offenbar ihre Wahrnehmung verändert zu haben.

Die Macht der Gewohnheit, dachte sie. Wie stark sie doch ist. Unser gesamter Organismus strebt nach Regelmäßigkeit, Gewohnheit, Wiedererkennung. Während unsere Seele, solange sie am Leben ist, letztlich nach dem Gegenteil strebt.

Wir sind für immer und ewig dazu verdammt, uns gespalten zu fühlen. Bei dem Gedanken musste sie laut auflachen. Doch als sie ihr eigenes Lachen hörte, verstummte sie sofort und warf instinktiv einen Blick zur Decke. Schließlich sah sie ihren Blick im Spiegel und wusste nicht, ob sie weinen oder lachen sollte.

Im Großen und Ganzen agierte Kriminalkommissarin Kerstin Holm wie ein beschatteter Mensch.

Dieser Fall, der noch kaum als Fall bezeichnet werden konnte, war ihr bereits bis ins Mark gedrungen. Etwas an ihm vermittelte ihr ein körperliches Unbehagen. Das erstaunte sie. In all ihren Jahren als Polizistin hatte sie bedeutend schlimmere Dinge erlebt. Aber dieser Fall kam ihr völlig unberechenbar vor. Er öffnete der Polizei ganz neue Türen, bei denen sie sich nicht sicher war, ob man sie wirklich aufstoßen sollte.

Das Stockholmprogramm, dachte sie. Das umfassende Programm der EU zur gemeinsamen Überwachung und Bekämpfung des Terrorismus. Eine Bezeichnung, die nach Kerstin Holms Geschmack etwas zu sehr an das Stockholmsyndrom erinnerte. Mit Sicherheit war eine Zusammenarbeit der europäischen Staaten bei grenzüberschreitenden Verbrechen unabdingbar. Aber darüber hinaus ging es auch um eine erweiterte Zusammenarbeit zwischen der EU und den USA. Durch die Speicherung des digitalen Fingerabdrucks diverser Mitbürger sollte eine Überwachung effektiver gestaltet werden. Außerdem sollten während des EU-Gipfeltreffens in Stockholm im Dezember gesetzliche Hindernisse für Überwachung, Abhörverfahren und Analysen aus dem Weg geräumt werden.

Veränderungen, dachte sie. Der Organismus reagiert abwehrend darauf, aber die Seele? Wollte sie diese Veränderungen wirklich? War es tatsächlich das einzige Gegenmittel für die immer cleverer und rücksichtsloser werdende zunehmend grenzüberschreitende Kriminalität?

In seiner Gesamtheit war das Stockholmprogramm gegenüber den RaV-Gesetzen von ungeheurer Dimension.

»RaV-Gesetze« war die allgemeine Bezeichnung für eine Reihe von schwedischen Gesetzesänderungen, die zum vergangenen Jahreswechsel in Kraft getreten waren und die Schaffung des »Gesetzes über die Personenfahndung innerhalb des Nachrichtendienstes der Verteidigung« möglich gemacht hatten. Das bedeutete unter anderem, dass die Radioanstalt der Verteidigung, eben die RaV, künftig das Recht hatte, im Radio- und Kabelverkehr zu fahnden, also über Internet- und Telefonleitungen mithilfe von Suchbegriffen, zum Beispiel Organisationsnamen oder Codewörtern. Solche Begriffe konnten beispielsweise Wörter wie »Kinderpornografie« sein.

Da die RaV jedoch nicht vor dem 1. Oktober Zugang zu den Netzen der Telefonanbieter erhalten würde, kam die Entscheidung, die in Den Haag getroffen und auch Auswirkungen auf die Arbeit in Stockholm haben würde, etwas unerwartet.

Es war am Freitagmorgen. Kerstin Holm hatte gerade völlig durchnässt und mit zerstörter Frisur ihr Büro betreten und war in Gedanken noch bei dem Aprilwetter. Ihre Überlegungen mischten sich in einer komplizierten Weise mit den in letzter Zeit häufiger auftretenden Zweifeln daran, ob sie beruflich wirklich den richtigen Weg gewählt hatte. Immerhin hatte sie einen bedeutend höheren und besser bezahlten Posten als hochrangige Beamtin beim sogenannten Operativen Rat der Reichskriminalpolizei quittiert. Der Operative Rat war zunehmend mit Kompetenzen ausgestattet worden, um die schwedischen Polizeikräfte effektiv zu bündeln und den Kampf gegen die organisierte Kriminalität zu strukturieren.

Kerstin Holm war unter anderem dafür verantwortlich gewesen, sogenannte Aktionsgruppen zusammenzustellen, die jeweils einen zeitlich begrenzten Einsatz gegen eine bestimmte Form des Verbrechens durchführten. Während ihrer Amtszeit waren die Gruppen unter anderem gegen Cannabisschmuggel, bei Raubüberfällen auf Geldtransporter und bei der Verhaftung von hundert Schwerverbrechern, die zu den kriminellsten Schlüsselfiguren des Landes gehörten, aktiv gewesen.

Im Hinblick auf die Zusammenstellung der Aktionsgruppen gab es für Kerstin Holm eine außergewöhnliche Vorlage. In der Vergangenheit hatte sich die Polizeibehörde nämlich eine »Sondereinheit für Gewaltverbrechen von internationalem Charakter bei der Reichskriminalpolizei« leisten können. Diese legendäre A-Gruppe war ihrer Zeit weit voraus gewesen und gab nun den Prototyp für die neu ins Leben gerufenen, zeitlich begrenzten Aktionsgruppen ab, die immer in Gefahr waren, aufgelöst zu werden, sobald sie ernsthaft zu funktionieren begannen. Diese Arbeit war sowohl befriedigend als auch frustrierend gewesen.

Wie so vieles andere bei der Polizei auch.

Vor allem aber hatte es Kerstin Holm frustriert, nicht aktiv teilnehmen zu können, sondern immer eine gewisse Distanz sowohl zu der Geduld erfordernden Detektivarbeit als auch zu den Kriminellen zu haben. Nie konnte sie das einzigartige Gefühl miterleben, das aufkommt, wenn die Wahrheit sachte, aber unerbittlich ans Tageslicht dringt.

Eines Tages hatte sie ihre ehemaligen Kollegen aus der aufgelösten A-Gruppe wiedergetroffen, und das Wiedersehen führte dazu, dass die Mitglieder dieser ehemaligen Sondereinheit schließlich dem Reichspolizeichef gegenüberstanden. Der ihnen ein neues Jobangebot unterbreitete, während er seine Pfeife paffte.

Leider war der erwähnte Job allerdings noch reine Zukunftsmusik, wodurch Kerstin Holm zum Abwarten gezwungen war und sich praktisch gesehen noch weiter von der operativen Arbeit entfernte. Die Zeit verging. Langsam kristallisierte sich eine Struktur heraus. Eine neue internationale Gruppe formierte sich, während alle Beteiligten nebenbei weiter ihrer gewöhnlichen Arbeit nachgingen. Jedenfalls diejenigen, die die Absicht hegten mitzumachen. Jan-Olov Hultin und Viggo Norlander waren mittlerweile in Rente gegangen, und Gunnar Nyberg war auf eine griechische Insel gezogen und wurde Schriftsteller. Ein Roman befand sich offenbar bereits im Druck.

Zurück blieben vor allem Kerstin Holm selbst und ihr Lebensgefährte Paul Hjelm, aber sie hätten nie erwartet, dass die Arbeit in dieser neuen Gruppe sie räumlich trennen würde. Andererseits hatte das einen erstaunlich positiven Effekt auf ihre Beziehung. Denn wenn sie sich trafen, sprühten zwischen ihnen wirklich Funken. Blieb nur die Frage, ob es ihnen auch gelingen würde, wieder zusammenzuarbeiten – es war immerhin lange her. Damals waren sie noch kein Paar gewesen, und zwischen der Opcop-Gruppe in Den Haag und den nationalen Opcop-Einheiten hatte es bisher noch keinen näheren Kontakt gegeben.

Zu diesem Zeitpunkt, an diesem frühen Freitagmorgen, hatte sie immer noch keine Ahnung, wie das alles funktionieren sollte. Arto Söderstedt und Paul Hjelm saßen in Den Haag, sie selbst, Sara Svenhagen und Jorge Chavez in Stockholm, und wie der Kontakt zwischen ihnen genau vonstattengehen sollte, war merkwürdig nebulös.

Es gab außerdem noch zwei weitere Mitglieder der ehemaligen A-Gruppe. Lena Lindberg hatte einen Pfarrer geheiratet und eine Tochter bekommen, sie befand sich nun bis auf Weiteres in Elternzeit. Und dann war da noch ... sie suchte nach wie vor nach irgendetwas, womit sie sich ihre klitschnassen Haare abtrocknen konnte. In dem Moment klopfte es an der Tür.

»Komm rein«, sagte sie.

Kriminalkommissar Jon Anderson von der Abteilung Internetkriminalität der Reichskriminalpolizei trat ein, die Stirn in tiefe Falten gezogen.

»Und dann war da noch Jon!«, rief sie spontan aus, ging zur Tür und umarmte das zehnte und letzte ehemalige Mitglied der A-Gruppe. Erst als sie sich mit ihrem platschnassen Haarschopf gegen sein gentlemanwürdiges Tweedjackett lehnte, wurde ihr wieder bewusst, wie groß er war. Sie fasste ihn an den Armen, trat einen Schritt zurück und betrachtete ihn. Unterhalb seines Brustkorbs zeichnete sich ein großer dunkler Fleck ab. Etwas zerstreut begann sie, darüberzuwischen, als ob ein paar Handbewegungen ihn wegzaubern könnten. Sie wusste, wie sehr er auf seine Kleidung achtete.

Aber er schien den Fleck zu ignorieren, stellte seine Sporttasche auf den Fußboden, fischte ein Handtuch heraus und reichte es ihr mit einem Lächeln. Die Falten auf seiner Stirn blieben allerdings.

»Morgensquash«, sagte er nur. »Und keine Angst, es ist unbenutzt. Ich habe den Termin auf später verschoben.«

»Weil du mich offenbar um jeden Preis vorher treffen wolltest«, ergänzte Kerstin Holm und frottierte sich dankbar die Haare.

»Du musst eine Detektivin sein«, entgegnete Jon Anderson mit dem gleichen leicht schiefen Lächeln.

»Und die Detektivin stellt darüber hinaus fest, dass du absolut trocken bist«, sagte sie, den Kopf unter dem Handtuch. »Oder zumindest warst, bis eine ältere Dame dir einen nassen Fleck verpasst hat. Was angesichts des Aprilwetters draußen bedeutet, dass du entweder extrem früh gekommen sein musst oder hier übernachtet hast. Wann beginnt das Spiel?«

»Um neun.« Anderson lachte, während die Falten auf seiner Nasenwurzel nahezu völlig verschwanden.

»In einer Dreiviertelstunde also«, stellte Kerstin Holm mit dem Blick auf die Uhr fest. »Reicht die Zeit?«

»Gerade so«, antwortete Anderson.

Sie lachte auf und gab ihm mit einem Nicken das Handtuch zurück. Während sie zu ihrem Platz hinter dem Schreibtisch ging, machte sie eine kleine Geste in Richtung des Besucherstuhls, der davor stand. Anderson faltete das Handtuch sorgfältig zusammen und legte es zuoberst in seine Tasche, bevor er sich setzte.

»Es ist also etwas Wichtiges geschehen«, sagte Kerstin Holm, »was außerdem mit Europol zusammenhängt.«

»Ich habe nicht vor, die Zeit damit zu vergeuden, deine analytischen Fähigkeiten zu loben«, entgegnete Jon Anderson. Erneut zeigte sich eine Falte auf seiner Nasenwurzel. »Außerdem befindet sich meine Abteilung auf dünnem Eis.«

»Du hast also mit anderen Worten nicht hier geschlafen«, schloss Kerstin Holm. »Ich habe mich getäuscht. Du bist in wachem Zustand die Nacht über hier gewesen.«

»So kann man es ausdrücken.«

Sie schwiegen einen Moment. Holm fragte sich, ob man es ihr ansah, dass sie sich ebenfalls auf dünnem Eis befand. Das dünne Eis einer noch absolut geheimen internationalen Polizeieinheit.

»Meine analytischen Fähigkeiten sind in der Tat nicht zu verachten«, sagte sie schließlich. »Da Jorge zu Europol übergewechselt ist, konntest du diesen interessanten Job als Verantwortlicher der neuen Abteilung für die kompliziertesten Fälle von Computer- und Internetkriminalität bei der Reichskriminalpolizei übernehmen. Es gibt mit Sicherheit riesige Flächen mit dünnem Eis in diesem Zusammenhang, aber keine so dünnen wie bei der RaV.«

Jetzt hatten sich zwei Falten auf Jon Andersons Stirn gebildet.

Er hob die Schultern leicht und sagte: »Es dauert noch ein halbes Jahr, bis die RaV formalen Zugang zum Netz der Telefonanbieter erhält.«

»Aber du hast das System schon einmal heimlich getestet?«

»Es kommt darauf an, wie offiziell du dich mir gegenüber geben möchtest, Kerstin.«

»Was hältst du von gar nicht?«

»Gefällt mir ausgezeichnet«, antwortete Anderson.

Dann wurde es wieder eine Weile still. Sie sah, wie er sich die Worte auf der Goldwaage seiner Zunge zurechtlegte. Schließlich entschied er sich für einen Umweg.

»Wenn ich aufrichtig sein soll, ich habe noch nicht ganz verstanden, worauf genau diese Erweiterung der Europol-Einheit abzielt. So viele hyperkompetente Polizisten, aber irgendwie scheinen sie nicht aktiv zu werden. Gestattest du mir, dass ich ebenfalls gewisse analytische Überlegungen anstelle?«

»Be my guest«, entgegnete Kerstin Holm und ordnete ihre wuschelige Frisur, damit man ihr nicht ansah, wie breit sie lächelte.

»Wir alle wissen ja, dass Europol zum Jahreswechsel eine Umstrukturierung durchführt«, sagte Anderson. »Zu dem Zeitpunkt werden auch alle Punkte des Stockholmprogramms beschlossene Sache sein. Vieles deutet darauf hin, dass Europol sich einer stärker operativ ausgerichteten Institution annähert.«

»Bist du sicher, dass deine Zeit ausreicht?«, fragte Holm mit einem Blick auf ihre Armbanduhr.

»Ist es wirklich das, was ihr vorhabt?«, rief er mit weit geöffneten Augen. »Ihr wollt ein europäisches FBI gründen?«

»Es kommt darauf an, wie offiziell du dich mir gegenüber geben möchtest, Jon.«

»Was hältst du von gar nicht?«

»Gefällt mir ausgezeichnet«, antwortete Kerstin Holm und lächelte. »Was willst du also?«

Jon Anderson räusperte sich, holte tief Luft und antwortete: »Wir haben bereits eine Gruppe von Wiederholungstätern zusammengestellt, die wir gerne demnächst der RaV-Überwachung zuführen würden. Dafür werden ziemlich umfangreiche Unterlagen erforderlich sein wie Gerichtsbeschlüsse und die Genehmigung durch die Regierung und des Nachrichtendienstes und was weiß ich noch alles. Wenn wir also eine Überwachung durchsetzen wollen, müssen wir sicher sein, dass unsere Indizien absolut wasserdicht sind. Also müssen wir Testläufe durchführen. Mittlerweile konnten wir das System ein paar Tage lang testen. Wir haben alles dabei. Hardcorepädophile, die uns früher jedes Mal aufs Neue durch die Lappen gegangen sind. Internetbetrüger jeglicher Couleur und auch kleine, aber nicht minder nervenaufreibende Kriminelle aus dem Bereich Internetmobbing, notorische Beleidiger und Personen, die Morddrohungen verbreiten. Ich glaube, du kennst solche Typen auch.«

»Absolut«, bestätigte Holm. »Bevor die Filtersysteme wirksam wurden, hatte ich einige von ihnen hier bei mir. Männer, die Frauen bedrohen.«

»Und hassen. Eine erstaunlich große Gruppe. Wir haben ein paar für den Test herangezogen. Im besten Fall können wir ihnen Angst einjagen, damit sie aufhören, die Leute zu schikanieren. Sie sind oft extrem feige. Und dennoch benutzen sie drastische Codewörter wie ›morden‹, ›vergewaltigen‹ oder ›Kinderpornografie‹. Aber das, was gestern Abend geschehen ist, hat mich veranlasst zu handeln. Denn die Kategorien haben sich plötzlich überschnitten. Einer der Internetmobber hat nämlich angefangen, auf Kinderpornografieseiten zu surfen.«

»Klingt dennoch so, als hätte es wenig mit den Arbeitsbereichen von Europol zu tun.«

»Es war ziemlich merkwürdig, und ich habe beschlossen zuzugreifen. Man kann ja auch ohne die RaV in solchen Fällen agieren, notfalls muss man eben herumtricksen. Aber als wir dort ankamen, saß da keineswegs der Internetmobber selbst am Computer, sondern eine eingeschlossene chinesische Putzfrau namens Wang Yunli.«

»Die auf der Suche nach Kinderpornografie im Internet gesurft hat?«

»Mysteriös, oder? Hier, du kannst meine Vernehmungsunterlagen lesen. Du liest ja schnell.«

Anderson reichte ihr ein paar zusammengeheftete Aktenblätter über den Schreibtisch. Holm nahm sie entgegen und überflog sie rasch.

»Keine besonderen Auffälligkeiten, oder?«, fragte sie nach ein paar Minuten. »Ist sie wirklich so unschuldig, wie sie wirkte? Eingeschlossen, die Alarmanlage, Angst, ihren Job zu verlieren. Da entschließt sie sich, über Nacht zu bleiben, bis sich die Alarmanlage ausschaltet, und wirft in der Zwischenzeit einen Blick in den nicht ausgeschalteten Computer?«

»Eigentlich spricht nichts dagegen«, antwortete Jon Anderson. »Aber ihr Schwedisch ist absolut mies, und dennoch hat sie den komplizierten Begriff ›Kinderpornografie‹ problemlos in die Suchmaschine eingetippt. Richtig buchstabiert und alles.«

»Und dazu erklärt, Zitat: ›Es muss irgendwie von selber aufgetaucht sein.‹ Kann es so gewesen sein?«

»Ja, in der Tat. Die Suchmaschine, die unser Internetmobber Carl-Henric Stiernmarck benutzt, schreibt automatisch zuvor gesuchte Begriffe zu Ende, wenn man beginnt, sie einzutippen. Ich habe bis jetzt allerdings noch nicht ausmachen können, wann das Wort zum ersten Mal eingegeben wurde.«

»Stiernmarck, Adresse Hästhagen, Järla sjö, mit schwarzarbeitender Putzfrau und einer Villa, befindet sich für ein langes Wochenende in Paris – ist es voreingenommen, wenn ich in Kategorien der Oberklasse denke?«

»Absolut«, entgegnete Jon Anderson. »Und zugleich vollständig korrekt. Carl-Henric Stiernmarck ist Direktor und Besitzer einer exklusiven Möbelfabrik, die allerdings mit der Finanzkrise ziemlich unter Druck geraten ist. Er fand offenbar ein Ventil für seine Frustration, indem er Hassmails an hochrangige weibliche Politiker geschickt hat. Einer der Damen wurde es schließlich zu bunt. Sie zeigte ihn an und erklärte uns gegenüber, dass sie nicht das Geringste dagegen hätte, wenn wir die RaV einschalten würden, um ihn festzusetzen.«

»Aber dann hat die Konjunktur wieder Aufschwung bekommen …«

»Und die Hassmails haben aufgehört, erneut eine korrekte Schlussfolgerung, liebe ehemalige Chefin.«

»Und wie lange habt ihr Stiernmarck ›getestet‹?«

»Lediglich zwei Tage. Ich habe allerdings nicht vor, ihn deswegen aus Paris zurückzuholen. Wir gewinnen nichts damit, wenn die Sache aufgeblasen wird und sich zu einem gigantischen Rechtsfall entwickelt.«

»Also ist das Ganze eher ein ziemlicher Scheißkram …«

»Na ja. Zum einen bin ich rein instinktiv der Auffassung, dass Kinderpornografie niemals bloß Scheißkram ist. Tja, und zum anderen habe ich noch etwas anderes gefunden. Es war gut, dass er verreist ist, dadurch hatte ich etwas Zeit, seinen Computer zu durchsuchen.«

»Du hast ihn also beschlagnahmt?«

»Ja, doch, oder wie man es nennen soll …«

»Es gibt, ehrlich gesagt, keine andere Formulierung«, erklärte Kerstin Holm. »Aber ich warte immer noch auf den springenden Punkt. Die Verbindung zu Europol. Was hast du also noch gefunden?«

Jon Anderson wand sich ein wenig auf seinem Stuhl. Das Bewegungsmuster des Unbehagens.

»Ja, also«, sagte er schließlich, »ich finde, es sieht zum Teufel noch mal ganz danach aus, als besäße Carl-Henric Stiernmarck Kontakte zur Mafia.«

»Wie, zu den Russen?«

»Nein, zur italienischen Mafia. Der Camorra, der ’Ndrangheta oder einer nahestehenden Organisation.«

Kerstin Holm beugte sich über den Schreibtisch vor, fixierte ihren ehemaligen Untergebenen und fragte brüsk: »Und worauf gründet sich dein Verdacht?«

»Ich habe einen Treffer gelandet, eine süditalienische MAC-Adresse, die bereits zweimal in anderen Zusammenhängen in Verbindung mit der Mafia benutzt wurde. Nichts Großes, aber unverkennbar.«

»Einen Treffer? In welchem Register?«

Jetzt wand sich Jon Andersons langer Oberkörper wie ein Wurm, was auf dem kleinen Besucherstuhl recht eigentümlich wirkte.

»Im Register von Europol«, brachte er schließlich hervor.

»Und welchen schwedischen Verbindungsmann bei Europol hast du kontaktiert, wie es die Regel vorschreibt?«

»Ich bin zum Teufel noch mal als Hacker angestellt«, zischte Anderson. »Stell dich nicht dümmer, als du bist, Kerstin. Ich will nicht, dass das hier zu einer offiziellen Sache wird. Noch nicht.«

Kerstin Holm unterdrückte ein Lächeln. »Und wie sicher bist du dir?«, fragte sie.

»Sagen wir zu achtzig Prozent.«

»Und in dem Moment, wo du die Sache an Europol übergibst, also an mich, bist du die Verantwortung los, kannst aber dennoch weiter daran arbeiten?«

»Übers Wochenende? Ich bin überzeugt davon, dass ich die Sicherheit auf fünfundneunzig Prozent erhöhen kann. Es gibt nämlich gewisse Indikatoren …«

»Und Stiernmarck kommt erst am Montag nach Hause?«

»Montag gegen Mittag. Die Maschine aus Paris, Air France AF2062, landet um zehn nach zwölf. Wenn du willst, kann ich bis dahin seinen Computer vollständig klonen und wiederherstellen.«

»Seid ihr mit Blaulicht und Sirene nach Hästhagen gefahren? Und habt die Haustür eingeschlagen?«

»Was glaubst du denn?«, fragte Anderson, und ein Lächeln huschte über sein Gesicht.

»Ich versuche nur, unseren Handlungsspielraum auszuloten«, entgegnete Holm todernst.

»Wir sind mit einem Zivilfahrzeug gekommen, haben ein Stück vom Haus entfernt geparkt und die Eingangstür aufgebrochen, nachdem wir die Alarmanlage gemäß den Instruktionen des Herstellers ausgeschaltet hatten. Wang Yunli hingegen hat gewisse Spuren hinterlassen. Sie hat sich im Schlafzimmer der

Eheleute einen Film angesehen und Sachen aus dem Kühlschrank gegessen. Aber es gibt keine Anzeichen dafür, dass die Nachbarn etwas bemerkt haben.«

Kerstin Holm nickte, warf erneut einen Blick auf ihre Armbanduhr und sagte: »Noch zehn Minuten bis zum Squash. Kannst du dich um eine Genehmigung kümmern, damit wir Wang Yunli vernehmen können?«

»Wir?«, fragte Jon Anderson und stand auf.

»Jorge ist gerade nach Den Haag abgereist«, erklärte Kerstin Holm. »Aber ich will Sara einweihen.«

»Du kannst ja Gedanken lesen«, sagte Anderson. »Gib mir heute noch ein wenig Zeit, damit ich den Computer weiter durchsuchen kann. Bevor ihr die Chinesin vernehmt, bekommt ihr von mir Unterlagen über alles, was sie an dem betreffenden Abend am Computer gemacht hat. Dann habt ihr etwas in der Hand.«

»Kannst du das bis drei Uhr heute Nachmittag schaffen?«

»Ja, das geht«, erwiderte Anderson, griff nach seiner Sporttasche und legte die Hand auf den Türgriff.

»Und was die Sicherheit angeht, Montagmorgen um sieben hier bei mir«, entschied Holm. »Ich will mindestens fünfundneunzig Prozent.«

Jon Anderson nickte und ging. Nach ein paar Sekunden stand er erneut im Türrahmen: »Yunli ist übrigens der Vorname«, erklärte er. »Ich habe den Fehler begangen, sie Wang zu nennen. Seitdem hat sie kein Vertrauen mehr zu mir.«

»Vergiss nicht, dich aufzuwärmen«, ermahnte ihn Kerstin Holm.

Eine Viertelstunde später saß Sara Svenhagen auf dem Besucherstuhl. Ihrer Größe schien er deutlich angemessener zu sein. Erstaunlicherweise hatte sie ebenfalls zwei Falten auf der Stirn.

»Also, ich bin nicht sicher …«, sagte sie und massierte sich den Nacken.

»Ich weiß, was du denkst«, sagte Kerstin Holm. »Ich denke das Gleiche.«

»Ziemlich viele Regelverstöße, oder?«

»Aber auch viele Merkwürdigkeiten. Ich bin diese aggressiven Internetfeiglinge, ehrlich gesagt, leid. Aber das ist ja nicht das Entscheidende, und das weißt du auch.«

»Wenn eine Direktverbindung zur 'Ndrangheta besteht, dann ist das eine heiße Sache, da bin ich ganz deiner Meinung. Wie sagt dieser Teraldi, Temaldi, Tevaldi immer?«

»Fabio Tebaldi von der Opcop-Gruppe sagt, dass er für eine Verbindung in den inneren Kreis der 'Ndrangheta seine rechte Arschbacke hergeben würde.«

»Was wahrscheinlich so oder ähnlich auch bald geschehen wird. Er hat immerhin üble Morddrohungen erhalten.«

»Wir können die ganze Angelegenheit auch auf sich beruhen lassen. Wir bringen unbemerkt den Computer zurück, und Wang Yunli kann ihren Job behalten. Wir müssen sie nicht einmal als illegale Immigrantin anzeigen. Und wir vergessen Stiernmarck. Wir haben nicht gegen Regeln verstoßen, und es ist nichts passiert.«

»Zum Teufel auch«, sagte Sara Svenhagen und stand so abrupt auf, dass der Besucherstuhl nach hinten flog und eine Schramme an der Tür hinterließ.

Das war am vergangenen Freitagmorgen gewesen. Heute war Montag, und Kerstin Holm betrachtete die Schramme an der Tür mit dem merkwürdigen Gefühl, dass sie ein Zeichen war. Es war acht Uhr, sie wartete. Für einen kurzen Augenblick dachte sie ans Wochenende zurück: herrliches Frühlingswetter. Der Spaziergang mit ihrem Sohn Anders und ihrer Stieftochter Tove auf Långholmen und dann über Reimersholme am Årstavik entlang bis hin zum Eriksdalsbad. Das Mittagessen auf dem eigentümlichen Thaiboot, das pünktlich zum Saisonbeginn wieder geöffnet hatte. Das Telefonat mit Paul in Den Haag. Die wohltuende, entspannte Stimmung.

Die Ruhe vor dem Sturm.

So kann es durchaus sein, dachte sie, und im selben Augenblick schneite der Sturm in Gestalt einer winterlich gekleideten Sara Svenhagen herein.

»Mein Gott, heute haben wir ja fast schon Sommer«, sagte sie, schloss die Tür hinter sich und begann, ihren vier Meter langen rosafarbenen Schal abzuwickeln und sich aus ihrem Mantel zu schälen. Dann ließ sie sich schwitzend und mit rosigen Wangen auf den Besucherstuhl vor Kerstin Holms Schreibtisch fallen, fuhr sich mit der Hand durch das kurze blonde Haar, beugte sich dienstbeflissen vor und fragte: »Ist Jon hier gewesen?«

Kerstin Holm nickte.

»Und?«, fragte Sara Svenhagen und machte eine stürmische Geste.

»Mindestens fünfundneunzig«, entgegnete Holm und lehnte sich zurück. Drei unzureichend gelöschte Mails, die Verbindungen nach Italien belegen. Außerdem irgendein Kontakt ins Baltikum.«

»Ins Baltikum?«

»Nach Lettland. Ich erkläre es dir später. Sollen wir uns vorher die Vernehmung ansehen und sie ein wenig unter die Lupe nehmen?«

Der Sturm, den Sara Svenhagen mitgebracht hatte, legte sich. Sie wischte sich den Schweiß von der Stirn, lüftete ihren Pulli unter den Achselhöhlen etwas, kam langsam zur Ruhe und nickte schließlich.

Kerstin Holm klickte den Vernehmungsfilm auf dem Computer an.

Eine klein gewachsene Chinesin im Alter von ungefähr vierzig Jahren saß allein an einem Tisch. Die Kamera war von schräg oben auf sie gerichtet, offenbar von der Decke aus. Die Frau stützte ihr Kinn in die Hände und machte einen vollkommen niedergeschlagenen Eindruck. Als wäre die Welt untergegangen und sie ganz allein zurückgeblieben. Die Sequenz dauerte so lange an, dass man meinte, ein Standbild zu sehen.

Dann veränderte sich mit einem Schlag die Szenerie. Die Tür wurde aufgestoßen, und drei Frauen kamen herein, eine hellhaarige, die deutlich größer war als die nachfolgende dunkelhaarige, die wiederum deutlich größer war als die dritte, die unverkennbar chinesisch aussah und eine Polizeiuniform trug. Die drei Neuankömmlinge nahmen auf der anderen Seite des Tisches Platz. Aus den Lautsprechern ertönte ein scharfes Geräusch, als die Stühle über den Betonboden schrappten. Wang Yunlis Miene blieb jedoch unverändert. Sie verharrte in exakt derselben Position, das Kinn schwer auf die Hände gestützt. Als ginge sie das alles nichts mehr an.

Die Dunkelhaarige sagte: »Ich bin Kriminalkommissarin Kerstin Holm, das ist Kriminalinspektorin Sara Svenhagen und dies Polizeiassistentin Lin Gaoping, die für uns dolmetschen wird. Wir haben das Protokoll Ihres Berichts gelesen, Yunli, das aber auf Schwedisch und Englisch abgefasst ist. Um sicherzugehen, dass keine Missverständnisse aufgetreten sind, würden wir es gerne noch einmal in Ihrer Muttersprache durchgehen.«

Sie verstummte, und Lin Gaoping übersetzte. Wang Yunli saß immer noch in derselben Position da, doch jetzt hob sie zum ersten Mal ihren Blick von der Tischplatte und sah die Dolmetscherin an. Als Lin Gaoping geendet hatte, nickte Wang Yunli kurz.

Holm fuhr fort: »Aus welchem Grund haben Sie im Internet nach Kinderpornografie gesucht?«

Genau in dem Moment hielt Kerstin Holm den Film an. Sie wandte sich Sara Svenhagen zu. »Da haben wir sie. Die erste Reaktion.«

»Wir haben es beide gesehen«, bestätigte Sara Svenhagen. »Sie kannte das Wort. Es tauchte nicht einfach so auf.«

»Obwohl ihr Schwedisch ziemlich rudimentär ist. ›Kinderpornografie‹ ist also kein Wort, das sie kennen müsste.«

»Mach weiter.«

Der Film lief wieder an. Die Dolmetscherin übersetzte und erhielt eine Antwort.

»Es tauchte einfach so auf«, übermittelte Lin Gaoping.

»Und warum haben Sie anschließend auf acht weiteren Kinderpornografieseiten gesurft? Warum haben Sie daraufhin zuerst die E-Mails und danach den gesamten Computer nach Kinderpornografie durchsucht?«

Die Dolmetscherin übersetzte die Frage. Kerstin und Sara runzelten beide die Stirn.

»Was denkt sie hier?«, fragte Sara, ohne Kerstin direkt anzusprechen. »In diesem Augenblick weiß sie, dass wir es wissen. Was ist ihre Reaktion?«

»Es scheint, als hätte sie die Antwort vorher vorbereitet«, sagte Kerstin.

»Jetzt kommt sie.«

Und sie kam. Die Dolmetscherin sagte: »Es war so schrecklich. Ich hatte den Eindruck, dass das böse war. Ich wollte nachgucken, ob es noch mehr solche Dinge im Computer gibt. Ich habe das Wort kopiert.«

Kerstin Holm hielt den Film erneut an. »Und das stimmt«, erklärte sie. »Das Wort ›Kinderpornografie‹ befand sich wirklich in der Funktion ›Ausschneiden‹. Was aber noch nichts über ihre Beweggründe aussagt.«

Die Vernehmung lief weiter.

Kerstin Holm sagte jetzt: »In meinen Augen liegt eine erstaunliche Diskrepanz zwischen Ihrem Schrecken, als Sie eingeschlossen werden, und Ihrem Mut, als Sie beginnen, den Computer Ihres gefürchteten Arbeitgebers zu durchsuchen.«

Wang Yunli zögerte nicht mit der Antwort, und die Dolmetscherin erklärte: »Wang Yunli sagt, als sie den erleuchteten Bildschirm im Arbeitszimmer sah, sei sie derartig schockiert gewesen, dass sie das Tablett mit Essensresten fallen ließ. Sie glaubte, da sei jemand im Zimmer. Als sie hineinschlich und sah, dass dem nicht so war, setzte sie sich, ohne zu überlegen, an den Computer. Rein zufällig gelangte sie ins Internet und tippte einen oder zwei Buchstaben ein. Daraufhin tauchte das Wort ›Kinderpornografie‹ auf. Als sie all die unheimlichen Bilder erblickte, überwand sie sich und versuchte mutig zu sein. Wie Yu Shu Lien.«

»Die Hauptperson in *Crouching Tiger, Hidden Dragon*, des Films, den Sie zuvor gesehen hatten?«

»Er heißt *Wo hu cang long*«, antwortete Wang Yunli auf Schwedisch. »Ich verstehe nicht, warum er in der schwedischen Version einen englischen Namen hat.«

Kerstin Holm stoppte den Film erneut und sagte: »Man muss zwar mittlerweile davon ausgehen, dass die westliche Welt geradezu überschwemmt wird von überqualifizierten Putzfrauen und Fahrkartenkontrolleuren aus fremden Ländern, aber diese Frau ist definitiv zu schlau für ihre Position.«

»Meine Eltern haben mir gestern Isabel und Miguel abgenommen«, warf Sara Svenhagen ein. »Deshalb hatte ich den gesamten Sonntag Zeit zum Nachdenken. Und ich bin ganz deiner Meinung. Die Geschichte, die sie Jon aufgetischt hat, ist falsch.«

»Es kann schnell passieren, dass man mit seinen Hypothesen zu weit geht, wie wir beide wissen. Aber sollten wir recht haben, hätte das weitreichende Konsequenzen.«

»Lass weiterlaufen.«

Kerstin Holm drückte erneut die Starttaste und sah sich fragen: »Sie wohnen also gemeinsam mit vier anderen schwarzarbeitenden Putzfrauen in Vällingby?«

Liu Gaoping übersetzte, dann kam die Antwort: »Genau. Die Adresse habe ich Ihnen bereits gegeben. Fünfter Stock.«

»Ja, die haben wir. Und Sie putzen außerdem noch in diversen anderen Häusern in Nacka? Sogar bei Nachbarn in Hästhagen, wie Sie bei der letzten Vernehmung ausgesagt haben.«

Mit der übersetzungsbedingten Verzögerung kam die Antwort: »Bei fünf Nachbarn im Viertel, ja. Und in ein paar anderen Häusern in Nacka.«

Kerstin Holm stoppte den Film erneut und zog eine Grimasse. »Also, ich weiß nicht so recht, worauf das Ganze hinauslaufen wird, aber ich glaube, dass sich da etwas vor uns auftürmt. Die Wahrscheinlichkeit, dass die Bewohner von fünf Nachbarhäusern in dem kleinen Villenviertel Hästhagen am See von Järla sowie die von weiteren Villen in Nacka mit Kinderpornografie zu tun haben, ist eher gering. Was bleibt uns also?«

»Dass sie lügt«, meinte Sara Svenhagen. »Dass sie gar nicht zusammen mit vier Unglücksschwestern in einer schwarz angemieteten Wohnung in Vällingby wohnt. Und dass sie nicht in irgendwelchen anderen Villen putzt.«

»Oder dass sie nach etwas sucht. Dass sie eine Villa nach

der anderen auf der Suche nach Kinderpornografie durchkämmt.«

»Du meinst, sie führt eine Art Kreuzzug?«

»Oder was Buddhisten so tun ...«

»Aber dennoch – worin besteht ihr Verbrechen? Sie putzt de facto in der Villa, sie wird in der Tat eingeschlossen, und die Alarmanlage war aktiviert, bevor Jon und seine Männer sie abgeschaltet haben. Sie hat einen Blick in den Computer geworfen und nach dem Begriff ›Kinderpornografie‹ gesucht. In Schweden ist das erlaubt, im Grunde genommen hat jeder Polizist, Journalist, Krimischriftsteller und Soziologe es schon einmal getan. Dass sie den Computer von Carl-Henric Stiernmarck durchsucht hat, ist zwar unbefugtes Eindringen in die Privatsphäre, aber die Frage lautet, ob wir sie noch länger festhalten können.«

»Formell gesehen hat sie schon zu lange gesessen«, gab Kerstin Holm zu. »Ich befürchte allerdings, dass sie verschwindet, wenn wir sie gehen lassen. Und dann bekommen wir nie eine Antwort.«

»Wenn wir sie nicht bereits auf eine paradoxe Art bekommen haben. Hier ist es.«

Sara Svenhagen erschauderte, als Kerstin Holm den Film weiterlaufen ließ. Für einen kurzen Augenblick wurde sie in eine ferne Vergangenheit zurückkatapultiert. Dann hörte sie sich selbst fragen: »Was haben Sie dabei empfunden, als Sie die Bilder mit Kinderpornografie sahen?«

Polizeiassistentin Lin Gaoping wollte gerade beginnen zu übersetzen, als Wang Yunli ihr die Hand auf den Arm legte. Dann fixierte sie Sara Svenhagen und sagte auf Schwedisch: »Es war das Widerlichste, was ich je gesehen habe. Es war der Teufel persönlich.«

»Dieser Blick.« Sara Svenhagen hielt den Film erneut an. »Dieser Blick glühte förmlich. Ich kenne ihn von mir selbst. Vielleicht habe ich ihn sogar immer noch.«

Kerstin Holm nickte. »In irgendeiner Weise kommt er mir bekannt vor«, sagte sie. »Chinesische Kinder ...?«

»Aber es geht hier trotzdem um etwas ganz anderes.« Sara

Svenhagen seufzte. »Wir stehen zwar vor einem äußerst bizarren Rätsel, aber wir müssen es hintanstellen. Denn hier geht es um ganz andere Daten in Carl-Henric Stiernmarcks Computer. Wir müssen sie gehen lassen. Und wir müssen Wang Yunli zum Schweigen verpflichten.«

Kerstin Holm lachte auf, aber es klang eher verzweifelt. »Wo wir gerade von Paradoxien sprechen: Unter ihren Habseligkeiten befand sich doch auch ein Handy, oder? Falls sich die Adresse in Vällingby als falsch erweisen sollte.«

»Ja«, sagte Sara Svenhagen. »Gut, wir kümmern uns um die Nummer. Obwohl natürlich das Risiko besteht, dass sie es wegwirft, sobald sie das Polizeigebäude verlässt.«

»Ich dachte nicht unbedingt nur an die Nummer«, murmelte Kerstin Holm und fragte dann: »Sollten wir sie nicht etwas mehr unter Druck setzen?«

»Das kann in gewisser Weise kontraproduktiv sein. Vielleicht treiben wir sie damit über die Grenze, und dann beginnt sie, darüber nachzudenken, wie sie eigentlich entdeckt wurde. Wenn Wang Yunli sich im Zorn an die Presse wendet, steht Jon ziemlich dumm da, oder? Und außerdem gibt es noch die eventuelle Verbindung zur Mafia. Dass ich so etwas jemals sagen würde, hätte ich nie gedacht, aber: Es ist gut, dass sie Angst hat.«

»Pfui Teufel«, sagte Kerstin Holm und spürte, wie das Gefühl von Ekel sie erneut mit voller Kraft befiel.

»Sie hat einfach nur vor, abzuhauen und unterzutauchen«, fuhr Svenhagen fort. »Und das ist ganz in unserem Sinne. Dann können wir uns in Ruhe den Mafiakontakten zuwenden, ohne gestört zu werden. Wir werden in der Villa in Hästhagen alles wieder so herrichten, wie es war, damit wir Stiernmarck der Lüge überführen können. Wir wollen nicht, dass Yunli in der Nähe ist. Und außerdem würde ich das Polizeikorps am liebsten mit sofortiger Wirkung verlassen.«

Kerstin Holm seufzte und dachte über die Prioritäten nach. Dann fragte sie: »Wir haben genug gesehen, oder?«

»Ich glaube schon«, entgegnete Sara Svenhagen.

»Kämm dir die Haare«, forderte Kerstin Holm sie auf. »Es ist an der Zeit, unsere neu installierte Europol-Videokonferenzanlage auszuprobieren.«

Sie wählte auf dem Computer ein Symbol und öffnete schließlich ein Fenster, aus dem sie selbst und Sara herausblickten. Sara zog sich etwas zurück, während Kerstin die Kamera über dem Bildschirm justierte und mit der Maus einen Pfeil anklickte.

Anstelle von Kerstins Gesicht erschienen nun albinoweiße Gesichtszüge in dem Fenster, und sie hörten: »Oh, Mann! Schließt schnell die Türen. Wenn die anderen das zu sehen bekommen, werden sie Pogrome gegen uns Schweden anzetteln.«

Arto Söderstedts Gesicht wurde rasch von Paul Hjelms verdrängt, während Jorge Chavez immer wieder kurz durch das Bild huschte.

Nach einigem Geplänkel holte Kerstin Holm tief Luft, räusperte sich und sagte: »Ich glaube, ich habe den ersten Fall für die Opcop-Gruppe aufgetan.«

Trotz der miserablen Bildqualität konnte sie erkennen, dass sich Paul Hjelms Blick schärfte.

»Ich höre«, entgegnete er.

»Ein schwedischer Geschäftsmann aus der Möbelbranche hat mit fünfundneunzigprozentiger Wahrscheinlichkeit direkten Kontakt zur italienischen Mafia gehabt, allem Anschein nach zur 'Ndrangheta. Wir haben drei Mails an unterschiedliche italienische E-Mail-Adressen herausgefiltert. Außerdem scheinen Verbindungen ins Baltikum zu existieren, genauer gesagt nach Lettland.«

Paul Hjelm in Den Haag zog die Augenbrauen mit derartiger Intensität hoch, dass es auch Kerstin und Sara in Stockholm unmittelbar auffiel. »Sehr interessant«, meinte er. »Wissen wir, um was es da geht?«

»In keiner Weise, die Mails scheinen codiert zu sein. Aber Jon hat als einen der Empfänger eine IP-Adresse ausmachen können, die von der Mafia benutzt wurde.«

»Jon?«, rief Hjelm aus. »Jon Anderson?«

»Offiziell betrachtet hat sich Jon Anderson an Europol gewandt, um die übliche Unterstützung bei einer supranationalen

Angelegenheit anzufordern. Informell betrachtet hat er den Fall der Opcop-Gruppe übergeben. Von deren Existenz er allerdings nichts weiß.«

Jorge Chavez drängte sich ins Bild. »Ich war fünf Jahre lang Jon Andersons Partner«, sagte er. »Wenn er das in seiner neuen Position herausgefunden hat, muss er sich dafür an die RaV gewandt haben.«

»Ich weiß nicht, wie es zugegangen ist«, erklärte Kerstin Holm, »aber Polizeiarbeit ist plötzlich offenbar zu einer sehr geheimen Sache geworden.«

»Wir leben in einem neuen Zeitalter«, warf Paul Hjelm ein und schob Chavez' Kopf regelrecht aus dem Bild. »Entweder akzeptiert man, dass sich die Zeiten geändert haben, oder man verlässt das Korps.«

»In diesen Tagen wird in der Tat ziemlich viel über das Verlassen des Korps geredet.«

»Vermutlich gibt es auch gute Gründe dafür. Die Polizeigewalt insgesamt steht vor gigantischen Veränderungen. Ohne dass wir es bemerkt hätten, sind bereits mehr als die Hälfte aller staatlichen Institutionen Europas in privater Hand.«

»Outsourcing«, warf Arto Söderstedt ein, der nun hinter Hjelm aufgetaucht war. »Wie in Abu Ghraib.«

»Schick mir alles, was du hast. Und was sagt der Geschäftsmann dazu?«, fragte Hjelm, nachdem er Söderstedt weggeschoben hatte.

»Bislang noch nichts. Carl-Henric Stiernmarck ist noch, tja, etwa eine Stunde lang in Paris. Vermutlich steht er mit seiner Ehefrau Wictoria bereits am Charles de Gaulle. Sie werden in dreieinhalb Stunden in Arlanda und in frühestens vier Stunden zu Hause in Nacka sein. Bis dahin wird alles in der Villa wieder aussehen wie zuvor. Er hat keine Ahnung davon, dass wir seinen Computer geklont haben. Wir werden bei der ersten Vernehmung eine Menge Asse im Ärmel haben.«

»Da es für den Fall keine Rolle zu spielen scheint, wie ihr ihn lokalisiert habt, frage ich auch nicht danach. Schickt alles her, was ihr habt, und reicht die Vernehmungsunterlagen nach, wenn ihr so weit seid, damit ich beurteilen kann, ob es sich wirklich um einen Fall für die Opcop-Gruppe handelt.«

»Alles wird selbstverständlich so gemacht«, sagte Kerstin Holm zu ihrem unter Hochdruck stehenden Lebenspartner und Strohwitwer.

Damit war die Europol-Videobesprechung beendet. Kerstin und Sara sahen einander an.

Schließlich sagte Sara: »Da haben wir uns ja geradewegs in die Schlangengrube gestürzt.«

Kerstin Holm seufzte, schüttelte den Kopf und tippte eine Nummer in ihr Handy.

»Jon? Der Beschluss steht. Bring den Computer zurück in die Villa. Und sieh zu, dass alles andere ebenfalls wieder in den Originalzustand versetzt wird, einschließlich der Alarmanlage. Beseitigt alle Spuren. Aber seid vorsichtig. Keiner darf euch dort sehen.«

Und dann fügte sie noch hinzu: »Ach ja, sieh nach, ob vor dem Arbeitszimmer ein heruntergefallenes Tablett mit Essensresten liegt.«

Der erste Brief

Von: Ariadne <ariadne@midasmail.com>
Betreff: Danke!
Datum: 15. März 10:31:38 EST
An: Phädra <phaedra873456@hotmail.com>

Ich danke Dir so für unser Treffen neulich, meine Liebe, es war phantastisch, Deine Familie wiederzusehen. Die Kinder sind unglaublich groß geworden. Riverdale scheint ihnen gutzutun.

Ich kann unser Wiedersehen nach all den Jahren noch gar nicht ganz fassen – dass wir uns auf dem Spielplatz im Central Park so unverhofft begegnet sind! Wie alt sind Deine Kinder jetzt? Vier und sechs? Fünf und sieben? Und Scott ist trotz des harten Arbeitslebens an der Wall Street das Kunststück gelungen, sich seinen Sex-Appeal zu bewahren. Was machst Du, um ihn zu konservieren? Nein, antworte nicht darauf ...

Wie Du siehst, habe ich eine neue Mailadresse. Nicht nur, damit wir wieder Schwestern sind, Ariadne und Phädra vom platten Land, die einander über die Schwelle in die große weite Welt getragen haben, sondern auch, weil mich gewisse äußere Umstände dazu gezwungen haben. Aber dazu später mehr.

Ich freue mich sehr darüber, dass Du inzwischen ein so herrliches Leben führst, liebe Schwester im Geiste. Rein äußerlich wirke ich mit meinem »Sex and the City«-Singleleben vielleicht beneidenswert, aber ich finde Dein Leben viel bewundernswerter.

Ich bin so froh darüber, dass Du das schreckliche Ereignis von damals so gut verwunden hast. Du hattest die richtige Entscheidung getroffen. All die harten Jahre in Harvard, was haben wir gebüffelt, unsere waghalsigen Schritte hinein in die brutale Machowelt des Geschäftslebens, unsere Bankkarrieren, die uns in dem bizarren Wolkenkratzer immer weiter nach oben beförderten, und dann – Deine Schwangerschaft.

Die Bilder sind mir noch glasklar in Erinnerung. Das Wartezimmer dieses Abtreibungsarztes. Wie Du laut heulend einfach aufgestanden und davongelaufen bist. Wie ich Dich an diesem schicksalsträchtigen Morgen im Battery Park eingeholt habe und Du, immer noch weinend, erklärt hast, Du könntest Scott nicht hintergehen.

In dem Moment sahen wir das erste Flugzeug.

Wir haben seitdem nicht mehr darüber gesprochen. Vielleicht ist es auch besser so. Wir wissen beide, dass Dein ungeborenes Kind uns das Leben gerettet hat. Und das muss genügen.

Oder nicht? Vielleicht sollten wir doch darüber reden?

Wir saßen auf der Bank unten an der Fähre nach Liberty Island und wussten, dass die Maschine genau auf Höhe unserer Stockwerke in den Nordturm eingeschlagen war.

Ich werde diese Viertelstunde, in der wir dort saßen, nie vergessen. Ich habe keine Ahnung, ob wir überhaupt geatmet haben. Ich weiß nicht, ob um uns herum Leute waren oder ob wir allein waren. Das Einzige, was sich mit Sicherheit bewegte, und zwar mit hemmungsloser Gleichgültigkeit, waren die Zeiger der Uhr. Sie sprangen gerade um auf neun null drei.

In dem Moment kam das zweite Flugzeug.

Danach warst Du bis zur Entbindung krankgeschrieben, und dann wurdest Du Hausfrau. Ich bin zurück in die Firma, sobald sie wieder auf die Beine gekommen war. Es war kein gutes Gefühl, auf Kosten der Toten Karriere zu machen. Ich wurde mit einem Schlag vom Junior zum Senior, ein Siebenmeilenschritt eine Treppe hinauf, die mit Leichen gepflastert war. Doch zu diesem Zeitpunkt hatten wir uns bereits aus den Augen verloren.

Und ich habe mich dann selbst aus den Augen verloren. Ich habe keinen tieferen Sinn mehr in der täglichen Schufterei gesehen. Ich war noch nie so richtig Feuer und Flamme für etwas gewesen. Andererseits gab es keinen Grund zu gehen. Ich habe gut verdient und hatte eine sichere Anstellung.

Nicht einmal als die Finanzkrise über uns hereinbrach, so vorhersehbar und doch so unerwartet, war mein Job in Gefahr. Auch nicht, als die Immobilienblase platzte und der Wertpapiermarkt vor den Augen des gesamten Schattenbanksektors implodierte. Ohne zu wissen, wie das zugegangen war, gehörte ich plötzlich zu den alten Füchsen der Bank und war eine der tragenden Säulen. Erst als die Liquiditätskrise zu bedrohlich wurde und Federal Reserve staatliche Gelder in unser Unternehmen zu pumpen begann, begriff ich das Ausmaß des Geschehens. Und als sich der Staat plötzlich weigerte, Lehman Brothers ein Notdarlehen zu gewähren und die traditionsreiche Bank fallen ließ, kapierte ich endlich, dass es beinahe auch uns getroffen hätte. Denn unsere Gelder bestanden ausschließlich aus Krediten, grotesk aufgeblasenen Krediten. Ohne das enorme staatliche Notdarlehen wären wir ebenfalls untergegangen.

Und dann sah ich während dieser Krisenmonate etwas, das nicht für meine Augen bestimmt war. Ich bin zwar ein Senior der Firma, aber ich bin keinesfalls ein Senior Partner. Ich gehöre nicht den entscheidungsbefugten Organen der Bank an. Daher war es auch nicht beabsichtigt, dass ich das zu Gesicht bekam. Und ich wünsche bei Gott, ich hätte es nie gesehen.

Ich sah es nur für einen kurzen Moment, es war nicht mehr als ein flüchtiger Blick, der über den Bildschirm eines Computers huschte. Aber der reichte aus.

Definitiv.

Ich vermute, dass während der Krise der eine oder andere Chef unachtsamer als gewöhnlich war. Jetzt, wo sich das Blatt gewendet hat und die Blase erneut mit voller Kraft aufgeblasen wird, als wäre sie nie geplatzt, sind die Firewalls und Sicherheitssysteme natürlich wieder aktiv. Aber für einen kurzen Moment öffnete sich vor meinen Augen ein Spalt. Und in diesem Spalt erblickte ich ein Gespenst.

Oder besser gesagt ein Monster.

Einen Minotaurus.

Ich habe niemand anderen, an den ich mich wenden könnte, außer Dich. Es gab eine Zeit, da haben wir alles miteinander geteilt, aber ich darf nicht von Dir erwarten, dass das auch heute noch gilt. Wir leben inzwischen unterschiedliche Leben. Du trägst eine große

Verantwortung für Deine Familie – und ich kann mir kaum vorstellen, wie belastend eine derartige Verantwortung sein muss. Denn es ist wohl trotz allem etwas ganz anderes, für Millionen von Dollar verantwortlich zu sein, zumal wenn sie fiktiv sind. Deshalb enthält dieser Brief keinerlei wie auch immer gearteten Forderungen an Dich. Dazu bräuchte ich erst Dein hundertprozentiges Einverständnis.

Es gibt keinen Theseus, den man ins Labyrinth schicken könnte, bisher habe ich immer alles allein geschafft. Aber noch nie zuvor habe ich mir so intensiv gewünscht, einen Mann an meiner Seite zu haben, einen, der sich hineinwagen würde, um Minotaurus, dem Monster, zu begegnen. Stattdessen wird es Ariadne selbst sein, die sich in die Dunkelheit begeben muss, und Dir, Phädra, meiner Schwester im Geiste, reiche ich das Knäuel. Wenn Du es entgegennimmst, musst Du wissen, dass derjenige, der dem Faden aus dem Labyrinth hinausfolgt, sehr wohl selbst das Monster sein kann.

Ich schicke Dir diese Mail, weil ich wirklich niemanden habe, an den ich mich sonst wenden könnte. Niemanden. Ich vertraue darauf, dass Du damit umgehen kannst.

Ich werde Deine Antwort abwarten, bevor ich Dir mehr berichte. Das Knäuel liegt in der Öffnung des Labyrinths. Nimm es an Dich, wenn Du bereit dazu bist. Für mich bedeutet das nur, dass Du weiterhin meine Briefe liest, nicht mehr. Aber solltest Du irgendwann den Eindruck haben, dass Dir der Preis zu hoch wird – ich würde es voll und ganz verstehen.

Ich liebe Dich, so oder so, dieser Tatsache wirst Du nie entkommen.

Ich habe mich bereits in das Labyrinth hineinbegeben. Ich hatte keine Wahl. Wahrscheinlich werde ich mich verlaufen, bevor ich ankomme. Aber ich höre schon das Brüllen des Monsters durch die Dunkelheit hallen, und in gewisser Weise klingt es auch wie ein Lockruf.

Ich warte auf Deine Antwort, meine geliebte Freundin.

Küsschen von Deiner
Ariadne

2 – Zischlaute

Endymion

Nacka, Stockholm, 6. April

Die Fahrbahn zeigte geradewegs nach oben. Es war immer wieder ein erstaunliches Erlebnis, den weißen Mittelstreifen gradlinig in die Luft ragen zu sehen wie eine tiefgefrorene Wasserdampfsäule.

Die Brücke in Danvikstull war geöffnet.

Die Verwunderung in der Stimme, als sie sich ankündigten. Sie hallte jetzt im absolut geräuschlosen Hybridauto zwischen ihnen nach.

Carl-Henric Stiernmarck wollte das Ganze nicht an die große Glocke hängen. Er gab unmittelbar zu, dass er im betrunkenen Zustand E-Mails an diverse Politikerinnen des linken Lagers geschickt hatte, was er sofort danach bereute. Kerstin Holm erklärte, dass sie gerne mit ihm über die Sache reden würden. Stiernmarck bat sie, zu ihm nach Hause zu kommen.

Dorthin waren sie jetzt auf dem Weg.

Es war klar, dass er in der Zwischenzeit einen ganzen Kader von Rechtsanwälten konsultiert hatte.

»Sollen wir irgendwelche Grenzen für das Gespräch festlegen?«, fragte Sara Svenhagen, während sie die Fahrbahn vor ihnen betrachtete, die gerade unter beunruhigend lautem Kreischen wieder heruntergelassen wurde.

»Wir sind immer noch am besten, wenn wir improvisieren«, meinte Kerstin Holm, »wir checken die Lage und sehen, wo die Grenzen verlaufen. Aber natürlich werden wir nicht zu viel preisgeben.«

»Und was ist zu viel?«

»Wie anstrengend du bist.«

Sie schwiegen, während die Brücke quietschend wieder ihre ursprüngliche waagerechte Position erreichte. Die Signalleuchten hörten auf zu blinken, die Schranken wurden hochgelassen. Sie glitten mit dem lautlos schnurrenden Elektromotor über die Danviksbro, verließen den Värmdöväg bei der Abfahrt Sickla, passierten das Einkaufszentrum von Sickla und bogen am Rondell nach Süden in Richtung Järlasee ab.

Erst da sagte Kerstin Holm: »Zu viel ist, wenn er auch nur ahnt, dass wir es wissen.«

»Echt super, klare Direktiven zu haben«, entgegnete Sara Svenhagen.

Erst am nächsten Kreisel fingen sie an zu lachen, und da waren sie bereits auf dem Nackanäsväg. Als er sich zu einer kleinen Brücke über einen Abschnitt des Järla sjö verengte, befanden sie sich draußen auf dem Land – Stockholm war im Grunde genommen eine Kleinstadt. Sie fuhren in den Hästhagsväg, bogen noch ein paarmal in immer kleinere Straßen ein und waren schließlich im Herzen von Hästhagen angekommen.

Die Fassade der Stiernmarck'schen Villa war geschmackvoll in ihrer minimalistischen Art. Vermutlich befand sich auf der Rückseite ein Pool, aber das Anwesen hatte nichts Protziges oder Neureiches. Kerstin Holm klingelte, woraufhin eine langhaarige blonde Frau in ihrem Alter öffnete. Sie trug Trainings-Tights und joggte im Flur auf der Stelle.

»Entschuldigen Sie«, sagte sie, in eine Adrenalinwolke gehüllt, und streckte die Hand vor. »Bei einem langen Wochenende in Paris setzt man schnell an. Und im sechsten Arrondissement konnte ich nicht joggen, ich hätte mich sofort verlaufen. Ich habe überhaupt keinen Orientierungssinn. Ich warte noch auf das optimale Lauf-GPS, sie behaupten, es sei gerade in der Entwicklung. Aber was rede ich da, ich bin Wictoria Stiernmarck, ich glaube, Carl-Henric erwartet die Damen bereits.«

Sie stellten sich kurz vor – nannten aber nur ihre Namen, für den Fall, dass der Ehemann seine bessere Hälfte nicht darüber informiert hatte, dass sie Polizistinnen waren – und sahen Frau Stiernmarcks schlanken Körper leichtfüßig zwischen den charmanten Villen davongleiten. Kerstin und Sara wechselten rasch einen vielsagenden Blick und betraten die Villa.

»Kommen Sie doch bitte herein«, ertönte ein kraftvoller Bariton, der im gewaltigen Resonanzkörper der Villa widerhallte. »Ich bin im Arbeitszimmer.«

Sie gelangten in einen stilvollen großen Flur, von dem aus sie einen Blick nach links in ein ziemlich geräumiges, pedantisch aufgeräumtes Wohnzimmer warfen. Wang Yunli war zweifellos eine gründliche Putzkraft, was auch immer sie sonst sein mochte. In einem langen Korridor, der zur Küche führte, lagen sich zwei Türen gegenüber. Beide waren geschlossen. Kerstin und Sara probierten jede eine.

Sara Svenhagen klopfte an und öffnete. Etwas überrascht erblickte sie einen jungen Mann, der gerade an einem Schreibtisch am Fenster saß, sich zu ihr umdrehte und sie erstaunt anstarrte. Hinter ihm konnte sie einen großen Computer erkennen, auf dessen Bildschirm YouTube lief. In der oberen Leiste des Bildschirmrahmens befand sich eine Webkamera. Der junge Mann trug sackartige kakifarbene Kleidung, und auf seinen wuscheligen, pechschwarz gefärbten Haaren saß ein mit Totenköpfen verzierter riesiger Kopfhörer. Mit einem kurzen Blick auf das Umfeld des Schreibtischs konnte Sara ausmachen, dass eine erschreckende Unordnung im Zimmer des Teenagers herrschte. Die fahle Aprilsonne schien durch ein verdrecktes Fenster herein und ließ das glänzende schwarze Haar des jungen Mannes leuchten, der nun damit beschäftigt war, den Kopfhörer ohne Verluste von den dunklen Strähnen zu ziehen. Sie stieß ein rasches »Sorry« aus und schloss die Tür wieder. Als sie sich umdrehte, stand die Tür gegenüber offen und wies in eine umso kontrastreicher erscheinende Dunkelheit. Sie trat näher und warf einen Blick hinein.

Im gedämpften bläulichen Licht eines Computerbildschirms sah sie Kerstin Holm einen blonden, groß gewachsenen Mann im Anzug begrüßen. Jetzt wandte er sich Sara zu und streckte die Hand aus.

»Das ist Kriminalinspektorin Sara Svenhagen«, stellte Kerstin sie vor.

»Freut mich, hej«, sagte der Mann mit seiner tiefen Baritonstimme. »Carl-Henric Stiernmarck. Wir sollten vielleicht irgendwo anders hingehen. Mein Arbeitszimmer ist etwas dunkel.«

»Hier ist es schon in Ordnung«, entgegnete Kerstin Holm. »Wenn Sie nur noch etwas Licht machen würden?«

»Ich habe mich verlaufen«, gestand Sara Svenhagen und wies vage auf die gegenüberliegende Tür.

»Und sind bei Johannes gelandet.« Stiernmarck nickte mit einem schiefen Lächeln. »Er hat heute Lehrerfortbildungstag. Man muss sich nur einmal vorstellen, dass sein Zimmer bis vor zwei Stunden noch vollkommen sauber und ordentlich war.«

»Sie haben also jemanden, der bei Ihnen putzt?«, fragte Kerstin Holm, während sie den Kopf in einer unschuldsvollen Geste etwas schief legte.

Stiernmarck lachte auf und sagte: »Ja, wir haben jemanden, der uns ein wenig hilft, aber ich kann mir kaum vorstellen, dass Sie deswegen hergekommen sind. Bitte setzen Sie sich doch. Es gibt hier in der Dunkelheit sogar ein Besuchersofa. Warten Sie, ich mache Ihnen Licht.«

Eine ziemlich unbehagliche Neonröhre breitete ihr helles Licht über das Arbeitszimmer aus.

»Entschuldigen Sie die Lampe«, sagte Stiernmarck und nahm in einem Sessel gegenüber den beiden Frauen auf dem Sofa Platz. »Wir haben es noch nicht geschafft, sie auszuwechseln, obwohl wir bereits vor drei Jahren eingezogen sind. Wir wussten nicht recht, was wir mit diesem dunklen Raum anfangen sollten, als wir das Haus kauften. Schließlich habe ich mich geopfert. Ich arbeite sowieso nicht so viel zu Hause.«

»Sondern im Hauptbüro Ihres Firmensitzes in Nacka strand?«

»Ja, hauptsächlich, aber ich bin auch oft in der Fabrikation.«

»Also in der Möbelfabrik außerhalb von Nynäshamn?«

»Korrekt. Die *Endymion möbelsystem AB*. Wie Sie sicher wissen. Sie sitzen übrigens gerade auf einem klassischen *Endymion*-Sofa, dem inzwischen vergriffenen Modell Mesomene.«

»Ziemlich bequem«, befand Sara Svenhagen aufrichtig und lehnte sich zurück.

»Stagnelius, oder?«, fragte Kerstin Holm. »›Nur im Traum zu den Menschen / steigt der Olympus herab.‹ Endymion ist der schöne schlafende Hirte, in den sich die Mondgöttin Selene verliebt.«

»Wunderbar, einer gebildeten Polizistin gegenüberzusitzen«, sagte Carl-Henric Stiernmarck mit einem breiten Lächeln. »Vor allem aber schläft Endymion richtig gut. Mein Vater hatte den Einfall, als er die Firma aufbaute. Auf unseren Möbelstücken sitzt oder liegt man immer so gut, dass man Gefahr läuft einzuschlafen.«

»Zweifellos«, gab Sara Svenhagen zu.

»Aber wenn ich mich recht erinnere«, meinte Kerstin Holm nachdenklich, »bekam Endymion lediglich im Traum Besuch von der Göttin Selene.«

»Dann hat Selene es aber sehr geschickt angestellt, die Schlafmütze aufzuwecken«, entgegnete Stiernmarck und lächelte immer noch. »Sie haben immerhin fünfzig Kinder bekommen.«

»Fünfzig?«, rief Sara aus, der langsam bewusst wurde, welche Rolle sie in diesem Gespräch übernehmen würde.

»Ja.« Stiernmarck nickte.

»Es kommt nicht gerade oft vor, dass sich schwedische Unternehmer so gut in klassischer Mythologie auskennen«, bemerkte Sara Svenhagen.

Stiernmarck lachte auf und sagte: »Ich muss zugeben, dass mein Wissen extrem begrenzt ist.«

Kerstin Holm lachte nicht, sondern fragte: »Aber das Konzept basiert in jedem Fall darauf, dass die Gottheit, also Schwedens stetig wachsende Oberklasse, Endymion aufsucht. Und vor einem halben Jahr stellte sich dann heraus, dass alles doch nur ein Traum war, oder?«

Stiernmarck hatte keine Probleme, mit dem raschen Wechsel des Tons umzugehen. »Wenn Sie so wollen«, antwortete er. »Die Finanzkrise hat viele Branchen getroffen, aber wir waren bereits schwer angeschlagen, nicht zuletzt aufgrund der Kopien.«

»Der Kopien?«, wiederholte Sara Svenhagen.

»Davon haben Sie doch bestimmt gehört«, antwortete Stiernmarck und machte eine resignierte Geste mit den Armen. »Die schwedische Möbeldesignbranche geht aufgrund von schlecht gemachten Produktkopien in die Knie. Schweden hat ein viel schwächeres Urheberrecht als beispielsweise Deutschland, Frankreich oder Holland. Die Chinesen brauchen sich doch nur unser Design abzugucken, drastisch die Qualität zu vermindern und miserable Kopien von unseren Möbeln anzufertigen. Die Polizei kümmert das nicht im Geringsten. Von den Politikern ganz zu schweigen.«

»Und dennoch haben Sie eine chinesische Putzfrau«, warf Kerstin Holm ein.

Carl-Henric Stiernmarck verlor nicht gerade die Fassung, aber er hielt doch in seinen Ausführungen inne, fuhr sich sachte mit der Zunge über die Lippen, schaute mit starrem Blick in den schonungslos erhellten Raum und fragte schließlich: »Um was geht es hier eigentlich? Ich kenne mich mit den Regeln ziemlich gut aus. Wenn Sie bereits eine Voruntersuchung eingeleitet haben, muss die polizeiliche Vernehmung im Polizeipräsidium durchgeführt werden, ganz formal und in Anwesenheit eines Rechtsanwalts. Bei einer sogenannten Primärermittlung dürfen Polizisten nur so lange Vernehmungen an einem Tatort vornehmen, bis eine formale Voruntersuchung eingeleitet wird. Aber das hier ist kein Tatort.«

»Oder eben doch«, entgegnete Kerstin Holm.

»Es gibt noch eine dritte Alternative«, sagte Sara Svenhagen freundlich. »Sie wird Vorermittlung genannt. Das bedeutet, dass wir das Terrain sondieren und uns informell mit Ihnen unterhalten. Wie gerade jetzt.«

»Ich bin mir nicht sicher, ob ich mich informell unterhalten will, bevor ich nicht weiß, worum es geht.«

»Und ich bin mir nicht sicher, ob Sie wirklich die formale Variante bevorzugen«, entgegnete Kerstin Holm. »In dem Fall wird nämlich früher oder später alles für die Medien zugänglich.«

»Was bedeutet ›alles‹? Ich habe bereits zugegeben, dass ich im betrunkenen Zustand diverse Hassmails an eine Gruppe von Politikerinnen geschickt habe. Ich habe die betreffenden Politikerinnen um Entschuldigung gebeten. Die polizeilichen Ermittlungen waren damit abgeschlossen. Das Ganze ist also vergeben und vergessen. Und was soll das jetzt bitte mit meiner Putzfrau zu tun haben, der ich im Übrigen noch nie begegnet bin?«

»Ich habe die Putzfrau nur erwähnt, um Ihnen zu signalisieren, dass wir etwas mehr über Sie wissen, als Sie glauben«, sagte Kerstin Holm ruhig. »Wir wissen zum Beispiel, dass Sie sich ab einem bestimmten Zeitpunkt keinesfalls mehr mit ›diversen Hassmails‹ zufriedengegeben haben. Nach dem zu urteilen, müssten Sie allerdings oft in ›betrunkenem Zustand‹ gewesen sein, denn wir haben Ihre Kommentare in öffentlichen Blogs auf Internetseiten verfolgt, beispielsweise von *Expressen*, *Newsmill* und *Flashback*, Websites, auf denen eine unverblümte Sprache durchaus erwünscht ist.«

»Hassen Sie denn Frauen wirklich so?«, fragte Sara sanft und schaute ihm dabei direkt in die Augen.

Stiernmarck wich ihrem Blick aus und wand sich in seinem Sessel. »Haben Sie mich etwa überwachen lassen?«, fragte er nun mit einer völlig veränderten Stimme. »Was zum Teufel heißt das? Haben Sie die RaV eingeschaltet? Ich habe nichts Gesetzwidriges getan.«

»Die RaV hat damit nichts zu tun«, antwortete Kerstin Holm ruhig. »Hier geht es um gewöhnliche polizeiliche Ermittlungen. Und ich würde doch behaupten, dass Morddrohungen in gewisser Weise gesetzeswidrig sind. Momentan jedenfalls noch.«

Sara Svenhagen hielt plötzlich einen Papierstoß in der Hand und blätterte aufs Geratewohl darin. »Eine Kostprobe«, sagte sie nachdenklich und holte tief Luft.

»Das ist nicht nötig«, fuhr Stiernmarck dazwischen. »Ich weiß, was ich geschrieben habe.«

»Und wir wissen es auch«, bestätigte Kerstin Holm. »Das geschah kein einziges Mal in betrunkenem Zustand. Es verlief nach einer Art Muster. Einem Muster des Frauenhasses, von dem man ganz unschuldig hätte annehmen können, es sei längst überholt.«

»Weiß denn Ihre Frau davon?«, fragte Sara Svenhagen, ohne von ihrem Papierstapel aufzublicken.

»Aber ich bitte Sie«, brachte Stiernmarck hervor.

»Sie ist vermutlich ein Teil der weltweiten feministischen Konspiration«, sagte Sara Svenhagen. »Die Männer kastrieren und sie dazu bringen, sich etwas anderem zuzuwenden.«

»Wie zum Beispiel Kindern«, ergänzte Kerstin Holm.

Sie beobachteten ihn. Versuchten, genau zu analysieren, was sich in seinem Inneren abspielte. Das Gesicht mit den groben Zügen wurde merklich blass, sein Blick veränderte sich, er wurde deutlich entschlossener.

Stiernmarck stand auf und sagte mit klarer fester Baritonstimme: »Jetzt muss ich Sie aber wirklich um eine Erklärung bitten, bevor Sie mein Haus verlassen.«

»Kinderpornografie«, verdeutlichte Kerstin Holm, während sie ebenfalls aufstand. »Sexuelle Übergriffe auf Kinder. Pädophilie.«

»Und was zum Teufel soll das mit mir zu tun haben?«

Während Kerstin Holms und Carl-Henric Stiernmarcks Blicke sich in einer Art Clinch befanden, vernahm Sara Svenhagen ein sehr leises Rascheln vor der geschlossenen Tür. Sie drehte sich nicht um, sondern beobachtete weiter die Kombattanten.

»Es handelte sich lediglich um ein Beispiel«, erklärte Kerstin Holm, ohne auch nur für den Bruchteil einer Sekunde mit dem Blick auszuweichen. »Ein Beispiel dafür, was passiert, wenn ihr euch der Frauen entledigt habt, die dabei sind, die Weltmacht zu übernehmen. Die sich erlauben, die makellose, klar strukturierte Welt, die ihr Männer über Jahrtausende hinweg aufgebaut habt, zu verunreinigen, sie mit ihrer Mittelmäßigkeit, ihrer Kindergartenmentalität, ihrer vollkommen unvorhersehbaren Begierde und ihrer nur allzu vorhersehbaren Monatsblutung besudeln.«

»Ich möchte, dass Sie jetzt gehen«, sagte Stiernmarck, so ruhig er konnte. Angesichts dessen, wie stark er seine Fäuste ballte, war sein besonnener Tonfall imponierend.

»All das waren Zitate«, erklärte Sara Svenhagen mit einem Blick in die Papiere.

»Runter von meinem Sofa und raus aus meinem Haus!«

Sara stand von dem Sofa mit dem eigentümlichen Namen Mesomene auf, steckte behutsam den Packen Papiere in ihre Handtasche, ging auf die Tür zu und öffnete sie.

Ohne Sara eines Blickes zu würdigen, sagte Carl-Henric Stiernmarck zu Kerstin Holm: »Ein paar Worte unter vier Augen, Kommissarin.«

Kerstin und Sara tauschten rasch einen Blick aus. Sara deutete ein Kopfschütteln an. Kerstin nickte ihr zu und erklärte: »Ist schon okay, Sara. Nur ein paar Worte.«

Sara Svenhagen ging in den Flur hinaus. Sie schüttelte ihr Unbehagen ab und blickte auf die geschlossene Tür direkt gegenüber. Sie überlegte eine Sekunde und klopfte dann an, während sie die Klinke herunterdrückte.

Johannes Stiernmarck lag auf seinem Bett und starrte an die Decke. Als Sara hereinkam, drehte er sich zur Wand. Seine Haltung erinnerte in beunruhigender Weise an die eines Embryos.

»Du hast heimlich gelauscht, Johannes, nicht wahr?«, fragte Sara. »Ich hab dich gehört.«

Er schwieg. Die wuschelige, schwarz gefärbte Haarmähne lag vollkommen unbeweglich da. Sara konnte noch nicht einmal ausmachen, ob er atmete. Seine Lederjacke mit dem Totenkopf auf dem Rücken bewegte sich ebenfalls nicht.

In diesem Moment, der irgendwie zeitlos zu sein schien, hatte sie plötzlich ihren kleinen Sohn Miguel vor Augen, den blonden Miguel im Protest gegen seine Polizeieltern. Wie er sich Tattoos stechen und Piercings machen ließ, die Haare wachsen ließ und sie rabenschwarz färbte. Wie jede Situation ihren Aufruhr erfordert.

Dies hier war das Kind reicher Eltern, das nicht in Papas Fußstapfen treten wollte. Es aber mit großer Wahrscheinlichkeit dennoch tun würde. Wenn er sich die Hörner abgestoßen hätte. Die Frage war nur, ob er jemals dort hineinpassen würde, ob es seinen Genen wirklich gelingen würde, die Ordnung aufrechtzuerhalten.

»Es war nicht beabsichtigt, dass du das hören solltest«, begann sie.

»Kinderpornografie?«, fragte der Junge leise in Richtung Wand.

»Das Ganze war ein Gespräch, Johannes, keine Anklage.«

»Ich wusste ja noch nicht mal, dass ihr Bullen seid«, sagte er und drehte sich zu ihr um. Sara war sich nicht sicher, ob sie Tränen in seinen Augen sah.

»Hat dein Vater es dir denn nicht erzählt?«

»Er erzählt mir rein gar nichts. Wenn wir miteinander reden, dann nur über meine schlechten Noten.«

»Gehst du aufs Gymnasium?«

»In die Zehnte aufs Sam. Ich finde das Sam aber verdammt beschissen. Das Saltsjö-Järla fucking Gymnasium ist das beschissenste, was es gibt.«

»Und was würdest du lieber tun?«

»Musik hören. Aber das kann Ihnen ja egal sein.«

»Heute war gar keine Lehrerfortbildung, nicht wahr?«

»Ist Carl-Henric wirklich pädophil? Sind Sie deswegen hier?«

Johannes hatte sich aufgerichtet und saß auf der Bettkante, den Blick auf seine durchlöcherten Strümpfe gerichtet.

Sara trat in dem von Teenagerausdünstungen durchdrungenen Zimmer ein paar Schritte näher. Sie ging neben ihm in die Hocke. »Gibt es denn einen Grund, das zu glauben?«, fragte sie vorsichtig, während sie ihm ihre Hand aufs Knie legte.

Er zuckte leicht zusammen, machte jedoch keine Anstalten, sich zurückzuziehen oder die Hand wegzuschieben. Nach einer Weile schaute er mit klaren blauen Augen auf und sagte: »Nein. Aber ich kenne ihn überhaupt nicht. Wir wohnen nur im selben Haus.«

»Möchtest du mir etwas sagen?«, fragte Sara und legte ihm eine Visitenkarte auf den Oberschenkel. »Lass dir Zeit. Denk drüber nach. Und ruf mich an, wenn du magst.«

Johannes Stiernmarck nahm die Karte in die Hand und betrachtete sie. »Sara?«, fragte er.

Sie nickte und erwiderte: »Aber wie gesagt, wir klagen deinen Vater nicht an. Das Thema war lediglich ein Teil unseres Gesprächs.«

»Klar, Bullengespräch«, entgegnete Johannes und stand abrupt auf.

Sie nickte ihm zu und lächelte, was er mit einem Blick unter seiner Haarmähne hervor beantwortete, der eher neugierig als aggressiv war. Dann ging sie in den Korridor hinaus und schloss Johannes' Tür hinter sich.

Nur ein paar Sekunden später wurde die Haustür geöffnet, und Wictoria kam hereingestolpert und blieb, die Hände auf die Knie gestützt und den Blick auf den Boden gerichtet, im Flur stehen. Ihre heftigen Atemzüge wurden von einem starken Keuchen begleitet. Nach einigen weiteren Sekunden kam Kerstin Holm mit gerunzelter Stirn aus dem Arbeitszimmer. Die Blicke der drei Frauen begegneten sich. Carl-Henric Stiernmarck tauchte nicht auf.

Wictoria trat zur Seite und war bemüht, ihre rasselnde Atmung zu unterdrücken, obwohl sie merkte, dass sie bereits enttarnt war. Sie nickten ihr zum Abschied wortlos zu und traten in den Vorgarten hinaus.

Erst als Kerstin Holm den Wagen aus dem Villenviertel von Hästhagen wieder herausgelenkt hatte, wechselten sie ein paar Worte.

Sara fragte: »Und, was wollte er?«

»Seine Unschuld beteuern, mich nach Informationen ausquetschen und mir mitteilen, dass der Vizechef der Reichskriminalpolizei ein Jugendfreund von ihm ist.«

Sara konnte nicht umhin, kurz aufzulachen.

»Ach wirklich, unser Freund Waldemar Mörner«, sagte sie. »Und sonst?«

»Das Ausquetschen meiner Person funktionierte schlecht, das Beteuern seiner Unschuld möglicherweise etwas besser«, antwortete Kerstin Holm.

»In welcher Hinsicht?«

»Er hat behauptet, eine Therapie zu machen, um seine Angst

vor Frauen behandeln zu lassen. Er sagt, er sei zu der Einsicht gelangt, dass Angst und Begierde für ihn ein und dasselbe sind. Aber seine ›komplizierte‹ Begierde sei ausschließlich gegen erwachsene Frauen gerichtet.«

»Und das musste er unbedingt unter vier Augen mit dir besprechen?«

»Er liebt es, sich wichtig zu machen ...«

»Uns ist ein Fehler passiert«, sagte Sara und ließ ihren Blick über das Einkaufszentrum von Sickla schweifen, dessen Gebäudeteile wie überdimensionale Lego-Bausteine vor dem Fenster an ihnen vorbeizogen.

»Weshalb?«, rief Kerstin aus und drehte sich so abrupt zu Sara, dass der Wagen ins Schlingern geriet. »Und ich dachte, alles wäre perfekt gelaufen. Du warst glänzend als Unschuld. Und wir haben Stiernmarck genau dort hinbekommen, wo wir ihn haben wollten, ohne zu viel zu verraten. Beim nächsten Mal nehmen wir uns seinen Computer vor und gucken nach, was er gelöscht hat.«

»Sein Sohn hat mitgehört«, erklärte Sara, den Blick immer noch aus dem Fenster gerichtet.

Kerstin Holm verzog das Gesicht zu einer flüchtigen, aber intensiven Grimasse. »Oh«, meinte sie nur.

Sie fuhren schweigend bis zum Rondell bei Hammarby, dann nahmen sie den Faden wieder auf. Sara sagte: »Er hat gehört, wie wir seinen Vater beschuldigt haben, Kinderpornografie anzusehen.«

»Was wir gar nicht getan haben.«

»Das spielt keine Rolle. So hat Johannes es jedenfalls aufgefasst. Ich habe versucht, es ein wenig abzumildern, aber er hat es ziemlich gut auf den Punkt gebracht.«

Kerstin bog auf den Värmdöväg ein und lenkte das Hybridauto über die Ampelkreuzung an der Abfahrt nach Kvarnholmen. Dann musste sie eine Vollbremsung hinlegen. Die Autoschlange vor ihnen stand vollkommen still. Sie sahen, wie sich die Fahrbahn vor ihnen unter beunruhigend lautem Kreischen anhob.

Als die Danviksbro vollkommen aufrecht in den Himmel ragte, seufzte Kerstin laut und fragte: »Und wie hat er es auf den Punkt gebracht?«

»Bullengespräch«, antwortete Sara Svenhagen und starrte auf die in der Luft schwebende Fahrbahn.

Politik

Den Haag, 6. April

Auf der anderen Seite der Glasscheibe herrschte eine Aktivität, die man zwar nicht gerade als fieberhaft bezeichnen konnte, die aber in jedem Fall ein zielgerichtetes neues Bewegungsmuster hatte. Das innerhalb des letzten Monats immer träger gewordene Hin- und Herschieben von Stiften war von hochkonzentrierter, energiegeladener Computerarbeit abgelöst worden, die Paul Hjelm schon außerordentlich lange nicht mehr gesehen hatte. Und die alle Sprachgrenzen überwand – es schien, als hätte die Gruppe auch dieses Problem endlich hinter sich gelassen.

Eine offene Bürolandschaft hatte ihre Vorteile, vor allem wenn er selbst nicht dort sitzen musste. Während seiner Jahre als interner Ermittler und Sicherheitspolizist hatte Paul Hjelm ein absolutes Bedürfnis nach privater Arbeitsruhe entwickelt, dem er dort draußen niemals hätte Rechnung tragen können. In seinem abgetrennten Büro hingegen, in dem Büro, das innerhalb des Europol-Gebäudes so günstig gelegen war, dass er einen vollständigen Überblick über seine Mitarbeiter hatte, hier fand er diese Ruhe. Wenn er diese Arbeitsruhe nur in etwas anderes als rein administrative Fragen hätte investieren können.

Doch jetzt gab es da etwas. Und vielleicht sah so die moderne Polizeiarbeit aus. Eine geschäftige, aber dennoch einsame Arbeit innerhalb einer Gemeinschaft. Eine neue Art von Gruppe im neuen Jahrzehnt im Dienste einer neuen Form von Polizeigewalt.

Während der Direktor hinter seinem Rücken auf eine Antwort wartete, meinte Paul Hjelm erkennen zu können, wie sich dieser Gedanke durch das präzise ausgeformte Kollektiv bewegte.

Am dichtesten an der Tür saß die konzentriert arbeitende knapp dreißigjährige Französin Corine Bouhaddi, die so dunkelhäutig war, dass ihre algerischen Wurzeln eher auf eine Berberlinie als auf eine arabische zurückzugehen schienen. Sie saß versunken in die Lettlandthematik, den Zustand des baltischen Staates, und befasste sich mit diversen potenziellen Verbindungen zwischen einem Möbelunternehmer in Stockholm, einem einflussreichen Mafiazweig in Süditalien und einer unbekannten Komponente in Lettland. Und er konnte beobachten, wie sie langsam ein gewisser Zorn erfasste, der Zorn, für den er sie angestellt hatte, der heilige Zorn. Er sah, wie ihr nach und nach die Zusammenhänge aufgingen, wie es möglich war, dass eine EU-Mitgliedschaft und sogenannte ökonomische Reformen ein ganzes Land an den Rand einer Insolvenz treiben konnten, mit welcher Logik die großen Verbrechen die kleinen gebaren und die kleinen die großen widerspiegelten. Das war gut so. Genau dort wollte er sie haben.

Neben Bouhaddi saß der untadelige Spanier Felipe Navarro aus Madrid und analysierte mit raschen, hektischen Augenbewegungen eine Statistik auf seinem Bildschirm. Seine Erfahrungen im Kampf gegen die weitverbreitete Paxis der kolumbianischen Drogengeldwäsche in Spanien waren für die Gruppe unschätzbar; es war ein hartnäckiger, gewissenhafter Kampf ohne falsche Emotionen. Wenn hier ein Zorn vorherrschte, war er völlig anderer Natur als der von Bouhaddi. Navarro, der gerne von sich behauptete, in direkter Erbfolge ein Abkömmling der Goten zu sein, die noch vor der arabischen Invasion nach Spanien eingewandert waren, war mit seiner Kombination aus nordischer Kühle und südländischem Stil der perfekte Zahlenanalytiker der Gruppe. Im Moment ging er gerade die wenigen bekannten finanziellen Transaktionen der 'Ndrangheta durch und begann bereits, erste Schlüsse daraus zu ziehen, die Fabio Tebaldi, der direkt neben ihm saß und ihn mit kritischem Blick musterte, unweigerlich als voreilig und unbegründet bezeichnen würde. Der aufmüpfige, kräftig gebaute und stark tätowierte junge Tebaldi, von dem Hjelm glaubte, ihn bereits in dem Augenblick durchschaut zu haben, als er ihm zum ersten Mal begegnete, war mit seinen achtundzwanzig Jahren im tragischen, aber heroischen kleinen Kreis der Mafiabekämpfer bereits eine Legende. Und zweifellos wäre er bereits tot, wenn er in San Luca geblieben wäre. Auch hier in Den Haag lebte er unter einer geschützten Identität und wurde Tag und Nacht von diversen italienischen Leibwächtern begleitet, die noch muskulöser als er selbst waren. Doch das, was Hjelm hinter Tebaldis Aufmüpfigkeit, hinter dieser kampfesmüden überheblichen Art sah, war die pure Angst. Angst als Antriebskraft. Hjelm ahnte private Beweggründe hinter Tebaldis unermüdlichem Kampf gegen die Mafia, die er jedoch im Augenblick nicht weiter hinterfragen wollte.

Tebaldi hasste Computer, und wie er jetzt mit den Ausdrucken, auf denen die Nester bekannter Organisationen mit Mafiahintergrund aufgelistet waren, und einem kleinen Bleistiftstummel in der Hand dasaß, vermittelte er den Eindruck eines raubeinigen Penners, der völlig fehl am Platz war. Doch der Eindruck täuschte. Er war der Kämpfertyp schlechthin. Und keiner hatte enthusiastischer reagiert als er, als sich der erste Auftrag für die Opcop-Gruppe auftat.

Hinter ihm saß die Rumänin Lavinia Potorac und sah sich Fotos von brutalen Gewaltakten an. In ihrem anmutigen Gesicht rührte sich kein einziger Muskel. Keine der grotesken Gewalttaten der ’Ndrangheta vermochte es, sie aus ihrer eiskalten Ruhe zu bringen. Die ehemalige Eliteturnerin arbeitete eben hart. Häufte Wissen über eine Welt an, für die sie bereits im Alter von zehn Jahren, während eines Anlaufs zum Bock, jegliche Hoffnung aufgegeben hatte. Sie war ein wahres Kind der neu gegründeten rumänischen Demokratie und wurde von der Überzeugung geleitet, dass die Welt in zehn Jahren ausnahmslos von kriminellen Gruppierungen regiert werden würde, wenn man nichts dagegen unternahm. Ihr selbst war es in Bukarest gelungen, überraschend viel dagegen zu unternehmen, nicht zuletzt gegen den Menschenhandel bei osteuropäischen Prostituierten. Obwohl sie gerade erst Mutter geworden war, war sie gnadenlos und genau das, was der Gruppe bei der Zusammenstellung noch gefehlt hatte, jemand, der bei Bedarf über Leichen gehen konnte. Allerdings nur bei Bedarf.

Zwar mangelte es der polnischen Polizei keineswegs an Gewaltverbrechen, aber Marek Kowalewski wich beim Anblick der Szenen auf Potoracs Bildschirm doch zurück. Während seiner Zeit im Polizeikorps von Warschau hatte sich der immer für einen Spaß aufgelegte Pole nicht mit Gewalttaten beschäftigt, sondern sich als einer der wichtigsten Experten für die neuartige Form von Wirtschaftskriminalität hervorgetan, die sich in Osteuropa über die Konstellation Privatisierungen – Wertpapiere – Mafiaverbindungen ausbreitete. Den Wirtschaftskriminellen, den Kowalewski einmal zu fassen bekam, ließ er nicht wieder los, so lautete seine eigene simple Grundregel, und er schüttelte lediglich den Kopf, als er sich wieder der Verbrechensstatistik des kleinen Nachbarlandes Lettland zuwandte. Zahllose unaufgeklärte Verbrechen und eine hohe Zahl von Wirtschaftskriminellen hatten das Land mit vereinten Kräften in die Insolvenz getrieben. So viele Leute, derer Marek Kowalewski sich hätte annehmen können. Er drehte sich zu Jutta Beyer um und flüsterte ihr etwas zu.

Beyer schüttelte den Kopf und zog sich dezent zurück. Sie begann ihre Stifte zu befingern, die bereits in einer perfekten Anordnung auf dem Schreibtisch lagen, und wandte sich dann ohne ein Wort wieder ihrem Bildschirm zu, auf dem diverse Dokumente der schwedischen Möbelindustrie in einer äußerst strukturierten Ordnung arrangiert waren. Sie unterlegte bestimmte Textpassagen farbig mit einem Werkzeug, das an die herkömmlichen bunten Textmarker erinnerte. Angesichts des pedantischen Schulmädchengebarens hatte Paul Hjelm bei Jutta Beyer eine Entdeckung gemacht, die ihn merkwürdigerweise an ihn selbst erinnerte, obwohl man ihn beim besten Willen nicht als pedantisch bezeichnen konnte. In Hjelms eigenem Fall hing es damit zusammen, dass er sich nie getraut hatte, einen Blick auf das zu werfen, was sich außerhalb seines beengten Arbeitszimmers in Botkyrka südlich von Stockholm abspielte, wo er die höchst unglamouröse erste Hälfte seines Berufslebens verbracht hatte. Beyer hingegen war in einer anderen Art und Weise in sich gefangen, nämlich in ihrem Kontrollbedürfnis, auch wenn sie das nicht preisgab. Aber Hjelm erahnte das Potenzial in ihr und war der Meinung, dass hinter ihrem ökobetonten Äußeren hohe unentdeckte Kapazitäten steckten. Fakt war, dass sie während ihrer Zeit in Berlin keine einzige falsche Entscheidung getroffen hatte – insgesamt allerdings viel zu wenige. Vielleicht war es seine idealistische Seite, die darauf hoffte, etwas für sie tun zu können, wie es sein alter Kommissar Jan-Olov Hultin vor einem guten Jahrzehnt für ihn getan hatte.

Neben Jutta Beyer saß das unzertrennliche Paar Miriam Hershey und Laima Balodis in ein angeregtes Gespräch vertieft. Hjelm hoffte, dass es dabei um die Verbindung nach Lettland ging und nicht um die aktuellen Modetrends des Frühlings, an denen beide sichtliches Interesse zeigten. Sie waren ebenfalls außergewöhnliche Polizisten. Hershey hatte eine Vergangenheit im MI5 und daher bedeutsame, aber ihm noch nicht näher bekannte Verbindungen nach Israel, während Balodis der vielversprechenden neuen baltischen Garde der noch nicht korrumpierten Polizisten angehörte. Vermutlich hatten die zwei Frauen sich gefunden, weil beide Informantinnen gewesen waren. Bei beiden war die Dokumentation dieser Vergangenheit in einer bewussten Art vage gehalten, die ein erfahrener Polizist unmittelbar erkannte. Hershey hatte in ihrem Berufsleben bereits, offenbar während der Unterwanderung einer terroristischen Zelle, die Verbindungen zur Organisation Markazi Jamiat Ahlehadith unterhielt, einen Bombengürtel um ihren Körper getragen und es in letzter Sekunde geschafft, ein Selbstmordattentat auf einem Markt in Manchester zu vereiteln, und so vermutlich Hunderte von Menschenleben gerettet. Über ihrer Akte des MI5 schwebte ein unsichtbarer, aber durchaus wahrnehmbarer Heiligenschein. Balodis' Heldentat wurde noch stärker verschleiert. Um sich einer Schleuserorganisation zu nähern, hatte sie sich einige Monate in der litauischen Hafenstadt Klaipėda als Prostituierte ausgegeben, wodurch es der Polizei gelang, einen gesamten Menschenschmugglerring auszuhebeln.

Merkwürdig war allerdings, dass beide Frauen trotz ihrer bitteren Erfahrungen erstaunlich abgeklärt wirkten.

Angelos Sifakis betrachtete die beiden von der Seite. Mit seiner milden, engelsgleichen Erscheinung machte er seinem Namen alle Ehre. Außerdem kam er aus der mit Abstand sichersten Großstadt Europas, Athen. Hjelm hatte sich in der Tat gefragt, ob die Gruppe überhaupt einen Griechen benötigte. Wäre ein Holländer oder ein Ungar nicht angemessener gewesen? Doch als er den Lebenslauf des fünfunddreißigjährigen Atheners durchsah, stellte er fest, dass Sifakis sich während seiner gesamten bisherigen Karriere der eklatantesten und am schwersten beizukommenden griechischen Kriminalität gewidmet hatte: der politischen Korruption. Außerdem hatte Hjelm noch nie einen so mutigen Polizisten gesehen. Nicht weniger als vier Mal war er in unterschiedlichster Weise von Ermittlungen, die sich gegen hochrangige Politiker richteten, abgezogen worden, und nicht weniger als vier Mal war es ihm gelungen, sich wieder zurückzukämpfen. Er hatte den Rücktritt mindestens zweier Regierungsmitglieder zu verantworten, und Hjelm zögerte trotz Sifakis' unauffälligen Erscheinungsbilds keinen Moment, ihn zu seinem Stellvertreter, dem Vizechef der Opcop-Gruppe, zu ernennen. Im Moment ging er mit einer Engelsgeduld die Liste der potenziellen Kontakte zwischen Berlusconi-Politikern und der Mafia in allen ihren Aspekten durch. Es war eine lange Liste.

Und schließlich und am weitesten von ihm entfernt, saß ein gefallener Engel. Oder eher ein umgeschulter. Immerhin hatte er seinen sechsten Sinn nicht verloren. Hjelm lenkte seinen Blick in Arto Söderstedts Richtung, und im selben Moment wurde auf dessen Bildschirm ein Dokument von einer Darstellung der Firmengeschichte von *Endymion möbelsystem AB* mit ihrem geschäftsführenden Direktor Carl-Henric Stiernmarck aus Nacka überlagert. Ein Stück des vorigen Dokuments lugte dahinter bedauerlicherweise noch hervor, und bevor Söderstedt die Firmengeschichte ganz darüberziehen konnte, erhaschte Hjelm einen Blick auf die Konturen eines chinesischen Schriftzeichens im Großformat. Und Söderstedt merkte es. Mit einer entschuldigenden Gebärde drehte er sich zum Bürofenster des Chefs um. Hjelm antwortete mit einem Kopfschütteln und einem schiefen Lächeln.

Alle diese Aktivitäten dienten letztlich nur der Vorbereitung. Aber wenn Paul Hjelm in den vergangenen in der Tat ereignisreichen Jahren als Polizist etwas gelernt hatte, dann jedenfalls, wie bedeutsam Wissen war. Wie wichtig es war, so viel wie möglich über die Gegner zu wissen, wer zum Teufel sie diesmal auch sein mochten. Nichts von dem, was dort draußen in der Bürolandschaft in Erfahrung gebracht wurde, würde überflüssig sein.

Sofern die Ära der Opcop-Gruppe nicht zu Ende wäre, bevor sie richtig angefangen hatte. Sein Lächeln verzog sich so stark zu einer Grimasse, dass er es ablegen musste, bevor er sich umdrehte.

»Und?«, fragte der frappierend junge Direktor von Europol.

Paul Hjelm ging zu dem Tisch, auf dem eine Serie von Fotografien und ein Ausdruck bereitlagen. Er nahm das eindrücklichste Bild zur Hand und betrachtete eine Frau, die in einer auffällig entspannten Position, bequem zurückgelehnt gegen einen Baum, dasaß, wobei ein weißes Stoffstück, das an ein Laken erinnerte, ihre Scham bedeckte. Außerdem war ein Zipfel hinter ihrem rechten Arm hochgezogen, der an dem Baum oberhalb ihres Kopfes lehnte. Sie hatte keine Gesichtszüge mehr, ihr Gesicht war so stark angeschwollen, dass es beinahe eine ebene Fläche bildete. Hjelm schüttelte den Kopf und legte das Foto aus der Hand. Es kam ihm so vor, als hätte er dieses Bild zuvor schon einmal gesehen, ein klassisches Kunstwerk, das er nicht zu identifizieren vermochte. Er nahm den Ausdruck einer Notiz zur Hand. Auf der einen Seite stand mit Kugelschreiber geschrieben »e98weriN« sowie »79sYsd76« und auf der anderen »An die operative Einheit, Europol«.

»So the cat is out of the bag?«, fragte er und seufzte tief.

»Nicht notwendigerweise«, antwortete der Direktor in seinem walisisch gefärbten Hochbritisch. »Zum einen ist es der Metropolitan Police gelungen, das Dokument so weit wie möglich geheim zu halten. Außer der Direktion wissen nicht mehr als eine Handvoll Leute von seiner Existenz. Zum anderen kann es sich um eine reine Spekulation, ein bloßes Austesten handeln. Der- oder diejenigen, die den Zettel im Enddarm des Opfers platziert haben, haben ganz einfach vermutet, dass jede Polizeibehörde ihre operative Einheit hat.«

Hjelm legte den Ausdruck zurück auf den Schreibtisch, setzte sich in den Sessel dem Direktor direkt gegenüber und sagte: »Und dann ist es ein bedeutender Unterschied, ob sie es selbst getan hat, sozusagen als eine Art Testament, oder ob es diejenigen waren, die das hier getan haben.«

Er wedelte kurz mit dem Foto.

»Die Täter scheinen nicht gerne etwas dem Zufall zu überlassen«, warf der Direktor ein, während er sich das Foto schnappte und es näher betrachtete.

»Andererseits ist es ein perfektes Versteck für etwas, das auf keinen Fall gefunden werden soll«, meinte Hjelm. »Vielleicht deutet die Deformierung des Gesichts auf Folter hin.«

»In dem Fall wäre es eine ziemlich punktuell durchgeführte Folter«, entgegnete der Direktor und deutete auf den unverletzten weißen Körper.

»Ich nehme an, wir werden aus gegebenem Anlass auf die Frage zurückkommen«, sagte Hjelm und lehnte sich zurück.

»Das müssen Sie mit Chief Inspector Dryden besprechen.«

»Ich hatte vor, Hershey und noch jemanden zu schicken. Aber Sie haben recht. Ich muss selbst mitfahren.«

»Es geht immerhin um die Existenz der Opcop-Gruppe«, gab der Direktor mit einem Achselzucken zu bedenken. »Sie ist Ihre Schöpfung, Hjelm. Aber ich bitte Sie, nehmen Sie Hershey auf jeden Fall mit, sie ist hervorragend, wenn auch etwas MI5-lastig. Und noch jemanden. Die sollen zu zweit ermitteln, und Sie müssen das Politische regeln. Und sorgen Sie dafür, dass keine Gerüchte über eine operative Einheit bei Europol aufkommen.

Verhindern Sie das Schlimmste. Denn es steht einiges auf dem Spiel.«

»Ich bin kein Politiker«, warf Hjelm ein.

Der Direktor lachte kurz auf und schüttelte den Kopf.

»Ich habe lange selbst so gedacht und es mir immer wieder eingeredet«, sagte er. »Aber schauen Sie doch nach draußen. Wenn das keine Politik ist, dann verraten Sie mir bitte, was Politik ist. Und da ist noch eine Sache.«

Paul Hjelm warf erneut einen Blick durch die Scheibe in das Großraumbüro und wurde ein weiteres Mal von der Energie dort erfasst. Nein, sie durften noch nicht öffentlich werden. Deckel drauf.

Politik.

Er schüttelte den Kopf und fragte: »Noch eine Sache?«

Der Direktor beugte sich über den Tisch vor und sagte mit einer Stimme, die Hjelm etwas überdeutlich erschien: »Wenn wir davon ausgehen, dass es sich nicht um eine Spekulation des Verfassers dieses Zettels handelt – woher wusste dann er oder sie, dass Sie und Ihre Gruppe existieren?«

Als Hjelm begriff, zeigte sich eine unschöne Grimasse auf seinem Gesicht. »Sie meinen …?«

»Wir dürfen die Möglichkeit nicht außer Acht lassen, dass jemand da draußen etwas ausgeplaudert hat. Es könnte durchaus sein, dass Sie ein Leck in der Opcop-Gruppe haben.«

»Oder es befindet sich auf Ihrer Seite«, konterte Hjelm offensiv. »Unter den Politikern.«

»Aber ich bitte Sie«, entgegnete der Direktor und schlug dann großzügig vor: »Ich werde auf meiner Seite suchen und Sie auf Ihrer. Klingt das akzeptabel?«

»In keiner Weise. Aber es erscheint unumgänglich.«

»Sie haben ja Erfahrungen als interner Ermittler«, sagte der Direktor maliziös, stand auf, legte Hjelm kurz die Hand auf die Schulter und verließ sein Büro.

Als Paul Hjelm nach einer Weile Bedenkzeit in die offene Bürolandschaft hinaustrat, hatte sie sich völlig verändert. Die Gruppe war eine andere geworden, sein eigener Blick war ein anderer.

Irgendjemand hier draußen hatte ihn hintergangen. Jemand hatte die Existenz von Opcop ausgeplaudert.

Vielleicht stimmte das auch gar nicht, vielleicht gab es überhaupt kein Leck, oder es war ganz woanders, aber als erfahrener interner Ermittler wusste er, dass er nicht so denken durfte. Das Leck war hier. Mitten unter ihnen. So musste er von nun an denken. Die Zunge im Zaum halten. Nicht zu viel sagen. Nicht irgendwem sein Herz ausschütten. Ein doppeltes Spiel spielen.

Politik.

Er setzte sich schwer auf Jutta Beyers zentral stehenden Schreibtisch und fragte in den Raum: »Könnten wir uns bitte kurz hier versammeln? Informelle Besprechung.«

Sie versammelten sich. Die Bürostühle rollten in unterschiedlichen Tonarten über den Fußboden. Die Kakofonie war bald überstanden, und es kehrte Ruhe ein. Eine erwartungsvolle Ruhe.

»Wie ihr bestimmt gesehen habt, hat der Direktor gerade mein Büro verlassen. Wir haben beschlossen, uns auch mit einem Mordfall in London zu befassen, das heißt, wir entwickeln uns jetzt also ernsthaft zur operativen Einheit.«

Ein zweifelndes Gemurmel kam auf, das nach einer Weile wieder abklang.

»Hat der Mord etwas mit unserem Fall zu tun?«, fragte Fabio Tebaldi skeptisch.

»In keiner Hinsicht, es handelt sich um eine völlig andere Sache. Ich werde selbst hinfahren und zwei Leute von euch mitnehmen.«

»Ah«, ließ Miriam Hershey verlauten. »Ich höre heimische Töne.«

»Gutes musikalisches Gehör«, lobte Hjelm. »Du bist dabei und außerdem noch jemand, den ich später benennen werde. Zuerst bitte ich euch, dass ihr mich über eure neuesten Erkenntnisse informiert. Wir beginnen mit Schweden, mit der *Endymion möbelsystem AB* und deren Geschäftsführer Carl-Henric Stiernmarck.«

»Er ist sauber«, sagte Arto Söderstedt und rückte seine nagelneue holländische Lesebrille zurecht. »Einmal abgesehen von einer umfangreichen Anzahl Knöllchen und Anzeigen wegen zu schnellen Fahrens sowie einer Serie Hassmails an Politikerinnen. Unsere schwedische Abteilung prüft außerdem eine Anklage wegen Kinderpornografie, aber ich glaube nicht, dass sie weit damit kommen. Stiernmarcks Firma, *Endymion*, ist möglicherweise interessanter. Seit der Finanzkrise im vergangenen Herbst ist einiges passiert. Das Unternehmen befand sich bereits vorher aufgrund der Produktkopien in der Krise, aber ich glaube, dass jemand anders mehr darüber berichten kann ...«

Ohne nachzudenken, hob Jutta Beyer den Arm. Erneut wurde sie wie ein singender Orang-Utan im Ballkleid gemustert. Sie nahm sachte ihren Arm wieder herunter.

»Wir kommen später darauf zu sprechen«, sagte Arto Söderstedt sanftmütig zu ihr und fuhr fort: »Jedenfalls ist Folgendes geschehen: *Endymion* befand sich am Rande der Insolvenz – zu diesem Zeitpunkt hat Stiernmarck seine berüchtigten Hassmails verfasst –, als ein unbekannter Finanzier zu Hilfe kam und das Unternehmen rettete. Kann es wirklich so einfach gewesen sein? Aber warum zum Teufel sollte die 'Ndrangheta oder wer auch immer ein Interesse daran haben, in eine ziemlich unbedeutende schwedische Möbelfirma zu investieren? Jetzt bitte ich um Hilfe von den Mafiaspezialisten.«

»In dem Fall geht es wohl eher darum, einen Fuß in die Tür zu bekommen«, merkte Lavinia Potorac an. »Denn wenn man der Mafia einmal die Türen geöffnet hat, gibt es kein Zurück mehr. Ich habe es bereits zuvor erwähnt, und ich sage es noch einmal: Die Mafia ist dabei, die Welt aufzukaufen, von Osten, Westen und Süden her. Man bekommt davon nur deshalb nichts mit, weil keiner sich traut, darüber zu berichten, denn auch dies würde bedeuten, ihnen die Tür zu öffnen. Oder die Leute wurden ganz einfach bereits bestochen. Viel mehr Personen, als wir glauben, sind bereits in der einen oder anderen Hinsicht gekauft, Journalisten, Politiker, meinungsbildende Organe.«

»Jede Form von Verbrechen hängt letztlich mit jeder anderen Form von Verbrechen zusammen«, merkte Miriam Hershey kryptisch an.

»Da ist einiges dran«, bestätigte Angelos Sifakis. »Kleinere Staaten und multinationale Unternehmen sind dabei, sich wie Mafiafamilien zu strukturieren, und umgekehrt nehmen Bestechung und Bedrohung von Politikern drastisch zu. Der Weg ist frei. Und wir hinken immer einen Schritt hinterher, weil wir Leben schützen müssen, unser eigenes und das unserer Mitbürger. Sie hingegen müssen kein Leben schützen. Sie sind anders.«

»Es stimmt, dass sie sich gerne in legitime Branchen einkaufen«, bestätigte Fabio Tebaldi, »aber die müssen sofort Gewinne bringen. Sie haben nämlich keine Geduld, das ist ihre schwache Seite. Die Restaurantbranche, die Glücksspielbranche, die Giftmüllbranche, ja – aber die exklusive Möbelbranche klingt in keiner Weise nach einem gefundenen Fressen für die 'Ndrangheta.«

»Und du hast keine Ahnung, woher die rettenden Gelder kamen?«, fragte Paul Hjelm.

Arto Söderstedt schüttelte den Kopf und zuckte gleichzeitig mit den Achseln. Es sah merkwürdig aus.

»Sie wurden von einem Konto auf den Caymaninseln überwiesen, aber wie man den Inhaber des Kontos am Bankgeheimnis vorbei herausbekommt, das ist meines Erachtens nach eine Aufgabe für die Zukunft.«

»Und es gibt keine anderen Hinweise bezüglich der Möbelindustrie? Jutta?«

Jutta Beyer blickte ihren Chef dankbar an und antwortete: »Vermutlich hat es nichts mit der Sache zu tun, aber in dieser Branche, dem exklusiven schwedischen Möbeldesign, sind Produktkopien ein großes Problem. Minderwertige Kopien werden von den Chinesen als Originale verkauft. Die betroffenen Unternehmen haben sich gerade zusammengetan, um gegen die schwedischen Verkäufer der Kopien vor Gericht zu ziehen, aber das schwedische Urheberrecht ist, verglichen mit den anderen europäischen Staaten, ziemlich lasch. Und dann ist da noch eine Sache ...«

Mit einem vagen Déjà-vu-Gefühl fragte Paul Hjelm: »Noch eine Sache?«

»Die vermutlich auch nichts damit zu tun hat …«

»Die Sache, zu der wir jetzt kommen.«

»Ja, Verzeihung«, murmelte Jutta Beyer. Lauter fuhr sie fort: »Es ist lediglich ein Gedanke. Weil Fabio die Giftmüllbranche erwähnt hat. In Polstermöbeln finden sich einige der gefährlichsten modernen Umweltgifte – bromierte Flammschutzmittel und perfluorierte Tenside. *Endymion* stellt doch hauptsächlich Polstermöbel her, nicht wahr?«

»Möbel, auf denen man laut Aussage des Herstellers so gut sitzt oder liegt, dass man Gefahr läuft, sofort einzuschlafen.« Paul Hjelm nickte. »Hast du *Endymion* im Hinblick darauf genauer untersucht?«

»Nein, ich bin noch nicht dazu gekommen«, antwortete Jutta Beyer.

»Aber ein außerordentlich guter Gedanke«, lobte Paul Hjelm. »Arto und Jutta, ihr arbeitet weiter an *Endymion*. Findet heraus, woher die rettende Investition kam. Und werft einen Blick auf den Umgang des Unternehmens mit Umweltgiften. Koordiniert das Ganze mit Stockholm.«

Hjelm fiel auf, dass Söderstedt väterlich lächelte, als er ein glückseliges Strahlen über Beyers sonst so zurückhaltende Gesichtszüge huschen sah. Ja, diese Zusammenarbeit würde offenbar funktionieren. Hjelm räusperte sich und fuhr fort: »Die große Frage lautet natürlich, worin der Zusammenhang zwischen den drei Instanzen Stockholm–Süditalien–Lettland besteht. Diesbezüglich haben wir die Computerspezialisten eingeschaltet, deren Einheit aktuell von Kommissar Jorge Chavez geleitet wird.«

Chavez war mit seinem Bürostuhl langsam und erstaunlich geräuschlos vom hinteren Bereich der Bürolandschaft herangerollt. Hjelm fand es interessant zu beobachten, welcher der Anwesenden zusammenzuckte, als Chavez wie aus dem Nichts heraus seine Stimme erhob: »Wie ihr wisst, sind die Mails von Carl-Henric Stiernmarck kurz und stark verschlüsselt. Drei von ihnen sind an unterschiedliche Mailadressen in Italien geschickt worden, wobei eine als verborgene Kopie auch an eine Adresse in

Lettland ging. Eine Mail wurde im September vergangenen Jahres gesendet, eine im November und eine, die mit der Kopie nach Lettland, im Februar dieses Jahres. Mein ehemaliger Kollege in Stockholm, Jon Anderson, hat bereits festgestellt, dass zumindest eine der drei Mails von einer MAC-Adresse empfangen wurde, die in der Vergangenheit zweimal im Zusammenhang mit internationalen Mafiaermittlungen auftauchte und aus diesem Grund Europol vorliegt. Wem der Computer gehört, ist allerdings nach wie vor unbekannt. So weit sind wir diesbezüglich gekommen.«

»Sag, dass ihr inzwischen weiter seid«, bat Hjelm mit einer abwegigen Hoffnung in der Stimme.

»Nicht viel«, entgegnete Chavez, »aber ein wenig weiter sind wir schon. Ich will euch nicht mit Einzelheiten langweilen, aber wir haben zwei unterschiedliche MAC-Adressen der Empfänger aufgetan – die verschlüsselten Mails von Stiernmarck sind also geöffnet und allem Anschein nach auch entschlüsselt worden. Die Mails nach Italien gingen an verschiedene Mailadressen mit unterschiedlichen IP-Adressen. Die kann man leicht verschleiern, dafür gibt es eine Menge Hilfsmittel. Aber der individuelle Fingerabdruck des Computers – die MAC-Adresse – ist nicht so leicht zu verbergen. Wir haben also zwei davon identifiziert – eine MAC-Adresse in Italien und eine in Lettland – und diese mit Personen in Verbindung bringen können. In Italien befinden wir uns nicht in Kalabrien, wo die 'Ndrangheta ihren Sitz hat, sondern in der Basilicata, der etwas weiter nordöstlich, rund um Potenza, gelegenen Region und, wenn man so will, genau in der Mitte zwischen der 'Ndrangheta und der Camorra. Sagt dir das etwas, Tebaldi?«

Fabio Tebaldi wirkte nachdenklich. »Nicht direkt«, antwortete er. »Eine ziemlich triste Bergregion ...«

»Es wird behauptet, dass der Besitzer des betreffenden Computers in der erdbebengefährdeten Stadt Potenza wohnt und Ottavio Mascaro heißt. Wir haben uns bei der lokalen Polizei erkundigt, aber der Name findet sich nicht in ihrem Register.«

»Das erinnert mich an irgendetwas«, sagte Tebaldi, »aber ich weiß nicht genau, an was. Gebt mir ein wenig Zeit, um darüber nachzudenken.«

»Die sollst du haben«, sagte Hjelm und wandte sich wieder an Chavez: »Und die lettische Adresse?«

»Haben wir in der Hauptstadt Riga lokalisiert«, antwortete Chavez. »Die betreffende Person heißt offenbar Kaspars Helmanis, doch die lettische Polizei kennt diesen Namen ebenfalls nicht. Keiner der beiden ist übrigens im Europol-Register aufgeführt. Aber wir haben immerhin einen Anhaltspunkt. Wir werden natürlich versuchen, diese beiden Personen, wenn es sie denn gibt, zu identifizieren sowie die Mails zu entschlüsseln. Wenn uns das gelingt, haben wir vermutlich den Schlüssel zu dem Ganzen.«

»Aber kommen wir damit der 'Ndrangheta näher?«, fragte Fabio Tebaldi. »Ist das wirklich die Pipeline in die innere Struktur der Mafia, wie wir angenommen haben?«

»Scheint so«, entgegnete Chavez. »Aber irgendein Puzzleteil fehlt uns noch. Und es ist klar, dass wir den Code knacken müssen. Dann haben wir einen entscheidenden Schritt hinein ins Zentrum gemacht.«

»Wie sind die Mails eigentlich codiert?«, fragte Felipe Navarro. »Handelt es sich um Buchstabencodes?«

»Ja«, antwortete Hjelm. »Die Mails sehen aus, als hätte jemand wahllos die Tastatur bedient. Lange Buchstabenreihen. Ich werde die Originalmails ins Intranet stellen, und ihr könnt sie euch gerne ansehen, wenn ihr Zeit habt. Alle Vorschläge werden berücksichtigt.«

»Wenn sich der Chef nicht gerade in London aufhält«, merkte Marek Kowalewski an.

»Er wird wie immer vierundzwanzig Stunden am Tag erreichbar sein«, entgegnete Hjelm trocken. »Aber jetzt kommen wir zu Lettland.«

»Das sich in einer absoluten Sackgasse befindet, das kann ich euch versichern«, sagte Corine Bouhaddi mit Nachdruck. »Es ist ungewohnt, in unserer heutigen Zeit mit einer derartig imperialistischen Geschichte konfrontiert zu werden. Apropos neutrales und malerisches Schwedenland – das kleine Lettland ist vollständig von schwedischen Banken überschwemmt worden, die offensichtlich jedem noch so armen Schlucker Millionenkredite gewährt haben. Sie haben die schwedischen Gelder förmlich ins Baltikum hineingepumpt, aber hauptsächlich ins kleine Lettland. Inzwischen ist das Land in die Knie gegangen, keiner kann dort seine himmelhohen Kredite abbezahlen, und die schwedischen Kreditgeber müssen sich einer großen lettischen Insolvenzmasse annehmen, von Unternehmern wie von Privatpersonen. Einiges deutet darauf hin, dass Lettland bald in die Fußstapfen von Island tritt. Sie bekommen keine Darlehen aus dem Ausland, und keiner will ihre Währung auch nur mit der Zange anfassen. Bald wird man Notdarlehen vergeben müssen, um eine nationale Insolvenz und die starke Abwertung der Währung zu verhindern, und wer muss dann wohl den Geldsack aufmachen? Die schwedische Regierung und die schwedischen Steuerzahler.«

»Das ist sehr interessant«, sagte Felipe Navarro kühl, »und das meine ich ernst, aber was hat das mit unserem Fall zu tun?«

»Ich habe nur die Voraussetzung für jegliche Aktivitäten im heutigen Lettland geschildert«, entgegnete Bouhaddi und fuhr unbeirrt fort: »Und wenn wir feststellen, dass es unmittelbar zu Beginn der Krise Aktivitäten zwischen dem schwedischen Kapital, der italienischen Mafia und einer unbekannten Instanz in Riga gab, dann glaube ich, dass wir vor dem schwedischen Imperialismus nicht länger die Augen verschließen können.«

»Das fandest du jetzt aber wirklich lustig, nicht wahr?«, fragte Chavez.

»So ist es«, entgegnete Bouhaddi ernst. »Punkt, aus.«

»Es wird aber nicht mehr ganz so lustig sein, wenn tatsächlich eine starke Abwertung einsetzt«, merkte Laima Balodis an. »Es ist auch jetzt schon nicht lustig, auch nicht in Litauen. Unsere Machthaber sind einem kapitalistischen Größenwahn verfallen. Und die ausländischen Kapitalisten haben natürlich die

Gelegenheit beim Schopfe ergriffen. Nicht zuletzt die EU, egal um welchen Preis.«

»Obwohl ich das damit gar nicht sagen wollte«, merkte Bouhaddi an. »Ich meinte eher: Dann glaube ich, dass wir nicht länger die Augen verschließen können, da das Ganze mit der Finanzkrise zusammenhängt. In der einen oder anderen Hinsicht.«

»Hat euer schwedischer Kapitalist über Lettland ein Darlehen aufgenommen, um sein Unternehmen zu retten?«, fragte Miriam Hershey. »Darüber haben Laima und ich uns nämlich gerade unterhalten.«

»Wir fragen uns«, fügte Laima Balodis hinzu, »ob es eine direktere Verbindung zwischen der russischen und der italienischen Mafia gibt, als wir bisher annehmen? Denn schließlich ist es die russische Mafia, die in den baltischen Staaten die Bedingungen stellt, glaubt bloß nicht, es wäre anders.«

»Aber sie haben kaum mehr Muskeln als die 'Ndrangheta«, merkte Fabio Tebaldi an.

»Gemeinsam werden sie ziemlich anabole Muskeln ausbilden«, meinte Hershey. »Sie rahmen Europa gewissermaßen ein. Aber wie man unserem verehrten Chef ansieht, verlieren wir uns in Spekulationen. Andererseits war es genau das, was wir tun sollten, als wir nach lettischen Verbindungen gesucht haben.«

»Alle Meinungen und Vorschläge werden berücksichtigt«, wiederholte Hjelm trocken. »Aber im Moment kommen wir nicht so recht vom Fleck. Kowalewski?«

»Ich habe nichts weiter anzumerken«, erwiderte Marek Kowalewski ruhig. »Ich stelle lediglich fest, dass die Rate der Gewaltverbrechen in Lettland zurückgeht, während die der Wirtschaftskriminalität in die Höhe schnellt. Es gibt jede Menge Geld- und Kreditkartenfälschungen, Geldwäsche, Betrügereien, Kunstdiebstahl, um den sich keiner kümmert, Copyright- und Cyberverbrechen. Lettland ist schlicht und ergreifend dabei, in Europa integriert zu werden.«

»Ist das nicht schön?«, fragte Balodis.

»Und wohin führt das letztlich?«, fragte Hjelm. »Was sagen unsere Experten für die italienische Mafia?«

»Es gibt nur einen«, merkte Lavinia Potorac an. »Wir anderen sind Back-ups.«

»Dann beginnen wir mit den Back-ups«, sagte Hjelm. »Bitte.«

»Ich habe mich näher mit der Gewalt der ’Ndrangheta befasst«, sagte Potorac. »Es gibt nicht gerade viele Worte dafür. Aber ich werde sowieso nicht viel dazu sagen. Nur eines: Dieser Gewalt muss Einhalt geboten werden. Over and out.«

Hjelm nickte. Er nickte, als würde ein Entschluss in ihm reifen. Er drehte den Kopf ein wenig zur Seite und sagte: »Angelos?«

Angelos Sifakis lächelte mild und ergriff das Wort: »Wenn man sich die wenigen Gerichtsprozesse der vergangenen fünf oder zehn Jahre in Süditalien anschaut, mal abgesehen von Sizilien und Neapel, erhält man vermutlich einen ganz guten Einblick in die üblichen Kontakte zwischen Politikern, Unternehmern und Mafiosi. Man muss das Ergebnis nur mit dem Faktor hundert multiplizieren. Es gibt sie überall. Berlusconi, ich bitte euch, in seinem Lager herrscht nicht einmal ein Anflug von Anständigkeit, aber so ist es überall, im rechten wie im linken Lager, bei Arm und Reich, bei der Polizei und bei der Justiz. Die wenigen Untersuchungsrichter, die bereit sind, etwas dagegen zu unternehmen, wissen, dass ihre Tage gezählt sind. Aber sie versuchen es wenigstens. Und während sie aufstehen, sagen sie einhellig mit vom Tode gezeichneter Stimme, die keiner so wahrzunehmen scheint: ›Europa wird innerhalb der nächsten zehn Jahre von der Mafia übernommen werden.‹ Lavinia und ich sind vermutlich am unterschiedlichsten von allen Anwesenden hier in dieser verdammten Bürolandschaft, aber wir sagen das Gleiche und haben dasselbe Ziel, und keiner von uns beiden wird sich damit abfinden. Nicht, bevor wir tot sind. Da hast du den Back-up, Chef.«

Paul Hjelm lachte. Es war ein bedächtiges, langsam anwachsendes, aber auch verzweifeltes Lachen. Und währenddessen wuchs auch die Einsicht. Die Einsicht, dass er sie über alles informieren musste. Dass es keine Geheimnisse zwischen ihnen geben durfte. Kein doppeltes Spiel – wenn diese Gruppe hier eine Zukunft haben sollte.

Er war schließlich kein interner Ermittler mehr.

Und definitiv kein Politiker.

Er hörte abrupt auf zu lachen, dann sagte er: »Irgendeiner hier im Raum hat trotz unserer äußerst strengen Geheimhaltungspflicht einem Außenstehenden von der Existenz der Opcop-Gruppe berichtet. Wer von euch war das?«

Alle hielten die Luft an. Keiner verzog eine Miene.

In die Totenstille hinein sagte Paul Hjelm: »Wer es jetzt zugibt, hat nichts zu befürchten. Aber Straffreiheit und totale Absolution gelten ausschließlich in diesem Moment. Verstanden? Wenn derjenige jedoch damit hinter dem Berg hält, werden langwierige, kostenintensive und qualvolle interne Ermittlungen den Geheimnisverrat ans Licht bringen, und dann werden die zehn Jahre Gefängnis in der Tat aktuell. Derjenige soll es also jetzt sagen, denn dann können wir den Faden weiterverfolgen. Es handelt sich letztlich um eine Information, die wir benötigen.«

Niemand wagte es, auch nur den Kopf zu drehen, um die anderen anzusehen. Ein Dutzend Köpfe saßen wie festgenagelt auf ihren Hälsen.

Aus dieser Starre heraus war eine leise, dünne Stimme zu vernehmen: »Es hat mit London zu tun, oder?«

Paul Hjelm wandte sich Jutta Beyer zu und fragte: »Inwiefern?«

»Ansonsten hättest du uns diesen Fall niemals übertragen. Es muss um die Zukunft der Gruppe gehen.«

»Das tut es auch. Aber das ist im Augenblick nebensächlich. Im Moment ist es wichtig, dass ihr euch mit schonungsloser Aufrichtigkeit selbst fragt, wem ihr es erzählt haben könntet, der es daraufhin ausgeplaudert hat. Das ist alles.«

Immer noch diese merkwürdige Starre, diese Angst, die anderen direkt anzuschauen. Paul Hjelm fasste einen Entschluss. Er würde sie noch einmal auffordern und dann nie wieder.

»Nun kommt schon, einer von euch erinnert sich. Das ist die letzte Chance.«

In dem Moment sah er es. Er sah die Blässe, die sich in einem der Gesichter ausbreitete.

»Jesus im Himmel«, flüsterte Marek Kowalewski.

Da erst drehten sich die Köpfe: in seine Richtung. Alle Blicke richteten sich auf ein Gesicht, das immer blasser wurde.

»Es war ein ... zufälliges Zusammentreffen ...«, stammelte Kowalewski.

»Sag es laut, damit es alle hören«, forderte Hjelm ihn auf. »Von jetzt an wird die Opcop-Gruppe keine beruflichen Geheimnisse mehr voreinander haben.«

»Es ist noch nicht einmal ein Geheimnis«, entgegnete Kowalewski gereizt. »Ich hatte es nur völlig vergessen. Es war während einer Konferenz in Krakau. Ich erfuhr, dass ich diesen Job hier bekommen hatte, und war ganz einfach glücklich. Ich habe ein Mädel in der Hotelbar kennengelernt, und später, im Bett, fragte sie mich, warum ich so glücklich sei. Ich antwortete natürlich, weil sie eine phantastische Frau sei, aber sie hakte nach. Dann habe ich es ihr erzählt. Ich erinnere mich allerdings nur sehr vage.«

»Erstens«, hakte Paul Hjelm nach, »gibt es einen Grund anzunehmen, dass irgendetwas an ihr faul war? Und zweitens, was hast du genau gesagt?«

Marek Kowalewski legte die an die Farbe eines Lakens erinnernde Stirn in tiefe Falten. »Sie hieß Mara, daran erinnere ich mich noch. Aber eigentlich an nicht viel mehr. Außer dass sie in der Tat eine phantastische Frau war.«

»Professionell phantastisch?«, fragte Hjelm kritisch.

Kowalewski schwieg.

»Sie hat nichts dafür verlangt, wenn es das ist, was du wissen willst«, sagte er schließlich. »Und sie schien es richtig zu genießen. Hat keine merkwürdigen Fragen gestellt. Schien ein ganz normales Mädel zu sein.«

»Polin?«

»Ja. Eine moderne Polin. Aber mehr weiß ich nicht. Hab keinen Blick in ihren Pass geworfen, wenn ich das so sagen darf.«

»Und wie hast du es formuliert? Wörtlich?«

Es schien Kowalewski körperliche Schmerzen zu bereiten, sich zu erinnern. Schließlich presste er hervor: »Sie fragte mich, warum ich so glücklich sei. Ich antwortete, weil sie eine phantastische Frau sei. Aber sie meinte, hör doch auf, da ist doch noch etwas anderes. Du warst vorher schon glücklich. Ich habe einen neuen Job bekommen, hab ich gesagt, einen Job, von dem ich schon immer geträumt habe. Also nicht mehr als Bulle?, fragte sie. Doch, sagte ich, aber als modernerer Bulle. Bei Europol in Den Haag. Und was macht man da so?, fragte sie. Internationale Verbrecher jagen, sagte ich. Und wie?, fragte sie. Wir werden eine kleine operative Einheit bilden, sagte ich, das wird verdammt spannend. Danach haben wir, glaube ich, noch mal gebumst.«

»Keine weiteren Fragen?«, wollte Hjelm wissen.

Kowalewski rieb sich die Stirn, die immer noch kreidebleich war. »Soweit ich mich erinnere, nicht.«

»Hat sie denn die Worte ›operative Einheit‹ verstanden?«, fragte plötzlich Lavinia Potorac in ihrem ziemlich gebrochenen Englisch. »Selbst ich versteh das ja kaum. Also auf Englisch.«

»Es schien eher, als würde sie darauf pfeifen«, antwortete Kowalewski. »Sie verlor das Interesse. Wollte etwas anderes.«

»Wie dem auch sei«, sagte Paul Hjelm und sah hinunter auf einen Stapel Papiere, den er in der Hand hielt, »genauso stand es jedenfalls auf einem kleinen Zettel, der in einem Röhrchen im Enddarm einer ermordeten Frau in Hampstead Heath im Norden von London steckte. ›An die operative Einheit, Europol‹. Wie sah Mara aus?«

»Dunkelhaarig«, antwortete Marek Kowalewski, um die zwanzig, ziemlich groß, etwa einen Meter achtzig, tätowierte Schlange unmittelbar über … ungefähr zehn Zentimeter unter dem Nabel. Keine Schamhaare. Aber es ist inzwischen immerhin vier Monate her.«

»Die Tote hatte keine Tätowierungen und war außerdem um die fünfunddreißig und mittelblond«, sagte Hjelm. »Du kannst dir dennoch die Bilder ansehen. Das gilt übrigens für alle. Ich werde ein paar Fotos herumreichen, und ihr sagt, wenn euch etwas bekannt vorkommt. Die Bilder sind allerdings sehr speziell. Die Frau war in dieser Position festgeklebt.«

Die Fotos gingen von Hand zu Hand. Marek Kowalewski hatte sie zuerst erhalten und erklärte: »Das ist nicht Mara.«

»Und was sagt ihr?«, fragte Hjelm. »Irgendjemand, der irgendwelche Assoziationen hat?«

»Kunst«, antwortete Jutta Beyer mit vor Abscheu verzogener Miene. »Eine Art klassisches Kunstwerk.«

»Eine Mitteilung«, meinte Fabio Tebaldi. »Die Mafia arbeitet gerne mit solchen Metaphern. Sie sind nur für denjenigen vorgesehen, der sie versteht.«

»Aber irgendwelche anderen Hinweise auf die Mafia scheint es nicht zu geben«, warf Hjelm ein.

»Welche anderen sollte es auch geben?«, fragte Tebaldi. »Die Leiche ist ja offenbar nicht gerade gespickt mit Hinweisen.«

»Das Gesicht, möglicherweise«, meinte Miriam Hershey mit ihrer MI5-Stimme. »Eine sehr spezielle Form von Gewalt. Vermutlich Sand. Eine Art Strumpf, mit Sand gefüllt.«

»Römisch«, warf Arto Söderstedt ein.

Die Gruppe verstummte für einen Augenblick und wandte sich dem hellhäutigen Altmeister zu.

»Ein Ausgangspunkt jedenfalls«, verdeutlichte der. »Sieht aus wie eine römische Pose. Das Laken mutet ebenfalls römisch an.«

»Aber jegliche westliche Kunst ahmt doch die römische nach«, gab Jutta Beyer zu bedenken.

»Die wiederum die griechische nachahmt«, warf Angelos Sifakis ein.

»War ja nur eine Überlegung«, meinte Söderstedt ruhig und reichte das Foto weiter.

»Und jetzt sollen wir also nach England fahren und das herausfinden?«, fragte Hershey.

»Korrekt«, antwortete Hjelm. »Du und ich und ... Corine.«

»Aber ich bitte dich«, rief Corine Bouhaddi aus. »Eine Jüdin und eine Muslimin. Wer wird uns denn ernst nehmen?«

»Ich hoffe, das war ironisch gemeint«, entgegnete Paul Hjelm.

»Du hast dazugelernt«, sagte Bouhaddi und lächelte.

Es war eine recht anmaßende Reaktion, doch Hjelm entschied sich, sie positiv zu deuten.

Marek Kowalewski, der inzwischen seine gewöhnliche leicht rötliche Gesichtsfarbe wieder angenommen hatte, betrachtete die Fotos, die an ihm vorbeiglitten, schüttelte den Kopf und meinte: »Mara hat es also jemandem erzählt?«

Hjelm richtete seinen Blick auf Kowalewski und erwiderte: »Das ist eine von vielen Möglichkeiten. Eine, die wir uns nicht leisten können zu vernachlässigen.«

»Aber wie ...?«

»Während wir unterwegs sind, möchte ich, dass du, Marek, ohne auch nur eine Sekunde lang deine Arbeit bezüglich Lettland zu vernachlässigen, diesen Faden verfolgst. Du beginnst mit Mara und schaust, ob es eine Verbindung zu dem Zettel in England gibt. Nenn es meinetwegen Überstunden.«

Kowalewski lachte auf und meinte: »Chinese whispers ...«

»Wie bitte?«, fragte Hjelm.

»Chinese whispers«, wiederholte Marek Kowalewski. »Stille Post.«

Der zweite Brief

Von: Ariadne <ariadne@midasmail.com>
Betreff: Fortsetzung …
Datum: 19. März 23:41:34 EST
An: Phädra <phaedra873456@hotmail.com>

Ich darf Dir also erneut schreiben. Am liebsten würde ich laut jubeln, auch wenn die Sache gar nicht zum Jubeln ist, aber im Augenblick kommt mir Deine Antwort wie eine göttliche Offenbarung vor. Ich weiß nicht, wie ich Dir danken soll. Ich habe in den letzten Tagen regelrecht auf Kohlen gesessen.

Wie berechtigt Deine Sorge ist, meine Liebe, wird sich zeigen. Im Moment gibt es keine Anzeichen dafür, dass mir jemand auf den Fersen ist. Andererseits habe ich mich auch noch nicht allzu tief in das Labyrinth hineingewagt, beziehungsweise den Weg ins tiefste Innere noch nicht gefunden.

Aber auf bestimmte Dinge bin ich bereits gestoßen. Ich werde darauf zurückkommen. Ich weiß nicht genau, wie bedeutend sie sind. Wenn es hochkommt, sind es Teilerfolge.

Manchmal muss ich an B denken, der uns doch damals so heftig angebaggert hat, obwohl er bereits zum dritten Mal verheiratet war. Er ist richtig alt geworden, Du würdest ihn kaum wiedererkennen. Die Finanzkrise hat ihn ausgezehrt, mit jedem Tag ist er gealtert. Der Letzte aus der alten Garde der Bankiers, mit dem letzten altmodischen Assistenten, Du erinnerst Dich doch bestimmt an Walter. So hatte ich B jedenfalls bislang wahrgenommen. Der Letzte, dem tatsächlich etwas an Liquidität, Verantwortung und sogar an den Kunden gelegen ist.

Aber ich habe mich getäuscht. Nicht deswegen ist er so schnell gealtert.

Es war Bs Computer, auf dem ich damals die Bestie entdeckt habe, die Spur des Minotaurus. Die des Gespensts.

Aber ich fange am falschen Ende an. Verzeih mir, wenn ich etwas verwirrt wirke. Ich weiß nur nicht so recht, wie ich es beschreiben und logisch erklären soll. Es kommt mir vor, als müsste ich lügen. Denn es ist nicht logisch. Es ist wahr, die Fakten stimmen in der Tat, aber logisch ist es definitiv nicht.

In der Welt der Schattenbanken gibt es keine Logik, aber das weißt Du ja. Schließlich bist Du eine Eingeweihte.

Du weißt, dass die Bank ein Notdarlehen erhielt, kurz bevor Federal Reserve sich schließlich weigerte, Lehman Brothers weiter zu unterstützen. Wir standen am Rande des Ruins. So schien es jedenfalls. Aber wir wurden gerettet.

Und wir schienen eine reelle Chance zu haben, die verhedderten Fäden zu entwirren. Aber dann passierte etwas. Ich weiß nicht, was. Es kam zu neuerlichen Turbulenzen. Wieder Krise.

Diese Geschwindigkeit. Diese extremen Umschwünge. Aber ich verstehe nicht, warum Geschwindigkeit heutzutage Intelligenz ausschließen muss. War es nicht bis vor Kurzem noch genau andersherum? Je schneller, je cleverer. Jetzt sind wir gewissermaßen nur noch schnell.

Und es ging verdammt schnell. Als ich Dir letztlich schrieb, ahnte ich noch nichts davon, aber wir lebten quasi auf Pump. Dann wurde die Liquidität erneut untergraben. Unklar, wodurch. Eine Welt der Gerüchte. Eine negative Spirale des Misstrauens, das Mekka der Massenpsychologie. Schlimmer noch als religiöser Fanatismus.

Was ist nur mit mir los? Ich spiele dieses Spiel doch schon so lange. Es ist meine Welt. Eigentlich fand ich nie etwas dabei. Die Wirtschaft muss vorangetrieben, die Gelder verwaltet werden. Man muss die Reichtümer hüten. Das ist der Lebensnerv der kapitalistischen Wirtschaft. Alles muss sich weiterentwickeln, vermehren, anhäufen, aufstocken. Seit zweihundert Jahren, nein, schon immer haben wir so gedacht, lange bevor es den modernen Kapitalismus gab. Auf diese Weise haben wir uns weiter entwickelt als unsere

Eltern. Es ging darum, mehr zu können, mehr zu wissen, mehr zu lernen, mehr zu verdienen. Mehr zu wollen. All das war ganz natürlich für mich. Harvard business, der Finanzmarkt als Dreh- und Angelpunkt der Wirtschaft, das Kapital als Sauerstoff im Blutkreislauf der Gesellschaft. Und wir sind so viele, die niemals werden umdenken können. Ich weiß nicht einmal, ob ich es jetzt kann. Aber immerhin geht mir so langsam das eine oder andere Licht auf.

Wir waren so blauäugig, und das ist noch eine freundliche Umschreibung. Dabei haben wir es gewusst, aber wir haben es bagatellisiert. Wir waren der Meinung, dass das das Wesen des Kapitalismus sei: Der Stärkere gewinnt. Und um als Sieger aus dem Kampf hervorzugehen, muss man eben über die eine oder andere Leiche gehen. Unser Weltbild ist nicht durch Moral, sondern durch Macht geformt worden.

Wir haben das Verbrechen regelrecht gelebt. Das Verbrechen, das schon so lange existiert.

Dass Kapital anwachsen würde, war schon immer mit einer gewissen Form des Selbstbetrugs verbunden. Gelder können nicht einfach wachsen, nicht von selbst, sie müssen irgendwoher genommen werden. Das wissen wir alle. Wir wissen nur zu gut, dass wir uns fremdes Kapital einverleiben.

Aber jetzt werde ich philosophisch. Das war nicht meine Absicht. Denn das, wovon ich schreiben will, ist äußerst konkret.

Jetzt ist die dritte Märzwoche, meine Liebe. Seit Kurzem läuft es wieder miserabel für die Bank. Es gibt keine öffentliche Stellungnahme, aber Gerüchte. Ich schnüffle mich gewissermaßen in der flüsternden Mundhöhle bis zum Atem des Managements durch. Dort ist man bemüht hervorzuheben, wie schlecht es läuft. Man möchte, dass das Gerücht an die Öffentlichkeit dringt, allerdings auf indirektem Weg.

Aber weshalb tut man so etwas? Warum gibt man vor, es liefe schlechter, als es tatsächlich läuft?

Natürlich, weil man dafür Geld bekommt. Oder besser gesagt: weil man dafür in Kürze Geld bekommen wird. Warum? Und wann?

Ich glaube, dass ich etwas Klarheit in diese Sache bringen konnte. Denn jetzt beginnt sich langsam ein Muster abzuzeichnen. In gut einer Woche werden in London die zwanzig reichsten Nationen zusammenkommen, um über die Finanzkrise und mögliche Abwehrinstrumente zu diskutieren. Bei diesem Treffen werden eine ganze Menge Gelder freigesetzt – wahnwitzige Summen, um genau zu sein: Billionen von Dollar. Der ungeheuerlichste Betrag, den die Welt je gesehen hat, wird von den Staatskassen der einzelnen Nationen an Geschäftsbanken, Investmentbanker und Schattenbanken über die ganze Welt verteilt. Global. Das ist das Ziel des London Summit, des G20-Gipfels in London.

In den USA werden Unterstützungen, die der Höhe des Bruttonationaleinkommens kleinerer Länder entsprechen, an schlecht geführte Banken und verantwortungslose Bankiers transferiert, die nie auf den Gedanken kommen würden, auf ihre Bonifikationen zu verzichten, unabhängig davon, wie es um ihre Bank steht.

Aber das war es nicht, was ich auf Bs Computer entdeckt habe. Ich habe keine arme Bank gesehen, sondern eine reiche Bank – in kreativer Zusammenarbeit mit einem Minotaurus.

Aber ich nehme die Dinge vorweg, meine Liebe. Unser Gedächtnistraining damals in Harvard ist mir da zugutegekommen. Wir waren ja am Ende Spitze darin, uns Zahlenkombinationen zu merken. Das hat uns in einer männerdominierten Welt den notwendigen Vorsprung verschafft, den wir brauchten. Und in der Bank war es uns ebenfalls von Nutzen. Wie viele Kontonummern konnten wir eigentlich auswendig? Wie unabkömmlich haben wir uns damit nur gemacht?

Es war eine Kontonummer aus dieser Zeit, die ich gesehen habe. Ich habe sie auf Bs Bildschirm unmittelbar wiedererkannt. Aber sie hätte dort nicht stehen dürfen. Das Konto hätte längst aufgelöst sein müssen. Seit dem 11. September 2001.

Die Nummer des Monsters.

Die Kontonummer stand in Verbindung mit einer anderen, die ich noch nie zuvor gesehen hatte, doch allein auf diesem einen Konto war Geld genug, um die Bank zu retten, so viel kann ich Dir sagen, allerdings finde ich die Gelder nirgendwo anders wieder. In keinem Bericht. Und dennoch handelt es sich – ohne jeden Zweifel – um ein Konto bei unserer Bank.

Ich habe die beiden Nummern zwar nur für den Bruchteil einer Sekunde gesehen. Aber ich weiß genau, dass ich sie gesehen habe.

Als ich aber danach zu suchen begann, existierten sie nicht. Weder die von Minotaurus noch die des Unbekannten.

Die unbekannte Kontonummer hat es laut Bankdaten nie gegeben, und das Konto von Minotaurus wurde im September 2001 komplett aufgelöst.

Und dennoch gab es sie.

Ich werde Dir meine Schlussfolgerungen erst in der nächsten Mail schreiben. Vielleicht kannst Du mir helfen, die Zusammenhänge zu verstehen. Ich will nicht allein darüber nachdenken müssen. Es würde mich wahrscheinlich verrückt machen.

Aber ich muss noch tiefer hinein. Tiefer in das Labyrinth.

Weil ich weiß, dass Du dort draußen stehst und das Knäuel in der Hand hältst, auch wenn es Dir nicht gerade leichtfällt, kann ich mich weitertrauen.

Meine Liebe, denk an mich.

Küsschen von Deiner
Ariadne

Kontakt

Den Haag, 7. April

Obwohl sie immer noch recht viele waren, machte die Bürolandschaft einen merkwürdig verlassenen Eindruck. Doch dass Jutta Beyer schlicht und einfach ihren Chef vermisste, ging über die Grenzen ihrer Selbsterkenntnis hinaus. Über die ihres neuen Arbeitspartners jedoch nicht. Er hatte schließlich auch einige Jahre mehr auf dem Buckel als sie.

Arto Söderstedt konnte sich ein Lächeln nicht verkneifen, als er sah, wie sich ihr Blick zum vierten Mal innerhalb der letzten Viertelstunde auf die dunklen Glasscheiben des Chefbüros richtete. Er gestattete sich, seinen Oberkörper zu strecken, seine neu erstandene holländische Lesebrille zur Seite zu legen, sich eine Weile mit gefalteten Händen im Nacken zurückzulehnen und über sein Leben nachzudenken.

Er hatte fünf Kinder, von denen vier bereits ausgeflogen waren. Seine Ehefrau Anja war zum Glück ein Standvogel und dennoch recht flexibel. Dank des Internets konnte sie sich jetzt von Den Haag aus weiterhin Steuererklärungen und steuerrechtlichen Aufgaben widmen, wie sie es ihr Leben lang getan hatte, ohne davon genug zu bekommen. Sie würde sich in der neuen Wohnung in der beschaulichen Innenstadt von Den Haag wohlfühlen, denn es fiel ihr leicht, sich wohlzufühlen, solange sie ungestört Basilikum züchten konnte. Und Lina würde sich wahrscheinlich auch gut einleben, trotz ihrer fünfzehn Jahre und ihrer heftigen Proteste gegen den Umzug, weil sie ihre Klasse im letzten Jahr der Gesamtschule verlassen musste. Dabei hatte sie sich in dieser Klasse eigentlich nie besonders wohlgefühlt. Sie war wechselhaft wie das Aprilwetter draußen vor dem Fenster, und in der Internationalen Schule würde sie nicht nur die Möglichkeit bekommen, neue und weniger destruktive Freunde zu finden, sondern auch ihre mittelmäßigen Noten zu verbessern, damit sie aufs Design-Gymnasium gehen konnte, von dem sie heimlich träumte. Söderstedt hatte nämlich die Angewohnheit, systematisch ihre geheimen Notizen durchzusehen. Dass dies offenbar seine einzige Möglichkeit war, in der Gefühlswelt seiner jüngsten Tochter auf dem Laufenden zu bleiben, hätte eigentlich ein Alarmsignal für ihn sein müssen. Aber auf Alarmglocken reagierte Arto Söderstedt nicht. Er hörte nicht einmal auf das lautstarke Läuten, das ertönte, als seine zahlreichen Argumente, weshalb die Familie sich in Den Haag wohlfühlen würde, etwas Panikartiges anzunehmen begannen. Er gestand sich schlicht und einfach zu, mit seinem Leben zufrieden zu sein. In der grenzenlosen Söderstedt'schen Art und Weise.

Aber es gab ein störendes Element in dieser Idylle. Das ihn manchmal heimsuchte. Immer öfter, um ehrlich zu sein. Wie fest er seinen physischen oder mentalen Mantel auch immer um seinen Körper zog, es drang hindurch. Es war der eisige Februarwind aus Glencoe. Der beißende Wind des Verrats. Und mit ihm tauchte ein Chinese auf, aus dessen Mund Blut in Artos Ohr spritzte.

Als wäre eine Anzahl von chinesischen Zeichen in sein Trommelfell tätowiert worden, die zu entziffern ihm nicht gelang.

Es war nämlich äußerst schwierig, in sein eigenes Ohr zu schauen.

Aber das konnte auch kein anderer für ihn tun. Der klein gewachsene Mann hatte alles auf eine Karte gesetzt, und diese Karte hieß Arto Söderstedt, und es war zum Teufel noch mal Arto Söderstedts Pflicht, herauszufinden, was der Chinese hatte sagen wollen. Da konnte nicht einmal Paul Hjelm etwas gegen ausrichten.

Paul Hjelm, dessen Abwesenheit erneut mit einem raschen Blick von Jutta Beyer betrauert wurde.

Ohne die Hände aus dem Nacken zu nehmen, sagte Söderstedt: »Du wirst schon ohne ihn klarkommen.«

Als Jutta Beyer errötete, ertappte sich Söderstedt dabei, sie mit seiner ältesten Tochter Mikaela zu vergleichen. Es lagen gar nicht so viele Jahre zwischen ihnen. Aber Welten an Selbstwertgefühl. Mikaela war eine aufstrebende Sozialökonomin in einer Finanzfirma in Stockholm. Das war ihr Protest gegen ihre etwas unstrukturierten und politisch linkslastigen Eltern. Söderstedt fragte sich, ob Jutta Beyer jemals gegen ihre Eltern aufbegehrt hatte. Vor seinem inneren Auge sah er ein älteres norddeutsches Ehepaar mit Ökoschuhen, Funktionskleidung und Topfhaarschnitten. Dann fiel ihm auf, wie ungerecht er war.

»Du hast meine Frage noch nicht beantwortet«, insistierte Beyer, als sie sich wieder gefasst hatte.

»Weil ich nicht mehr weiß, wie die Frage lautete«, entgegnete Söderstedt aufrichtig und nahm die Hände aus dem Nacken.

»Hast du schon irgendetwas über das Konto auf den Caymaninseln herausgefunden, von dem die Gelder kamen, die *Endymion* vor der Insolvenz bewahrt haben?«, fragte Beyer in aller nur wünschenswerten Deutlichkeit.

»Ach ja«, antwortete Söderstedt und wandte sich wieder der tristen Gegenwart zu. »Wie man mir mitgeteilt hat, wird die Bank sich zwischen elf und zwölf Uhr bei mir melden. Jetzt ist es zehn nach elf. Ich erwarte also umgehend ihren Anruf.«

»Denn Navarro hat ja gesagt, dass er zumindest ein paar Mafiaoperationen mit dieser Bank in Verbindung bringen kann.«

»Was ein gutes Zeichen ist«, pflichtete Söderstedt ihr väterlich bei. »Eine notwendige, aber nicht unbedingt ausreichende Bedingung, wie die Philosophen sagen würden. Nenn mir eine Bank auf den Caymaninseln, den Kanalinseln, den Bermudas, den Jungfraueninseln, in Liechtenstein, Luxemburg, der Schweiz, Monaco, Andorra und Panama, die nicht bereits das ein oder andere Mal Mafiagelder verschoben hat. Oder nimm die USA. Geld stinkt nicht, so lautet die simple Devise der Banken. Sie können schließlich nicht die Verantwortung für den Ursprung der eingezahlten Gelder übernehmen.«

»Du denkst doch nur dauernd an diesen Chinesen«, entgegnete Beyer trotzig.

»Ich kann viele Dinge gleichzeitig«, entgegnete Söderstedt ruhig. »Klassische männliche Simultankapazität, das ist etwas, was ihr Frauen einmal ausprobieren solltet. Ich habe das Gefühl, dass ich mich der Sache langsam annähere. Um aber auch nur eine geringe Chance zu haben, muss ich Mandarin lernen oder zumindest verstehen, wie die Sätze aufgebaut sind und die Worte ausgesprochen werden. Nachdem ich meine Erinnerung immer wieder durchgegangen bin, ist mir endlich eingefallen, wie die Worte in London geklungen haben.«

Er zog einen Post-it-Zettel vom Bildschirm ab, schrieb den Text darauf und fuhr fort: »Das, was ich gehört habe, klang in etwa so: ›ksangpudygrgymongultjudygnialkridingyljiang‹. Ich habe es auf Band gesprochen und in einer Sprachdatei an ungefähr zehn Experten weltweit geschickt, aber wirklich erfolgreich war das nicht. Ich habe zwar massenweise Vorschläge erhalten, aber sie waren sehr unterschiedlich und teils ausgesprochen phantasievoll. Allerdings waren sich alle darin einig, dass das ›jiang‹ am Ende ›Fluss‹ bedeutet, auch wenn es sich genauso gut um den Namen ›Jiang‹ handeln könnte. Wie der Tischtennisspieler.«

»Jiang Jialiang«, sagte Jutta Beyer zu Söderstedts aufrichtigem Erstaunen.

»Hast du etwa schon mal von ihm gehört?«

»Nur, weil er bei der WM 1987 gegen Waldner gewonnen hat.«

»Da kannst du aber noch nicht besonders alt gewesen sein.«

»Alt genug, um mich zu verlieben.«

»In Jiang Jialiang?«

»In Jan-Ove Waldner«, entgegnete Jutta Beyer, diesmal ohne rot zu werden.

Söderstedt, der eine nahezu perverse Vorliebe dafür hatte, seine Vorurteile widerlegt zu sehen, betrachtete Jutta Beyer nun mit anderen Augen und verkniff sich die Bemerkung: Und jetzt also Paul Hjelm? Stattdessen fragte er: »Und deine Nachforschungen?«

»Die schwedische Möbeldesignindustrie«, antwortete Jutta

Beyer und tippte mit ihrem Stift auf die Schreibtischplatte. »Sie ist nicht ganz so eigentümlich wie die dänische, aber international gesehen ist IKEA letztlich ein Begriff, der Türen öffnet. *Endymion möbelsystem AB* ist ein kleiner, aber gut etablierter Akteur im exklusivsten Segment. Die Firma ist spezialisiert auf Polstermöbel, Sofas, Betten, Sessel und Stühle, die alle sowohl mit bromierten Flammschutzmitteln als auch mit perfluorierten Tensiden imprägniert werden. Beide Stoffe gehören zu den gefährlichsten Umweltgiften der heutigen Zeit. Bei der Anwendung entstehen offenbar jede Menge Rückstände, die irgendwie entsorgt werden müssen.«

»Aber gibt es denn wirklich Anzeichen dafür, dass es hierbei um Umweltgifte geht?«

»Nicht direkt«, antwortete Beyer zögerlich.

»Aber indirekt schon?«, fragte Söderstedt ungeduldig.

»Ich denke da an die Ökomafia«, sagte Jutta Beyer standhaft. »Umweltschädliches Material zu beseitigen ist ein neues und wichtiges Nebengeschäft der Mafia. Gewisse Unterorganisationen befassen sich ausschließlich damit.«

»Sie sabotieren die Müllabfuhr in Neapel, versenken ausgediente Öltanker im Mittelmeer und vergiften die Pinienwälder der Antike unwiederbringlich mit Atommüll. Sie benehmen sich in ihrem eigenen Land geradezu widerwärtig. Aber sie beschränken sich in der Regel doch wohl auf Italien, oder?«

»Warum sollten sie? Wir befassen uns immerhin mit internationaler Kriminalität. Warum sollten sie nicht auch in Lettland agieren? In einem kleinen Land am Rande des Ruins, das verzweifelt um seine Liquidität kämpft?«

Arto Söderstedt stutzte. Er betrachtete die energische Gestalt und entdeckte in Jutta Beyer zum ersten Mal die strukturiert denkende Polizistin. Wieder einmal sah er seine Voreingenommenheit bestätigt und schlug vor: »Lass uns deinen Gedankengang doch einmal weiterführen. Der Direktor von *Endymion*, Carl-Henric Stiernmarck, hat sich deiner Auffassung nach also an die Ökomafia gewandt, um seine bromierten Flammschutzmittel loszuwerden. Die italienische Mafia hat sich daraufhin der Gifte angenommen und sie nach Lettland transportiert, um sie dort zu entsorgen. Klingt das nicht unnötig kompliziert? Und unnötig teuer?«

»Umweltgifte zu entsorgen, ohne dass es jemand merkt, ist durchaus nicht so leicht«, wandte Beyer ein. »Wir haben diesbezüglich immerhin eine ziemlich umfassende Gesetzgebung und scharfe Kontrollen innerhalb der EU. Die Posten müssen mit irgendwelchen Tricks aus der Buchführung gestrichen werden.«

»Erahne ich hier eine Fortsetzung?«, fragte Söderstedt.

»Lass mich den Gedanken doch noch weiterverfolgen«, antwortete Jutta Beyer mit einer Dynamik und Entschlossenheit, die Söderstedt niemals erwartet hätte. Er hatte sich schon gefragt, was seinem alten Kumpel, der auf so unergründlichen Wegen zu einem hochrangigen EU-Bürokraten geworden war, an diversen Mitgliedern der Opcop-Gruppe nur ins Auge gefallen sein mochte. Aber erst in diesem Moment ging ihm auf, dass Paul Hjelm bedeutend tiefer geblickt hatte als er selbst.

»Sprich nur weiter«, forderte er die Deutsche auf und lehnte sich erneut zurück.

Jutta Beyer beugte sich über ihren Schreibtisch vor und sagte: »Es ist teuer und kompliziert, sowohl bromierte Flammschutzmittel als auch perfluorierte Tenside umweltgerecht zu entsorgen. In wirtschaftlich schweren Zeiten ist der Umweltschutz oftmals das Erste, worauf man verzichtet. Wenn das bei *Endymion* der Fall sein sollte, müsste ein regelmäßig wiederkehrender Posten mit der Bezeichnung ›Giftentsorgung‹ oder Ähnliches aus der Buchführung getilgt worden sein. Ich habe den vergangenen Jahresabschluss der Firma genauer unter die Lupe genommen und festgestellt, dass irgendetwas nicht stimmt. Die Posten werden Monat für Monat anders betitelt und verifiziert, aber jeweils zur Monatsmitte taucht eine konstante Summe auf. Allerdings nur bis September. Im Oktober erscheint dann der unbekannte Finanzier auf der Bildfläche und rettet das Unternehmen.«

»Die Posten werden unterschiedlich betitelt?«, hakte Söderstedt nach. »Die Summe ist gleich hoch und wird jeden Monat am selben Tag angewiesen – aber die Posten werden unterschiedlich betitelt?«

»Mit allem Möglichen, angefangen von ›Fachliteratur‹ über ›Repräsentation‹ bis hin zu ›Materialkosten‹. Hauptsächlich ›Materialkosten‹. Mit ziemlich diffusen Verifikationen.«

Söderstedt ließ seinen Blick nach draußen über das regnerische Den Haag schweifen und fragte: »Meinst du, dass jemand die Buchführung manipuliert hat? Wie sieht es denn in den vorherigen Jahren aus?«

»Genauso. Ich bin die letzten drei Jahre durchgegangen, und es ist immer dasselbe Muster.«

»Aber den Jahresabschluss im Nachhinein zu fälschen ist doch bestimmt ein komplizierter Prozess? Handelt es sich nicht um öffentlich zugängliche Dokumente? Die beim Finanzamt mit einem Eingangsvermerk versehen werden?«

»Wenn ich das schwedische System richtig verstanden habe, ja.«

»Andererseits läuft inzwischen alles auf elektronischem Weg«, merkte Söderstedt an. »Meine Frau arbeitet beim Finanzamt. Dort gibt es überhaupt keine Papierdokumente mehr, keine unterschriebenen Originale, die in irgendwelchen Schubladen vergilben oder in den Archiven verstauben. Dabei hat all das früher vermutlich Betrügereien erschwert, im Gegensatz zum heutigen Cyberspace.«

»Vermutlich reicht es jedoch nicht aus, ein versierter Hacker zu sein«, meinte Jutta Beyer. »Man benötigt einen Insider als Kontaktperson. Der Prozess an sich ist dann ein Leichtes. Man tauscht beispielsweise den Terminus ›Giftentsorgung‹ gegen ›Fachliteratur‹ oder ›Materialkosten‹ aus. Das dürfte innerhalb von ein paar Minuten erledigt sein, glaube ich. Das Problem besteht eher darin, zu verschleiern, dass man im System gewesen ist.«

»Also ein Insider beim Finanzamt? Ich weiß nicht, ist das nicht ziemlich weit hergeholt?«

»Wie gesagt, es handelt sich ja lediglich um Spekulationen«, entgegnete Beyer.

Als sie sich nach diesem Gespräch wieder umsah, machte die Bürolandschaft keineswegs mehr einen verlassenen Eindruck. Sie hatte mit ihren Ideen gewissermaßen die Wüste bewässert. Während ihres Dialogs mit Söderstedt war ein Bürostuhl nach dem anderen näher herangerollt. Fabio Tebaldi, dem selten etwas peinlich war, kam ihr bedenklich nahe, wie eine Katze, die auf das Kopfkissen ihres schlaftrunkenen Frauchens springt, während Angelos Sifakis, mindestens ebenso interessiert, aber deutlich subtiler, sich schräg von der Seite genähert hatte. Lavinia Potorac und Felipe Navarro hielten sich in gewisser skeptischer Entfernung, und auch Laima Balodis und Marek Kowalewski beobachteten das Geschehen aus einiger Distanz. Balodis schien die Abwesenheit ihres Schattens Hershey ernsthaft zu beeinträchtigen, während Kowalewskis anfängliches Clownsgehabe inzwischen nur noch vage Erinnerung war. Er sah aus wie ein begossener Pudel, fand Jutta Beyer, schämte sich aber sogleich für ihre Schadenfreude. Jorge Chavez blieb in seiner Ecke des Großraumbüros sitzen, schickte aber diskrete Seitenblicke.

»Wiederhole das bitte noch einmal, Jutta«, bat Tebaldi.

Sein Gesicht war wirklich direkt vor ihrem. Sie lehnte sich etwas nach hinten und wiederholte: »Es sind bis jetzt wie gesagt noch reine Spekulationen.«

»Wir haben deine Skepsis registriert«, warf Lavinia Potorac unverhohlen ein.

Immer geradeheraus, dachte Beyer und spürte, wie sich ihre Kiefermuskeln für einen Augenblick anspannten, bevor sie fortfuhr: »Meiner Meinung nach sieht es folgendermaßen aus: Das schwedische Möbelunternehmen *Endymion* bekommt während der Finanzkrise im September vergangenen Jahres akute Liquiditätsprobleme. Es gibt einen großen Posten, den man einsparen könnte, nämlich die Entsorgung von bromierten Flammschutzmitteln und perfluorierten Tensiden. In irgendeiner Form nimmt der Direktor Carl-Henric Stiernmarck Kontakt zu jener Bande auf, die Ökomafia genannt wird, eigentlich ist es die antiökologische Mafia, die das Gift geradewegs in die Natur entsorgt.

Bekanntlich wurde im Februar eine Mail sowohl nach Italien als auch nach Lettland geschickt. Indem man also auf die legale Entsorgung des Gifts verzichtet und zu Beginn des Frühjahrs eine komplette Ladung per Schiff an eine ausgewählte Stelle in Lettland verfrachtet, vermutlich in der Ostsee, spart man definitiv eine ganze Menge Geld.«

»Obwohl man sich zu Beginn des Frühjahrs nicht länger in der Krise befindet«, warf plötzlich die Litauerin Laima Balodis ein, als hätte sie sich endlich mit einem raschen Schnitt von ihrem siamesischen Zwilling befreit.

»Aber«, merkte Fabio Tebaldi in scharfem Tonfall an, »wenn man einmal einen Vertrag mit der Mafia geschlossen hat, ist es das Beste, man hält ihn auch ein.«

»Insbesondere«, fügte Jutta Beyer hinzu, »wenn man im Oktober Gelder von der Mafia erhalten hat. Gelder, die das Unternehmen vor der Insolvenz bewahrt haben.«

»Damit kommen wir schließlich zu meiner Frage, die ich gerne noch einmal wiederholen möchte«, sagte Tebaldi. »Wieso um alles in der Welt sollte die 'Ndrangheta oder wer auch immer Geld in ein kleines schwedisches Möbeldesignunternehmen pumpen wollen?«

Alle verstummten, allen voran Jutta Beyer. Es herrschte ein langes betretenes Schweigen.

»Geht es nicht letztlich darum«, fragte schließlich Arto Söderstedt, »einen Fuß in die Tür zu bekommen, indem man eine legale Basis in einem neuen Land etabliert? Zum Beispiel bei einem Unternehmen, das einigermaßen vielversprechend aussieht und den Ausgangspunkt für eine Expansion bilden kann? Nicht zuletzt, wenn man den Unternehmensdirektor gewissermaßen in der Hand hat? Stiernmarck hat sich mehr oder weniger unschuldig an eine Organisation gewandt, die ihm für billiges Geld helfen würde, ein bisschen Müll loszuwerden. Sie hat ihn mit Widerhaken gespickt, und jetzt kommt er nicht mehr von ihr los. Die italienische Mafia hat ihn von nun an im Griff. Über ihn hat sie Zugang zu Schweden.«

Das Telefon klingelte so laut, dass es nur wenigen von ihnen gelang, nicht zusammenzuzucken. Einer von ihnen war Arto Söderstedt. »Ich habe auf diesen Anruf gewartet«, sagte er und inspizierte die Telefonnummer auf dem Display seines Handys. Sie setzte sich hauptsächlich aus Fünfen zusammen. »Das dürfte ein hochrangiger Finanzexperte von der LOL Offshore Asset Management Ltd. auf den Caymaninseln sein.«

»Das Konto, von dem die Gelder an *Endymion* ausbezahlt wurden«, verdeutlichte Jutta Beyer flüsternd.

»Yes«, sagte Söderstedt ins Mikrofon.

Dann sagte er: »Yes.«

Und eine halbe Minute später sagte er: »Yes.«

Da begannen die Mitglieder der Opcop-Gruppe skeptische Blicke auszutauschen und mit den Augen zu rollen.

Schließlich sagte Arto Söderstedt: »I am well aware of your Confidential Relationships Law and I fuck it in the ass.«

Woraufhin die Gruppe nicht mehr mit den Augen rollte, sondern stattdessen amüsierte prustende Laute ausstieß.

Söderstedt fuhr im selben zurückhaltenden Tonfall fort: »Sie leben wohl immer noch in der Zeit, als kolumbianische Drogenmaschinen, die sich unter der Last der mit Blut bespritzten Geldbündel bogen, Georgetown anflogen. Damals gab es sogar einen regulären Abflugplan für Drogenflüge von Miami. Aber das ist jetzt nicht mehr der Fall. Selbst die Caymaninseln sind inzwischen angehalten, eine gewisse Transparenz bei internationalen Transaktionen zu gewährleisten. Das bedeutet, dass Sie, Mr More, zwischen zwei Alternativen wählen können. Entweder versehen Sie mich mit der simplen Information, um die ich gebeten habe, oder ich werde die gesamte juristische Muskelmasse der EU bündeln und mit maximaler Intensität gegen LOL Offshore Asset Management Ltd. vorgehen. Sie kennen ja sicher die Präzedenzfälle. Denken Sie nur an Sanchez oder an Corsini. Ich erwarte, vor Ende der Woche wieder von Ihnen zu hören, Mr More. Sie haben meine Nummer. Adiós.«

Eine zu gleichen Teilen gespannte wie respektvolle Stille legte sich über die offene Bürolandschaft.

»Hieß er tatsächlich More?«, rief Fabio Tebaldi schließlich aus.

»Keine Ahnung«, antwortete Söderstedt und legte seine Lesebrille zur Seite.

»Und wer sind Sanchez und Corsini?«, fragte Jutta Beyer.

»Ein Drogenkönig und ein Mafioso«, antwortete Angelos Sifakis.

»An und für sich ein recht unbedeutender Mafioso«, ergänzte Tebaldi. »Aus einem zweitrangigen Camorra-Clan.«

»Der Drogenkönig ist auch nicht gerade erste Liga«, meinte Felipe Navarro. »Bolivianer. Aber es stimmt schon, dass man die geheimen Konten der beiden auf den Caymaninseln durchleuchtet hat, dank gemeinsamer Beschlüsse der UN und der EU.«

»Das Bankgeheimnis ist doch eine Geißel«, war alles, was Söderstedt sagte.

»Die Alternative lautet wie immer Überwachungsstaat«, wandte Lavinia Potorac ein. »Ich habe in einem solchen Land gelebt. Und ich möchte nicht dorthin zurück.«

»Aber du möchtest sicher auch nicht in einer von der Mafia regierten Gesellschaft leben«, entgegnete Tebaldi.

»Nenn es einen Balanceakt«, sagte Potorac knapp. »Die offene Gesellschaft ist der schmale Pfad hin zur Entwicklung der Gesellschaft. Alle anderen sind breiter.«

»Apropos schmale und breite Pfade«, sagte Navarro und lächelte säuerlich. »Wie läuft's eigentlich mit Mara?«

Kowalewski verzog das Gesicht kurz zu einer Grimasse und antwortete: »Noch keinen Treffer gelandet. Es hat erst mal eine Weile gedauert, bis wir überhaupt ein halbwegs vernünftiges Phantombild zustande gebracht haben, denn Europol hat nicht gerade die besten Verbindungen zu guten Polizeizeichnern. Schließlich habe ich das Bild ans Hotel gemailt, aber keiner erkannte sie wieder. Ich fahre allerdings übers Wochenende nach Krakau.«

»Dann nimmst du also Hjelms Anspielung auf Überstunden ernst«, stellte Navarro fest. »Tüchtiger Junge.«

»Je intensiver ich mich mit der Sache befasse, desto mehr habe ich das Gefühl, dass sie nicht im Hotel gewohnt hat. Ich kann mich vage daran erinnern, dass sie das Hotel in Begleitung von ein paar Freundinnen betreten hat. Also wohnt sie höchstwahrscheinlich in Krakau.«

»Und ist höchstwahrscheinlich Hure«, ergänzte Navarro schonungslos.

In dem Moment tönte zur sichtlichen Erleichterung aller ein eigentümliches elektronisches Alarmsignal durch die Bürolandschaft. Nicht besonders laut, aber umso durchdringender. Die Mitglieder der Opcop-Gruppe sahen einander mit mehr oder weniger stark hochgezogenen Augenbrauen an.

»Sagt nicht, dass das ein Feueralarm ist«, stöhnte Laima Balodis. »Seht doch mal, wie stark es draußen regnet.«

»Aber hallo!«, rief Angelos Sifakis aus. »Das ist der MAC-Alarm.« Er rannte zu seinem Platz und begann, wie verrückt seine Maus zu traktieren. Die anderen folgten ihm im langsamen Gänsemarsch.

»Das ist Mascaro«, schnaufte Sifakis geheimnisvoll. »Er ist online.«

»Das musst du schon erklären«, rief Potorac.

»Der Computer in der Basilicata«, sagte der Grieche aufgeregt und deutete auf eine Perlenschnur von Zahlen auf seinem Bildschirm. »Der, an den Stiernmarck seine verschlüsselten Mails geschickt hat. Der mit einem unbekannten Mann namens Ottavio Mascaro in der Stadt Potenza in Verbindung gebracht wird. Er ist gerade online. Ich habe die MAC-Adresse mit einem Alarm gekoppelt.«

»Kannst du denn sehen, was er gerade macht?«, fragte Söderstedt.

Sifakis begann mit den Armen über dem Kopf zu wedeln und rief: »Chavez! Schnell!«

Jorge Chavez sprang von seinem Bürostuhl auf und lief mit geschmeidigen Schritten durch die Bürolandschaft. Er wechselte einige rätselhafte Worte mit Sifakis, setzte sich schließlich und begann zu tippen. Nach ein paar Sekunden erschien eine Website, ein E-Mail-Center. *Hotmail*. Mit einigen raschen Mausklicks fror Chavez die Seite ein und erklärte: »Er ruft seine Mails auf.«

»In diesem Moment?«, rief Tebaldi.

»Er hat sich gerade wieder ausgeloggt, aber ich habe die Seite. Und ich habe den Absender. Und ich habe die Mail.«

»Du hast den Absender?« Nun brüllte Tebaldi regelrecht.

Chavez ließ sich dadurch nicht stören und tippte weiter auf die Tastatur ein.

»Die IP-Adresse deutet auf Stockholm, also Schweden, hin«, sagte er. »Aber es ist nicht dieselbe wie beim letzten Mal. Zumindest nicht auf den ersten Blick.«

»Fuck!«, schrie Tebaldi und drehte sich in einer wilden Pirouette einmal um sich selbst. »Verdammtes Stockholm. Ich will eine interne Kommunikation. Ich will Risse in der Firewall. Ich will Italien haben, Kalabrien, die Basilicata. Ich will Mafiosi, die uns zeigen, wie verdammt dämlich sie letztlich doch sind.«

»Und nicht Stiernmarck?«, entfuhr es Jutta Beyer mitten in den Sturm hinein.

»Er kann es ja trotzdem sein«, meinte Sifakis.

»Haben wir den Idioten denn wenigstens beschatten lassen?«, rief Tebaldi. »Sagt, dass es so ist. Bitte sagt es.«

»Wer soll es sagen?«, fragte Söderstedt friedfertig.

»Du. Oder du am Computer. Ihr verdammten Schweden.«

»Keine Beschattung«, erklärte Chavez, ohne sein Tippen zu unterbrechen. »Aber eine physische Adresse. Kulturhuset in Stockholm. Öffentlicher Computer.«

»Und es würde mich wundern, wenn im Kulturzentrum nicht einige Überwachungskameras angebracht sind«, merkte Arto Söderstedt an. »Wenn Stiernmarck dort war, dann haben wir ihn.«

»Und die andere Seite?«, polterte Tebaldi los. »Sag, dass wir jetzt mehr Informationen über den Typen in Potenza haben. Sag, dass wir ihn jetzt ausfindig machen und unter Druck setzen können.«

»Leider nein«, entgegnete Chavez mit unveränderter Teflonstimme. »Nichts Neues an dieser Front. Aber eine neue Mail, die wieder wie zufälliges Herumtippen auf der Tastatur aussieht.«

»Verdammt!«, johlte Tebaldi.

»Beherrscht euer Direktor wirklich ein so ausgeklügeltes Verschlüsselungssystem?«, fragte Sifakis. »Ist er denn so geschickt?«

»Good point«, antwortete Chavez. »Als ich mich mit den Textzeilen befasst habe, ist mir aufgefallen, dass die Verschlüsselung technisch erstaunlich ausgeklügelt ist. Und außerdem deutliche Anzeichen der unschlagbaren Waffe jedes Chiffrierers aufweist: den Zufall.«

»Und in seinem Verhältnis zur Mafia ist Stiernmarck eher ein Opfer als ein Täter«, ergänzte Beyer. »Was darauf hindeutet, dass …«

»Ah!«, rief Potorac aus. »Dass er ein Entschlüsselungsgerät hat.«

»Und es mit ins Kulturzentrum genommen hat.« Söderstedt nickte.

»Mein Gott«, schrie Tebaldi nun, »schickt sofort eine Patrouille zu diesem Zentrum. Denn da werden wir ihn zu fassen kriegen. Unser direkter Zugang zur 'Ndrangheta liegt verdammt noch mal in der Jacketttasche dieses Deppen!«

»Nein«, entgegnete Chavez und stand auf.

Tebaldi blinzelte ein paarmal, bevor er sein Gesicht mit stark hervortretenden Adern an den Schläfen so ausrichtete, dass es sich nur noch zwei Zentimeter vor Chavez' Nase befand. Chavez wich nicht zurück, sondern begegnete Tebaldis Blick mit Bestimmtheit.

»Wir brauchen ihn«, sagte Chavez in exakt demselben Tonfall wie zuvor. »Wenn wir ihm jetzt Angst einjagen, wird er abtauchen.«

»Und das Ding?«, jaulte Tebaldi. »Wie können wir auch nur auf die Idee kommen, uns den Schlüssel zum Schloss der 'Ndrangheta ausgerechnet jetzt entgehen zu lassen?«

»Das tun wir ja gar nicht«, antwortete Chavez. »Wir werden ihn nur sicherstellen.«

»Jetzt besteht die Chance, ihn zu schnappen. Genau in diesem Augenblick. Wir müssen nur zugreifen und uns dann ins Innere vorarbeiten. Ich bin noch nie so nahe dran gewesen, und ich habe verdammt noch mal schon Morddrohungen von ihnen bekommen.«

»Wir können noch näher herankommen. Lass die Stockholmer nur machen. Sie wissen, was sie tun.«

»Deine verdammte Frau und Hjelms verdammte Frau! Was ist denn das für eine dämliche Vetternwirtschaft? Wir sind hier immerhin dem Teufel auf den Fersen!«

»Aber nicht aufs Geratewohl. Du bist ja regelrecht betriebsblind, Tebaldi, merkst du das denn nicht?«

Ein lautes Pfeifen unterbrach die Kombattanten und löste den Clinch auf. Die beiden drehten sich überrascht um und blickten auf Angelos Sifakis, der seine Finger gerade wieder aus dem Mund nahm und mit extrem sanfter Stimme sagte: »Ich hätte es vorgezogen, euch nicht daran erinnern zu müssen, aber ich bin schließlich momentan hier der Chef.«

Chavez und Tebaldi musterten einander kurz, dann wandte sich Tebaldi an Sifakis und fragte in scharfem Tonfall: »Hast du wirklich vor, diesen Idioten gehen zu lassen?«

»Nein«, antwortete Sifakis. »Aber ich bin derselben Meinung wie Chavez. Jetzt ist nicht der richtige Augenblick, um übereilt zu handeln. In Stockholm findet eine kontinuierliche Vernehmung Stiernmarcks statt. Alles geht seinen gewohnten Gang. Die Herausgabe des Entschlüsselungsgeräts wird einer der Erfolge sein, die wir bei der Vernehmung erzielen. Und wir dürfen nicht vergessen, wie weit wir allein heute gekommen sind. Wir wissen, dass wir auf der richtigen Spur sind. Jetzt müssen wir unsere Karten nur intelligent ausspielen. Wir lassen im Moment Stiernmarck gehen. Aber nur, um ihn dann umso gründlicher festzusetzen.«

Jorge Chavez nickte kurz.

Fabio Tebaldi wandte sich ab.

Und begann zu brüllen.

New Scotland Yard

London, 7. April

Paul Hjelm hatte noch nie Smog gesehen. Jedenfalls noch keinen echten wie diesen authentischen Londonnebel, der die Abgase eines absurd hohen Verkehrsaufkommens mit den starken Düngemitteldämpfen, die aus dem Fluss aufsteigen, in sich vereinigte. Zwar war es London gelungen, durch die Citymaut, umweltfreundlichere Autos und eine allgemeine Senkung der Emissionen die Abgaswerte zu halbieren, und auch die Themse war längst nicht mehr so belastet wie noch vor einigen Jahrzehnten, doch das Klima war katastrophaler denn je.

Also sah Paul Hjelm Smog, als er aus dem Hotelzimmer blickte. Komischerweise war er froh, ihn nun einmal zu sehen – in der Hoffnung, dass es das letzte Mal war.

Hjelm erlebte London als eine schnelle Stadt, das Tempo war hoch, und die Menschen eilten dicht aneinander vorbei, ohne einander zu sehen. Alles war hektisch und eng.

So war es ihm bei seinem letzten Besuch nicht vorgekommen. Vor einem guten halben Jahr hatte er Kerstin über ein verlängertes Wochenende nach London eingeladen. Es war Herbst und sehr angenehm gewesen. Sie hatten ihren Aufenthalt zu einem Kulturwochenende gemacht und so viele Museen besucht, wie sie nur konnten. In den Kulturinstitutionen war es nicht ganz so eng und gedrängt gewesen, nicht einmal in der Tate Modern.

Heute hatte er mit den beiden Opcop-Mitgliedern von Heathrow aus direkt ein Taxi zum Hotel am Albert Embankment genommen. Nachdem sie sich eine Stunde ausgeruht hatten, wollten sie nun zur Metropolitan Police, kurz The Met genannt.

Er bevorzugte es allerdings, sie Scotland Yard zu nennen.

Während er aus dem Fenster schaute und sich nach der schnellen Dusche abtrocknete, fragte er sich, ob seine beiden Untergebenen wohl ebenso elegante Zimmer bekommen hatten wie er oder ob sie in einem miefigen Doppelzimmer irgendwo im Kellertrakt saßen und genervt Gender Studies betrieben.

Mit einem flüchtigen Lächeln ging er zurück ins Badezimmer. Er legte das Handtuch ab und betrachtete seinen nackten Körper. Er gestattete sich, mit dem Anblick zufrieden zu sein, auch wenn sein Bauch zum ersten Mal in seinem Leben eine wenn auch sehr schwache Rundung zeigte. Der Preis für zu viel Schreibtischarbeit und zu wenig Joggen. Immerhin hatte er sich mittlerweile eine attraktive Joggingrunde von seinem Den Haager Apartment durch die Außenbezirke bis hinunter ans Meer ausgeguckt. Allerdings nur ausgeguckt.

Als er seine angespannten Bauchmuskeln im Spiegel betrachtete, befand er sich plötzlich in einem anderen Hotelzimmer, drüben im Hoteldistrikt in Bayswater. Es war vor gut einem halben Jahr mit Kerstin. Ermattet nach ihrem nahezu hysterischen Kulturkonsum, betrachtete er sich frisch geduscht und nackt im Spiegel – und wie sie sich zu ihm hinunterbeugte.

Wie erstaunlich scharf es ihn machte, im Spiegel zu sehen, wie sie sich langsam hinunterbeugte und ihren Mund auf sein Glied zubewegte.

In diesem Moment hallte ein durchdringendes Klopfen durch den Raum, und sein Blick fiel erneut auf sein Spiegelbild. Er betrachtete seinen halb erigierten Penis und wurde von einem vagen Déjà-vu befallen. Das hier hatte er schon einmal erlebt.

Er räusperte sich, damit seine Stimme einigermaßen Respekt einflößend klang, und rief: »Ja?«

Er überlegte, wer von beiden die Wortführerin sein würde. Es gäbe ihm möglicherweise einen kleinen Hinweis für die nächsten Tage.

»Hallo?«, rief Miriam Hershey in ihrem unverwechselbaren Hochbritisch.

Interessant, dachte Paul Hjelm, und rief zurück: »Waren wir nicht unten in der Lobby verabredet?«

»Ich habe einen Anruf aus Den Haag bekommen«, erwiderte Hershey.

Warum hat man *dich* angerufen?, fragte sich Hjelm und dachte im selben Augenblick: Ich fange schon an zu denken wie ein Bürokrat.

»Etwas Wichtiges?«, rief er und betrachtete sich im Spiegel. Ein alter Mann. Und doch auch gar nicht.

»Nichts Akutes«, antwortete Hershey. »Aber es gab wieder einen Mailkontakt von Stockholm zur Mafia. Und offenbar haben sie eine Theorie.«

Und warum erfahre ich das nicht als Erster?, fragte sich Hjelm. Und dachte dann: Bin ich nun schon auf Hierarchien fixiert? Werde ich jetzt ernstlich zum Chef?

Schließlich fanden seine Gedanken den richtigen Weg: Muss man das denn unbedingt lautstark durch eine Hotelzimmertür in London rufen?

»Wir sehen uns in zehn Minuten in der Lobby«, rief er. »Wie verabredet.«

Kein Wort mehr von draußen, keine Bewegung. Er wusste weder, ob Miriam Hershey allein dort draußen gestanden hatte, noch, ob sie inzwischen gegangen war. Sie hatte in der Tat etwas – wie hatte der Direktor von Europol noch gesagt – »MI5-lastiges«. Warum war sie eigentlich gekommen? Es gab Handys und Haustelefone, die einwandfrei funktionierten.

Er verließ das Bad und ging zum Bett, um sich anzuziehen. Bedeutete der neuerliche E-Mail-Kontakt, dass Carl-Henric Stiernmarck kalte Füße bekommen und in einem Anflug von Panik wieder an die Mafia geschrieben hatte? Oder dass sie andere schwedische Kontakte aufgetan hatten?

Als er zwölf Minuten später in der Lobby erschien, warteten sie bereits auf ihn. Corine Bouhaddi fläzte sich auf einem Ledersofa, während Miriam Hershey vor dem Fenster stand und hinaus in den Smog schaute. Bouhaddi, groß, dunkel, expansiv – Hershey, klein, wachsam, minimalistisch. Aber trotz ihrer Unterschiede dürften sie ein gutes Team abgeben. Hershey mit ihrer geheimnisvollen Vergangenheit als Agentin und Heldin, Bouhaddi, die überlebt und in gewisser Weise Ordnung in die Drogenfahndung von Marseille, einer der chaotischsten Städte Europas, gebracht hatte.

Hjelm nahm neben Bouhaddi auf dem Sofa Platz und wartete auf Hershey, die gemächlich auf sie zuschlenderte und sich langsam ebenfalls setzte.

»Hat Balodis dich angerufen?«, fragte Hjelm.

»Ja«, antwortete Hershey. »Sie hat gesagt, dass Sifakis dabei ist, einen Bericht für dich zusammenzustellen, aber sie wollte mich dennoch kurz informieren.«

»Klug«, entgegnete Hjelm und kam sich großzügig vor. »Und was ist das für eine neue Theorie?«

»Stammt offenbar von Jutta Beyer. Dass es sich um Giftentsorgung handelt. Einiges deutet darauf hin, dass *Endymion* die Ökomafia beauftragt hat, Umweltgifte in Lettland zu verklappen.«

»Und die Vernehmung hat unseren Direktor derart in Panik versetzt, dass er sie erneut kontaktiert hat?«

»Er fühlt sich anscheinend etwas verfolgt. Sie konnten ihn in einer Institution in Stockholm lokalisieren, die Kulturhuset heißt, wo er sich offenbar sicher fühlte. Dort erscheint er auf den Bildern von mindestens zwei Überwachungskameras. Da die neue Mail ebenfalls stark verschlüsselt verschickt wurde, kamen sie zu dem Schluss, dass er ein Entschlüsselungsgerät bei sich haben musste. Tebaldi wollte zugreifen, aber Sifakis hat ihn zurückgehalten.«

Hjelm rümpfte die Nase und fragte: »Und Tebaldi wurde wütend?«

»Nach dem, was ich gehört habe, ja.«

»Genau dafür haben wir ihn schließlich«, sagte Hjelm und nickte. »Nicht, um kühl kalkulierte Entschlüsse zu fassen. Ausgezeichnete Reaktion von Angelos.«

»Wer weiß«, sagte Bouhaddi und fläzte sich noch ungenierter auf dem luxuriösen Ledersofa. »Das Gerät befand sich in seiner Tasche. Man hätte es ihm nur abzunehmen brauchen; vielleicht hat er es inzwischen längst verschwinden lassen.«

»Das sagst du nur, um zu opponieren«, meinte Hjelm.

»Dafür hast du mich doch«, entgegnete Bouhaddi und lächelte zuckersüß. »Aber ich halte daran fest. Wenn er es nun wirklich weggeworfen hat, dann war's das mit der Direktverbindung zur Mafia.«

»Die Direktverbindung ist seine Sicherheitsleine«, entgegnete Hjelm. »Und so etwas wirft er nicht als Erstes weg.«

»Das Taxi ist da«, verkündete Miriam Hershey nach einem Blick zum Eingang und stand mit einer geschmeidigen Bewegung auf.

»Benötigen wir wirklich ein Taxi?«, fragte Bouhaddi. »Es sind bestimmt nicht mehr als hundert Meter dorthin.«

Genau genommen waren es gut zwei Kilometer bis zu New Scotland Yard, dem abschreckend protzigen zwanzigstöckigen Gebäude aus den Sechzigerjahren an der Kreuzung Broadway und Victoria Street im Stadtteil Westminster. Hjelm hatte einmal das alte Polizeihauptquartier am Whitehall Place besichtigt, wo die Polizeibehörde bei ihrer Gründung 1829 ihren ersten Sitz hatte. Dort ging eine Hintertür des Gebäudes auf die Great Scotland Yard hinaus, und da die Allgemeinheit überwiegend diese Hintertür benutzte, wurde die Metropolitan Police seither ganz einfach Scotland Yard genannt. Zu Beginn des neuen Millenniums bot das ursprüngliche Polizeigebäude beinahe einen traurigen Anblick. Als Hjelm aus dem Taxifenster sah, das gerade die Themse auf Höhe der ebenso tristen wie regennassen Lamberth Bridge überquerte, kam ihm beim Anblick eines vorbeireitenden Polizisten völlig unvermittelt ein Bild vor Augen: das Polizeigebäude in Stockholm in zweihundert Jahren. Dort würden kaum leise wiehernde Pferde stehen – eine berittene Polizei würde es definitiv nicht geben –, eher würde das Gebäude verlassen dastehen, und Hjelm erschien es nur logisch, dass Horden von Süchtigen das verfallene Gebäude okkupieren würden.

Er schüttelte den unangenehmen Gedanken ab und stellte fest, dass es mit großer Sicherheit schneller gegangen wäre, zu New Scotland Yard zu laufen. Er vermied es bewusst, Corine Bouhaddis Blick zu begegnen, und hörte sie schließlich von der Rückbank aus fragen: »Hast du hier in der Stadt gearbeitet, Miriam?«

»MI5 hat sein Hauptquartier in der Nähe«, antwortete Hershey und wies nach links. »Siehst du das Gebäude dort drüben am Fluss? Thames House. Sie sind im Dezember 1994 eingezogen, und ich habe acht Jahre später dort angefangen. Danach war ich nicht mehr so oft dort. Ich hatte ... andere Arbeitsplätze.«

»Über die du immer noch nicht sprechen möchtest«, sagte Bouhaddi plötzlich auf Französisch, während sie einen Blick in Richtung des Taxifahrers warf, eines Sikh, der eine halb gerauchte Zigarette in seinen Turban gesteckt hatte und dem seine Fahrgäste offenbar völlig egal waren.

»Über die ich nicht sprechen *darf*«, entgegnete Hershey in derart lupenreinem Französisch, dass Hjelm nicht nur verstand, was sie sagte, sondern auch, was Bouhaddi gesagt hatte.

Dann war es eine Weile still im Wagen, bis Hjelm auf die Idee kam zu sagen: »Wenn wir zu Fuß gegangen wären, wären wir nass geworden.«

Keine der Damen auf der Rückbank antwortete, und er ahnte, dass sie amüsierte Blicke austauschten. Es war ihm egal.

Das Taxi glitt eine Straße mit dem geschichtsträchtigen Namen Horseferry Road hinauf und bog dann in den Strutton Ground ein, wo es routiniert diversen Marktständen auswich, die in einem ziemlich unregelmäßigen Muster die Straße säumten. Hjelm war sich nicht ganz sicher, ob es erlaubt war, die Straße mit dem Auto zu passieren. Die Leute wichen zurück, als käme ein Verrückter auf sie zugerast. Das erschien ihm nicht gerade eine würdige Art zu sein, bei der Metropolitan Police vorzufahren.

Denn jetzt waren sie angekommen. Strutton Ground ging über in den Broadway, und sie hielten genau neben dem klassischen dreiseitigen Schild, von dem behauptet wurde, dass es vierzehntausend Drehungen am Tag absolvierte und dabei ununterbrochen verkündete: »New Scotland Yard«.

New Scotland Yard war unbestreitbar ein abschreckendes und Angst einflößendes Gebäude. Genau genommen waren es zwei Gebäude, ein extrem lang gezogenes achtgeschossiges an der Victoria Street, das auf kuriose Weise mit dem riesigen Gebäude dahinter verbunden war, einer Orgie aus Glas, Beton und rostfreiem Stahl. Hjelm und die beiden Frauen meldeten sich in der streng bewachten und gesicherten Rezeption an, und es dauerte nicht lange, bis ein alltäglich aussehender Mann um die fünfunddreißig auf sie zukam und sie in Empfang nahm. Er streckte ihnen die Hand entgegen und sagte sehr britisch: »Chief Inspector Ralph Dryden, welcome to the fortress.«

Sie begrüßten einander, und Dryden führte sie ins Innere des Gebäudes. Sie landeten in einem engen, typischen Londoner Aufzug, in dem es etwas schwierig war, eine Unterhaltung anzufangen. Dryden schien aber ohnehin nicht besonders an Small Talk interessiert zu sein. Als sie in dem zwanzigstöckigen Gebäude eine unbekannte Anzahl von Stockwerken weiter oben schließlich wieder aus dem Aufzug herausstolperten, führte er sie ohne ein Wort einen langen Korridor entlang, der sie regelrecht verschluckte.

Hjelm registrierte, dass das Namensschild an der Bürotür, auf dem »Ralph Dryden, Chief Inspector« stand, absolut neu aussah, und stellte fest, dass das Arbeitszimmer die typische Londoner Enge aufwies. Es war fensterlos und übersät mit Mappen, Ordnern, Loseblattsammlungen und Post-it-Zetteln. An einer Wand hingen Fotografien. Alle zeigten dieselbe Frau ohne Gesicht, in allen Stadien, angefangen von der Szenerie, wo sie künstlerisch mit dem Bettlaken drapiert am Baum lehnt, bis hin zu richtig heftigen Obduktionsbildern.

Dryden nahm hinter seinem Schreibtisch Platz, ohne ihnen ebenfalls einen Stuhl anzubieten – es gab schlichtweg keine Sitzgelegenheiten. Er machte eine Geste in Richtung der Bildercollage, die Hjelm als resigniert deutete. Er wartete ab, auch wenn es ihm widerstrebte.

Schließlich sagte Ralph Dryden: »So etwas habe ich noch nie erlebt.«

»Meinen Sie den Fall?«, fragte Paul Hjelm. »Oder die Nachwirkungen des Falles?«

»Sowohl als auch«, gab Dryden zu, »aber vor allem die Nachwirkungen. Es wurde mir untersagt, mit meinen üblichen Mitarbeitern zusammenzuarbeiten.«

»Sie haben stattdessen die Order erhalten, sich mit den merkwürdigen Bullen von Europol zu arrangieren«, mutmaßte Hjelm. »Und außerdem haben Sie ein neues Büro bekommen. Es scheint, als wolle man Sie aus Ihrer gewohnten Tätigkeit herausisolieren.«

Dryden zuckte zusammen. »Man hat mich bereits darauf hingewiesen, dass Sie eine schnelle Auffassungsgabe besitzen, Hjelm«, sagte er abwartend.

»Sie haben noch nie zuvor in diesem Teil von Scotland Yard gesessen, nicht wahr? Neues Namensschild. Der einzige Polizist in diesem Gebäudeteil, alle anderen Titel auf diesem Korridor sind administrativer Art. Man hat Sie bewusst isoliert.«

»Reden Sie nur weiter«, forderte ihn Dryden mit einer Geste auf.

»Sie müssen sehr spezifische Instruktionen erhalten haben«, fuhr Hjelm fort. »Das Interessante daran ist die Frage, ob die mit dem Fall oder mit den Nachwirkungen zu tun haben. Was soll hier eigentlich isoliert werden?«

»Die Nachwirkungen«, antwortete Dryden. »So deute ich es zumindest. Genauer gesagt die Formulierung ›An die operative Einheit, Europol‹. Und dann kommen Sie drei von Europol, um in einem Fall zu ermitteln, über den wir immer noch nicht besonders viel in Erfahrung gebracht haben und der, abgesehen vom Modus Operandi, kaum als besonders wichtig einzustufen ist. Ein Mord unter vielen, ohne Motiv, ohne die Identität des Opfers, ohne einen Täter.«

»Haben Sie irgendetwas Neues herausgefunden, was noch nicht in den Unterlagen verzeichnet ist, die an Europol geschickt wurden?«

»Nur Kleinigkeiten. Aber zuerst sollten wir uns vielleicht darüber unterhalten, wie wir die zukünftige Arbeit strukturieren wollen. Vor allem über eine Sache.«

»Und die wäre?«

»Um es kurz zu machen«, sagte Dryden und beugte sich ein wenig vor, »was wissen Sie, das ich nicht weiß?«

Hjelm betrachtete Bouhaddi und Hershey, die keinerlei Probleme damit zu haben schienen, vorübergehend eine Statistenrolle anzunehmen. Beide waren im englischen wie im französischen System hierarchisch geschult und würden sich zurückhalten, bis die Spielregeln festgelegt wären. Ihre Blicke waren mit anderen Worten verdächtig neutral – und somit kaum eine Hilfe.

Nicht dass Paul Hjelm Hilfe benötigt hätte. Seine Direktiven waren glasklar. Also sagte er: »Es werden gewisse Tests im Hinblick auf eine operative Einheit bei Europol durchgeführt. Damit sind wir beauftragt.«

Ralph Dryden fiel nicht die Kinnlade herunter. Er nickte lediglich kurz und sagte: »Ich hatte es fast geahnt. Aber ist das nicht ... regelwidrig?«

»Diese Option ist in den Statuten aufgeführt.«

»Vermutlich irgendwo im Kleingedruckten«, murmelte Dryden und gab sich dann einen Ruck. »Wie auch immer, ich bin dankbar dafür, endlich im Bilde zu sein. Wie verfahren wir also weiter?«

»Eigentlich genauso wie sonst auch«, meinte Hjelm. »Wir unterstützen Sie bei Ihren Ermittlungen mit allen uns zur Verfügung stehenden Mitteln.«

»Aber wenn Sie der Chef der operativen Einheit sind, müssen Sie ja einem armen Chief Inspector der Met weit übergeordnet sein, oder?«

»Wir unterstützen Sie bei Ihren Ermittlungen mit allen uns zur Verfügung stehenden Mitteln«, wiederholte Hjelm und lächelte freundlich.

Dryden lächelte nicht. Nach ein paar Sekunden hellte sich sein todernster Gesichtsausdruck jedoch auf, und er brach abrupt in ein heftiges Gelächter aus, das er kurz darauf ebenso abrupt wieder einstellte. Er stand auf und fuhr mit den Fingern über die Wand mit den Fotografien. »Würden Sie mir bitte helfen?«, bat er.

Corine Bouhaddi trat zu ihm. Gemeinsam mit Dryden löste sie ganz einfach die vordere Wand von der hinteren. Eine Art Geheimtür öffnete sich. Dahinter tat sich unerwartet ein bedeutend größerer Raum auf. Darin standen drei Schreibtische mit Computern, ein Sofa, einige Sessel, ein größerer Tisch und sogar eine kleine Küchenecke mit Herd, Spüle und Kühlschrank. Außerdem hatte der Raum ein Panoramafenster mit dem Blick auf die Skyline von London, wo sich der Smog inzwischen gelichtet hatte. Der Regen war weitergezogen, und ein diesiges Sonnenlicht drang durch die Wolken, das die Stadt in einem nahezu göttlichen Glanz erstrahlen ließ.

Ralph Dryden verankerte die Geheimtür, sodass sie sich in ein Whiteboard für den gesamten hellen Raum verwandelte, der nun auch sein eigenes kleines dunkles Zimmer mit einschloss. Dann wanderte er von Schreibtisch zu Schreibtisch und wies ihnen ihre Plätze zu: »Corine Bouhaddi, Miriam Hershey sowie Paul Hjelm. Letzterer mit Panoramablick. Ich hoffe, Sie werden die nötige Konzentration aufbringen können.«

»Das sollte nicht das Problem sein«, entgegnete Hjelm und lächelte. »Sollen wir uns jetzt dem Fall zuwenden?«

»Unbedingt«, antwortete Dryden. Er ging auf das Whiteboard zu und räusperte sich. »Ich gehe davon aus, dass Sie bereits über den Fall unterrichtet sind, aber ich umreiße ihn noch einmal kurz. Unsere unidentifizierte Leiche wurde um 7:14 Uhr am Sonntagmorgen, dem 5. April, beim Bird Sanctuary Pond in Hampstead Heath von einer ziemlich aufgewühlten Ornithologin namens Audrey Watts entdeckt. Sie hat dieses Bild mit ihrem Handy gemacht und es an einen guten Freund geschickt, der es unmittelbar an die Met weiterleitete. Wir hatten bereits um 7:31 Uhr eine Patrouille vor Ort. Zu diesem Zeitpunkt stapfte Watts unten im Teich herum und rief ohne Unterlass ›Goldeneye! Goldeneye!‹. Es gab jedoch keinerlei Anzeichen dafür, dass sie die Leiche angefasst oder den Fundort in irgendeiner Weise manipuliert hätte. Allerdings haben wir dort auch keine anderen Anhaltspunkte gefunden. Wie die Leiche platziert war, wissen Sie ja. Dieses zweite Bild hier gibt am besten darüber Aufschluss: Die auffällig entspannte Position, der am Baumstamm festgeklebte Hinterkopf, das an den Oberschenkeln und am rechten Unterarm festgeklebte Laken, der wiederum am Kopf klebte, sowie die linke Hand, die an der linken Seite des Kinns festgeklebt war. Der Klebstoff ist bereits analysiert worden, es handelt sich um einen schnell trocknenden Spezialkleber mit dem Namen Super Attak Flex Gel von der internationalen Kette Henkel Adhesive Technologies mit Hauptsitz in Düsseldorf. Erhältlich in jedem gut sortierten Supermarkt in jedem europäischen Land, also keine Spur, die uns weiterbringt. Ebenso finden sich keinerlei Spuren am Körper, keine Fingerabdrücke, keine DNA, keine fremden Substanzen. Und die Tote selbst ist völlig unbekannt. Keine DNA-Treffer, abgefeilte Fingerabdrücke, ein aufgequollenes Gesicht, sodass die Gesichtszüge im Großen und Ganzen fehlen, wie Sie an diesem Bild sehen. Die Todesursache steht fest, sie wurde schlicht und einfach erschlagen. Sie hat massive Hirnblutungen ausgebildet, nachdem sie über einen langen Zeitraum hinweg mit einem Gegenstand, bei dem es sich höchstwahrscheinlich um einen mit Sand oder Ähnlichem gefüllten Strumpf handelt, ins Gesicht geschlagen wurde. Das Einzige, was wir über sie wissen, ist, dass sie, abgesehen von den Folgen der Folter vor Eintritt des Todes, kerngesund war, eine durchtrainierte Frau um die fünfunddreißig Jahre alt, hellhäutig, mittelblond, einen Meter zweiundsiebzig groß, achtundfünfzig Kilo schwer, ausrasierte Achselhöhlen und gepflegtes Schamhaar, ansonsten aber keine besonderen körperlichen Merkmale. Sie war bereits tot, als man sie im Park platzierte. Die Frau starb ungefähr zehn Stunden bevor sie gefunden wurde, also gegen neun Uhr am Samstagabend. Davor war sie offensichtlich einige Stunden lang geschlagen worden und hatte mehr als zwölf Stunden nichts mehr gegessen. Möglicherweise gibt uns das einen gewissen Aufschluss darüber, wie lange sie gefoltert wurde. Seit Kurzem wissen wir außerdem, dass das Röhrchen vor Eintritt des Todes in ihren Enddarm eingeführt wurde. Es wurde also nicht posthum als direkter Gruß des Mörders an die Polizei hineingeschoben. Das schließt natürlich nicht aus, dass der Mörder es getan haben könnte, aber es erscheint gleichermaßen wahrscheinlich, dass das Opfer sich das Röhrchen selbst in den Enddarm eingeführt hat. Weiter. Das Laken ist ebenfalls analysiert worden – wir wissen jetzt, mit welchem Waschmittel es zuletzt gewaschen wurde, eine Marke, die in Wäschereien für öffentliche Institutionen oder Hotels benutzt wird; das gilt auch für die Gewebestruktur. Also Krankenhaus oder Hotel. Ein Standardbettlaken. Was die beiden Codes auf der Mitteilung im Röhrchen betrifft, bin ich allerdings noch nicht weitergekommen. Sowohl ›e98weriN‹ als auch ›79sYsd76‹ sind höchstwahrscheinlich Benutzernamen oder Passwörter, aber ich habe keine Ahnung, wofür. Papier und Schreibflüssigkeit sind ebenfalls analysiert worden. Es handelt sich um einen gewöhnlichen Kugelschreiber, während das relativ grobfaserige, schwach blaugrünliche Papier eher speziell ist. Das ist die zweite Neuigkeit. Auf dem Papier befinden sich Druckerspuren, eine Linierung, die sich möglicherweise identifizieren lässt. Und dann haben wir da noch das Röhrchen selbst. Wir wissen nicht genau, um was es sich dabei handelt, ein durchsichtiges kleines, halbsteifes Stück Kunststoff, das mit Kunststoffteilen aus demselben Material an beiden Enden verstöpselt wurde. Es kann sich um jede erdenkliche Form von Plastikröhrchen handeln. Wenn sich Fingerabdrücke darauf befunden haben, dann sind sie in jedem Fall im Darm vernichtet worden. So, und jetzt dürfen die Herrschaften gerne berichten, was Sie zu diesen Ermittlungen beitragen können.«

Sollte Ralph Dryden irgendeine Form der Anerkennung erwartet haben, musste seine Enttäuschung ziemlich groß sein, denn Miriam Hershey fragte nun völlig tonlos: »Gab es irgendwelche Anzeichen für eine Verstopfung?«

»Für was?«

»Eine Verstopfung«, wiederholte Hershey in demselben Tonfall.

Dryden verschwand ohne ein Wort in seinem Zimmer. Während sie hörten, wie er dort drinnen herumsuchte, warfen sie einander vielsagende Blicke zu. Dryden kehrte mit einem enormen Stapel Papier in der Hand zurück. Er zog ein Blatt aus der Mitte heraus, überflog es kurz und sagte schließlich: »Ja.«

»Ja?«, vergewisserte sich Hershey.

»Nach Aussage der Rechtsmedizinerin Hazel Mallory war die Verdauung schwer zu deuten. Es handelt sich um eine Kombination von Hunger, Durchfall und ... ja, Verstopfung.«

»Als hätte sie es zielgerichtet in sich gehalten«, schloss Miriam Hershey.

»Das ist wohl eine etwas voreilige Schlussfolgerung«, entgegnete Dryden mit unverstelltem Erstaunen.

»Schwer zu deuten, weil es wider die Natur ist«, erklärte Hershey. »Ich kenne das Phänomen. Der Schock, den die Folter auslöst, verursacht Durchfall, aber sie hält ihn zurück, wider Erwarten. Sie weiß, was verloren geht, wenn sie ihm nachgibt. Nicht nachzugeben ist ihre Form des Widerstands. Der Körper reagiert darauf mit Verstopfung.«

Paul Hjelm betrachtete Miriam Hershey mit einem vagen Gefühl des Unbehagens. Er erahnte persönliche Erfahrungen, auf deren nähere Erläuterung er gerne verzichtete. Zum Beispiel wollte er nicht wissen, auf welcher Seite der erwähnten Erfahrungen sie sich befunden hatte. Doch ihr Mienenspiel verriet nichts. Miriam Hershey hätte ebenso gut die Gewaltausübende wie auch das Opfer sein können. Sie war eine gut geschulte Informantin. »Dennoch eine ziemlich weit hergeholte These«, sagte er vorsichtig.

»Es erklärt zumindest die widersprüchliche Verdauung«, entgegnete Hershey gelassen.

»Möglicherweise gibt es noch andere Erklärungen dafür«, meinte er. »Aber arbeite weiter daran. Nimm Kontakt auf zu Ernährungsexperten und Verdauungsforschern. Überlass es ihnen, den Bericht der Rechtsmedizinerin zu bewerten. Noch weitere Überlegungen zu den äußerst detaillierten Ausführungen des Chief Inspector?«

»Ich habe den Eindruck, dass die Methode auf etwas verweist«, erklärte Corine Bouhaddi. »Ich kann allerdings noch nicht genau sagen, worauf, aber sie erscheint mir sehr spezifisch. Allein die Schläge, die ausschließlich aufs Gesicht gerichtet sind. Und noch dazu mit einem stumpfen Gegenstand, damit sie nicht an äußeren Verletzungen stirbt. Deutet das nicht auf eine hoch differenzierte und sorgfältig ausgeführte Methode hin? Es ist nicht das erste Mal, dass der oder die Täter sie anwenden, jede Wette.«

»Ist das bereits untersucht worden?«, fragte Hjelm.

»Nein, noch nicht näher«, gab Dryden zu. »Ich saß bisher, wie bekannt, allein an dem Fall.«

»Aber nun sind Sie nicht länger allein«, meinte Hjelm aufmunternd. »Corine, verfolgst du diese Spur?«

»Ich bin ebenfalls der Meinung, dass es nach organisierter Kriminalität riecht«, sagte Dryden unerwartet. »Allerdings hauptsächlich deswegen, weil sie nicht die geringste Spur hinterlassen haben. Nirgends – nicht am Körper, nicht am Material, nicht auf dem Boden.«

»Aber sie hat nicht geredet«, sagte Hershey tonlos.

»Wie bitte?«, riefen Hjelm und Dryden im Chor aus.

»Professionelle Folterer, die offenbar alle Zeit der Welt hatten«, erklärte Hershey. »Dennoch hielt sie den Stuhlgang zurück. Behielt das Röhrchen im Darm. Sie hat sie besiegt.«

Hjelm musterte das scharf geschnittene Profil der klein gewachsenen Gestalt, die vollkommen reglos dasaß. »Meinst du, dass sie selbst ein Profi war?«, fragte er.

»Entweder das«, antwortete Hershey, noch immer völlig unbewegt, »oder sie war sehr überzeugt. Beides sind starke Antriebskräfte, geschult zu sein ebenso wie für eine Sache Feuer und Flamme zu sein.«

»Nur, wofür war sie eigentlich Feuer und Flamme?«, fragte Bouhaddi. »Es ergibt gewissermaßen keinen Sinn, wenn ihre Hinterlassenschaft völlig undurchsichtig ist.«

»Das ist sie nicht«, entgegnete Hershey mit Bestimmtheit. »Sie hat ihre Botschaft immerhin resolut niedergeschrieben. Genau dies und ausschließlich dies. Und sie hat sie ausdrücklich und zielgerichtet an uns und nur uns gerichtet: ›e98weriN‹ und ›79sYsd76‹.«

»Könntest du auch einen näheren Blick darauf werfen?«, fragte Hjelm. »Du kennst bestimmt eine Reihe von Codeexperten, an die du dich wenden kannst.«

»Wir haben sogar eigene im Haus …«, merkte Dryden an.

»… die Sie allerdings nicht kontaktieren dürfen«, führte Hjelm den Satz zu Ende und musste erneut an Politik denken. »Aber ich bin sowieso eher für ein Miteinander von internen und externen Experten. Eine gut ausgewogene Mischung.«

»Ich werfe einen Blick darauf«, sagte Hershey ausdruckslos.

»Wunderbar«, entgegnete Paul Hjelm. »Und Sie selbst, Dryden, jetzt, wo Sie den Gesamteindruck so ausführlich dargelegt haben, wo würden Sie den Stoß setzen?«

Chief Inspector Ralph Dryden wirkte für einen Moment völlig ratlos. Dann sammelte er sich und fragte: »Ich bin also nicht länger der Chef?«

»Auch Chefs müssen arbeiten«, erklärte Hjelm und verspürte ein leichtes, rein politisches Unwohlsein.

»Erstaunlicherweise bei der Mitteilung an sich«, sagte Dryden abrupt. »Ich bin äußerst neugierig darauf, woher das Kunststoffröhrchen und vor allem auch der Zettel stammen. Wenn wir das herausfinden, erfahren wir vermutlich auch, wer sie ist. Die Gegenstände kommen aus ihrer näheren Umgebung, davon bin ich überzeugt. Ich würde auch gerne eine Analyse der Handschrift durchführen lassen.«

»Gut«, sagte Hjelm, nicht ohne Erstaunen. »Ich selbst werde mich ihrer Pose annehmen.«

»Ja, die Pose«, meinte Bouhaddi. »Sie bildet doch ein Kunstwerk ab, oder? Eine Skulptur, ein Gemälde? Aber aus welchem Grund macht man so etwas? Eine Gruppe von Gangstern? Irgendetwas stimmt da nicht.«

»Das sehe ich auch so«, pflichtete Hjelm ihr bei. »Irgendetwas stimmt nicht. Ich werde Kontakt zu einem Kunstexperten aufnehmen und sehen, ob sich das Kunstwerk identifizieren lässt. Denn ich nehme an, dass Sie ebenfalls bereits in diesen Bahnen gedacht haben, Ralph? Darf ich Sie Ralph nennen?«

»Solange Sie mich nicht Ralphie nennen«, sagte Chief Inspector Ralph Dryden und lächelte zum ersten Mal.

Das Weiße im Auge

Vällingby – Nacka, Stockholm, 7. April

Kerstin Holm nahm das Handy in die Hand, drehte und wendete es ein wenig und sagte dann: »Gute Arbeit, Jon.«

Kommissar Jon Anderson seufzte, kratzte sich an seinem immer lichter werdenden Haaransatz und entgegnete: »Ich möchte zu Protokoll geben, dass ich das hier nur getan habe, weil in der Villa kein heruntergefallenes Tablett mit Essensresten lag. Sie hat mich auf eine Art und Weise hereingelegt, die einfach nicht fair war.«

»Welches Protokoll denn?«, fragte Kerstin Holm.

Kurz darauf wurde Wang Yunli mit einem präparierten Handy in der Handtasche auf freien Fuß gesetzt. Der Verdacht, dass sie es wegwerfen würde, sobald sie das Polizeigebäude verlassen hätte, erwies sich als falsch. Zumindest tat sie es nicht, bis sie Västerhaninge erreicht hatte. Dort war der blinkende Punkt auf dem Stadtplan des Kontrollbildschirms stehen geblieben. Und dort befand er sich auch jetzt noch. Es war natürlich schlecht auszumachen, ob das Handy in irgendeinem Kompostmüll im Keller lag und mit frisch geschlüpften Frühlingsfliegen um die Wette summte oder ob Wang Yunli es immer noch am Körper trug.

Eine Sache war jedenfalls klar. Es befand sich nicht in Vällingby.

Kerstin sah Sara an, Sara sah Kerstin an. Daraufhin betrachteten sie die heruntergekommene Mietskaserne in unmittelbarer Nähe des Zentrums von Vällingby. Als das Aprilwetter die Himmelstüren mal wieder in Höllentore verwandelte, stürzten sie auf die Haustür zu und verharrten dann eine Weile in dem übel riechenden Treppenhaus, von wo aus sie auf den draußen tobenden Hagelsturm hinausstarrten.

»April«, stieß Kerstin Holm hervor und schüttelte sich.

»Es stinkt nach Verwesung«, bemerkte Sara Svenhagen.

Kerstin schnupperte in die Luft, zuckte mit den Achseln und sagte: »Könnte eine tote Ratte sein.«

»Theoretisch kann es sich sogar um einen toten See-Elefanten handeln«, meinte Sara. »Aber praktisch gesehen riecht es nach einer Leiche. Einer Menschenleiche.«

»Wenn du dir so sicher bist, weißt du wahrscheinlich auch, woher der Gestank kommt, oder?«

»Jedenfalls nicht aus dem fünften Stock«, entgegnete Sara Svenhagen und nahm die Treppen in Angriff.

Als sie ziemlich kurzatmig den fünften Stock erreichte, stand Kerstin Holm bereits oben und wartete auf sie. Holm schnupperte erneut und meinte: »Du hast recht. Es kommt von weiter unten. Vermutlich aus dem Keller. Bestimmt eine Ratte.«

»Oder ein Nilpferd«, keuchte Sara. »Warum hast du mir nicht gesagt, dass es einen Aufzug gibt?«

»Du hast ja nicht gefragt«, entgegnete Kerstin und ging von Tür zu Tür. »Hier gibt es keine Wang. Hat sie gesagt, wie ihre Putzkolleginnen heißen?«

»Nein«, schnaufte Sara Svenhagen und stützte sich mit den Händen auf den Knien ab.

»Dann legen wir mal los«, sagte Kerstin Holm und klingelte an der Tür, die sich am nächsten zum Aufzug befand. »Fang du von der anderen Seite an.«

Nachdem sie alle acht Wohnungen im Stockwerk durchgegangen waren, sah das Fazit des Morgens folgendermaßen aus: ein Rentner, der Kerzen goss, eine Rentnerin, die sich auf der Toilette eingeschlossen hatte und nicht mehr herauskam, und ein dritter Rentner, der »Guitar Hero« spielte; ein arbeitsloser Inder, der dabei war, sich von dem Genuss von Surströmming, einem faulig stinkenden, sauer eingelegten Hering, zu überzeugen, ein im Internet nach Pornos surfender Dichter sowie ein geschiedener und aufgrund des Aprilwetters erkälteter Polizeiassistent, den Sara wiedererkannte, aber nicht zuordnen konnte. Hinzu kamen zwei Türen, wo keiner öffnete und deren naive Willkommensgrüße auf kinderreiche Familien hindeuteten.

Keiner der Bewohner hatte irgendwelche schwarzarbeitenden Einwandererputzfrauen im Haus gesehen und erst recht keine kleine Chinesin um die vierzig.

»Wir haben es doch gewusst«, sagte Sara. »Völlig unnötig, hierher zu fahren.«

»Wir hatten immerhin eine Stunde Zeit, die wir irgendwie totschlagen mussten«, entgegnete Kerstin. »Und die Bestätigung einer Vermutung ist nie unnötig.«

Sie fischte das GPS-ähnliche Gerät mit dem kleinen Bildschirm aus der Manteltasche und betrachtete den Punkt, der noch immer an exakt derselben Stelle in Västerhaninge blinkte.

»Hat sie es vielleicht doch weggeworfen?«, fragte sie.

»Das Handy ist jedenfalls in einem Gebäude«, antwortete Sara und zeigte auf die Karte auf dem Bildschirm. »Wenn sie es wegwerfen wollte, würde sie es draußen tun. Wahrscheinlich in irgendein Gewässer. Und dann würden wir überhaupt keinen Punkt mehr sehen. Nein, sie hat es noch bei sich. Genau, wie wir gehofft haben. Sie macht uns keine Schwierigkeiten, und wir wissen, wo sie sich aufhält.«

Kerstin nickte und öffnete die Fahrstuhltür. »Jedenfalls ein ziemlich trister Kasten«, sagte sie und nickte in Richtung der Wohnungstüren.

»Trist genug, um es zu ignorieren, wenn nur wenige Meter entfernt eine Leiche liegt und verwest.«

Sie betraten den schmutzigen Aufzug.

»Es war nett von dir, der Dame zu helfen, die sich auf dem Klo eingeschlossen hatte«, sagte Kerstin Holm nach einer Weile.

»Höchstwahrscheinlich der letzte richtige Polizeieinsatz in meinem Leben«, entgegnete Sara Svenhagen verdrießlich.

Sie hielten im Treppenhaus vor der Haustür inne und inspizierten die Wetterlage durch das Türglas. Die tischtennisballgroßen Hagelkörner hatten sich inzwischen auf Erbsengröße reduziert, aber es erschien immer noch nicht besonders verlockend, sich nach draußen zu begeben.

Kerstin Holm tippte eine Nummer auf ihrem Handy ein, hielt es ans Ohr und fragte: »Ist dort die Polizeidienststelle in Vällingby? Kerstin Holm hier, Reichskriminalpolizei. In einer Wohnung hier im Zentrum von Vällingby liegt offenbar eine verwesende Leiche. Meine Kollegin glaubt zwar, dass es sich um einen See-Elefanten handelt, aber ich vermute eher einen menschlichen Leichnam. Können Sie sich darum kümmern?«

Während sie der Polizeidienststelle in Vällingby die Adresse mitteilte, vermied sie es, Sara in die Augen zu sehen. Stattdessen stürzte sie, sobald sie das Gespräch beendet hatte, aus der Tür und auf ihr Auto zu.

Sara rannte hinterher und erreichte den Wagen unmittelbar nachdem der Motor völlig lautlos gestartet worden war. Sie schnickte einige kreideweiße Erbsen von ihren Oberschenkeln und fragte: »Reichskriminalpolizei?«

»Es war das Einfachste«, antwortete Kerstin Holm und fuhr vom Parkplatz.

»Wie leicht es doch geworden ist zu lügen«, sagte Sara Svenhagen.

Dann saßen sie die gesamte Strecke durch die westlichen Stadtteile Stockholms bis in den Süden schweigend im Auto, und ohne ein einziges Wort gewechselt zu haben, kamen sie schließlich in Hästhagen, Nacka, an. Während der Fahrt durch die Stadt hatte die Wetterlage erneut gewechselt. Vielleicht war es aber auch nur so, dass in Vällingby ein Unwetter wütete, während in Hästhagen strahlender Sonnenschein herrschte. Das Leben war einfach ungerecht.

Kerstin Holm lenkte den Wagen ungefähr hundert Meter vor der Stiernmarck'schen Villa an den Straßenrand. Sie blieben eine Weile sitzen und sahen durch die Windschutzscheibe.

»Jetzt steht einiges auf dem Spiel«, sagte Sara Svenhagen und bereute es sofort. Es klang wie eine banale Floskel.

Aber Kerstin nickte lediglich. Nach einer kurzen Weile antwortete sie: »Ich möchte, dass du da drinnen förmlich in den Startlöchern stehst.«

»In den Startlöchern?«

»Blöde Sportlerredensart«, erwiderte Kerstin Holm. »Bereit, startklar, auf Zack, hellwach.«

»Einsatzbereit?«

»Das auch. Ich habe nämlich das dumpfe Gefühl, dass unser Carl-Henric im Augenblick eine tickende Zeitbombe ist. Sei also auf Überraschungen gefasst.«

Dann nahm sie das Handy zur Hand, wählte eine Nummer und fragte: »Team vor Ort? Prima. Wie viel Zeit ab dem Notruf? Eine halbe Minute klingt gut. Ich denke, dass es eine Viertelstunde, zwanzig Minuten dauert, bis es aktuell wird. In Ordnung.«

Kerstin Holm klickte das Gespräch weg, steckte das Handy in die Manteltasche und sagte: »Jetzt brauchen wir nur noch auf Paula Radcliffe zu warten.«

Sara Svenhagen machte sich nicht die Mühe, die Anspielung zu verstehen. Stattdessen versuchte sie, die Lage zu sondieren. Denn es stand mehr als nur einiges auf dem Spiel. Alles stand und fiel damit, wie Kerstin Holm und Sara Svenhagen in den kommenden fünfzehn bis zwanzig Minuten ihre Karten ausspielen würden.

Und dann kam sie. Herausgehüpft. Ein blonder Wirbelsturm in Tights. Wictoria Stiernmarck. Das war der Startschuss.

Während Frau Stiernmarck Fahrt aufnahm und in die Straße hinunterjoggte, stiegen die beiden Polizistinnen aus dem Wagen und näherten sich der Villa. Sie brauchten noch nicht einmal zu klingeln. Die Tür stand halb offen. Wie in einem gastfreundlichen Heim, in dem man weiß Gott nichts zu verbergen hat oder befürchten muss.

Carl-Henric Stiernmarck saß auf dem Sofa im Wohnzimmer. Das Sonnenlicht umstrahlte ihn freundlich. Sie betrachteten ihn einen Moment, ohne dass er ihre Anwesenheit bemerkte. Ein gefallener Patriarch. Der gut gebaute Mann mit dem vom Segeln gebräunten Gesicht legte die großen Hände vors Gesicht und begrub es in ihnen. Begrub sein Leben in ihnen. Es war das Bild einer Ära, die gerade unterging.

Dann erblickte er sie, stand instinktiv auf und feuerte, wohl in erster Linie aus reiner Gewohnheit, sein strahlendes Cocktaillächeln ab. Doch er schien selbst sofort einzusehen, wie fehl am Platz es war. Es verschwand, und Stiernmarck blieb einen Augenblick lang unschlüssig stehen, bevor er die Hände ausstreckte und sie herzlich willkommen hieß. »Auch wenn ich nicht ganz verstehe, aus welchem Grund die Damen erneut hier auftauchen«, sagte er mit seiner wohlmodulierten Baritonstimme.

»Wir wollen lediglich ein paar Dinge überprüfen«, erklärte Kerstin Holm und lächelte einnehmend. »Aber zuerst würde ich darum bitten, die Toilette benutzen zu dürfen, wenn das möglich wäre.«

»Selbstverständlich«, sagte Stiernmarck galant und wies ihr gewissenhaft den Weg.

Als Kerstin Holm verschwunden war, nahmen Sara Svenhagen und Carl-Henric Stiernmarck in den *Endymion*-Möbeln Platz.

»Ein paar Dinge überprüfen?«, fragte Stiernmarck.

Sara, die auf Kerstins plötzlichen Toilettenbesuch nicht vorbereitet gewesen war, sah sich gezwungen, bis in die tief verborgenen wohlerzogensten Winkel ihrer Seele hinabzutauchen, aus denen sie dann hervorkramte: »Ich muss wirklich sagen, dass dieses Wohnzimmer eines der stilvollsten ist, die ich je gesehen habe.«

Stiernmarck blühte förmlich auf. Es schien, als hätten bisher nicht viele Personen ernsthaft in Augenschein genommen, was er eigentlich aufgebaut hatte.

Als besäße das Paar nicht gerade besonders viele Freunde.

»Das gesamte Haus ist von einem Architekten entworfen worden«, erklärte er mit seinem Ruhe vermittelnden Bariton, »allerdings nach Plänen des vorherigen Eigentümers. Was die Einrichtung angeht, haben wir uns von einem Innenarchitekten beraten lassen, der wirklich versucht hat, unseren Geschmack zu treffen, und es scheint ihm in der Tat gelungen zu sein, herauszufinden, wie Wictoria und ich es haben wollen. Hell, luftig, lebendig, eine aparte Wärme.«

»Mir gefällt die Farbskala wirklich gut«, sagte Sara und verspürte erneut ein Unwohlsein, das stets ziemlich verlässlich war. Und das ihr signalisierte, dass sie erneut die moralische Grenze überschritten hatte.

Glücklicherweise kam Kerstin genau in dem Moment zurück. Sie lächelte und nickte. Dann setzte sie sich in einen Sessel neben Sara, von dem aus sie den hinteren Teil des Wohnzimmers einsehen konnte.

»Geht es immer noch um diese grundlosen Anschuldigungen?«, fragte Stiernmarck mit gerunzelter Stirn. »Haben Sie denn nicht mit dem Vizechef der Reichspolizei gesprochen? Glauben Sie allen Ernstes, ich würde mich mit Kinderpornografie befassen?«

»Sie würden erstaunt sein, wie unterschiedlich all die Pädophilen sind.«

»Ja!«, rief Stiernmarck etwas brüsker aus. »Ja, das würde ich. Ich würde erstaunt und verwundert sein und es mit der Angst zu tun bekommen. Denn ich weiß nichts über diese Welten. Sie sind mir vollkommen fremd. Mein ganzes Leben lang habe ich mich bemüht, ein anständiger und ehrenwerter Mensch zu sein. Ich habe jedenfalls meinen Teil dazu beigetragen.«

»Und jetzt erscheint es Ihnen äußerst ungerecht, in falsche Gesellschaft geraten zu sein ...?«, fragte Kerstin Holm in mitfühlendem Tonfall.

»Genau. Diese widerwärtigen Pädophilen. Was habe ich mit denen zu tun? Ich bin Familienvater und Unternehmer. Ich verwalte ein Erbe, und das hat mich extrem viel gekostet. Haben die Damen überhaupt eine Ahnung, wie viel ein freier Unternehmer eigentlich arbeiten muss? Welche Last auf seinen Schultern liegt? Was für unglaubliche Mengen an Geld man hereinarbeiten muss, um eine Familie vernünftig zu versorgen?«

»Es war nicht diese Gesellschaft, an die ich gedacht habe«, stellte Kerstin Holm klar.

Das braun gebrannte Gesicht erblasste merklich. Es tat nahezu physisch weh, Carl-Henric Stiernmarck dabei zu beobachten, wie er den Schock der Entrüstung zu kaschieren versuchte. Er stand abrupt auf und brüllte los, sodass seine sonst so ruhige Baritonstimme wie ausgewechselt wirkte: »In einem Jahr bezahle ich mehr Steuern an diese Gesellschaft, als die Damen es vermutlich in ihrem ganzen Arbeitsleben tun werden. Es sind Leute wie ich, Unternehmer, die nicht ins Ausland ziehen, sondern hierbleiben und sich ihrer Verantwortung stellen, die die gesamten öffentlichen Gelder mitfinanzieren, von denen die Damen ihr Gehalt beziehen. Darüber hinaus versorge ich allein eine Familie und eine große Zahl von Angestellten. Es ist nur allzu leicht, Menschen wie mich zu kritisieren und lächerlich zu machen, aber Sie verstehen offensichtlich nicht, wie sehr Sie auf uns angewiesen sind. Innovative zuverlässige Unternehmen, die für Wohlstand sorgen. Woher sollen die Gelder denn sonst kommen? Polizisten zum Beispiel machen überhaupt keinen Umsatz, für niemanden.«

»Möglicherweise ist die Zeit der Alphatiere zu Ende«, warf Kerstin Holm ein.

»Sie wissen ganz genau, dass dem nicht so ist«, entgegnete Stiernmarck etwas ruhiger. »Sie brauchen sich nur einmal anzuschauen, was Frauen wollen. In der Theorie können Sie behaupten, dass sie die sanften, liebevollen Männer schätzen, aber in der Praxis sehen wir ja, wie es darum bestellt ist. Es ist die Biologie, die entscheidet, so einfach ist das. Es liegt in den Genen, dass sie die starken Männer begehren, weil sie starke Kinder bekommen möchten. Solche, die etwas erschaffen. Wir erschaffen etwas, meine Damen. Wir sind Schöpfer. Befühlen Sie nur einmal die Sessel, in denen Sie sitzen. Sie sind authentisch. Von Hand gefertigte echte Möbel, die die Leute haben wollen und für die sie bereit sind, Geld auszugeben. Und so ist es immer schon gewesen. Fassen Sie den Stoff an, greifen Sie in das Polster, dann verstehen Sie, wie unsere Gesellschaft beschaffen ist.«

Sara Svenhagen griff in das durchaus sehr angenehme Polster ihres Sessels und sagte: »Es kommt mir giftig vor.«

»Fühlt sich an wie mit bromierten Flammschutzmitteln und perfluorierten Tensiden behandelt«, meinte Kerstin Holm.

Stiernmarck erstarrte in seiner Vortragshaltung. Er wirkte ziemlich perplex, während er stotterte: »Aber das machen wir doch nur, damit sie nicht Feuer fangen können. Wir tun das für Sie. Für die Kunden. Nicht für uns.«

»Und was macht *Endymion* mit der Schlacke, mit all den Rückständen, die anfallen, wenn man diese Arten von Gift verwendet?«, fragte Kerstin Holm.

»Sie werden in umweltfreundlicher Art und Weise entsorgt«, sagte Stiernmarck, als rezitiere er eine Hausaufgabe.

»So haben Sie es schon immer gehandhabt, nicht wahr?«, fragte Sara Svenhagen. »Sie haben immer Ihren Teil beigetragen, haben anständig und ehrenwert gelebt, aber dann kam die Finanzkrise, und alles wurde auf den Kopf gestellt. Es ging um das Schicksal des Unternehmens. Insolvenz oder nicht.«

»Die Finanzkrise war in der Tat ein Schlag unter die Gürtellinie, aber sie hat nichts mit der Entsorgung unseres Mülls zu tun. Das wird intern von angestellten Spezialisten erledigt.«

»Und taucht aus diesem Grund nicht in der Buchführung auf?«, fragte Holm.

»Korrekt«, antwortete Stiernmarck und ließ sich schwer auf das Sofa fallen.

»Dennoch gibt es gewisse Unregelmäßigkeiten in der Buchführung«, bemerkte Sara Svenhagen. »Ziemlich exakt wiederkehrende monatliche Ausgaben bis zum September vergangenen Jahres. Und dann ist plötzlich Schluss.«

»Im Hinblick auf Einzelheiten müssen Sie meine Buchhaltung fragen. Ich sehe lediglich *the big picture*, und ich garantiere Ihnen, dass daran nichts manipuliert wurde.«

Kerstin Holm zog plötzlich einen Laptop hervor und klappte ihn auf dem Tisch auf. Sie startete einen Film. Einige Sekunden lang wurde ein lila-graues Standbild gezeigt, der Eingang zu einem offiziellen Gebäude. Gläserne Drehtüren, die auf eine Art Platz vor dem Gebäude wiesen, ein dezentes Muster in den Steinplatten auf dem Boden. Füße auf einem schwarz-weißen

Dreiecksmuster. Dann kam Bewegung in das Bild. Die Füße liefen los. Die Leute passierten die Drehtüren, strömten hinein und heraus. Schließlich tauchte – absolut unverkennbar – Carl-Henric Stiernmarck auf, auf dem Weg durch die Glastüren ins Gebäude.

Kerstin Holm hielt das Bild an. »Kulturhuset, gestern Nachmittag um 15:04 Uhr«, sagte sie. »Sie gehen hinein.«

Stiernmarck saß starr. Sein Blick war irgendwo in die Ferne gerichtet.

Kerstin Holm ließ den Film weiterlaufen, hielt ihn nach einer Weile erneut an und fuhr fort: »Und hier kommen Sie wieder heraus. Jetzt ist es 15:16 Uhr. Zwölf Minuten im Kulturzentrum. Was haben Sie drinnen gemacht?«

Stiernmarck schnaubte verächtlich. Vermutlich wollte er ein leicht reserviertes Lachen anbringen. Aber es gelang ihm nicht. »Tja, was macht man im Kulturzentrum?«, fragte er zurück. »Man stellt fest, wie langweilig es dort ist?«

»Sie suchen es mit anderen Worten nicht gerade oft auf?«

Stiernmarck warf einen raschen Blick in Richtung seines Arbeitszimmers, blieb jedoch unbeweglich sitzen.

Kerstin schaute Sara an. Saras Blick begegnete ihrem. Er war völlig klar und unmissverständlich. So, wie ich Sara haben will, dachte Kerstin und lächelte kurz. Dann sagte sie: »Um 15:12 Uhr, also sechs Minuten, nachdem Sie das Kulturzentrum betreten haben, wurde eine stark verschlüsselte Mail von einem der öffentlichen Computer im Gebäude an einen der Polizei wohlbekannten Computer in Süditalien verschickt. Das hier sind Einzelheiten, Herr Stiernmarck. Aber das ist verdammt noch mal auch das *big picture*. Und nicht zuletzt ist es – Manipulation.«

Sie warteten. Stiernmarck verzog keine Miene. Sekunden verstrichen.

Dann tat er etwas ziemlich Unerwartetes. Er zeigte aus dem Fenster am anderen Ende des Wohnzimmers und rief: »Aber sehen Sie nur dort!«

Die Blicke der beiden Polizistinnen wanderten instinktiv dorthin.

In dem Moment rannte er los. In die andere Richtung.

Kerstin Holm hatte bereits das Handy in der Hand. Sie drückte auf die Wahlwiederholungstaste und hielt gleichzeitig einen Schlüssel hoch, sodass Sara ihn sehen konnte. Stiernmarck stürzte in sein ungefähr zehn Meter entfernt liegendes Arbeitszimmer.

Jetzt, dachte Sara und gestattete sich ein schiefes Lächeln, genau in diesem Moment dürfte er entdecken, dass kein Schlüssel in der Tür steckt.

Kerstin machte eine Handbewegung, und Sara setzte sich ebenfalls in Bewegung.

Als sie das Arbeitszimmer erreichte, hörte sie, wie sich die Polizisten des mobilen Einsatzkommandos bereits im Garten näherten. Sie riss die Tür auf und erblickte Stiernmarck, der sich hinter dem massiven Schreibtisch aus Eichenholz nach etwas bückte. Sara Svenhagen lief um den Tisch herum und warf sich im selben Moment auf ihn, als er den Schreibtisch zu bewegen begann.

Sie sah ihm in die Augen, während sie miteinander rangen. In seinem Blick lag nackte Angst. Todesangst. Er schlug wild um sich und setzte dabei seine Zähne und Fingernägel ein, als kämpfe er mit dem Todesengel persönlich. Während Sara versuchte, ihn die wenigen Sekunden am Boden zu halten, die das Einsatzkommando benötigte, um den richtigen Weg zu finden, spürte sie, dass nicht sie es war, gegen die er aufbegehrte. Seine Kräfte waren nicht gegen die Kriminalinspektorin Sara Svenhagen gerichtet, sondern gegen etwas anderes, gegen eine unendlich stärkere Übermacht.

Es tat weh, er schlug wie blind um sich, zerkratzte ihr Gesicht, versuchte sie zu beißen, und Sara war den Beamten des Einsatzkommandos unendlich dankbar, als die sie im selben Moment von ihm wegrissen, als Stiernmarck eine laserscharfe Zahnreihe unmittelbar auf ihr Handgelenk richtete. Der darauffolgende Schlag der Einsatzkräfte gegen seine blendend weißen Zähne war zwar unnötig hart, aber in diesem Augenblick war Sara bereit, die Gewalt zu akzeptieren. Sie kam auf die Knie und tastete ihr Gesicht ab. Als sie sich die Hand besah, war sie blutig. Und genau in dem Moment erblickte sie etwas, was sie auf keinen Fall sehen wollte.

Während zwei Einsatzkräfte den bewusstlosen Carl-Henric Stiernmarck mit einer blutenden Wunde im Gesicht vom Boden hochzogen, sah Sara Svenhagen nämlich eine Gestalt in der Türöffnung. Blass, mit langem, schwarz gefärbtem Haar und weit aufgerissenen Augen.

»Johannes«, sagte sie und streckte hilflos die Hand nach ihm aus.

Der Blick von Johannes Stiernmarck wanderte von seinem blutenden Vater zu der blutenden Sara Svenhagen. Dann verzerrte sich sein Gesicht, und er stürzte davon. Sara rappelte sich auf und lief einige Schritte hinter ihm her, aber er war bereits aus dem Haus gerannt. Also ging sie in sein Zimmer, das dem Arbeitszimmer direkt gegenüberlag, und sah durchs Fenster den Jungen die Straße hinunterrennen.

Sie stützte ihre Hände auf seinen unaufgeräumten Schreibtisch und schloss die Augen. Dann spürte sie, wie ihr ein Blutstropfen am Nasenrücken entlang hinunterlief und fing ihn auf, bevor er auf die Tastatur von Johannes' Computer fallen konnte. Sie betrachtete ihre Handfläche, über die sich ein vollkommen symmetrischer Blutstern ausgebreitet hatte. Dann verließ sie das Zimmer.

Im Flur traf sie Kerstin. Sie sah Sara erschrocken an und streckte eine Hand nach ihrem Gesicht aus.

Sara spürte, wie sie unweigerlich zurückwich. »Er hat den Schreibtisch bewegt«, sagte sie und wies ins Arbeitszimmer, in dem Stiernmarck, zwischen zwei muskulösen uniformierten Polizisten hängend, allmählich wieder das Bewusstsein erlangte. Sein Blick irrte bedenklich umher.

Kerstins Hand war in einer unbeholfenen Bewegung vor Saras Gesicht erstarrt. Sara meinte, eine Spur von Gewissensbissen in Kerstins Blick zu erkennen, doch dann senkte die ihre Hand wieder und rief in Richtung Arbeitszimmer: »Unter dem Schreibtisch. Auf dem Fußboden oder auf der Unterseite des Schreibtischs. Sucht nach einem kleinen elektronischen Gerät. Und beschlagnahmt den Computer.« Dann wandte sie sich wieder Sara zu und sagte: »Du musst später unbedingt zum Arzt. Geh und wasch dich erst mal.«

»Er kann schließlich bromierte Flammschutzmittel unter den Fingernägeln gehabt haben«, witzelte Sara tapfer.

Kerstin lächelte schief und ging ins Arbeitszimmer.

Sara ließ ihren Blick über den Flur schweifen, und aus irgendeinem Grund blieb er durch die geöffnete Tür an Johannes' Computer hängen, dessen Bildschirm mit der Webcam darüber zur Türöffnung hin ausgerichtet war. Dann ging sie zur Toilette. Sie schloss sich ein und drehte den Wasserhahn ganz auf. Während das Wasser aus dem Hahn schoss, betrachtete sie ihr Gesicht im Spiegel. Drei kräftige Kratzspuren verliefen wie ein Gatter in Längsrichtung über ihre Stirn, während eine weitere Schramme direkt unter ihrem linken Auge lag. Aus allen vier Wunden sickerte Blut.

So dicht am Auge …

Sie hielt sich das blutige Gesicht. Musterte ihren eigenen Blick. Sie wusste, dass sie die Wunden so schnell wie möglich desinfizieren musste, aber sie konnte nicht aufhören, ihre Augen zu betrachten. Sie strahlten etwas unsäglich Boshaftes aus. Eine wortlose Erkenntnis. In ihrer Seele hatte sich ein schwarzer Klumpen gebildet, dem sie plötzlich direkt ins Auge sah.

Im selben Augenblick, als sie völlig haltlos zu weinen begann, hörte sie Wictoria Stiernmarcks forsche, aber japsende Stimme aus dem Flur: »Was in aller Welt ist denn hier los?«

Enthüllungen

Den Haag, 8. April

Er sah regelrecht lebendig aus. Im Prinzip genau so wie zu dem Zeitpunkt, als er die Straße überquert hatte. Abzüglich aller Ängste und seiner widersinnigen Zielstrebigkeit. Es schien, als hätte er seinen Frieden gefunden. So hätte er ausgesehen, wenn die Welt ein friedlicherer Ort zum Leben gewesen wäre.

Arto Söderstedt spürte, wie der eiskalte Februarwind an seinem Rückgrat hinauf- und wieder herunterzog. Als Gegenmaßnahme fixierte er das chinesische Gesicht und war überrascht, wie jung Zhang Sang war.

»Aber eben war er doch noch völlig unbekannt, oder?«, fragte eine Stimme hinter seinem Rücken.

Söderstedt drehte sich um und sah zu Jutta Beyer hoch, die über seine Schulter hinweg auf dem Bildschirm mitlas. Wie schnell sie sich verändert hatte. Sie würde noch lange von ihrer Eingebung in Bezug auf die Umweltgifte zehren. Diese erstaunliche Gedankenschärfe trotz ihrer beständigen Unsicherheit. Du wirkst so viel entschlossener, dachte er, wenn die Unsicherheit wie Rost von dir abblättert.

»Noch ist Zhang Sang ein unbekanntes Opfer«, antwortete er und deutete auf den Bildschirm, der das Foto ohne Namenszuordnung zeigte.

»Er ist also immer noch nicht identifiziert?«, fragte Jutta Beyer weiter.

»Leider nein. Scotland Yard kommt ihm nicht bei. Sie haben den Fall inzwischen fast ad acta gelegt. Keine DNA, keine Fingerabdrücke. Und sie haben auch nicht, wie ich gehofft hatte, irgendwo in London ein verlassenes Hotelzimmer mit Zhang Sangs Pass gefunden. Nichts Identifizierbares in den Taschen oder am Körper. Lediglich ein paar zusammengeknüllte Pfundnoten. Aber eine spezifische Sache gibt es …«

»Die da wäre?«, fragte Jutta Beyer ungeduldig.

»Er schwitzte«, entgegnete Arto Söderstedt.

»Schwitzte?«

»Ziemlich stark sogar. Seine Kleidung war völlig durchnässt.«

»Nervosität?«

»Ganz sicher. Ich habe nämlich eine Hypothese zum Ablauf des Geschehens.«

Die Tatsache, dass Beyer ihn leicht skeptisch von der Seite anblickte, hielt Söderstedt nicht davon ab, fortzufahren: »Warum befand sich Zhang Sang eigentlich vor Ort? Was war so wichtig, dass er es jemandem mitteilen musste? Und vor allem: wem?«

»Offenbar dir …«

»Ganz sicher nicht«, entgegnete Söderstedt. »Ich war nur eine Art Ersatz.«

»Aha, für …«

»Ganz genau. Er war dort, um Barack Obama etwas zu sagen, aber Obama fuhr vorbei. Und dann hat er sich mich ausgeguckt. Klar, dass er nervös war.«

»Dürfen wir das denn wirklich als eine wohlbegründete These ansehen?«, fragte Jutta Beyer mit gerunzelter Stirn.

»In keiner Weise«, gab Söderstedt zu. »Aber die einzige Erklärung für Zhang Sangs unglaubliche Zielstrebigkeit ist, dass er, wie man in seinem Blick lesen konnte, ein extrem wichtiges Anliegen hatte; es war so wichtig, dass er mit dem Präsidenten der USA reden wollte. Außerdem war über Twitter das Gerücht aufgekommen, dass Obama genau an dieser Stelle anhalten würde.«

»Weißt du denn, ob Zhang Sang überhaupt Englisch lesen konnte?«

»Wenn er die Absicht hatte, mit Obama zu sprechen, dürfte er des Englischen wohl mächtig gewesen sein«, antwortete Söderstedt, ohne ganz von der Logik seiner Aussage überzeugt zu sein.

»Und dennoch hat er mit dir Chinesisch gesprochen?«, sagte Beyer lächelnd. »Dem weißhaarigen Polizisten?«

Söderstedt hielt inne und zog eine Grimasse. »Meine Überlegungen sind noch nicht ganz ausgereift«, antwortete er. »Aber er lag schließlich im Sterben. In dem Moment verfiel er letzten Endes in seine Muttersprache.«

»Hm«, meinte Jutta Beyer, wobei es ihr gelang, eher hoffnungsvoll als skeptisch zu klingen. »Müsste er nicht zumindest ein Handy besessen haben, um twittern zu können?«

»Ich bin mit der Twitter-Meldung irgendwie nicht weitergekommen«, sagte Söderstedt, fixierte noch einmal Zhang Sangs angenehmes elektronisch bereinigtes Gesicht und tauschte es gegen eine Twitter-Website im Internet aus.

Jutta Beyer las laut: »Rumour from inner circle: BO will stop and greet crowd 100 m from south gate. Spread!«

»Zhang Sang ist genau hundert Meter von der südlichen Absperrung entfernt auf die Straße gerannt«, sagte Söderstedt, »und er tat es ungefähr zehn Sekunden, nachdem die amerikanische Präsidentenlimousine vorbeigefahren war. Er konnte zwar nicht mit dem Präsidenten sprechen, aber er gab nicht auf und entschied sich für jemand anderen, der offiziell aussah.«

»Und da standest du und sahst aus wie ein Beobachter von Europol«, sagte Jutta Beyer und lächelte erneut.

Arto Söderstedt konnte nicht umhin, ihr Lächeln zu erwidern. »Er hat sich ganz einfach für den Einzigen entschieden, der noch verwirrter dreinblickte als er selbst«, sagte er.

»Und kein Absender unter der Twitter-Mitteilung?«

»Nein. Jedenfalls keiner, der sich identifizieren ließe. Es gibt eine Anzahl von Funktionen, die die Absenderadresse in einer Weise blockieren, die es unmöglich macht, den spezifischen Twitterer auszumachen. Klar, wenn man eine Bombe aus dem ›inner circle‹ hochgehen lässt, will man natürlich so anonym wie möglich bleiben. Besonders wenn man sich heimlich auf die Seite der Demonstranten geschlagen hat.«

»Es könnte auch noch andere Gründe für seine Anonymität geben, oder?«

»Glaubst du ernsthaft, ich hätte nicht daran gedacht?«

»Ehrlich gesagt, habe ich nicht daran gedacht«, gab Jutta Beyer zu und wirkte etwas nachdenklich. »Ich dachte nämlich an Hyperhidrose.«

»Na klar«, entgegnete Söderstedt in einem Anflug von Ironie. »Wer tut das nicht?«

»Du hast vorhin gesagt, Scotland Yard hätte den Fall inzwischen fast ad acta gelegt ...«

»Ich glaube zwar nicht, dass bereits ein offizieller Beschluss gefasst wurde, aber er kann jederzeit ergehen.«

»Und dann wird sich Zhang Sangs Leiche immer noch in der Kühlbox befinden?«

»Ich denke schon.«

»Ohne obduziert worden zu sein?«

»Es liegt schließlich kein Verbrechen vor«, meinte Söderstedt und zuckte mit den Achseln. »Warum sollte man dann die in allen Ländern außer in reinen Polizeistaaten äußerst knapp bemessenen Ressourcen für eine solche Sache verschwenden?«

»Wie schaffst du es eigentlich, dich in einer fremden Sprache so erstaunlich gut auszudrücken?«

»Ich bin erstaunlich gut.«

»Und das Auto, das ihn überfahren hat?«

»Du bist ziemlich auf Draht, meine Hochachtung.« Söderstedt begann diese Unterhaltung ernsthaft Spaß zu machen.

»War also eine Zivilstreife?«, führte Jutta Beyer ihre Frage fort. »Gibt es irgendwelche Hinweise auf zu schnelles Fahren oder Ähnliches?«

»Nein«, antwortete Söderstedt und klickte mit der Maus. »Ich habe die Vernehmung mit dem Fahrer hier. Ein Begleitfahrzeug der Metropolitan Police, nichts Besonderes. Zu der Zeit waren viele dieser Wagen für den Gipfel abkommandiert. Im Auto saßen zwei Verkehrspolizisten in Zivil. Der Fahrer hieß Mark Payne, der Beifahrer David Coleman. Payne musste mit Schock ins Krankenhaus eingeliefert werden, aber vorher habe ich noch sein Fluchen hinter meinem Rücken gehört. Es gibt nichts, was darauf hindeutet, dass Zhang Sangs Tod etwas anderes als ein Unfall gewesen sein könnte.«

»Und dennoch glaubst du, dass es keiner war?«, fragte Jutta Beyer unschuldig und legte den Kopf schief.

»Ich glaube, dass Zhang Sang etwas von mir wollte«, betonte Arto Söderstedt. »Das ist alles, was ich glaube. Und was von meinen polizeilichen Instinkten noch übrig geblieben ist, sagt mir, dass er mir etwas Wichtiges mitteilen wollte. Etwas ziemlich Wichtiges. Deswegen sitze ich jetzt hier und kämpfe mit dieser verdammten Aneinanderreihung von Silben, während du und ich uns eigentlich um völlig andere Dinge kümmern sollten. Du solltest mir zum Beispiel etwas über Hyperhidrose erzählen.«

Beyer zuckte zusammen, fasste sich jedoch ziemlich rasch wieder. Sie las laut, aber ein wenig stockend vor, was auf dem Post-it-Zettel stand, der inzwischen wieder an Söderstedts Bildschirm klebte: »›Ksangpudygrgymongultjudygnialkridingyljiang‹?«

»So habe ich es jedenfalls in Erinnerung. Aber nun zu Hyperhidrose!«

»Ich habe nur gerade vor Kurzem etwas darüber gelesen«, sagte Beyer entschuldigend.

»Komm zur Sache«, forderte Söderstedt sie mit der ihm eigenen Irritation auf, die etwas ungerecht war.

»Es stand übrigens im Zusammenhang mit den völlig anderen Dingen, um die wir uns kümmern sollten. Mit *Endymion möbelsystem AB*. Der Begriff wurde in diversen Passagen der Dokumentation genannt.«

»Welcher Dokumentation?«

»Über bromierte Flammschutzmittel.«

Söderstedt hielt inne und musterte seine Kollegin. »Und die haben mit Hyperhidrose zu tun?«

»Es gibt um die siebzig verschiedene bromierte Flammschutzmittel mit recht unterschiedlichen chemischen Eigenschaften, und Fakt ist, dass wir nicht gerade viel über ihre Auswirkungen auf die Umwelt und die menschliche Gesundheit wissen. Aber unter allen Pentabromdiphenyl-Ethern und Oktabromdiphenyl-Ethern werden diese als mögliche Ursache für Gesundheitsschäden genannt.«

»Hyperhidrose?«

»Ja, übertrieben starkes Schwitzen«, sagte Jutta Beyer mit Nachdruck.

»Möglicherweise etwas weit hergeholt«, meinte Arto Söderstedt, »aber durchaus interessant. Die Frage ist nur, ob das ausreichen würde, um Scotland Yard dazu zu bewegen, Zhang Sang wieder aus der Kühlbox herauszuholen. Aber es ist klar, dass es um einen gewissen Hinweis für die Deutung des ›jiang‹ am Ende von ›ksangpudygrgymongultjudygnialkridingyljiang‹ gibt. Und jetzt meine ich nicht den Tischtennisspieler Jiang Jialiang.«

»Sondern ›Fluss‹.« Jutta Beyer nickte.

»Genau«, sagte Söderstedt. »Aber wir denken im Augenblick ziemlich spekulativ, oder? Was sollte der in London überfahrene Chinese mit unserem eventuell mit der Mafia in Verbindung stehenden schwedischen Geschäftsmann zu tun haben?«

»Was hat Lavinia Potorac noch gleich gesagt?«, erinnerte Jutta Beyer. »Die Mafia ist dabei, die Welt aufzukaufen.«

»Aber die Chinesen haben ihre eigene Mafia«, entgegnete Söderstedt. »Die Triaden haben nichts mit der ’Ndrangheta zu tun.«

»Weil kriminelle Organisationen niemals international agieren?«, fragte Jutta Beyer, und Arto Söderstedt erahnte zum ersten Mal auch in ihrer Stimme einen Anflug von Ironie.

Er lächelte flüchtig und antwortete: »Klar, dass eine kreative Zusammenarbeit zwischen der chinesischen und der italienischen Mafia unglaubliche Kräfte freisetzen würde. Aber wir sind noch meilenweit von einem Zusammenhang entfernt.«

»Ich glaube eigentlich auch nicht an einen Zusammenhang, eher an die Möglichkeit, dass sein Schwitzen durch eine Vergiftung hervorgerufen wurde und dass er ebendas unbedingt jemandem mitteilen wollte.«

»Und dass es mit einem chinesischen Fluss zu tun hat ...«

»Möglicherweise«, stimmte Beyer mit unverhohlenem Enthusiasmus zu. »Aber was das wiederum mit Barack Obama zu tun hat, ist etwas schwerer ersichtlich.«

»Vielleicht ist es nur die Tatsache, dass er für Hoffnung und Veränderungen steht ...«

»Es würde uns in der Tat weiterhelfen, wenn du dieses ›proppiloppikoppijiang‹ etwas stärker differenzieren könntest ...«

»Ksangpudygrgymongultjudygnialkridingyljiang, wenn ich bitten darf«, korrigierte Söderstedt und deutete auf seinen Post-it-Zettel.

»Oder auch nicht. Denn das Einzige, was deine Mandarinexperten herausbekommen haben, ist schließlich, dass am Ende eventuell ›Fluss‹ gemeint ist. Wenn ich es richtig verstanden habe, ist es im Chinesischen von größter Bedeutung, alle Wörter in der korrekten Tonhöhe auszusprechen.«

»Ich weiß«, stimmte Söderstedt zu. »Es gibt nicht nur unendlich viele Schriftzeichen, sondern außerdem gut sechzehnhundert Silben und vierhundertdreizehn verschiedene Laute – aber all diese Laute können in vier verschiedenen Tonhöhen ausgesprochen werden. Für einen ungeschulten Europäer ist es allein schon unmöglich, diese Tonfälle und -höhen zu unterscheiden.«

»Aber du hast sie gehört«, wandte Jutta Beyer überzeugt ein, »und du hast sie sozusagen abgespeichert.«

»Aber ich kann die Botschaft nicht besser wiedergeben, als ich es getan habe.«

»Du brauchst Hilfe«, stellte Beyer fest.

»Zweifellos«, gestand Söderstedt. »Obwohl ich vermute, dass du von einem – tja, wovon? –, von einem Psychologen sprichst?«

»Eher von einem Hypnotiseur«, meinte Jutta Beyer.

Söderstedt lachte, möglicherweise ein wenig unnatürlich. Dann sagte er: »Ja, das ist ja im Moment modern.«

»Hier sitzt ihr also und arbeitet überaus hart an genau den richtigen Fragestellungen«, sagte plötzlich eine Stimme hinter ihnen. »Ihr seid ja geradezu unzertrennlich geworden.«

Fabio Tebaldis Stimme hatte einen Klang, den so noch keiner von ihnen zuvor gehört hatte. Sie sahen ihn verwirrt an. Zum ersten Mal seit der Existenz der Opcop-Gruppe wirkte er ernsthaft enthusiastisch.

»Lasst die Sache jetzt ruhen«, fuhr Tebaldi fort, »wir haben nämlich einen Treffer gelandet.«

Arto Söderstedt und Jutta Beyer sahen sich kurz um und stellten fest, dass es aufgehört hatte zu regnen und sich nun ein Dämmerlicht in allen erdenklichen Rosatönen im Raum auszubreiten begann. Die anderen anwesenden Mitglieder der Opcop-Gruppe sammelten bereits ihre Notizen zusammen und machten sich auf den Weg in den Besprechungsraum.

Etwas benommen warfen sich Jutta Beyer und Arto Söderstedt einen Blick zu, dann sagte Söderstedt: »Ich klär das mit Paul ab.«

»Mit dem Chef?«

»Wenn es dir lieber ist, ihn so zu nennen, dann, ja, mit dem Chef. Er ist schließlich in London. Wenn irgendjemand Zhang Sang aus der Kühlbox holen kann, dann er.«

Sie machten sich ebenfalls auf den Weg.

Der große Versammlungsraum erinnerte noch immer an eine Kathedrale, nicht zuletzt, weil im Moment so wenige Leute darin saßen – um sie herum die siebenundzwanzig Bildschirme, die ins Kassettenmuster der Wand eingelassen waren. Als Beyer und Söderstedt den Raum betraten, spürten sie die bohrenden Blicke von Lavinia Potorac, Laima Balodis, Felipe Navarro, Fabio Tebaldi und Jorge Chavez. Letzterer saß etwas abseits, halb im Kreis, halb außen vor. Kowalewski hatte sich vor einigen Stunden auf den Weg gemacht, um noch bei Tageslicht in Krakau anzukommen.

Noch bevor Jutta und Arto sich gesetzt hatten, erklomm Angelos Sifakis das Podium und sagte: »Wie ihr alle wisst, hat die Polizei gestern das Verschlüsselungsgerät gefunden. Es lag in einer kleinen Vertiefung im Fußboden unter Stiernmarcks Schreibtisch zu Hause in seinem Arbeitszimmer und konnte in einem heroischen Einsatz von zwei unserer drei nationalen Mitarbeiter in Stockholm lokalisiert werden. Der dritte von ihnen kann uns mehr darüber berichten.«

Jorge Chavez nickte, und in seinen Augen blitzte ein gewisser

Stolz auf, bevor er das Wort ergriff: »Für uns Computerfreaks ist es ein wunderbares kleines Ding. Sieht genauso aus wie ein USB-Stick und verschlüsselt jeden Text mithilfe des Zufalls. Wir haben uns das Gerät zusammen mit unseren technischen Experten näher angesehen und sind zu dem Schluss gekommen, dass man ein Passwort dafür benötigt. Zuerst muss man das Passwort eingeben, dann den Text, der verschlüsselt werden soll. Dieses Passwort befindet sich im Moment allerdings ausschließlich in Carl-Henric Stiernmarcks Kopf. Bis jetzt jedenfalls. Die Vernehmungen laufen.«

»Und wie laufen sie?«, fragte Tebaldi ungeduldig.

»Offenbar recht zäh«, antwortete Chavez. »Er hat sich einen Staranwalt genommen, und er hat eine Höllenangst. Aber die beiden besten Vernehmungsleiter Schwedens haben ihn in der Mangel. Ich bin mir ziemlich sicher, dass uns bald die vollständige Kommunikation zwischen der 'Ndrangheta, Lettland und Stiernmarck im Klartext vorliegen wird.«

»Aber deswegen sind wir nicht zusammengekommen«, sagte Angelos Sifakis in all seiner zurückhaltenden Autorität. »Vor ein paar Minuten wurde zwischen Potenza und Riga Kontakt aufgenommen. Der Computer von Ottavio Mascaro hat vor zehn und vor weniger als fünf Minuten zwei Mails an Kaspars Helmanis geschickt.«

»Sehen beide gleich aus?«, fragte Chavez.

»Ja«, antwortete Sifakis. »Es scheint sich um dasselbe Verschlüsselungsgerät zu handeln.«

»Wunderbar, jetzt haben wir sie bald.«

»Aber das ist nicht das Entscheidende«, wandte Fabio Tebaldi energisch ein. »Das Entscheidende ist, dass wir diesen beiden sich entziehenden Individuen etwas nähergekommen sind.«

»Und wie habt ihr das zum Teufel noch mal angestellt?«, rief Söderstedt aus.

»Sie haben beide schnellere Verbindungen mit schlechter geschützten IP-Adressen benutzt«, antwortete Sifakis. »Dadurch haben wir inzwischen zwei geografische Areale, in denen sie sich aufhalten, relativ klar umrissen. Noch keine genauen Adressen, aber auch die dürften wir bald herausbekommen. Dank unserer italienischen beziehungsweise lettischen nationalen Mitarbeiter. Aus diesem Grund sind wir hier zusammengekommen.«

Während Sifakis in großem Tempo etwas auf der Computertastatur auf dem Katheder tippte, woraufhin zwei Bildschirme in der langen Reihe an der Wand zu blinken begannen, fragte Felipe Navarro: »Beide?«

»Bitte?«, fragte Tebaldi.

»Haben sie sich beide gleichzeitig zu erkennen gegeben?«

»Es ist Freitagnachmittag«, sagte Tebaldi und zuckte mit den Achseln. »Sie haben bestimmt Rotwein oder Wodka getrunken. Manchmal begeht selbst die Mafia kleine Fehler. Aus diesem Grund haben wir sie ja beschatten lassen.«

Navarro legte den Kopf nachdenklich schief. »Klingt das nicht eher nach einem recht merkwürdigen Zusammentreffen?«

In dem Moment wurde ein Gesicht auf einem der Bildschirme sichtbar, ein straffes Frauengesicht, das von kunstvoll hochgestecktem schwarzen Haar gerahmt wurde. Es sagte etwas verwirrt: »Dannazione, non so se questo è il tasto corretto ...«

»Das war die richtige Taste, Donatella«, bestätigte Fabio Tebaldi auf Italienisch und fuhr dann auf Englisch fort: »Wir sehen dich deutlich.«

»Ich mag es nicht, wenn ich auf dem Bildschirm zu sehen bin«, erwiderte die Italienerin auf Englisch, aber ihre Miene hellte sich zu einem Lächeln auf.

»Das ist die Zukunft«, sagte Tebaldi und lächelte ebenfalls. »Take it or leave it. Wir benötigen die Hilfe Roms, Donatella. Wir warten nur noch auf Riga.«

»Ihr wartet nur noch auf Riga?«, fragte Donatella spöttisch.

»Man braucht ein wenig Zeit, bis man sich an die Zukunft gewöhnt hat«, sagte Tebaldi noch immer lächelnd.

In dem Moment zeichnete sich auf einem anderen blau blinkenden Bildschirm ein Männergesicht ab.

»This is Riga«, sagte der Mann steif, aber korrekt.

»Marek hat recht gehabt«, flüsterte Söderstedt Beyer zu. »Es ist wie beim Eurovision Song Contest.«

Jutta Beyers mädchenhaftes Kichern ließ alle für einen kurzen Augenblick stutzen.

»Was treibt ihr eigentlich da oben im Norden?«, fragte Donatella aus Rom schließlich. »Veranstaltet ihr eine Freitagsparty?«

»Übertragungsprobleme«, antwortete Angelos Sifakis gelassen. »Ich habe gerade die Informationen über zwei IP-Adressen nach Rom und Riga geschickt, die wir einem Areal in der Innenstadt von Riga beziehungsweise einer ländlichen Region nördlich von Potenza in der Basilicata zuordnen konnten. Wir bitten euch, die Kollegen vor Ort einzuschalten und so schnell wie möglich die genauen Positionen der Areale herauszubekommen. Habt ihr die Mail erhalten?«

»Einen Augenblick bitte«, sagte Riga.

»Welche verdammte Taste ist das noch mal?«, fragte Rom und fügte in trockenem Tonfall hinzu: »War nur ein Scherz. Ja, der Posteingang.«

»Ich brauche noch einen kurzen Moment«, sagte Riga.

Es wurde eine Weile still. Beide lasen in Ruhe den Text. Schließlich sagte Donatella in Rom: »Okay, hier handelt es sich um die hügelige bäuerliche Region nördlich von Potenza. Ziemlich einsam und bewaldet. Es dürfte kein größeres Problem darstellen, den Ort zu lokalisieren, da die Gegend selbst für Süditalien recht dünn besiedelt ist.«

»Hier hingegen kann es möglicherweise problematischer werden«, antwortete Riga.

»Inwiefern?«, fragte Sifakis.

»Wir befinden uns im Regierungsviertel von Riga«, sagte Riga.

3 – Zwiegespräche

Parallelwelten

10. April 7:00:00 P. M. GMT

Obwohl es mitten in der Nacht ist, verspürt sie das unwiderstehliche Bedürfnis, ihre Füße ins Wasser zu tauchen. Es ist nicht mehr dasselbe Bedürfnis wie früher: der Wunsch nach diesem fröhlichen Herumplanschen im eiskalten Wasser, bei dem sie noch als Teenager laut aufjuchzte. Der war schließlich von der Sehnsucht abgelöst worden, gemeinsam mit ihm in den Fluss zu steigen, nackt. Mit ihm.

Nein, inzwischen ist es ein anderes Bedürfnis; es ist der Drang zu spüren, wie die starken eiskalten Frühlingsströme, die von den Bergen herabkommen, ihre Füße, die Fersen, die Waden umschmeicheln. Der Drang, sich um jeden Preis abzukühlen. Selbst in diesem Wasser. Obwohl es sich so verändert hat.

Der Schein der Taschenlampe weist ihr den Weg zu einem großen Stein am Ufer. Sie setzt sich, taucht die Füße in das reißende Wasser und richtet den Lichtstrahl auf ihre Armbanduhr. Es ist zwei Uhr nachts. Früher war sie nie so spät noch wach, aber inzwischen kann sie nicht mehr schlafen. Vor allem wenn er nicht da ist.

Oben auf der Bergkuppe müsste es eigentlich absolut finster sein, aber dort, wo noch Schnee liegt, erschienen ihr die Flächen schon immer wie von einem inneren Licht erleuchtet. Im April ist es besonders deutlich zu erkennen. Als hätte sich das Gestein noch nicht vollständig gefestigt und glühe schwach im Inneren des Berges nach, sodass auf den Hängen ein Schimmer zu sehen ist.

Es ist immer noch ein außergewöhnliches Gefühl, hier zu sitzen, mit den Füßen im Wasser, den Blick auf die Berge gerichtet, und die eiskalte glasklare Luft einzuatmen. In diesem Moment spürt sie, dass sie lebt.

Wenn es das ist, was sie tut.

Sie weiß, dass sich das Wasser auf seinem Weg bis hinunter zum Kraftwerk reinigt. Dort ist es nicht mehr so gefährlich. Da ist das meiste bereits auf der Strecke geblieben. Insbesondere hier. So nahe dran. Wo sie und ihre Familie leben.

Hier oben spielt es keine Rolle. Sie gehören schließlich einem anderen Volk an. Einem minderwertigen Volk. Sie weiß, wie die anderen denken. Sie versucht, nicht stromaufwärts zu blicken. Dort unten liegt ein großes Areal, das in krassem Gegensatz zu den Bergen steht. Dort schimmert nichts. Dort wird alles Licht geschluckt. Von einem viereckigen dunklen Kasten. Einem Klotz, einem Koloss. Der nichts als Schrecken verbreitet. Er speit Schrecken aus. Tag und Nacht.

Sie vermisst ihn. Sie vermisst ihn entsetzlich. Ihre Füße sind inzwischen so kalt, dass sie sie eigentlich aus dem Wasser ziehen müsste. Aber sie kann sich nicht dazu durchringen, sie kann den Fluss jetzt nicht verlassen. Sie muss ihre Füße im Wasser lassen.

Sie muss alles tun, um endlich nicht mehr zu schwitzen.

Der alte Fischer weiß, dass genau an dieser Stelle etwas vorgefallen sein muss. Er stellt einen Unterschied zwischen dem Fang hier an der Küste und draußen auf dem Meer fest. Draußen ist die Ausbeute stark zurückgegangen, aber die Fische an sich sehen aus wie früher. Als er aber das letzte Schleppnetz an Bord hievt, jenes, das er am nächsten zum Hafen hin ausgeworfen hat, bemerkt er wieder, dass die Fische anders aussehen. Obwohl es geleugnet wird. Aber es kann doch nicht sein, dass er der Einzige ist, dem der Unterschied auffällt? Doch er hat aufgehört, darüber zu reden. Denn keiner will, dass er darüber redet.

Er braucht nicht auf die Uhr im Ruderhaus zu sehen, um zu wissen, dass es acht Uhr abends ist. Es ist ein extrem rauer Aprilabend, der Sturm heult entlang der Ostseeküste, und es hagelt, aber das Wetter bringt den alten Fischer nicht aus der Ruhe. Es sind ganz andere Dinge, die ihn stören.

In der Ferne schimmert ein bernsteingelber Küstenstreifen. Das ist Windau. Aus der Entfernung wirkt die Stadt so heimelig. Aber aus der Nähe betrachtet ist sie eher kalt und abweisend. Ihm gefällt sie nicht. Auch wenn sie so schön leuchtet. Der Anblick erinnert ihn an den Bernstein aus seiner Kindheit. Im Mittelalter war Bernstein mehr wert als Gold. Der lettische Bernstein, der früher entlang der rund achtzig Kilometer langen weißen Sandküste schimmerte, war in der Antike sogar in Griechenland und Rom bekannt. Es war die schönste Materie, die die Erde hervorgebracht hatte. Bis sie plötzlich völlig wertlos wurde.

Wie der Fisch in der Ostsee.

Das Boot befindet sich jetzt innerhalb der Zone. Er weiß es, aber sein Sohn, der am Steuer steht, hat ihm verboten, das laut auszusprechen. Die Zone existiert nur in deinem Kopf, alter Mann, sagt sein Sohn. Aber er weiß es.

Doch der alte Fischer sagt nichts.

Früher war es auch nicht unbedingt besser, aber jetzt hat sich die Situation eindeutig verschlechtert.

Er betrachtet den obersten Hering seines mickrigen Fangs und sieht plötzlich durch die glasigen Augen des Fisches hindurch den toten Meeresboden.

Aber er sagt nichts.

Kein Wort kommt über seine Lippen.

Es ist ein erstaunlich milder Abend. Die leichte Brise aus der Großstadt, die durchs Fenster hereindringt, duftet nach der Landschaft seiner Kindheit. Für einen kurzen Augenblick sieht er die felsige Küstenlinie Cornwalls vor seinem inneren Auge. Die Kolonien von Seevögeln, die ihn damals so fasziniert haben.

Er sitzt auf seinem Sofa vor dem französischen Balkon und kann sich nicht bewegen. Dabei ist er trotz seiner inzwischen erheblichen Fettleibigkeit sonst immer noch ein wenig beweglich. Doch es geschieht immer seltener, dass er sich fragt, wie er es nur so weit kommen lassen konnte. Und jetzt ist es zu spät, etwas dagegen zu unternehmen. Oder, denkt er plötzlich, wenn es nun doch noch nicht zu spät wäre? Wenn ich tatsächlich eine zweite Chance bekäme?

Er kann sich nicht bewegen, weil sie auf seinem Schoß liegt. Sie hat sich gewissermaßen an ihm festgeklammert. Er streicht ihr behutsam übers Haar und fragt sich, ob sie sich je wieder erholen wird.

In dem Moment geschieht es. Vor dem offenen Fenster flattert etwas auf, und dann sitzt er plötzlich auf dem Geländer des französischen Balkons und blickt ihn an.

Vereinzelt passiert es immer wieder, dass er Neuntöter, Teichrohrsänger oder Haubentaucher zu Gesicht bekommt, was er für die ornithologische Sektion der Natural History Society dokumentiert, aber er tut es hauptsächlich, um ein Lebenszeichen von sich zu geben. In diesem Fall ist es allerdings etwas anderes.

Das Handy mit der eingebauten Kamera liegt auf dem Tisch. Er streckt sich danach. Er sieht seine Hand wie eine übergewichtige Krabbe auf das Gerät zuwandern, aber sie erreicht es nicht. Dafür müsste er sich so weit vorbeugen, dass sie aufwacht. Aber das möchte er nicht. Andererseits würde sie bestimmt wollen, dass er das Bild macht. Er betrachtet den Vogel, während er das Für und Wider abwägt. In aller Gemütsruhe putzt das Tier sein Gefieder, während es auf dem Geländer des französischen Balkons balanciert.

Er fasst einen Entschluss und streckt seinen Arm so weit aus, bis er das Handy erreicht. Ihr Kopf wird zwischen seinen Fettwülsten eingeklemmt. Mit dem Handy in der Hand wirft er einen Blick hinunter auf ihr Gesicht. Als sie ihn erwidert, sind ihre Augen leicht glasig.

Er tätschelt ihr den Kopf, bis sie wieder zur Ruhe kommt. Die ganze Zeit über flüstert er: »Ganz ruhig, meine kleine Audrey. Ja, alles wird gut.«

Als er das Handy hochnimmt, springt die Uhr im Gerät gerade auf 19:00 Uhr um. Er fixiert den Vogel im Display und fängt ihn perfekt im Bildmittelpunkt ein. In dem Moment erwidert das

Tier seinen Blick. Durch die Handykamera hindurch blickt Cuthbert geradewegs in die goldenen Augen.

Doch irgendetwas hält ihn zurück. Irgendetwas hält ihn davon ab, das Foto zu machen. Er nimmt das Handy wieder herunter. Die Schellente blickt ihn noch eine Weile an. Dann fliegt sie davon.

Und Cuthbert lächelt. Er streicht Audrey übers Haar und lächelt breiter, als er es seit Jahrzehnten getan hat.

Alles ist genauso wie immer. Sie lebt in einer Welt, in der extrem viel passiert, andauernd, aber in der sich zugleich extrem wenig verändert. Es ist ein gewöhnlicher Freitagnachmittag mit ungewöhnlich schönem Aprilwetter. In ein paar Stunden muss sie die Kinder abholen, unten an der Straße, wo der Schulbus hält. Wie jeden Freitag sitzt sie auf dem Balkon und widmet sich den Zeitungen, die sie die Woche über versäumt hat zu lesen. Das ist ihr zur Gewohnheit geworden. Vor ihr auf dem Balkontisch liegt ein Stapel mit Ausgaben der *New York Times*, und jeden Freitag beschleicht sie das Gefühl, die einzige aufmerksame Leserin von Tageszeitungen weltweit zu sein. Es ist vierzehn Uhr, und weit unter ihr streicht die Frühlingssonne über die Fassade des Metropolitan Museum of Art und lässt sie vor all dem sprießenden Grün wie eine dahinschmelzende Schneelaterne aufleuchten. Zu dieser Jahreszeit ist die Stadt am schönsten, und sie selbst fühlt sich am wohlsten. Obwohl sie sich jetzt nicht mehr so sicher ist. Die vergangenen Wochen haben sie ziemlich mitgenommen. Die Geister der Vergangenheit sind zu neuem Leben erweckt worden.

Sie schließt die Augen und reckt ihr Gesicht der Aprilsonne entgegen. Saugt sie förmlich in sich auf. Und verspürt eine gewisse Wehmut. All das, woran sie geglaubt hat. Dem sie blind vertraut hat. All das, was dazu beigetragen hat, dass sie und ihre Kinder ein angenehmes Leben führen können, ein außergewöhnliches Leben. All das ist ins Wanken geraten. Bis zu welchem Grad kann sie es verteidigen? Wo verläuft die Grenze?

All das, was sie erfahren hat. Jetzt ist sie diejenige, die das Wissen verwahrt. Sie.

Was soll sie nur mit diesem Wissen anfangen?

Was soll sie mit all den Erkenntnissen, die sie gar nicht haben wollte?

Sie schlägt eine Tageszeitung der vergangenen Woche auf. Blättert darin. Ertappt sich selbst dabei, nur oberflächlich zu lesen. Mitten in einem Artikel stellt sie fest, dass sie gar nicht weiß, wovon er handelt.

Dann erblickt sie das Foto. Völlig unerwartet.

Das fatale Gefühl des unmittelbaren Erkennens. Des Wiedererkennens. Das über jeden Zweifel erhaben ist.

Sie hört ihren Aufschrei, als wäre er der einer anderen. Er hallt noch wie ein Echo durch die Upper East Side, auch als sie bereits in die Wohnung hineingestolpert ist, und die Frühlingswinde mit dem Zeitungsstapel zu spielen beginnen. Sie blättern den gerade gelesenen Teil Seite für Seite auf und lassen ihn wie die Schwingen eines Seevogels durch die Luft schweben. Dann wird die Zeitung über das Balkongeländer gehoben, die Seiten lösen sich voneinander und segeln im Gleitflug in Richtung des Metropolitan Museum of Art hinunter. Auf der Oberseite ist das Foto einer nackten Frau zu sehen, die mit einem Laken drapiert ist. Sie sitzt bequem zurückgelehnt in einer auffällig entspannten Position.

Die Spinne ist wieder da. Sie weiß nicht genau, wie lange es her ist, dass sie sie zuletzt gesehen hat, aber jetzt kriecht sie direkt über ihrem Kopf in einer diagonalen Linie über die Zimmerdecke. Sie bevorzugt offensichtlich Diagonalen. Vielleicht gelingt es ihr intuitiv, die längste Strecke einer Oberfläche auszumachen. Vielleicht besitzt sie instinktive mathematische Fähigkeiten, von denen die Menschen noch etwas lernen können.

Aber wir lernen nicht dazu. Wir erfinden immer neue und fortschrittlichere Dinge, aber wir lernen dabei nichts wesentlich Neues. Eher neigen wir dazu, das Wesentliche zu vergessen. Immer schneller vergessen wir das Wesentliche.

Wahrscheinlich hat die Spinne einen diagonal über die Decke

verlaufenden Faden gesponnen. Jetzt sucht sie ihr Netz. Diagonal. Tief in ihrem Inneren verspürt sie das Bedürfnis, Netz und Spinne einfach wegzuwischen. Sie hat einen Putzreflex entwickelt.

Sie ist es leid, untätig hier herumzuliegen, aber sie traut sich nicht, das Haus zu verlassen. Sie war so froh, als man sie gehen ließ, daran hätte sie nie geglaubt. Vielleicht funktioniert dieser Rechtsstaat ja doch in gewisser Weise. Der weit über alle Grenzen bekannte europäische Rechtsstaat. Der ihre eigenen und die Kinder anderer verschluckt hat.

Sie nimmt ihr Handy vom Nachttisch und wirft einen Blick darauf. Kein Anruf. Keiner lässt von sich hören. Wer hätte sich auch bei ihr melden sollen? Es ist ja keiner mehr da.

Vor ihrem inneren Auge nehmen die Gesichter Form an. Das dürfte eigentlich nicht geschehen. Nicht jetzt. Normalerweise gelingt es ihr, sie zu verdrängen. Aber inzwischen ist viel Zeit vergangen. Der lange Aufenthalt an ein und demselben Ort weckt Erinnerungen. Bis man irgendwann nicht mehr vor ihnen weglaufen kann.

Sie muss an etwas anderes denken. Und wenn es ihr nicht gelingt, muss sie das Haus verlassen. Aber sie will nicht nach draußen. Sie hat Angst hinauszugehen. Rein instinktiv.

Sie ist dankbar, dass Familie Ouyang sie in ihrem Gästezimmer wohnen lässt. Sie ist dankbar für die Wohnungen des Millionenprogramms in Västerhaninge. Sie ist für alles dankbar. Aber ihre Dankbarkeit reicht nicht aus. Nicht mehr.

Sie atmet schwer. Die Spinne ist von der Decke verschwunden. Es gibt nichts anderes mehr, worauf sie starren könnte, nur die Uhr ihres Handys. Sie springt gerade auf 20:00 Uhr um. Was sollte sie abends um acht denn draußen machen? Wohin sollte sie gehen? Alle Spuren sind inzwischen getilgt. Aber wenn sie im Zimmer bleibt, tauchen erneut die Gesichter auf. Es sind die schönsten Gesichter, die es gibt, aber auch diejenigen, die ihr am meisten Angst machen. Die Einzigen, denen es gelingt, ihr Inneres ins Gleichgewicht zu bringen.

Sie kommen ihr seit langer Zeit wieder ganz nahe. Sie lächeln, lachen. Zwei Schaukeln auf dem Schulhof in Bengbu. Das eine Mal ist Cheng ganz oben, das andere Mal Shuang. Die Stimmen der Zwillinge überlagern sich, in ihrer Erinnerung sind sie einander so ähnlich und doch so leicht zu unterscheiden. Als Cheng ganz oben ist, hört sie seine Stimme, als Shuang ganz oben ist, seine. Es ist ein merkwürdiger spukähnlicher Wechselgesang.

Sie hält sich die Hände vors Gesicht. Versucht die Bilder abzuschwächen, die Stimmen zu dämpfen. Sie weiß, dass es mit ihrer Ruhe vorbei ist, wenn ihr das nicht gelingen sollte.

Als ginge es um Ruhe.

Die Stunde danach

Den Haag – Krakau – London – Stockholm, 10. April

Als sie in das Café-Restaurant Rootz an der Kreuzung Raamstraat und Grote Marktstraat einfielen und die Uhr in dem Moment gerade auf 20:00 Uhr umsprang, schienen sie unglaublich viele zu sein. Dennoch waren sie nicht mehr als zwölf. Eigentlich hätten sie dreizehn sein müssen.

Dreizehn bei Tisch.

Während der vier Kilometer vom Raamweg bis hin zur Raamstraat hatten sich dem Zug immer neue Personen angeschlossen, der erstaunlich friedfertige Ehemann von Lavinia Potorac mit Kinderwagen, die zierliche spanische Ehefrau von Felipe Navarro und Arto Söderstedts finnlandschwedische, etwas zurückhaltende Frau Anja. Komplettiert wurde die Seilschaft durch die Singles Laima Balodis, Angelos Sifakis und Fabio Tebaldi sowie den Strohwitwer Jorge Chavez, der kundtat, Durst auf das »beste belgische Bier der Stadt« zu haben. Hinzu kamen selbstverständlich noch zwei ebenso schweigsame wie muskelbepackte italienische Leibwächter.

Das Personal warf unruhige Blicke auf die beachtliche Schar, die von draußen aus dem Sturzregen hereinströmte wie ein Fluss, der über seine Ufer tritt. Dennoch wurde ihnen der vorbestellte Tisch zugewiesen.

»Trappistenbier, Trappistenbier«, murmelte Chavez und blätterte wild in der umfangreichen Speisekarte. »Wo steht es denn nur?«

»Dort«, antwortete Navarro und wies darauf. »Westvleteren, Orval, Achel, Chimay, Westmalle. Du hast die freie Auswahl.«

»Aber woher soll ich wissen, welches gut schmeckt?«, fragte Chavez.

»Indem du dich durchtrinkst«, entgegnete Tebaldi teilnahmslos und fuhr bedeutend energischer fort: »Jetzt werden verdammt noch mal die Loyalitäten in einigen verschlafenen Demokratien auf die Probe gestellt.«

»Keine Arbeitsgespräche«, winkte Sifakis ab. »Das ist ein Versprechen an die anwesenden besseren Hälften.«

»Und dennoch fragt man sich, was du damit meinst«, sagte Lavinia Potorac, während sie ihre schlafende Tochter leicht auf ihrer Schulter auf- und abwippte.

»Du willst doch wohl nicht leugnen, dass die Korruptionsrate in den ehemaligen Ostblockstaaten ziemlich hoch ist«, erklärte Tebaldi.

»Ja, jedenfalls im Unterschied zu Italien. Klar.«

»Westvleteren klingt interessant«, meinte Navarro und legte den Arm um seine schmale Ehefrau. »Es wird in der Abtei Sankt Sixtus in Westflandern gebraut, und man bekommt es nicht im Laden. Rootz gehört zu den wenigen Kneipen in Holland, die es ausschenken.«

Chavez ging noch einmal den Getränketeil der Karte durch und fragte: »Gibt es in – was steht dort? – Twaalf, Acht und Zes. Was ist das?«

»Twaalf ist das stärkste, dunkel, zehnprozentig. Unglaublich gut.«

»Will denn keiner etwas essen?«, fragte Laima Balodis.

»Du könntest gut etwas mehr auf den Rippen vertragen«, sagte Söderstedt und kassierte einen mörderischen Blick seiner Frau sowie einen erstaunten von Balodis.

»Du bist eher derjenige, der das nötig hätte«, entgegnete Chavez. »Ich habe im letzten halben Jahr fünf Kilo zugenommen und habe keine Ahnung, wieso. Ich habe nichts anders gemacht als sonst und vorher noch nie zugenommen.«

»Du bist immerhin ein alter Mann«, meinte Tebaldi. »Das passiert ganz einfach, wenn man die fünfzig überschritten hat und zu viel belgisches Bier trinkt.«

»Die fünfzig«, rief Chavez aus. »Ich muss doch sehr bitten.«

»Bedeutet nicht twaalf zwölf?«, fragte Sifakis. »Acht ist achtprozentig, Zes sechsprozentig, aber warum ist Twaalf zehnprozentig?«

»Hör nicht auf die unsensiblen Schweden«, sagte Lavinia Potorac und legte Laima Balodis eine Hand auf die Schulter. »Du bist perfekt, wie du bist.«

»Ich habe auch nichts anderes behauptet«, rechtfertigte sich Chavez und warf Balodis einen unsicheren Blick zu. »Du bist perfekt, wie du bist, Laima.«

»Und das ist deine Frau auch«, merkte Potorac gehässig an. »Die gerade in Stockholm sitzt und einen gewissen Unternehmer vernimmt. Sie schuftet und schuftet, während du dich herumtreibst und dich mit weiblichen Singles aus ganz Europa amüsierst.«

»Keine Arbeitsgespräche«, wiederholte Sifakis in kühlem Ton.

»Also keiner, der etwas essen will?«, fragte Laima Balodis seufzend.

»Was gibt es eigentlich für holländische Gerichte?«, fragte Frau Navarro in untadeligem Englisch.

»Zeven heißt doch sieben, oder?«, fragte Sifakis nach.

»Zeven?«, fragte Arto Söderstedt.

»Hör doch auf«, ermahnte ihn Anja Söderstedt.

»Sie sollten vielleicht mal Stamppot mit Rookworst probieren«, empfahl Tebaldi. »Das ist ein Eintopf mit Kartoffeln und Wurst. Besser wird's hier oben im Norden nicht.«

»Aber Rookworst ist eine sehr gute Wurst«, sagte Balodis. »Ich glaube, das werde ich nehmen. Mit Wortelstamppot.«

»Wortel?«, fragte Söderstedt und verzog das Gesicht, als hätte ihm jemand einen Tritt gegens Schienbein verpasst.

»Stampfkartoffeln mit Möhren«, verdeutlichte Balodis. »Erstaunlich lecker. Aber ich komme ja schließlich aus dem ehemaligen Ostblock.«

»Mein Mann hat bisher ausschließlich in spanischen Restaurants gegessen, seit er in Den Haag ist«, enthüllte Frau Navarro. »Er ist in dieser Hinsicht keine große Hilfe.«

Felipe Navarro richtete den Knoten seiner Krawatte und runzelte die Stirn.

»Aber er scheint bereits diverse Trappistenbiere probiert zu haben«, entgegnete Chavez.

»Er negiert seine romanischen Wurzeln und bildet sich ein, dass er Gote ist«, sagte Tebaldi. »Dementsprechend hat er auch keine Probleme damit, Chimay zu Paella zu trinken. Cross Kitchen in seiner ekelhaftesten Form.«

»Ich habe doch nur gesagt, dass ich gotische Wurzeln habe«, verteidigte sich Navarro missmutig, »und das bereue ich zutiefst. Fabio darf man nichts anvertrauen. Früher oder später rächt es sich und beißt einen in den Arsch.«

»In den gotischen Arsch«, ergänzte Chavez. »Ich persönlich liebe Curanto en hoyo mit einem schwedischen Schnaps dazu. Am liebsten Skåne Aquavit.«

»Aber was Sie wirklich mal probieren sollten«, fuhr Tebaldi fort und hielt mit dem Blick auf Frau Navarro gerichtet kurz inne. »Verzeihung, wie war noch einmal Ihr Name?«

»Sag ihm nichts«, brummte Navarro und warf einen raschen Blick auf die beiden muskelbepackten Leibwächter, die neben dem Tisch in Habtachtstellung standen.

»Felipa«, antwortete Frau Navarro. »Felipa Navarro.«

»Wie lustig«, rief Anja Söderstedt aus. »Felipe und Felipa.«

Tebaldi betrachtete sie eine Weile ganz neutral und fuhr dann fort: »Was Sie wirklich probieren sollten, Felipa, ist Haring.«

»Hör nicht auf ihn«, sagte Navarro. »Er ist verrückt.«

»Haring?«, fragte Frau Navarro interessiert.

»Roher Fisch«, erklärte Tebaldi. »Man nimmt die Schwanzflosse, legt den Kopf in den Nacken – seinen eigenen, nicht den des Fisches – und lässt den Fisch sachte in den Mund und dann die Kehle hinuntergleiten. Wird mit rohen Zwiebeln serviert.«

»Oh«, meinte Felipa Navarro und erschauderte.

»Ich hab doch gesagt, er ist verrückt«, wiederholte Navarro. »Selber schuld.«

»Noch weitaus besser als Criadillas«, warf Tebaldi nonchalant ein.

»Heißt das also, dass keiner vorhat, etwas zu essen?«, versuchte es Laima Balodis erneut.

»Arto und Anja ist doch auch ganz lustig, oder?«, fragte Söderstedt.

»Nicht besonders«, antwortete seine Ehefrau aufrichtig.

»Criadillas?«, fragte Sifakis nach.

»Eine spanische Spezialität, wogegen Haring noch richtig zivilisiert anmutet«, erklärte Tebaldi. »Stierhoden.«

»Und das sagt der Bürger eines Landes, das Trippa auf seine Speisekarte setzt«, konterte Navarro. »Insbesondere grüne Trippa ist recht pikant. Kuhmagen mit Originalinhalt. Und Originalgestank.«

»Es gibt allerdings nichts, was Surströmming überbietet«, sagte Chavez, »also sollten wir diese stimulierende Diskussion lieber beenden und etwas bestellen.«

Nach einer kurzen abrupten Stille, in der man sich bemühte, Kontakt mit dem etwas unaufmerksamen Personal aufzunehmen, erhob erstmalig Herr Potorac seine Stimme. Es war nicht ganz leicht, sein scheues nachdenkliches Auftreten mit dem eher schroffen Charakter seiner Ehefrau in Einklang zu bringen. Oder vielleicht war er gar nicht so nachdenklich, überlegte Chavez.

»Entschuldigen Sie die Frage«, begann Herr Potorac, »aber als Mitbürger einer der verschlafenen Demokratien frage ich mich, was eigentlich damit gemeint ist, dass die Loyalitäten auf die Probe gestellt werden. Natürlich nur, wenn die Antwort nicht der Geheimhaltungspflicht unterliegt.«

»Alles, womit wir uns beschäftigen, unterliegt der Geheimhaltungspflicht«, entgegnete seine Ehefrau barsch.

»Sagen wir doch einfach, dass es sich um eine der *kleinen* verschlafenen Demokratien handelt«, meinte Sifakis. »Dann können wir darüber reden.«

»Aber leise«, flüsterte Söderstedt.

»Die Polizei des Landes hat den Auftrag erhalten, einen mit

der Mafia in Verbindung stehenden Computer zu lokalisieren, der sich im Regierungsviertel befindet«, fuhr Sifakis fort. »Das wird zweifellos ein guter Test im Hinblick auf die Frage sein, welche Loyalitäten dort vorherrschen.«

»Um es kurz zu machen«, warf Tebaldi ein, »die Frage lautet: Wird die nationale Polizei uns unterstützen oder unsere Arbeit eher behindern?«

»Und ob wir Leute von uns dort hinschicken müssen«, ergänzte Sifakis.

»Ich ahne schon, wer es in diesem Fall sein wird«, murmelte Balodis.

»In der Tat ein guter Test dafür, ob die Zusammenarbeit auf europäischer Ebene überhaupt eine Zukunft hat«, meinte Navarro. »Es ist verdammt noch mal nicht so leicht, all diese bizarren Kulturen zum Nachdenken zu bringen.«

»Man denke nur an einen Haring, einen Surströmming und einen Criadilla, die zusammen in einer grünen Trippa schwimmen«, meinte Söderstedt. »Eine gewöhnungsbedürftige Form eines europaübergreifenden kulinarischen Potpourris.«

»Ich hatte ernsthaft vorgehabt, etwas zu essen«, sagte Balodis angewidert und legte die Speisekarte zur Seite.

»Und nun hast du die Möglichkeit dazu«, bemerkte Tebaldi. »Ob du es glaubst oder nicht, der Kellner ist hier. Ich nehme ein Orval und Stamppot mit Rookworst.«

In dem Moment klingelte ein Handy. Es dauerte wie immer eine ganze Weile, bis Söderstedt feststellte, dass es seins war. Er fischte es aus dem Innenfutter seines Mantels, setzte sich dann seine neue Lesebrille auf, justierte sie auf der äußersten Spitze seiner Nase, las schließlich die Nummer auf dem Display und erklärte: »Das ist Jutta.«

»Ja, wo ist sie überhaupt?«, fragte Navarro. »Wollte sie nicht mitkommen?«

»Es fällt einem irgendwie gar nicht auf, wenn sie nicht da ist«, stellte Tebaldi fest.

»Sie hatte vor, noch ein paar private Telefonate zu führen«, sagte Sifakis. »Sie wollte später dazukommen.«

»Private Telefonate aus dem Büro?«, fragte Potorac. »Hm.«

Söderstedt meldete sich. Er lauschte, dann sagte er nur ein Wort:

»Coleman. C-o-l-e-m-a-n.«

Als er das Gespräch wegdrückte, waren seine nahezu unsichtbaren Augenbrauen ungewöhnlich stark zusammengezogen.

Jutta Beyer legte das Handy aus der Hand, tippte sieben Buchstaben in den Computer und sagte dann laut zu sich selbst: »Ja, so war es, Mark Payne und David Coleman.«

Sie las die gesamte Chat-Nachricht an den Adressaten Chief Superintendent Anthony L. Robbins noch einmal durch, denn es war wichtig, dass sie genau den richtigen Tonfall traf.

»Schön, zu sehen, dass du auch am Schreibtisch sitzt und eine Nachtschicht einlegst, Tony. Auf jeden Festtag folgt leider ein Arbeitstag, selbst auf unser Fest ;-) Ich hoffe, deiner Frau und den Kindern geht es gut. Ich habe nur eine kurze Frage. Was kannst du mir über Mark Payne und David Coleman sagen? Sie haben das Begleitfahrzeug gefahren, das beim G20-Gipfel am 2. April einen bisher noch nicht identifizierten Asiaten überfahren und getötet hat.«

Jutta Beyer war sich nicht ganz sicher, ob das der richtige Tonfall war. Sie las das Ganze noch einmal. Ihre Lippen bewegten sich schwach im bläulichen Schein des Computers, der einzigen Lichtquelle in der dunkel daliegenden Bürolandschaft. Sie erinnerte sich daran, wie sie den anderen bis zur Tür gefolgt war und dann plötzlich diese Eingebung bekommen hatte. Nach einer kurzen vorgeschützten Erklärung an Angelos Sifakis hatte sie kehrtgemacht und war in das verlassene Europolgebäude zurückgegangen.

Diese Eingebung. Die sie plötzlich hatte.

Man sollte nichts unversucht lassen. Oder wie hieß es doch gleich?

Also der Tonfall, der Tonfall. Tony Robbins war ein verhältnismäßig junger Polizeibeamter, den sie während einer Konferenz kennengelernt hatte, wo sie Gefallen an ihm gefunden hatte. Die

Art von Gefallen, die jeglicher Perspektive entbehrt und nicht länger als ein paar Stunden überlebt. Das kam ihr ausgesprochen bekannt vor. Genauso wie die Tatsache, dass sie unmittelbar ausmachen konnte, ob ein Mann verheiratet war. Sie hatte eine fatale Vorliebe für solche Männer. Aber nie zuvor hatte sie es ausgenutzt.

Bisher.

Sie hatte nicht vor, ihm zu drohen, und dennoch sollte der Text ein wenig wie eine unausgesprochene Warnung klingen, eine Erinnerung daran, wer von ihnen etwas zu verlieren hatte. Nun fand sie, dass die Warnung in angemessener Weise herausklang, woraufhin sie, von einem flüchtigen Unbehagen erfasst, die Nachricht abschickte.

Robbins antwortete umgehend: »Ich gehe davon aus, dass es sich hier nicht um eine formelle Anfrage von Europol handelt, Jutta?«

Apropos Tonfall. Wie sollte man jetzt seinen Tonfall deuten? Irritation? Oder war er ganz neutral? Eine kleine Machtdemonstration? Eher nicht. Sie antwortete so entgegenkommend wie möglich: »Sie ist in keiner Weise formell. Und fühle dich bitte nicht verpflichtet. Auch wenn ich dir deinen Einsatz sehr hoch anrechnen würde.«

»Ich stelle gerade fest, dass wir bereits einen vollständigen Bericht über den Vorfall an jemanden mit dem Namen Sadestatt bei Europol geschickt haben.«

»Das ist mein Kollege, Arto Söderstedt. Ich verfolge das Ganze nur gerade weiter. No worries.«

»Okay, ziemlich ruhig hier heute Abend. Ich schau mir die Sache mal näher an und melde mich in Kürze wieder.«

»Danke, Tony. Die Nacht in Koblenz hat einen besonderen Platz in meinem Herzen.«

»Bist du sicher, dass der Platz sich in deinem Herzen befindet, Darling? ;-)«

Nein, dachte Jutta Beyer, nicht im Herzen. Genau genommen nirgendwo. Sie hatte die Nacht in Koblenz sogar schneller vergessen als ihre sonstigen One-Night-Stands. Robbins war ein unsensibler und selbstsüchtiger Liebhaber, wohingegen sie mehr denn je von der großen Liebe träumte, die ihr Leben auf den Kopf stellen würde. Allerdings suchte sie die immer wieder und gewissermaßen zielgerichtet am falschen Ort, als würde sie befürchten, ihr ernstlich begegnen zu können.

Aber dieser Lückenbüßer arbeitete am richtigen Ort. Es war ihr in genau dem Moment eingefallen, als die eisigen Regentropfen des nasskalten Den Haager Abends auf ihre Stirn fielen wie eine kalte Dusche. Sie hatte auf dem Absatz kehrtgemacht, und nun saß sie hier. Es würde eine lange Nacht werden, während Robbins die Myriaden von Dateien der Operation Glencoe durchsuchte. Sie stellte sich auf eine lange Wartezeit ein.

Und während Jutta Beyer sich in einer eigenartigen Selbstreflexion verlor, in der sie vor allem ihre Angst vor der großen Liebe zu analysieren versuchte, die praktisch gesehen auch ihr begegnen konnte, klingelte das Telefon. Sie musste also doch nicht lange warten. Die Nummer auf dem Display sagte ihr nichts, also nahm sie an, dass es Robbins war, auch jetzt genauso schnell wie im Bett des Koblenzer Hotelzimmers.

Er war es aber nicht.

Es war Marek Kowalewski. Es dauerte einen Moment, bis sie seine Stimme wiedererkannte. Sie klang völlig verändert.

»Jutta«, flüsterte er. »Ich brauche ziemlich schnell Informationen über einen Mann namens Radoslaw Trzciński in Swoszowice im Süden von Krakau.«

Jutta Beyer startete die Suche, noch bevor sie antwortete: »Was ist denn los? Hast du Mara gefunden?«

»Ziemlich lange Geschichte«, flüsterte Kowalewski. »Ich muss unbedingt in Erfahrung bringen, ob er im Strafregister geführt wird.«

»Du bist ein Schreibtischbulle, Marek. Mach jetzt nur nichts Unüberlegtes.«

»Hast du etwas gefunden?«

»Brauchst du Adresse und Personalien? Sie sind gerade hochgekommen. Die Suche im Strafregister dauert noch an.«

»Er ist nicht zu Hause, die Adresse spielt also keine Rolle. Jetzt mach schon, ich kann nicht mehr so lange hier sitzen.«

Jutta Beyers Hirn analysierte diese knappen Informationen bedeutend rascher als der Computer. Er sitzt in der Klemme, flüstert, hat es eilig, die Zielperson befindet sich nicht zu Hause. Also hat Kowalewski vor, irgendwo einzudringen, und will das Strafregister vorschützen. Er will wohl kaum in ein öffentliches Gebäude, ein Restaurant oder eine Bar. Er schleicht in irgendeinem Treppenhaus herum. Im besten Fall befindet sich dieser Radoslaw gerade in der Wohnung einer Freundin, im schlechtesten in einer mit Maschinengewehren bewachten Fixerbude.

In dem Moment landete sie einen Treffer.

»Radoslaw Trzciński«, sagte sie, »drei Fälle von Frauenmisshandlung, massenweise Diebstähle, diverse Arten von Betrug sowie Verbreitung irreführender Behauptungen.«

»Aber keine Hinweise auf Waffenbesitz?«, zischte Kowalewski.

»Kein einziger«, antwortete Beyer. »Aber das muss nicht bedeuten, dass er nicht ...«

Sie brach den Satz ab, da die Verbindung unterbrochen worden war.

Marek Kowalewski zog sich wieder in die offen stehende Abstellkammer mit den Putzutensilien zurück, die ein Stockwerk unter dieser Wohnung lag, bis zu der er Trzciński verfolgt hatte. Trzciński war, von seiner Wohnung kommend, direkt in sein Auto gestiegen und durch immer spärlicher besiedelte Stadtteile gefahren, bis er schließlich diesen nahezu klassischen Oststaatenwohnblock erreicht hatte. Kowalewski kannte die Bauweise nur allzu gut. In einem zum Verwechseln ähnlichen Kasten war er selbst aufgewachsen, ein Klotz, der sowohl mit staatssozialistischer Rechtgläubigkeit als auch mit purer Langeweile imprägniert zu sein schien. Diese unglaubliche Tristesse, die sich über all seine Erinnerungen ausbreitete und ihn jedes Mal veranlasste, die Gegenwart aufheitern zu wollen. Die aktuelle Gegenwart schien sich allerdings nur schwer aufheitern zu lassen.

Die Haustür wurde geöffnet, und eine Gestalt glitt an der Abstellkammer vorbei, ohne zu registrieren, dass die Tür nur angelehnt war. Früher oder später würde es irgendjemandem auffallen, der genauer hinsah. Kowalewski war gezwungen zu handeln. Und zwar jetzt.

Dennoch konnte er sich nicht sofort aufraffen. Er musste an seine simple Grundregel denken, wonach der Verbrecher, den Marek Kowalewski einmal zu fassen kriegte, niemals wieder entkam. Obwohl das eigentlich eher auf die Computerarbeit zutraf, wo seine Spezialität in der Fähigkeit bestand, Informationen anzuhäufen und diese zu einem großen Bild zusammenzusetzen. Er erinnerte sich noch gut an sein instinktives Unwohlsein, das ihn überkommen hatte, als er kurz die Fotos von brutalen Gewaltakten auf Lavinia Potoracs Computer sah, und er stellte fest, wie weit er sich doch von dieser Art von Verbrechen entfernt hatte. Dennoch stand er hier in einem übel riechenden Treppenhaus unter einer Wohnung, in der sich ein mehrfach verurteilter Krimineller aufhielt, über den er nicht das Geringste wusste. Er musste sich erneut seine speziellen Fähigkeiten vor Augen führen, um wenigstens die Illusion eines größeren Zusammenhangs aufrechtzuerhalten.

Er hatte Mara gefunden. Wie einfach es doch gewesen war. Die Polizeiarbeit auf der Straße barg trotz allem immer noch den einen oder anderen Vorteil in sich. Im Hotel konnte eine Putzfrau das Phantombild von Maras Gesicht identifizieren. Sie waren nämlich ehemalige Klassenkameradinnen, und Marek war für einen Augenblick recht zufrieden mit seinem Erinnerungsvermögen. Es war ihm tatsächlich gelungen, die überzeugende Rekonstruktion einer derart flüchtigen Bekanntschaft zu erstellen. Übrigens hieß sie gar nicht Mara sondern Wislawa Zawadzka, arbeitete als Kellnerin und wohnte zu Hause bei ihren Eltern in der Innenstadt von Krakau.

Er fand sie in einem Café, und sie machte einen ziemlich erschrockenen Eindruck. Während eines kurzen Augenblicks kehrte sein Interesse an ihr zurück – wer war sie eigentlich? Warum benutzte sie ein Pseudonym, wenn sie sich mit Männern traf? Doch dann erinnerte er sich an seinen Auftrag. Sie hatte im Gegenzug gewisse Schwierigkeiten mit ihrem Erinnerungsvermögen, wusste nicht einmal mehr, dass er Polizist war, und erinnerte sich nur noch äußerst vage an die Nacht im Hotel. Aber jetzt, wo er sie endlich leibhaftig vor sich hatte, gab er nicht auf, und schließlich fiel ihr ein, dass sie die Sache einer Freundin erzählt hatte, die an der Universität studierte.

Zu dem Zeitpunkt war es in Krakau noch hell. Kowalewski holte in der ihm eigenen beflissenen Art weitere Informationen ein und erfuhr so, dass die Freundin gerade in einer Vorlesung über Gendertheorie an der Krakauer Universität saß. Mithilfe eines alten Fotos, das Mara ihm zugesteckt hatte, um ihn loszuwerden, gelang es ihm, in der aus dem Hörsaal strömenden Menge junger weiblicher Studenten die Freundin zu identifizieren. Er lud sie in die Mensa zum Essen ein, da sie völlig ausgehungert zu sein schien, und sie nahm seine Einladung dankbar an. Sie hatte keinerlei Probleme, sich daran zu erinnern, wem sie von der »operativen Einheit, Europol« berichtet hatte. Während sie in einem herausfordernden Tonfall, einer Mischung aus Teenagertrotz und Genderbewusstsein, von ihrer »wunderbaren Liebhaberin Aniela« erzählte, ertappte sich Kowalewski dabei, über Netzwerke nachzudenken. In welcher Art und Weise sich zwischenmenschliche Kontakte über den Erdball hinweg ausbreiten. Wie unser Bedürfnis danach, gesehen, geliebt, berührt und gemocht zu werden die menschliche Gemeinschaft zu einem enormen, vollkommen unüberschaubaren Netz aus mehr oder weniger verzerrten Informationen verknüpft.

Stille Post.

Obwohl das Sonderbare an dieser Art von Stillen Post war, dass die Informationen niemals verzerrt wurden. Auch diese junge Frau, die mit einem aufrührerischen Leuchten in den Augen gerade die schweinchenrosafarbenen Warzenhöfe der Brüste von Aniela beschrieb, hatte die Formulierung »operative Einheit, Europol« wortgetreu an ihre hochgeschätzte Liebhaberin weitergegeben.

»Aber aus welchem Grund?«, entfuhr es ihm. Noch lange Zeit später würde er sich fragen, wie ihm das passieren konnte. Denn es hatte nicht das Mindeste mit seinem Interesse an Informationen zu tun.

»Weil wir bald von allen Seiten überwacht werden«, antwortete Maras Freundin und leckte ihren Teller aus. »Weil die Frauen dabei sind, die Weltmacht zu übernehmen, und die Männer eine Scheißangst davor haben.«

Aniela war überhaupt nicht lesbisch und auch in keiner Weise wunderbar. Während die Abenddämmerung des Apriltages langsam einsetzte, suchte er sie in ihrem Reihenhaus in einem Vorort auf, wo sie von vier Kleinkindern umgeben war, die sich gegenseitig in ihrer Schmuddeligkeit zu übertreffen versuchten. Ihr Mann war nach eigener Aussage unterwegs beim »Wettsaufen«, während sie selbst nur für ein paar Stunden in der Woche das Haus verlassen konnte. Während dieser Stunden »genoss sie das Leben in vollen Zügen«, und auch wenn sie sich nicht mehr genau an Maras Freundin erinnerte und lediglich wusste, dass es sich »um eine merkwürdige Studentin, die für Sex bezahlt hat« handelte, hatte sie die Information an sich jedoch noch deutlich im Kopf. Aniela bevorzugte nämlich Männer, genauer gesagt Männer mit Geld, und da sie keinen direkten Zugang zu einflussreichen Männern hatte, waren es in der Regel kriminelle Männer, die gerne mit Geld um sich warfen. Der äußerst maskulin wirkende Kriminelle Radoslaw Trzciński, der einen eleganten Schnauzbart trug, hatte sich so lange über die Bullen ausgelassen, dass sie auch gerne etwas dazu beitragen wollte, nicht zuletzt aus dem Grund, damit er »endlich die Klappe hielt und mich fickte«.

So kam es, dass Marek Kowalewski jetzt in einer Abstellkammer in Swoszowice hockte. Die Wege des Herrn sind unergründlich, dachte er und machte sich auf den Weg.

Der Name an der Tür war absolut unlesbar. Kein einziger Buchstabe war zu entziffern. Das allein schon vermittelte ihm eine gewisse Information, und unmittelbar bevor er seine Kräfte in seinem vom Fahrradfahren durchtrainierten rechten Bein bündelte, überdachte er noch einmal alles, was er über Radoslaw Trzciński in Erfahrung gebracht hatte. Äußerst maskulin, lässt sich über die Bullen aus, Misshandlung von Frauen, Diebstahl, Betrügereien, Verbreitung irreführender Behauptungen, unlesbares Namensschild an der Tür. Risikofaktoren, die er tolerieren konnte?

Ja, entschied er, griff nach der frisch erworbenen Schusswaffe, entsicherte sie und trat die Tür ein.

Dahinter befand sich eine Werkstatt. Drei Männer, die an verschiedenen Maschinen standen, starrten ihn entgeistert an. Einer von ihnen trug einen Schnauzbart wie Lech Wałęsa und war zweifellos Radoslaw Trzciński.

An den Stühlen, die um einen etwas abseits platzierten Esstisch herum standen, der mit Bierflaschen übersät war, hingen nicht weniger als drei prall gefüllte Achselhalfter. Die Blicke der drei Männer wanderten zwischen den Halftern und dem Eindringling hin und her. Zwischen den Männern und dem Tisch lagen nur ein paar Meter.

Kowalewski kam erst auf die Idee loszuschreien, als es fast zu spät war: »Polizei! Hände hoch.«

Die drei Männer nahmen unschlüssig die Hände hoch, während eine der Maschinen weiterhin gefälschte Kreditkarten auf den Boden ausspuckte und Marek Kowalewski sich fragte, was zum Teufel er jetzt machen sollte.

»Flach hinlegen, den Blick auf den Boden gerichtet!«, brüllte er.

Als sie auf dem Boden lagen, zog er mit zitternden Händen sein Handy aus der Tasche. Er hatte sich nicht einmal so weit vorbereitet, dass er die Telefonnummer der Krakauer Polizei in seinem Handy gespeichert hätte. Tatsache war, dass er sich überhaupt nicht vorbereitet hatte.

Informationen sammeln, dachte er grimmig und drückte die Wahlwiederholungstaste.

Jutta Beyer wartete noch nicht allzu lange auf den Rückruf von Tony Robbins, aber sie war ungeduldig, und als endlich das Klingeln des Handys die Stille in dem dunklen Büro zerriss, war sie überzeugt davon, dass es der Londoner Kollege war.

»Ja, Tony«, sagte sie ins Handy.

»Sorg dafür, dass die Krakauer Polizei so schnell wie möglich einen Streifenwagen schickt«, rief Marek Kowalewski und gab ihr eine Adresse, die Jutta Beyer automatisch in den Computer eingab, bevor sie überhaupt begriff, mit wem sie sprach.

»Marek, was ist passiert?«, fragte sie erschrocken.

»Ich stehe hier mit einer kompletten Fälscherbande«, schnaufte Kowalewski. »Drei Männer und drei Schusswaffen.«

»Bist du okay?«

»Im Moment noch. Ruf jetzt an. Es eilt.«

Er hatte die Verbindung unterbrochen. Im selben Augenblick als Jutta Beyer in Krakau anrief, tauchte eine Mitteilung auf ihrem Bildschirm auf. Sie bemühte sich, sie zu ignorieren, während sie wortreich der Polizei in Krakau Dampf zu machen versuchte. Als sie endlich davon überzeugt war, dass die Beamten sich beeilen würden, fragte sie sich, ob sie Marek zurückrufen und ihm Mut machen sollte, und öffnete gleichzeitig die Mitteilung.

Es war ein kurzer eindeutiger Text: »Die Zivilstreife mit Mark Payne und David Coleman gehörte der Flotte der Begleitfahrzeuge an. Keine weiteren Informationen.«

Jutta Beyer betrachtete die Mitteilung, seufzte und schrieb: »Das war nicht unbedingt meine Frage, Tony. Was kannst du mir sonst noch über Mark Payne und David Coleman sagen?«

»Habe heute Abend viel zu tun. Bis später dann. Tony.«

Das war alles. Jutta Beyer schüttelte den Kopf und lehnte sich zurück. War es in der verlassenen Bürolandschaft tatsächlich kälter geworden? Oder kam die Kälte von innen? Sie las die Mitteilungen noch einmal sorgfältig durch. Danach verglich sie sie mit den vorherigen. So saß sie eine ganze Weile, bis sie ein Geräusch wahrnahm, das sich sukzessive verstärkte, bis es wie ein elektrisches Signal unmittelbar in ihren Schädel drang. Geradewegs in den Hirnlappen hinein, der für das schlechte Gewissen zuständig war.

»Marek«, rief sie mit einer ihm gegenüber völlig ungewohnten Fürsorglichkeit.

Er sagte nur: »Danke.«

»Danke?«

»Die Polizei ist vor Ort, sie haben alles unter Kontrolle. Danke für deinen schnellen Einsatz.«

»Gern geschehen«, erwiderte Jutta Beyer aufrichtig. »Alles gut gelaufen?«

»Teils, teils«, antwortete Kowalewski. »Die Krakauer Polizei war zwar sehr zufrieden, stellte aber gleichzeitig meine Befugnisse infrage. Ich sollte mich ja eigentlich inkognito umsehen. Stattdessen bin ich jetzt so eine Art tollkühner Held. Ich muss hier weg, und zwar direkt nach New York. Sofort. Kannst du das mit dem Chef abklären? Nach Aussage der Polizisten geht in ungefähr einer Stunde ein Flug. Sie wollen mich loswerden und nehmen sich deswegen der Sache selbst an. Das passt mir ausgezeichnet. Und uns wahrscheinlich auch.«

»New York?«, fragte Beyer. »Wovon zum Teufel redest du da?«

»Radoslaw Trzciński ist es aus bisher noch ungeklärten Gründen gelungen, eine Amerikanerin, die in Polen zu Besuch war, zu besteigen und ihr von der ›operativen Einheit, Europol‹ zu erzählen. Sie behauptete, in Williamsburg, Brooklyn zu wohnen. Ich habe einen Namen, den du ebenfalls checken kannst. Hannah Rowlins. Maximale Info. Ich muss jetzt zum Flughafen, wenn ich den Flug noch erreichen will. Sag mir, wenn du das Okay hast. So schnell wie möglich.«

Dann hatte er die Verbindung beendet. Jutta Beyer kam sich regelrecht verlassen vor. Aber nur für einen kurzen Augenblick. Dann rief sie den Chef an.

»Hjelm«, antwortete der mürrisch.

»Beyer hier. Kannst du gerade reden?«

»Wenn mir die Lippen nicht zu Eis erstarren.«

»Schaust du dir gerade Zhang Sang an?«

»Du besitzt eine schnelle Auffassungsgabe. Aber in London nennen sie ihn John Doe, die anonyme Leiche.«

»Kowalewski möchte, dass du ihm jetzt auf der Stelle einen Flug von Krakau nach New York bewilligst.«

»Ich habe nicht vor, mit den herkömmlichen Kommentaren um mich zu werfen und politische Bestürzung zu signalisieren. Rede nur weiter.«

»Es geht um die Mara-Spur. Sie scheint vollkommen unbehelligt den Schritt über den Atlantik gemacht zu haben. Zu einer Hannah Rowlins, Williamsburg.«

»Und was glaubst du selbst?«

»Fragst du mich?«

»Rede nur weiter.«

»Entschuldige. Ich glaube, dass es Marek gelingen wird, sie ausfindig zu machen. Lass ihn fliegen.«

»Okay«, meinte Hjelm. »Sag ihm, dass die Sache klargeht. Aber du klingst, als hättest du noch mehr auf dem Herzen ...?«

»Du hast ebenfalls eine schnelle Auffassungsgabe«, entgegnete Jutta Beyer spontan und bereute es sofort.

»Sprich.«

»Könntest du eventuell einen Chief Superintendent Anthony L. Robbins ausfindig machen? Er sitzt heute Abend im Gebäude von Scotland Yard. Nachtschicht.«

»Was bedeutet ausfindig machen?«

»Ich weiß nicht so genau«, antwortete Beyer. »Er ist ein ... alter Bekannter. Ich hatte bis vor Kurzem Kontakt zu ihm, per E-Mail, und er hat ziemlich merkwürdig reagiert, als ich ihm Fragen zu dem Begleitfahrzeug stellte, das Zhang Sang überfahren hat.«

»Was bedeutet ziemlich merkwürdig reagiert?«

»Wir haben ein paar Mails ausgetauscht. Und als er sich zuletzt meldete, war sein Ton völlig verändert. Ziemlich kurz angebunden.«

»Irgendein Vorgesetzter hat ihm wohl auf die Finger geklopft, oder?«

»Das war auch mein erster Gedanke.«

»Aber ...?«

»Nein, also, ich weiß nicht, mir kam es vor, als hätte jemand anders weitergeschrieben ...«

»Hm«, meinte Hjelm. »Ich melde mich wieder.«

»Danke«, sagte Jutta Beyer, lehnte sich zurück, lächelte schwach im bläulichen Licht und dachte: Ich bin eine Frau mit einer schnellen Auffassungsgabe.

Du bist eine Frau mit einer schnellen Auffassungsgabe, dachte Paul Hjelm und begegnete erneut Doktor Hazel Mallorys klarem braunen Blick.

»Kein Chinese?«, fragte er.

Die weiß gekleidete Frau schaute hinunter auf die eiskalte deformierte Leiche und schüttelte den Kopf.

»Ich kann auch völlig falsch liegen«, antwortete sie.

»Aber Ihre Überlegungen beruhen ja auf irgendwelchen Grundlagen«, wandte Paul Hjelm ein.

»Ich sehe viele Leichen, und London ist eine recht multikulturelle Stadt. Sicher kann er Chinese sein. Selbstverständlich kann er es sein. Wahrscheinlich ist er sogar Chinese. Also chinesischer Bürger.«

»Aber?«

»Seine Haut ist etwas zu dunkel. Die Gesichtszüge etwas, tja, untypisch für einen Chinesen. Das Haar ist etwas dicker.«

»Und was könnte er sonst sein? Mongole?«

»Die Mongolei ist doch wohl ein eigenes Land«, erwiderte Dr. Hazel Mallory lächelnd.

»Also Tibet?«, fragte Hjelm und kam sich plötzlich ziemlich belesen vor.

»Ja, ich finde, er sieht tibetanisch aus. In meinem Viertel in Notting Hill gibt es ein außergewöhnlich gutes tibetanisches Restaurant, und er erinnert mich mehr an die Leute dort als an einen Chinesen.«

»Aber warum haben Sie das in Ihrem Bericht nicht erwähnt?«

»Das habe ich doch«, entgegnete Mallory und wirkte gekränkt.

Paul Hjelm spürte, dass er seine Stirn mit einer etwas dümmlich anmutenden Miene runzelte. Er fragte: »Sie haben nicht zufällig eine Kopie des Berichts?«

»Sie leben wirklich noch in einer anderen Zeit«, lächelte Dr. Hazel Mallory. »Es gibt keine Kopien mehr. Alles ist inzwischen elektronisch.«

»Könnten wir uns dann den Bericht vielleicht gemeinsam ansehen? Wenn es Ihnen nicht zu viele Unannehmlichkeiten bereitet.«

»Sie brauchen gar keine Höflichkeit vorzutäuschen. Ich weiß, dass Sie ein hochrangiger internationaler Polizeibeamter sind. Europol, nicht wahr?«

Hjelm nickte kurz.

»Aber deswegen sind Sie bestimmt nicht hergekommen«, sagte Mallory. »Sie wollen also, dass ich ihn obduziere? Und warum?«

»Ich bin vor allem an einem toxikologischen Bericht interessiert«, antwortete Hjelm.

Mallory nickte und fragte: »Irgendwelche speziellen Gifte, nach denen ich suchen soll?«

»Suchen Sie bitte nach Spuren von bromierten Flammschutzmitteln und perfluorierten Tensiden. Aber nach allem anderen ebenfalls.«

»Ich werde ihn wahrscheinlich nächste Woche in meinem Plan unterbringen können.«

Hjelm lächelte schwach und entgegnete: »Etwas schneller müsste es schon gehen. Ich bin wie gesagt ein hochrangiger internationaler Polizeibeamter bei Europol.«

»Möglicherweise sogar von der operativen Einheit, Europol?«, fragte Mallory mit einem Blick, der nahezu ehrfürchtig wirkte.

»Sie sind in der Tat eine Frau mit einer schnellen Auffassungsgabe«, sagte Hjelm. »Vielleicht sogar mit einer etwas zu schnellen. So wie ich die Sache verstanden habe, hat sich Commander Andrew Crowley Ihres absoluten Stillschweigens versichert. Oder liege ich da falsch?«

Dr. Hazel Mallory schloss für einen kurzen Moment die Augen. Als sie sie wieder öffnete, war ihr Blick nahezu flehend.

»Sorgen Sie nun dafür, dass diese Obduktion als erste auf Ihrem Plan steht?«, fragte Hjelm unschuldig.

Mallory nickte eingeschüchtert. Paul Hjelm musste an Politik denken und spürte, wie leid er es war, von sich selbst angeekelt zu sein. Es bestand durchaus das Risiko, dass dies der erste Schritt zur Abstumpfung war. Zur ernsthaften Abstumpfung.

»Hätten Sie Lust, mir die andere Leiche ebenfalls zu zeigen?«, fragte er.

Mallory zog die Bahre hinter der Metallklappe daneben heraus, sodass die Köpfe von Zhang Sang und der Toten mit dem zerschlagenen Gesicht, also gewissermaßen Jane Doe, nebeneinanderlagen. Es war, als begegneten sich ihre Blicke trotz der geschlossenen Augenlider für einen kurzen Moment. Als nähmen die beiden unidentifizierten Leichen Kontakt zueinander auf. Als schauten sie einander genau in dem Moment in die Augen, als ihre Körper ihr Leben aushauchten.

Hjelm und Mallory betrachteten Jane Doe. Das festgeklebte Laken war entfernt worden. Die Arme ausgestreckt. Das stark geschwollene Gesicht sah nahezu friedlich aus. Nahezu.

Paul Hjelm berührte ihre Gesichtshaut. Diese eigenartige Kälte. Dann berührte er Zhang Sangs entstelltes Gesicht ebenfalls. Er stand mit jeweils einer Hand auf der Wange der Toten da und spürte etwas, das jegliche Politik, alle Eitelkeit der Welt überstieg.

Wer wart ihr? Was hast du verbrochen, Jane Doe, um eine derartige Tortur zu verdienen? Und warum hat man dir, Zhang Sang, sämtliche Knochen in deinem Körper gebrochen?

Um sie herum wurde es still im Kühlraum. Paul Hjelm meinte zu spüren, wie noch einige letzte Blitze ihrer einstigen Willenskraft durch den Raum zuckten. Einer Willenskraft, die so stark gewesen war und so viel Widerstand geleistet hatte, dass die beiden sogar dem Tode trotzten und in gewisser Weise noch lebten. In diesem Augenblick gelobte sich Hjelm hoch und heilig, ihre Geschichten weiterzuerzählen. Koste es, was es wolle.

Er wusste nicht, wie lange er so dagestanden hatte, doch als er schließlich Hazel Mallorys Blick begegnete, war dieser völlig verändert. Als hätte sie gewissermaßen seine Gedanken gelesen.

Sie schob sachte die Bahren wieder in die Kühlung und sagte über ihre Schulter hinweg: »Versprechen Sie mir bitte, dass Sie sich ihrer annehmen.«

»Und Ihrer Person ebenfalls?«, fragte Hjelm und lächelte schief.

Als Mallory sich umdrehte, lächelte sie so wie er. »Wollen wir jetzt einen Blick in den Computer werfen?«

Hjelm nickte, und sie verließen den Kühlraum.

Mallorys Büro machte nicht gerade einen ansprechenden Eindruck, aber der Computer sah ziemlich leistungsfähig aus. Sie klickte sich routiniert zu John Doe durch.

»Wir müssen aufhören, ihn Zhang Sang zu nennen«, sagte Hjelm.

Ohne Notiz von ihm zu nehmen, vergrößerte Mallory den Text, bis die Schriftgröße der abnehmenden Sehfähigkeit eines hochrangigen internationalen Polizeibediensteten mittleren Alters entsprach.

Er betrachtete die Rechtsmedizinerin von der Seite, während sie schweigend las. Eine außergewöhnliche Frau.

Dann hielt sie inne. Scrollte den Text etwas hoch und wieder herunter. Las erneut. Schüttelte den Kopf.

»Motherfucker«, rief sie schließlich ein wenig überraschend aus.

»Was ist denn?«, fragte Hjelm.

»Es steht nicht mehr da. Der Satz fehlt.«

»Fehlt? Und Sie besitzen kein Original?«

»Das hier ist das Original. Es ist nicht so leicht, darin etwas zu ändern.«

»Auch wenn ich das Risiko eingehe, Ihrer Intelligenz nicht angemessen zu begegnen – es ist nicht zufällig so, dass Sie den Satz selbst entfernt haben, bevor Sie das Dokument abgelegt haben?«

Mallory schüttelte den Kopf und deutete auf den Text.

»Hier stand es. Eine ziemlich banale Formulierung: Der bereits erwähnte asiatische Ursprung ist eher im Himalaja als am Chinesischen Meer zu lokalisieren, wahrscheinlich ist der Tote tibetanischer Herkunft.«

»Exakt so oder ungefähr so?«

»Jetzt beleidigen Sie meine Intelligenz.«

Paul Hjelm lachte laut und dankte ihr mit einem festen Händedruck und einem intensiven Blick in ihre nussbraunen Augen.

Während er den Raum verließ, nahm er sein Handy aus der Tasche und wählte eine Nummer. Hinter seinem Rücken hörte er: »Grüßen Sie Ralphie von mir.«

Er lachte erneut auf und wandte sich um. Sie war nicht mehr zu sehen. Stattdessen hörte er, wie sich eine Stimme in trockenem Tonfall meldete: »Dryden.«

»Halten Sie sich diese Frau bloß warm, Ralph«, sagte Hjelm.

»Jetzt habe ich keinen blassen Schimmer, von wem Sie reden.«

»Natürlich von Dr. Hazel Mallory.«

Die Stille, die daraufhin eintrat, war genau das, was Hjelm erwartet hatte. Er lachte sich ins Fäustchen und fuhr fort: »Aber lassen Sie uns nicht länger über Ihre unterdrückten Gefühle reden, Ralph. Wie kommen Sie voran?«

»Es ist immerhin Freitagabend. Ich hätte eher Lust, in den Pub zu gehen.«

»Aber stattdessen müssen Sie einen Vorgesetzten ausfindig machen. Ich möchte, dass Sie eine der Damen mitnehmen und Chief Superintendent Anthony L. Robbins einen Besuch abstatten. Finden Sie heraus, ob er im Büro ist. Rufen Sie mich an, wenn Sie weitere Instruktionen benötigen.«

»Endlich wissen wir, wer hier der Chef ist«, brummte Dryden und klickte selbigen weg.

Hjelm betrachtete eine Weile lang amüsiert das Handy, bevor er eine neue Nummer wählte und sagte: »Hej, Schatz.«

»Ja hallo«, rief die Stimme am anderen Ende ziemlich überrascht. »Wie ist es in London?«

»Eine einzige lange Freitagsparty. Ich habe gerade an dich gedacht.«

»Schau an. Und wie kommt's?«

»Ich habe eine Frau getroffen, die mich an dich erinnert hat.«

»Soll ich mich jetzt geschmeichelt fühlen oder eifersüchtig sein?«, fragte Kerstin Holm und heftete das Foto des toten Zhang Sang an die Wand ihres Büros. Auf diese Weise meinte sie eine akzeptable Übersicht über die verschiedenen Aspekte des Falles geschaffen zu haben. Zugleich merkte sie, dass es ein ziemlicher

Selbstbetrug war. Sie befand sich schließlich in der Peripherie und nicht im Zentrum, und die Frage war, ob sie sich je daran gewöhnen würde.

»Ich habe gerade unseren beiden Leichen einen Besuch abgestattet«, sagte Paul Hjelm. »Verdammt, was bin ich scharf darauf, diese Fälle hier zu lösen. Ich bin immerhin Polizist und kein Politiker.«

Kerstin Holm betrachtete verwundert die Gesichter der beiden Toten, die nebeneinander an der Wand hingen, und entgegnete: »Ich hoffe, dass nicht sie es war, die dich an mich erinnert hat.«

Sie hörte Paul auflachen, und genau in diesem Augenblick vermisste sie ihn entsetzlich.

»Ich hatte schon Bedenken, dass du mitten in einer Vernehmung sitzen würdest«, sagte er.

»Wir haben eine kurze Pause eingelegt«, entgegnete Kerstin Holm. »Bin gerade auf dem Weg zurück. Sara musste aufs Klo. Aber ich glaube, die nächste Runde kann richtig interessant werden. Wir sind jedenfalls auf einem guten Weg.«

»Too much information«, entgegnete Hjelm. »Viel Glück. Das Ganze steht und fällt wahrscheinlich mit dem Verschlüsselungsgerät.«

»Wie gut, wenn jemand einem das Herz noch schwerer macht.«

»So etwas hilft. Küsschen. Ich liebe dich.«

»Ich liebe dich auch.«

Kerstin Holm klickte Paul Hjelm weg und drückte das Handy kurz an sich. Da kam Sara Svenhagen ins Büro gepoltert. Die drei Kratzwunden, die wie ein Gatter auf ihrer Stirn prangten, nässten immer noch. Aber das war gut so. Carl-Henric Stiernmarck sollte ruhig sehen, was er ihr angetan hatte. Es die ganze Zeit vor Augen haben.

»Wer ist eigentlich Paula Radcliffe?«, rief sie aus. »Das beschäftigt mich schon die ganze Zeit.«

»Gut, dass du an die wichtigen Dinge denkst, während du auf dem Klo hockst«, meinte Kerstin Holm. »Eine blonde englische Marathonläuferin, mehr nicht.«

»An was sollte man auch sonst denken, wenn man sich um ein Kilo erleichtert?«, fragte Sara Svenhagen. »Vom Druck befreit und bereit für die nächste Runde.«

»Too much information«, sagte Kerstin Holm und lächelte. »Ziemlich anstrengender Anwalt, dieser Lagerbrandt.«

»Ich muss immer an Brände in Lagerhallen denken, wenn ich ihn sehe, ich kann mir nicht helfen.«

»Und er vertritt einen mit Sternen übersäten Boden. Es muss eine ziemliche Bürde sein, solche pseudoadeligen Namen wie Stiernmarck und Lagerbrandt zu tragen.«

»Ja, in der Tat«, meinte Sara Svenhagen. »Für was steht dann eigentlich mein Name? Eine Wiese, auf der irgendein Sven herumspaziert?«

Sie waren bereits auf dem Weg durch den Korridor. Typische Flurgespräche. Nonsens. Es dauerte nicht lange, bis sie den Vernehmungsraum erreicht hatten und sich alles, was auch nur irgendwie nach Nonsens klang, verflüchtigte.

Stiernmarck und Lagerbrandt verstummten unmittelbar, als die beiden Frauen hereinkamen. Ihrer sonstigen Souveränität zum Trotz machten die Herren den Eindruck, als fühlten sie sich ertappt. Stiernmarcks gepflegtes Äußeres war nur noch eine verblasste Erinnerung. Sein Gesicht hatte sich von dem Schlag grün und blau gefärbt, und seine beiden oberen Schneidezähne fehlten. Als er sprach, lispelte er stark: »Mir wird langsam, aber sicher übel.«

»So geht es uns die ganze Zeit!« Kerstin Holm lächelte süßlich und setzte sich.

»Mein Klient hat das Recht, die Vernehmung aus medizinischen Gründen zu unterbrechen«, erklärte Anton Lagerbrandt, ein aus den Medien bekannter Strafverteidiger mit den teuersten Anzügen, die Kerstin Holm jemals an einem menschlichen Wesen gesehen hatte.

»Ihr Klient hat das Recht auf regelmäßige Mahlzeiten und notwendige Ruhephasen«, klärte ihn Sara Svenhagen auf. »Und beides hat er bereits bekommen.«

»Die letzte Unterbrechung wurde, wenn ich mich nicht täusche, von Frau Svenhagen erbeten, die die Toilette aufsuchen musste.«

Um ein paar zusätzliche Energien freizusetzen, gestattete sich Sara Svenhagen etwas Nonsens. Sie stellte sich vor, wie Herr Lagerbrandt ohne seine beiden oberen Schneidezähne aussehen würde. Ziemlich alt, mutmaßte sie. Seinem wahren Alter entsprechend. Und zugleich sehr jung. Die beiden Herren ihnen gegenüber würden aussehen wie Siebenjährige, was sie ja eigentlich auch waren. Wo sind nur all die altersentsprechend gereiften Männer abgeblieben? Sie selbst war verheiratet mit einem Achtjährigen und liebte ihn innig.

»Wir machen weiter«, erklärte Kerstin Holm. »Zurück zu diesem Teil hier.«

Sie legte erneut das Plastiktütchen mit dem kleinen Verschlüsselungsgerät auf den Vernehmungstisch. Es sah genauso aus wie ein USB-Stick.

»Es ist, wie Sie wissen, ganz einfach«, fuhr sie fort. »Wir suchen das Passwort, das dieses kleine Ding hier benötigt, um zu funktionieren. Es wurde zuletzt nachweislich gestern Nachmittag um 15:12 Uhr im Kulturzentrum benutzt, wo eine verschlüsselte Mail von einem Computer der Bibliothek an einen Computer der Mafia in der Nähe der Stadt Potenza in Süditalien versandt wurde.«

»Und die Antwort ist, wie Sie wissen, ebenfalls ganz einfach«, entgegnete Rechtsanwalt Lagerbrandt. »Es ist richtig, dass sich Herr Stiernmarck gestern zwischen 15:04 Uhr und 15:16 Uhr im Kulturzentrum aufhielt. Aber er hat keine Mail versandt. Es wird Zeit, dass Sie meinen Klienten gehen lassen. Das hier führt zu nichts.«

»Obendrein wurde technisch nachgewiesen, dass die Mail mit diesem Gerät hier, das in einem Geheimfach im Fußboden unter Herrn Stiernmarcks Schreibtisch in seinem Haus in Hästhagen, Nacka, gefunden wurde, verschlüsselt worden ist. Dürfte man dies nicht als Indiz bezeichnen?«

»Aber nicht als Beweismittel«, antwortete Lagerbrandt, wenn auch etwas angespannt.

»Ich denke, dass sämtliche Anwesenden sich darüber im Klaren sind, wie das Gericht die Sachlage beurteilen wird. Aus welchem Grund haben Sie es dort versteckt? Und jetzt möchte ich, dass der Verteidiger seinen Mund hält und den Festgenommenen die Frage beantworten lässt. Herr Lagerhallenbrandt ist als Zeuge der Vernehmung hier und nicht als Beschuldigter. Dieses Mal.«

»Wie haben Sie mich gerade genannt?«

»Dürfte ich Herrn Lagerbrandt im Namen des Gesetzes nun darum bitten, still zu sein?«

»Kein Kommentar«, antwortete Stiernmarck und vermied es somit, lispeln zu müssen.

»In Anbetracht dessen, dass eine Anklage wegen schwerer Gewalt gegen die Staatsgewalt vorliegt, ist es im eigenen Interesse des Festgenommenen, zu antworten, insbesondere da er mit großer Wahrscheinlichkeit von der italienischen Mafia ermordet werden wird, sobald man ihn auf freien Fuß setzt. Es ist bereits eine Anzahl verdächtiger Personen mit südländischem Aussehen vor dem Polizeigebäude gesichtet worden. Gegen die wir jedoch aus rechtlichen Gründen leider nicht vorgehen können. Dank unseres hoch entwickelten Rechtsstaates.«

»Oder einfacher ausgedrückt«, sagte Sara Svenhagen. »Wenn Sie nicht aussagen, werden Sie sterben.«

»Alternativ werde ich, wenn ich aussage«, entgegnete Stiernmarck, diesmal allerdings stark lispelnd, »im Gefängnis landen.«

Lagerbrandt legte die rechte Hand auf Stiernmarcks Arm und flüsterte ihm etwas ins Ohr. Stiernmarck schüttelte den Kopf. Sagte jedoch nichts.

Kerstin Holm beugte sich leicht über den Tisch vor und erklärte: »Wir können natürlich alle gemeinsam den Kopf in den Sand stecken und die Auffassung vertreten, dass es sinnlos ist, Carl-Henric. Es wird sowieso keiner irgendetwas gegen die 'Ndrangheta ausrichten können. Wir sind allesamt machtlos. Aber ich weiß ja nicht, wie wichtig Ihnen zum Beispiel Ihr Sohn Johannes ist.«

»Was hat denn Johannes mit der Sache zu tun?«

»Sie leben also in dem Irrglauben, dass man Ihre Familie verschonen wird?«

»Aber was zum Teufel soll es mir denn bringen, Ihnen etwas zu erzählen? Inwiefern sollte es mir und meiner Familie nützen? Soll ich schlicht und einfach darauf vertrauen, dass zwei weibliche schwedische Polizeibedienstete mich vor der Hölle auf Erden bewahren? Sie wissen doch selbst, dass meine einzige Chance darin besteht, den Mund zu halten!«

Während der Dauer seines Wortschwalls hing Anton Lagerbrandt förmlich über Carl-Henric Stiernmarck. Dennoch gelang es ihm nicht, ihn zum Schweigen zu bringen.

»Denken Sie denn, dass die Ihnen glauben werden, dass Sie geschwiegen haben?«, fragte Sara Svenhagen gelassen. »Dass man Sie auf freien Fuß setzt, weil Sie geschwiegen haben? Mal angenommen, wir würden Sie hier und jetzt auf freien Fuß setzen – worüber wir in der Tat nachdenken –, meinen Sie, dass Rechtsanwalt Lagerbrandt Sie dann nach Hause fahren würde?«

Rechtsanwalt Lagerbrandt riss die Augen auf und starrte die beiden Polizistinnen verdutzt an.

»Ja, was würden Sie dazu sagen, Anton?«, fragte Kerstin Holm. »Natürlich würden Sie Carl-Henric nach Hause fahren.«

»Ich bin davon überzeugt, dass wir das Transportproblem irgendwie lösen können«, antwortete Lagerbrandt bedächtig.

»Wir haben zwar drei der wartenden südländischen Herren dauerhaft beschatten lassen«, erklärte Kerstin Holm, »es ist aber durchaus möglich, dass irgendein Streifenpolizist ihnen einflüstert, dass Stiernmarck seinem Anwalt alles anvertraut hat. Ich werde natürlich alles daransetzen, um sie von irgendwelchen Übergriffen abzuhalten, aber wahrscheinlich hören sie nicht auf mich. Und dann entlassen wir Sie beide in die große herrliche Freiheit.«

»Sie können hier nicht einfach herumsitzen und einem Rechtsanwalt bei einer Vernehmung seines Mandanten drohen«, rief Lagerbrandt aus.

»Hätten Sie sich denn nicht wenigstens einen Mafiaanwalt

nehmen können?«, fragte Sara Svenhagen. »Dieser hat ja Angst wie ein Hase auf drei Beinen.«

»So weitreichende Kontakte besitzt er nun auch wieder nicht«, meinte Kerstin Holm. »Die Mafia hat ihn nur mit Widerhaken gespickt. Stiernmarck stellt lediglich ein Sprungbrett für sie dar. Je eher er von der Bildfläche verschwindet desto besser. Und dann übernehmen sie die Firma. Sie gehört ihnen ja sowieso schon zu dreiundfünfzig Prozent. Aufgrund der Gelder von den Caymaninseln.«

»Stimmt«, pflichtete ihr Sara Svenhagen bei. »Daran hatte ich gar nicht mehr gedacht. Er wollte ja eigentlich nur ein wenig Unterstützung bei der Giftmüllentsorgung. Weil der legale Weg zu teuer war.«

»Wie kam es eigentlich dazu?«, fragte Holm. »Wie ist der Kontakt entstanden?«

»Kein Kommentar«, antwortete Stiernmarck mit gebrochener Stimme.

»Die Mafia hat natürlich Kontakt zu Ihnen aufgenommen«, sagte Holm. »Die haben mitbekommen, dass Endymion dabei war aufzuwachen. Die Göttin war kurz davor, sich zu verflüchtigen. Aber warum um alles in der Welt haben sie sich ein Möbelunternehmen ausgeguckt, das unmittelbar vor dem Ruin steht?«

»Ich habe Kontakt zu ihnen aufgenommen«, gestand Stiernmarck leise.

»Moment mal«, warf Sara Svenhagen ein. »Er hat nicht gesagt ›Kein Kommentar‹. Hätte sein Anwalt nicht protestieren oder wenigstens versuchen müssen, seinen Klienten an der Aussage zu hindern?«

»Er wägt die Dinge gerade ab«, meinte Holm. »Er rechnet sich aus, was er zu verlieren hat, wenn er seinen Klienten verteidigt, natürlich nicht durch uns, sondern durch die Mafia. Im Prinzip würde er sich am liebsten aus der Sache herausziehen. Denn er hat ebenfalls Kinder.«

»Auch wenn er im Augenblick wohl eher an seine Jacht in Cannes denkt. Kinder kann man schließlich jederzeit neu in die Welt setzen.«

Lagerbrandt saß in der Tat stumm und in sich gekehrt da. Er machte keine Anstalten, Stiernmarck zurückzuhalten, als dieser fragte: »Und wie lautet Ihr Vorschlag?«

»Für den Anfang, dass Sie uns sagen, wie das Passwort lautet.«

»Ich meine Ihren Lösungsvorschlag. Diesen Banditen gehören dreiundfünfzig Prozent meines Unternehmens. Ich sehe keinen Ausweg. Außer den Freitod.«

»Wenn wir beweisen können, dass die Gelder illegalen Ursprungs sind, können wir dafür sorgen, dass der Kauf annulliert wird. *Endymion* trägt sich inzwischen so gut, dass sich die Firma auch ohne deren Gelder halten kann. Sie verkaufen das Unternehmen und begeben sich mit Ihrer Familie in ein Zeugenschutzprogramm.«

»Ein schwedisches Zeugenschutzprogramm?« Stiernmarck lachte. »Die Kommissarin beliebt wohl zu scherzen.«

»Wir arbeiten nicht für Schweden, wir arbeiten für die EU. Wir sprechen von europäischem Zeugenschutz. Mit deutlich umfangreicheren Ressourcen. Das schließt allerdings Ihren Anwalt nicht mit ein, wenn er also jetzt die Absicht hegt, sich mit eingezogenem Schwanz abzusetzen, haben wir vollstes Verständnis dafür.«

»Er wird Ihnen auch keine Rechnung schicken«, ergänzte Sara Svenhagen. »Er wird alle Hände voll zu tun haben, um sich draußen in der Bergsgata gegen die Mafiosi zu wappnen. Möglicherweise haben sie sein Auto schon näher in Augenschein genommen.«

Lagerbrandt stand auf und warf den beiden Polizistinnen einen wirren Blick zu. Dann schaute er Stiernmarck schließlich bedauernd an und verließ ohne ein Wort zu verlieren den Raum.

»Sie sollten wirklich Ihre Mafiafreunde auf ihn hetzen«, meinte Sara Svenhagen.

»Sie wissen ganz genau, dass ich keine Mafiafreunde habe«, entgegnete Stiernmarck, ohne dem abtrünnigen Rechtsanwalt einen Blick nachzuschicken.

»Draußen auf der Straße lauert ihm gar niemand auf«, sagte Kerstin Holm schließlich. »Wir haben gelogen.«

Carl-Henric Stiernmarck starrte sie eine Weile fassungslos an. Dann musste er lachen. Schließlich sagte er: »Es tut mir aufrichtig leid, dass ich Ihnen diese Kratzwunden im Gesicht zugefügt habe, Fräulein Svenhagen. Das Absurde ist, dass mir das am meisten leidtut. Alles andere war gewissermaßen unausweichlich. Schicksal. Aber ich habe noch nie zuvor meine Hand gegen eine Frau erhoben. Bitte versuchen Sie mir zu verzeihen.«

»Nur, wenn wir das Passwort bekommen«, entgegnete Sara Svenhagen.

Stiernmarck schüttelte den Kopf. Allerdings nicht in verneinender Weise, sondern eher resigniert.

»Ich hatte Angst«, gab er dann zu. »Ich hatte in einer Art und Weise Angst, wie ich sie noch nie zuvor erlebt habe. Die Mail, die ich im Kulturzentrum bekommen habe, habe ich erst entschlüsselt, als ich wieder zu Hause war. Das war das Schrecklichste, was ich je gelesen habe.«

»Wir müssen diese Korrespondenz lesen, damit wir beurteilen können, wie ernst wir die Bedrohung gegen Sie nehmen müssen«, erklärte Kerstin Holm. »Erst dann können wir eine endgültige Entscheidung fällen. Wenn eine reale Gefahr vorliegt, bin ich bereit, Ihre gesamte Familie in ein umfangreiches Zeugenschutzprogramm der EU aufzunehmen. Dann können Sie Schweden verlassen und im Grunde genommen umziehen, wohin Sie wollen, und Ihre *Endymion*-Gelder mitnehmen. Mein Wort wird schwer wiegen, glauben Sie mir. Aber erst einmal müssen Sie mich davon überzeugen, dass es die Mühe wert ist.«

»Haben Sie außer den verschlüsselten Mails noch anderweitig Kontakt gehabt?«, fragte Sara Svenhagen.

»Eines Tages habe ich Besuch von ein paar Männern bekommen«, sagte Stiernmarck. »Ich hatte den Eindruck, dass es ziemlich hohe Tiere waren. Sie haben mich wie ein Stück Scheiße behandelt. Ich hatte furchtbare Angst. Nicht so große Angst wie nach dem Besuch im Kulturzentrum, aber ich hatte wirklich verdammte Angst.«

»Kein telefonischer Kontakt?«

»Nein. Ich habe lediglich dafür gesorgt, dass die Restgifte zu einem bestimmten Zeitpunkt an einem bestimmten Ort deponiert wurden, woraufhin sie am nächsten Morgen verschwunden waren. Die Mails enthalten hauptsächlich praktische Details. In einer von ihnen geht es um die Investition. Eine andere sollte in Kopie nach Lettland gesandt werden.«

»Und Sie waren allein zu Hause, als die Männer kamen?«

»Ja, Wictoria wollte zu einem Frauenabend, und Johannes habe ich nicht gesehen.«

»Beschreiben Sie uns die Situation«, forderte Sara Svenhagen ihn auf und handelte sich damit einen fragenden Blick von Holm ein.

»Es muss im Februar gewesen sein, um den 10. herum. Ich habe ihnen geöffnet und sie gebeten, in mein Arbeitszimmer zu kommen, aber sie hielten mich an der Haustür zurück und begannen mir zu drohen. Stießen mich mehrfach gegen den Türpfosten.«

»Und worum ging es?«

»Lediglich darum, dass ich die Klappe halten und nach außen hin so auftreten sollte, als wäre nichts geschehen. Was auch immer geschehen würde. Jedenfalls soweit ich mich erinnere. Hinterher habe ich auf den Boden gekotzt. Das Ganze war auch in der Tat zum Kotzen, wenn ich das so sagen darf.«

»Angesichts der Tatsache, dass Ihre Familie da draußen ungeschützt herumläuft, wäre es das Beste, wenn Sie uns das Passwort unmittelbar geben würden«, sagte Sara Svenhagen.

Carl-Henric Stiernmarck hielt inne und richtete seinen Blick hinunter auf die Tischplatte. Er wirkte wie ein sehr alter Mann. Nahezu jahrhundertealt. Ihm war schlicht und einfach die Zeit davongelaufen.

Schließlich schaute er mit klarem blauen Blick wieder auf und sagte: »Wenn Sie meine Familie ab sofort unter Polizeischutz stellen, bekommen Sie das Passwort. Ich möchte, dass die Polizei innerhalb der nächsten Stunde eintrifft, und ich will das Gespräch mithören.«

Kerstin und Sara tauschten einen Blick aus. Ein kurzes Nicken reichte aus. Sie waren am Ziel. Sie hatten es geschafft.

Mit leeren Drohungen, nichtssagenden Versprechungen und reinen Lügen.

Holm wählte den unkomplizierten Weg. Sie telefonierte kurz.

»Jon?«, fragte sie. »Was machst du gerade?«

»Tja«, antwortete Jon Anderson. »Marcus und ich sehen gerade fern und genießen dabei einen Cognac auf dem Sofa.«

»Möchtest du stattdessen vielleicht lieber den Mafiacode knacken?«

»Wie das?«

»Dazu müsstest du dich allerdings hierherbegeben. Stiernmarck hat vor, uns das Passwort zu verraten. In zwei Minuten wird eine Streife vor deiner Haustür eintreffen. Danach kannst du weiter gemeinsam mit Marcus fernsehen. Fordere aber erst sofortigen Personenschutz für die Familie Stiernmarck in ihrer Villa in Hästhagen an. Zwei Mann und die komplette Alarmausrüstung. Rufst du danach Jorge in Den Haag an und koordinierst es mit ihm? Okay?«

»Zum Teufel auch«, rief Jon aus.

»Ja oder nein? Wir haben schließlich noch andere Computertechniker, das ist nicht das Problem. Ich dachte nur, dass es dich reizen würde. Immerhin warst du derjenige, der die ganze Sache ins Rollen gebracht hat.«

»Ich bin in fünf Minuten bei euch.«

»Immer Zeitoptimist, nicht wahr?«

»Optimismus und Realismus kann man miteinander kombinieren«, entgegnete Jon Anderson.

Er war bereits von dem antiken Sofa aufgestanden und halbwegs in seinen Mantel geschlüpft, als der gutmütige Marcus aus seinem Lehnstuhl von 1876 aufschaute, ein paar Züge aus seiner gut durchgeglühten Pfeife der ebenso traditionellen wie exklusiven Marke Savinelli nahm und mit einer skeptisch hochgezogenen linken Augenbraue anmerkte: »Ich vermute, dass es sich um einen polizeilichen Auftrag und nicht um einen hitzigen Liebhaber handelt?«

Jon Anderson hatte bereits eine Nummer in sein Handy getippt, als er mit halb angezogenem Mantel und zwei ungeschnürten Stiefeln auf den Sessel zumarschierte und seinem Partner einen Abschiedskuss auf die Wange drückte.

»Die Polizei ist mein hitziger Liebhaber, du alter Tattergreis«, sagte er.

»Wie bitte?«, rief eine Stimme aus dem Handy.

»Tut mir leid, Göran«, meldete sich Jon, während er die Wohnung verließ und ins Treppenhaus hinausstolperte. Er stürmte die Stufen hinunter, erledigte den Auftrag, Personenschutz in Hästhagen zu organisieren, und als er auf die Roslagsgata hinaustrat, legte unmittelbar vor ihm ein Streifenwagen mit eingeschaltetem Blaulicht und quietschenden Reifen eine Vollbremsung hin.

Jon Anderson sprang in den Wagen.

»Es eilt, wenn ich es recht verstanden habe, Herr Kommissar?«, fragte der uniformierte Polizeiassistent auf dem Fahrersitz.

Anderson warf ihm einen kurzen Blick zu und antwortete dann: »Ja, sehr.«

Diese Antwort bewirkte, dass sich das folgende Telefonat mit Den Haag etwas ruckartig gestaltete. Andererseits hatte es kaum begonnen, als die Streife auch schon mit abermals quietschenden Reifen vor dem Haupteingang des Gebäudes der Reichskriminalpolizei zum Stehen kam.

»Jorge?«, rief Jon in sein Handy.

»Zum Teufel noch mal, bist du es, Jon? Jon Anderson, der größte Polizist von ganz Schweden. Oder zumindest der größte schwule Polizist. Verdammt, das hört sich ja an wie in 'nem schlechten Porno.«

»Wie betrunken bist du eigentlich?«

»Wieso, ist irgendwo eine Party im Gange? Hast du nicht Lust vorbeizukommen, Jon? Lange her, dass wir uns gesehen haben. Komm doch zu uns, wir sitzen im coolen Rootz, und ich verspreche dir, dass das verdammte Twaalf verfluchte zwölf Prozent hat. Ja, zwölf, zum Teufel. Oder, Arto? Ach, der ist völlig weggetreten. Wach auf, Arto.«

»Ich bin um einiges wacher als du, mein Lieber«, hörte Anderson eine schwache finnlandschwedische Stimme im Hintergrund sagen.

»Ich habe selbst zwei ordentliche Cognacs intus«, gab Jon Anderson zu, »und jetzt werde ich dir sagen, was mich wieder nüchtern gemacht hat. Aber wahrscheinlich bist du ein weitaus hoffnungsloserer Fall.«

»Shoot, my man.«

»Ich bin gerade auf dem Weg ins Polizeigebäude. Dort angekommen, werde ich das Passwort von Carl-Henric Stiernmarck entgegennehmen und damit den Code unserer Mafiamails entschlüsseln. Hast du Lust, dabei zu sein?«

In der Leitung wurde es still. Anderson hörte nur entfernte Kneipengeräusche. Inklusive überraschend einsetzendem Babygeschrei.

»Ich vermute, meine Frau ist an eurem Erfolg nicht ganz unschuldig«, sagte Chavez schließlich mit Wärme in der Stimme.

»Wie nüchtern du plötzlich klingst«, entgegnete Jon Anderson, während er bereits ein Stück weit ins Polizeigebäude gelaufen war. Er bog in die kleine Enklave von Europol ein und begegnete Kerstin Holm und Sara Svenhagen im Korridor. Sie standen dort und stießen mit einem Getränk in weißen Pappbechern an, das Champagner sein mochte.

»JohannesHundWalle«, sagte Holm und prostete Anderson mit ihrem Becher zu. In der anderen Hand hielt sie ein Plastiktütchen mit einem kleinen Verschlüsselungsgerät.

Jon Anderson hielt nicht einmal an. Er schnappte sich die Plastiktüte im Vorbeigehen, reichte Sara das Handy wie eine Art Pfand und stürzte in sein Büro. Innerhalb kürzester Zeit fuhr er seinen Computer hoch, und als Holm und Svenhagen ihm nachkamen, hatte er bereits das kleine Verschlüsselungsgerät in die Buchse für den USB-Stick gesteckt und das Passwortfeld geöffnet.

»Das Passwort lautet JohannesHundWalle«, wiederholte Kerstin Holm, »großes J, großes H, großes W, zwei l. Keine Leerzeichen.«

»Stiernmarcks Sohn Johannes hat offenbar im Alter von drei

Jahren mal einen Hund besessen, der Walle hieß«, erklärte Sara Svenhagen. »Das war wohl das letzte Mal, dass der Herr Fabrikant näheren Kontakt zu seinem Sohn hatte.«

»Hej, Schatz«, sagte das Handy in ihrer Hand. »Wer hat einen Hund besessen?«

»Lange Geschichte«, antwortete Sara Svenhagen. »Macht Ihr gerade Party?«

»Partymachen ist wohl zu viel gesagt. Wie läuft's bei Jon?«

»Bin reingekommen!«, rief Jon Anderson aus. »Es funktioniert.«

»Wirf Jon doch mal das Handy rüber, Darling«, forderte Chavez Sara Svenhagen auf.

Sie reichte Jon Anderson das Handy.

»Und was haben wir?«, fragte Chavez.

»Alle Mails sind lesbar«, antwortete Anderson. »Sie sind auf Englisch verfasst, nicht überraschend. Sie sind nicht gerade lang, aber zu lang, als dass ich sie jetzt alle laut vorlesen könnte. Hast du Mail-Empfang?«

»Na klar«, antwortete Chavez und lehnte sich auf seiner Sitzbank im Café-Restaurant Rootz an der Kreuzung Raamstraat und Grote Marktstraat zurück. Eine große Anzahl von Gesichtern mit mehr oder weniger rosigem Teint sah ihn gespannt an. Sein iPhone gab ein Klingelzeichen von sich, woraufhin er es mit einer raschen Bewegung den vielen danach greifenden Fingern entzog.

»Teufel noch mal, du kleine Krabbe«, rief Fabio Tebaldi.

»Na, na«, beschwichtigte Chavez ihn. »Erst rufen wir ihn an, oder?«

Tebaldi fuchtelte mit den Armen, schien jedoch zu begreifen. Chavez gab eine Nummer ein und betrachtete währenddessen die Reste seines Haring.

»Paul«, rief er in das Gerät. »Der Code ist geknackt.«

»Das ist ja ein Ding«, entgegnete Paul Hjelm. »Dann arbeiten also nicht nur wir so spät noch?«

»Ich wünschte, wir könnten uns die Ehre zuschreiben. Aber Ehre, wem Ehre gebührt.«

»Eure verdammten Frauen«, hörte Hjelm Tebaldi im Hintergrund brüllen.

»Hast du Mail-Empfang?«, fragte Chavez.

»Wie besoffen bist du eigentlich? Ich sitze verdammt noch mal am Computer, du Holzkopf.«

»Ich schicke sie ab«, rief Chavez.

Das Letzte, was Hjelm hörte, bevor er das Gespräch wegklickte, war folgender Wortwechsel:

»Nun, meine Lieben, werde ich euch was vorlesen«, brüllte Chavez.

»Ist das wirklich angebracht?«, wandte Angelos Sifakis mit leiser Stimme ein.

Paul Hjelm sah sich im Arbeitszimmer um. Corine Bouhaddi saß an ihrem Schreibtisch und klickte frenetisch mit ihrer Maus – er sah eine Bildabfolge mit übel zugerichteten Gesichtern auf ihrem Bildschirm und spürte, wie ihr heiliger Zorn den Raum erfüllte.

Gegen das Panoramafenster peitschte ein dauerhafter Abendregen, der jegliche Aussicht trübte. Sie hatten diesen Raum in den vergangenen Tagen kaum verlassen, und es war fraglich, ob sie heute Abend überhaupt noch dazu kämen.

Von Hjelms Computer ertönte ein kurzes Signal. Als er gerade anfangen wollte, die Konversation Carl-Henric Stiernmarcks mit der italienischen Mafia zu lesen, klingelte sein Handy. Er seufzte tief und antwortete: »Ja, Ralph …?«

»Ich sollte mich wieder melden, wenn ich vor Ort bin. Hershey und ich laufen gerade den Korridor zu Chief Superintendent Anthony L. Robbins' Büro entlang. Wie lauten die weiteren Instruktionen?«

»In erster Linie sollen Sie nachgucken, ob er in seinem Zimmer sitzt. Und wenn er dort nicht sein sollte, versuchen Sie herauszufinden, wo er ist.«

»Aber was sollen wir zu ihm sagen, wenn er da ist? Er ist immerhin Chief Superintendent. Wenn auch nur in der Abteilung Safer Neighbourhoods …«

»Bitten Sie ihn darum, mich anzurufen.«

»Und warum sollen wir diesen heldenhaften Auftrag zu zweit ausführen?«

»Werden wir gerade etwas aufmüpfig, Dryden?«

»Tut mir leid, Chef.«

»Sehen Sie es als eine Sicherheitsmaßnahme an. Es besteht das Risiko von ein paar Promille, dass irgendetwas in Robbins' Büro vorgefallen ist. Dass sich möglicherweise ein Außenstehender im Raum befindet. Machen Sie sich darauf gefasst.«

»Was tut man nicht alles für ein paar Promille«, entgegnete Ralph Dryden, beendete das Gespräch und wandte sich Miriam Hershey zu: »Kann sein, dass in Robbins' Büro irgendetwas nicht mit rechten Dingen zugeht. Ich verlasse mich darauf, dass Sie darauf eingestellt sind.«

»Allzeit bereit«, entgegnete Hershey und klopfte sich auf das Achselhalfter, das gut verborgen unter ihrer offenbar sehr exquisiten, kurz geschnittenen Jacke saß.

Aber was wusste Ralph Dryden schon von diesen Dingen? Was wusste er überhaupt über Frauen?, dachte er finster und schweifte in Gedanken für einen kurzen Moment ab zu einer Lichtgestalt, die die düsteren Korridore der Rechtsmedizin erhellte.

Sie erreichten den Raum von Chief Superintendent Anthony L. Robbins. Die Tür war geschlossen. Dryden gestattete sich einen tiefen Seufzer. Was für ein Scheißjob. Er hob die Hand, um anzuklopfen – und wurde unerwartet zurückgehalten. Hersheys Griff um sein Handgelenk war stärker, als er es je für möglich gehalten hätte. Für einen kurzen Augenblick fürchtete er um sein Leben.

Dann begegnete er ihrem Blick. Sie war absolut fokussiert. Ihre andere Hand bewegte sich zu ihrem Gesicht. Der Zeigefinger legte sich senkrecht über ihre geschürzten Lippen.

Dryden hielt inne und lauschte.

Er hörte hektische Geräusche von drinnen.

Hershey bedeutete ihm mit einer Geste, sich hinter sie zu stellen und ihr Deckung zu geben. Sie schien offenbar nie etwas anderes in ihrem Leben getan zu haben. Langsam zückten beide ihre Waffen.

Dann riss Miriam Hershey die Tür auf.

Und bekam eine Pistole ins Gesicht gerammt. Dryden hörte das knackende Geräusch, das entstand, als diverse Knochen in ihrem schönen kleinen Gesicht brachen. Dann hörte er einen Knall. Er empfand keinen Schmerz, es war eher wie ein Stoß gegen seine Brust. Er schaute hinunter auf sein Oberhemd und sah, wie es sich in Windeseile rot färbte. Während er neben Hersheys Körper auf die Knie sank, glitten zwei Figuren mit Sturmhauben an ihnen vorbei hinaus in den Korridor.

Dryden wollte nicht auf sie fallen. In gewisser Weise fand er es unwürdig, auf eine Frau zu fallen. Er versuchte sich auf den Knien zu halten, aber sein Körper gehorchte ihm nicht. Das Letzte, was er in einem merkwürdig verklärten Licht sah, war Dr. Hazel Mallorys anmutiges Gesicht.

Miriam Hershey erwachte davon, dass Dryden auf sie fiel. Sie drehte sich auf die Seite, befingerte ihr Gesicht und spürte, dass es stark blutete. Ihr wurde klar, dass nicht mehr viel dort saß, wo es hingehörte. Dann erblickte sie Drydens Körper, schaffte es irgendwie, ihn auf den Rücken zu drehen, und presste die Hände auf seinen Brustkorb. Während sich ihr Blut mit dem auf Ralph Drydens Oberkörper mischte, gelang es ihr, sein Handy aus der Hosentasche zu ziehen. Sie drückte die Wahlwiederholungstaste.

»Ja, Ralph ...?«, meldete sich Paul Hjelm forsch.

»Wir sind am Boden«, nuschelte Miriam Hershey mit einer Stimme, die sie selbst nicht wiedererkannte.

»Am Boden?«, rief Hjelm aus.

»Dryden in die Brust geschossen, einen Krankenwagen, schnell.«

»Scheiße!«, rief Hjelm und sprang unvermittelt auf. Sein Blick fiel auf die Uhr. Sie sprang gerade auf 21:00 Uhr um.

Manchmal, dachte er, geht alles im Leben ungewöhnlich schnell.

Dann löste er den Großalarm im Gebäude von New Scotland Yard aus.

Der dritte Brief

Von: Ariadne <ariadne@midasmail.com>
Betreff: Weitere Fortsetzung …
Datum: 25. März 01:12:28 EST
An: Phädra <phaedra873456@hotmail.com>

Meine Liebe, inzwischen sind wieder einige Tage vergangen, und der Frühling wagt sich langsam hervor. Als ich heute Morgen durch den City Hall Park zur Bank ging, habe ich deutlich gesehen, dass die Kirschbäume am Jacob-Wrey-Mould-Brunnen bereits die ersten Knospen treiben.

Tief in meinem Inneren weiß ich jedoch, dass es die Kirschbäume des City Hall Parks in jener Welt, in der ich mich befinde, nicht mehr gibt. Ich bin woanders.

Ich bin ins Labyrinth vorgedrungen, meine Phädra, tief hinein, und ich hoffe sehr, dass du den Faden immer noch in der Hand hältst. Es ist wichtiger denn je.

Die vergangene Woche in der Bank war hektisch. Jetzt ist es offiziell, dass wir uns erneut in einer Krisensituation befinden. B hat vor der Belegschaft eine kleine kryptische Rede gehalten. Es läuft bereits eine Untersuchung, um die Ursache der Krise zu finden. Das Management hat durchblicken lassen, dass irgendwelche Unregelmäßigkeiten aufgetreten sind und diverse Köpfe rollen werden. Sie haben interne Ermittlungen anberaumt. Außerdem sind einige neue Gesichter in der Bank aufgetaucht, die uns mit großem Misstrauen beobachten. Ich habe irgendwo gelesen, dass inzwischen mindestens achtzig Prozent der staatlichen Aufgaben in den USA an private Firmen delegiert wurden. Die großen Unternehmen haben kein Vertrauen mehr in die Polizei und beauftragen eigene Securityleute, die oftmals ehemalige Polizisten sind. Aber das weißt Du bestimmt besser als ich, da Du ja jeden Freitag deinen gigantischen Zeitungslesetag hast.

Ich bin mir nur nicht ganz sicher, was die eigentlich genau tun. Es muss sich um ein Ablenkungsmanöver handeln. Sie versuchen die Aufmerksamkeit von den verborgenen Konten abzulenken, die es offiziell nicht geben darf. Denn sonst würde die Bank keine staatlichen Gelder über das Federal-Reserve-System erhalten. Sie bereiten sich auf den G20-Gipfel vor, säen, um nach dem London Summit, der in den ersten Apriltagen stattfinden wird, ernten zu können. Eine Woche haben sie noch Zeit. Unglaublich viele Milliarden stehen auf dem Spiel, da will keiner ein Risiko eingehen.

Wir waren damals anders, als wir uns in Ariadne und Phädra verwandelt hatten und Schwestern im Geiste wurden. Als wir in den letzten Jahren auf dem College alles hinter uns ließen und uns auf den Weg nach Kalifornien machten. Als wir einfach, ohne zu bezahlen, in die Getty Villa hineinspaziert sind und daraufhin die Nacht im Gefängnis in Malibu verbringen mussten. Ich habe noch das Foto vor Augen, das wir damals gemacht haben. Du hast es mir geschickt, nachdem wir uns aus den Augen verloren. Dieses Foto von dem merkwürdigen Sarkophag und dem Kreis, den Du um eine der Figuren im Gewimmel gezogen hast. Ich werde es immer bei mir tragen. Ich lese gerade Deine Widmung auf der Rückseite: »Dearest Ariadne! Closest forever. Deine Phädra.«

Für immer und ewig ist eine ziemlich lange Zeit, meine geliebte Freundin. Ich hoffe zumindest, dass es noch eine lange Zeit werden wird. Denn ganz sicher ist das nicht.

In meinen dunkelsten Stunden habe ich das Gefühl, sie könnten es bemerkt haben, dass jemand die versteckten Konten entdeckt hat. Aber es gibt keine Anzeichen dafür. Dennoch muss ich noch tiefer ins Labyrinth vordringen. Und ich bin mir nicht ganz sicher, ob Minotaurus im Innersten der Gefährlichste ist.

Ja, Minotaurus, das Gespenst, das Monster. Ist es tatsächlich er? Wie hat er überhaupt überlebt? Er war ein Wunder an Belastbarkeit, was letztlich nur eine beschönigende Umschreibung für einen

Workaholic ist. War immer bereits um acht Uhr am Schreibtisch, hat immer sein luxuriöses Abendessen von einem Caterer ins Büro kommen lassen und das Gebäude nie vor neun Uhr abends verlassen. Und vor allem: Er war nie krank. Niemals. Keinen einzigen Arbeitstag im Jahr.

Dieses protzige Büro direkt neben den Räumen der Bank. Die monumentale Aussicht. Alles spricht dafür, dass er an seinem Schreibtisch saß, an dem er all seine gigantischen Geschäfte abgewickelt hat, und das erste Flugzeug sah, als es sich näherte. Er kann eigentlich nicht überlebt haben.

Mit anderen Worten, meine Liebe, wenn er sich nicht in den Twin Towers befand, muss er einen absolut triftigen Grund dafür gehabt haben.

Ich habe einen Mann kennengelernt. Ich weiß, dass es dafür im Moment wohl nicht der richtige Zeitpunkt ist. Außerdem ist er nicht gerade ein Theseus, ich kann ihn also kaum ins Labyrinth schicken. Aber diesen Weg muss ich ohnehin ganz allein gehen.

Vorgestern Abend wurde es mir in meiner Einsamkeit zu eng. Sie überwältigte mich regelrecht. Ich sah mich gezwungen rauszugehen. Ich bin den Broadway entlanggeschlendert und ließ mich einfach in Richtung Times Square treiben. Ich hatte das Bedürfnis, dort zu stehen und mich von all dem Licht, den Geräuschen, der leuchtenden Neonwerbung, dem Lärm, dem Gegröle und Geschrei berauschen zu lassen. Ich stand mitten auf dem Times Square, und dann begann ich mich zu drehen, mit weit ausgebreiteten Armen herumzuwirbeln wie eine aufziehbare Ballerina.

Ich wäre glatt umgefallen, wenn mich nicht jemand aufgefangen hätte. Anfangs war ich ziemlich genervt von ihm. Während in meinem vom Schwindel noch ganz wirren Kopf der Times Square einen bizarren Tanz vollführte, habe ich ihn wie irre beschimpft. »Lassen Sie mich in Ruhe, fassen Sie mich nicht an, Sie Schwein, nehmen Sie bloß Ihre Hände von meinem Körper, Sie Ekel.«

So in der Art. Er kippte mich auf die Füße, hielt mich an den Schultern fest und schaute mir tief in die Augen. »Zumindest keine Drogen«, befand er.

Ich weiß noch, dass ich laut aufgelacht habe. »Noch nicht einmal Alkohol«, rief ich, »aber ich könnte jetzt durchaus einen Drink vertragen.«

Erst als wir in irgendeiner heruntergekommenen Kneipe in der Nähe, wahrscheinlich war es in der West 48th Street, jeder mit einem Gin Tonic vor sich saßen, fragte er: »Was war das eigentlich für ein mystischer Tanz?«

Ich kam mir jedenfalls ziemlich einfallsreich vor, als ich antwortete: »Der Todestanz.«

Er gefiel mir eigentlich nicht besonders. Kyle ist nicht gerade der Held, der Minotaurus totschlagen könnte, eher ein schmächtiger Indiemusiker, die ich ja schon immer wie die Pest gemieden habe. Aber irgendetwas an ihm – oder vermutlich lag es an meiner Verfassung – war speziell. Er wirkte irgendwie verletzlich, widmete mir besondere Aufmerksamkeit, als wäre er der letzte Mensch, der mir nahekommen würde, mein allerletzter realer Kontakt mit der Welt, die ich dabei war zu verlassen.

Ich hatte das Bedürfnis, mich mit ihm zu unterhalten, ihm die ganze Geschichte von der Hölle, die ich an meinem Arbeitsplatz gerade durchlebe, zu erzählen. Aber das ging natürlich nicht. Wie sollte ich es ihm erzählen, ohne ihn ebenfalls in Lebensgefahr zu bringen? Wie hätte ich ihm gegenüber die Ausmaße dessen, was ich gerade durchmache, auch nur andeuten können? Stattdessen habe ich ihm eine Geschichte aufgetischt, die ihn nicht im Geringsten in Gefahr bringen kann.

Sie handelte davon, wie mein Freund im World Trade Center umgekommen ist. Plötzlich habe ich merkwürdige Mails erhalten, die nur er verfasst haben konnte. Mein Freund war eine äußerst pflichtbewusste Person, er kam immer pünktlich zur Arbeit. Die einzige Erklärung dafür, dass er an jenem Tag nicht dort gewesen sein könnte, bestand darin, dass man ihn vorgewarnt hatte. Aber wie sollte das möglich sein? Wie konnte jemand davon wissen, dass der schlimmste, weltgrößte Terroranschlag aller Zeiten genau an diesem Morgen stattfinden würde? Am Morgen des 11. September 2001. Glaubte Kyle an die Möglichkeit, dass jemand davon erfahren hatte?

Er antwortete nachdenklich. Es gibt ja massenweise Verschwörungstheorien über Nine-Eleven im Internet. Die Hauptthese ist ziemlich simpel und nicht ganz von der Hand zu weisen: Zu diesem Zeitpunkt wurde das Land von George W. Bushs christlichem Republikanerregime regiert, in dem ein Minister extremer war als der andere. Keiner von ihnen fand besonderen Gefallen an New York, der Stadt, die von Yankees, Juden und Europäern bevölkert wurde. Alle Regierungsmitglieder waren auf der Suche nach einem guten Grund, um einen Krieg mit einem Land im Nahen Osten anzufangen. Er würde sowohl der Militär- und der Waffen- als auch der Ölindustrie dienen, zu der viele der Vertreter der Bush-Regierung direkte oder indirekte Beziehungen unterhielten. Als man schließlich mitbekam, dass ein umfangreiches Terrorattentat auf New York geplant war, wurde es wie ein Geschenk des Himmels angesehen, und als vier Flugzeuge in unterschiedlichen Städten des Landes gekapert wurden und Kurs auf New York und Washington nahmen, verzichtete man bewusst darauf, Jagdflugzeuge gegen sie einzusetzen. Stattdessen sorgte man dafür, dass gewisse Schlüsselfiguren die gefährdeten Orte verließen. Die restlichen Menschen mussten als Märtyrer sterben. Es stand zu viel auf dem Spiel. So konnte man mehrere Fliegen mit einer Klappe schlagen: Man konnte den amerikanischen Zugang zum Öl absichern, die militärische Verteidigung aufrüsten, hart gegen sowohl legale als auch illegale Immigranten vorgehen, die Polizei mit erweiterten Befugnissen ausstatten und den christlichen Glauben der Nation stärken. Alles nur mittels einer kleinen Unterlassung.

»Aber ich frage mich, ob dein Boyfriend wirklich eine Schlüsselfigur war«, wandte Kyle ein und betrachtete mich, wie ich nackt in seinem Bett lag.

»Wohl kaum«, entgegnete ich. »Er war ein richtiger Langweiler.«

Kyle lächelte und sagte: »Oder ist. Immer noch.«

»Genau«, pflichtete ich ihm bei. »Stell dir vor, er kommt zurück und bedroht mich. Wohin soll ich mich dann wenden? Ich habe ja keine Beweise gegen ihn. Ich kann nicht einfach zur Polizei gehen oder mich an die Presse wenden und auch nicht an die Politiker.«

»Natürlich musst du dich an die Presse wenden«, sagte Kyle. »Wer sollte dich denn daran hindern?«

»Meinst du wirklich, sie würden mir glauben?«, fragte ich. »Würde er mich nicht einfach umbringen, um sein Geheimnis zu wahren, bevor sie ihre Recherche abgeschlossen hätten? Dann würde letztlich alles im Sande verlaufen.«

»Möglicherweise hast du recht«, meinte Kyle und streichelte meine Brüste. »Wenn du es so einschätzt, gibt es sicher nur eine Instanz, an die du dich wenden kannst.«

»Diese hier?«, fragte ich und spreizte die Beine.

»Wenn du es so sehen willst«, lachte Kyle und kam noch etwas näher. »Aber ich hatte ehrlich gesagt eher an Barack Obama gedacht.«

Verzeih mir diese schamlosen Einblicke in mein Intimleben. Aber er hat mir einen Floh ins Ohr gesetzt. Mir einen letzten Ausweg aufgezeigt. Eine allerletzte Chance, wenn es denn so weit kommen sollte.

Ich bin sehr auf einen Ausweg angewiesen. Paradoxerweise. Denn eigentlich habe ich ja vor, noch tiefer in das Labyrinth vorzudringen. Ich kann nicht einfach so weiterleben, die Augen verschließen und die Spielregeln akzeptieren. Soll immer der Stärkere gewinnen?

Ich war noch nie Feuer und Flamme für etwas. Auch jetzt bin ich es nicht. Aber ich will nicht zu Eis erstarren.

Denn wir sind dabei, zu Eis zu erstarren, meine Liebe. Wir alle. Für die Dimensionen von Verbrechen existieren keine Grenzen mehr. Die Gierigen erweitern die Grenzen stetig. Und wir merken es gewissermaßen gar nicht mehr. Der gesamte Finanzsektor, dem ich mein Leben gewidmet habe, ist marode geworden. Wir haben ein komplettes System auf dieser Gier aufgebaut. Ich will nicht mehr.

Ich will ganz einfach nicht mehr.

Also gehe ich weiter. Also werde ich mich an den glatten feuchtkalten, tropfenden Wänden des Labyrinths entlang weiter vorantasten, während das Monster da drinnen immer lauter brüllt.

Minotaurus ist kein Individuum, meine Liebe, er ist – ich weiß nicht. Ein System? Das Zentrum im Labyrinth unserer kapitalistischen Gesellschaft? Das dort in der Tiefe brüllt.

Es gibt eine Öffnung, meine Freundin. Ich habe sie gefunden. Ich werde Dich nicht mit Einzelheiten langweilen, aber ich habe jetzt einen Weg ins Innerste gefunden. Es ist ein ungesicherter Computer. Der PC eines Mannes mit sehr regelmäßigen Gewohnheiten. Manchmal verlässt er seinen Arbeitsplatz, ohne sich auszuloggen. Ich habe ihn den ganzen Tag lang in meinem Blickfeld.

Das Risiko? Ja, in Deinen Mails sprichst Du die Risiken an. Und natürlich ist es gefährlich. Aber das andere wäre weitaus schlimmer: nämlich vor dem Labyrinth zu erfrieren.

Es ist inzwischen bereits nach ein Uhr nachts. Ich schicke diese Mail an Dich und hoffe, dass Du den Faden immer noch in der Hand hältst, meine Phädra. Wie gesagt, ich brauche Dich mehr denn je.

Wenn es schiefgeht, muss ich vermutlich überstürzt das Land verlassen.

Küsschen von Deiner
Ariadne

Reise durch eine lange Nacht

London, 11. April

Paul Hjelm saß am Krankenbett und überlegte, wo er seinen idiotischen Blumenstrauß ablegen sollte. Im Bett lag ein Frauenkörper unter einem Laken. Das Einzige, was darunter hervorlugte, war ein stark bandagierter Kopf. Aus einem Spalt zwischen den dicken Mullbinden fixierte ihn ein Paar erstaunlich klarer brauner Augen.

Sie sahen ihn ziemlich ungnädig an.

»Ich habe sogar gehört, dass sie da drinnen waren«, sagte Miriam Hershey. »Es ist purer Wahnsinn, dass ich mich habe überrumpeln lassen.«

»Denk jetzt nicht mehr daran«, sagte Hjelm. »Das meiste, was wir tun, ist in gewisser Weise wahnsinnig. Nicht zuletzt die Tatsache, dass ich nicht selbst hochgegangen bin, sondern euch geschickt habe. Ich habe schließlich geahnt, dass etwas faul war.«

»Und was sagt Jutta?«, fragte Hershey.

»Sie gibt sich natürlich die Schuld. Genau wie du. Aber ihr seid beide unschuldig. Das war nicht zu erwarten gewesen.«

»Und dennoch hast du es geahnt?«

Hjelm lachte auf. Er musste plötzlich an seine Tochter Tove denken, wie sie aufgrund ihrer Magersucht fast im Sterben lag. Sie war nur noch Haut und Knochen gewesen. Absurderweise setzte ihm die Situation hier genauso zu. Dabei war Miriam Hershey eine durchtrainierte ehemalige MI5-Agentin, die mehr als jeder andere in dem gesamten Glas- und Metallpalast von

New Scotland Yard auf Situationen trainiert war, in denen sie angegriffen werden konnte.

Und dennoch hatte er dieses schlechte Gewissen, diese Schuldgefühle. Die aber vermutlich nur ein Tropfen auf den heißen Stein waren verglichen mit Jutta Beyers Ozean an Gewissensqualen.

»Du hast Dryden das Leben gerettet«, sagte er, ohne ihre Frage zu beantworten. »Ohne dich wäre er verblutet. Das ist das Einzige, was in diesem absoluten Chaos klar ist.«

»War es nicht die Rechtsmedizinerin, die ihn gerettet hat? Ich erinnere mich noch daran, wie sie aufgetaucht ist, bevor ich zu allem Übel bewusstlos wurde.«

»Wenn man bedenkt, wie stark deine Gehirnerschütterung ist, grenzt es an ein Wunder, dass du überhaupt lange genug bei Bewusstsein warst, um Ralph am Leben zu erhalten. Ganz zu schweigen von der außergewöhnlichen Tatsache, dass du jetzt bei Bewusstsein bist.«

»Ich bin eben durchtrainiert«, entgegnete Hershey. »Oder war es zumindest.«

»Bevor du zur Opcop-Gruppe gestoßen bist.«

Hershey gab ein grauenerregendes Geräusch von sich, das vermutlich ein Lachen darstellen sollte. Hjelm nutzte die Gelegenheit, um den Blumenstrauß rasch am Fußende auf dem Bettlaken abzulegen, dann erklärte er: »Als du bewusstlos wurdest, hat Dr. Hazel Mallory in der Tat die lebensrettenden Maßnahmen fortgesetzt. Man kann sagen, dass ihr euch diese Aufgabe schwesterlich geteilt habt.«

»Und du warst natürlich derjenige, der den Geistesblitz hatte, sie möglichst schnell aus dem Keller zu holen?«

Hjelm zuckte mit den Achseln und ertappte sich irritiert dabei, wie er auf die Uhr sah. Es war Samstagvormittag, kurz nach neun. Normalerweise würde im Gebäude von New Scotland Yard nun eine gewisse Wochenendruhe herrschen. Aber dem war nicht so. Hjelm war die ganze Nacht über von einem Meeting zum nächsten gehechtet, wo er mit den Fragen diverser aufgebrachter Repräsentanten konfrontiert wurde. Wie hatte das nur geschehen können? Ein Chief Inspector im Herzen des Polizeigebäudes angeschossen. In dieser stark bewachten Festung. Völlig absurd.

Einer der aufgebrachtesten und hochrangigsten Repräsentanten hatte außerdem – im Affekt – eine Anklage gegen Europol erhoben. Ein tödlicher Virus hatte sich in die britischste Instanz des Urbritischen eingeschlichen. Man hätte Europol nie ins Gebäude einziehen lassen dürfen. Stümperhafte und inkompetente Polizisten ohne jegliche operative Erfahrung hätten dafür gesorgt, dass nun der Teufel los sei. Hjelm ließ die Angriffe über sich ergehen, ohne auch nur im Entferntesten daran zu denken, sich zu verteidigen. Er wollte eigentlich nur noch weg. Da war es fünf Uhr morgens, und er war todmüde.

Ralph Dryden war noch in der Nacht operiert worden. Die Kugel steckte in seiner rechten Lunge. Er hatte viel Blut verloren, aber er würde wieder gesund werden. Dank zweier geistesgegenwärtig handelnder Frauen.

»Und dieser Chief Superintendent Anthony L. Robbins ist also verschwunden?«, fragte Hershey mühsam.

»Wenn man eine schwere Gehirnerschütterung hat, muss man sich eigentlich nicht unbedingt an alle Namensinitialen erinnern«, antwortete Hjelm. »Aber es ist so. Er hat sich nicht am Computer abgemeldet, also das Polizeigebäude wohl nicht verlassen. Aber keiner weiß, wo er ist. Sein letztes Lebenszeichen ist eine Chat-Nachricht an Beyer in Den Haag. Seitdem ist er spurlos verschwunden.«

»Und vorher hat er über Mark Payne und David Coleman recherchiert?«

»Ja. Aber davon dürftest du in deinem Zustand auch nichts wissen.«

»Glaubst du ernsthaft daran, dass ich vorhabe, hier liegen zu bleiben? Ich habe in meinem Leben schon weitaus Schlimmeres durchgemacht.«

»Davon bin ich überzeugt, Miriam, und es ist auch vollkommen in Ordnung, dass du mit Laima in Den Haag gesprochen hast. Sie war ja als Einzige nüchtern genug, um sich um Jutta zu kümmern, die einen Zusammenbruch erlitten hat. Ich weiß zwar, dass du vollständig auf schmerzlindernde Medikamente verzichtest, was in meinen Augen regelrecht dumm ist, aber in einer Stunde musst du zum Röntgen, und dann wird man sehen, wie es um deine Gesichtsknochen bestellt ist. Du tust mir doch den Gefallen, nicht wahr? Und nimm etwas Schmerzlinderndes, vielleicht etwas, das deinen Geisteszustand nicht allzu stark beeinträchtigt.«

»Hm«, murmelte Miriam Hershey.

»Ich soll um halb zehn bei einem wichtigen Meeting sein, ich muss also los. Komm zu uns, sobald du dich wieder fit fühlst. Denn wir brauchen dich.«

»Was glaubst du, ist geschehen?«, fragte Hershey leise.

»Irgendetwas ist ganz und gar nicht so, wie es sein sollte«, antwortete Hjelm. »Man hat aus dem Bericht der Rechtsmedizinerin bestimmte Teile gelöscht. Meiner Ansicht nach ist außerdem offensichtlich, dass allein schon Robbins' Recherchen über Payne und Coleman irgendeine Form von Alarm ausgelöst haben. Es wird nicht leicht werden, die Met davon zu überzeugen, dass sie ein internes Problem hat.«

»Wenn es denn so ist«, entgegnete Hershey. »Auch wenn sich einer ungewöhnlich ungeschickt anstellt, gelingt es zwei lächerlichen Verkehrspolizisten wie Payne und Coleman wohl kaum, ihn unbemerkt aus dem Gebäude zu schaffen. Die Aktion ist meiner Meinung nach von einer Professionalität, wie sie nicht bei der Met zu Hause ist.«

»Sondern eher im MI5?«

»Oder dergleichen.«

»Dennoch muss es sich um ein internes Problem handeln«, sagte Hjelm. »Wie sollten die beiden sonst in das Gebäude von New Scotland Yard eingedrungen sein?«

»Ich kann mich nur wiederholen: Diese Professionalität ist nicht typisch für die Met.«

»Ich höre, was du sagst«, erklärte Paul Hjelm und stand auf. »Aber jetzt muss ich los. Draußen vor dem Krankenhaus wartet eine Streife, die schon mächtig mit dem Gaspedal spielt.«

»Sieh nur zu, dass nicht Payne und Coleman fahren.«

Hjelm lachte auf, nahm ihre Hand und drückte sie, woraufhin sie den Druck erwiderte. Dann verließ er das Krankenbett. Er hatte zwar bereits von Agentinnen gehört, die absolut hartgesotten waren, aber die zierliche Hershey schien sie alle zu übertreffen. Je weiter er in diesen merkwürdigen Fall vordrang, desto zufriedener war er mit der Auswahl seiner Mitarbeiter.

Inklusive Jutta Beyer.

Er musste dringend ein Telefonat erledigen. Während er in den Aufzug des St.-Thomas-Hospitals stieg, wählte er eine Nummer aus dem Adressbuch seines Handys.

»Arto«, sagte er. »Wie geht es Jutta?«

»Nicht so gut«, antwortete Arto Söderstedt. »Ich stehe hier vor ihrer Wohnung und versuche sie seit fünf Minuten per Handy zu erreichen. Sie gibt sich die Schuld. Hätte sie den offiziellen Weg genommen, wäre Robbins nicht entführt, Dryden nicht angeschossen und Hershey nicht verletzt worden.«

»Das wissen wir doch gar nicht«, sagte Hjelm. »Richte ihr von mir aus, dass sie absolut richtig gehandelt hat, indem sie versucht hat, eine Abkürzung zu nehmen. Sieh zu, dass du in ihre Wohnung kommst. Sie braucht jetzt jemanden, der bei ihr ist. Sie ist eine einsame Seele.«

»Der Schlüsseldienst ist schon unterwegs«, entgegnete Söderstedt. »Und wie gestaltet sich die Krise auf deiner Seite?«

»Ich werde noch ein paar Stunden durchhalten, aber dann muss ich erst mal ein wenig schlafen. Wir werden schließlich alt, Arto.«

»Jeder spricht am besten für sich selbst, oder? Du edler Greis.«

»Du hast ja recht«, gab Hjelm zu. »Ich glaube übrigens, dass die heldenhafte Rechtsmedizinerin hier ebenfalls recht hat: Dein Zhang Sang sieht nämlich bei näherer Betrachtung nicht besonders chinesisch aus.«

»Was? Für mich sah er verdammt chinesisch aus. Außerdem hat er mir einen langen blutigen chinesischen Satz ins Ohr geflüstert.«

»Bist du dir sicher, dass es Chinesisch war? Deine Experten

sind schließlich gescheitert. Wahrscheinlich deshalb, weil sie nicht an die tibetische Sprache gedacht haben.«

»Aber …«, brachte Söderstedt hervor. »Meinst du, er war Tibeter?«

»Das ist nur ein Gedanke«, antwortete Hjelm. »Seine Haut ist nach Dr. Mallorys Aussage etwas zu dunkel, sein Haar etwas zu dick und seine Gesichtszüge etwas untypisch für einen Chinesen. Erzähl das Jutta, dann wird sie vielleicht wieder ein wenig aufblühen.«

»Mich hast du auf jeden Fall dazu gebracht aufzublühen, du verdammter Besserwisser. Gerade kommt der Schlüsseldienst. Wir hören voneinander.«

»Tot ziens«, sagte Hjelm in lupenreinem Holländisch und trat hinaus auf die Vauxhall Bridge Road. Es waren nicht viel mehr als einige Hundert Meter bis zum Gebäude von New Scotland Yard. Hershey und Dryden waren in das nächstliegende Krankenhaus eingeliefert worden. Zum Glück war alles gerade noch gut gegangen.

Mit einem Anflug von schlechtem Gewissen nahm er im Streifenwagen Platz und ließ sich die wenigen Meter fahren. Europol hatte dem armen Chief Inspector Ralph Dryden bisher wahrhaftig nicht gerade gutgetan. Und jetzt war es an der Zeit, seinen Vorgesetzten zu treffen.

Die Zusammenkunft fand in einem Teil des Polizeigebäudes statt, den Hjelm bisher noch nie zuvor betreten hatte. Auf einem Schild an einer Tür stand in der Tat Drydens Name. Hjelm warf einen raschen Blick in Drydens eigentliches Büro. Es erinnerte ihn stark an das winzige Kabuff, das an den großen, eleganten Raum angrenzte, den die drei Mitglieder der Opcop-Gruppe zugewiesen bekommen hatten. Er ging weiter und erreichte eine weitere Tür. Er klopfte an. Dann hörte er ein gemurmeltes Herein und trat in ein bedeutend größeres Büro.

Commander Andrew Crowley war ein robuster Herr in den Fünfzigern, eine Art Mischung aus einem Rocker und Old Etonian, allerdings mit dichtem weißen Haar. Sein Handschlag war fest, sein Blick noch fester und seine Stimme hart.

»Sie bringen in der Tat Unglück über unsere Polizeibehörde, Hjelm.«

»Möglicherweise bringen Sie sich auch selbst Unglück, Commander«, konterte Paul Hjelm.

Crowley wies mit einer einladenden Geste in Richtung der Ledersitzgruppe inmitten seines geräumigen Büros, und sie setzten sich.

»Tja«, begann Crowley. »Sie haben ja die panikartigen Reaktionen heute Nacht gehört. Darauf müssen wir nicht stolz sein, aber im Eifer des Gefechts reagiert man häufig sehr emotional. Mir ist kein Beispiel für einen derart schweren Übergriff in unserem Gebäude aus der Vergangenheit bekannt. Vermutlich wäre ein Treffen zwischen uns in der vergangenen Nacht ebenfalls nicht besonders angenehm für Sie gewesen. Jetzt wird es angesichts der langsam abflauenden Aufregung und der nachdenklichen Betrachtung der Ereignisse hoffentlich etwas leichter. Wie ist der aktuelle medizinische Stand bei Ralph?«

»Er ist in ein künstliches Koma versetzt worden«, antwortete Hjelm. »Es war eine ziemlich komplizierte Operation, und er benötigt Unterstützung bei der Atmung. Die rechte Lunge ist vollständig kollabiert. Aber sie meinen, dass er schon bald wieder auf die Beine kommen wird.«

»Vollkommen wiederhergestellt?«

»Nach Aussage der Ärzte ja.«

»Gott sei Dank. Und Sie halten daran fest, dass all das durch einen Mailwechsel mit einer Ihrer Mitarbeiterinnen in Den Haag verursacht wurde?«

»Ich halte an der Tatsache fest, dass vieles darauf hindeutet.«

Commander Andrew Crowley bedachte seinen Gesprächspartner mit einem speziellen, leicht goldenen Blick und sagte nach einer Weile: »Ich habe mir das Arbeitsgebiet von Tony Robbins bei der Abteilung Safer Neighbourhoods einmal etwas näher angesehen. Es ist durchaus nicht so, dass er sich dort keine Feinde gemacht haben könnte. Nicht zuletzt hat er das Unwesen diverser Gangs ernsthaft zu unterbinden versucht. Außerdem gibt es viele lokale Größen, die an seinem harten Durchgreifen Anstoß nehmen.«

»Und die ebenfalls die Möglichkeit hatten, ins Gebäude von New Scotland Yard einzudringen?«

»Lassen Sie es uns eine Arbeitshypothese nennen. Dies wird jedenfalls die offizielle Haltung der Metropolitan Police sein, falls eine Stellungnahme vonnöten sein sollte. Bislang hat die Presse noch nichts von den Vorfällen erfahren. Es wurden auch keine Informationen über den Polizeifunk verbreitet, also geht es jetzt lediglich darum, wie wir die wenigen Beteiligten davon abhalten können, etwas preiszugeben.«

»Auf unserer Seite wird es jedenfalls keine Lecks geben«, sagte Hjelm.

»Ausgezeichnet«, erwiderte Crowley, »dann verstehen wir uns also?«

»Voll und ganz«, antwortete Hjelm. »Ich stehe einer Einheit bei Europol vor, in der siebenundzwanzig Mitgliedsstaaten irgendwie miteinander auskommen müssen. Und ich habe bereits einiges über Politik gelernt, deshalb werde ich Folgendes nur ein einziges Mal sagen, und zwar inoffiziell. Okay?«

»Ich verstehe.« Crowley nickte.

»Sie wissen genauso gut wie ich, dass es sich hier um einen Insiderjob handelt, und ich habe nicht vor, Sie zu verunglimpfen, indem ich Ihnen diese Frage stelle. Deswegen formuliere ich sie so: Wird Ihre Abteilung in diesem Fall interne Ermittlungen aufnehmen?«

Crowley musterte ihn aufmerksam und antwortete dann: »Wir haben eine Arbeitsgruppe aufgestellt, die sich auf die Suche nach Robbins macht und die Schuldigen zur Verantwortung zieht.«

»Ist diese Gruppe die Abteilung für interne Ermittlungen?«

»Ich fürchte, dass ich nicht die Befugnis habe, auf diese Frage zu antworten. Aus welchem Grund interessiert es Sie?«

»Wenn Ihre offizielle Hypothese darin besteht, dass Robbins' Feinde dieses Verbrechen begangen haben, dürften unsere Ermittlungen sich gegenseitig nicht beeinträchtigen. Wenn hingegen inoffiziell interne Ermittlungen laufen, ist das Risiko, dass wir uns in die Quere kommen, weitaus größer.«

»Ich verstehe«, sagte Crowley. »Zugleich dürfen wir nicht vergessen, dass Sie hier unsere Gäste sind. Offiziell betrachtet, existiert ja gar keine operative Einheit bei Europol. Es wäre also nicht gut für Sie, wenn die Massenmedien das erfahren würden. Sie wissen ja, wie schnell so ein Leck entsteht.«

»Ebenso schnell wie bei einer Schießerei im Gebäude von New Scotland Yard«, merkte Hjelm an, »die höchstwahrscheinlich sogar von der Polizei selbst angezettelt wurde. Das dürfte sich auf den Titelseiten der *Sun* auch nicht so gut machen.«

Die beiden hochrangigen Polizeibeamten fixierten einander. Wägten die Situation ab. Sie ließen ihre Muskeln spielen und schätzten ihre Chancen und Risiken ab. Doch in keiner Sekunde während dieses langen Kräftemessens verspürte Paul Hjelm einen Hauch von Übelkeit. Das verwunderte ihn.

Schließlich nickte Crowley sachte und sagte: »Die Aufmerksamkeit der Massenmedien liegt weder in Ihrem noch in unserem Interesse. Was genau soll ich Ihrer Meinung nach also an die Herren in der Führungsetage weitergeben?«

»Eigentlich nur eine direkte Frage: Werden Sie bei der Met interne Ermittlungen wegen Mark Payne und David Coleman aufnehmen?«

»Tja, die beiden Verkehrspolizisten ... Ich werde in ein paar Stunden wieder von mir hören lassen. Ist das in Ordnung?«

»Selbstverständlich«, antwortete Hjelm und hatte plötzlich das Gefühl, seine Haare wären über diesem Gespräch weiß geworden und er hätte Crowley vom Alter her eingeholt. Als er ihm mit einem festen Händedruck die Hand schüttelte und in seine sonderbaren Augen schaute, kam es ihm so vor, als würde er seine eigene Hand zum Abschied drücken.

Der Weg durch das Polizeigebäude war lang. So hatte er genügend Zeit zum Nachdenken. Und es gab jede Menge, worüber er nachzudenken hatte. Seine Beine nahmen instinktiv den richtigen Weg, ohne dass er sein Bewusstsein einschalten musste.

Als er in den Raum mit dem Panoramafenster trat, wirkte Corine Bouhaddi vor ihrem Computer ziemlich einsam. Sie drehte sich zu ihm um und fragte: »Wie geht es ihnen?«

»Es wird schon«, antwortete Hjelm, zog seinen Stuhl näher und setzte sich direkt neben die robuste dunkelhäutige Frau. Sie betrachtete ihn ein wenig skeptisch, während er sich räusperte.

»Wir haben zwei Stunden Zeit«, sagte er.

»Ich höre«, entgegnete Bouhaddi mit klarem Blick.

»Dann erfahren wir, inwieweit wir in der Sache ermitteln dürfen oder nicht. Bis dahin gehe ich davon aus, dass wir freie Hand haben. Ist dir noch irgendetwas eingefallen?«

»Wir können uns natürlich mit Drydens Arbeitsgebieten befassen«, antwortete Bouhaddi, »aber wir kennen uns nicht gut mit dem System aus, das sie hier verwenden, daher sind unsere Voraussetzungen nicht die besten. Aber ich bin vorhin möglicherweise auf etwas gestoßen. Ich habe nämlich mit dem Chef von Mark Payne und David Coleman bei der Verkehrspolizei gesprochen. Ein ziemlich gesprächiger Herr mit einem Faible für Französinnen. Ich hatte den Eindruck, er sah während unseres Telefonats eine kleine Pariserin vor sich.«

Hjelm lächelte schwach und forderte sie mit einem Nicken auf, fortzufahren.

»David Coleman hat ein paar Monate lang nebenher für eine Sicherheitsfirma gearbeitet. Die Polizeidirektion hatte es genehmigt, und es war auch nichts besonders Ungewöhnliches. Mehrere Leute in der Abteilung haben einen Nebenjob; die Polizeigehälter sind in den vergangenen Jahren nicht gerade rasant gestiegen.«

»Und Payne?«

»Der nicht. Er ist seit dem sogenannten Unfall krankgeschrieben. Und Coleman hat gerade Urlaub, was für uns durchaus interessant sein dürfte.«

»Haben die beiden Familie?«

»Payne ja, Coleman nicht.«

»Und was wissen wir über das Sicherheitsunternehmen?«

»Nicht gerade viel. Es heißt Asterion Security Ltd., und sie rekrutieren Gerüchten zufolge vorzugsweise Polizisten. Ein paar von dieser Abteilung arbeiten ebenfalls nebenher bei ihnen.«

»Ausgezeichnet«, lobte Hjelm. »Sehr gute Arbeit, Corine. Jetzt lehnen wir uns ein wenig zurück und versuchen das gesamte Bild zu betrachten. Worum geht es hier? Wir wissen keinen Deut über Zhang Sang, außer dass er möglicherweise Tibeter war. Aber deswegen sind wir schließlich gar nicht hier. Wir sind hier, weil ein anderes, ebenso unbekanntes weibliches Opfer uns trotz qualvoller Folter eine Mitteilung hat zukommen lassen, die wir nicht deuten können. Zwischen diesen beiden Opfern besteht in keiner Weise ein Zusammenhang, oder?«

»Nein«, pflichtete Bouhaddi bei. »Wir sind in London, das ist eine der größten Städte der Welt. Hier sterben täglich Menschen, einige werden sogar ermordet. Die beiden Opfer in einem Zusammenhang sehen zu wollen könnte man gewissermaßen als Dienstvergehen bezeichnen.«

»Und dennoch fällt es schwer, die Professionalität, mit der Jane Doe gefoltert und ihre Leiche drapiert wurde, nicht mit der Professionalität, die die Täter in Robbins' Büro an den Tag gelegt haben, zu vergleichen.«

»Es muss sich ja nicht unbedingt um dieselbe Professionalität handeln.«

»Nein, und es ist auch klar, dass jede Menge Profis in London ihr Unwesen treiben. Das ist ganz richtig.«

»Andererseits wäre es nachlässig, diesen Fakt zu ignorieren«, merkte Bouhaddi an. »Demnach haben wir drei verschiedene Delikte, die alle dieselbe Zielsetzung haben: Zhang Sang wird genau in dem Augenblick überfahren, in dem er etwas Wichtiges mitzuteilen hat, möglicherweise sogar Barack Obama. Jane Doe hat ebenfalls etwas Wichtiges mitzuteilen, das offenbar so bedeutsam ist, dass sie sogar einer professionellen Folter widersteht. Und die Entführung und wahrscheinlich der Mord an Anthony Robbins sollen verhindern, dass er etwas über die Männer in Erfahrung bringt, die Zhang Sang überfahren haben. In allen drei Fällen sollen bestimmte Informationen nicht ans Tageslicht gelangen. In dieser Hinsicht haben sie definitiv eine Gemeinsamkeit.«

»Wir brauchen weitere Informationen über Asterion Security und über die Herren Payne und Coleman«, sagte Paul Hjelm. »Wo meinst du, kommt dein weiblicher Charme am besten zum Tragen?«

»Auf deiner Nase.«

»Und einmal abgesehen von derart Verpöntem wie Gewalt gegen den eigenen Chef?«

»Für den Augenblick habe ich in Bezug auf Verkehrspolizisten mein Pulver bereits verschossen. Aber ich kümmere mich gerne um das Sicherheitsunternehmen, ich hatte schon mit vielen dieser Firmen zu tun.«

»Eine Besonderheit von Marseille, wenn ich dich recht verstehe«, tippte Hjelm. »Okay, dann werde ich mich mit den anderen Verkehrspolizisten unterhalten. Aber denk daran, in zwei Stunden wird das Fenster möglicherweise geschlossen.«

»All work and no play«, erwiderte Corine Bouhaddi und nahm den Telefonhörer zur Hand.

»Und was soll ich tun?«, fragte Miriam Hershey und stolperte über die Türschwelle. Ihre braunen Augen leuchteten zwischen den Mullbindenlagen ihres Kopfverbands hervor.

Long shot

Nacka, Stockholm, 11. April

Kerstin Holm betrachtete ihre Untergebene mit skeptisch hochgezogener rechter Augenbraue. Den Blick so auf den Beifahrersitz gerichtet, steuerte sie den Polizeiwagen durch das diesige Aprilwetter in Stockholm, weshalb ihr Fahrstil ein wenig litt. Auf Höhe von Sickla schrie Sara Svenhagen panisch auf. Ein Sattelschlepper hinter ihnen hatte laut hupend ein Überholmanöver gestartet, Sara Svenhagen kauerte sich auf dem Beifahrersitz zusammen und zog den Kopf ein. Als sich der Sattelschlepper auf den Zentimeter genau auf ihrer Höhe befand, rief sie ihm zu: »Du schaffst es, du schaffst es.«

»Also«, fragte Kerstin Holm noch einmal und senkte endlich ihre Augenbraue wieder. Sie war kurz davor gewesen, eine Gesichtslähmung zu erleiden.

»Ich geb's ja zu«, antwortete Sara Svenhagen, »ich habe einen Hintergedanken.«

»Hier sind also zwei hochrangige Europol-Polizeibeamtinnen nicht gerade nach Hästhagen in Nacka unterwegs, Zitat, weil sie sich vergewissern wollen, dass der Polizeischutz eingetroffen ist?«

»Du bist eine hochrangige Polizeibeamtin. Aber ich bin lediglich eine ganz gewöhnliche Kriminalinspektorin.«

»Wer's glaubt, wird selig«, meinte Kerstin Holm und lächelte, allerdings hauptsächlich, um zu prüfen, ob ihre Gesichtsmuskulatur wieder normal funktionierte.

»Ich habe da eine Theorie«, sagte Sara, »allerdings ist sie ziemlich weit hergeholt und mir sogar ein wenig peinlich. Deshalb dachte ich, sie gewissermaßen nebenher zu überprüfen.«

»Ohne das Okay von deiner Chefin einzuholen?«

»Genau. Sie hat ihre Untergebene schließlich schon etwas zu oft in die Höhle des Löwen geschickt.«

»Klug gedacht«, sagte Kerstin Holm und nickte. »Wie geht es deinen Wunden?«

»Er hatte in der Tat bromierte Flammschutzmittel unter den Fingernägeln, die Wunden wollen nicht richtig heilen. Eigentlich müssten sie längst trocken sein, aber sieh nur, hier.«

Sara Svenhagen fuhr sich mit der Hand über die Stirn und hielt dann ihrer Chefin einen blutverschmierten Finger unter die Nase. Kerstin Holm warf einen raschen Blick darauf und kam zu dem Schluss, sich den Rest der Strecke besser auf die Straße zu konzentrieren.

»Die Kratzer waren ja auch ziemlich tief«, murmelte sie. »Du musst Geduld haben.«

»Außerdem habe ich vor, mit Johannes zu reden«, sagte Sara.

»Tu, was du geplant hast, dann versuche ich, Wictoria mit ihrer neuen Situation vertraut zu machen. Ich kann mir vorstellen, dass sie im Moment ziemlich verwirrt ist.«

Während der restlichen Fahrt nach Hästhagen herrschte Stille im Wagen. Sie parkten vor dem Haus. Noch bevor Kerstin auf die Klingel an der Haustür drücken konnte, öffnete ein kräftig gebauter Sicherheitspolizist in Zivil.

»Ich sehe Sie schon seit einer halben Minute, Frau Kommissarin«, sagte er.

»Gut«, entgegnete Kerstin Holm. »Die Kameras funktionieren also?«

»In der Tat«, antwortete der Polizist.

»Ausgezeichnet«, lobte Holm. »Und wie geht es ihnen?«

»Das kann ich nicht beurteilen.«

In dem Moment kam Wictoria Stiernmarck aus dem Wohnzimmer. Es war das erste Mal, dass sie die Hausherrin in anderer Kleidung als dem Sportdress sahen. Sie wirkte elegant. Ihre Alltagskleidung war so ausgesucht, dass sie Sara für einen festlichen Anlass genügt hätte. Die Polizistinnen begrüßten Wictoria Stiernmarck. Sie wirkte gefasst, aber erstaunt, als verharre sie in einem Zustand dauerhafter Verwunderung.

»Ich kapiere immer noch nicht ganz, was hier los ist«, sagte sie.

»Ich werde versuchen, es Ihnen so gut wie möglich zu erklären«, entgegnete Kerstin Holm und geleitete sie zurück ins Wohnzimmer.

Sara Svenhagen warf einen raschen Blick auf den muskulösen Polizisten, der inzwischen zu seiner Überwachungsposition an einem großen zentralen Computer zurückgekehrt war, den man im geräumigen Flur aufgestellt hatte. Sie schlenderte weiter den Korridor entlang in Richtung Küche. Dann klopfte sie an Johannes' Tür.

Kein Laut war von drinnen zu hören. Also drückte Sara sacht den Türgriff herunter und schaute in das Zimmer.

Auf dem Fußboden lag eine E-Gitarre, deren Saiten zerschnitten waren. Konsequent in winzige Stücke. Ansonsten herrschte das gewöhnliche Chaos im Zimmer des Teenagers, aber Johannes Stiernmarck war nicht da. Sara setzte sich auf seinen Schreibtischstuhl und wartete. Die Zeit verging, doch der Junge tauchte nicht auf. Dann bewegte sie kurz die Maus über das Mousepad und sah, dass der Computer eingeschaltet war.

Mit ein paar raschen Mausklicks durchsuchte sie seine Festplatte, bis sie zu einem Ordner gelangte, in dem Filmdateien abgelegt waren. Es waren viele. Und an der Art, wie Johannes die Dateien benannt hatte, war ziemlich leicht auszumachen, welche mit seiner eigenen Webcam aufgenommen worden waren. Außerdem waren sie datiert, und Sara hatte keine Probleme damit, eine Datei mit der Aufschrift »Februar« zu finden. Mit einer sie selbst verblüffenden Geschwindigkeit steckte sie einen USB-Stick in den Computer und startete den Kopiervorgang. Doch da war es vorbei mit der Geschwindigkeit, denn die Datei war überraschend groß, und der kleine Streifen auf dem Bildschirm, der sich langsam blau färbte, wurde nur allzu langsam größer. Zumal nun Schritte draußen auf dem Korridor zu hören waren, die immer lauter wurden. Sara sah sich gezwungen, einen schnellen Entschluss zu fassen. Sie schaltete den Bildschirm aus, damit er schwarz wurde, ließ aber den USB-Stick im Computer stecken. Dann stand sie auf und blieb mit dem Blick aus dem Fenster stehen.

Johannes kam herein. Er starrte sie erstaunt an. Sara drehte sich zu ihm um und sagte freundlich: »Entschuldige, dass ich hier einfach so hereingeplatzt bin. Ich habe nach dir gesucht.«

»Ich war oben und hab mir einen Film angeschaut«, entgegnete er verwirrt. »Mein Gott, wie Sie aussehen.«

»Im Zimmer deiner Eltern?«

»Ja. Aber ...«

»Aber weshalb ich hier bin? Wir wollten nur nachsehen, ob ihr euch bereits an die Polizisten im Haus gewöhnt habt. Ob ihr damit zurechtkommt.«

»Fuck, das ist ein verdammter Aufmarsch hier«, motzte Johannes.

»Aber das ist noch nicht das Schlimmste, oder?«, fragte Sara und deutete auf die zerschnittenen Saiten der E-Gitarre.

Johannes setzte eine trotzige Miene auf und hockte sich auf sein Bett. »Ich kann ja sowieso nicht spielen«, sagte er. »Who am I fucking kidding? Es ist das Beste, wenn ich mich an diesen fucking Guitar Hero halte. Ich bin nämlich 'n ziemlicher Amateur.«

»Und hast du was von deinem Vater gehört?«

Johannes sah sie mit einem scheuen Blick an, der von einem anderen Planeten zu kommen schien. Darauf war sie nicht gefasst, es setzte ihr ziemlich zu.

»Nein, nichts«, antwortete er, nachdem er Sara eine Weile hatte leiden lassen. »Hier sagt keiner irgendwas. Aber man kapiert ja doch, worum es geht.«

»Es ist keineswegs so, wie du glaubst, Johannes«, meinte Sara.

»Ich habe gesehen, wie Sie sich mit ihm geprügelt haben«, erwiderte Johannes wütend. »Ich habe gesehen, wie die verdammten Fingernägel meines Vaters Ihnen diese Saw-Visage verpasst haben.«

»Saw-Visage?«

»›Saw‹«, wiederholte Johannes resigniert. »Der Horrorfilm. Ihr habt in seinem Arbeitszimmer schließlich ein ziemliches Blutbad angerichtet. Und dann ist er verschwunden. Danach tauchten dann diese dämlichen Computerzombies auf, ohne irgendwelche Erklärungen abzugeben. Versuchen Sie erst gar nicht, mir vorzulügen, dass er unschuldig ist.«

»Es hat jedenfalls nichts mit dem zu tun, an was du denkst.«

»Nee, nee. Whatever.«

Sara setzte sich auf den Schreibtischstuhl und warf einen raschen Blick auf den USB-Stick. Sie saß in der Klemme. Würde sie das kleine Ding mit der Filmdatei einfach herausziehen, und der Kopiervorgang wäre noch nicht abgeschlossen, dann würde der Computer wahrscheinlich aus Protest ein Signal von sich geben. Andererseits konnte sie den Stick auch schlecht hierlassen. Aber sie konnte auch nicht ewig in Johannes' Zimmer herumstehen.

»Ich weiß jedenfalls, was ich denke«, sagte der Junge.

»Stell jetzt bloß nicht irgendwelche merkwürdigen Theorien auf«, entgegnete Sara. »Es stimmt, dass dein Vater verhaftet wurde, aber es geht um Wirtschaftskriminalität. Am besten erklärt er dir das selbst, wenn wir genau wissen, wie die nächsten Schritte aussehen.«

»Ich weiß, dass Sie so etwas in der Art sagen müssen«, brummte Johannes.

In dem Moment klopfte es an der Tür, und Kerstin Holm warf einen Blick herein. Sie nickte Johannes kurz zu und hielt Sara einen kleinen Kontrollbildschirm hin. Darauf blinkte ein Punkt.

Sara sah ihre Chance gekommen. Sie stand auf und stieß dabei mit dem Oberschenkel gegen den Schreibtisch. In derselben Bewegung zog sie den USB-Stick aus der Buchse und ließ ihn in ihre Jackentasche gleiten. Der Computer gab kein Signal von sich.

»Ich muss jetzt los, Johannes«, sagte sie. »Du hast meine Nummer, für den Fall, dass irgendetwas ist.«

»Und was zum Teufel sollte das sein?«, fragte Johannes mürrisch.

Sara betrachtete ihn eine Weile. Sie hatte keine Antwort parat. Ihr fiel jedenfalls keine ein. Sie verließen sein Zimmer und gingen den Korridor hinunter.

»Wang Yunli ist unterwegs«, flüsterte Kerstin.

Sara nickte lediglich. Sie nickte Wictoria Stiernmarck zu, die auf der Schwelle zum Wohnzimmer stand und an ihren Fingernägeln kaute, und dem stummen Sicherheitspolizisten, der inzwischen Gesellschaft von einer weiteren imposanten Erscheinung bekommen hatte. Er sah aus wie sein Zwilling. Keinen der Anwesenden kümmerte es, dass das weibliche Polizistenduo die Villa verließ.

»Und wie weit ist sie schon gekommen?«, fragte Sara, während das Auto aus Hästhagen herausfuhr.

»Nicht weit genug, um das Land zu verlassen«, antwortete Kerstin. »Aber sie ist aus Västerhaninge weggefahren und befindet sich gerade auf dem Weg in die Innenstadt.«

»Kann man irgendein Muster dahinter erkennen?«, fragte Sara und begann in den Tiefen ihrer überdimensionalen Handtasche zu wühlen.

»Dafür ist es noch zu früh«, antwortete Kerstin und warf einen Blick auf den kleinen Bildschirm, der zwischen ihnen lag und hin- und herhüpfte.

Sara Svenhagen zog schließlich ihren Laptop aus der Tasche und startete ihn.

»Frag nicht«, kam sie Kerstin zuvor. »Wie lief es mit Wictoria?«

»Sie ist unglaublich verwirrt«, antwortete Kerstin Holm. »Aber wir können ihr ja im Augenblick auch nicht gerade viel erklären. Allerdings hat sie ehrlich gesagt mehr Fragen über ihre finanzielle Situation als zu ihrem Mann gestellt. Und wie lief es mit dem Sohn?«

Sara Svenhagen schüttelte den Kopf, ohne den Blick von dem hochfahrenden Laptop zu nehmen.

»Überhaupt nicht gut«, antwortete sie. »Johannes hat gesehen, wie sein Vater eine Polizistin misshandelte, und ist überzeugt davon, dass er wegen Kinderpornografie in Untersuchungshaft sitzt. Man kann sich gar nicht vorstellen, was im Augenblick in seinem Kopf vor sich gehen muss. Im schlimmsten Fall – oder zugleich im besten – hat er noch mehr gesehen ...«

Sie steckte den USB-Stick in die Buchse des Laptops und kaute intensiv auf einem Fingernagel, während das Gerät die Datei lud. Sie drehte den Bildschirm bewusst von Kerstin Holm weg, die, nachdem sie erneut von einem Autofahrer lautstark angehupt worden war, diese Geste als fürsorglichen Wink nahm. Doch als sie sah, wie Sara plötzlich blass wurde, reckte sie den Hals, konnte aber nichts sehen.

»Jetzt frage ich aber doch«, sagte Kerstin Holm schließlich.

»Dann halt aber zuerst an«, bat Sara mit einer merkwürdig kraftlosen Stimme.

Kerstin begriff, dass Sara es ernst meinte. Sie drehte eine Extrarunde im Kreisverkehr, bog in eine Querstraße, die zu Fredells Baumarkt hinaufführte, und ließ den Wagen an den Straßenrand rollen. Sara drehte den Laptop herum, sodass Kerstin auf den Bildschirm sehen konnte.

Dort lief eine Filmsequenz. Und rechts unten wurden Aufnahmedatum und -zeit angezeigt: Mittwoch, 11. Februar, 12:52 Uhr. Was der Film genau zeigte, wurde Kerstin Holm nur allmählich klar. Zwei Männer mit relativ dunklem Teint stießen einen bedeutend größeren, blonden sonnengebräunten Mann gegen einen Türpfosten. Schließlich fiel der Groschen.

»Verdammt«, brachte sie hervor.

»Ganz genau«, pflichtete ihr Sara Svenhagen bei. »Long shot ist nur der Vorname. Ich habe den Eindruck, dass Johannes weitaus mehr gesehen hat, als er hätte sehen dürfen. Ganz zu schweigen von dem, was er gefilmt hat.«

»Das sind also ...?«

»Höchstwahrscheinlich ja. Zwei ziemlich hohe Tiere aus der geheimsten italienischen Mafiaorganisation. Der 'Ndrangheta.«

Der Mentor

Den Haag, 11. April

Das Handy klingelte, während er auf ihrer Bettkante saß und ein erstes Lebenszeichen wahrnahm. Als er sah, dass sich die Telefonnummer auf dem Display hauptsächlich aus Fünfen zusammensetzte, spürte er den Wind. Der Wind des Verrats aus Glencoe war wie eine dauerhafte Bedrohung und fuhr regelrecht durch ihn hindurch. Er fühlte sich absolut schutzlos.

Arto Söderstedt hatte den Eindruck, unmittelbar vor einer existenziellen Wahl zu stehen. Vor dem inneren Auge dieses routinierten, geradezu abgeklärten Mannes zeichneten sich plötzlich zwei vollkommen unterschiedliche Wege für seine Zukunft ab.

Als er vor nicht allzu langer Zeit noch am Katheder vor einer Gruppe junger Leute gestanden hatte, die sich aus unerklärlichen Gründen dafür entschieden hatten, Polizisten zu werden, hatte er geglaubt, sich bereits auf der letzten Wegstrecke in Richtung Rente zu befinden. Er war als Dozent an der Polizeihochschule erstaunlich beliebt, und die Zukunft lag glasklar vor ihm. Kein einziges Mal während des gesamten ersten Jahres hatte er den aktiven Dienst vermisst. Natürlich vermisste er viele seiner Kollegen, aber die jungen Leute mit ihren entweder überzogen idealistischen oder vor Adrenalin strotzenden Beweggründen boten ihm genügend Ausgleich. Das Gefühl der Befriedigung, das er empfand, wenn es ihm gelang, diese ungewöhnlich hochgeschraubten Selbstdarstellungen zu durchdringen und dahinter den nackten Menschen zu begegnen, war für ihn fast zu einer

Droge geworden. Die Arbeit als Lehrer hatte das exzentrischste Mitglied der A-Gruppe zum Psychologen gemacht. Doch dann hatte das Telefon geklingelt, ein alter Krieger mit Namen Hjelm hatte seine Verführungskünste spielen lassen, und Söderstedt war ihm gefolgt. Und er hatte seinen Entschluss kein einziges Mal bereut.

Die Polizeiarbeit war einfach eine noch stärkere Droge, und es gab nur wenige Polizisten, die so zielgerichtet handelten wie Arto Söderstedt. Sein Blick blieb immer aufs Ziel gerichtet, auch wenn es sich als Fata Morgana erweisen sollte.

Doch in diesem Moment irritierte ihn etwas.

Er schaute auf das Display seines Handys, betrachtete all die Fünfen – und klickte den Anruf weg.

Dann wandte er sich wieder Jutta Beyer zu, die mit dem Gesicht im Kissen auf dem Bett lag und gerade erstmals ein Lebenszeichen von sich gab, seit der Schlüsseldienst ihre Wohnungstür aufgebrochen hatte. Dass es eher durch das Klingeln seines Handys als durch sein behutsames Streicheln über ihr Haar ausgelöst wurde, schmälerte seine aufopfernde Leistung ein wenig.

»Hast du etwa aufgelegt?«, fragte sie mit rot geweinten Augen.

»Es war nur ein Arbeitsgespräch«, antwortete er und spürte in der Tiefe seiner Seele, wie ähnlich sie einander doch waren. Dieses bescheidene Geschöpf diffusen ostdeutschen Ursprungs war in gewisser Weise mehr sein Kind als die businessverliebte Mikaela, die surfende Tagträumerin Linda, der Handballwikinger Peter, der Mathematiker Stefan und vielleicht sogar die zwanghaft aufrührerische kleine Lina. Doch das würde er nie im Leben zugeben, nicht einmal vor sich selbst.

»Nur ein Arbeitsgespräch?«, rief Jutta Beyer aus. »War das nicht Mr More von den Caymaninseln?«

»Er heißt nicht Mr More«, antwortete Arto Söderstedt.

»Ich habe ihn getötet«, schluchzte sie.

»Er erfreut sich bester Gesundheit«, erwiderte er. »Er heißt nur nicht Mr More.«

»Ich habe Tony getötet«, heulte sie los und warf sich erneut auf das Kissen. Er strich ihr leicht übers Haar und sagte: »Du weißt, dass das nicht stimmt, Jutta. In diesem Fall überschätzt du deine Bedeutung. Chief Superintendent Anthony L. Robbins ist ein erwachsener Mensch, er weiß, dass Polizeiarbeit nie ungefährlich ist.«

»Wusste«, schniefte Jutta Beyer. »Möglicherweise wusste er das. Aber das macht mich schließlich nicht weniger zur Mörderin.«

»Wenn irgendwer Tony ermordet hat, dann war ich es, Jutta«, sagte Arto Söderstedt und warf endlich das Handy auf den Nachttisch, das schon in seiner Hand festklebte.

Jutta Beyer hob aus eigenem Antrieb den Kopf vom Kissen und schaute ihn verwundert an.

»Du?«, fragte sie.

»Ich war schließlich derjenige, der darauf bestanden hat, die Spur eines überfahrenen Chinesen zu verfolgen«, antwortete Söderstedt. »Wenn ich mich nicht so daran festgebissen hätte, wäre Robbins überhaupt nichts passiert. Aber ich habe deswegen kein schlechtes Gewissen. Nun ist es umso wichtiger, Zhang Sangs Mörder zu finden. Außerdem ist er nicht einmal Chinese.«

»Kein Chinese?«, fragte Beyer und setzte sich auf. Sie schlang ihre Arme um die Knie, lehnte sich gegen die Wand und starrte den blassen hellhäutigen Mann an.

»Sieh ihn dir doch an«, sagte Söderstedt, nahm das Handy wieder hoch und klickte ein Foto an. »Seine Haut ist etwas zu dunkel, das Haar etwas zu dick, die Gesichtszüge etwas untypisch für einen Chinesen. Vermutlich ist er Tibeter.«

»Und was bedeutet dann ›jiang‹?«

»Ich gehe jede Wette ein, dass das tibetische Wort für Fluss irgendwo in diesem Satz steckt. Sowie eine Reihe anderer tibetischer Wörter. Sein letztes Wort war jedoch chinesisch. Vielleicht hat er gedacht, ich würde Chinesisch möglicherweise besser verstehen. Hast du Lust, dich mit der Sache zu beschäftigen?«

»Ich weiß nicht, ob ich es schaffe, heute ins Büro zu gehen«, antwortete Beyer.

»Wir können ja auch von hier aus recherchieren.«

»Ich weiß nicht ...«

In dem Moment klingelte das Handy, sodass Zhang Sangs Gesicht durch das Vibrieren des Geräts für einen Moment zum Leben zu erwachen schien, bevor das Bild von einer Ziffernfolge abgelöst wurde. Söderstedt betrachtete das Display. Diesmal war es keine Nummer mit mehreren Fünfen. Er hielt Jutta den laut klingelnden kleinen Apparat hin. Sie warf einen Blick darauf, nickte widerwillig und murmelte trotzig: »Tebaldi ...«

Söderstedt legte das Handy auf das Bett, drückte auf die Lautsprechertaste und meldete sich: »Ja, Fabio?«

»Jetzt kommt zum Teufel noch mal endlich Leben in die Bude«, rief Fabio Tebaldi. »Komm sofort her, Besprechung. Wir haben sie. Sieh zu, dass du die Prinzessin auf der Erbse auch mitbringst. Du hast ja ein Händchen für sie, du Gauner.«

»Sprichst du etwa von mir?«, fragte Jutta Beyer gedehnt.

»Hab ich doch gesagt«, wieherte Tebaldi ohne eine Spur von Irritation. »Seht zu, dass ihr euch aus dem Bett schält, ihr Turteltäubchen, wir haben nämlich Fotos. Ich habe zum ersten Mal eine Filmsequenz mit dem Mann zu sehen bekommen, der mich mit dem Tod bedroht. Was wären wir nur ohne die Frauen, vor allem die schwedischen.«

»Ja, du schwärmst ja immer so von uns Schweden«, entgegnete Söderstedt.

»Jetzt bummelt nicht herum und macht euch auf die Socken.«

Damit war das Gespräch beendet. Söderstedt warf Jutta Beyer einen Blick zu, besser gesagt der Wand, an der sie vor ein paar Sekunden noch gelehnt hatte. Er hörte sie von der Toilette her rufen: »Gib mir nur eine Minute.«

»Damit hat sich die existenzielle Wahl wohl erledigt«, murmelte Söderstedt, lächelte und stand auf.

Sie nahmen ein Taxi und kamen nur eine Viertelstunde nach dem Telefonat mit Tebaldi im Versammlungsraum des Europol-Gebäudes an. Angelos Sifakis stieg auf das Podium, schaltete den Computer an und ließ auf einem der in die Wand eingelassenen Bildschirme hinter seinem Rücken eine Filmsequenz laufen. Sie dauerte nicht länger als zwanzig Sekunden und war ohne Ton, aber sie wiederholte sich in einer Art Endlosschleife.

»Hier haben wir also Carl-Henric Stiernmarck, wie er von der Mafia bedroht wird. Sie verpassen ihm außerdem Prügel. Der Film wurde mit einer Webcam von seinem Sohn Johannes aufgenommen, der am 11. Februar die Schule geschwänzt hat. Den Gewalttätigeren von beiden, den rechten, hat Fabio Tebaldi als Il Ricurvo, den Krummen, identifiziert, ein ebenso berüchtigter wie anonymer Auftragsmörder.«

»Der wiederum die rechte Hand des noch geheimnisvolleren Il Sorridente, des Lächelnden, ist«, warf Tebaldi ein. »Im Unterschied zu Ricurvo, von dem es zwei Bilder gibt, ist es bisher noch keinem gelungen, den Sorridente zu fotografieren, der junge Signor Stiernmarck hat also mit seiner Webcam etwas Einzigartiges zustande gebracht. Dabei ist allgemein bekannt, dass Il Ricurvo sich nie weiter als ein paar Meter vom Sorridente entfernt, er ist sein Leibwächter. Il Sorridente wiederum steht, soweit wir wissen, knapp unterhalb der Spitze, möglicherweise ist er aber in der letzten Zeit etwas ins Abseits gedrängt worden. Doch er wird nach wie vor zu den höchsten Tieren gezählt, die wir in der 'Ndrangheta kennen. Denn wir sprechen hier von der 'Ndrangheta, meine Freunde. Das ist der Mann, der das Todesurteil gegen mich ausgesprochen hat.«

»Was das Ganze ein wenig verkompliziert«, bemerkte Sifakis, während er den Film anhielt und das Gesicht des linken Mannes heranzoomte. Um seine Mundwinkel herum spielte ganz richtig ein schwaches Lächeln, während sein unbestreitbar gebeugter Untergebener Stiernmarck gegen den Türpfosten stieß. Allerdings wirkte sein Lächeln nicht gerade echt, sondern eher wie eine einseitige Gesichtslähmung.

»Inwiefern verkompliziert?«, brüllte Tebaldi aufgebracht los.

»Wir tauschen jetzt einen Boss gegen den anderen aus«, meinte Sifakis und klickte mit der Maus, woraufhin sich Paul Hjelms Gesicht in Riesenformat durch die Züge des Sorridente hindurch auf den Bildschirm schob.

»Ich sehe euch«, sagte das riesige Gesicht schicksalsträchtig.

»Ja, ja«, schnaubte Tebaldi. »Inwiefern verkompliziert?«

»Gerade weil du von ihm zum Tode verurteilt worden bist«, antwortete Paul Hjelm. Er hatte einen Geräuschpegel hinter sich, als wollte ganz London mit in die Übertragung. »Es wird schwer zu rechtfertigen sein, wenn wir dich schicken.«

»Und wen wollt ihr sonst schicken? Die Prinzessin auf der Erbse?«

»Du bist Tag und Nacht von Leibwächtern umgeben. Sie folgen dir wie das suspekte Gehilfenduo in Kafkas *Schloss*. Willst du sie etwa mitnehmen?«

»Du musst mich fahren lassen!«, schrie Tebaldi. »Das ist schließlich all die Jahre mein Ziel in diesem verkorksten Leben gewesen. Wir sind dem Sorridente noch nie so nahe gekommen. Er hat schließlich meinen Bruder ermordet!«

»Wir werden auf die Frage zurückkommen, wenn wir genauer wissen, wo sich der sogenannte Ottavio Mascaro aufhält. Donatella aus Rom hat sich nicht zufällig wieder gemeldet?«

»Sie hat nur eine Mail geschickt, dass es sich komplizierter gestaltet, als man gedacht hätte«, antwortete Angelos Sifakis.

»Und Riga?«

»Kein Mucks. Sie schlagen sich wahrscheinlich mit dem herum, was man Politik nennt.«

»Don't mention the war«, sagte Paul Hjelm. »Ich habe hier in wenigen Minuten eine Zusammenkunft mit der Polizeidirektion. Es ist möglich, dass uns danach völlig die Hände gebunden sind. Aber vielleicht schaffen wir es ja vorher noch, rasch die entschlüsselten Mails durchzugehen. Was meint ihr?«

»Dein alter Freund hat uns etwas überrascht, indem er an einem Samstagmorgen tatsächlich aufgestanden und zur Arbeit gekommen ist«, sagte Sifakis. »Chavez?«

»Trappistenbier ist weiß Gott kein Vergnügen«, bemerkte Jorge Chavez finster. »Paul, du musst entschuldigen, wenn wir für einen Augenblick dein allmächtiges Gesicht wegklicken und stattdessen einen Blick auf die entschlüsselten Mails werfen. Die erste ist also vom September vorigen Jahres.«

Er gab das Wort an Sifakis zurück, der mit einer routinierten

Handbewegung auf der Tastatur das Bild austauschte, sodass anstelle von Hjelm jetzt eine E-Mail im Riesenformat auf dem Bildschirm erschien. Chavez fuhr fort: »Es geht allerdings nicht unbedingt um den ersten Kontakt, eher um den dritten oder spätere. Die beiden ersten Mails hat Stiernmarck unwiderruflich löschen können. Das hier ist also ein paar Wochen, bevor der unbekannte Finanzier auf der Bildfläche erscheint und *Endymion* mittels eines Kontos auf den Caymaninseln vor der Insolvenz rettet, geschrieben worden. Ach übrigens, immer noch kein Kontakt mit Mr More, Arto?«

Söderstedt wand sich ein wenig und antwortete: »Nein, noch nicht.«

»Okay«, sagte Chavez. »Der Inhalt der verschlüsselten Mail bedeutet: ›Danke für die preisgünstige und unkomplizierte Lösung meines Giftproblems. Allerdings ist das nicht genug. Das Unternehmen steht kurz vor dem Untergang.‹ Was meint ihr? Kann man das so deuten?«

»›Ihre Lösung für das akute Dilemma der Firma ist in der Tat zufriedenstellend, gleichwohl besteht leider eine umfangreiche Liquiditätskrise‹«, las Sifakis vor. »Und dann die Fortsetzung: ›Während früherer Kontakte ist bereits die Möglichkeit angeklungen, auch dafür eine Lösung zu finden. Können wir die Zusammenarbeit vielleicht erweitern?‹ Mit dieser Formulierung begeht Carl-Henric Stiernmarck den größten Fehler seines Lebens. Er lädt sie geradezu ein. Woraufhin sie ihn mit Haut und Haaren verschlucken. Was dann auch im nächsten Brief angedeutet wird.«

Er tauschte das Bild aus. Das nächste Buchstabengewirr erschien.

»November«, sagte Chavez. »Die Gelder von den Caymaninseln sind bereits transferiert worden. Die Verklappung des Gifts geht vonstatten. Die Mafia hält inzwischen dreiundfünfzig Prozent an *Endymion*. In dieser Mail werden zwei interessante Dinge erwähnt. Zum einen der leise Vorwurf, dass die Haupteigner sich Stiernmarck nicht zeigten und ihm nicht mitteilten, was sie mit dem Unternehmen vorhätten – es ist, als verstünde er nicht, dass er es mit der Mafia zu tun hat. Und zum anderen wird ein Schiff erwähnt. Angelos?«

Sifakis war informiert. Er sagte: »Die genaue Formulierung lautet: ›Vermute, dass es sich um eine der letzten Stationen der langen Reise des Schiffes handelt.‹ Es geht darum, wo genau das Gift aus der *Endymion*-Fabrik außerhalb von Nynäshamn deponiert werden soll. Nämlich auf einem bestimmten Kai vor dem Fabrikgebäude.«

»Was darauf hindeutet«, warf Laima Balodis ein, »dass es sich um ein großes Frachtschiff, beladen mit Giftmüll aus ganz Europa, handelt, der im Baltikum verklappt werden soll. Big surprise.«

»Das lässt die Verbindung Italien – Schweden – Lettland etwas logischer erscheinen«, warf Felipe Navarro ein. »Es ist nämlich nicht so, dass die Mafia das Gift von *Endymion* exklusiv entsorgt. Es handelt sich dabei lediglich um eine von vielen Stationen auf dem Weg, vermutlich zwischen einem süditalienischen Hafen und der lettischen Küste. Wir müssen dieses Schiff finden. Sie sammeln wahrscheinlich entlang der gesamten Küstenlinie Westeuropas Giftmüll ein.«

»Man stelle sich nur vor, dass das Ganze in irgendeiner Weise von der Regierung Lettlands gebilligt wird«, sagte Laima Balodis. »Ich kann es mir allerdings nur verdammt schwer vorstellen. Das können wir unseren Stränden doch nicht antun. Wie groß unsere finanziellen Probleme auch immer sein mögen.«

»Arme Ostsee«, merkte Arto Söderstedt an. »Arme Erde.«

Jutta Beyer warf ihm einen raschen verwunderten Blick zu und fragte: »Könnten Nynäshamn und die exakte Platzierung der Giftmülltonnen auf dem Kai ein Hinweis für uns sein? Könnte man nicht herausfinden, welche Frachtschiffe dort oben geankert haben – auch wenn wir nicht das genaue Datum der Abholung kennen?«

»Ich glaube nicht, dass sich dieses Schiff in irgendwelchen Häfen registrieren lässt«, wandte Lavinia Potorac ein. »Es fährt kreuz und quer über die Meere, ohne gesehen zu werden. Wie ein von der Pest heimgesuchtes Spukschiff.«

»Der Fliegende Holländer«, meinte Chavez, »allerdings mit Giftladung.«

»Und dann haben wir da noch die Mail vom Februar«, sagte Angelos Sifakis und klickte dieselbe an. »Die ebenfalls in Kopie in das Regierungsviertel von Lettland geschickt wurde. Sie wurde drei Tage, bevor Stiernmarck zu Hause Besuch von den beiden schlagkräftigen Herren bekam, abgeschickt.«

»Und darf wohl als direkter Grund für den Hausbesuch angesehen werden«, warf Chavez ein. »Stiernmarck beklagt sich unerwartet heftig über den Mangel an Direktiven. Man kann nicht behaupten, dass er ihnen droht, aber er deutet an, dass, wenn sich die plötzliche Preiserhöhung wiederholen sollte, er womöglich gezwungen sein werde, sich laustark zu beklagen. Schade, dass die Filmsequenz aus Nacka ohne Ton ist.«

»Warum allerdings ausgerechnet diese Mail in Kopie nach Riga geschickt wurde, ist schwer zu sagen«, meinte Sifakis. »Dann haben wir noch die Mail, die in den vergangenen Tagen vom Kulturzentrum in Stockholm aus abgeschickt wurde, deren Antwort Stiernmarck laut seiner Vernehmung eine Angst eingeflößt hat, wie er sie noch nie zuvor erlebt hatte. Er schreibt: ›Ich bin in Bedrängnis. Die Blauen sind mir auf den Fersen. Ich weiß nicht genau, was sie wissen. Was soll ich nur tun? Lassen Sie mich direkt mit dem Lilanen reden.‹ Er erhielt also eine Antwort, die ihn zu Tode erschreckt hat, die aber nicht mehr erhalten ist. Einer späteren Vernehmung zufolge wurde ihm darin erläutert, was mit seiner gesamten Verwandtschaft und seinen Freunden geschehen würde, falls er aussagen sollte. In allen Einzelheiten und mit der Erwähnung von Namen.«

»›Die Blauen‹ sind natürlich wir«, erklärte Chavez. »›Der Lilane‹ kann ähnlich wie ›die Blauen‹ ein Codename sein. Aber es kann sich ebenfalls um eine Parallele zu ›dem Krummen‹ und ›dem Lächelnden‹ handeln. Wie zum Beispiel Il Porpore. Aber Fabio meinte, er hätte noch nie etwas von einem Il Porpore gehört.«

»Er kann alle möglichen Namen haben«, sagte Fabio Tebaldi mürrisch. »Das englische ›purple‹ entspricht ungefähr ›amaranto‹, ›violetto‹ oder ›porpora‹. Ich kennen keinen mit so einem

Namen, und ich weiß auch nicht, ob sie irgendeine Bedeutung haben.«

»Und was sagt Stiernmarck über diesen ›Lilanen‹?«, fragte Lavinia Potorac. »Hat deine Frau ihn danach gefragt, Jorge?«

»Noch nicht«, entgegnete Chavez kühl. »Das wird der nächste Schritt sein.«

»Und dann haben wir schließlich noch die E-Mail-Kommunikation zwischen Potenza und Riga«, merkte Sifakis an und tauschte erneut das Bild aus. »Die uns rein physisch gesehen auf gewisse Spuren gesetzt hat. Sie ist im Prinzip ganz simpel. Sie besteht aus zwei kurzen Mails, geschrieben im Abstand von fünf Minuten von ›Ottavio Mascaro‹ in den Bergen der Basilikata an ›Kaspars Helmanis‹ im Regierungsviertel in Riga. Sie haben eigentlich nichts weiter mit Stiernmarck zu tun, sondern handeln von Treffpunkten und Uhrzeiten. Die erste lautet kurz und bündig: ›Mögliche Verspätung in X. Nicht mehr als einen Tag. Näheres per Handy.‹ Und die andere: ›Es können aufgrund erhöhter Belastung zwei Tage werden. Warten Sie meinen Anruf ab. Rufen Sie nicht selbst an.‹ Irgendwelche Kommentare?«

»Es besteht kein Zweifel daran, wer dort das Ruder in der Hand hält, oder?«, meinte Potorac.

»Interessant, dass sie Handykontakt haben«, sagte Navarro. »Handykontakt vom Schiff aus? Das könnte möglicherweise ein Anhaltspunkt sein …«

»X ist wohl schlicht und einfach der Verklappungsort, oder?«, fragte Balodis. »Hätten sie sich nicht etwas Einfallsreicheres ausdenken können?«

»›Erhöhte Belastung‹ klingt nicht besonders vertrauenserweckend«, fand Söderstedt. »Man fragt sich, wie viele Unternehmen ihren Giftmüll in diesem Kloakenschiff abladen.«

»Offensichtlich immer mehr«, meinte Chavez. »Und jedes von ihnen muss einen hohen Preis dafür bezahlen.«

»Noch weitere Überlegungen?«, fragte Sifakis in den hörsaalähnlichen Versammlungsraum.

»Nur noch eine«, antwortete Tebaldi.

»Lass hören«, forderte ihn Sifakis auf.

»Nichts, was in diesen Mails erwähnt wird, ist annähernd so wichtig wie die Filmsequenz mit dem Sorridente. Wir sind näher dran als je zuvor. Lasst mich runterfahren, damit ich mir diesen Ottavio Mascaro in Potenza vorknöpfen kann. Ich erahne jedenfalls Il Sorridente hinter seiner Maske. Ich werde unbemerkt einreisen und mir Unterstützung von einem zuverlässigen Kollegen holen, dem Mann mit den Kaffeeflecken. Nun komm schon, Hjelm!«

Hjelms riesiges Gesicht zeichnete sich erneut auf dem Bildschirm ab. Chavez sah hinauf und erklärte: »Ich werde dein Schweigen, oh mächtiger Herrscher, nicht als Ausdruck von Omnipotenz werten, sondern als stummes Einverständnis.«

Die Stirn des großen Gesichts runzelte sich ein wenig. Dann sagte Hjelm: »Stimmt. Alles, was die Mails betrifft, sehe ich genauso wie ihr. Hingegen bin ich, was Tebaldis Reisepläne betrifft, anderer Meinung. Ich kann dich nicht in den sicheren Tod schicken, Fabio, wie sehr du es dir auch wünschst.«

»Ich kann sie täuschen.«

»Weitere Direktiven aus Rom und Riga abzuwarten bedeutet ja nicht, dass wir passiv hier herumsitzen müssen«, erklärte Hjelm. »Lasst uns Handlungsalternativen schaffen. Sobald Rom und Riga Adressen ausfindig gemacht haben, müssen wir bereit sein, zu agieren. Ich schlage vor, dass wir zwei Gruppen zu jeweils zwei Personen bilden. Diejenige, die in die Basilikata fahren wird, muss absolut geheim bleiben. Vermutlich aber auch diejenige, die nach Riga fährt. Gleichwohl kann es sein, dass bei gewissen Aktionen ohne die Unterstützung durch die lokale Polizei Schwierigkeiten auftreten. Daher benötigen wir dich, Fabio. Kannst du tatsächlich in die Basilikata fahren, ohne dass es jemand merkt?«

»Ganz bestimmt«, antwortete Tebaldi enthusiastisch. »Ich will übrigens Lavinia dabeihaben.«

Lavinia Potorac wirkte für einen kurzen Moment ziemlich überrascht. Ihre kühle Maske verrutschte für den Bruchteil einer Sekunde. Doch kurz darauf saß sie wieder perfekt. Sie nickte kurz und entschlossen.

»In Ordnung«, sagte Hjelm. »Mit Riga ist es etwas schwieriger. Wir haben letztlich kein Gruppenmitglied, das dort geboren ist. Aber wenn ich es richtig verstanden habe, beherrscht Balodis etwas Lettisch. Stimmt das, Laima?«

»Ja«, antwortete die Angesprochene. »Aber keineswegs so wie eine Einheimische.«

»Du bist doch sowieso unsere Expertin für das Baltikum. Wen möchtest du dabeihaben?«

Laima Balodis riss die Augen auf und schaute sich im Versammlungsraum um. Es war, als sähe sie ihre Kollegen plötzlich mit völlig anderen Augen.

»Keine Ahnung«, antwortete sie dann.

»Doch«, meinte Hjelm und sah dabei ziemlich omnipotent aus.

»Okay«, sagte Balodis, »Chavez.«

»Was?«, rief Lavinia Potorac aus. »Er gehört ja nicht einmal der Gruppe an.«

»Die Prinzessin auf der Erbse wäre eine Alternative«, meinte Tebaldi.

Jutta Beyer schaute zu Boden, während Söderstedt ihr über den Arm strich und mit einer gewissen Schärfe sagte: »Das war jetzt aber das letzte Mal, dass du diese Bemerkung machst, Tebaldi.«

Im Versammlungsraum trat absolute Stille ein. Alle Blicke richteten sich auf Tebaldi, der schließlich eine entschuldigende Geste machte.

»Okay«, sagte er. »Ich bitte um Verzeihung. War unnötig.«

»Ich nehme die Entschuldigung an«, erklärte Jutta Beyer. »Außerdem glaube ich nicht, dass ich für Lettland geeignet bin. Gute Wahl von Laima. Angelos und Felipe sind Computerbullen, Arto ist zu alt und ich – Prinzessin halt. Ich weiß, Chef, dass Jorge Chavez lange Jahre dein Partner war und dass ihr ziemlich harte Nüsse geknackt habt.«

»In der Tat«, gab Hjelm zu. »Was meinst du, Jorge?«

»Ich habe keinen blassen Schimmer von Lettland«, antwortete Chavez.

»Aber umso mehr von Polizeiarbeit«, entgegnete Hjelm. »Damit möchte ich nicht sagen, dass es Angelos und Felipe an praktischer Erfahrung fehlen würde, aber ihr beide werdet in Den Haag gebraucht. Und Arto ist wie gesagt viel zu alt.«

»Aber hallo«, warf Söderstedt missmutig ein. Alle warteten auf eine Fortsetzung, die jedoch nicht kam.

»Wenn es also gewünscht wird, fahre ich nach Lettland«, entschied Chavez. »Kein Problem.«

»Gut«, bekräftigte Hjelm vom Bildschirm aus. »Ich möchte noch einmal betonen: Diese Absprache gilt nur für den Fall, dass wir genaue Adressen aus Riga und Rom genannt bekommen sollten. Ich sehe gerade, dass mein Meeting bereits angefangen hat. Wir werden bald wieder voneinander hören. Vermutlich ist es nicht sehr schlau, zu einer Zusammenkunft mit der obersten Polizeidirektion Großbritanniens zu spät zu kommen.«

»Go for it«, sagte Chavez, woraufhin Hjelm verschwand.

Angelos Sifakis gab etwas auf der Tastatur ein, und der Bildschirm erlosch. Zugleich sagte er: »Wenn ihr die Möglichkeit habt, euch vorzubereiten, vor allem Tebaldi und Balodis, besteht jetzt die Gelegenheit dazu. Ansonsten machen wir weiter wie bisher.«

Die Opcop-Gruppe tröpfelte langsam aus dem riesigen Saal. Schließlich waren nur noch Beyer und Söderstedt im Raum.

»Danke«, sagte Jutta Beyer.

»Wofür denn?«, fragte Arto Söderstedt.

»Dafür, dass du dich für mich eingesetzt hast.«

Söderstedt lächelte und sagte: »Ich habe mich für eine Gruppe mit gutem Zusammenhalt eingesetzt. Die Jahre haben mich gelehrt, wie wichtig das ist.«

Beyer nickte langsam. Dann meinte sie: »Ich glaube nicht, dass Tebaldi ein Mobber ist. Jedenfalls nicht auf ganzer Linie.«

»Ich hingegen bin allerdings davon überzeugt, dass er als Kind selbst gemobbt wurde. Vielleicht aufgrund irgendeiner Form des Verrats an einem Ehrenkodex der Mafia. Außerdem hatte er ja nicht ganz unrecht.«

»Wie bitte? In welcher Hinsicht?«

»Ein wenig bist du schon eine Prinzessin auf der Erbse.«

Jutta Beyer fiel für einen kurzen Augenblick die Kinnlade herunter, dann sah sie Söderstedts scheues Lächeln. Sie versetzte ihm einen Knuff gegen den Oberarm und sagte: »Komm jetzt, wir haben weiß Gott anderes zu tun, als hier zu sitzen und uns zu bemitleiden.«

Arto Söderstedt stand auf, warf einen Blick auf einen zerknitterten Post-it-Zettel, den er aus seiner Hosentasche gefischt hatte und fragte: »Du meinst ›ksangpudygrgymongultjudygnialkridingyljiang‹?«

»Genau«, antwortete Jutta Beyer. »Aber zuerst muss ich noch ein paar Informationen über den Atlantik schicken.«

Ground Zero

New York, 11. April

Es muss der Sommer sein, der da vom Atlantik her hereinbricht. Es ist, als würde jemand ein Stemmeisen in den grauen Morgenhimmel rammen und die Wolkendecke aufbrechen. Woraufhin hellblaue Flecken durch die Risse sickern und den Weg für eine nahezu labyrinthförmige Anordnung von Lichtsäulen bereiten, die eine nach der anderen vom Himmelsgewölbe herabschießen. Die Sonne scheint während ihrer langen Abwesenheit Kraft gesammelt zu haben und schickt ihre Strahlen jetzt mit neuer Energie auf die Erde.

Das Merkwürdige ist, dass es ausgerechnet hier geschieht. Er sitzt in der Bar des Millennium Hilton in der Church Street, die sich einige Stockwerke über dem Erdboden befindet, und wartet. Er blickt geradewegs über Ground Zero hinweg. Die gesamte Fläche ist noch immer eine Baustelle. Während der lähmenden Jahre danach scheint sich nicht viel getan zu haben. In den Jahren, in denen es keiner begreifen konnte.

Marek Kowalewski war in seinem Leben noch nicht sehr weit herumgekommen. Das polnische Polizeigehalt, von dem er sein gesamtes erwachsenes Leben bestreiten musste, hatte ihn nicht gerade in die Umlaufbahn um den Erdball katapultiert. Zu den einstürzenden Zwillingstürmen hatte er keinerlei Beziehung. Er war nicht älter als zwanzig, als der Rauch über Manhattan aufstieg, und da wusste er mit Müh und Not, wo Manhattan lag.

Doch jetzt, als sein Blick über das weitläufige und dennoch klar abgegrenzte Gebiet schweifte, und er sah, wie sich das eigenartige Labyrinth aus Licht über den rudimentären Fundamenten auf der Baustelle abzeichnete, begriff er, was für eine Bedeutung dieses Erdloch in der Weltstadt haben musste.

»Erstaunlich, oder?«, fragte eine weibliche Stimme direkt neben seinem rechten Ohr. Er drehte sich um und erblickte eine elegante Frau in den Dreißigern mit dunklem Teint, die ihm ihre Hand entgegenstreckte. Er ergriff sie und schüttelte sie, und erst, als er sie wieder losließ, wurde ihm klar, wen er gerade begrüßt hatte.

»Hannah Rowlins?«, vergewisserte er sich und blickte die Frau an, die er nur schwerlich mit dem Kleinkriminellen Radoslaw Trzciński aus Krakau zusammenbringen konnte.

Sie nahm neben ihm Platz, sodass sie in dieselbe Richtung schaute wie er.

»Es gibt immer noch Leute, denen es schwerfällt zu begreifen, dass hier der Ort war, an dem alles passiert ist«, sagte Hannah Rowlins. »Drei gigantische Gebäude sind eingestürzt – denn es waren schließlich drei, das darf man nicht vergessen – und alle sind geradewegs in sich zusammengefallen, ohne auch nur im Geringsten zur Seite zu kippen. Fakt ist, dass ansonsten große Teile Manhattans zerstört worden wären.«

»Das verstehe ich nicht ganz«, gab Kowalewski aufrichtig zu.

»Es ist eine lange Geschichte«, begann Rowlins. »Die Twin Towers besaßen eine Stahlkonstruktion. Stahl schmilzt nicht gerade leicht. Jedenfalls ist noch keine andere Stahlkonstruktion auf der Welt eingestürzt, weil der Stahl geschmolzen wäre. Aber hier waren es drei, am selben Tag. Und der Stahl ist außerdem vollkommen regelmäßig geschmolzen, sodass alle drei Gebäude eleganter in sich zusammenfielen als bei einem geplanten Abriss.«

»Das ist es also, was die Konspirationstheorien auslöst, oder?«, fragte Kowalewski und bereute es sofort.

Aber Hannah Rowlins lachte lediglich laut auf und erwiderte: »Genau.«

Er betrachtete sie nun etwas eingehender, ihren dunklen südländischen Teint und ihre klaren braunen Augen, die eine gewisse Schärfe ausstrahlten, die wahrscheinlich durch ihre Arbeit im Finanzdistrikt Manhattans geprägt worden war. Strenger Businessdress, im Fitnessstudio gestählter Körper. Potenzielle Essstörungen.

»Ich vermute, es gibt einen besonderen Grund dafür, dass wir uns ausgerechnet hier treffen«, sagte Kowalewski. »Übrigens, einen Kaffee vielleicht?«

»Gerne einen Latte macchiato«, antwortete Hannah Rowlins. »Ja, es gibt einen besonderen Grund. Aber der ist rein persönlicher Natur. Ich wollte einfach sehen, wie weit sie bereits vorangekommen sind. Da drinnen soll ja ein völlig neues World Trade Center aus dem Boden gestampft werden. *One* World Trade Center, soll es heißen. Ein riesiger Wolkenkratzer in derselben Höhe wie die Twin Towers. Plus einem siebzehnhundertsechsundsiebzig Fuß hohen Mast an der Spitze. Siebzehnhundertsechsundsiebzig, dem Jahr der Unabhängigkeit zu Ehren.«

»Sie sind ziemlich gut informiert«, bemerkte Kowalewski im selben Augenblick, als es ihm gelang, eine Bedienung zu sich zu winken und zwei Latte macchiato zu bestellen.

»Alle Leute in New York sind gut informiert«, entgegnete Rowlins und zuckte mit den Achseln. »Hier war schließlich alles zerstört. Ich selbst habe es vom Kai in Brooklyn aus gesehen. Ich wohne in Williamsburg.«

Kowalewski nickte. Dann fragte er: »Und was haben Sie in Polen gemacht?«

Hannah Rowlins lachte erneut. Ihr Lachen war ziemlich ansteckend.

»Sie meinen abgesehen von der Tatsache, dass ich mich von einem Frauen misshandelnden Kleinkriminellen habe besteigen lassen?«

Marek Kowalewski beschlich ein äußerst merkwürdiges Gefühl. Er besaß bereits von Natur aus ein leicht rot angelaufenes Gesicht, das ihn in seiner Jugend immer wieder irritiert hatte, aber rot wurde er nur noch sehr selten. Genau das passierte ihm jedoch jetzt. Er kam sich vor wie der unbedarfte Cousin vom Lande.

»Ja«, antwortete er, um der Röte entgegenzuwirken. »Abgesehen davon.«

»Ich arbeite in diesem Teil von Manhattan«, sagte sie ruhig. »Im Finanzdistrikt. Ich leite eine Kleiderboutique, die Mode für Geschäftsfrauen verkauft. Ich konnte vor dem Spätherbst keinen Urlaub machen. Also entschieden eine Freundin und ich uns für eine Europareise. Wir fuhren einen guten Monat lang über den Kontinent in Richtung Norden, von Sizilien aus bis nach Nordfinnland. Krakau lag sozusagen schlicht und einfach auf dem Weg. Schöne Stadt. Allerdings mit ekelhaftem Bisonwodka.«

»Und der Bisonwodka war also der Grund dafür, dass Ihr Urteilsvermögen Sie im Stich gelassen hat?«

»Gemixt mit Apfelsaft ist er absolut tödlich«, sagte Rowlins, ohne mit ihrem Blick auszuweichen.

»Anders kann man dieses teuflische Zeug doch gar nicht trinken«, lachte Kowalewski befreit. »Ich bin mit Bisonwodka aufgewachsen und habe den Fusel nur allzu oft erbrochen, um ihn jemals wieder probieren zu wollen.«

»Sie sind inzwischen Europäer?«, fragte Rowlins und lächelte breit.

»Genau«, antwortete Kowalewski und lächelte ebenso breit.

»Von der operativen Einheit, Europol, right?«

Kowalewski spürte, wie ihm das Lächeln verging. In einer etwas anderen Situation hätte er sich womöglich von der mündlichen Verbreitung von Informationen über den Erdball im postindustriellen Zeitalter faszinieren lassen. Wie sich doch ein kleines, noch so unbedachtes Wort, geäußert im Rausch der Glückseligkeit, bis in einen anderen Erdteil hinein vorarbeitete, sich in eine Weltstadt hineinbohrte, und schließlich endgültig und unwiderruflich ausgesprochen war.

»Es gibt keine solche Einheit«, antwortete er. »Aber es ist richtig, dass ich für Europol arbeite.«

»Und man bezahlt Ihnen eine Reise nach New York, um ein falsches Gerücht aufzuhalten? Aha. Sehr glaubwürdig.«

»Ich bin nicht deswegen hier«, entgegnete Kowalewski. »Ich bin hier, um dem Weg des Gerüchts zu folgen. Sie brauchen keinesfalls über Radoslaw Trzciński aus Krakau zu sprechen, wenn Sie nicht möchten, aber ich fände es nett, wenn Sie mir sagen würden, wohin das Gerücht weitergezogen ist.«

»Also wem oder welchen Personen ich es weitererzählt habe?«

»Welchen Personen?«, rief Kowalewski aus.

Hannah Rowlins lachte erneut ihr ansteckendes Lachen, diesmal allerdings mit einem Anflug von Ironie. Aber es war immer noch ziemlich ansteckend.

Ich lasse mich viel zu leicht verführen, dachte Marek Kowalewski und lachte ebenfalls.

»Machen Sie sich keine Sorgen«, sagte Rowlins schließlich. »Ich habe es nur einer Person weitererzählt, und ich weiß ehrlich gesagt nicht genau, warum. Vielleicht wegen des Aufhebens, das dieser Wie-immer-er-auch-hieß in Krakau darum machte. Er erzählte, dass er von einer völlig neuen gesamteuropäischen Polizeieinheit gejagt werde. Er hat versucht, sich selbst als einen großen Kriminellen hinzustellen.«

»Und Sie haben eine Vorliebe für Kriminelle?«, fragte Kowalewski.

»Jetzt werden Sie aber etwas zu privat«, antwortete Rowlins und lächelte.

»Tut mir leid, das war unnötig.«

»Ich glaube, dass Sie ein richtig neugieriger Mann sind, Marek.«

»Berufskrankheit«, entgegnete Kowalewski und kämpfte erneut gegen das Erröten.

»Das glaube ich keineswegs«, meinte Hannah Rowlins. »Ich glaube, Ihre Neugier ist rein privater Natur.«

Kowalewski fiel darauf keine Antwort ein. Er verlor den Kampf gegen das Erröten. Und Rowlins lachte. Immer noch ansteckend.

»Sie sind interessiert an Frauen, stimmt's, Marek?«, fragte sie.

»Das kann ich nicht leugnen«, gab er zu. »Aber woher wussten Sie, dass Trzciński Frauen misshandelt hat?«

»Aha«, sagte Hannah Rowlins und hörte auf zu lachen. »Vielleicht ist Ihre Neugier doch eher polizeilicher Natur.«

»Ich bin mir nicht ganz sicher, ob ich da immer einen Unterschied machen kann.«

»Aber Sie ziehen dennoch Ihre Schlüsse aus der Tatsache, dass ich mit einem Mann ins Bett gegangen bin, der sowohl einen Anspruch darauf erhob, ein großer Krimineller zu sein als auch zugab, Frauen misshandelt zu haben?«

»Gewisse Schlussfolgerungen lassen sich nicht immer vermeiden.«

»Und wie sehen die aus?«

Marek Kowalewski lehnte sich auf seinem minimalistischen Barhocker im Millennium Hilton zurück, blickte die Geschäftsfrau auf dem Barhocker neben sich an und sagte: »Freiheit.«

»Freiheit?«

»Eine Boutique zu leiten, die Mode an Geschäftsfrauen verkauft, ist vermutlich eine stressige Angelegenheit«, mutmaßte Kowalewski. »Schließlich haben Sie dann Ihren späten, lang ersehnten Urlaub angetreten und eine ungeplante Europareise mit ›einer Freundin‹ gemacht. Sie haben nicht gerade geringe Mengen Bisonwodka mit Apfelsaft getrunken und hatten Sex mit einem nicht besonders attraktiven Kriminellen in Krakau, den ich im Übrigen gerade hinter Schloss und Riegel gebracht habe. Die Schlussfolgerung: Freiheit heißt, Grenzen zu überschreiten und etwas auszuprobieren, was man noch nie zuvor getan hat. Je stressiger das Leben desto größer das Bedürfnis, sich zu befreien. Liege ich falsch?«

»Haben Sie ihn hinter Schloss und Riegel gebracht?«

»Ja, vor gut vierundzwanzig Stunden.«

Sie lachte erneut los. Es war ein sehr warmes Lachen. Er war völlig überrascht.

»Gute Arbeit«, lobte sie und fügte hinzu: »Und in der Tat gar nicht so verkehrt.«

»Man macht es sich etwas zu leicht, wenn man feige durchs Leben geht«, entfuhr es Kowalewski ganz unerwartet.

»Aber im Großen und Ganzen: Nein, ich habe keine besondere Vorliebe für Kriminelle. Vielleicht schon eher für polnische Männer ...«

Als Marek Kowalewski feststellte, dass er zum dritten Mal errötete, wurde er es selbst leid und fragte: »Vielleicht hätten Sie Lust, mir heute Abend Ihr New York zu zeigen?«

Entweder funktioniert es, oder auch nicht, dachte er, was ihm bereits eine Sekunde später ziemlich unüberlegt erschien. Er hatte immerhin noch keine Antwort auf seine einzige wichtige Frage erhalten. Vielleicht würde sie jetzt verärgert aufspringen und den von ihnen aufgetanen Weg der Stillen Post mit einer schallenden Ohrfeige am Ground Zero abschneiden. In diesem Augenblick konnte Marek Kowalewskis gesamtes Berufsleben zu Ende gehen.

Aber seine Sorge war unbegründet. Sie lächelte und antwortete: »Allerdings nur, wenn ich nicht wieder nach Manhattan muss. Vielleicht hätten Sie Lust, Brooklyn etwas näher zu erkunden? Williamsburg?«

»Sehr gerne«, antwortete er und erwiderte das Lächeln ungebührlich breit.

Sie betrachtete ihn eine Weile, dann sagte sie: »Ich muss jetzt zurück ins Geschäft. Aber Sie haben ja bestimmt auch etwas zu tun. Ich bin übrigens von einem Typen, den ich neulich traf, in eine Diskussion über die Polizeiarbeit in den verschiedensten Ländern verwickelt worden. Bei dieser Gelegenheit habe ich ihm erzählt, dass Europol eine operative Einheit besitzt.«

»Obwohl wir sie gar nicht haben«, merkte Kowalewski an und fühlte sich glücklich. »Was für ein Typ war das, wenn ich fragen darf?«

»Ein Gitarrist in einer Indieband«, antwortete Rowlins. »Ich habe ihn in den ziemlich eintönigen Vierteln um den Times Square herum getroffen. Aber er war nett. Wir haben auch über Nine-Eleven geredet. Er hieß Kyle.«

»Kyle?«

»Wir waren bei ihm zu Hause. Ich erinnere mich nicht mehr an seinen Nachnamen, aber er wohnt in Alphabet City. Nicht weit von der Kreuzung Avenue B und East 6th Street. Ziemlich verwahrlostes Gebäude, mitten in all dem Protz. Ich glaube, es war East 6th. Aber jetzt muss ich los. Hier ist meine

Visitenkarte. Ich habe um neunzehn Uhr Feierabend. Holen Sie mich ab?«

Dann war sie weg.

Marek Kowalewski betrachtete die Visitenkarte. Es schien in der Tat eine exklusive Kleiderboutique zu sein. Sie lag in der Pearl Street. Außer dem Firmennamen stand darauf: »Hannah Rowlins, Business Manager«.

Er atmete aus und sank etwas in sich zusammen. Lächelte. Stand auf und streckte sich. Ließ den Blick über die Church Street und das Baugelände wandern, auf dem einmal zwei der höchsten Gebäude der Welt gestanden hatten.

Das Labyrinth aus Sonnenlicht war verschwunden. Das gesamte Gebiet des Ground Zero wurde von einem klaren homogenen Sommerlicht beschienen. Die graue Wolkendecke war wie weggeblasen.

Marek Kowalewski lächelte unglaublich breit.

Das Leben ist doch gar nicht so verkehrt, dachte er. Dann dachte er weiter:

Alphabet City.

Und machte sich auf den Weg.

4 – Rufe

Sarcophagus Maconiana Severiana

London, 11. April

Eigentlich war jetzt überhaupt keine Zeit dafür, aber er brauchte es einfach. Die Musik kam gewissermaßen vom äußersten Ende des Universums und bahnte sich ihren Weg in sein Inneres, als wäre er für einen kurzen Augenblick der Fixpunkt der Galaxie. Einige einfache rhythmische Figuren erhöhten fünfzehn Minuten lang stetig ihre Intensität, um schließlich in einer eigentümlich reinen Schönheit aufzugehen. Als empfingen seine Kopfhörer eine unwiderrufliche Wahrheit aus der Unendlichkeit des Äthers, als erschiene die immer komplizierter werdende Welt plötzlich selbstverständlich. Und ließe sich dennoch unmöglich auf andere Art als mit Musik beschreiben.

Er spürte ihre Blicke, doch er hielt die Augen geschlossen und ließ sich in diesen zwanzig Minuten nicht stören. Es war ein reines Aufladen seiner Batterien. Anstelle von Schlaf.

Er hörte die beiden Teile von *Premonition*, der letzten CD des Esbjörn-Svensson-Trios Leucocyte. Premonition – Vorwarnung, Vorzeichen, Vorgefühl, Vorahnung.

Lag nicht in allen diesen merkwürdigen Fällen, mit denen sie sich auseinandersetzten, eine Art Vorzeichen? Lief Paul Hjelm nicht die ganze Zeit mit einem Gefühl der Vorahnung herum? Einer Vorwarnung für die Zukunft?

Die Musik rief in ihm viele Erinnerungen wach. Obwohl Esbjörn Svensson ein paar Monate nach dem Einspielen der CD gestorben war, war *Premonition* für ihn nicht in erster Linie eine Erinnerung an die absurde Zerbrechlichkeit des Lebens, sondern eher an die Kräfte, die diese Musik freisetzte, die ungeahnten Möglichkeiten. An ein Leben, in dem es gelingen konnte, dem Dunklen ins Auge zu schauen und dennoch weiterzumachen. Daran, dass wir trotz allem gemeinsam Großes vollbringen können und vielleicht sogar die immer weiter um sich greifende Unmenschlichkeit aufzuhalten vermögen. Daran, dass das Menschliche in einer nahezu übernatürlichen Weise überlebt und am Ende stärker ist als alles Böse.

Paul Hjelm klickte die iPod-Funktion in seinem iPhone weg und schaltete den Offline-Modus wieder ab. Drei entgangene Anrufe innerhalb von dreiundzwanzig Minuten. Ein Abbild seines Lebens. Doch er schaffte es noch nicht, sofort darauf zu reagieren. Er nahm die Kopfhörer ab und begegnete Corine Bouhaddis und Miriam Hersheys Blick. Sie saßen an ihren Computern, während er selbst auf dem Sofa direkt neben dem großen Panoramafenster lag. Ihre Blicke hatten nichts Anklagendes, im Gegenteil, sie waren von demonstrativer Neutralität. Er pfiff darauf. Das Leben war in seine ausgelaugte Seele zurückgekehrt. Und damit auch in seinen Körper.

»Und?«, fragte Bouhaddi.

»Tja«, antwortete Hjelm und seufzte. »Die Metropolitan Police hat interne Ermittlungen eingeleitet. Mark Payne und David Coleman sind für uns außer Reichweite.«

Bouhaddi versetzte ihrem Computer einen Stoß, während Hersheys Gesicht hinter dem Verband einen noch nachdenklicheren Ausdruck annahm. Sie sagte: »Ich nehme an, das hängt davon ab, wie weit wir uns an die Regeln halten.«

»Zweifellos«, stimmte ihr Hjelm zu und stand auf. »Aber selbst wenn wir uns nicht an die Regeln halten, sind einige wesentliche Türen bereits verschlossen. Wie weit seid ihr inzwischen gekommen?«

Bouhaddi machte eine ungeduldige Geste und erklärte: »Ich werde heute Nachmittag dem Sicherheitsdienst Asterion Security Ltd. einen Besuch abstatten. Hat jemand Lust mitzukommen?«

»Gute Idee«, nickte Hjelm. »Miriam muss hier im Büro bleiben, um ihre Gehirnerschütterung auszukurieren.«

»Mit mir ist alles in Ordnung«, sagte Hershey abrupt. »Und übrigens, mit mir ist alles in Ordnung.«

Hjelm und Bouhaddi starrten sie beide an, bis sie merkten, dass sich trotz ihres Verbands in ihrem Gesicht ein Lächeln abzeichnete.

»Ich würde gerne behandelt werden wie eine Ebenbürtige«, sagte sie lediglich.

»Wir bitten gemeinsam um Verzeihung«, sagte Hjelm. »Oder, Corine?«

»Whatever«, antwortete Bouhaddi genervt. »Wollen wir uns jetzt mit den Zwischenergebnissen befassen?«

»Auf jeden Fall«, antwortete Paul Hjelm. »Es gab ja jede Menge Störfaktoren, aber du hast vollkommen recht, es ist an der Zeit, den Stand der Ermittlungen zusammenzufassen. Wir arbeiten ja inzwischen an zwei Fronten. Wir haben nicht nur die ästhetische Leiche in Hampstead Heath sondern außerdem eine asiatische Leiche in den Docklands. Diesem Fall bist du nachgegangen, Corine, und ich konnte mich ebenfalls ein wenig mit den Verkehrspolizisten unterhalten, zwei Kollegen von Payne und Coleman, bevor diese Möglichkeit unterbunden wurde. Darauf werde ich noch zurückkommen. Eine wichtige Sache in diesem Zusammenhang ist der Bericht der Rechtsmedizinerin Hazel Mallory, der manipuliert wurde. Ich weiß nicht, ob wir die Chance bekommen werden, daran weiterzuarbeiten. Und dann haben wir ja noch unsere ursprünglichen Ermittlungen, die glücklicherweise davon nicht beeinträchtigt sind. Inzwischen sind wir leider nur noch zu dritt. Dryden ist operiert worden, hängt jedoch immer noch am Respirator und wird nach Aussagen der Ärzte erst in einigen Stunden, möglicherweise Tagen aufwachen. Das bedeutet, dass er mit seiner Aufgabe – vor allem einen näheren Blick auf das Material zu werfen, das im Enddarm des Hampstead-Opfers gefunden wurde – noch nicht besonders weit gediehen ist. Ich habe mir zwischenzeitlich seine Unterlagen angesehen und bin dabei auf einige interessante Details gestoßen. Auch darauf komme ich noch zurück. Da wir die einzelnen Aufgaben aufgeteilt haben, hat Corine den Modus Operandi untersucht, bevor wir gezwungen wurden, das Ganze abzubrechen. Hast du irgendetwas erreicht?«

»Erstaunlich wenig«, antwortete Bouhaddi. »Es existieren offenbar keine kriminellen Organisationen, die ihre Opfer konsequent ins Gesicht schlagen, bis sie sterben. Ich habe jedenfalls keine finden können. Vereinzelte Fälle, aber kein entsprechendes Muster.«

»Dann müssen wir die Frage anders stellen«, meinte Hjelm. »Vielleicht soll derjenige, dem die Vorgehensweise etwas mitteilen soll, nicht die Methode, sondern die Art, wie das Opfer drapiert wurde, wiedererkennen. In diesem Fall wären wir beim Kunstaspekt. Dann handelt es sich in der Tat darum, ein Kunstwerk zu imitieren. Ich habe zwar bisher noch nicht die Zeit gehabt, persönlichen Kontakt zu einem Kunstexperten aufzunehmen, aber ich habe eine kurze Mail geschrieben, jedoch vor den Vorfällen der vergangenen Nacht noch keine Antwort erhalten. Aber ich werde mich darum kümmern. Was meint ihr?«

»Wenn die Absicht darin besteht, den Modus Operandi wiederzuerkennen«, sagte Corine Bouhaddi, »dann reden wir doch eher von einer Art internen Kriminalität, oder? Derjenige, der das Verbrechen entschlüsseln kann und dem auf diese Weise Angst eingeflößt wird, muss also wissen, dass diese bestimmte Bande auf diese Art und Weise vorgeht. Man steht gewissermaßen auf der Warteliste. Aber es muss sich ja nicht notwendigerweise um eine interne Vergeltungsmaßnahme eines Syndikats handeln. Das Verbrechen kann sich ebenso gegen jemanden richten, der der kriminellen Szene nicht angehört. Und dann scheint die Kunsttheorie die plausibelste zu sein. Ich persönlich glaube nämlich, dass man ein Kunstwerk imitiert hat, um jemandem Angst einzuflößen, der dieses Kunstwerk kennt. Es hat eine besondere Bedeutung für denjenigen, der gewarnt werden soll.«

»Das erscheint mir nachvollziehbar«, sagte Hershey. »Besonders angesichts der Perfektion, mit der man den Fundort arrangiert hat. Die festgeklebten Körperteile. Sie wollten ein exaktes Bild imitieren.«

»Dann sind wir uns, was diesen Fall betrifft, einig«, resümierte

Hjelm. »Ich muss gerade daran denken, was einer von uns in Den Haag erwähnt hat. Handelt es sich möglicherweise um ein römisches Kunstwerk? Die Anordnung des Lakens sieht jedenfalls römisch aus.«

»Ich glaube, dein Landsmann hat das gesagt«, meinte Hershey.

»Arto?«

»Ja, eventuell. Wir sollten es zumindest überprüfen. Ich bin zwar kein Kunstexperte, aber römisch bedeutet doch eher Skulptur oder Mosaik als Malerei, nicht wahr?«

»Gut, danke«, sagte Hjelm. »Ich werde meine Mails checken und sehen, ob eine Antwort dabei ist. Das mache ich am besten gleich.«

Er ging zu seinem Schreibtisch und klickte seine Mailbox an. Dann las er laut vor: »›Ich habe mehrfach versucht, Sie zu erreichen, bin jedoch nicht durchgekommen. Wie stark sind Sie eigentlich an meinem Wissen interessiert? Mit freundlichen Grüßen, Professor Graham D. Nodham, Oxford.‹«

»Ich glaube, dass der Chef gerade Musik gehört hat, als der Professor anrief«, sagte Bouhaddi autoritär.

»Ich rufe ihn gleich zurück«, entgegnete Hjelm ebenso autoritär. »Aber dann haben wir noch die Codes: ›e98weriN‹ respektive ›79sYsd76‹ in jeweils einer Zeile. Bist du diesbezüglich irgendwie weitergekommen, Miriam?«

»Leider nicht«, antwortete Miriam. »Sie sehen aus wie zufallsgenerierte Kombinationen, wie Passwörter, die man zugeschickt bekommt, wenn man sein eigenes vergessen hat. Ich habe sie unmittelbar an einen guten Freund beim MI5 geschickt, einen Codeexperten, aber er meint, das einzige Muster, das dahinterstünde, sei der Zufall.«

»Aber gleich bei beiden?«, fragte Hjelm. »Den Benutzernamen bestimmt man ja in der Regel selbst. Mein Instinkt sagt mir allerdings, dass es sich hier um irgendeinen Webmail-Account handelt. Aber müsste in dem Fall nicht die Mail-Adresse der Benutzername sein, während das Passwort so oder ähnlich aussieht?«

»Ja, Hotmail hat zum Beispiel solche Strukturen«, erklärte Hershey, »aber es gibt jede Menge anderer Anbieter weltweit, bei denen die Mail-Adresse nicht automatisch mit dem Benutzernamen übereinstimmt. Ich hatte gerade angefangen, eine Liste der Anbieter zu erstellen, als das hier passiert ist.«

Sie strich sich flüchtig übers Gesicht.

»Ich wäre dir dankbar, wenn du daran weiterarbeiten würdest«, bat Hjelm. »Denn dann müssen wir lediglich den Benutzernamen und das Passwort überall ausprobieren. Wie lief es übrigens beim Röntgen?«

»Dass du auch schon danach fragst«, schnaubte Bouhaddi.

»Ich habe es in der ganzen Hektik einfach vergessen, tut mir leid«, bedauerte Hjelm.

»Offenbar werden sie eine chiroplastische Operation durchführen müssen«, antwortete Hershey. »Das Jochbein ist, wie sie sagen, gesplittert. Und das Stirnbein hat auch ein bisschen was abbekommen.«

»Du bist wirklich eine starke Frau«, sagte Hjelm anerkennend.

»Ich habe jedenfalls nicht vor, die Auflösung dieses Falles zu verpassen«, erklärte Hershey. »So einfach ist das.«

»Dann werde ich jetzt berichten, was ich herausgefunden habe«, begann Hjelm. »Zuerst zu Ralphs Material, in erster Linie zu dem Plastikröhrchen. Es handelt sich dabei um ein sogenanntes halbsteifes Kunststoffrohr der Sorte, wie man sie von Stangen zum Verstellen der Lamellen bei Jalousien kennt. Gibt es Drydens Aufzeichnungen zufolge in vielen Hotels in London. Verhältnismäßig leicht, ein kleines Stück zu kappen und als Röhrchen zu verwenden, in dem man einen Zettel verstecken kann. Ebenso leicht an den Enden zu Stöpseln zu formen. Wenn es uns gelingt, ein Hotelzimmer mit einer zu kurzen Gardinen- oder Jalousienstange zu finden, sind wir auf dem richtigen Weg.«

»Klingt nicht gerade nach dem allerbilligsten Hotelzimmer«, meinte Hershey. »Eher gehobenes Niveau oder noch teurer. Jalousien …«

»Ich bin ganz deiner Meinung, Miriam«, stimmte Hjelm zu. »Klingt nicht nach Jugendherberge. Ralph hatte begonnen, an einem Hotelverzeichnis zu arbeiten, bevor er angeschossen wurde. Du kannst gerne damit weitermachen, wenn du Zeit findest. Also noch eine Liste. Im besten Fall kann man das Hotel mit dem Zettel kombinieren, auf den unsere Jane Doe ihre kryptische Mitteilung geschrieben hat. Vielleicht handelt es sich ja um Hotelbriefpapier?«

»Okay«, antwortete Hershey.

»Dann«, fuhr Hjelm fort, »habe ich noch mit den Verkehrspolizisten gesprochen, wie gesagt, bevor es uns verboten wurde. Nach ihrer Aussage war David Coleman der Erste, der vor ungefähr drei Monaten einen Nebenjob angenommen hat, ihm folgten zwei Männer mit den Namen Barton und Combes, und erst eine Woche vor dem London Summit ist auch Colemans Partner Payne dazugestoßen, das wussten wir bisher nicht. Sie alle arbeiteten für Asterion Security Ltd. Nach Annahme der Kollegen handelte es sich um die nächtliche Bewachung von Unternehmen sowie kleine Jobs in Einkaufszentren. Aber ich habe bisher weder Barton noch Combes erreicht, also noch keine Bestätigung von ihrer Seite. Das Interessante in diesem Zusammenhang ist, dass Barton und Combes eines der anderen Begleitfahrzeuge während des London Summit fuhren. Ich habe allerdings keine Ahnung, wo sie sich befanden, als Payne und Coleman unseren Asiaten überfuhren, der nebenbei bemerkt höchstwahrscheinlich Tibeter war, aber ich frage mich, ob es nicht die Mühe wert sein könnte, das einmal näher zu erkunden.«

»Wenn ich die Sache richtig verstehe«, meinte Bouhaddi, »erlitt Payne einen starken Schock bei dem Vorfall. Zeugen, inklusive Arto Söderstedt, haben ihn laut fluchen hören, als er aus dem Wagen stieg. Dann wurde er krankgeschrieben. Und Coleman hat seinen Urlaub angetreten. Haben wir ihre Adressen?«

»Sag, was du denkst.«

»Der Familienvater Payne ist erst seit Kurzem bei Asterion angestellt«, sagte Bouhaddi nachdenklich. »Der Junggeselle Coleman ist schon länger dabei. Ich entwerfe mal ein fiktives Szenario. Okay? Long shot.«

»Bitte«, sagte Hjelm und lächelte.

»Coleman überredet Payne, etwas zu tun, was er nicht will. Aber bei der Tat erleidet er einen starken Schock, flucht laut und wird danach krankgeschrieben. Coleman hat ihn gezwungen, das zu tun. Jetzt hat Coleman Urlaub. Vermutlich weiß keiner, wo er sich aufhält. Wir müssen uns Mark Payne vorknöpfen. Er hat Familie, Kinder. Er ist nicht so flexibel.«

»Und wie sieht das Szenario genau aus?«, fragte Hjelm. »Payne und Coleman setzen sich in das Begleitfahrzeug, und plötzlich sagt Coleman, dass sie einen Tibeter überfahren müssen?«

Corine Bouhaddi wirkte plötzlich etwas überrascht. Als hätte sie selbst nicht ganz so weit gedacht. »Ja verdammt, so muss es gewesen sein«, antwortete sie schließlich.

»Aber ich bestehe darauf«, sagte Miriam Hershey. »Ralph und ich sind ganz sicher nicht auf Verkehrspolizisten gestoßen. Das waren Profis.«

»Ich glaube keinesfalls, dass Payne und Coleman in Tony Robbins' Büro waren«, pflichtete ihr Hjelm bei. »Hingegen ahne ich, dass Asterion Security Ltd. eine Organisation ist, die viele Eisen im Feuer hat. Inklusive bedeutend professionellerer Leute. Nämlich solche, denen du begegnet bist, Miriam.«

Hershey sagte: »Okay.«

Das war alles.

Corine Bouhaddi hatte sich mit ihrer Frage nicht profilieren wollen. Sie schien lediglich ernsthaft an der Sache interessiert zu sein.

»Aber dann müssen wir voraussetzen, dass zumindest Coleman wusste, wen sie am 2. April überfahren sollten. Nur woher wusste er das?«, fragte sie.

»Söderstedt hat gesagt, dass es eine Twitter-Meldung gab, der zufolge Barack Obama am Morgen des 2. April anhalten und die Menge begrüßen würde. Wenn die Theorie, die wir gerade entwickeln, stimmt, haben Coleman und Payne zumindest geahnt, dass der Tibeter hundert Meter vom südlichen Tor entfernt stehen würde, um Barack Obama unter allen Umständen zu treffen. Also wussten sie sowohl den Ort als auch den Zeitpunkt.«

»Allerdings nur ungefähr«, warf Corine Bouhaddi ein. »Es bestand zwar die Wahrscheinlichkeit, aber sie kannten nicht den genauen Standort. Also waren sie gezwungen, ihn anzulocken.

Irgendwer hat also diese Twitter-Meldung ins Netz gestellt, um ihn aus der Menge zu locken. Jemand hat ihm eine Falle gestellt. Allerdings muss es irgendeiner aus der oberen Etage gewesen sein. Coleman weiß möglicherweise, dass irgendetwas passieren wird. Aber Payne hat davon wahrscheinlich keine Ahnung, denn seine Beziehung zu Asterion ist noch recht unschuldig, da er zu diesem Zeitpunkt nur kleine Securityjobs hat. Zusammen haben sie dann den Auftrag erhalten, sich an Obamas Limousine zu hängen, weiß der Teufel, wieso, und da stürzt der Chinese los. Coleman reagiert, brüllt Payne zu, dass dessen finanzielle Zukunft davon abhängt, den Typen umzunieten. Coleman zwingt Payne mehr oder weniger, den Chinesen zu überfahren.«

»Den Tibeter«, merkte Hjelm an.

»Den Tibeter«, wiederholte Bouhaddi.

»Wenn wir annehmen, dass dein Ausgangspunkt stimmt, stellt sich zwangsläufig die Frage, wo Payne sich im Augenblick aufhält. Coleman ist höchstwahrscheinlich abgetaucht. Aber Payne? Er hat ja wie gesagt Familie ...«

»Wir müssen mit ihm reden, bevor die internen Ermittler ihn sich krallen«, befand Bouhaddi.

»Ich fürchte, du könntest recht haben, Corine«, meinte Paul Hjelm. »Und die Antwort auf deine Frage lautet im Übrigen Ja.«

»Welche Frage?«

»Ob wir ihre Adressen haben. Darf ich vorschlagen, dass wir uns gleich auf den Weg machen?«

»Ich komme mit«, rief Miriam Hershey und stand auf.

»Nein«, entgegnete Hjelm. »Bleib du hier und arbeite an den anderen Aufgaben weiter.«

»An was denn? Den Gardinenstangen?«

»Zum Beispiel. Das ist sicher ebenso wichtig. Ich weiß wie jeder andere auch, dass du ein knallharter Profi bist und dich höchstwahrscheinlich draußen vor Ort tausendmal geschickter anstellst als Corine und ich zusammen. Aber zum einen hast du eine Gehirnerschütterung, und zum anderen siehst du aus wie eine Mumie. Ich brauche dich, um die Maildadressen und das Hotel herauszufinden. Nach dieser schweren Verletzung im

Dienst musst du wenigstens für einen Tag die Schreibtischarbeit akzeptieren. Das ist doch wohl nicht zu viel verlangt, oder?«

»Löst diesen Fall aber ja nicht ohne mich«, bat Hershey leise.

»Bleib einfach hier«, wiederholte Hjelm und war bereits auf dem Weg zur Tür. »Kümmere dich um wichtige Anrufe. Wir werden dich ganz bestimmt brauchen. Und wir werden auch nichts ohne dich lösen.«

Mit diesen Worten waren sie draußen auf dem Korridor. Hjelm sah Corine Bouhaddi an, während sie im Laufschritt zum Ausgang eilten. Sie warf einen raschen Blick zurück. Einen sehr ernsten Blick.

Als sie im Taxi saßen, fragte sie: »Glaubst du, dass die internen Ermittler sich die Familie vorgeknöpft haben?«

»Wenn die Polizeidirektion Großbritanniens bei unserem letzten Meeting nicht alles knallhart verschleiert hat, dann glaube ich nicht, dass sie schon so weit gekommen sind. Die Internen haben den Fall gerade erst zugewiesen bekommen. Andererseits werden sie jedoch genau wie wir erkennen, wo sich das schwächste Glied in der Kette befindet.«

»Gib mir noch ein wenig Hintergrundinfo«, bat Bouhaddi. »Was genau verbirgt sich hinter Asterion Security Ltd.? Und was wollen sie?«

»Ich weiß es nicht«, gab Hjelm zu. »Ein Sicherheitsunternehmen kann sich heutzutage mit allen möglichen Aufgaben befassen. Klar ist hingegen die Tatsache, dass jemand sie dafür bezahlt, jemanden zu schützen. Das ist die Grundvoraussetzung für ihre Tätigkeit. Wenn wir davon ausgehen, dass wir mit unserer These richtig liegen, haben sie sowohl den Auftrag erhalten, den Tibeter als auch Tony Robbins zu töten, um irgendwen oder irgendwas zu schützen. Und alle, die in ihre Nähe kommen, unschädlich zu machen. Wie Ralph Dryden und Miriam Hershey.«

»Und Jane Doe?«

»Hat nichts mit der Sache zu tun. Noch nicht. Ich bringe sie in der Gleichung jedenfalls nirgends unter.«

»Müssten wir nicht eigentlich einen eigenen Wagen haben?«

»Ich habe es noch nicht geschafft, einen zu leihen«, gab Hjelm zu. »Und du?«

»Ich habe diesbezüglich keine Befugnisse«, antwortete Bouhaddi.

»Das sagst du nur, um gehorsam zu klingen«, meinte Hjelm.

Corine Bouhaddi lachte auf. »Dafür hast du mich doch.«

Sie waren in Chislehurst im Südosten von London angekommen. Das Taxi glitt die akkurat gepflegten Straßen des Villenviertels entlang und hielt dann abrupt an. Hjelm und Bouhaddi stiegen aus und schauten auf eine attraktive, aber schlichte Villa, daneben eine Garage. Auf dem Briefkasten stand: »Payne«.

Sie klingelten. Einmal, zweimal, dreimal. Keinerlei Reaktion, keine Bewegung. Der gesamte Villenvorort schien wie in einem Mausoleum zu ruhen.

Dann vernahmen sie plötzlich ein Geräusch. Der kurze Aufschrei eines Kindes irgendwo zwischen der Garage und der Villa. So kurz, dass er vermutlich erstickt worden war.

Paul Hjelm seufzte und klopfte sich kurz auf die Jacke.

»Aha«, sagte er leise. »Albtraumszenario.«

»Wovon redest du?«, flüsterte Bouhaddi.

»Sie sind auf dem Weg«, erklärte Hjelm und deutete kurz auf einen Punkt zwischen der Villa und der Garage.

»Und wie sehen unsere Befugnisse aus?«

»Tja«, antwortete Hjelm. »Das habe ich mit Albtraumszenario gemeint. Ich weiß es nicht. Ich weiß es verdammt noch mal nicht.«

Er lief lautlos in Richtung Garage und knöpfte seine Jacke auf. Ein Sonnenstrahl ließ das aus Den Haag extra hertransportierte Achselhalfter aufblitzen. Seine Dienstwaffe glänzte. Sie war vollkommen neu.

Er nahm sie zur Hand. Corine tat dasselbe. Sie war unmittelbar hinter ihm.

Hjelm zeigte auf einen Punkt links neben dem Garagentor. Bouhaddi stellte sich, die Waffe an die Brust gedrückt, dort auf. Hjelm stand rechts neben der Garage. Er streckte eine Hand in die Luft, um ihr zu signalisieren, sie solle warten.

Also verharrten beide auf ihren Posten. Es kam Corine Bouhaddi vor, als wäre die Zeit stehen geblieben. Sie erblickte einen Schwarm Zugvögel, der in Pfeilformation über den teilweise bewölkten Himmel zog. Doch es sah aus, als bewegten sich die Vögel gar nicht. Sie schienen dort oben wie festgeklebt, wie auf einem Naturfoto. Corine Bouhaddi sah die stillstehende Pfeilspitze oben am Himmel und ihren ebenfalls unbeweglich dastehenden Chef auf der anderen Seite der Garage, und alles zusammen kam ihr wie ein Stillleben vor.

Doch plötzlich hörte sie ein quietschendes Geräusch, das sie nicht einzuordnen vermochte. Es klang wie ein leidendes Tier. Dann begriff sie, was es war.

Das Garagentor glitt langsam auf.

Sie warf Paul Hjelm einen Blick zu. Er nahm die rechte Hand mit der Waffe hinter den Rücken. Sie sah, wie sich sein Körper auf das Unerwartete vorbereitete, und spürte, wie ihr eigener es ebenfalls tat.

Aus dem zu drei Vierteln geöffneten Garagentor kam langsam ein Auto herausgerollt. Bouhaddi konnte eine Frau auf dem Beifahrersitz und zwei Kinder auf der Rückbank ausmachen, dann sah sie, dass Hjelm sich zum Fahrer hinunterbeugte.

Hjelms Blick war auf Mark Paynes Hände geheftet. Beide umfassten das Steuer. Dann sah er Payne ins Gesicht. Darin spiegelte sich blanke Angst.

Hjelm registrierte, wie Payne mit einem Blick auf seinen rechten Arm begriff, dass er in der hinter dem Rücken verborgenen Hand eine Waffe hielt. Mit der linken Hand deutete Hjelm eine Drehbewegung an, woraufhin Payne das Seitenfenster herunterließ. Er flüsterte zischend: »Bitte, ich habe meine Familie im Wagen.«

Hjelm formte mit seinen Lippen lautlos ein einziges Wort: »Polizei.«

Er sah, wie Payne erleichtert in sich zusammensank. Sachte öffnete der Polizist die Tür, wandte sich an seine Frau und sagte mit angestrengter Furchtlosigkeit: »Es geht ganz schnell, Liebling.«

Während Bouhaddi, die Pistole unsichtbar hinter dem Rücken verborgen, den Wagen umrundete, sah sie, wie Hjelm an seinem Handy herumfingerte. Payne stieg aus, und Hjelm ließ sein Handy wieder in die Innentasche seiner Jacke zurückgleiten und führte Payne um die Garagenecke. Bouhaddi positionierte sich so, dass sie sowohl den Wagen als auch Payne im Blick hatte. Sie war bereit.

»Mit wem dachten Sie es denn zu tun zu haben?«, fragte Hjelm.

»Sie sind doch gar kein Engländer, oder?«, rief Payne aus. Er presste sich mit dem Rücken gegen die Garagenwand.

»Stimmt«, gab Hjelm zu. »Europol. Ich bin also keiner der internen Ermittler, vor denen zu fliehen Sie die Order erhalten haben.«

»Ich weiß nicht, wovon Sie reden«, entgegnete Payne, nachdem er tief durchgeatmet hatte.

»Im Unterschied zu den internen Ermittlern fahnde ich nicht nach Ihnen, Mark Payne«, erklärte Hjelm. »Ich bin der Einzige, dem Sie sich anvertrauen können. Allerdings scheiß ich im Grunde genommen auf Sie. Von mir aus können Sie gerne abhauen, nachdem wir uns unterhalten haben. Aber wenn Sie nichts preisgeben, werde ich Sie hier festhalten und die Internen kontaktieren. Wenn Sie allerdings reden, dürfen Sie mit Ihrer Familie losfahren.«

Payne sah ihn unsicher an.

Hjelm stellte fest, dass er die Dinge abzuwägen begann. Also sagte er: »Ich meine es ernst. Reden Sie mit mir, dann lass ich Sie gehen. Ansonsten rufe ich sofort Commander Crowley an. Das würde mir viele Pluspunkte einbringen.«

»Und was wollen Sie?«, zischte Payne.

»Erzählen Sie mir einfach, was da genau abgelaufen ist auf dem London Summit, hundert Meter von der südlichen Absperrung entfernt.«

Mark Payne schluckte hörbar.

»Es war Dave«, begann er. »Wir sind der amerikanischen Limousine gefolgt. Er war ziemlich heftig drauf und hat sich ständig wild in alle Richtungen umgesehen.«

»Wussten Sie, wonach er Ausschau gehalten hat?«

»Keine Ahnung«, antwortete Payne. »Er hat sich ziemlich merkwürdig benommen. Doch dann hat er diesen kleinen Chinesen erblickt. Als der sich gerade unter der Absperrung hindurchschob. Und losstürzte. In dem Moment hat Dave mir etwas zugebrüllt.«

»Und was hat er Ihnen zugebrüllt, Mark?«

»Dass ich den Chinesen überfahren soll.«

»Beschreiben Sie die Situation.«

»Ich bekam Panik, furchtbare Panik, drehte fast durch. Ich habe mich geweigert, hab nicht kapiert, was er da von mir wollte. Dann hat er mir gedroht, gebrüllt, dass sie meine Familie plattmachen würden, wenn ich es nicht täte. Und dass ich ziemlich viel Knete bekommen würde, wenn ich es täte. Er griff mir sogar ins Lenkrad und rief: ›Gib Gas!‹«

»Und wer sind ›sie‹?«

»Das habe ich auch nicht kapiert«, antwortete Payne matt. »Ich hab doch nur einen kleinen Nebenjob angenommen. Diese verfluchte Finanzkrise ist dabei, mich völlig zu ruinieren. Ich habe einen viel zu hohen Kredit für diese verdammte Villa aufgenommen. Damals bekam man ja noch Kredite ohne irgendwelche Sicherheiten. Erst im Nachhinein habe ich begriffen, dass sie keineswegs daran interessiert waren, mich als Nachtwächter in dieser Lagerhalle in den Docklands anzustellen. Sie brauchten mich für etwas ganz anderes.«

»Wer sind ›sie‹, Mark?«

»Das kann ich nicht sagen, und das wissen Sie auch.«

»Sie hatten doch bereits erwähnt, dass es sich um Asterion Security handelt, oder?«

Payne machte eine reumütige Geste.

»Ich werde das sofort dementieren, wenn Sie es irgendwo verwenden wollen«, sagte er.

»Und was ist danach passiert? Warum wollten Sie gerade jetzt wegfahren?«

»Dave hat mich vor einer Stunde angerufen und gesagt, dass sie interne Ermittlungen aufgenommen hätten und dass ich mit meiner Familie abtauchen müsse. Jedenfalls für eine Weile, bis sich der Sturm gelegt hätte.«

»Von wo aus hat er angerufen?«

»Von seinem Handy.«

»Hat er Sie auf Ihrem Handy erreicht?«

»Ja, wieso?«

»Dürfte ich es einmal sehen?«

Payne holte mit zitternden Fingern sein Handy aus der Innentasche seiner Jacke und wählte Colemans Nummer aus. Hjelm schickte sie per SMS an sich selbst und gab Payne das Handy zurück. In seiner Jackentasche ertönte ein kurzes Signal, während er fragte: »Und wovor hatten Sie so schreckliche Angst, als Sie uns sahen? Doch nicht vor den internen Ermittlern, oder?«

»Nein«, seufzte Payne, »aber ich weiß, dass es das Beste für Asterion wäre, wenn ich für immer verschwinden würde.«

»Und Sie haben keine Ahnung, warum es so wichtig war, den Chinesen zu überfahren?«

Payne schüttelte den Kopf und blickte zu Boden.

Hjelm trat einen Schritt zurück und sagte: »Es wäre in der Tat das Beste, wenn Sie sich gut verstecken würden, Mark. Die werden nämlich ziemlich hinter Ihnen her sein. Sind Sie sicher, dass Sie keinen Kontakt zu den internen Ermittlern aufnehmen wollen?«

»Ich brauche Bedenkzeit«, gestand Payne. »Vielleicht werde ich es tun, aber erst mal muss ich meine Familie in Sicherheit bringen.«

Hjelm ließ ihn gehen. Payne lief zurück zu seinem Wagen und fuhr mit seiner Familie von dannen. Bouhaddi und Hjelm sahen seinen Wagen hinter der Nachbarhecke verschwinden und steckten ihre Waffen zurück in die Achselhalfter.

Hjelm nahm sein Handy aus der Innentasche, schaute aufs Display und nickte. »Aufnahmemodus nennt man das«, sagte er und tippte aufs Display. Eine Stimme sagte gedämpft: »Wir sind der amerikanischen Limousine gefolgt. Er war ziemlich heftig drauf und hat sich ständig wild in alle Richtungen umgesehen.«

»Sehr smart, Chef«, sagte Corine Bouhaddi anerkennend.

»Wo sind wir da nur hineingeraten?«, fragte Hjelm und gab eine Nummer ein. Es meldete sich jemand: »Hershey.«

»Miriam«, sagte Hjelm. »Zwei Dinge: Zum einen schicke ich dir zwei Handynummern, die erste ist die von Payne, die zweite Colemans. David Coleman hat Mark Payne um 13:12 Uhr angerufen. Versuche eine geografische Position oder Ähnliches auszumachen. Und zum anderen möchte ich, dass du dir alle nur erdenkliche Hilfe holst, an allen nur erdenklichen Fäden ziehst, allerdings so unsichtbar wie möglich, und alles, aber auch alles über Asterion Security Ltd. herausfindest, was du kriegen kannst. Und falls dir bei MI5 noch irgendjemand zu Dank verpflichtet sein sollte, wäre jetzt der richtige Augenblick, ihn daran zu erinnern.«

»Jetzt tust du das Richtige«, entgegnete Miriam Hershey.

»Wie bitte?«, fragte Paul Hjelm.

»Jetzt behandelst du mich wie eine Ebenbürtige«, verdeutlichte Hershey.

»Ich behandele dich verflucht noch mal geradezu wie eine Prinzessin«, meinte Hjelm. »Und ruf uns bitte ein Taxi.«

»Fordere dein Glück nicht heraus«, entgegnete Hershey.

Das Taxi war innerhalb von fünf Minuten vor Ort. Bouhaddi gab dem Fahrer die Adresse der Asterion Security Ltd. in den London Docklands, während Hjelm weiter an seinem iPhone herumfingerte.

»Gib doch zu, dass du heimlich Tetris spielst«, stichelte Bouhaddi.

»Ich habe nicht die geringste Ahnung, wovon du redest«, entgegnete Hjelm. »Ich sehe gerade meine verpassten Anrufe durch. All work and no play, falls du dich erinnerst.«

»Die Anrufe kamen, während du eine halbe Stunde lang Musik gehört hast.«

»Die Zeit habe ich schon tausendmal wieder wettgemacht«, meinte Hjelm mit erhobenem Zeigefinger.

Dann fragte er in sein Handy: »Ist dort Professor Graham D. Nodham in Oxford? Hier ist Paul Hjelm von Europol. Tut mir leid, dass ich die ganze Zeit über beschäftigt war.«

»Nein, ich muss mich entschuldigen. Ich war etwas übereifrig«, antwortete eine kultivierte hochbritische Stimme am anderen Ende der Leitung.

»Von dem Eifer eines Professors lasse ich mich doch gerne anstecken«, sagte Hjelm wohlerzogen.

»Wunderbar«, stimmte Professor Nodham zu. »Dann befinden wir uns ja auf demselben Niveau.«

»Verzeihen Sie, dass ich Ihnen so grässliche Bilder geschickt habe.«

»Wenn man erst einmal den anfänglichen Schock überwunden hat, ist man schließlich in der Lage, sie zu analysieren. In gewisser Weise entspricht das sogar dem Wesen der Kunst, Mr Hjelm.«

»Und Sie haben in der Zwischenzeit also das Opfer von Hampstead Heath analysiert?«

»Das Laken hat mich auf die römische Spur gebracht, aber das war viel zu allgemein. Die meisten abgebildeten Römer sind eher in eine Art Toga gehüllt, wenn sie nicht nackt sind oder miteinander kopulieren. Aber dann ist da noch diese auffällige entspannte Pose, den Arm auf einen Stein gestützt, den Rücken gegen einen Baum gelehnt. Das ist schon etwas spezieller, nahezu eine Form von pastoraler Hirtenidylle, aber nicht ausreichend für eine präzise Identifizierung. Es könnte sich natürlich um ein römisches Motiv handeln, allerdings erst in einer späteren Zeit entstanden, und könnte somit in der Malerei wie auch in der Bildhauerei zu finden sein.«

»Oder es ist eine Art Mosaik«, sagte Hjelm, um auch etwas beizutragen.

»Ich bitte Sie«, entgegnete Nodham. »Es gibt natürlich ähnlich geartete Mosaike auf diversen römischen Fußböden. Aber nicht mit diesem Gesicht.«

»Ach, das Gesicht.«

»Ja, das Gesicht hat, offen gestanden, etwas in mir ausgelöst. Dieses unangenehm aufgequollene Gesicht. Nahezu ohne Gesichtszüge. Es ließ mich an eine Skulptur denken. Oder an ein Relief. Und somit in erster Linie an römische Sarkophage.«

»Sarkophage. Also Särge?«

»Ja, Steinsärge. Ursprünglich nannte man sie Sarkophagos lithos. Steine, die Fleisch fressen. Schlicht und einfach Särge für die Toten. Aber mit römischen Sarkophagen ist es nicht so einfach. Sie sind in der Regel vollkommen überladen mit Figuren und Charakteren aus der Mythologie, rundherum mit Reliefs, Friesen und Fresken bedeckt, deren Figuren ineinander verschlungen sind oder auch ineinander übergehen. Man denke beispielsweise nur an den Anfang des gigantischen Romans *Die Ästhetik des Widerstands* von Peter Weiss, in dem die Hauptperson vor dem riesigen Fries im Pergamonmuseum in Berlin steht: ›Rings um uns erhoben sich die Leiber aus dem Stein, zusammengedrängt zu Gruppen, ineinander verschlungen oder zu Fragmenten zersprengt, mit einem Torso, einem aufgestützten Arm, einer geborstenen Hüfte, einem verschorften Brocken ihre Gestalt andeutend, immer in den Gebärden des Kampfs, ausweichend, zurückschnellend, angreifend, sich deckend, hochgestreckt oder gekrümmt, hier und da ausgelöscht, doch noch mit einem freistehenden Fuß, einem gedrehten Rücken, der Kontur einer Wade eingespannt in eine einzige gemeinsame Bewegung.‹«

»Ich hoffe, der Herr Professor hat den Text abgelesen ...«

»Ansonsten hätte es Ihnen ziemlich imponiert, nicht wahr?« Nodham lachte. »Ja, ich habe es direkt vom Buch abgelesen.«

»Und ich nehme an, dass uns das irgendwohin führen soll?«, fragte Hjelm.

»Das wird es in der Tat«, antwortete Nodham. »Es führt uns zum *Sarcophagus Maconiana Severiana*. Ich meine zu hören, dass Sie im Augenblick in einem Auto sitzen. Hat der Kommissar in besagtem Auto vielleicht Mail-Empfang?«

»Ich bin zwar kein Kommissar, aber ich habe Mail-Empfang. *Sarcophagus Maconiana Severiana*?«

»Maconiana Severiana war die geliebte Tochter eines römischen Senators, der ungefähr zweihundert Jahre nach Christus gelebt hat«, erklärte Nodham. »Als sie einen viel zu frühen Tod starb, ließ Marcus Sempronius Faustinianus einen Sarkophag herstellen, in dem er seine kleine Maconiana bestattete. Er wollte offenbar, dass der Sarkophag an die Lebensfreude erinnerte, die Maconiana stets ausgestrahlt hatte. Er wählte das lebensbejahendste Motiv aus, das er kannte, nämlich Bacchus. Was wir auf der Vorderseite des Sarkophags sehen, ist eine bacchische Szene mit Tanz und Musik, Feier und Glanz. Ein Bacchanal. Dort herrscht ein ebenso großes Gewimmel, wie Peter Weiss es beschreibt, allerdings ohne irgendwelche Kampfszenen, sondern durch und durch jubelnd und voll Lebensfreude. Abgesehen von einem Detail. Und jetzt sollte der Kommissar gerade eine Mail empfangen haben.«

»Einen Augenblick, bitte«, sagte Paul Hjelm und scrollte die Mail auf seinem Display ein wenig herunter. Schließlich hatte er ein Bild vor sich. Die Fotografie eines tatsächlich vor Menschen nur so wimmelnden Sarkophags. Ein Relief mit tanzenden Figuren, die auf dem winzigen Display nur schwer zu erkennen waren.

»Ja«, sagte er. »Jetzt sehe ich es.«

»Wie Sie sicher erkennen können, sind all die kleinen Gesichter extrem sorgfältig in den Stein gemeißelt worden«, erklärte Professor Nodham. »Alle außer eines. Unten rechts auf dem Sarkophag. Können Sie es heranzoomen?«

»Ich versuche es«, antwortete Hjelm.

»Dann sehen Sie, dass sich dort unten rechts auf dem Bild eine halb liegende Figur befindet. Es handelt sich unverkennbar um eine Frau, die in einer entspannten Position bequem zurückgelehnt liegt, den rechten Arm hinter dem Kopf, während der angewinkelte linke Arm auf etwas gestützt ist, das wahrscheinlich einen Stein darstellen soll. Ein dünner Baumstamm neigt sich von rechts über sie und rahmt so ihren Körper quasi ein. Die Frau ist nackt, aber ein Stoffstück bedeckt ihre Scham und ihre angewinkelten Knie, zudem ist ein Zipfel davon hinter ihrem rechten Arm hochgezogen.«

»Ich sehe es«, sagte Hjelm atemlos.

»Schauen Sie sich auch das Gesicht an«, empfahl Nodham.

»Welches Gesicht?«, fragte Hjelm.

»Genau«, entgegnete Nodham. »Welches Gesicht? Sie ist die einzige Gestalt im Gewimmel, die kein Gesicht hat. Die Gesichtszüge sind nicht viel mehr als nur angedeutet. Höchstwahrscheinlich hatte der Bildhauer vor, das Gesicht der kleinen Maconiana Severiana dort einzumeißeln, aber aus irgendeinem Grund geschah dies nie. Stattdessen wurde daraus das Gesicht ohne Gesichtszüge.«

»Ja«, bestätigte Paul Hjelm und betrachtete das gesichtslose Gesicht. »Ganz sicher ist sie es. Phantastische Arbeit, Herr Professor, das muss ich wirklich sagen.«

»Richtige Detektivarbeit, nicht wahr?«, meinte Professor Nodham und bemühte sich nicht darum, seine Selbstgefälligkeit zu verbergen.

»Definitiv«, gab Hjelm zu. »Also *Sarcophagus Maconiana Severiana*? Wo befindet sich dieser Sarkophag?«

»In einem Museum, das J. Paul Getty heißt, in Malibu, Kalifornien.«

»Ich meine sowohl Bacchus als auch einige andere mythologische Figuren auf dem Sarkophag zu erkennen«, sagte Hjelm. »Pan ist zu sehen, die Satyrn, die Mänaden. Aber die Frau selbst kenne ich nicht. Wer ist sie?«

»Sie ist eine bekannte mythologische Figur«, antwortete Nodham. »Sie wurde gerade von Theseus verlassen, nachdem sie ihm aus dem Labyrinth herausgeholfen hatte, wo er den Stier Minotaurus getötet hatte. Sie wurde schließlich von der lebensbejahenden Gefolgschaft des Bacchus zu neuem Leben erweckt.«

»Aha«, sagte Paul Hjelm. »Dann ist es also ...«

»Ganz genau«, sagte Graham D. Nodham. »Es ist Ariadne.«

Treffer

Den Haag, 11. April

Zwei blaue Blitze zuckten durch den großen Versammlungsraum, und dann zeichneten sich die Gesichter auf den Bildschirmen ab.

»This is Rome«, sagte Rom von der einen Wand aus.

»This is Riga«, sagte Riga von der anderen Wand aus.

»This is The Hague«, erklärte Angelos Sifakis in der Mitte des Raums. »Wie geht's am äußeren Rand von Europa?«

»Hier ist alles bestens«, antwortete Donatella aus Rom und schickte ihnen ein strahlendes Lächeln. »In Rom ist Hochsommer.«

»In Riga haben wir leider keinen Hochsommer«, sagte das Steingesicht aus Riga. »Eher etwas, das wie Herbst anmutet. Grau und kalt. Passend zu den Neuigkeiten, die ich zu überbringen habe. Wie ihr wisst, ist es um unser Land im Augenblick nicht gerade gut bestellt. Schlechte Zeiten.«

»Und das passt zu dem, was du uns übermitteln willst, Bendiks?«

Arto Söderstedt betrachtete das versteinerte Gesicht an der Wand und versuchte den Namen Bendiks damit in Einklang zu bringen. Es ging besser als erwartet. Natürlich hieß er Bendiks.

»Ja«, antwortete Bendiks Vanags in Riga. »Wir haben den besagten Computer, der benutzt wurde, in einem Regierungsgebäude hier in Riga lokalisiert. Er gehört einem Staatssekretär aus dem Ministerium für Umweltfragen.«

»Umweltfragen?«, rief Söderstedt aus.

»Genau«, antwortete Bendiks. »Der Mann, den ihr Kaspars Helmanis nennt, heißt eigentlich Kristaps Bergmanis. Sein Computer hat die IP-Nummer, die ihr angegeben habt.«

»Kannst du uns noch etwas mehr über ihn berichten?«, fragte Sifakis. »Keine dunkle Vergangenheit? Keine potenziellen Verbindungen zur organisierten Kriminalität?«

»Nein, es gibt keinerlei Anzeichen dafür. Hingegen hat sein Dezernat vor Kurzem extreme Einschnitte des Budgets hinnehmen müssen. In Zeiten, wo das Land am Rande des Bankrotts steht, hat der Umweltschutz nicht gerade Priorität.«

»Ziemlich bekanntes Phänomen«, meinte Söderstedt.

»Offenbar kämpft Kristaps Bergmanis seit geraumer Zeit gegen die Budgetsenkungen an. Unseren Nachforschungen zufolge haftet ihm der Ruf an, ziemlich aufrührerisch zu sein.«

»Und jetzt hat er allem Anschein nach wegen der Verklappung von Umweltgiften Kontakt mit der italienischen Mafia aufgenommen«, sagte Sifakis. »Interessant. Das sieht für mich wie eine extreme Form von Doppelmoral aus.«

»Das ist eine durchaus nachvollziehbare Deutung«, bestätigte Bendiks in Riga.

»Ich habe ein Mandat, zwei Leute von uns zu euch zu schicken«, sagte Sifakis. »Ich vermute, ich muss nicht extra betonen, dass höchste Geheimhaltungspflicht besteht?«

»Unsere nationale Gruppe ist sich über die Voraussetzungen für unsere Zusammenarbeit ebenso im Klaren wie alle anderen auch«, entgegnete Bendiks trocken.

»Die beiden kommen natürlich inkognito, es sind Laima Balodis aus Litauen und Jorge Chavez aus Schweden.«

»Schweden«, brummte Bendiks. »Im Moment sind wir hier in Lettland nicht gerade gut auf Schweden zu sprechen.«

»Hier spricht Chavez«, meldete sich der. »Ich höre.«

»Ich rede nur ungern über Politik«, sagte Bendiks.

»Aber selbst hier gilt wie immer die goldene Regel. Wer A sagt, muss auch B sagen«, wandte Chavez ein.

Bendiks in Riga war nicht gerade um Worte verlegen, als er entgegnete: »Die schwedischen Kreditinstitute haben unerhörte

Summen daran verdient, jedem noch kaum mit dem Kapitalismus vertrauten Letten unfassbar hohe Kredite zu gewähren, der auch nur die Hand hob. Man spricht davon, dass fünfundzwanzig Milliarden schwedische Kronen Reingewinn geradewegs in die Taschen der Banken geflossen sind. Dann schlug die Krise zu, aus ebendiesem Grund, und jetzt fordert der schwedische Staat gigantische Senkungen der Budgets von Lettland, um die Notdarlehen zu gewähren, damit die Letten ihre Kredite an die schwedischen Geschäftsbanken zurückzahlen können. Lasst euch das einen Moment lang auf der Zunge zergehen, und spürt, wonach es schmeckt.«

»Es schmeckt in der Tat ein wenig nach Kolonialismus«, sagte Chavez.

Auf dem Bildschirm war deutlich zu erkennen, wie Bendiks die Zähne zusammenbiss, bevor er knurrte:

»Marx hätte möglicherweise Folgendes dazu gesagt, allerdings ohne selbst richtig daran zu glauben: Der Staat sponsert das Kapital, damit das Kapital ein kleines armes Land ordentlich aussaugen kann. Und das im 21. Jahrhundert. Wo wir doch möglicherweise aus dem 20. etwas hätten lernen können.«

»Ziemlich ungewöhnlich, dass ein Balte Marx zitiert«, sagte Fabio Tebaldi. »Eigentlich bezeichne ich mich selbst immer als den letzten Marxisten.«

»Die Zeiten sind sehr speziell«, entgegnete Bendiks in Riga. »Der Kapitalismus hätte auch ein wenig innehalten und sich auf die ihm eigenen Werbeslogans beschränken können. Man hätte denken können: Wir haben gewonnen, überall auf dem Erdball. Keiner zweifelt noch daran, dass eine Gesellschaftsform, die sich auf Angebot und Nachfrage gründet, die beste ist. Und wenn wir es vermeiden, das Ganze bis zum Äußersten zu treiben, werden wir auch alle Menschen weltweit auf unserer Seite haben. Der Kapitalismus hat eine schreckliche Seite, eine absolut unmenschliche – wir wissen das, und wir wollen vermeiden, uns von dieser Seite zu zeigen. Dann werden die Menschen auch hinter uns stehen.

Stattdessen ist genau das Gegenteil passiert. Der Kapitalismus hat alle und jeden regelrecht überrannt, und das wird er nicht überleben. Die Erde wird Feuer fangen, und ich werde der Erste sein, der es bedauert.«

»Und du wolltest also nicht über Politik reden?«, fragte Chavez.

»Es tut mir leid«, entschuldigte sich Bendiks mit steinerner Miene.

»Aber du hast recht«, pflichtete ihm Tebaldi bei. »Ich habe den reinen Kapitalismus aus nächster Nähe gesehen. Die Mafia.«

»Beziehungsweise die schwedischen Banken«, ergänzte Bendiks. »Für uns ist es ein und dasselbe.«

»Ich werde euch dennoch besuchen«, sagte Chavez. »Es scheint, als hätten wir uns eine Menge zu sagen, während du uns auf den besten Wodka in Riga einlädst.«

Man konnte nicht gerade behaupten, dass Bendiks lächelte, aber seine Gesichtszüge schienen für einen kurzen Augenblick etwas weicher zu werden, als er sagte: »Es scheint mir eher angebracht, dass du eine Runde ausgibst, Chavez.«

Chavez lachte und antwortete: »Versprochen.«

»Und wie steht's mit bella Roma?«, fragte Tebaldi. »Jetzt möchte ich aber zum Teufel noch mal eine genaue Adresse von dir bekommen, Donatella.«

»Das hängt davon ab, ob du vorhast, in Süditalien eine marxistische Revolution anzuzetteln«, entgegnete Donatella.

»Versprochen«, sagte Tebaldi.

»Ich habe in der Tat eine Adresse«, meinte Donatella. »Sie liegt in einem kleinen Bergdorf oben im Hochland der Basilikata, und zwar nördlich von Potenza. Meinen Unterlagen zufolge handelt es sich um eine heruntergekommene Renaissancevilla. Nahezu ein kleines Schloss, allerdings mit eingestürztem Dach. Dennoch ist dort ein Internetanschluss registriert, und zwar mit der IP-Adresse, die ihr angegeben habt, und auf den Namen, den ihr angegeben habt, Ottavio Mascaro. Ich maile euch die GPS-Koordinaten.«

Tebaldi sank auf seinem Stuhl zusammen.

»Schade, dass ich dich von hier aus nicht sehen kann, Fabio«, bedauerte Donatella. »So wie ich die Sache verstanden habe, wirst du dich auf geheimen Wegen ins Land schleusen, nicht wahr?«

Da Tebaldi offenbar nicht in der Lage war zu antworten, tat Sifakis es: »Das stimmt, Donatella. Aber es kann durchaus sein, dass wir deine Hilfe benötigen. Und vermutlich muss ich nicht extra betonen, dass die Sache höchster Geheimhaltung unterliegt?«

»Nein, das brauchst du nicht«, erklärte Donatella.

»Perfekt«, sagte Sifakis. »Mailt mir alle nötigen Informationen aus Rom und Riga, dann werdet ihr in Kürze Besuch bekommen.«

»Selbstverständlich«, antwortete Donatella.

»Selbstverständlich«, antwortete Bendiks.

Das Ende des Cybermeetings war der Auftakt zur Vorbereitung der physischen Begegnung. Sifakis fasste die Aufgaben noch einmal knapp zusammen: »Fabio und Lavinia wissen, was sie zu tun haben, wie auch Laima und Jorge. Die anderen kehren an ihre Plätze zurück und arbeiten weiter. In England ist schließlich eine Menge passiert. Der chinesische Fall gehört jetzt jedenfalls auch zu unseren. Dank Jutta Beyer.«

»Der tibetische«, korrigierte ihn Arto Söderstedt. »Wenn ich bitten darf.«

»Das wird sich noch zeigen«, entgegnete Angelos Sifakis. »Dann also an die Arbeit.«

Jutta Beyer lächelte schwach. Söderstedt sagte: »Lächle nicht so komisch. An die Arbeit.«

»Ich kann arbeiten und lächeln«, entgegnete Jutta Beyer, während sie zu ihren Plätzen in der Bürolandschaft schlenderten.

»Und dabei auch noch gehen«, lobte Söderstedt. »Phantastisches Multitasking.«

»Im Gegensatz zu dir«, konterte Beyer. »Zumindest dein Erinnerungsvermögen ist miserabel. Deine Silbenreihe hat uns ja nicht gerade weit gebracht. Wir müssen uns wohl oder übel an einen Hypnotiseur wenden, auch wenn dir das albern vorkommt. Ich habe übrigens mit einem in Amsterdam telefoniert, der wiederum eine Kollegin in Breda empfohlen hat. Speziell auf deine Bedürfnisse zugeschnitten.«

»Ach hör doch auf«, protestierte Söderstedt und erweckte seinen Computer mit einer raschen Mausbewegung zum Leben. »Wir haben immerhin den Fluss herauslesen können.«

»Aber viel mehr auch nicht«, entgegnete Beyer, die einige Male ins Stocken geriet, während sie den Text von dem bereits ziemlich abgenutzten Post-it-Zettel abzulesen versuchte: »Ksangpudygrgymongultjudygnialkridingyljiang. Das Erste, was du ›ksangpu‹ nennst, heißt zweifellos ›gtsang po‹. Es ist das tibetische Wort für Fluss. Dann wird es allerdings schwieriger. Wir entfernen also das tibetische Wort für Fluss am Anfang und das chinesische am Ende. Dann bleibt noch ›dygrgymongultjudygnialkridingyl‹. Damit sind wir nicht viel weiter.«

»Ich habe es jedenfalls, so gut ich konnte, auf Band gesprochen und an diverse Experten geschickt«, erklärte Söderstedt. »Wenigstens wissen wir jetzt, dass es sich um Tibetisch handelt. Zumindest teilweise.«

»Ich musste gerade über dieses ›mongul‹ ungefähr in der Mitte nachdenken«, sagte Jutta Beyer. »Und dann über das ›dyg‹, das immerhin zweimal aufzutauchen scheint. Bist du dir sicher, dass es vorne und hinten gleich klang?«

»Ich bin mir überhaupt nicht mehr sicher«, antwortete Söderstedt. »Aber wenn wir davon ausgehen, dass die Grundvoraussetzung gegeben ist, nämlich dass ich mit dem Fluss am Anfang und am Schluss richtig lag, dann gibt die Ähnlichkeit zwischen ›ksangpu‹, was ich gehört zu haben glaube, und ›gtsang po‹, was korrekt zu sein scheint, vielleicht einen ungefähren Aufschluss darüber, wie nahe meine Version an der echten Sprache ist.«

»Es gibt weder ›mongul‹ noch ›dyg‹«, sagte Jutta Beyer und fuhr ihren Computer ebenfalls hoch. »Ich habe ein erstaunlich gutes tibetisches Lexikon im Internet gefunden. Mit phonetischer Aussprache. Hör dir doch hier mal ›gtsang po‹ an.«

Aus dem Computer ertönte eine maschinelle Stimme: »Gtsang po.«

»Ja, ja«, sagte Söderstedt. »Scheint zu stimmen. Aber wenn ›mongul‹ ein Wort ist, dann ist demnach das vorhergehende ›rgy‹ ebenfalls ein Wort. Vorausgesetzt, ›dyg‹ ist auch ein Wort.«

»Was es offenbar aber nicht ist«, entgegnete Jutta Beyer. »›No hit‹, wie der Computer deutlich signalisiert.«

»Kannst du ihn nicht dazu bringen, das ebenfalls auszusprechen?«

»Also ›rgy‹ ist definitiv kein Wort.«

»Die Silben müssen in irgendeiner anderen Weise zusammenhängen«, vermutete Söderstedt und begann die Buchstaben auf dem Bildschirm zu trennen.

»Ich habe hier eine Website mit den Flüssen in Tibet«, sagte Jutta Beyer. »Ich werde versuchen, so viele tibetische Flussnamen wie möglich damit zu vergleichen. Wenn das Erste, was er zu dir gesagt hat, das Wort ›Fluss‹ ist und er im Sterben den Satz mit demselben Wort, allerdings auf Chinesisch, abschließt, wird es sich dabei wohl um den Kern der Aussage handeln. Er hat bestimmt auch den Namen des Flusses genannt. Er steht irgendwo in dem Silbensalat.«

»Können wir also davon ausgehen, dass er uns mitteilen wollte, dass mit einem tibetischen Fluss gerade irgendetwas geschieht?«, fragte Söderstedt und fuhr fort, die Buchstaben zu trennen.

»Klingt ziemlich wahrscheinlich«, antwortete Beyer. »Zum Beispiel weil er vielleicht selbst an diesem Fluss wohnt und arbeitet. Er ist persönlich von dem Vorfall betroffen, der vermutlich etwas mit dem Einleiten von Giften zu tun hat, denn er hat ja stark geschwitzt. Aber es kann durchaus sein, dass er Insiderinformationen besaß. Höchstwahrscheinlich handelt es sich um ein Bergwerk, eine Fabrik oder eine militärische Versuchsanlage irgendeiner Art, die irgendwelche Abwässer in den Fluss leitet.«

»Aber was soll das mit Barack Obama zu tun haben?«, fragte Söderstedt. »Warum hat er sich an die westliche Welt gewandt?«

»Es muss direkt mit dem Westen zu tun haben. Auf die eine oder andere Weise, am ehesten wohl in wirtschaftlicher Hinsicht.«

Arto Söderstedt hörte auf, die Buchstaben hin- und herzuschieben. Er lehnte sich, die Händen im Nacken gefaltet, zurück und fragte: »In diesem Zusammenhang fallen einem doch als Erstes die USA ein, oder?«

Jutta Beyer hörte ebenfalls auf zu tippen, wandte sich ihrem Partner zu und fragte zurück: »Nicht notwendigerweise, oder?«

»An was denkst du?«

»Im Zusammenhang mit der Herstellung von Möbeln habe ich über Hyperhidrose, also extremes Schwitzen, gelesen. Und wir beschäftigen uns gerade mit dem Direktor einer schwedischen Möbelfabrik, die mit Chemikalien arbeitet, die Hyperhidrose hervorrufen. Und die Probleme mit Produktkopien gehabt hat.«

»Billigsofas aus China.« Söderstedt nickte. »Aber es gibt keine Verbindung zu dem Tibeter.«

Jutta Beyer machte eine resignierte Geste.

»Okay, war nur so ein Gedanke.«

»Merk ihn dir«, sagte Söderstedt. »Ich habe gelernt, mich auf deine Einfälle zu verlassen.«

Er wandte sich seinem Bildschirm zu, damit er Jutta Beyers heimliches stolzes Lächeln nicht sehen musste.

»Aber«, sagte er dann, »könnten wir nicht eine Computeranalyse von dem Rest der Buchstabenreihe machen?«

»Ich weiß nur nicht, wie«, antwortete Beyer. »Alles hängt schließlich von dir und deinen Erinnerungen ab. Es stimmen ja nicht alle Buchstaben, und da weiß der Computer dann auch nicht weiter. Die einzige Symmetrie, die wir haben, besteht zwischen den beiden ›dyg‹. Wie sicher bist du dir bei ›dyg‹?«

»Ach, hör doch auf«, murrte Söderstedt. »Ich bin mir wie gesagt überhaupt nicht mehr sicher. Aber in meinem Kopf klingen die beiden ›dyg‹ gleich. Das bedeutet natürlich nicht, dass es sich um ›dyg‹ handeln muss. Es kann auch ebenso gut ein fucking ›dog‹ sein.«

»Gut«, meinte Beyer und gab ›dog‹ in ihr Internetlexikon ein. Der Computer antwortete: »No hit.« Was Jutta Beyer offensichtlich nicht wahrhaben wollte, da sie nun mit einer Vorhand auf das Gerät einhämmerte, die eines Jiang Jialiang würdig war.

»›Ksangpudyg‹«, sagte Söderstedt und schüttelte den Kopf. »Tja, weiter komme ich einfach nicht. Und es hat sich in der Tat so angehört, als sei ›dyg‹ dort am Anfang ein eigenes Wort. Danach kam eine winzige Pause. Verdammt. Oder – ich weiß es nicht.«

Jetzt schüttelte Jutta Beyer den Kopf. »Vorher war das Ganze hier lediglich ein Spiel, Arto«, sagte sie und wandte sich ihm zu. »Und – unterbrich mich jetzt bitte nicht – wenn schon kein Spiel, dann jedenfalls dein privates Versprechen an Zhang Sang. Aber jetzt hat das Ganze eine völlig andere Dimension angenommen. Jetzt wird das Überfahren von Zhang Sang als schweres Verbrechen eingestuft, als vorsätzliche Tötung. Du musst Ordnung in dieses Buchstabengewirr bringen.«

Arto Söderstedts Gesichtszüge veränderten sich. Sein Gesicht verzog sich regelrecht vor Anstrengung. Er sah die ganze Szene erneut vor seinem inneren Auge. Sein Blick begegnete Zhang Sangs im selben Moment, als er ihn über die Straße rennen sah. Er sah, wie er mit einem entsetzlichen Knall angefahren wurde, den er verzögert wahrnahm. Er sah ihn aufprallen, und er sah sich selbst im Schersprung die Absperrung überwinden, obwohl er bestimmt fünfunddreißig Jahre lang keinen Schersprung mehr gemacht hatte. Er sah, wie er sich über Zhang Sangs übel zugerichteten Körper beugte und sein Ohr an seinen Mund hielt. Wie er horchte.

Ihm zuhörte.

Er hörte zu. Das Blut spritzte hinauf in sein Ohr. Und er hörte es erneut. Die gesamte Aneinanderreihung von Silben. Wie schnell es auf einmal ging. Die Laute wurden geradewegs in ihn hineingespuckt. Er hörte genau dasselbe noch einmal.

Unverändert.

Als er die Augen wieder öffnete, sah er, dass Jutta Beyer ihr Handy ans Ohr hielt. Sie legte die Hand darauf und signalisierte ihm mit übertriebenen Lippenbewegungen: »Die Hypnotiseurin.«

Söderstedt schüttelte skeptisch den Kopf und fragte: »Warum nicht gleich eine Astrologin? Oder jemand, der in den Eingeweiden der Ratten aus der Kanalisation liest? Ein Iris-Analytiker?«

»Ich habe Ihren Kommentar gehört«, ertönte eine Stimme aus dem Handy auf Englisch mit deutlichem holländischen Akzent. Und weiblicher Tonlage.

»Tut mir leid«, entschuldigte sich Beyer ins Handy. »Mein Kollege ist heute nicht ganz er selbst.«

»Lassen Sie mich doch bitte mit ihm sprechen«, sagte die Stimme.

Beyer hielt Söderstedt das Handy hin. Er sah es an, als wäre es ein Stück Scheiße. Beyer schob es ihm auffordernd über den Schreibtisch zu. Schließlich ergriff er es.

»Ich weiß, dass Hypnose einem parapsychologisch vorkommen kann«, sagte die Stimme. »Aber ich werde in der Tat recht oft von der holländischen Polizei angefragt.«

»Die haben vielleicht andere Objektivitätskriterien als wir«, entgegnete Söderstedt.

»Oder andere empirische Kriterien«, meinte die Frau ruhig. »Und sie haben schlicht und einfach feststellen können, dass es manchmal funktioniert. Nicht immer, aber manchmal. Man hat jedenfalls nichts zu verlieren.«

»Außer seine Würde«, konterte Söderstedt.

»Und die ist oftmals sowieso nur eine Bürde«, entgegnete die Frau. »Ich heiße Daatje Ganesvoort und bin zugelassene Ärztin und Psychoanalytikerin. Und außerdem Hypnotiseurin.«

»Und wo zum Teufel liegt Breda?«, fragte Söderstedt.

»So ist es schon besser«, sagte Daatje Ganesvoort und lachte auf.

Söderstedt reichte Jutta Beyer das Handy wieder zurück, die daraufhin das Gespräch weiterführte.

»In der Nähe der belgischen Grenze«, erklärte sie, als sie das Gespräch beendet hatte. »Wir haben einen Termin am Montag.«

»Hm«, lautete Söderstedts Kommentar, während er ein Wort in Beyers Computer eintippte. Es war das Wort »dug«.

»Vielleicht klang es doch eher so«, meinte er.

»Bist du dir sicher?«

»Je öfter du diese Frage stellst, desto geringer wird mein Respekt vor dir, Jutta Beyer.«

»Wir versuchen es«, sagte sie und klickte den Aussprachebutton an.

Der Computer äußerte sich mit maschineller Stimme: »Dug.«

Und dann signalisierte er nicht: »No hit.«

Stattdessen antwortete er: »Poison«.

»Treffer«, rief Arto Söderstedt.

Twitter

London, 11. April

Der Londoner Hafen war einmal der größte weltweit. Das ist noch gar nicht so lange her. Doch als der Sturm der Veränderung aufkam, waren seine Auswirkungen sofort spürbar. Ein Orkan brach über den Osten von London herein und zog eine unübersehbare Grenze zwischen Vorher und Nachher. Und das lag an den Containern.

Plötzlich wurden sämtliche Güter der Welt, die von weit her kamen, in Containern verfrachtet. Das bedeutete, dass größere Schiffe gebaut werden mussten. Die konnten jedoch nicht mehr auf der Themse fahren. Der Londoner Hafen verödete. Zwischen 1960 und 1980 schlossen alle Londoner Teilhäfen, und im Osten der Stadt entstand ein nahezu berlinerisches Niemandsland mit hoher Arbeitslosigkeit und enormen sozialen Problemen.

Das machte sich in einer Weltstadt allerdings nicht gerade gut. Vor allem nicht so nahe an der Innenstadt. Insbesondere nicht während der Thatcher-Ära, der Blütezeit des Neoliberalismus und dem Ursprung unseres jetzigen Zeitalters. Der Baron, Geschäftsmann und Umweltminister Michael Heseltine gründete Anfang der Achtzigerjahre die London Docklands Development Corporation, und die LDDC begann, das heruntergekommene Hafengelände wieder zu erschließen. Es wurden Luxuswohnungen errichtet und die bisherigen Bewohner trotz lautem Protest vor die Tür gesetzt. Man errichtete eine »Enterprise Zone«, innerhalb deren Grenzen Großunternehmen keine Grundsteuer entrichten mussten und mit einem ganzen Paket von Steuererleichterungen versehen wurden. Der gigantische Finanzdistrikt Canary Wharf entstand, eine U-Bahn-Linie wurde gebaut und das waghalsige Projekt London City Airport in Angriff genommen. Als LDDC nach einem dramatischen halben Jahrzehnt schließlich absprang, waren die Londoner Docklands bereits ein Faktum.

Das Taxi kam aus südlicher Richtung. Als Paul Hjelm den Fahrer plötzlich bat, etwas langsamer zu fahren, warf ihm Corine Bouhaddi einen fragenden Blick zu. Es war nicht der erste seit Chislehurst. Er war einfach nicht dazu gekommen, ihr die gesamte Ariadne-Geschichte zu erzählen. Schließlich hatte er es aufgegeben. Sie wirkte eingeschnappt und blickte sich verstohlen um. Und jetzt auch noch das.

»Hier war es«, sagte Hjelm und deutete auf die nichtssagende Straße. »Genau hier wurde unser Tibeter überfahren, hier stand Arto Söderstedt, bevor er im Schersprung über die Absperrung sprang. Hier starb Zhang Sang. Und dort«, fuhr er fort und wies dabei auf einen riesigen Betonkoloss unten an der Themse, »dort liegt das ExCeL Exhibition Centre, wo die Oberhäupter der zwanzig reichsten Länder der Welt vor gut einer Woche über die Finanzkrise diskutiert haben.«

»Die G20-Länder.« Bouhaddi nickte. »Öffentliche Gelder sind heutzutage nur noch dafür da, private Finanzinstitute zu unterstützen, die eine waghalsige Transaktionspolitik betreiben.«

Plötzlich hörte Hjelm Klaviertöne; sie strahlten regelrecht von oben nach unten in seinen Körper aus. *Premonition* – Vorwarnung, Vorzeichen, Vorgefühl, Vorahnung. Er erschauderte.

In dem Moment erhielt Corine Bouhaddi eine SMS. Ihr Handy gab einen Summton von sich. Sie überflog die Mitteilung und reichte dann Hjelm den Apparat, der laut las: »Muss leider unseren Termin absagen. Mir ist eine wichtige Besprechung dazwischengekommen. So ist nun mal das Leben in der Sicherheitsbranche. Ich melde mich wegen eines neuen Termins. Es tut mir leid, und ich hoffe, Sie haben Verständnis. Ray Hammett, Sicherheitschef, Asterion Security Ltd.«

»Aha«, sagte Corine Bouhaddi. »Kam das unerwartet?«

»Nicht ganz, oder?«, meinte Paul Hjelm, während das Taxi in die Docklands einbog.

»Ist dir das eigentlich auch schon aufgefallen?«, fragte Bouhaddi, den Blick hinaus auf die Themse gerichtet.

»Was denn?«, fragte Hjelm.

»Bei unseren Fällen gibt es keine Schurken.«

Hjelm blinzelte und ließ ihre Bemerkung auf sich wirken.

»Wie meinst du das?«, fragte er dann.

»Es gibt jede Menge Verbrechen, aber keine Verbrecher.«

»Ich habe gerade etwas Ähnliches gedacht«, gestand Paul Hjelm. »Das Einzige, was wir sehen, sind die Opfer. Und da zähle ich Mark Payne ebenso dazu.«

»David Coleman hingegen ist ein Verbrecher«, sagte Bouhaddi, »aber er ist verschwunden. In Den Haag haben sie doch auch ein Gaunerpaar identifiziert – wie hießen sie noch gleich? – Il Ricurvo und Il Sorridente? Auch nur Schatten. Ansonsten haben wir noch die unbekannten Täter in Hampstead Heath und im Gebäude von New Scotland Yard, ein unbekanntes Schiff, das die Küsten Europas unsicher macht, einen unbekannten Sicherheitschef mit dem suspekten Namen Ray Hammett, zwei diffuse Schatten namens Ottavio Mascaro und Kaspars Helmanis. Überall nur Gespenster.«

»Obwohl Helmanis letzten Informationen aus Den Haag zufolge tatsächlich ein Mensch zu sein scheint. Genauer gesagt ein Staatssekretär in Riga.«

»Wenn das wahr ist, wäre das ja wunderbar«, merkte Bouhaddi sarkastisch an. »Ein führender Politiker im Ministerium für Umweltfragen bereitet den Weg für die Verklappung von Giftmüll entlang der gefährdeten Küstenlinie seines eigenen Landes. Er sollte in der Hölle schmoren. Aber damit haben wir die Spitze noch nicht erreicht. Ich vermisse jedenfalls handfeste Verbrecher.«

»Ich fürchte, so sieht die Kriminalität in der heutigen Zeit aus«, erklärte Paul Hjelm. »Die Entscheidungsträger lassen sich niemals blicken. Wir kämpfen gegen Gespenster und Schattengestalten. Gegen so etwas Diffuses wie das Erscheinungsbild eines gesamten Zeitalters.«

In dem Moment hielt das Taxi abrupt an. Hjelm schaute aus dem Fenster und erblickte ein schlichtes Gebäude im Schatten eines Wolkenkratzers. Sie stiegen aus. Hjelm bat den Taxifahrer zu warten.

Die London Docklands breiteten sich vor ihnen in alle Richtungen aus. Es war eine bunte Mischung aus Wolkenkratzern von Großunternehmen und anderen Gebäuden, die nicht gerade luxuriös aussahen. Aber das Ensemble wirkte erstaunlich seelenlos. Ein Ort ohne Geschichte. Oder eher mit einer sorgfältig begrabenen Geschichte. Auf einem niedrigeren, an eine Baracke erinnernden Gebäude stand unter einem merkwürdigen Firmenlogo »Asterion Security Ltd.«. Das Logo bestand aus einem fetten goldenen A, dessen quer verlaufender Strich ein Stück schwarzen Stacheldraht darstellte, das an beiden Enden herausragte. Hjelm versuchte es zu ignorieren. Andere Dinge zogen nämlich seine Aufmerksamkeit auf sich. Zum Beispiel die verschanzte massive Tür mit diversen Schließvorrichtungen und Alarmanlagen, die den Eingang zu Asterion Security Ltd. darstellte. Er betrachtete sie genauer und warf dann Corine Bouhaddi einen Blick zu. Sie machte eine wilde Geste mit den Armen, schüttelte den Kopf und sah richtig streitlustig aus. Das Problem war nur, dass da niemand war, an dem sie ihre Aggressionen hätte auslassen können.

»Herr Sicherheitschef Ray Hammett hatte überhaupt nicht vorgehabt, uns zu treffen«, stellte sie fest.

»Das Gebäude sieht jedenfalls ziemlich verrammelt aus«, meinte Hjelm. »Ich frage mich, ob überhaupt irgendjemand hierher zurückkommen wird.«

»Noch so eine Geistererscheinung«, sagte Bouhaddi. »Verdammt, was bin ich sie alle leid. Ich habe in meiner Kindheit schon mehr als genug von ihnen gesehen.«

Hjelm holte sein Handy aus der Tasche und gab eine Nummer ein.

»Ich frage mich, ob Miriam schon dazu gekommen ist, sich etwas über Asterion anzulesen«, meinte er.

In dem Moment meldete sie sich schon. »Merkwürdig«, sagte Hershey auf der anderen Seite von London. »Ich hatte gerade das Handy in die Hand genommen und deine Nummer gewählt.«

»Asterion ist ausgeflogen«, informierte Hjelm sie. »Hast du sie dir schon näher angeschaut?«

»Nicht direkt«, antwortete Hershey. »Hingegen habe ich ein paar andere Informationen. Zum einen ist es mir gelungen, eine unglaublich umfangreiche Liste über Webmailserver zu erstellen, die im Großen und Ganzen den gesamten Erdball umfasst. Vor allem aber Europa und die USA.«

»Und wie erstellt man so eine Liste?«

»Das willst du doch gar nicht wissen.«

»Doch. Aber ich ahne, dass ich es nicht erfahren werde. Obwohl ich dein Chef bin.«

»Jedenfalls nicht am Telefon. Ich habe mit den Codes ›e98weriN‹ und ›79sYsd76‹ einen automatischen Suchlauf gestartet. Der kleine Computer hat noch daran zu knabbern, während wir reden. Natürlich kann keiner sagen, inwieweit die Liste komplett ist, aber die Wahrscheinlichkeit, dass wir irgendwo einen Treffer landen, ist dennoch ziemlich hoch. Vorausgesetzt natürlich, es handelt sich bei den beiden Kombinationen überhaupt um einen Webmail-Account.«

»Ausgezeichnet«, lobte Hjelm sie. »Und wie lange, denkst du, wird die Suche dauern?«

»Ein paar Stunden oder bis zu einer Woche«, antwortete Hershey. »Es geht leider nicht schneller.«

»Und das andere, womit du dich – statt mit Asterion – beschäftigt hast?«, fragte Hjelm ein wenig undankbar.

»Ich habe die Anzeigen durchsucht, die in der vergangenen Woche bei der Met eingegangen sind. Mithilfe der Stichworte ›Jalousie‹ und ›Vorhang‹. Neben all den idiotischen Einbrüchen und missglückten Brandstiftungen bin ich tatsächlich auf die Anzeige von einem Hotel in Bayswater gestoßen. Der Hotelgast hat nicht nur die Rechnung nicht bezahlt, sondern außerdem, Zitat, ›schwere Sachbeschädigung in Bezug auf die Jalousie des

Zimmers und nicht zuletzt die Justierstange derselben begangen‹. Typische Polizeianzeige, um den Schaden von der Versicherung erstattet zu bekommen, nichts weiter.«

»Umso besser für uns«, sagte Paul Hjelm. »Glänzende Polizeiarbeit, Hershey. Adresse?«

Er bekam die Adresse und beendete das Gespräch mit den Worten: »Und vergiss nicht Asterion.«

Als Antwort erhielt er nur ein vielsagendes Schweigen.

Sie stiegen wieder ins Taxi und fuhren los. Hjelm wandte sich Bouhaddi zu und fragte: »Du hast also schon genügend Gespenster in deiner Kindheit gesehen?«

Bouhaddi musterte ihn erstaunt. Dann wurde sie von einem völlig ungewohnten Gefühl befallen. Dem Gefühl, einen Mann unterschätzt zu haben. Sie antwortete: »Ja. Es gab eine Spukgestalt, die in Safi in Marokko unter den Berbern, wo ich aufgewachsen bin, ihr Unwesen trieb.«

»Und die dich Tag und Nacht verfolgt hat?«

»Ja, bis unsere Familie nach Marseille umgezogen ist. Sie hieß Aïsha Kandisha. Mir läuft immer noch ein eiskalter Schauer über den Rücken, wenn ich an sie denke.«

Es war Samstag, und es herrschte kein besonders starker Verkehr. Aber die Fahrzeuge, die um sie herum auf der Straße waren, bewegten sich umso träger. Das Taxi umkurvte im Slalom trödelnde Sonntagsfahrer, legte eine halbe Runde um den Hyde Park gegen den Uhrzeigersinn auf zwei Reifen hin und ließ sie unerwartet schnell an der Queensborough Terrace in Bayswater wieder heraus.

Das Hotel wirkte ganz passabel in diesem Viertel mit der größten Hoteldichte der Welt, in dem ein heruntergekommener Kasten neben dem anderen stand. Die Rezeption sah tatsächlich aus wie eine Rezeption, und die Lobby erinnerte zumindest vage an eine Hotellobby. Hjelm trug ihr Anliegen unmissverständlich, aber höflich vor, und der sri-lankische Portier antwortete ohne Umschweife, wenn auch wenig enthusiastisch. Das Zimmer sei wieder vermietet. Dementsprechend bekamen sie keinen Schlüssel, sondern wurden von einer etwas lustlosen burmesischen Putzkraft die Treppen hinaufbegleitet, deren roter Fußbodenbelag von Stockwerk zu Stockwerk einen staubigeren Eindruck machte. Wahrscheinlich wurden die Reinigungsleistungen in den oberen Stockwerken nicht genauer inspiziert.

Je weiter die burmesische Putzkraft sie führte, desto stärker erinnerte das Gebäude an ein Labyrinth. Die Treppen gingen in alle erdenklichen Richtungen, und nach einer Weile hatte man keine Vorstellung mehr davon, wo man sich eigentlich im Verhältnis zur Queensborough Terrace dort draußen befand.

Schließlich waren sie angekommen. Die burmesische Putzfrau drehte missmutig den altmodischen Schlüssel im Schloss und betrat das Zimmer.

Hjelm und Bouhaddi blieben im Flur stehen. Für drei war schlicht und einfach kein Platz. Es musste eines der kleinsten Hotelzimmer der Welt sein, und es glich eher einer Abstellkammer als einem Zimmer. Aber es gab immerhin ein kleines Fenster. Und es gab eine Jalousie.

Mit sanfter Gewalt zog Hjelm die Putzfrau aus dem Zimmer und ging selbst hinein. Er zwängte sich in den Spalt hinter dem Bett und machte somit Platz für Bouhaddi.

Die Stange, mit der man den Winkel der Jalousie einstellen konnte, war ein halbsteifes durchsichtiges Plastikrohr. Es bestand kein Zweifel daran, dass sie viel zu kurz war, lediglich gute zehn Zentimeter lang, und an ihrem unteren Ende waren deutliche Abbruch- oder eher Schnittspuren zu erkennen.

Hjelm beugte sich zum winzigen Nachttisch hinunter und angelte sich einen kleinen Notizblock sowie zwei Stifte, einen Bleistift und einen Kugelschreiber. Alle drei Gegenstände trugen den Namen des Hotels und dessen stilvolles Logo. Das Papier war relativ grobfaserig, dezent blaugrün, und man konnte eine schwache Linierung erkennen.

Wie ein altmodischer Detektiv begann Paul Hjelm die Oberfläche des Papiers mit dem Bleistift zu schraffieren. Neben einigen undefinierbaren Zeichen, die sukzessive sichtbar wurden, ließ sich schließlich eine deutliche Zeile erkennen. Dort stand: »An die operative Einheit, Europol.«

Plötzlich hatte Hjelm das Gefühl, an ihrer Stelle zu sein. Erst jetzt spürte er die Verzweiflung ihrer Handschrift, diese zielgerichtete Verzweiflung.

Sie ist eine vollkommen gesunde und durchtrainierte Frau um die fünfunddreißig, hellhäutig, mittelblond, einen Meter zweiundsiebzig groß und achtundfünfzig Kilo schwer.

Ariadne.

Und sie weiß, was sie erwartet. Sie wird verfolgt, intensiv verfolgt, und sie weiß, dass ihre Verfolger vor nichts zurückschrecken. Sie sieht sich in dem klaustrophobisch engen Hotelzimmer um. Sie atmet heftig, steht auf, macht ein paar Schritte im Zimmer und kommt zu einer Einsicht. Ihr wird klar, dass das Risiko besteht, gefoltert und getötet zu werden. Also muss sie irgendwo einen Hinweis verstecken, eine Botschaft, die sie selbst zu überleben vermag. Sie erinnert sich daran, von einer neuen polizeilichen Einheit gehört zu haben, die sich mit internationaler Kriminalität befasst. Europäischer Kriminalität. Sie hat eine oder mehrere Mitteilungen an die »operative Einheit, Europol« im Internet versteckt. Sie sind wichtig. Sie sind so wichtig, dass sie beim Anblick des halbsteifen Plastikrohrs, mit dem man den Winkel der Jalousie justiert, weiß, was sie tun muss. Mit ihrem annähernd stumpfen Taschenmesser kappt sie ein gutes Stück von dem Plastikrohr am Fenster. Davon schneidet sie sich das wenige Zentimeter lange Röhrchen zurecht. Vielleicht braucht sie mehrere Versuche. Dann dreht sie sich zum Nachttisch um und schreibt rasch zwei Codes, »e98weriN« sowie »79sYsd76«, in jeweils eine Zeile auf den Notizblock. Sie reißt den Zettel ab, nachlässig, sodass das Hotellogo nicht mehr auf dem Papier zu sehen ist. Anschließend dreht sie den Zettel um, schreibt den Adressaten auf die andere Seite, rollt ihn zusammen, schiebt ihn in das Plastikröhrchen und betrachtet es. Im Hinblick darauf, wo sie es verwahren will, muss der Zettel geschützt werden. Mit zitternden Fingern schneidet sie zwei weitere Stücke von der Kunststoffstange ab, die sie als Korken verwenden kann. Sie schiebt die Korken in die Enden des Röhrchens und betrachtet ihr Werk. Die Ränder dürfen nicht unregelmäßig oder zu scharf sein. Dann befeuchtet sie das Röhrchen mit ihrem Speichel. Sie zieht ihren Slip herunter und führt es sich langsam in den After ein. Als sie spürt, dass es an der richtigen Stelle sitzt, macht sie sich auf den Weg.

Aber woher kommt sie? Wohin ist sie unterwegs?

Wohin hat sie vor zu gehen, als sie an diesem Donnerstag oder Freitag Anfang April das Hotel verlässt?

An einem der Tage, an denen der London Summit beginnt.

Paul Hjelm spürte, wie er die Augen öffnete. Also musste er sie irgendwann geschlossen haben. Er stellte fest, dass Corine Bouhaddi ebenfalls die Augen aufschlug. Er sah ihr an, dass auch sie für einen Moment Ariadne gewesen war. In einer anderen Situation hätte er gelächelt und gespürt, wie ihm warm ums Herz wurde. Aber die Situation war nicht danach. Er begegnete dem ernsten Blick aus ihren dunkelbraunen Augen.

Sie sagte: »London Summit.«

Paul Hjelm nickte und entgegnete: »Twitter.«

Bouhaddi lachte auf und fragte: »Glaubst du wirklich, dass es so gewesen sein könnte?«

Hjelm streckte den Nacken, sodass es knackte. Dann sagte er: »Ariadne wurde am Sonntagmorgen aufgefunden. Sie starb am Samstagabend gegen einundzwanzig Uhr. Davor war sie viele Stunden lang geschlagen worden und hatte seit mehr als zwölf Stunden nichts mehr gegessen. Also kann sie durchaus am Donnerstagvormittag das Hotel verlassen haben. Am Abend zuvor hat sie eine Twitter-Meldung gesehen, wonach Barack Obama an der südlichen Absperrung aus seiner Limousine steigen und die Menge begrüßen würde. Genau wie Zhang Sang hat sie all ihre Hoffnungen in Obama gesetzt. Es wäre durchaus möglich. Der Grad ihrer Verzweiflung deutet jedenfalls auf etwas sehr Drastisches hin.«

Corine Bouhaddi musterte ihren Chef und sagte schließlich: »Derjenige, der die Twitter-Meldung ins Netz stellte, hat nicht eine, sondern zwei Personen angelockt, Personen, die er auf andere Art und Weise nicht finden konnte.«

»Zwei Fliegen mit einer Klappe«, schloss Paul Hjelm.

»Aber wo zum Teufel sind nur die Verbrecher?«, fragte Corine Bouhaddi.

Alphabet City

New York, 11. April

Alphabet City hatte er sich ganz anders vorgestellt. Auf dem Weg dorthin sah er alle möglichen Bilder vor sich. Er sah Worte, die wie kleine Züge durch die Straßen brummten, er sah Gebäude, die aus Textpassagen errichtet wurden, und er sah verwirrende Buchstabenlabyrinthe. Stattdessen erwies sich Alphabet City als eine ländliche Kleinstadt. Ein kleines verschlafenes Nest im Schatten von Manhattan. Und dennoch gehörte es zu Manhattan.

Er blieb vor einem Schaufenster stehen und betrachtete eine ansehnliche Menge Schusswaffen. Er erwog sorgfältig das Für und Wider. Dann ging er hinein. Seine neue Dienstwaffe hatte er in Krakau bei der Polizei abgeben müssen. Es hätte zu viel Aufsehen erregt und einigen bürokratischen Aufwand bedeutet, wenn er versucht hätte, die Waffe in die USA mitzunehmen. Hier hingegen war es kein Problem, sich eine zu besorgen. Es war sogar unfassbar einfach. Er trat mit einer neuen Pistole in einem Achselhalfter und einer kleinen Taschenlampe in der Tasche wieder auf die Straße hinaus. Jetzt kam er sich nicht mehr so nackt vor.

Er wanderte von der 1st Avenue kommend auf der East 6th Street in Richtung Osten, gelangte nach Alphabet City hinein, indem er die Avenue A kreuzte und schlenderte durch den schönen Frühlingsnachmittag in Richtung Avenue B. Sein Puls schien sich zu verlangsamen, seine Atmung beruhigte sich, und seine Schritte wurden entspannter. Alles war bedeutend ruhiger hier.

Er meinte, so weit entfernt von Ground Zero und der Wall Street zu sein, wie man nur kommen konnte. Alphabet City. Die Buchstaben als Zeichen für Ruhe und innere Einkehr.

Genau in dem Augenblick, in dem Marek Kowalewski seine erhabenen Gedanken in die Himmelssphären aufsteigen ließ, wurde er überfahren.

Zum Glück nur von einem Dreirad. Und es rollte auch lediglich über seine Füße.

Dennoch hörte die völlig aufgelöste Mutter des dreijährigen Fahrers nicht auf, sich zu entschuldigen. Als Kowalewski sich schließlich überreden ließ, eine Wiedergutmachung in Form eines Cappuccino im Deli an der Ecke anzunehmen, taten seine Füße schon nicht mehr weh.

Er nutzte die Gelegenheit und fragte die Mutter, ob sie in der Nähe wohnten. Was sie taten, nämlich in der Avenue B oben am quadratischen Tompkins Square Park.

»Sie kennen nicht zufällig einen Gitarristen namens Kyle, der hier im Viertel wohnt?«

Einen Versuch war es ja wert, und er hatte bereits seinen nächsten Schachzug geplant. Er wollte herausfinden, in welcher Band Kyle spielte und wo es hier Indieklubs gab. Außerdem plante er, in einem Internetcafé nach Gitarristen aus New York zu suchen. Da antwortete die Mutter, die ihm im Café gegenübersaß und gerade den Zeigefinger ihres Dreijährigen in den Mund gesteckt bekam: »Kyle? Ja, unsere Kinder gehen in denselben Kindergarten. Wenn Sie diesen Kyle meinen, jung, mit Vollbart, Gitarrist. Netter Kerl.«

Kowalewski spürte, wie er sie regelrecht anstarrte. Sie lächelte und erklärte: »Wir haben eine gut funktionierende Nachbarschaft in Alphabet City.«

»Kyle hat also Kinder? Ist er verheiratet?«

»Ich glaube, er ist geschieden.« Die Mutter lachte, zog den Zeigefinger ihres Kindes aus dem Mund und versuchte, einen Schluck von ihrem Cappuccino zu trinken, woraufhin ihr der andere Zeigefinger in den Mund gesteckt wurde. Dann fuhr das Dreirad unter dem Tisch herum, und Kowalewski stieß sich mehrfach die Knie und Schienbeine daran. Aber es kümmerte ihn nicht, denn völlig unverhofft hatte er einen Treffer gelandet.

»Er ist ein ziemlich guter Gitarrist«, sagte er inspiriert.

»Ich weiß nicht recht.« Die Mutter lachte wieder. »Ich habe Dead Letter letztes Jahr im Hunkies spielen hören. Für meinen Geschmack etwas zu krawallig.«

»Ja«, entgegnete Kowalewski, »die Musik ist ein bisschen krawallig, aber cool. Ich wusste gar nicht, dass Kyle Kinder hat.«

Zugleich dachte er: Alphabet City. Dead Letter. Es muss sich um eine örtliche Band handeln. Sie haben im Hunkies gespielt, bestimmt auch irgendein Lokal im Ort. Jetzt nur nicht zu viel fragen. Keine Polizeifragen stellen.

»Geteiltes Sorgerecht«, erklärte die Mutter und verschüttete etwas Cappuccino auf der Latzhose des unbändigen Dreijährigen, nahm aber keinerlei Notiz von dem Fleck. »Er holt sie jede zweite Woche ab. In der anderen Woche übernimmt es die Mutter. Glaube ich zumindest.«

»Wissen Sie, wo er wohnt?«, fragte er so beiläufig wie möglich.

In dem Moment zog der Dreijährige die Tischdecke vom Tisch, woraufhin ein ziemliches Chaos entstand. Kowalewski kam ohne Flecken davon, sah jedoch ein, dass die Fragestunde beendet war. Er schlich sich unbemerkt von dannen.

Ein paar Straßenzüge weiter fand er ein versifftes Internetcafé. Er setzte sich an einen Computer mit speckiger, klebriger Tastatur. Die kleine Kabine, in der er saß, kam ihm regelrecht verseucht vor, als er sich in den klinisch sauberen Cyberspace einwählte. Das Hunkies hatte er schnell gefunden. Es war, wie er vermutet hatte, eine Kneipe in Alphabet City. Die Website sah aus, als wäre sie vor der Jahrtausendwende erstellt worden, aber immerhin gab es einen Konzertplan, der mehrere Jahre zurückreichte. Er fand einen Auftritt von Dead Letter im November des vergangenen Jahres.

Über die Band selbst gab es im Netz eine ganze Menge Informationen. Einem Artikel in einem Fanzine zufolge war die Indieband Dead Letter im »unteren Manhattan« zu Hause und hatte sich nach einer alten LP benannt, für die R.E.M. einige B-Seiten ihrer Singles zusammengestellt hatte. Sie hieß *Dead Letter Office*. Das Wort »Dead Letter« hatte genau genommen zwei Bedeutungen. Zum einen handelte es sich um Briefe, die ihren Adressaten nicht erreichen, zum anderen um Gesetze, die außer Kraft gesetzt wurden, also tote Gesetze – oder tote Buchstaben. Ein einfallsreicher Name für eine Band aus Alphabet City.

Dead Letter hatte zwei Gitarristen, von denen einer den Angaben auf der MySpace-Website der Band zufolge Kyle Ritchie hieß. Es gab ein paar Gruppenfotos, und Kowalewski merkte sich sein Gesicht. Kyle war in der Tat jung, trug einen Vollbart und war Gitarrist. Und er sah zweifellos ziemlich gut aus.

Dann rief er das Telefonbuch von New York auf, die White Pages. Kein Kyle Ritchie in Manhattan. Kein einziger Treffer. Die Band war zu unbedeutend, um ein eigenes Plattenlabel zu haben, also hatte Kowalewski keinerlei Anhaltspunkte außer einigen MP3-Dateien im Internet. Er stellte die Lautstärke leise und hörte sie sich an. Die Musik war zweifellos krawallig. Und so schlecht, dass Kyle Ritchie höchstwahrscheinlich auf einen Ganztagsjob angewiesen war. Kowalewski schöpfte bereits Hoffnung, als ihm einfiel, dass heute Samstag war.

Er suchte bei Google. Die Zeit verging.

Aber er landete ein paar Treffer, darunter bei Facebook. Das Problem war, dass es mehrere Mitglieder mit dem Namen Kyle Ritchie gab. Marek Kowalewski war ebenfalls Mitglied bei Facebook. Weil er sich nicht ganz sicher war, ob sich das mit seinem Berufsleben vereinbaren ließ, hatte er in Den Haag seinen Account bisher nicht benutzt. Aber jetzt könnte ihm genau das weiterhelfen. Es gab zehn Kyle Ritchies auf Facebook. Allein vier von ihnen hatten Profile und Fotos, die zumindest einigermaßen an den Gitarristen von Dead Letter erinnerten. Kowalewski schaute sich daraufhin ihre Freundeskreise näher an, um herauszufinden, ob ein anderes Bandmitglied darunter war. Er fand nichts. Auf keiner der Seiten der vier Kyle Ritchies gab es irgendwelche Hinweise für ihn.

Er fragte alle vier, ob sie einen gut gelaunten Polen, der auf

Indiepop – insbesondere auf eine New Yorker Band namens Dead Letter – stand, zum Freund haben wollten. Und er fragte sie, ob sie möglicherweise ein Gitarrist der Band Dead Letter seien.

Einer von ihnen war gerade eingeloggt und chattete. Dieser Kyle Ritchie akzeptierte den »gut gelaunten Polen« als Facebook-Freund, fragte aber als Erstes, was Indiepop überhaupt sei. Die übrigen Kyle Ritchies waren offline.

Kowalewski suchte fieberhaft weiter im Internet. Es war wie verhext. Nach einer Stunde tauchte ein anderer der kontaktierten Kyle Ritchies bei Facebook auf. Er schrieb kurz und bündig: »Sorry, man, du hast den falschen Kyle Ritchie erwischt.« Und ließ Marek als Facebook-Freund abblitzen.

Two down, dachte Kowalewski, two to go.

In der Band Dead Letter spielten fünf junge Männer. Nachdem er längere Zeit ohne Erfolg weiter nach Kyle gesucht hatte, begann er, die Spuren der anderen zu verfolgen. Plötzlich hatte er das Gefühl, dicht dran zu sein. Der Sänger und erste Gitarrist, Greg Paysley, war derjenige, bei dem er die meisten Treffer im Netz hatte. Und er fand ein Interview mit einer Internetzeitschrift, in dem Greg von seiner Kindheit in Queens berichtete. Greg Paysley sagte: »Ganz ehrlich, wir kommen alle fünf aus Queens. Aber ich bin der Einzige, der das zugibt. (Lachen von den übrigen Bandmitgliedern.)« Aber Greg beharrte gegenüber dem Interviewer darauf: »Hören Sie nicht auf das hohle Gelächter der Hyänen. Fucking Kyle hat sogar Professoren-Eltern. Die Professorenfamilie aus Queens. Echt verrückt, ich schwör's. (Lachen von allen außer Kyle.)«

Das setzte bei Kowalewski neue Energien frei. Er suchte mittels Google nach »Ritchie Professor Queens« und fand in der Tat zwei Professoren, die Ritchie hießen, einen Mann und eine Frau. Beide lehrten an der Saint John's University in Queens. Er rief die Professorin Martha Ritchie an. Es meldete sich eine Frauenstimme. Von einem Anrufbeantworter. Stimmt ja – es war Samstag. In den White Pages waren die Ritchies ebenfalls verzeichnet. Sie wohnten in Queens, hatten aber offenbar eine geheime Nummer. Es war natürlich nicht ausgeschlossen, dass Kyle am Wochenende seine Eltern besuchte. Kowalewski notierte sich die Adresse.

In dem Moment antwortete der dritte Kyle Ritchie auf Facebook: »Möchtest du ein Autogramm haben, Marek?«

Kowalewski kam sich mittlerweile hart geprüft vor. Mit großer Skepsis schrieb er zurück: »Sehr gerne, Kyle. Woher habt ihr eigentlich den Bandnamen?«

»Ich werde dafür sorgen, dass du ein Autogramm bekommst. Wir können uns ja treffen. Was hältst du vom Chi Chiz in einer Stunde, Marek?«

Mit imponierender Geschwindigkeit surfte sich Marek Kowalewski zum Chi Chiz durch. Es lag nicht besonders weit entfernt. Aber es war definitiv eine Schwulenkneipe.

Im Unterschied zu vielen seiner Landsleute hatte Marek Kowalewski keine Vorurteile gegen Homosexuelle. Doch es kam ihm ziemlich unwahrscheinlich vor, dass ein Indiepopper und Vater von Kleinkindern sich mit einem unbekannten polnischen Gast in einer stadtbekannten Schwulenkneipe treffen würde.

»Klingt super, Kyle«, schrieb er. »Aber ich möchte doch noch wissen, woher ihr euren Bandnamen habt.«

Danach betrachtete er das Facebook-Foto von diesem Kyle genauer. Er fand, dass der junge Mann dem zweiten Gitarristen von Dead Letters wirklich ziemlich ähnelte. Andererseits schien er eine Vorliebe für äußerst aufreizende Frauenkleider zu haben.

Kowalewski seufzte und schaute zum ersten Mal seit ziemlich langer Zeit vom Computer auf. Draußen war es vollkommen dunkel.

Er war bereits zu Facebook zurückgekehrt, als es ihm einfiel: Er hatte sich doch mit Hannah Rowlins verabredet! Es war mittlerweile 18:50 Uhr, wie zum Teufel es auch immer zugegangen sein mochte, und er fasste einen raschen Entschluss. Das hier war der falsche Kyle Ritchie. Vielleicht hätte er die Sache genauer untersuchen sollen, aber er fand seine Entscheidung einigermaßen rational. Er bezahlte für den Computer und stürzte aus dem Café.

Draußen auf der Avenue B sprang er in einen Bus, der in Richtung Süden zu fahren schien. Es war die Linie M9, und er sah Battery Park als Endhaltestelle aufleuchten. Er zog sein Portemonnaie aus der Tasche und fand nach intensiver Suche die Visitenkarte von Hannah Rowlins.

Pearl Street? Wo zum Teufel lag diese Straße?

Die Zeiger seiner Uhr passierten unerbittlich die Sieben. Der Bus ließ sich Zeit und bewegte sich wie eine Nadel im Kreuzstich durch das südöstliche Manhattan. Durch Chinatown kroch er geradezu. Die Leute gingen auf der Fahrbahn, ohne sich auch nur im Geringsten um den Bus zu scheren. Kowalewski selbst war inzwischen umhüllt von einem zwei Quadratmeter großen unbändigen New Yorker Stadtplan. Er wünschte sich von ganzem Herzen, er hätte ein besseres Handy, eines mit Apps und dem ganzen Klimbim. Eine kurze Eingabe, und er hätte gewusst, wo Pearl Street lag.

Schließlich bändigte er seinen Stadtplan mit Gewalt, bis er ein zerknittertes Päckchen in Händen hielt. Aber so hatte Kowalewski zumindest das Gebiet um die Wall Street herum vor Augen. Sie verkaufte Kleidung an Geschäftsfrauen im Finanzdistrikt, mehr wusste er nicht. Er suchte und suchte, bis er schließlich die Straße fand. Sie verlief ein paar Straßen oberhalb von Wallabout Bay und kreuzte die Wall Street. Schließlich sprang er an einer Haltestelle, die in der Nähe lag, aus dem Bus.

Er erreichte die exklusive Boutique um kurz vor halb acht. Sie war geschlossen und dunkel. Geschäftsleute jeder Couleur marschierten vorbei. Der eine oder andere warf einen erstaunten Blick auf die Glastür der leeren Boutique.

Kowalewski beugte sich vor, stützte sich mit den Händen auf den Knien ab und atmete heftig. Er war schon lange nicht mehr so schnell gerannt. Als er wieder aufschaute, sah er, was die Passanten irritierte. Etwas war von innen an die verstärkte Glastür des Ladens geklebt.

Es war ein handgeschriebener Zettel mit dem Text nach außen gerichtet. Darauf stand:

»Du bist wirklich ein pflichtbewusster Bulle, Marek. Schau her, New York: ES GIBT EINE OPERATIVE EINHEIT BEI EUROPOL.«

Er wollte am liebsten laut loslachen. Aber das Lachen kam erst, als er seine Gedanken sortiert hatte. Und da war er bereits auf dem Weg zu einem Geschäft in der Nachbarschaft. Mit äußerster Skepsis musterte der Ladenbesitzer den groß gewachsenen Polen mit dem leicht geröteten Gesicht, während er das Geld für seine Ware in Empfang nahm und sie mit bedachten Bewegungen in eine der traditionellen braunen Papiertüten steckte.

Marek Kowalewski kehrte zu der Glastür mit dem angeklebten Zettel zurück. Er steckte seine Hand in die braune Papiertüte, zog die gerade erstandene Ware heraus, nahm den Deckel ab und schüttelte sie.

Dann sprühte er schwarze Farbe über die Glasfläche. Bis der schwarze Smiley den gesamten Zettel bedeckte.

Als er sich umdrehte, stellte er fest, dass eine alte Dame mit einem Hündchen die gesamte Prozedur beobachtet hatte. Sie sah ihn an, als wäre sie gerade Zeugin eines Überfalls auf einen Geldtransporter geworden. Er warf die Spraydose und die Tüte in einen Mülleimer, ging dicht an der Dame mit dem Hündchen vorbei und flüsterte: »I hate Chinese whispers.«

Dann nahm er ein Taxi nach Queens.

Diaspora

Amsterdam – Süditalien – Riga, 12. April

Dass Schiphol der drittgrößte Passagierflughafen der Welt ist, war den beiden Gruppen absolut klar. Sie reisten mit gefälschten Pässen und gut einstudierten erfundenen Identitäten. In der Abflughalle hielten sie sich zunächst am Rand und schauten sich abwechselnd nach potenziellen Verfolgern um. Ihre Flüge gingen ungefähr zur gleichen Zeit.

Es war 13:30 Uhr am Sonntagnachmittag. Fabio Tebaldi und Lavinia Potorac saßen Laima Balodis und Jorge Chavez gegenüber. Sie sagten nicht viel. Sie spielten Karten.

Ein so simples Kartenspiel wie Canasta konnte sehr unterschiedliche nationale und individuelle Regelsysteme haben, und sie hatten sich kaum über die Regeln geeinigt, als sie den ersten Aufruf hörten. Der Flug nach Rom wurde angekündigt. Easyjet, 14:05 Uhr zum Aeroporto Leonardo da Vinci di Fiumicino, Roma.

Neapel lag zwar bedeutend näher an Potenza, aber nach Neapel zu fliegen war riskanter. Tebaldi war zwar bereit, das Risiko auf sich zu nehmen, aber Hjelm und Sifakis waren es nicht, ebenso wenig die Opcop-Gruppe und auch nicht Europol. Allein die beiden muskelbepackten Leibwächter dazu zu bringen, ein paar Tage freizunehmen, war eine Herausforderung. Schließlich einigten sich sämtliche Parteien darauf, dass Rom die bessere Alternative sei; bedeutend mehr Flüge, weiter entfernt vom Zentrum des Geschehens und mit einem hohen Aufkommen an internationalen Reisenden. Außerdem konnte Donatella sie vom Flughafen abholen.

Tebaldi stand auf und schaute Chavez in die Augen. Sie hatten schon zuvor auf diese typisch romanische Machoart ihre Kräfte gemessen, mit der Chavez so seine Probleme hatte. Auch diesmal ging es unentschieden aus, und das reichte Tebaldi offensichtlich. Er breitete die Arme aus und umarmte seinen schwedischen Kollegen. Die erste Reaktion von Chavez war typisch schwedisch – dieses Übertreten der Reviergrenzen war ihm peinlich –, doch dann zögerte er nicht, die Umarmung seines Kollegen zu erwidern. Vielleicht sah er ihn zum letzten Mal.

Chavez' Überlegungen beruhten auf der Tatsache, dass es nur sehr wenige Menschen gab, die ein Todesurteil der italienischen Mafia überlebt hatten. Die Minderheit, die noch am Leben war, war irgendwo untergetaucht und fristete ein schwer zu ertragendes mobiles Dasein ohne feste Bezugspunkte. Keiner von ihnen war je an den Ort zurückgekehrt, an dem er zum Tode verurteilt wurde. Keiner außer Fabio Tebaldi. Chavez drückte ihn etwas fester und ließ ihn dann gehen.

Die Umarmung zwischen Laima Balodis und Lavinia Potorac war auch nicht gerade von offener Herzlichkeit geprägt, was allerdings einen etwas komplizierteren Grund hatte. Wie es bei Frauen eben manchmal ist. Zumal bei zwei Frauen in einer Männerdomäne. Potorac, die vor Kurzem Mutter geworden war und ganz und gar nichts dagegen hatte, ihrer Umwelt ihre Stärke zu demonstrieren, wusste, dass die deutlich zurückhaltendere Balodis Dinge erlebt hatte, die ihre eigenen Erfahrungen in Bukarest weit in den Schatten stellten. Laima Balodis verlor selbstverständlich nie ein Wort darüber, doch diejenigen, die davon wussten, begegneten ihr immer mit besonderem Respekt. Sie war als Informantin in der russisch-litauischen Mafia unter dem denkbar gewagtesten Deckmantel durch die Hölle gegangen, und Lavinia Potorac war ganz einfach neidisch. Balodis hingegen machte nicht viel Aufhebens von sich. Sie hatte eine Art Pakt mit Miriam Hershey geschlossen, aus dem Potorac nicht ganz schlau wurde und sich ausgeschlossen fühlte. Außerdem war sie außerstande, in Balodis' baltische Seele zu schauen. Sie hatte keine Ahnung, was sich dort abspielte.

Sie wechselten über Kreuz, um sich alle vier zu verabschieden. Die nun folgenden Umarmungen waren etwas distanzierter, weniger aufgeladen. Dann trennten sie sich. Tebaldi und Potorac machten sich auf den Weg. Balodis und Chavez spielten weiter. Nach nordischen Regeln. Ohne unnötige Worte zu wechseln.

Bis die Lautsprecherdurchsage in Schiphol ertönte:

Baltic Air, 14:15 Uhr zum Starptautiskā lidosta Rīga.

Schweigend gingen Balodis und Chavez zum Gate.

In Süditalien war wirklich bereits Hochsommer. Sie bekamen fast einen Schock, als sie aus dem Flugzeug stiegen, obwohl sie beide Südeuropäer waren. Es geht verdammt schnell, dass man seine Herkunft vergisst, dachte Lavinia Potorac. Sie hatte sich während des Fluges viele Gedanken gemacht, scheinbar hatte die Umarmung mit Balodis so einiges in ihr ausgelöst. Sie umarmte nur selten jemanden – abgesehen von ihrem Ehemann Dumitru und ihrer ein paar Monate alten Tochter Nadia.

Hin und wieder hatte sie Fabio Tebaldis muskulösen Körper auf dem Nachbarsitz in Augenschein genommen, und ihr war klar geworden, wie wenig attraktiv sie diese Sorte Männer fand. Zwischen ihnen herrschte eher eine Art Seelenverwandtschaft. Beide wollten um jeden Preis der Mafia einen Schlag versetzen. In Tebaldis Zielstrebigkeit erkannte sie sich selbst so gut wieder – und er offenbar in ihrer, sonst hätte er sie nie als Partner gewählt. Die Tatsache, dass Lavinia Potorac nicht von der Drogenmafia unten am Schwarzen Meer zum Tode verurteilt worden war, schmälerte das Gefühl der Gleichheit natürlich – aber auch wenn die rumänische Mafia zu nicht ganz so rabiaten Mitteln griff wie die italienische, konnte sie bisweilen mindestens ebenso gefährlich sein.

Während des Flugs hatten sie nicht gerade viele Worte gewechselt, und als sie in den kurzen sonnigen Abschnitt zwischen der Gangway und dem wartenden Flughafenbus hinaustraten, hatte die verbale Kommunikation zwischen ihnen den Nullpunkt erreicht. Doch die innere war absolut intakt.

Donatella hieß mit Nachnamen Bruno und fuhr mit ihnen in

Richtung Süden. Sie war alleine gekommen. »Bist du ganz sicher, dass du nicht einige von deinen ehemaligen Kollegen unten in San Luca einweihen willst?«, fragte sie, als die Verkehrssituation endlich eine Unterhaltung zuließ. Da befanden sie sich bereits auf der Autobahn in Richtung Süden.

»Einer hat mich damals im Stich gelassen«, antwortete Tebaldi kurz angebunden. »Ich kann mich nicht auf sie verlassen.«

Lavinia Potorac saugte die spärlichen Informationen förmlich in sich auf. Sie spürte, dass sie Tebaldi in- und auswendig kennenlernen musste, denn sie ahnte, dass ihr Leben von diesem Wissen abhängen würde. Aber sie wollte nicht nachfragen. Sie hatte den Eindruck, dass er dann noch schweigsamer werden würde.

Im Auto herrschte Stille, bis sie ein kleines Dorf dreißig Kilometer südlich von Rom erreichten. Dort bog Donatella Bruno plötzlich in einen kleinen Waldweg ein und hielt geradewegs auf eine Dreiergarage zu, die völlig einsam mitten im Nirgendwo stand. In der Garage parkten bereits zwei Wagen.

»Beide Autos sind aus dem Diebesgutbestand in Rom«, erklärte Donatella. »Es besteht keinerlei Verbindungslinie zwischen ihnen und der Polizei. Falls sie einen Sender oder, tja, was weiß ich, eine Bombe in unseren Wagen montiert haben sollten – er bleibt jedenfalls hier. Wir werden die beiden anderen Wagen nehmen. Und ich wünsche euch viel Glück.«

Sie verabschiedeten sich von Donatella Bruno. Dann fuhr ein Auto in Richtung Norden, das andere nach Süden.

Im Wagen gen Süden herrschte konzentriertes Schweigen. Potorac war sich nicht ganz sicher, ob Tebaldi ihre Anwesenheit überhaupt bewusst war. Sie sah ihn von der Seite an. Seine gesamte Körperhaltung vermittelte absolute Konzentration.

Die Frühlingssonne schien heiß auf die süditalienische Landschaft, die draußen vor dem Wagenfenster dahinzog. Ihr Licht war erstaunlich blass, aber unbarmherzig. Es war eine karge, eine derbe Landschaft.

Keiner von ihnen sagte etwas. Sie fuhren Kilometer um Kilometer.

In der Ferne schwebte Neapel vorbei. Über der wie verzaubert anmutenden Lichtkuppel der Metropole konnten sie die herannahende Dunkelheit ausmachen. Sie war ebenso unbarmherzig wie das Sonnenlicht.

Fabio Tebaldi fuhr die A30 entlang, und als die Straße parallel zur Amalfiküste verlief, wurden sie geradezu überwältigt von ihrer Schönheit. Das Tyrrhenische Meer erstrahlte vor ihnen im diesigen Dämmerlicht, das alle Farben des Regenbogens in sich vereinte. Für einen kurzen Augenblick waren sie von reinem Glanz umgeben. Dann schwenkte die Autobahn abrupt wieder ins Landesinnere und nach Eboli, der Stadt, in der Christus niemals Station gemacht hatte, nach Contursi Terme, wo die Erblichkeit der Parkinson'schen Krankheit festgestellt worden war, und nach Buccino mit der antiken römischen Brücke über den Tanagro. Hier endete die Autobahn, und immer enger werdende Straßen führten in die Berge hinauf. Potenza wurde in der Ferne sichtbar und breitete sich schließlich wie ein Butterklumpen über das Tal aus. Sie fuhren auf schmalen Wegen weiter. Nun war die Dunkelheit längst hereingebrochen, und vereinzelte Scheinwerferpaare leuchteten ihnen entgegen, bis sich schlagartig das laute Dröhnen eines vorbeifahrenden Autos vernehmen ließ. Die Serpentinen lagen in absoluter Dunkelheit, immer seltener kurz erhellt von den perlenartigen Lichtflecken ländlicher Gehöfte.

Potoracs forschender Blick ruhte auf Tebaldis scharf geschnittener Silhouette. Allmählich wurde ihr klar, dass sie ihr Leben in seine Hände gelegt hatte. Und dass sie keine Ahnung hatte, was diese Hände genau vorhatten. Und dennoch hatte sie Vertrauen.

Ein noch schmalerer Waldweg ohne Wendemöglichkeit. Und dann plötzlich eine Hütte, im Dunkeln kaum erkennbar. Tebaldi hielt an und richtete die Nebelscheinwerfer auf die Holzfassade. Nichts bewegte sich. Mit gezogener Waffe glitt er aus dem Wagen. Potorac hielt sich dicht hinter ihm, ebenfalls die Waffe in der Hand. Der Geruch nach Pinienwald und Mittelmeer war überwältigend. Die Scheinwerfer des Wagens waren immer noch auf die kleine Hütte gerichtet. Außerhalb der Lichtkegel bemerkte sie Bewegungen in der Dunkelheit. Tiergeraschel, kleine Vögel, Kriechtiere. Tebaldi hatte die Tür erreicht. Er zählte bis zur vierzehnten Planke von unten und drückte darauf. Die Planke ließ sich wie an unsichtbaren Angeln nach innen klappen. In einer Vertiefung dahinter lag ein Schlüssel. Tebaldi nahm ihn und senkte die Waffe. Er hielt sie auf Hüfthöhe, während er die Tür aufschloss. Potorac gab ihm Deckung. Sie hatte das Gefühl, als würden sie schon seit Jahren zusammenarbeiten.

In der Hütte gab es keinen Strom. Die Scheinwerfer des Wagens erleuchteten die einfach eingerichtete Unterkunft, sie bestand aus einem einzigen großen Raum. Tebaldi nahm eine Öllampe aus einem Schrank, dann noch eine und schließlich eine dritte. Er zündete sie mit einem Feuerzeug an und stellte sie auf den einzigen Tisch. Die drei Öllampen erleuchteten einen Aktenordner. Auf seinem Deckel war der Abdruck eines Kaffeebechers. Tebaldi nickte kurz.

Sie gingen hinaus, holten ihr Gepäck, schalteten die Scheinwerfer des Wagens aus und kehrten in die Hütte zurück. Tebaldi öffnete einen anderen Schrank und holte eine Flasche Rotwein heraus. Dann schenkte er zwei Gläser ein und erhob seines. Potorac erhob ihres.

»Der Kaffeefleck ist das Zeichen«, erklärte Fabio Tebaldi, nachdem er den Wein eine Weile im Mund bewegt hatte.

»Das Einzige, auf das du dich verlassen kannst?«, fragte Potorac.

»Ja«, antwortete Tebaldi und sah sie zum ersten Mal seit, tja, seit Schiphol direkt an. »Aber jetzt verlasse ich mich außerdem auf dich, Potorac.«

»Alles andere wäre auch ziemlich dumm«, entgegnete Lavinia Potorac und lächelte schief.

»Ja«, stimmte Tebaldi zu und lächelte ebenso schief, während er aufstand und auf eine Küchenbank zuging, die an der Wand stand. Er hob die Holzklappe prüfend an, sie ließ sich knarrend öffnen. Tebaldi betätigte erneut sein Feuerzeug. Das Licht der Flamme glitt über ein ansehnliches Waffenarsenal.

Er klappte die Holzbank wieder zu, kam zum Tisch zurück, öffnete den Ordner und breitete eine Reihe von Plänen, Dokumenten und Fotografien auf dem Tisch aus. Er deutete auf ein Foto, das ein halb überwuchertes schlossähnliches Gebäude zeigte.

»Hier ist es«, sagte er.

»Die IP-Adresse?«, fragte Potorac. »Sieht nicht gerade bewohnt aus.«

»Absolut nicht«, bestätigte Tebaldi.

»Was wissen wir?«

»Liegt auf einer Anhöhe, seit dem 15. Jahrhundert befestigt. Und seitdem im Großen und Ganzen auch wieder verlassen. Aber mit Internetanschluss. Seit fast einem Jahrhundert kein registrierter Besitzer mehr. Wird in den offiziellen Unterlagen als ›Ruine‹ bezeichnet. Eine Ruine auf dem Grund und Boden eines örtlichen Großbauern.«

»Es gibt nur diese Pläne«, sagte Potorac und blätterte den Stapel durch.

»Schlechte Pläne«, ergänzte Tebaldi. »Bullshit. Aber wir müssen uns irgendwie mit ihnen behelfen.«

Potorac nahm einen Schluck Wein und sagte: »Wenn dieses Schloss wirklich der 'Ndrangheta gehört, wird es intensiv überwacht sein, jede Menge Bewegungsmelder, überall Kameras, Hunde, Elektrozäune. Dann ist die einzige Möglichkeit, sich zu nähern, ein schwer bewaffneter Angriff eines Einsatzkommandos der Carabinieri.«

Tebaldi nickte. »Das habe ich zuerst auch gedacht«, meinte er. »Aber dem ist nicht so. Die 'Ndrangheta hat gar keinen Grund, dieses alte Schloss in einem völlig öden Gebiet weit entfernt von Kalabrien irgendwie zu sichern. So gut kenne ich sie mittlerweile. Ihre Macht gründet sich auf das Prinzip der Nähe, eine Moral, die man in den isoliert liegenden Bergdörfern Kalabriens pflegt. Es handelt sich um Familien, *'Ndrine*. Ich will dich nicht mit der gesamten Geschichte langweilen, aber um es kurz zu machen, die 'Ndrangheta besteht aus etwa hundert Familien, die jeweils eine eigene Stadt oder ein Dorf dominieren. Man wird sozusagen direkt in die Mafia hineingeboren, und man kann ihr nicht entkommen.«

»Und das bedeutet ...?«

»Dass dieses Schloss nicht ihnen gehört. Es ist allenfalls ein *Safe House*. Wahrscheinlich aber nicht einmal das.«

»Und was können wir hoffen, dort zu finden?«, fragte Potorac.

»Ich habe mich wegen dieser Frage schon halb tot gegrübelt«, antwortete Tebaldi. »Damit habe ich mich auf dem ganzen Weg hierher beschäftigt.«

»Du warst in der Tat etwas abwesend ...«

»Also: Der Handyempfang in dieser Gegend ist ziemlich miserabel«, sagte Tebaldi. »Das heißt, wenn man hier oben Internet haben will, muss man einen festen Anschluss installieren. Aber die Ruine besitzt keine eigene Telefonnummer. Was wir hier allerdings haben, ist echtes Breitband, Glasfaser. Sie wollten mit ihrem Internetanschluss wohl wirklich auf Nummer sicher gehen. Aber warum nur, zum Teufel?«

»Wenn man einen richtigen Breitbandanschluss besitzt, kann man schließlich weltweit kommunizieren. Und genau das benötigen sie.«

»Aber ist es nicht auch sonst ein ziemlich merkwürdiges *Safe House*?«, fragte Tebaldi. »Zu groß, ziemlich klotzig, unsicher, sonderbar. Wenn wir uns die Pläne hier genauer anschauen, gibt es eigentlich nur einen einzigen großen Saal, der intakt ist. Der Rest ist verfallen und geradezu gefährlich zu betreten. Aber der große Saal ist irgendwie anders.«

»Deine Frage lautet also: Wofür brauchen sie verdammt noch mal einen einzigen großen Saal?«

»Lass uns das, was wir wissen, einmal genauer betrachten – es ist nicht gerade viel, aber mehr, als wir vielleicht gedacht haben. Viermal sind hier oben E-Mails empfangen worden, von eurem Stiernmarck abgeschickt.«

»Unserem?«, rief Potorac aus.

»Whatever. Hör mir genau zu. In den ersten drei Fällen, im September, November und Februar wissen wir nicht genau, wann die Mails empfangen wurden. Aber beim vierten Mal, das wir ja neulich mitbekommen haben, als euer Stiernmarck von eurem Kulturzentrum aus gemailt hat, haben sie unmittelbar geantwortet. Mit üblen Drohungen und so weiter haben sie eurem armen Geschäftsführer Angst eingejagt, und zwar *unmittelbar*. Das ist das Wichtige. Die erste Möglichkeit haben wir noch nicht einmal vernünftig durchdacht – nämlich dass Stiernmarck genau wusste, wann er ihnen mailen sollte, wann jemand vor Ort sein würde, und damit bedeutend mehr weiß, als er bisher gesagt hat – aber die zweite Möglichkeit ist die interessantere. Und die wahrscheinlichere. Nämlich, dass sich immer jemand dort aufhält. Und da denke ich keineswegs an ein schwer bewaffnetes Hauptquartier, das von Carabinieri eingenommen werden müsste. Sondern ich glaube, dass es einen Wächter gibt, allerdings einen, der die Macht hat, eigenständig mit einem unbedeutenden Klienten wie Stiernmarck zu verhandeln.«

»Aber was bewacht er?«

»Einen großen Saal, in dem es genügend Platz für große Zusammenkünfte gibt. Ein ständig anwesender Verwalter, der regelmäßig wiederkehrende, sogenannte Gipfeltreffen organisiert.«

»Also eine Einzelperson?«

»Die sich bestimmt auch noch anderen Aufgaben widmet, administrativen zum Beispiel, zur Organisation von Gifttransporten entlang der Küste Westeuropas.«

Potorac nickte langsam, aber immer bestimmter. »Also ist es nicht nur ein Verwalter, sondern es sind zwei?«

»Unbestätigten Aussagen zufolge ist der Sorridente ins Abseits geraten, da er zu viel von sich preisgegeben hat. Die 'Ndrangheta ist eine extrem geheime Organisation. Dass Sorridentes rechte Hand, Il Ricurvo, gefilmt wurde, ist nicht gut für ihn. Sie haben sich vielleicht nicht genügend danebenbenommen, um ausgeschaltet zu werden, aber man hat ihnen andere Aufgaben zugeteilt. Sie sind aus dem Zentrum, dem Kokainhandel in Kalabrien, entfernt worden. Außerdem ist diese Position hier auch sehr wichtig, zwar einsam, aber wichtig.«

»Weshalb?«

»Die gesamte 'Ndrangheta ist wie gesagt eine extrem geheime Organisation. Aber es gibt eine noch verdecktere Organisation in dieser geheimen Organisation, *La Santa*.«

»Wie? Der Weihnachtsmann?«

»Nicht ganz«, antwortete Tebaldi. »Es ist wahrscheinlich eine Abkürzung von ›Mamma santissima‹, der heiligsten aller Mütter. Im Mafiosi-Slang bedeutet das Mafiaboss. La Santa wurde allem Anschein nach in den Siebzigerjahren gegründet, als die uralten Machtstrukturen modernisiert werden mussten. Sie ist derart anonym, dass nur ihre Mitglieder selbst, die *Santisti*, alles Mafiabosse, wissen, wer noch dazugehört. Wir wissen nicht, wie viele es aktuell sind, aber wahrscheinlich um die fünfzig. Sie müssen ihre geheimen großen Zusammenkünfte an einem neutralen Ort abhalten, den keines der Mitglieder geografisch kontrollieren kann.«

»Und du meinst, dass dieses Schloss ein Ort ist, an dem sich La Santa trifft? Koordiniert vom Sorridente?«

Fabio Tebaldi beugte sich über den Tisch, sodass die kleinen Öllampen Lichtflecken auf sein Gesicht warfen. Er leerte sein Weinglas und antwortete: »Wenn wir Glück haben, einer von mehreren solcher Orte. Und mit etwas mehr Glück werden wir da drinnen jede Menge DNA-Spuren sichern können.«

»Die DNA von sämtlichen supergeheimen Bossen der 'Ndrangheta«, sagte Lavinia Potorac atemlos.

»Mit etwas Glück«, bemerkte Tebaldi und gestattete sich ein schwaches Lächeln.

»Deshalb ist auch eine kleine Einheit besser dafür geeignet.« Potorac nickte. »So wenig Zerstörung des genetischen Materials wie möglich.«

»Aber vor allem, weil du und ich das unglaublich geschickt erledigen können. Und falls wir scheitern sollten, werden wir alles abstreiten. Die italienische Polizei weiß nicht, dass wir hier sind. Man wird uns also höchstens für irgendwelche Rebellen mit einer diffusen Verbindung zu Europol halten. Der blinde Rächer und seine mysteriöse Rumänin. Nicht einmal Europol kann da irgendwelche Probleme bekommen.«

»Ich habe keineswegs vor zu scheitern«, sagte Lavinia Potorac.

»Gut«, entgegnete Fabio Tebaldi. »Was hältst du dann davon, ein wenig zu planen?«

In Lettland war kein Hochsommer. Als Jorge Chavez und Laima Balodis auf dem internationalen Flughafen von Riga aus dem Flugzeug stiegen, schneite es. Keiner holte sie ab.

Allerdings wurden sie mittels Handykontakt in eine Tiefgarage zu einem grauen Wagen gelotst, dessen Scheinwerfer einmal kurz aufblitzten. Sie erkannten das Steingesicht hinterm Steuer und begrüßten sich kurz und höflich.

»Bendiks Vanags«, sagte das Steingesicht und hatte bereits den Schlüssel im Zündschloss gedreht, als die Gäste ihre Namen nannten. Ohne ein Wort zu sagen, fuhr der Chef der nationalen Einheit der Opcop-Gruppe Lettland nach Riga hinein. Aber als die wunderschöne Altstadt durch einen Vorhang aus tanzenden Schneeflocken hindurch sichtbar wurde, begann Bendiks Vanags mit eintöniger Stimme über seine Stadt zu berichten: »Jegliche Kriege im Umfeld dieser Stadt haben sich immer um dasselbe gedreht. Um Riga. Derjenige, der Riga kontrolliert, kontrolliert auch die Handelswege von Russland und Asien auf der Düna, dem Fluss, über den wir gleich fahren werden. Heute sieht der Krieg allerdings anders aus.«

»Wenn du vorhast, dich über den schwedischen Imperialismus auszulassen, steige ich aus«, sagte Chavez.

»Der spricht schon für sich selbst«, antwortete Vanags neutral. »Hier draußen haben wir die Bucht von Riga, in der unter anderem die Insel Runö liegt, auf der bis zum August 1944 eine wundersame, Schwedisch sprechende Bevölkerung gelebt hat, bevor die meisten der Inselbewohner vor den sowjetischen Truppen nach Schweden flohen. Im Übrigen belegen aktuelle Untersuchungen, dass die Bucht von Riga viel sauberer ist, als man angenommen hat, und dass die Landwirtschaft in den baltischen Ländern bedeutend weniger von den ins Meer geleiteten Abwässern kontaminiert ist, als man befürchtet hat. Also wäre es definitiv eine Katastrophe, wenn ihr mit eurer Hypothese bezüglich der Giftverklappung entlang unserer Küste recht hättet.«

Laima Balodis und Jorge Chavez tauschten einen Blick aus.

»Weißt du denn zufällig, ob seit September vergangenen Jahres Wasserproben genommen wurden?«, fragte Balodis.

»Es gab auf jeden Fall keine alarmierenden Berichte «, antwortete Vanags. »Andererseits …«

»Andererseits gehen diese Berichte zunächst an das Umweltministerium, oder?«, fragte Chavez. »Wo man in intensivem Kontakt mit der italienischen Mafia steht.«

Bendiks Vanags verstummte. Der Wagen überquerte die Düna und fuhr weiter in die Innenstadt von Riga hinein. Schließlich scherte Vanags in eine freie Parklücke ein und brummte: »Ich kann nur hoffen, dass ihr falsch liegt. Hier ist es jedenfalls. Peldu iela. ›Iela‹ bedeutet Straße.«

Die beiden Gäste schauten aus dem Wagenfenster auf die nichtssagende Fassade eines Gebäudes in der engen Straße. Davor standen zwei Polizeiwagen. Bendiks Vanags drehte sich um, und beim Anblick der beiden fragenden Gesichter auf der Rückbank verdeutlichte er: »Das Umweltministerium.«

»Aha«, sagte Laima Balodis.

»Stehen immer Polizeiwagen davor?«, fragte Chavez.

Bendiks Vanags zuckte mit den Achseln, als er sagte: »Wir befinden uns immerhin im Regierungsviertel. Hier ist alles gut bewacht.«

»Offenbar auch sonntags«, stellte Chavez fest. »Wissen wir, wo sich Staatssekretär Kristaps Bergmanis an diesem Wochenende aufhält?«

»Wie mir mitgeteilt wurde, auf dem Land, gemeinsam mit seiner Familie«, antwortete Vanags.

»Und dort soll er auch bleiben«, sagte Chavez. »Um seine letzten Atemzüge in Freiheit zu genießen.«

Laima Balodis begann in ihrem Handgepäck zu kramen und erklärte: »Ich möchte ihn, ohne dass großes Aufsehen erregt wird, morgen früh um neun Uhr in einem Vernehmungsraum im Polizeigebäude sitzen haben.«

Bendiks Vanags richtete seinen Blick weiterhin nach vorn und schwieg.

»Ihr wollt also, dass ich einen Staatssekretär festnehme?«, fragte er schließlich.

Balodis reichte ihm einige zusammengeheftete Papiere und antwortete: »Hier sind die notwendigen Unterlagen, unterschrieben von Paul Hjelm in London und dem Direktor von Europol. Aber wie gesagt, ohne Aufsehen, geht diskret vor.«

Vanags ignorierte die Papiere, die auf Höhe seiner Schulter schwebten. Er schaute weiter geradeaus.

»Ich glaube, euch ist nicht ganz bewusst, was hier auf dem Spiel steht«, meinte er schließlich.

»Dann sag es uns«, bat Chavez.

Bendiks Vanags schüttelte den Kopf und drehte sich zu ihnen um. Er nahm Balodis die Papiere aus der Hand und legte sie, ohne sie eines Blickes zu würdigen, auf den Beifahrersitz. Dann musterte er die beiden auf der Rückbank und ließ seinen Blick von einem zum anderen schweifen.

»Wie sollen wir denn auf dieser Basis zusammenarbeiten können?«, fragte er. »Wie soll Europa vereint werden? Ihr sitzt da, eine Baltin und ein Skandinavier, und tut so, als sprächen wir dieselbe Sprache. Aber ihr habt völlig andere Ziele.«

»Nein«, entgegnete Laima Balodis. »Unsere Ziele sind dieselben wie deine. Du bist ebenfalls ein Teil der Opcop-Gruppe. Manchmal bedeutet das eben, dass wir gegen unsere nationalen Interessen handeln müssen. Ich musste es selbst schon tun, und da habe ich noch für die litauische Polizei gearbeitet und nicht für die europäische. Wir haben eine umfangreiche Schleuserorganisation mit Verzweigungen bis in die Spitzen der Wirtschaft und Politik hinein ausgehebelt. Für die finanzielle Lage des Landes war das schlecht. Aber für die Menschenwürde war es gut. Und irgendwo ist es doch das, wofür wir kämpfen. Dass die Starken die Schwachen nicht ausnutzen. Sag mir, wenn ich falsch liege.«

»Du liegst nicht falsch«, erwiderte Vanags. »Aber das meine ich gar nicht.«

»Sondern ...?«

Bendiks Vanags wand sich ein wenig in seinem Sitz, bevor er antwortete: »Wenn das hier herauskommt, wird Lettland untergehen. Für Schweden bedeutet das, dass die Banken eine Menge Geld verlieren, aber fürs Baltikum – und damit auch für Litauen, das weißt du sehr gut, Laima – ist es nicht nur ein Einschnitt, es ist der Untergang. Verstehst du? Die internationale Glaubwürdigkeit Lettlands balanciert gerade auf einem ziemlich schmalen Grat. Wir stehen inzwischen schon so lange kurz vor der Insolvenz, dass ein politischer Skandal dieses Ausmaßes den Tropfen bildet, der das Fass zum Überlaufen bringt. Es wird eine Insolvenz nach sich ziehen, eine starke Abwertung unserer Währung, hohe Arbeitslosigkeit, allgemeine Armut. Das Land wird zu einem Dumpingpreis an den meistbietenden Industriemagnaten verschleudert. Es wird das erste Mal in der Weltgeschichte sein, dass ein Land in Privatbesitz übergeht. Versteht ihr, was ich sagen will?«

Es war eine Weile still. Schließlich meinte Chavez: »Es gibt ja immer noch die Notdarlehen.«

Bendiks Vanags starrte ihn einen Moment an. Dann brach er in ein lautstarkes Lachen aus.

»Ich glaube, dass ich den Herrschaften eine Probe des besten Wodkas von ganz Riga schuldig bin«, sagte er, scheuchte sie aus dem Wagen und fuhr davon.

Der vierte Brief

Von: Ariadne <ariadne@midasmail.com>
Betreff: Exil
Datum: 30. März 04:31:45 EST
An: Phädra <phaedra873456@hotmail.com>

Es ist geschehen, meine Liebe, ich habe es getan. Ich bin in den ungesicherten Computer eingedrungen. Und ich habe es wieder gesehen. Jetzt habe ich die Bestätigung. Und mehr als das. Ich habe alles gesehen.

Ich habe alles gesehen, beste Phädra.

Als ich es Kyle erzählt habe, ist er kreidebleich geworden.

Du weißt ja, dass ich diesen Computer immer im Blick habe. Ich bin zu ihm hinübergeschlichen, als der Kollege endlich den Raum verließ. Ich weiß nicht, ob es ganz einfach der Lohn für meine Mühen war, jedenfalls war der Computer plötzlich frei, aber nicht heruntergefahren.

Ich habe es gesehen, und nichts ist passiert.

Mir ist klar, dass sie mir eine wohlgeplante Falle gestellt haben könnten, aber dann hätten sie mich doch längst zur Rede gestellt, oder?

Dann sind da ja noch die internen Ermittler ... Sie geben sich nicht öffentlich zu erkennen, aber sie sind überall. Es sind nicht viele, aber sie arbeiten ziemlich effektiv. Inzwischen weiß ich, wer dazugehört.

Allerdings waren sie in dem Moment nicht in der Nähe. Es gibt jedenfalls nichts, was darauf hindeutet. Ich war danach noch weitere vier Stunden im Büro. Aber keiner hat von mir Notiz genommen.

Diese Stunden kamen mir endlos vor. Ich war schließlich gezwungen, dort zu bleiben und zu arbeiten, um keine Aufmerksamkeit zu erregen. Mich genauso wie immer zu verhalten. Zugleich wusste ich, dass ich in einen Computer eingedrungen war, zu dem ich keinen Zutritt hatte, und in einem Büro saß, das schwer bewacht wird von Männern, die mit Sicherheit kein Erbarmen kennen. Es waren höllisch lange Stunden.

Aber nichts gegen das, was noch vor mir liegt. Ich bin jetzt sieben Stunden lang zur unerbittlichen Bewegungslosigkeit verdammt. Als würde man meine Widerstandskraft auf die Probe stellen, als würde man mich testen.

Als bereite man mich vor.

Es begann mit den vier Stunden nach der Mittagspause. In dieser Zeit ist mein Entschluss gereift. Alles hat sich zu einem Ganzen zusammengefügt. Widerwärtige Erkenntnisse wie die Teile eines gruseligen Puzzles.

Als mir am Ende alles klar geworden war, war ich davon überzeugt, dass sie mich festnehmen würden. Doch als dies nicht geschah, bekam ich eine weitere Chance. Die Chance, es jemandem zu erzählen.

Ich habe es versucht. Ich habe getan, was Kyle mir geraten hat, ich habe mich an die Presse gewandt, an die Medien. Natürlich anonym, mit neuem Handy und Prepaidkarte, E-Mails nur von unterschiedlichen öffentlichen Computern aus. Die Journalisten gaben sich abwartend, versprachen, sich wieder zu melden. Die Zeit schleppte sich weiter dahin. Ich musste schließlich tagsüber im Büro sein, damit keiner Verdacht schöpfte. Deswegen hatte ich viel zu wenig Zeit. Schließlich kamen die Antworten. Sie ähnelten einander in erstaunlicher Weise. *New York Times* und CNN fragten im Chor: »Haben Sie Beweise? Wenn Sie uns Beweise geben können, drucken wir Ihre Story gerne ab.«

Ich habe versucht, ihnen zu erklären, dass ich nicht an Beweise herankommen konnte, dass dafür polizeiliche Ermittlungen nötig wären. »Dann wenden Sie sich doch an die Polizei«, sagten sie. »Wenn Sie Anzeige erstatten, werden wir das Ganze gerne weiterverfolgen. Aber wir können nicht aufs Geratewohl agieren und damit das Risiko eingehen, selbst eine Anzeige wegen Verleumdung zu kassieren.«

Also bin ich zur Polizei gegangen, aber dort war es dasselbe. Ich hatte keinerlei Beweise außer meine eigenen Erinnerungen. Es bedarf aber eines Verdachts, um Beweise zu finden, und ich konnte ihnen noch nicht einmal einen begründeten Verdacht liefern. Ich würde lediglich mein eigenes Todesurteil aussprechen. Es geht immerhin um Menschen, die dieses Konto fast zehn Jahre lang geheim gehalten und dem Zugriff der Steuerbehörde und dem Finanzamt entzogen haben.

Es vergingen ein paar Tage. Ich war kurz davor, die Hoffnung aufzugeben. Ich war nur noch eine einzige Windung von Minotaurus entfernt, hörte bereits sein Brüllen auf der anderen Seite der Wand und war dennoch kurz davor, einen Rückzieher zu machen, das Labyrinth zu verlassen und in die eingefahrenen Spuren zurückzukehren. Als wäre es da noch möglich gewesen.

Da gab es allerdings noch etwas. Twitter. Ich habe mit Kyle darüber geredet. Kann man sich auf Twitter völlig unsichtbar machen? Kann ich die hundertvierzig Zeichen, oder wie viele auch immer zugelassen sind, nutzen, um die Geschichte ganz anonym an die Öffentlichkeit zu bringen? Könnte mir das gelingen? Kyle suchte nach einem Weg, konnte aber keinen ganz sicheren finden. Also habe ich mich nicht getraut. Wenn sie es herausbekämen und mich identifizierten, würden sie mich umbringen.

Dennoch gibt es kein Zurück mehr. Kyle hat recht, ich kann mich nur an eine einzige Person wenden. An den mächtigsten Mann der Welt. Wenn er das denn tatsächlich ist. Die Zeit läuft langsam ab. Denn schon bald beginnt der G20-Gipfel in London.

Heute habe ich Kyle von der Arbeit aus angerufen. Ich wollte pfiffig sein und habe ein nagelneues Handy mit Prepaidcard benutzt. Von der Damentoilette aus. Ich bat ihn, mir ein Flugticket zu besorgen und sich auf dem Flughafen mit mir zu treffen. Erst als wir in einer uneinsehbaren Ecke des JFK standen, habe ich ihm erzählt, was ich vorhabe.

In dem Moment wurde er kreidebleich.

Ihr werdet bald zu zweit mit diesem Wissen sein, Liebste, und jetzt komme ich zu unserem Dilemma. Für den Fall, dass ich sterben sollte, muss ich Dich bitten, diese Informationen weiterzugeben. Du weißt, an wen Du Dich wenden musst. Wenn es mir nicht gelingen sollte, Kontakt aufzunehmen, musst Du einen Versuch unternehmen. Es tut mir wirklich leid, dass es so gekommen ist. Ich hatte eigentlich nicht vor, Dich in dieser Weise in die Sache mit hineinzuziehen. Ich wollte es nicht von Dir verlangen. Allerdings konnte ich auch nicht ahnen, wo das Ganze hinführen würde.

Der London Summit beginnt in drei Tagen. Ich befinde mich gerade auf dem Weg dorthin. Ich werde versuchen, Barack Obama zu kontaktieren, bevor das Gipfeltreffen stattfindet. Dann werde ich ihm zu verstehen geben, dass unsere Bank, Antebellum Invest Inc., sich in keiner Weise um ein Notdarlehen verdient gemacht hat und keinen einzigen Cent der staatlichen Unterstützungen bekommen darf, sondern im Gegenteil unter allen Umständen vor Gericht gestellt werden muss.

Wir waren niemals »on top of the world« wie Cantor Fitzgerald ganz oben in unserem Turm, aber wir waren dennoch groß. Wir haben immerhin ein paar Stockwerke im Nordturm belegt. Minotaurus hatte kein eigenes Stockwerk, aber sein Büro – mit seiner einzigen Angestellten, du erinnerst dich doch an Bella – lag direkt neben unserem.

Von den höchsten Chefs von Antebellum Invest ist nur B mit dem Leben davongekommen, weil er gemeinsam mit seiner dritten Frau im Urlaub war. Er war auf den Bahamas. Nach Aussage seines Assistenten Walter hatte er diese Reise bereits lange im Voraus gebucht, also fiel kein Schatten auf ihn.

Aber wenn wir einmal annehmen, dass Minotaurus überlebt und sich daraufhin totgestellt hat, fällt ein weitaus dunklerer Schatten auf B. Er war schließlich die Kontaktperson von Minotaurus in der Bank, alle Transaktionen, die Minotaurus getätigt hat, liefen über B. War es vielleicht sogar B, der ihn gewarnt hat? Darüber weiß ich eigentlich nichts. Aber was ich weiß, ist Folgendes: Seit ich diese beiden Konten auf dem Computer gesehen habe – was mir vorkommt, als wäre es eine Ewigkeit her, dabei sind es lediglich knapp zwei Wochen –, versuche ich der Wahrheit auf die Spur zu kommen.

Ich habe es meinen Vorstoß ins Labyrinth genannt. Doch sogar meine sehr vorsichtigen Schritte haben B und das Management von Antebellum dazu veranlasst, ein externes Sicherheitsunternehmen zu beauftragen, dessen Namen ich inzwischen herausgefunden habe: Asterion Security Ltd. Es besteht kein Zweifel daran, dass sie es auf mich abgesehen haben. Sie wissen zwar noch nicht, wer ich bin, aber meine Aktionen haben sie aus welchen Abgründen auch immer hervorgelockt.

Der seit dem 11. September 2001 tot geglaubte Minotaurus ist nicht tot. Sein Konto bei der Bank existiert immer noch. Natürlich hätten seine Erben es übernommen haben können, aber das habe ich als Erstes überprüft. Es gab keine Erben und auch kein Testament. Sein Vermögen ging an den amerikanischen Staat. Aber sein Vermögen war sehr gering und beinhaltete nicht das Konto, das offenbar schon die ganze Zeit über geheim gewesen war. Jetzt, wo ich es entdeckt habe, ist es allerdings riesig, der Kontostand belief sich auf ungefähr eine Milliarde, aber das war noch nichts gegen den Betrag auf dem zweiten Konto, das in Verbindung mit Minotaurus steht. Jenes Konto, über das ich während dieses atemlosen Augenblicks, in dem ich in den ungesicherten Computer eingedrungen bin, etwas mehr Klarheit gewonnen habe.

Auch wenn du die Welt der Finanzen inzwischen verlassen hast, weißt du ebenso gut wie ich, wie die Rolle Chinas in der großen Finanzkrise aussieht. Das Budgetdefizit der USA entspricht mindestens dem Budgetüberschuss von China. Im Zuge seiner rasanten kapitalistischen Entwicklung besitzt China schlicht und einfach massenweise liquide Mittel. Und diese liquiden Mittel investiert es nur allzu gerne in den USA. In gewisser Hinsicht hat China den übermäßigen Konsum der USA finanziert, in dem es amerikanische Staatsanleihen gekauft hat, was wiederum zur Senkung der Zinsen in den USA geführt hat. Indem China selbst extrem sparsam gewesen ist, hat das Land den USA die Möglichkeit gegeben, über seine Verhältnisse zu wirtschaften.

Aber müssten chinesische Unternehmen, die riesige Summen investieren können, nicht eigentlich etwas anderes als Anleihen erwerben? Etwas, das bedeutend mehr Gewinne abwirft, insbesondere im Schatten der Krise? Ja, wenn man sie davon überzeugen könnte, dass es noch etwas Besseres gibt. Beispielsweise leicht zu verschiebende gigantische Makrofonds, die Spezialität von Minotaurus.

Ich habe es nicht geschafft, die Spur bis zum Ende zu verfolgen, aber es besteht kein Zweifel daran, dass das andere große Konto chinesischer Herkunft ist. Es gehört nicht dem chinesischen Staat, sondern einem oder mehreren chinesischen Großunternehmen. Dabei handelt es sich um Gelder, die Minotaurus unmittelbar zugänglich sind, wenn er sie für eine umfangreiche Transaktion benötigt. Und wir sitzen wie die Spinne im Netz, Liebste. Wir sind es, Antebellum Invest Inc., die über B das Geschäft abwickeln. Was für ein Geschäft es auch immer sein mag.

Als Letztes habe ich es gewagt, mir auf dem ungesicherten Computer die Kontodaten von Minotaurus einmal näher anzusehen. Und ich habe ein paar Dinge herausgefunden. Er sitzt irgendwo in Europa, weiter bin ich leider nicht gekommen, aber das bedeutet, dass diese neue europäische Polizeieinheit, von der Kyle mir erzählt hat, Zugriff auf ihn haben würde. Er hat gesagt, dass sie unglaublich groß und mit kompetenten Leuten ausgestattet zu sein scheint, ein europäisches FBI, allerdings geheim. Ich wage es nicht, mich auf unser FBI zu verlassen. Mit meiner Reise nach London schlage ich zwei Fliegen mit einer Klappe, meine Liebe. Ich werde mit Obama reden – und ich werde Minotaurus finden. Ich habe nämlich eine gewisse Spur.

Gerade habe ich mich von Kyle verabschiedet. Er weiß Bescheid, dass Du informiert bist. Aber Du weißt noch eine weitere Sache darüber hinaus. Du kennst die Kontonummer von Minotaurus. Ich weiß, dass Du sie im Gedächtnis hast. Unser Auswendiglernen von Zahlen hat bewirkt, dass wir Zahlenkombinationen nicht mehr vergessen können, sosehr Du es auch wünschen würdest. Jetzt werde ich dir die andere Nummer auch noch zukommen lassen, die lange chinesische. Ich habe genügend Zeit gehabt, um eine Möglichkeit zu finden, sie Dir und nur Dir zu nennen, eine Möglichkeit, bei der ich sie nicht in Buchstaben- oder Zahlenform aufschreiben muss.

Ich schreibe diese Mail an Bord des Flugzeugs. Ich weiß, dass man das eigentlich nicht darf, aber wir haben Verspätung. Irgendetwas in mir hat ziemliche Angst vor der nächsten halben Stunde, die es nach ihren Aussagen noch dauert, um die Notbeleuchtung in der Kabine zu reparieren. In meinen Ohren klingt es wie eine äußerst durchschaubare Ausrede, um den Flieger am Boden zu halten, bis man mich festgenommen hat. Vor meinem inneren Auge sehe ich bereits die internen Ermittler in ihren Anzügen, die über der Brust spannen, quer durch das Labyrinth des JFK rennen.

Da neben mir keiner sitzt, kann ich meine Angst ein wenig eindämmen, indem ich Dir diese Mail schreibe, meine letzte auf amerikanischem Boden. Meine letzte für lange Zeit, muss ich wohl hinzufügen.

In der Kabine tut sich etwas, die Stewardessen machen sich bereit. Mir bleiben nicht mehr viele Sekunden, um diese Mail abzuschicken. Also in aller Eile: Die zweite Kontonummer erhältst Du, indem Du die ersten vier Ziffern der ersten nimmst, und sie mit drei multiplizierst. Dann nimmst Du die letzten vier Ziffern und multiplizierst sie mit vier und ziehst vierhundertdreiundsiebzig ab. Dann nimmst Du wieder die letzten drei Ziffern und multiplizierst sie mit sechzehn. Nimm das Ergebnis und füge die erste Originalziffer hinzu, dann hast Du die Kontonummer.

Jetzt muss ich diese Mail abschicken. Die Stewardessen schimpfen schon.

Wir hören bald wieder voneinander, Liebste.

Ich fliege los.

Küsschen von Deiner
Ariadne

Der Verschwundene

Queens, New York, 11. April

Es war längst dunkel geworden, doch Marek Kowalewski nahm es erst richtig wahr, als das Taxi Manhattan verließ. Der Fahrer nahm die Brücke, die über Roosevelt Island führte, Queensboro Bridge, und dort draußen, über dieser erstaunlich öden, lang gestreckten Insel wurde Kowalewski die Dunkelheit erst richtig bewusst. Als würde er langsam in sie hineingezogen. Immer tiefer, je weiter das Taxi fuhr. Bald waren die Lichter von Manhattan nur noch als schwach leuchtender Schein am unteren Rand des schwarzen Himmelsgewölbes zu erkennen.

Der Abstand zwischen den Lichtern wurde immer größer. Queens wurde zu einer Kleinstadt mit reihenweise kleinen Häusern. Sie passierten den Utopia Parkway, ohne etwas von der Universität zu erahnen, und führen dann durch Straßen, in denen es ruhig war wie in einer Geisterstadt. Allmählich wurden die Häuser wieder größer, und dann hielt das Taxi abrupt vor einem großen Haus auf einem großen Grundstück. Ziemlich einsam gelegen. Umspielt von einem gedämpften Licht. Es gab keine Mauer um das Grundstück herum. Keine Alarmanlage. Aber einen Briefkasten. Auf dem Briefkasten stand äußerst bescheiden: »Ritchie«.

Als Kowalewski ausgestiegen war und das Taxi losfuhr, nahm es sämtliches Licht auf der Straße mit. Er stand völlig im Dunkeln. Marek Kowalewski hörte sich selbst schlucken. Im Lichtschein des Hauses sah er den Weg aus Steinplatten, der sich durch den vom Winter noch gezeichneten Rasen schlängelte.

Kowalewski sah zum Himmel auf und atmete tief durch. Zum ersten Mal seit langer Zeit erblickte er Sterne. Für einen kurzen Moment hatte er den Eindruck, sie wollten ihm etwas mitteilen.

Dann ließ er den Blick über die weitläufige Fassade des Hauses gleiten, die vage in der schwachen Beleuchtung zu erkennen war. Er strich mit der Hand über die niedrige Hecke, und während er durch die Gartenpforte ging, wurde ihm bewusst: Hier leben Menschen, die ihre Nachbarn nicht fürchten. Dieses Haus ist ein offenes Haus.

Hier war der nicht besonders erfolgreiche Indiegitarrist Kyle Ritchie im Schatten zweier Professoreneltern aufgewachsen, die sich nicht der eigentümlichen amerikanischen Nachbarschaftsfurcht anschließen wollten. Keine hohen Hecken, keine einzige Überwachungskamera.

Kowalewski warf erneut einen raschen Blick zum Sternenhimmel hinauf. Eine Wolkenbank war herangezogen und hatte sich mit erstaunlicher Geschwindigkeit vor die Sterne geschoben. Er befühlte flüchtig die Vorderseite seiner Jacke und spürte die ihm inzwischen vertrauten Konturen. Leise ging er über die Steinplatten hinauf zum Haus. Die Rasenfläche stieg steiler an, als er es zuvor eingeschätzt hatte.

Aber im Grunde hatte er zuvor gar nichts näher eingeschätzt.

Weder die Dunkelheit. Noch die Unheil verkündende Stimmung.

Vor der Haustür gab es eine Holzveranda. Kowalewski machte einen ersten prüfenden Schritt die Verandatreppe hinauf. Er hatte den Eindruck, dass das Knarren in der erschreckend stillen Nacht von Queens weithin zu hören war. Ihm wurde sofort bewusst, dass damit jegliches Überraschungsmoment zunichtegemacht war. Falls sich wider Erwarten jemand in dem dunklen Haus befinden sollte, würde dieser Jemand längst mit gezogener Waffe bereitstehen.

Während er die Treppe hinaufstieg, die immer lauter zu knarren schien, nahm er die neu erstandene Pistole aus dem Achselhalfter. Er hatte zwar kein Überraschungsmoment mehr auf seiner Seite, aber immerhin die Möglichkeit, sich zu verteidigen. Doch gegen wen eigentlich? Warum diese Vorahnung?

Er drehte probehalber den Türgriff herum. Es war nicht abgeschlossen. Ein offenes Haus, dachte er und lächelte schief.

Dann trat er ein. Er nahm seine Taschenlampe aus der Jackentasche und ließ den Lichtkegel durch einen ganz gewöhnlichen Flur gleiten. Rechter Hand führte eine Treppe nach oben, während hinter einer halb geöffneten Tür direkt neben ihm eine Kellertreppe zu sehen war. Geradeaus ging es ins Wohnzimmer und links in die Küche. Alles war dunkel und still, kein Geräusch war zu vernehmen. Kowalewski machte ein paar Schritte ins Haus hinein. Wog seine neue Waffe in der Hand, fand ihren Schwerpunkt und hörte leise die Stimme von Jutta Beyer in seinem Kopf: »Du bist ein Schreibtischbulle, Marek. Mach jetzt nur nichts Unüberlegtes.«

Es war nichts zu hören. Kein Mucks. Die Welt schien stillzustehen.

Er ging nach links in die Küche hinein. Sie war leer. Das Geschirr war gespült, alles war aufgeräumt. Kein Geruch. Als wäre das Haus unbewohnt. Er verließ die Küche durch eine andere Tür und kam in einen lang gestreckten Korridor, von dem verschiedene Türen abgingen. Er nahm einen schwachen Geruch wahr. Der Schein der Taschenlampe tanzte in zitternden Bewegungen kreisförmig über die Wände.

Ein Schlafzimmer hinter einer halb geöffneten Tür. Musikposter an den Wänden, Indiemusik aus den Neunzigern, The Smiths, Belle and Sebastian, Björk, Blonde Redhead. Kyles Jugendzimmer. Auch hier war keiner, allerdings war das Bett ungemacht. Neben dem Bett lag eine Zeitung, die Veranstaltungsseiten aufgeschlagen. Der Schein der Taschenlampe fiel auf die *New York Times* vom Samstag, den elften April.

Heute.

Heute, dachte Marek Kowalewski und entsicherte seine Pistole. Ein leises Klicken hallte durch das leere Haus.

Er zog sich wieder zurück in den Flur. Die Lichtkreise zitterten immer stärker.

Da war eine weitere Tür. Die Badezimmertür. Das Schloss leuchtete weiß. Er drehte den Türgriff lautlos herum. Warum lautlos?, dachte er und schaute hinein.

Das Badezimmer war leer. Die Badewanne kam ihm wie ein offener Schlund vor.

Daneben lag eine weitere Tür, das Schloss war ebenso weiß. Da sich hinter der vorigen das Badezimmer befunden hatte, war dies hier wahrscheinlich die Toilette.

In der Tat. Eine kleine Toilette. Die Frau saß vollständig angezogen auf dem Toilettensitz. Um ihren Hals ein Stahldraht gezogen. Ihr Gesicht war rot und angeschwollen, die Augen waren kurz davor, aus den Höhlen zu treten.

Kowalewski richtete den Lichtstrahl direkt auf ihr Gesicht. Er hörte sich selbst aufstöhnen.

Dann schloss er die Augen. Für zwei Sekunden. Konzentrierte sich. Öffnete die Augen wieder. Sah das Blut, das von dem Stahldraht auf ihre weiße Bluse gelaufen war. Berührte es sogar. Es war noch flüssig, nur leicht geronnen.

Er betrachtete das Blut auf seiner Hand und sah, wie sie zitterte. Der dicke Blutstropfen auf der Spitze seines Zeigefingers vibrierte.

Er riss sich mühsam zusammen. Checkte kurz den Flur, dann sah er die Frau genauer an. Eine jung gebliebene Fünfundfünfzigjährige, die höchstwahrscheinlich Universitätsprofessorin war.

Zweifellos die Mutter von Kyle Ritchie. Noch nicht lange tot. Aber wohl eine Stunde.

Er trat wieder in den Flur hinaus. Mit erhobener Pistole, schussbereit. Sie zitterte mit der Taschenlampe um die Wette.

Behutsam ging er nach links ins Wohnzimmer.

Der Vater von Kyle Ritchie saß auf dem Sofa. Es sah aus, als sähe er fern. Seine Augen waren weit aufgerissen. Das Gesicht war angeschwollen. Um seinen Hals lag ein extrem festgezogener Stahldraht.

Kowalewski ging näher heran, als wäre er bereits abgehärtet. Er berührte den Stahldraht, zog ihn ein wenig aus dem

Fleisch. Löste einen Stachel aus dem Hals und dann einen weiteren.

Es war gar kein Stahldraht, es war Stacheldraht.

Dann stieg ihm wieder der Geruch in die Nase. Das war kein Blut, kein Leichengeruch. Irgendetwas Chemisches. Kowalewski verließ das Wohnzimmer. Er wandte sich ab von Professor Ritchies totem Blick auf den ebenso toten Fernseher. Sah kurz, wie sich das Gesicht im Bildschirm spiegelte. Ihm wurde bewusst, wie lange er von Albträumen geplagt werden würde.

Er ging wieder in den Flur hinaus. Eine Treppe führte nach oben, eine nach unten in den Keller.

Es war klar, wohin er musste. In den Keller.

Er schob die Tür ganz auf und leuchtete mit der Taschenlampe die Treppenstufen ab. Er konnte nicht weit sehen, da die Treppe um die Ecke ging und in der Dunkelheit verschwand. Bereits als er die erste Stufe betrat, spürte er, wie die Temperatur sank. Es wurde unmittelbar kalt.

Er bog um die Ecke. Der chemische Geruch wurde stärker. Er richtete die Taschenlampe und die Pistole in exakt dieselbe Richtung, auf exakt denselben Punkt. Jede Abweichung konnte verheerende Folgen haben.

Dann war er unten. Er blieb einen Augenblick stehen und orientierte sich.

Ein kleiner Flur mit einer Waschmaschine und einer Gefriertruhe. Drei Türen, alle geschlossen. Er ergriff die erste Klinke und drückte sie herunter. Der Heizungsraum. Hier war es unerwartet heiß. Aber er war leer.

Er legte die Hand auf die nächste Klinke. Drückte sie herunter. Leuchtete in den Raum hinein. Alles zitterte.

Hier war der Geruch stärker. Aber immer noch nicht zu deuten. Im Raum stand eine Tischtennisplatte. Darauf lagen alte, abgewetzte Schläger mit eingetrockneter Gummibeschichtung. Ein eingedrückter Tischtennisball. Darüber eine Staubschicht. Und auf dem Fußboden hinter der Tischtennisplatte ein Paar Füße.

Kowalewski schlich um die Platte herum. Die Leiche lag auf

dem Zementboden. Er bückte sich, und während er die Leiche umdrehte, begann der Raum vor seinen Augen zu tanzen. Er begegnete Kyle Ritchies Blick aus einem Gesicht ohne Gesichtszüge. Es war völlig aufgequollen. Die Augen waren weit aus den Höhlen getreten.

Neben Ritchies Hand lag ein Zettel, und in seiner Hand steckte ein Kugelschreiber. Kowalewski berührte ihn. Er steckte fest wie in einem Schraubstock.

Er hob den Zettel an, ging mit der Taschenlampe dichter heran, konnte jedoch nichts lesen. Der Zettel schwankte wie ein Schiff im Sturm. Er konnte einfach nicht lesen, was darauf stand.

Alles schwankte. Und der Geruch war jetzt sehr stark.

Dann sah er neben Kyle Ritchies Leiche einen kleinen Gegenstand auf dem Boden, der aussah wie ein Eishockeypuck. Aus ihm strömte etwas heraus. Kowalewski betrachtete ihn etwas zu lange. Alles schwankte etwas zu lange, als dass er es gleich begriffen hätte.

Aus dem Ding strömte Gas.

Kowalewski stolperte um die Tischtennisplatte herum und stürzte in Richtung Treppe, die inzwischen nicht nur zitterte oder schwankte, sondern eine gewaltige Schlagseite bekommen hatte, wie ein Schiff im Orkan. Er taumelte nach oben.

Schließlich hatte er den Flur erreicht. Atmete intensiv. Er stürzte auf die Haustür zu. Versuchte das Gas durch Sauerstoff zu ersetzen. Hyperventilierte bewusst. Er blieb auf der Holzveranda stehen. Seine Knie schlotterten.

Kowalewski schaute hinauf zum Himmel. Die Sterne waren wieder deutlich zu sehen, sie hinterließen Lichtspuren auf seiner Netzhaut. Er steckte die Pistole zurück ins Achselhalfter, schaltete die Taschenlampe aus und spürte, wie sich das Gas über seine Lungen in seinen Blutkreislauf ausbreitete. Er spürte, wie ihn mit jeder Sekunde zunehmend die Kräfte verließen.

Nicht hier stehen bleiben, dachte er. Nicht mit einer Schusswaffe und einer Taschenlampe hier stehen bleiben. Keine Anklage für das hier kassieren. Nicht in den USA.

Mit aller Willenskraft, die er noch aufbringen konnte, arbeitete er sich über die vernachlässigte Rasenfläche hinunter auf die Straße. Er spürte, dass er taumelte und stolperte. Er musste nur so viel Abstand wie möglich zwischen sich und dieses Höllenhaus bringen. So weit wie möglich kommen, bevor er fiel.

In einiger Entfernung sah er eine größere Straße. Die flackernden Straßenlaternen verbreiteten einen tanzenden Lichternebel. Eine Oase.

Er fiel mehrere Male auf die Knie. Das letzte Mal neben einem Gully, dessen Deckel etwas verschoben war. Die Bereiche seines Gehirns, die noch nicht lahmgelegt waren, reagierten. Sie reagierten rational.

Während sich die Welt um ihn herum drehte, riss er sich die Jacke vom Leib. Es gelang ihm, sein Achselhalfter aufzuknöpfen, und ließ es in den Gully gleiten. Dabei betrachtete er seine Hand. Wie stark sie zitterte. Sie zitterte so sehr, dass er die Buchstaben auf dem Zettel, der in seiner Hand geradezu festgewachsen zu sein schien, nicht erkennen konnte.

Er schaltete die Taschenlampe wieder ein, schob sie sich in den Mund, hielt den Zettel mit beiden Händen fest und konzentrierte sich intensiv darauf, Kyle Ritchies Handschrift zu entziffern. Er las: »Rianna Tinsley«.

Dann ließ er den Zettel und die Taschenlampe in den offenen Gully hinabgleiten, kam auf die Füße, zog sich die Jacke wieder an und musterte nahezu amüsiert seine blutenden Knie. Es gelang ihm mit dem Fuß, den Gullydeckel wieder an seinen Platz zu schieben. Anschließend richtete er seinen Blick fest auf das verführerische Licht, auf die Oase dort in der Ferne.

Er kämpfte sich weiter.

Und dachte die ganze Zeit: Rianna Tinsley, Rianna Tinsley, Rianna Tinsley.

Wie ein Mantra.

Ein Mantra auf dem Weg zur Oase.

Sein Blickfeld war inzwischen stark eingeschränkt, aber das, was er sehen konnte, drehte sich, schwankte hin und her, wurde immer verzerrter.

In dem Moment, als er die größere Straße erreichte, fiel er. Haltlos und geradewegs auf die Fahrbahn.

Das Letzte, was Marek Kowalewski hörte, war, wie sein Wangenknochen brach, als er auf den Asphalt aufschlug.

Der Prozess

Riga, 12. April

Montagmorgen um Punkt neun Uhr saß ein absolut fassungsloser Staatssekretär des lettischen Umweltministeriums in einem Vernehmungsraum des Rigaer Polizeipräsidiums und wurde durch eine Spiegelwand beobachtet. Er bewegte sich ununterbrochen, befingerte den leeren Tisch, schlug ein Bein über das andere in jeder erdenklichen Art und Weise und kratzte sich am Kinn und am Hinterkopf. Aber all das war völlig normal. So benahmen sich alle, die mit Vernehmungssituationen nicht vertraut waren, egal, ob sie schuldig oder unschuldig waren. Weitaus interessanter war hingegen sein Blick.

»Ich weiß nicht recht«, sagte Laima Balodis und sah hinüber zu Jorge Chavez.

Er begegnete ihrem Blick und hatte das Gefühl, sie zum ersten Mal richtig wahrzunehmen. Der gestrige Abend schien eine Reihe von Hürden zwischen ihnen eingerissen zu haben. Sie hatten zwar darauf verzichtet, ebensolche Mengen wie Bendiks Vanags in sich hineinzukippen, aber dieser verfluchte lettische Wodka enthielt neben bromierten Flammschutzmitteln und perfluorierten Tensiden offenbar auch so einige Prozente Alkohol, denn im Gleichschritt mit dem pikanten chemischen Geschmackserlebnis begann sich unverkennbar ein Rausch den Weg zu bahnen. Während Vanags über die Situation Lettlands redete, ohne dass ihn der Alkohol in irgendeiner Weise zu beeinflussen schien, bekamen seine Zuhörer immer weniger mit. Doch was durch den zunehmenden Nebel noch zu ihnen hindurchdrang, war besorgniserregend. Das Land stand in der Tat kurz vor dem Untergang, wofür Vanags fieberhaft den Schuldigen suchte. Das war nicht gerade einfach. Es spielten so viele Faktoren eine Rolle, es gab so unglaubliche viele Parameter, und plötzlich schien alles zusammenzuhängen, doch je mehr Wodka die Kehlen hinunterrann, desto schwieriger wurde es, die Verbindungen und die Schnittstellen zu erkennen. Begleitet von Vanags' relativ verhaltenen Sticheleien, torkelten Chavez und Balodis gemeinsam hinaus in die herbe Rigaer Nacht. Sie hatten die Arme umeinandergelegt, doch seltsamerweise gab es nicht den Hauch einer erotischen Anziehung zwischen ihnen, wie Chavez bemerkte. Er hatte seine Sara und konnte wirklich keine bessere Partie machen, aber eine gewisse Anziehungskraft konnte ja dennoch entstehen. Dazu kam es jedoch nicht, und das erstaunte ihn weniger, als es ihn freute. Sie konnten Arm in Arm durch die Nacht wandern, ohne dass etwas anderes als Vertrautheit aufkam.

Von allen Opcop-Mitgliedern in Den Haag kannte Chavez Laima Balodis noch am wenigsten, was hauptsächlich daran lag, dass sie die Stillste war. In letzter Zeit hatte er zunehmend gelernt, diese Zurückhaltung zu schätzen, auch wenn er deshalb nur wenig über Balodis' Vergangenheit wusste. Es gab so vieles, was er sie fragen wollte. Doch gestern Abend hatte er nichts gefragt. Bevor er schließlich in einem Hotelzimmer einschlief, in dem sich alles um ihn herum drehte, hatte er noch festgestellt, dass er Sara Svenhagen und seine Kinder unendlich vermisste.

Jetzt erwiderte er den schwer zu deutenden Blick von Laima Balodis und entgegnete: »Ich weiß es auch nicht. Seine Nervosität sagt nichts aus. Der Blick auch nichts. Außer, dass er hin- und herflackert.«

»Was uns zumindest sagt, dass er kein erfahrener Verbrecher ist.«

»Was wir ja bereits wussten«, warf Bendiks Vanags ein, der ein Stück entfernt gegen die Wand gelehnt dastand. »Schön zu sehen, dass ihr es geschafft habt, aus dem Bett zu kommen, meine

Herrschaften. Ich hatte schon befürchtet, ihr würdet bis zum Mittag liegen bleiben.«

»Ich würde eher sagen, dass wir es nicht wussten«, entgegnete Chavez ruhig. »Er ist noch nicht lange in den Klauen der Mafia, das steht fest. Bergmanis ist ein moderner Europäer, nicht älter als fünfunddreißig und als unverdrossener Umweltaktivist bekannt. Das zusammen würde die perfekte Tarnung für einen richtigen Schurken abgeben, aber dieser Mann hier ist kein richtiger Schurke.«

»Wir gehen rein«, sagte Balodis, »und du, Vanags, bleibst hier.«

Bendiks Vanags riss die Augen auf und starrte sie an. Sie würdigte ihn keines Blickes, sondern öffnete lediglich die Tür zum Vernehmungsraum und ging hinein. Jorge Chavez folgte ihr mit einem schiefen Lächeln.

Staatssekretär Kristaps Bergmanis stand auf und spuckte aufgebracht einen Fluch auf Lettisch aus. Laima Balodis entgegnete kühl: »Speak English, please. I know that you can, Sir.«

Kristaps Bergmanis fiel die Kinnlade herunter. Schließlich brachte er in einwandfreiem Englisch hervor: »Wer sind Sie eigentlich?«

»Setzen Sie sich«, forderte Balodis ihn gleichmütig auf.

Sie und Chavez nahmen Platz und warteten, bis Bergmanis sich ebenfalls gesetzt hatte. Er ließ sich schwer und mit einem tiefen Seufzer auf seinem Stuhl nieder.

»Es freut mich, dass wir hier im Polizeigebäude sind«, sagte Bergmanis und schien sich etwas zu fangen. »Sie hätten schließlich auch irgendwelche internationalen Verbrecher sein können. Aber jetzt ahne ich, dass Sie zumindest bei der Polizei arbeiten.«

»Ahnen Sie auch, was wir von Ihnen wollen?«, fragte Balodis.

Bergmanis schüttelte den Kopf, etwas länger als nötig.

»Ich nehme an, es ist keine gute Idee, Sie zu bitten, sich auszuweisen?«, fragte er schließlich.

»Eher nicht«, antwortete Balodis.

»Warum habe ich nur das merkwürdige Gefühl, in einem Roman von Kafka zu sein? ›Jemand musste Kristaps B. verleumdet haben, denn ohne dass er etwas Böses getan hätte, wurde er eines Morgens verhaftet.‹«

»Sie haben also nichts Böses getan?«, fragte Balodis.

»Vermutlich eine ganze Menge«, meinte Bergmanis, »aber definitiv nichts Kriminelles. Ich sitze schließlich in der Regierung.«

»Und Regierungen begehen ja nie kriminelle Handlungen«, fügte Chavez hinzu, woraufhin ihm Bergmanis einen kritischen Blick zuwarf.

»Man könnte durchaus sagen, dass es mein Job ist, dafür zu sorgen, dass die Regierung keine kriminellen Handlungen begeht. Jedenfalls im Umweltbereich.«

»Umso bemerkenswerter, dass Ihr Computer mehrmals in direktem Kontakt zur italienischen Mafia gestanden hat, und zwar in Bezug auf folgenschwere Giftverklappung in den lettischen Gewässern«, sagte Chavez.

Es war ein merkwürdiger Anblick, zu sehen, wie Kristaps Bergmanis blass wurde, ohne dabei auch nur eine Miene zu verziehen. Obwohl sein nachdenklicher Gesichtsausdruck keinerlei Anzeichen eines Schocks zeigte, wurde er kreideweiß. Dann nickte er sachte.

»Ich verstehe«, sagte er leise.

»Was verstehen Sie?«, fragte Balodis ebenso leise.

»Gewisse ... Diskrepanzen ...«

»Erklären Sie es näher.«

»Die Berichte waren in der letzten Zeit verspätet.«

»Über die Wasserproben?«

Jetzt richtete sich Kristaps Bergmanis' klarer Blick auf Laima Balodis. »Sie sind doch Litauerin, oder?«, fragte er.

»Was hat das mit der Sache zu tun?«

»Ihr Akzent hat einen etwas anderen Klang, als wenn wir Letten Englisch sprechen. Und es hat sehr wohl etwas mit der Sache zu tun. Alle baltischen Staaten sind lange Zeit beschuldigt worden, den Löwenanteil der Abwässer zu erzeugen, die in die Ostsee fließen. Aber es hat sich gezeigt, dass dem nicht so ist. Die schwedische Landwirtschaft ist ein bedeutend größerer Verunreiniger. Von den Abwässern aus Sankt Petersburg, die in den

Finnischen Meerbusen fließen, ganz zu schweigen. Sowohl Sie als auch ich waren stets falschen Anschuldigungen ausgesetzt. Sowohl Sie als auch ich wissen, wie extrem sensibel unsere verhältnismäßig kurzen Küstenlinien sind. Sowohl Sie als auch ich wissen, dass wir uns in der Tat bemühen – auch in Krisenzeiten – die Küste sauber zu halten. Wir entnehmen regelmäßig Wasserproben. Sie werden direkt an das Umweltministerium geschickt. Und wenn es nötig ist, Alarm zu schlagen, dann schlagen wir Alarm.«

»Und in der letzten Zeit kamen die Wasserproben verspätet? Wie viel?«

»Höchstens einen Tag, wenn Sie diesen Zeitraum meinen. Seit einigen Monaten, wenn Sie das meinen. Ich habe nicht näher über die Sache nachgedacht, da es sich ja immer nur um geringfügige Verspätungen handelte. Aber jetzt ahne ich, dass genau in dieser Zeit die Zahlen frisiert wurden.«

»Genau das ahnen wir auch«, bestätigte Laima Balodis, »allerdings ahnen wir, dass Sie die Zahlen frisiert haben.«

»Ich verstehe«, sagte Bergmanis, in dessen immer noch nachdenkliches Gesicht langsam die Farbe zurückkehrte.

»Und wie erklären Sie, dass Ihr Computer in direktem Kontakt zur italienischen Mafia gestanden hat?«, fragte Balodis.

»Jetzt ist mir klar, wer Sie sind.« Bergmanis nickte.

»Und wer sind wir?«

»Sie sind von Europol. Gehören Sie der neuen Testgruppe an?«

Balodis und Chavez wechselten einen raschen Blick. Dann fragte Balodis: »Kann es sein, dass sich irgendjemand Zugang zu Ihrem Computer verschafft hat?«

»Sie haben also bereits angefangen?«, fragte Bergmanis weiter. »Ich dachte, dass der operative Versuch noch Zukunftsmusik wäre.«

»Sollen wir das als Drohung auffassen?«, fragte Balodis.

»Nein«, antwortete Bergmanis, während sich seine Miene aufhellte, »aber das wäre eine gute Idee. Ich werde mit meinem Anwalt über die Sache reden. Vielen Dank. Falls Sie mich vorläufig festnehmen sollten, werde ich die Medien darüber unterrichten, wer mich festgenommen hat. Übrigens, wann bekomme ich einen Anwalt?«

»Wenn Gott hustet«, antwortete Laima Balodis, woraufhin sie verblüfft angestarrt wurde. Sie zuckte mit den Achseln und erklärte: »Alte litauische Redensart.«

»Also, an meinen Computer kommt keiner heran«, sagte Bergmanis. »Er ist durch ein Passwort absolut geschützt. Ich kann Ihnen auch nicht erklären, warum er in direktem Kontakt mit der italienischen Mafia stand. Ich weiß nicht einmal, ob ich das glauben soll.«

»Glauben Sie mir«, sagte Balodis. »Und auch die Medien werden übrigens Besseres zu tun haben, als darüber nachzudenken, wer den Mafiaspion im Regierungsviertel festgenommen hat. Denn der Spion an sich wird die bedeutend interessantere Neuigkeit sein ...«

Chavez hatte die ganze Zeit über schweigend dagesessen und Kristaps Bergmanis beobachtet. Jetzt räusperte er sich und fragte: »Übernimmt die Polizei die Bewachung des Ministeriums?«

Bergmanis musterte ihn aufmerksam und antwortete: »Nein, das macht ein Sicherheitsunternehmen.«

»Wir haben nämlich gestern Abend mehrere Polizeiwagen vor dem Umweltministerium gesehen ...«

»Bei uns hat es am Freitagnachmittag, nachdem die meisten bereits gegangen waren, einen Einbruch gegeben. Vielleicht ermittelt die Polizei weiterhin vor Ort. Oder bewacht das Gebäude zusätzlich.«

»Einen Einbruch?«

»Einen kleinen unbedeutenden Einbruch im Keller, nichts Besonderes. Sah nach einem Fixer aus, ziemlich unprofessionell. Aber es ist klar, dass die Polizei den Vorfall sehr genau untersucht. Einen Einbruch in einem Ministerium nimmt man nicht auf die leichte Schulter.«

Chavez spürte, dass sein eigener Gesichtsausdruck nun mindestens ebenso nachdenklich war wie der des Staatssekretärs. Er fragte: »Aber die Computerzentrale liegt nicht im Keller?«

»Richtig«, antwortete Kristaps Bergmanis, und auf seiner Stirn bildete sich noch eine Falte. »Im Gegenteil, sie befindet sich im Dachgeschoss.«

»Und wie heißt das Sicherheitsunternehmen?«, fragte Chavez.

»Das weiß ich nicht mehr«, antwortete Bergmanis, »aber …«

»Aber?«

»Aber ich glaube, ich habe irgendwo eine Visitenkarte. Allerdings sind mir ja vor dem Eintritt in dieses kafkaeske Schloss meine persönlichen Habseligkeiten abgenommen worden.«

Chavez machte eine dezente Geste in Richtung des Spiegels.

Bergmanis nahm den Faden wieder auf. »Denken Sie diesbezüglich an etwas Bestimmtes?«

»Ja, warum man einen vorgetäuschten Einbruch an einer anderen Stelle im Gebäude inszenieren sollte.«

»Darf ich das so deuten, dass Sie mir glauben?«

»Nicht notwendigerweise«, antwortete Balodis. »In unseren Augen sind immer noch Sie derjenige, der in direktem Kontakt zur Mafia gestanden hat und den Weg für eine vermutlich folgenschwere Verklappung von Giftmüll entlang der lettischen Küste bereitet hat. Die ganz sicher auch die litauische mit in Mitleidenschaft ziehen wird.«

»Ich weiß, wie die Anklage lauten wird«, brummte Bergmanis. »Es wird Jahre dauern, etwas dagegen …«

Die Tür wurde geöffnet und ein auffällig düster dreinblickender Bendiks Vanags kam herein, knallte ein ziemlich dickes Portemonnaie auf den Tisch und verließ den Raum wieder. Im selben Augenblick rief Laima Balodis aus: »Navarro!«

Chavez, der immer ein leichtes Unbehagen wegen seines mittelmäßigen Spanisch verspürte, wenn Felipe Navarros Name fiel, zuckte zusammen. Balodis ergriff seinen Arm und zerrte ihn hinter Vanags aus dem Vernehmungsraum. Sie ließ den verdutzten Bergmanis allein zurück, knallte die Tür zu und sagte aufgeregt zu Chavez: »Felipe Navarro hat das doch berichtet!«

»Er sagt so viel«, meinte Chavez missmutig.

»Am Freitagnachmittag haben sich doch sowohl Riga als auch Potenza plötzlich zu erkennen gegeben«, erklärte Balodis. »Dadurch haben wir die IP-Adressen erfahren. Navarro fand es merkwürdig, dass beide sich zum selben Zeitpunkt gemeldet haben. Er fragte, ob das nicht ein recht merkwürdiges Zusammentreffen sei. Es war ungefähr zu dem Zeitpunkt, als der Einbruch im Ministerium geschah. Sie haben eine Falle gestellt, um Bergmanis zu belasten. Daraufhin haben sie ein paar belanglose Mails abgeschickt, um den Kontakt herzustellen.«

»Oh nein«, rief Chavez aus. »Dann wissen sie also, dass wir ihnen auf der Spur sind? Kennen sie etwa die Opcop-Gruppe? Wie konnte das denn passieren, verdammt noch mal?«

»Sie wissen, dass ihnen irgendjemand auf der Spur ist«, fuhr Laima Balodis beunruhigt fort, »aber nicht unbedingt, wer. Mist, ich glaube, sie haben sich Bergmanis ausgesucht, weil er ihr größter Widersacher bei den Gifttransporten ist.«

»Respekt«, rief Chavez aus. »Aber warte mal.«

»Was?«

»Es gibt außerdem jemanden, der die Wasserproben manipuliert. Möglicherweise sogar im Ministerium.«

Balodis zog eine finstere Grimasse.

»Okay«, sagte sie. »Wir müssen herausfinden, wer die Wasserproben entgegengenommen hat. Und ob sich derjenige im Augenblick im Ministerium aufhält.«

»Darum werde ich mich kümmern«, sagte Bendiks Vanags und verwandelte sich in ein Wunder an Effektivität. Flugs hatte er sich ins hinterste Eck an einen Schreibtisch gesetzt und begann mit jeweils einem Hörer an jedem Ohr zu telefonieren. Sie hörten ihn im Hintergrund herumbrüllen und sahen, wie er wild gestikulierte.

Durch die Spiegelwand schauten sie in den Vernehmungsraum. Kristaps Bergmanis saß da und fingerte an seinem Portemonnaie herum, ohne es jedoch in die Hand zu nehmen. Er drehte es gedankenverloren mit einer äußerst nachdenklichen Miene auf dem Tisch.

»Jedenfalls«, meinte Chavez, »wirkt er smart genug, um ein doppeltes Spiel spielen zu können. Wir dürfen ihn jetzt nicht gehen lassen.«

»Das sehe ich auch so«, stimmte Balodis zu. »Erst müssen wir die Bestätigung haben, dass noch eine weitere Person im Ministerium infrage kommt. Jemand, der ein wahrscheinlicherer Kandidat ist. Jetzt gehen wir wieder rein, bevor er dieses Portemonnaie noch öffnet und irgendwelche kompromittierenden Papiere aufisst. Keine gute Idee, es einfach bei ihm liegen zu lassen.«

Sie zog die Tür zum Vernehmungsraum auf. Doch sie wurde unmittelbar mit einem lauten Knall wieder zugedrückt. Erstaunt drehte sich Balodis zu Jorge Chavez um, der seine Hand fest gegen das Holz drückte und ins Leere starrte.

»Und drittens«, sagte er dumpf. »Wenn sie in Riga eine Falle gestellt haben, haben sie in Potenza ebenfalls eine Falle gestellt.«

»Oh«, brachte Balodis nur hervor und wurde blass. »Ganz klar.«

Chavez hatte bereits das Handy in der Hand. Er deutete auf den venezianischen Spiegel zum Vernehmungsraum und sagte: »Nimm ihm jetzt das Portemonnaie ab.«

Balodis verschwand für einen Augenblick. Währenddessen ließ Chavez das Handy mehrere Male anklingeln. Er stampfte mit dem Fuß auf den Boden.

Doch schließlich meldete sich eine ihm vertraute Stimme: »Tebaldi.«

»Fabio, zum Teufel«, rief Chavez. »Sie haben euch eine Falle gestellt. Haut ab, so schnell ihr könnt.«

»War nur 'n Scherz«, fuhr Tebaldis Stimme fort. »Hier ist der Anrufbeantworter. Hinterlassen Sie eine Nachricht nach dem Piepton, okay?«

»Verdammt!«, rief Chavez aus und schlug mit der Faust an die Wand. »Fabio, ihr müsst da weg, sie haben euch eine Falle gestellt. Ruf mich sofort an, wenn du die Nachricht abhörst. Es ist extrem wichtig.«

Chavez klickte den Anrufbeantworter weg und wandte sich Balodis zu, die nur den Kopf schüttelte und düster dreinblickte.

»Ich hab mitgehört«, sagte sie. »Probier es auch bei Potorac.«

Chavez startete einen Versuch. Doch bei ihr meldete sich noch nicht einmal ein Anrufbeantworter. Er machte eine Andeutung, das Handy aus dem Fenster zu werfen. Doch Balodis legte ihre Hand auf seinen Arm, bis er sich wieder gefasst hatte.

»Im Moment können wir nichts weiter tun«, sagte sie. »Wir müssen uns beruhigen und zu unserem Staatssekretär zurückkehren.«

Sie gingen zu Kristaps Bergmanis hinein. Er schaute auf, als hätte er sich in einem anderen Universum befunden und sagte: »Ich bekomme hin und wieder Drohungen, wie fast alle Politiker. Aber nachdem ich ein wenig nachgedacht habe, erinnere ich mich an einen besonderen Vorfall. Es könnte, tja, die Mafia gewesen sein. Wie Sie vielleicht wissen, habe ich mich ja für eine stärkere Überwachung der Küstenlinie eingesetzt, es gibt eine spezielle Umweltpatrouille, die das Risiko, dass Unbefugte heimlich Giftstoffe in lettische Gewässer einleiten, minimieren soll. Diesbezüglich habe ich vor einem Monat eine Brandrede im Reichstag gehalten. Kurz danach habe ich einen sehr bedrohlichen Anruf erhalten, in dem mir nahegelegt wurde, mich nicht in Dinge einzumischen, die mich nichts angingen. Man hat mir vor Augen geführt, was mit all meinen Anverwandten und Freunden geschehen würde, wenn ich weitermachte. In allen Einzelheiten und mit der Erwähnung von Namen.«

»Das kommt mir irgendwie bekannt vor ...«, sagte Chavez.

»Mir scheint das Ganze jedoch noch eine Nummer größer zu sein«, merkte Bergmanis an. »Sie würden sich nicht so viel Mühe machen, nur um mich zum Schweigen zu bringen. Dafür bin ich ein zu kleines Licht. Sie haben zwei Fliegen mit einer Klappe geschlagen, von denen ich die bedeutend kleinere bin. Es irritiert einen zwar ein wenig, aber nicht wesentlich.«

»Und wer, bitte, ist die größere Fliege?«, fragte Chavez.

»Zweifellos Lettland«, antwortete Bergmanis und lehnte sich in seinem Stuhl zurück. »Wenn herauskommt, dass ein führender Politiker sein eigenes Land vergiftet hat, ist Schluss. Keiner der ausländischen Investoren wird noch Vertrauen in uns haben. Der gesamte wirtschaftliche Kreislauf wird sofort ins Stocken geraten. Sie werden unser Land in die Insolvenz treiben.«

»Aber warum?«, fragte Balodis. »Was hat die italienische Mafia davon?«

»Tja«, antwortete Bergmanis. »Wenn die öffentliche Hand ausgeschaltet wird, ist zum Beispiel die Küste völlig unbewacht.«

»Aber dann müsste ja bedeutend mehr als Giftverklappung auf dem Spiel stehen«, mutmaßte Balodis.

»Das denke ich auch«, pflichtete ihr Bergmanis bei. »Aber ich weiß nicht genau, was. Was war, historisch gesehen, die wichtigste internationale Funktion von Riga und Lettland? Genau, es waren die Handelswege nach Osten.«

»Aha«, sagte Chavez. »Wie ein weiser Mann einmal gesagt hat: ›Derjenige, der Riga kontrolliert, kontrolliert auch die Handelswege von Russland und Asien aus.‹«

Er spürte, wie sich Bendiks Vanags' stahlgraues Lächeln durch das verspiegelte Fenster bohrte.

»Eines bleibt uns noch«, sagte Laima Balodis und öffnete Kristaps Bergmanis' umfangreiches Portemonnaie.

»Ich habe dort irgendwo eine Notrufnummer des Sicherheitsunternehmens stecken. Eine Visitenkarte. Wir haben jeder eine bekommen. Falls wir beispielsweise aus Versehen Alarm auslösen sollten.«

»Hier ist sie«, sagte Balodis und hielt ein Kärtchen hoch.

Darauf stand in der Tat eine Telefonnummer. Aber es war das Logo, das ihre Aufmerksamkeit erregte.

Es hatte die Form eines fetten goldenen A, dessen quer verlaufender Strich ein Stück schwarzen Stacheldraht darstellte, das an beiden Enden herausragte.

»›Asterion Security Ltd.‹«, las Laima Balodis vor.

Das Schloss

Basilikata, 12. April

Das kleine Schloss lag dort oben wie ein betagtes, aber uneinnehmbares Fort. Es war früher Morgen, und sie kauerten am Waldrand, die Blicke den Hang hinauf gerichtet. Die Sonne war noch nicht über den Felskamm gestiegen. Der Wald duftete extrem nach Erde und Pinien. Eine Waldtaube gurrte laut, woraufhin einige Waldmäuse rasch vorbeihuschten und in unsichtbaren Löchern verschwanden.

Lavinia Potorac ging den Plan im Geiste noch einmal durch. Sie tat es nicht zum ersten Mal. Sie hatte die ganze Nacht über nicht geschlafen. Gerne hätte sie ihre Schlaflosigkeit auf die ausdauernde Eule auf dem Dachgiebel geschoben, die sie mit ihrem Schrei wachgehalten hatte, oder auf die Kälte, die in der Waldhütte immer unbarmherziger wurde, je weiter die Nacht voranschritt, aber im Grunde wusste sie, was sie wach hielt. Sie hatte sich bemüht, es nicht in Worte zu fassen – dennoch tat sie die ganze Nacht über genau das:

Sie waren zwei Personen und wollten einen Angriff auf die Mafia starten.

Man konnte die Sache in der Tat nicht anders formulieren.

Um diesen Gedanken zu verdrängen, dachte sie über den Plan nach. Ging ihn ein ums andere Mal durch. Erst als die Dämmerung langsam einsetzte, kam sie ein wenig zur Ruhe.

Das Erdgeschoss des Schlosses bestand aus einem großen Saal, vermutlich dem Saal für die Zusammenkünfte von La Santa. Zwischen dem Haupteingang und dem Saal lag ein Korridor, in dem man in früheren Zeiten vor der Begegnung mit dem Fürsten seine Waffen ablegen musste. Links und rechts vom Korridor führten zwei Treppen nach oben zu jeweils einer Empore mit einer gut einen Meter hohen Steinbalustrade, die sich über die gesamte Länge des Saals erstreckte. Von den Emporen verliefen diverse Gänge hinauf in das verfallene Obergeschoss des Schlosses. Dort oben war nach ihren Plänen alles eine einzige Ruine. Das galt praktisch gesehen auch für die gesamte rechte Empore. Der Bereich, der zugänglich war, beschränkte sich im Großen und Ganzen auf die linke Empore, die auf einer Höhe von sieben, acht Metern entlang des großen Saals verlief.

Es ging letztlich darum, so geräuschlos und unauffällig wie möglich den Raum hinter dem großen Saal zu erreichen. Alles deutete darauf hin, dass dort die Zentrale lag, das Hirn des Schlosses. Mit großer Wahrscheinlichkeit stand dort der Computer, über den der Kontakt sowohl zu Carl-Henric Stiernmarck in Stockholm als auch zum Regierungsviertel in Riga aufgenommen worden war. Falls sich irgendwelche Personen im Schloss aufhielten, befanden sie sich im hinteren Raum. Ins Schloss hinein gab es keinen anderen Weg als durch das große Eingangsportal, denn die einzige Fensterluke befand sich an der rückwärtigen Mauer, die ihren Aufzeichnungen zufolge am Rand eines extrem steilen Abhangs stand.

Erst als Lavinia Potorac etwas erstaunt das Handy entgegennahm, das Fabio Tebaldi ihr reichte, sah sie, dass er eine Art Kriegsbemalung trug. Sie hatte keine Ahnung, wann er sich die braunen und grünen fingerbreiten Striche ins Gesicht gemalt hatte. Allerdings wusste sie noch weniger, wann er draußen gewesen war und das gefilmt hatte, was sie jetzt auf dem relativ großen Display seines Handys sehen konnte. Sie warf ihm einen überraschten Blick zu. Er zuckte mit den Achseln und entgegnete: »Du hast gegen Morgen so schön geschlummert.«

Das Schloss war einmal rundherum gefilmt worden, im gesamten Umkreis von dreihundertsechzig Grad. Kurze Sequenzen aus jedem Blickwinkel und genau aus dem Abstand, in dem sie sich jetzt befanden. Tebaldi musste in einem Kreis um das gesamte Schloss herum mehrere Kilometer durch den Wald gewandert sein. Und sie hatte tatsächlich geschlafen. Das irritierte sie maßlos. Als die Wanderung die Rückseite des Schlosses erreichte, stoppte er den Film.

Die Rückseite des Schlosses bestand in der Tat aus einer geschlossenen Steinmauer, genau wie auf dem Plan verzeichnet. Es gab eine einzige fensterähnliche Luke im unteren Bereich, die auch auf dem Plan eingezeichnet war. Tebaldi zeigte auf die Luke und sagte: »Darunter ist keineswegs ein steiler Abhang, wie es der Plan zeigt, es handelt sich eher um ein stark abfallendes Geröllfeld von bestimmt hundert Metern mit Feldsteinen und Dornenbüschen. Es ist also kein Weg hinein, aber zur Not ein Fluchtweg.«

»Hast du noch etwas anderes entdeckt?«, fragte Potorac, noch immer irritiert von Tebaldis Alleingang.

»Nur, dass die Gegebenheiten, von außen betrachtet, mit unseren Unterlagen übereinstimmen«, antwortete Tebaldi abgeklärt. »Und ich habe keinerlei Anzeichen dafür entdeckt, dass sich hier Menschen aufhalten. Nirgends ein Auto, keine Kameras, keine Überwachung. Sieht tatsächlich wie eine Ruine aus.«

»Was wahrscheinlich auch der Sinn des Ganzen ist«, schloss Potorac.

»Es gibt jedenfalls nichts, was uns an der Durchführung unseres Plans hindert«, sagte Tebaldi.

Außer unserem Gehirn, dachte Lavinia Potorac. Außer unserer Intelligenz, der gesunden Vernunft, dem Selbsterhaltungstrieb, unseren tief im Körper verankerten polizeilichen Instinkten.

Tebaldi nahm sein Handy wieder an sich und hielt dann ein Fernglas an die Augen. Er richtete es geradewegs auf den großen Eingangsbereich des Schlosses. Dann reichte er es Potorac, die damit in dieselbe Richtung schaute. Das alte Eichenportal hing schiefer in seinen Angeln, als auf dem Plan erkennbar war, wodurch eine Öffnung entstand, durch die sie selbst mit ihrer Bewaffnung leicht hindurchgelangen würden.

Lavinia Potorac war sich nicht ganz sicher, ob ihre Bewaffnung für das Vorhaben optimal war. Ihr hätte das kleine Maschinengewehr völlig ausgereicht, denn sie spürte, wie die große, mit einem Schalldämpfer versehene Pistole am Hosenbund unterhalb der schusssicheren Weste sie unnötig behinderte. Wie auch dieses verfluchte Nachtsichtgerät, das wie ein Zyklop auf ihrer Stirn saß. Sie tastete kurz danach.

Tebaldi deutete blitzschnell ihre irritierte Bewegung und sagte: »Nicht gerade viele Fenster da drinnen ...«

Was Potorac in der Tat nicht leugnen konnte. Der routinierte Mafiajäger schien wirklich an alles gedacht zu haben. Dieser absolute Fokus auf die Jagd, hinter dem sich so viel persönliche Tragik zu verbergen schien. Aber jetzt war kaum der geeignete Zeitpunkt, um danach zu fragen. Ihr Zusammensein verlief bisher erstaunlich unpersönlich. Normalerweise gefiel ihr das. Aber im Moment verunsicherte es sie eher. Gerne hätte sie ein paar warme, aufmunternde Worte gehört.

»Es ist an der Zeit«, sagte Tebaldi.

Potorac nickte. Sie dachte an ihren Ehemann Dumitru, den friedfertigen Universitätsdozenten für Philosophie, und sie dachte an ihre kleine Tochter Nadia, die sie nach der ehemaligen rumänischen Starturnerin Nadia Comăneci benannt hatte. Und dann verdrängte sie beide aus ihrem Bewusstsein. Stattdessen konzentrierte sie sich ganz auf den Plan.

Er war eigentlich nicht besonders ausgeklügelt. Alles drehte sich um absolute Geräuschlosigkeit und das Überraschungsmoment. Sie sollte nach links oben und hinaus auf die einzig erhaltene Empore laufen und ihm Deckung geben, während Tebaldi den direkten Weg durch den großen Saal nehmen würde, um in den hinteren Raum zu gelangen. Sie hätte unterdessen Übersicht über ihn und den gesamten unteren Bereich. Und beide wären sie bereit, innerhalb des Bruchteils einer Sekunde zu schießen.

Das war alles.

Sie machten sich auf den Weg und erklommen lautlos den Steilhang. Die Sonne war noch nicht zu sehen. Ein spukähnliches, verzögertes Dämmerlicht erhellte dürftig den Himmel über den Baumkronen. Der Wald duftete nicht mehr, ihr Geruchssinn trat hinter notwendigeren Sinnen zurück. Zu sehen und zu hören musste ausreichen.

Fokussierung.

Sie erreichten die Außentreppe, schlichen sich lautlos hinauf und standen vor dem schiefen uralten Eichenportal. Sie klappten ihre Nachtsichtgeräte von der Stirn herunter und schlüpften durch den Spalt am Portal vorbei in die Dunkelheit.

Der Korridor war unerwartet eng. Rechts und links gingen die Treppen ab. Potorac hielt sich links und verschwand nach oben.

Fabio Tebaldi war allein. Jetzt nur nicht nachdenken, dachte er und inspizierte den Korridor. Nicht über irgendetwas nachdenken, sich lediglich in den großen Saal hinein- und von dort aus weiterarbeiten. Nicht daran denken, wie nahe sie dran waren. Nicht an den Bruder denken. Nicht daran denken, dass der Sorridente nur noch eine Ecke entfernt war.

Nicht nachdenken. Nicht nachspüren.

Er schlich durch den Korridor. Durch das Nachtsichtgerät sah alles grünlich aus. Die Konturen waren deutlich zu erkennen, aber Unwichtiges war verschwommen. Wie das Leben, wenn es am schönsten war.

Ein kleines Portal führte in den großen Saal. Er warf einen raschen Blick seitlich hinein. Alles leer. Viel Luft. Die Weitläufigkeit einer Kathedrale. Allerdings befand sich in der Mitte ein riesiger Eichentisch, um den herum ungefähr fünfzig Stühle standen. Ungefähr fünfzig, dachte Tebaldi und machte einen Schritt in den Saal hinein, fünfzig, wie die vermutete Anzahl der Mitglieder, *Santisti*. Er hatte also mit seiner Schätzung richtig gelegen.

Ein flüchtiger Blick hinauf zur linken Empore. Ihr Körper wurde von der hohen Balustrade verdeckt. Nicht der geringste Hinweis auf Potorac. Es war genau so, wie es sein sollte.

Er schlich sich an der rechten Wand entlang. Die Maschinenpistole schussbereit. Absolut bereit. Die Angst schob sich wie Lava durch seine Adern. Potorac sieht mich, dachte er. Das muss reichen.

Lavinia sieht mich.

Sie sah ihn. Warf einen Blick über die Balustrade der linken Empore und sah ihn dort stehen, genau an der Schwelle zum großen Saal. Er setzte sich in Bewegung, während sie der geringsten seiner Regungen mit dem Blick folgte. Er glitt an der rechten Wand des Saals entlang, vollkommen lautlos. Dennoch konnte sie seine Angst regelrecht hören. Sie pflanzte sich in ihr fort, während sie sich selbst in geduckter Haltung mit schussbereitem Maschinengewehr ebenfalls in Bewegung setzte. Sie ließ ihn keine Sekunde lang aus den Augen.

Er bewegte sich durch den Saal. Es gab keine Tür, die in den hinteren Raum führte. Alles stimmte mit den Plänen überein. Sie hatten nichts verändert. Jedenfalls nichts am Bau des Erdgeschosses. Anstatt einer Tür verjüngte sich der Saal auf Höhe einer Zwischenwand zu einem relativ engen Gewölbe, über dem die Empore weiterverlief. Von der Empore aus müsste man also freie Sicht in den hinteren Raum haben.

Sie wachte über ihn wie eine Mutter über ihren Sohn.

Wie eine Mutter über ihren Sohn wachen müsste.

Der Gedanke daran stärkte ihn und spornte ihn zugleich an. Adrenalin. Er bemühte sich, das Zittern des grünlich schimmernden Maschinengewehrs zu unterbinden, und zwang sich weiter an der rechten Wand des großen Saals entlang. Er blickte sich immer wieder in alle Richtungen um, während er zugleich unablässig den Boden inspizierte. Der kleinste Splitter, das geringste Sandkorn konnte ein tödliches Geräusch auslösen.

Er war jetzt halbwegs durch den Saal hindurch.

Ein plötzliches Geräusch. Ein Klatschen. Danach ein Pfeifen. Ein Tierkörper schoss durch den Raum.

Gurrend.

Eine Waldtaube rauschte durch den Saal, vom hinteren Raum aus in Richtung Korridor. Er schluckte schwer. Hielt inne. Horchte.

Kein Laut zu hören. Noch immer keinerlei Hinweis auf die Anwesenheit eines Menschen.

Die andere Hälfte des Saals. Er näherte sich langsam dem Gewölbe. Dem hinteren Raum. Seine Schritte waren immer noch lautlos. Er spürte seine Beine extrem deutlich. Fühlte das Blut durch seine Adern strömen. Hob einen Fuß, setzte ihn auf. Die Bewegung erschien ihm plötzlich völlig unnatürlich.

Immer noch kein Laut.

Er erreichte die Zwischenwand, folgte ihr mit dem Blick zurück in Richtung Saal. Das Licht des Portals im Korridor war intensiv hellgrün. Aus dem Gewölbe, dem er von der rechten Seite her immer näher kam, drang kein Lichtschimmer. Es schien eher so, dass alles Licht dort hingezogen und verschluckt wurde.

Jetzt stand er neben der Öffnung zum Gewölbe. Gerne hätte er sich mit dem Rücken an die Wand gedrückt, sich gegen ein Stück spürbare Wirklichkeit gestemmt. Aber dabei hätte er mit Sicherheit Geräusche verursacht. Tödliche Geräusche. Fabio Tebaldi schloss für zwei lange Sekunden die Augen.

In seinem Kopf sah er Bilder vorbeiziehen. Szenen aus einem kleinen Dorf. Einen in Flammen aufgehenden Vater. Eine Mutter, die gezwungen wird, sich zwischen ihren beiden Söhnen zu entscheiden. Gesprengte Familienbande. Eine Zeit, in der ein jahrhundertelang währendes heiliges Versprechen gebrochen wurde.

Er öffnete die Augen wieder und atmete verhalten einmal tief durch. Dann warf er rasch einen Blick um die Ecke, in das Gewölbe hinein. Schnell zog er den Kopf wieder zurück.

Keine Menschen. Hingegen ein Tisch. Auf dem Tisch ein Computer.

Jesus, dachte er. Ein Computer? Hatte er wirklich einen Computer gesehen? Darin konnte alles nur Erdenkliche sein …

Das Maschinengewehr angehoben, schussbereit, schob er sich erneut um die Ecke, diesmal mit dem ganzen Körper.

Lavinia Potorac war angekommen. Die Empore endete über dem hinteren Raum. Sie sah den Tisch und den Computer, allerdings nur am Rande ihres Blickfelds. Ihr Fokus ruhte auf Fabio Tebaldi und ausschließlich auf ihm. Er betrat gerade das Gewölbe, den hinteren Raum.

Er scannte den Raum mit seinem grünlich gefärbten Blick. Kein Mensch. Keine verborgenen Ecken, keine Nische, in der sich jemand verstecken konnte. Er richtete den Blick auf den Schreibtisch. Auf den Computer.

Den Blick, der etwas aufmerksamer hätte sein sollen.

Sie hob das Maschinengewehr an und richtete es über die Balustrade. Da sah sie den Computer auf dem Schreibtisch in einem neuen Licht. Als den Lockvogel, der er war. Folgte mit dem Blick Tebaldis Schritten, die sich plötzlich veränderten. Unachtsamer wurden. Sie wollte ihm etwas zurufen, ihn warnen, aber sie brachte keinen Ton heraus.

Aus ihrer Kehle drang kein Laut.

Er hörte das Klicken zu spät. Schaute hinunter und sah, dass er auf eine Platte getreten war.

Potorac sah die Platte erst, als Tebaldi darauftrat. Sie musste an den Tod denken. Das war ihr letzter bewusster Gedanke. Als es hinter ihrem Rücken zu klicken begann, war nur noch Platz für ein Bild, nicht für weitere Gedanken. Es war das Bild eines sehr kleinen Mädchens, das Nadia hieß.

Benannt nach Nadia Comăneci.

Der Knall bestand aus zwei Phasen. Die erste war so widerwärtig, dass die zweite Tebaldi völlig unvorbereitet traf. Sie kamen beide oben von der Empore. Es war ein dumpfer Knall. Er kam ihm irgendwie bereits körperlich vor, noch bevor mehrere innere Organe von der Empore herabgeschleudert wurden, ekelerregende Fleischstücke, Gedärme, die in widerwärtigen Serpentinen angeflogen kamen. Sie klatschten direkt neben ihm auf den Boden. Etwas, das aussah wie eine menschliche Leber, ließ ihn die zweite Phase des Knalls völlig verpassen.

Allerdings nicht seine Auswirkungen.

Er hörte ein lautstarkes Rasseln, wie von einer herabgelassenen Ankerkette, und plötzlich stand er von Angesicht zu Angesicht vor dem Ricurvo. Auch wenn von dessen Gesicht nicht mehr viel übrig war. Sein gebeugter Körper war extrem fest in eine Kette gewickelt, die bis hinauf zur Decke reichte, und erst als Tebaldi den Kopf hob, begriff er, dass der Körper an Ketten von der Decke herabgeschossen war. Er fuhr herum und stand von Angesicht zu Angesicht vor dem Sorridente. Von dessen Gesicht noch weniger übrig geblieben war. Beide Augen waren aus ihren Höhlen getreten und hingen auf die Wangen hinunter, aber das künstliche Lächeln in seinen Mundwinkeln war noch zu erkennen.

Tebaldi klemmte zwischen den beiden fest. Er versuchte sich freizumachen, aber seine Füße wollten ihm nicht gehorchen. Es dauerte eine halbe Sekunde, bis er begriff, dass seine Schuhe auf der Platte im Fußboden festklebten.

Da hörte er ein Ticken. In Sorridentes Händen begann ein rotes Licht zu blinken. Es waren Leuchtdioden, Ziffern auf einem Display. Sie zählten rückwärts.

00:10.

00:09, 00:08.

Er versuchte, den Apparat an sich zu reißen, doch er steckte fest in Sorridentes toten Händen. Festgeklebt. Wie auch die Arme an seinem Körper festgeklebt waren.

Binde die Schnürsenkel auf, dachte er. Der Gedanke kam ihm spät.

Sehr, sehr spät.

Er beugte sich hinunter und riss und zog an den Schnürsenkeln seiner Schuhe.

00:07, 00:06.

In seinem Inneren hörte er das glucksende Hohngelächter von 'Ndrangheta und La Santa. Er bekam den ersten Schuh auf, riss den Fuß heraus.

Dass es so schwer sein würde, dich zurückzulocken, Fabio Tebaldi, du Sohn eines Verräters, der es uns gedankt hat, dass er am Leben bleiben durfte, indem er Polizist wurde.

Der andere Schuh. Das wilde Zittern seiner Hände.

00:05, 00:04.

Wir könnten dich nicht am Leben lassen, Tebaldi. Das verstehst du doch.

In dem Moment gab er auf. Seine Hände entspannten sich,

hörten auf zu zittern. Er schaute hinauf zu dem entstellten Leichnam des Sorridente und dachte: Ihr habt gewonnen.

00:03, 00:02.

Dann dachte er:

Verdammt.

00:01, 00:00.

Dann war nichts mehr übrig.

5 – Gebrüll

Whiteboard

Den Haag, 12. April

Felipe Navarro und Angelos Sifakis sahen sich zum ersten Mal seit ein paar Stunden um und stellten fest, dass die offene Bürolandschaft im Gebäude von Europol in Den Haag verlassen dalag. Sie waren bisher zu beschäftigt gewesen, um es zu bemerken.

Sie hatten das neue digitale Whiteboard installiert. Es war eine geradezu phantastische Erfindung. Auf einem riesigen Bildschirm an der Wand konnte man Texte und Fotos beliebig verschieben, man konnte mit dem bloßen Finger Linien zeichnen, Mitteilungen aufsprechen, die sich in Textblöcke verwandelten, direkt mit den Fingern auf den Bildschirm schreiben, und egal, wie miserabel die Handschrift war, das Gekritzel wurde in einen lesbaren Text verwandelt. Natürlich mit automatischer Übersetzung ins English.

Als sie nun meinten, mit ihrer Arbeit fertig zu sein, zeichnete sich ein eigenartiges Muster auf dem großen Bildschirm ab.

»Was meinst du?«, fragte Navarro. »Was haben wir vergessen?«

»Die Verbrecher«, antwortete Sifakis. »Wo sind die Verbrecher?«

»Sie sind irgendwo hier«, entgegnete Navarro. »Wir müssen sie nur herausfiltern.«

»Eigentlich gibt es zwei Gruppierungen«, sagte Sifakis und deutete auf verschiedene Bereiche auf dem Bildschirm. »Eine geht von Carl-Henric Stiernmarck in Stockholm aus und die andere von Ariadne in London. Wir nennen sie provisorisch die Mafia-Linie und die Hampstead-Linie. Dazu kommt noch der Fall

Zhang Sang in London. Die China-Linie. Bei der Mafia-Linie geht es um die 'Ndrangheta. Bei der Hampstead-Linie um einen unbekannten Mörder. Bei der China-Linie um eine Sicherheitsfirma, die sich Asterion Security Ltd. nennt. So weit sind wir uns einig, oder?«

»Absolut.« Navarro nickte und begann nun seinerseits auf den Bildschirm zu zeigen. »Dass die Hampstead-Linie und die China-Linie beide mit dem London Summit zu tun haben, führt sie zusammen. Allerdings nur theoretisch, und wenn dem so ist, dürften beide mit Asterion zu tun haben. Hingegen gab es bisher nichts, was die Mafia-Linie und die Hampstead-Linie zusammenführt. Aber nun hat Chavez in Riga bei unserem Telefonat vorhin plötzlich Asterion in Verbindung mit der Mafia-Linie gebracht. So wie es im Moment aussieht, ist dieses mysteriöse Sicherheitsunternehmen in die Mafia-Linie, die Hampstead-Linie und die China-Linie verwickelt, das heißt in alle Fälle, in denen wir im Augenblick ermitteln.«

Felipe Navarro schob das bildlose Fenster mit der Aufschrift »Asterion« ins Zentrum des gigantischen Musters.

»Hat also die 'Ndrangheta Asterion beauftragt?«, fragte Sifakis. »Aber was hat die 'Ndrangheta mit der Hampstead-Linie und der China-Linie zu tun? Wenn die etwas wackelige Hypothese stimmt, hat Asterion sowohl Ariadne als auch Zhang Sang ermordet, um zu verhindern, dass sie Kontakt zu Barack Obama aufnehmen, wozu sie allerdings gar nicht die Möglichkeit hatten, da man sie an die falsche Stelle gelockt hatte. Aber aus welchem Grund sollte die 'Ndrangheta diese beiden unbedeutenden Personen daran hindern wollen, mit dem amerikanischen Präsidenten zu sprechen? Das erscheint doch völlig sinnlos. Vorausgesetzt, Asterion hat nicht noch einen weiteren Auftraggeber.«

»Oder auch zwei«, merkte Navarro an und zog eine Verbindungslinie von Asterion zu einem neuen leeren Fenster, das er mit einem Fragezeichen versah. »Es scheint, dass Zhang Sang getötet wurde, um eine Giftmüllentsorgung oder dergleichen irgendwo in China, höchstwahrscheinlich in Tibet, zu vertuschen. Ariadnes Leiche hingegen wurde in Anlehnung an ein europäisches Kunstwerk arrangiert, höchstwahrscheinlich als Warnung an eine weitere Person, an jemanden, der in Verbindung mit dieser mythologischen Gestalt Severiana steht. Außer über Asterion gibt es keinerlei Berührungspunkte zwischen den beiden. Es kann also durchaus sein, dass Asterion drei völlig verschiedene Auftraggeber hat.«

»Outsourcing ...«, meinte Sifakis, trat einen Schritt zurück und betrachtete das eigentümliche Schema. Der Bildschirm zeigte Fotos von Ariadne mit aufgequollenem Gesicht, von Carl-Henric Stiernmarck mit blauen Flecken, von Zhang Sang mit digital wiederhergestelltem Gesicht, von Wang Yunli mit bekümmerter Miene, neutrale Passfotos von Mark Payne und David Coleman, Videostandbilder der Italiener Il Sorridente und Il Ricurvo, ein offizielles Politikerfoto von Kristaps Bergmanis sowie eine leere Silhouette betitelt mit »Ray Hammett, Sicherheitschef von Asterion Security«.

Angelos Sifakis klickte das Logo von Asterion an, das fette goldene A, dessen quer verlaufender Strich aus einem Stück schwarzen Stacheldraht bestand, das an beiden Enden herausragte, und verschob es neben die Silhouette. Er blieb einen Augenblick stehen und dachte nach. Er war es von Athen her gewohnt, Schemata zur Darstellung der verschlungenen Wege der Korruption zu erstellen, aber hier handelte es sich um eine völlig andere Sparte von Verbrechen. Am Rand des großen Bildschirms öffnete er ein neues Fenster. Seine Finger zeichneten einen weiteren Strich von der Mafialinie aus dorthin und setzten ein Fragezeichen ins Fenster. Darüber schrieb er: »Mr More«.

»Beziehungsweise LOL Offshore Asset Management Ltd.«, verdeutlichte er. »Das Konto auf den Caymaninseln, von dem die Mafiagelder an *Endymion möbelsystem* ausbezahlt wurden.«

»Immer noch kein Kontakt mit ihnen?«, fragte Navarro.

»Es ist Söderstedts Kontakt«, antwortete Sifakis. »Wir müssen ihn fragen.«

»Mach es am besten gleich«, sagte Navarro. »Es wäre ja ein Ding, wenn der Alte eine derart wichtige Angelegenheit vergessen hätte.«

Angelos Sifakis streckte sich nach dem Telefon. Seine Hand zuckte zusammen, als es genau im selben Augenblick zu klingeln begann, als er den Hörer ergriff. Für Felipe Navarro sah es aus, als hätte Sifakis einen elektrischen Schlag bekommen. Also nahm er ihm den Hörer aus der Hand und meldete sich: »Felipe Navarro, Europol.«

Eine männliche Stimme sagte in einwandfreiem Amerikanisch:

»This is Doctor Michael K. Barnes from New York Hospital Medical Center of Queens.«

»Yes?«, entgegnete Navarro und machte eine fragende Geste in Richtung Sifakis, der angesichts von Navarros Übergriff immer noch etwas irritiert wirkte.

»Sind Sie der Kollege eines Polizisten namens Marek Kowalewski?«, fragte Doktor Michael K. Barnes.

In dem Moment ging Navarro ein Licht auf. Er fragte: »Ist er verletzt?«

In der Leitung war es etwas zu lange still. Sowohl Felipe Navarro als auch Angelos Sifakis waren zu erfahrene Polizisten, um nicht zu spüren, wie ihre Unruhe mit jeder Zehntelsekunde, die verging, immer begründeter wurde.

»Marek Kowalewski ...«, begann der Arzt, verstummte dann aber.

Wenn man in so einer Situation einen Satz anfing, ohne ihn zu Ende zu bringen, konnte das nur eines bedeuten: Etwas Schlimmes war vorgefallen.

»Yes?«, fragte Navarro schließlich.

Doktor Michael K. Barnes vom New York Hospital Medical Center of Queens schien regelrecht Anlauf zu nehmen, bevor er antwortete: »Er war so gut wie tot, als er gestern Abend bei uns eingeliefert wurde. Es geht ihm immer noch schlecht, aber er ist gerade aufgewacht. Seine Lungen sind von einem Gas verätzt worden, über dessen Langzeitwirkung wir noch nichts wissen. Er atmet mithilfe eines Respirators.«

»Ein Gas?«

»Wir wissen nichts über diese Art von Gas«, erklärte Doktor

Barnes. »Wir haben zwar festgestellt, dass es die Lungenkapazität von Kowalewski in bedenklichem Maße beeinträchtigt hat, aber wir wissen nicht, wie beständig seine Wirkung ist. Was wir hingegen definitiv wissen, ist, dass er all seine verbliebenen Kräfte und sogar noch mehr darauf verwendet, um jeden Preis mit jemandem unter dieser Telefonnummer sprechen zu können. Ich stehe gerade neben seinem Bett. Es erscheint mir wichtig, dass er mit der richtigen Person spricht.«

Felipe Navarro betrachtete seinen Kollegen und Vorgesetzten. Dann reichte er ihm den Hörer. Sifakis schaltete den Lautsprecher an und meldete sich: »Hier ist Kommissar Angelos Sifakis. Ich bin der Chef von Marek Kowalewski. Lassen Sie mich bitte mit ihm reden. Unter vier Augen.«

»Wieso das denn?«, hörte man die Stimme des Arztes durch die offene Bürolandschaft in Den Haag hallen.

»Es handelt sich um eine polizeiliche Angelegenheit«, erklärte Sifakis. »Das verstehen Sie doch bestimmt, Doktor Barnes.«

Von Barnes kam kein weiteres Wort. Stattdessen hörte man ein krächzendes Husten und schwer rasselndes Atmen.

»Angelos?«, keuchte Kowalewski.

»Du lieber Himmel!«, rief Sifakis aus. »Du klingst wirklich nicht gesund, Marek.«

»Hab gestern drei Leichen gefunden«, stieß Kowalewski hervor. Es klang, als brächte er gerade seine allerletzten Worte heraus.

»Drei Leichen?«, fragte Sifakis so beherrscht wie möglich. »Drei Leichen in New York?«

»Ja, in Queens«, flüsterte Kowalewski. »Vater, Mutter und Sohn Ritchie. Mit Stacheldraht erwürgt. Kyle, der Sohn, ist wohl mit dem Stacheldraht gefoltert und dann vergast worden, zur Sicherheit. Aber er hat einen Namen auf einen Zettel geschrieben. Einen Frauennamen. Ich bin mir sicher, dass es die Tote von Hampstead ist. Die Idioten spielen auch Stille Post. Aber andersherum.«

Sifakis und Navarro wechselten rasch einen Blick. Navarro machte die klassische Geste mit der Handkante quer über den

Hals. Sifakis nickte leicht und erklärte: »Was auch immer du tust, Marek, kein Wort darüber an die amerikanische Polizei. Du bist ohne Befugnis dort gewesen.«

»Ich glaube, ich konnte alle Spuren verwischen«, entgegnete Kowalewski. »Weiß nicht, ob die Familie schon gefunden wurde. Hier ist es gerade Nacht.«

»Und hier ist es Morgen«, sagte Sifakis. »Wir legen sofort los. Welcher Name stand auf dem Zettel, Marek?«

»Rianna Tinsley«, antwortete Kowalewski unerwartet deutlich. Daraufhin buchstabierte er sogar den Namen.

Sifakis ging ein paar Schritte auf das elektronische Whiteboard zu, wischte rasch den Namen Ariadne weg und ersetzte ihn Buchstabe für Buchstabe durch »Rianna Tinsley«.

»Danke«, sagte er. »Wir nehmen Kontakt zu Hjelm auf und verfolgen das Ganze sofort. Gute Besserung, Marek.«

Kowalewski hustete so stark, dass es klang, als würden ihm die Lungen jeden Moment herausfliegen. Dann sagte er: »Ich habe die Familie Ritchie ermordet, Angelos. Ich habe etwas in ein Ohr geflüstert, und das, was am Ende dabei herauskam, war ein abgrundtiefes Gebrüll. Bei der Stillen Post ist nichts vorhersehbar. Ich will dieses Spiel nie wieder spielen.«

Dann war das Gespräch beendet. Sifakis legte auf, nachdenklich. Er wechselte einen Blick mit Navarro, der umgehend eine Schnellsuche im Computer startete.

»Rianna Tinsley, New York«, sagte Navarro. »Ich kann nur eine finden. Bankangestellte im Finanzdistrikt bei einer Firma namens Antebellum Invest Inc. Kein Strafregister.«

»Foto, Foto«, drängte Sifakis, er hing regelrecht über Navarros Bildschirm.

Schließlich tauchte ein Foto auf. Eine stilvolle Frau um die fünfunddreißig mit ziemlich langem mittelblonden Haar und einem breiten Lächeln. Mit einer raschen Mausbewegung beförderte Navarro das Bild durch den Äther direkt auf das elektronische Whiteboard. Dann folgte er dem Foto zum Whiteboard und zog es neben das Bild, auf dem Ariadnes totes Gesicht zu sehen war. Die beiden südeuropäischen Polizisten legten die Köpfe schief, Navarro nach rechts und Sifakis nach links, als würde das helfen, die Übereinstimmung der Bilder zu beurteilen. Als beide Fotos auf dem digitalen Bildschirm nebeneinanderschwebten, war ihr Kontrast geradezu gespenstisch. Jane Does grotesk angeschwollenes Gesicht ließ Rianna Tinsleys zierliche Züge erscheinen, als wären sie förmlich nach innen gesogen worden. Aber die Kopfform, das Haar, sogar die Ohren waren dieselben. Es bestand kein Zweifel daran, dass die unidentifizierte Frau, die, mit einem Laken drapiert, an einem Baum in Hampstead Heath in London festgeklebt worden war, Rianna Tinsley hieß und aus New York stammte.

»Finanzanalytikerin«, las Sifakis von dem auf den Bildschirm importierten Text ab. »Geboren 1973. Hat in Harvard Wirtschaftswissenschaften studiert, unmittelbar nach Abschluss des Studiums eine Anstellung bei Antebellum Invest bekommen und arbeitet noch immer dort.«

»Arbeitete«, korrigierte Navarro.

»Stell so viel Material wie möglich über sie zusammen und schick es nach London«, wies Sifakis ihn an und ergriff erneut den Telefonhörer. »Ich rufe Paul Hjelm an.«

Doch dann hielt er inne und fragte: »Wollte ich nicht gerade etwas anderes erledigen?«

»Söderstedt anrufen«, erinnerte ihn Navarro, ohne von seinem Bildschirm aufzuschauen. »Wegen Mr More.«

»Ach ja«, sagte Sifakis und wählte eine Nummer.

Arto Söderstedt meldete sich nach fünfmaligem Klingeln. Er klang schlecht gelaunt. »Ja, ja, was gibt es denn nun schon wieder?«, murrte er.

»Seid ihr schon in Breda angekommen?«

»Wir gehen gerade eine Straße namens Oude Vest entlang«, antwortete er gereizt. »Und jetzt kommen wir an einem Gebäude vorbei, das wie ein kleiner Buchverlag aussieht, ein sehr schönes altes Haus. Möchte der Kommissar noch mehr wissen?«

»Ob LOL Offshore Asset Management Ltd. auf den Caymaninseln schon von sich hat hören lassen«, antwortete Angelos Sifakis klar und deutlich.

In der Leitung wurde es still. Schon wieder eine Stille, die Bände zu sprechen schien. Allerdings war es noch nicht lange her, dass Angelos Sifakis ein Schweigen falsch gedeutet hatte. Er wartete ab.

»Aha«, meinte Arto Söderstedt. »Nein, ich habe noch nicht mit Mr More gesprochen. Ich habe gerade anderes zu tun.«

»Also ein Faden, der gewissermaßen lose hängen geblieben ist«, meinte Sifakis und betrachtete das immer komplexer werdende Muster auf dem elektronischen Whiteboard.

»Lass ihn ruhig noch eine Weile hängen«, meinte Söderstedt. »Ich werde jetzt für eine Weile ein paralleles Universum besuchen. Wir hören voneinander.«

»Okay«, sagte Sifakis und legte auf.

Felipe Navarro sah ihn an. Schließlich sagte er: »Du hast ihm gar nichts über Marek gesagt ...«

Angelos Sifakis hielt seinen Blick weiterhin auf das Schema an der digitalen Wand gerichtet. Irgendetwas daran hatte seine Widerhaken in ihn gebohrt und ließ ihn nun nicht mehr los. Er fragte sich, was es war.

»Es ist das Beste, wenn er so unbelastet wie möglich in seine Hypnose gehen kann«, erklärte er leicht abwesend und wählte wieder eine Nummer auf seinem Handy.

»Wie rücksichtsvoll von dir«, brummte Navarro und wandte sich erneut dem Cyberspace zu.

Auf dem Handy in Sifakis' Hand meldete sich jemand. Er meldete sich einmal, zweimal, und erst als er zum dritten Mal brüllte: »Ja, zum Teufel, hier ist Hjelm!«, hielt Angelos Sifakis, immer noch leicht abwesend, den Apparat ans Ohr und fragte: »Wie sieht's aus, Chef?«

»Ich lasse wie immer von mir hören, wenn sich irgendetwas Neues ergibt«, antwortete Hjelm. »Und da du gerade von dir hören lässt, ist wahrscheinlich auf deiner Seite irgendetwas Neues passiert.«

»Stimmt, Chef. Kowalewski wurde schwer verletzt in New York aufgefunden.«

Dieses Mal ließ sich Sifakis von dem vielsagenden Schweigen

seines Gesprächspartners nicht beeinflussen. Sein Blick war wie in Trance auf die digitale Wand geheftet. Schließlich reagierte Paul Hjelm in London: »Verdammt. Wie schwer?«

»Im Moment noch unklar. Er hat giftige Gase eingeatmet und hängt am Respirator. Aber er ist klar im Kopf und konnte mit uns sprechen.«

»War das denn unter diesen Umständen wirklich so wichtig?«

»Ja«, antwortete Sifakis. »Marek hat nämlich Ariadnes Identität herausgefunden. Sie war eine Finanzanalytikerin aus New York und hieß Rianna Tinsley. Navarro sammelt gerade jede Menge Material über sie und schickt es dir gleich per Anlage nach London.«

»Meine Güte«, rief Paul Hjelm aus. »Phantastischer Job von Marek.«

»Allerdings wurden drei Menschen ermordet«, fügte Sifakis hinzu, und im selben Augenblick blieb sein Blick an dem hängen, wonach er so lange gesucht hatte.

»Und Marek hat sie gefunden?«

»Ja«, antwortete Sifakis. »Die gesamte Familie Ritchie in Queens. Alle drei wurden mit Stacheldraht erwürgt. Und gerade werfe ich einen Blick auf das Logo von Asterion Security …«

»Aha«, sagte Paul Hjelm. »Mit dem Stacheldraht, der quer über das A verläuft.«

Es wurde einen Moment lang still. Dann fuhr Hjelm fort: »Immer noch kein Kontakt mit Potorac und Tebaldi in Italien?«

»Nein«, antwortete Angelos Sifakis. »Noch immer kein Kontakt.«

Hypnoticon

Breda, 12. April

Ein eiskalter Februarwind bläst durch das verlassene Tal. Als der Beobachter ihn spürt, wird ihm unmissverständlich klar, dass es der Wind des Vertrauensbruchs ist. Der Wind des Verrats. Daher stellt der Beobachter zu diesem Zeitpunkt fest, dass er eigentlich gar nicht existiert, dass er keinen Körper hat und lediglich aus einem einzigen großen beobachtenden Auge besteht. Dennoch schärft der Wind den Blick des Beobachters. Überall um ihn herum stehen Menschen, und er sieht sie alle, nimmt ihre Gesichtszüge bis ins kleinste Detail wahr. Sein Blick hat etwas ziemlich Eigentümliches. Das, was er gerade nicht ansieht, ist lediglich eine graue diffuse Masse, aber das, was er fixiert, ist absolut deutlich. Wie merkwürdig es sich anfühlt, lediglich ein Blick zu sein. Ein reines Sehen. Aber nicht nur. Er beobachtet zwar, aber zum Beobachten gehört auch das Hören. Genau wie sein Blick hat sich auch sein Hörvermögen verändert. Er nimmt keine Hintergrundgeräusche wahr. So wie er nur genau das sieht, worauf er blickt, hört er auch nur genau das, was er sieht. Es gibt keinen Zusammenhang. Er nimmt alles einzeln wahr. Es gibt einen Polizisten, aber der hat kein Gesicht. Anstelle eines Gesichts ist da eine schwarz verspiegelte Oberfläche. Eigentlich müsste sich das Gesicht des Beobachters in der Fläche vor dem Gesicht des Polizisten spiegeln, doch da ist niemand zu sehen. Es gibt ihn nicht. Durch die verspiegelte Oberfläche dringen zwei sehr deutliche Worte: »Mister Sadestatt?« In dem Moment gleitet ein großer schwarzer Wagen vorbei. Der Beobachter wirft einen Blick durch die schwarz getönte Seitenscheibe. Er sieht, dass sich dahinter ein dunkelhäutiges Profil abzeichnet. Es ist Barack Obama. Die Szene ist festgefroren wie ein Standbild, alles erscheint ihm sehr merkwürdig. Dann erblickt der Beobachter etwas anderes. Einen klein gewachsenen Mann mit asiatischem Aussehen, der sich auf der gegenüberliegenden Straßenseite unter der Absperrung hindurchschiebt. Zhang Sangs Gesichtszüge sind deutlich zu erkennen, sein Gesicht ist verschwitzt, sein Blick fokussiert. Auf den Beobachter. Der gar nicht da ist. Plötzlich hört er Motorengeräusche, außergewöhnlich laut. Als das grafitgraue Auto Zhang Sang die Beine bricht, tritt eine Verzögerung ein. In diesem Moment bleibt die Zeit stehen. Unmittelbar bevor er durch die Luft gewirbelt wird. Das Erstaunen in den Augen von Zhang Sang, als seine Beine sich verbiegen. Tatsächlich verbiegen. Wie alles für einen Moment innehält. Dann ist nichts zu sehen, bis Zhang Sangs blutendes Gesicht ihm ganz nahe ist. Der Blick des Beobachters richtet sich abrupt auf die gegenüberliegende Straßenseite, nach rechts. Wo ein weiteres grafitgraues Auto anhält. Im Tumult, der entstanden ist, steigen zwei Männer aus dem Wagen. Alles geschieht ganz langsam. Sie heben eine Frau aus der Menschenmenge. Wie deutlich diese Szene plötzlich ist. Ihre langen mittelblonden Haare fallen ihr sachte ins Gesicht. Der Beobachter sieht lediglich ihr Gesicht, genau in dem Augenblick, als die Frau in den Wagen gezerrt wird, allerdings nur für einen sehr kurzen Moment. Kein anderer sieht, was da geschieht, alle Blicke sind in die andere Richtung gerichtet, auf Zhang Sang und auf den Beobachter, der gar nicht existiert. Dann sieht der Beobachter an Zhang Sangs Blick, dass er gleich sterben wird. Er schaut einem Menschen genau in dem Moment in die Augen, als der sein Leben aushaucht. So nahe vor ihm. Wobei er überhaupt nichts sieht. Lediglich hört. Sein gesamter Fokus richtet sich aufs Hören. Wie ein heißer Geysir speien Zhang Sangs röchelnde Atemzüge Blut in sein Ohr. Als besäße er ein Ohr. Er hört eine Anzahl befremdlicher Silben, die sich mit der Eruption des Blutes vereinen. Er hört die Worte so deutlich wie in Zeitlupe, klar voneinander getrennt: »Gtsang po, dug, rgyl mo rngul chu, dug, nyal khri, dngul, jiang.« Dann schaut er Zhang Sang in die Augen, als der Tod eintritt. Plötzlich erfasst ihn ein Schauder, der durch Mark und Bein geht. Was er spürt, ist ein eisiger Februarwind, ein harscher Wind des Verrats, der von dem verlassenen Tal herunterbläst.

»Fünf, vier, drei, zwei, eins – und jetzt sind Sie wieder wach.« Gewissermaßen aus dem Nichts erklang eine Frauenstimme.

Er schaute auf und begegnete den Blicken zweier Frauen. Er hatte keine Ahnung, wo er war.

Doch dann kam ihm allmählich eines der Augenpaare etwas bekannter vor. Es blinzelte, zwinkerte ihm zu und betrachtete ihn etwas zu eingehend.

»Jutta?«, fragte er. »Bist du es?«

»Ich bin es, Arto«, antwortete Jutta Beyer. »Das hast du richtig gut gemacht. Ich bin stolz auf dich.«

»Was ist denn geschehen?«

»Du warst wieder in London. Dank Daatje Ganesvoort, der Ärztin, Psychoanalytikerin und Hypnotiseurin.«

»Ich muss sagen, der Kommissar war ungewöhnlich empfänglich für Hypnose«, bestätigte die dunkelhaarige Frau neben Jutta Beyer.

»Ich war aber gar nicht da«, wandte Arto Söderstedt mit verwaschener Stimme ein.

»Das Phänomen ist wohlbekannt«, sagte Daatje Ganesvoort ein wenig nonchalant.

»Das Phänomen?«, fragte Söderstedt. »Was für ein verdammtes Phänomen?«

»Das Phänomen, dass man verschwindet. Man sieht und hört deutlicher, aber man selbst existiert nicht. Jedenfalls nicht als Person.«

Jutta Beyer betrachtete die beiden nervös, während sie sich unterhielten. Sie platzte regelrecht vor Ungeduld. Schließlich hielt sie es nicht länger aus. Sie schaute hinunter auf ihren Notizblock und fragte: »Stimmt das jetzt so? ›Gtsang po, dug, rgyl mo rngul chu, dug, nyal khri, dngul, jiang‹. Statt ›ksangpudygrgymongultjudygnialkridingyljiang‹?«

»Ja«, antwortete Arto Söderstedt mit plötzlicher Gewissheit. »Ja, das hat er gesagt. ›Gtsang po, dug, rgyl mo rngul chu, dug, nyal khri, dngul, jiang‹. Obwohl ich zusätzlich noch etwas Neues gesehen habe. Eine Frau, die in eine andere Zivilstreife gezerrt wurde.«

»Wir haben es gehört«, sagte Jutta Beyer. »Sah sie möglicherweise so aus?«

Daraufhin hielt sie ihm ihr Handy hin. Auf dem Display war das Foto einer stilvollen Frau um die fünfunddreißig mit ziemlich langem blonden Haar und einem breiten Lächeln zu sehen.

»Ja«, antwortete Söderstedt verwirrt. »Aber woher wusstest du das? Wer ist diese Frau? Sie hat doch gar nichts mit unseren Ermittlungen zu tun.«

»Du kennst sie so besser«, meinte Beyer und tauschte das Bild aus. Daraufhin erschien das Foto einer Frau ohne Gesicht.

»Ariadne?«, rief Söderstedt aus. »Wurde sie zum gleichen Zeitpunkt in die eine Zivilstreife gezerrt, während eine andere Zhang Sang überfuhr?«

»Wenn du das so gesehen hast, Arto. Es haben ja nicht nur Mark Payne und David Coleman nebenbei für Asterion gejobbt. Sondern auch ihre Kollegen Barton und Combes. Wahrscheinlich waren sie diejenigen, die den anderen Wagen fuhren.«

»Und hat ... ja, wer ist sie überhaupt?«

»Eine Finanzanalytikerin aus New York namens Rianna Tinsley. Kowalewski hat sie gerade identifiziert. Mehr weiß ich auch nicht. Die Information habe ich eben erst von Sifakis in Den Haag bekommen.«

»Ich möchte in keiner Weise unhöflich sein«, meinte Daatje Ganesvoort und stand auf, »aber Ihre Stunde ist um. In fünf Minuten erwarte ich den nächsten Klienten.«

Sie bedankten sich bei der Hypnotiseurin und machten sich wieder auf den Weg. Während sie durch die idyllische, relativ begrenzte Innenstadt von Breda schlenderten, spürte Söderstedt, wie Beyer ihn von der Seite beobachtete.

»Du brauchst nicht wie ein treuherziger Hund über mich zu wachen«, sagte er irritiert. »Mit mir ist alles in Ordnung.«

»Dein Blick kommt mir irgendwie so abwesend vor«, erklärte Jutta Beyer.

»Ich bin gerade in einem parallelen Universum gewesen. Vermutlich wird mein Blick noch für mehrere Stunden abwesend sein. Denn das Ganze war schon sehr, sehr merkwürdig.«

»Glaubst du, dass es in einem der Cafés hier einen kabellosen Internetzugang gibt?«, fragte Beyer plötzlich.

Sie standen auf dem Platz unmittelbar vor der imposanten Grote Kerk, einer gotischen Kirche aus dem 15. Jahrhundert. Die Aprilsonne schien freundlich vom Himmel, und die Cafébesitzer trugen eifrig einen Tisch nach dem anderen hinaus auf den Platz, der sich langsam mit Spaziergängern füllte, die sich nach Frühlingssonne sehnten.

Söderstedt zögerte nicht, sondern steuerte das Café an und bestellte umgehend zwei große Bier. Er hatte selten das Gefühl, es sich so absolut verdient zu haben wie im Moment. Beyer schien keinen Gedanken daran zu verschwenden, denn sie war intensiv damit beschäftigt, ihren Laptop auf dem Tisch auszupacken und nach einem offenen Netzanschluss zu suchen.

Söderstedt nippte zufrieden an seinem Bier und ließ seinen Blick an dem stark ornamentierten Turm der Grote Kerk hinaufgleiten. Eine schwache Windbö wehte sanft über den Platz, aber sie hatte nichts Bedrohliches. Sie hatte nicht im Geringsten Ähnlichkeit mit dem eisigen Februarwind, der durch das verlassene schottische Tal von Glencoe geblasen hatte.

Das Bier schmeckte phantastisch, und er freute sich über die Maßen darüber, dass er einen Körper besaß. So, wie er nun einmal beschaffen war.

Plötzlich vermisste er seine Kinder. Alle vier ausgeflogenen.

»Super«, rief Beyer aus. »Ich habe Empfang. Jetzt gehen wir alles noch einmal ganz von vorn durch. Und zwar auf Tibetisch. ›Gtsang po, dug, rgyl mo rngul chu, dug, nyal khri, dngul, jiang‹. Wir hatten uns bereits bis zu ›gtsang po‹ vorgearbeitet, was ›Fluss‹ bedeutet, sowie zu ›dug‹, was ›Gift‹ bedeutet. Korrigiere mich, wenn ich falsch liege.«

»Du liegst selten falsch, Jutta Beyer«, entgegnete Söderstedt und atmete gierig die Frühlingsluft ein.

»Und dann war da noch ein weiteres ›dug‹ gegen Ende des Satzes. Das ist sein wichtigstes Wort. Das einzige, das er wiederholt. Gift.«

»Wie auch ›Fluss‹«, merkte Söderstedt an. »Zuerst auf Tibetisch und beim zweiten Mal auf Chinesisch. Das Wort unmittelbar vor ›jiang‹ ist übrigens definitiv ein separates Wort: ›dngul‹.«

»Ich gebe es mal ein«, sagte Beyer und tippte los.

Auf dem Bildschirm erschien nun nicht wieder »no hit«. Dort stand: »money«.

»Yes«, rief Jutta Beyer aus und ballte die Hand zur Faust. »Geld.«

»Okay«, meinte Söderstedt. »Gift, Fluss, Geld. So weit, so gut. Und die Worte vor ›dngul‹? Ich bin mir ziemlich sicher, dass ›nyal khri‹ eine Einheit bildet ...«

»Aus zwei Worten?«, fragte Beyer und tippte sie in ihren Computer ein. Sie versuchte es mit unterschiedlichen Schreibweisen und landete nach ein paar abschlägigen Antworten einen Treffer: »bed«.

»Bett?«, fragte Söderstedt skeptisch.

Das ungleiche Paar saß eine Weile schweigend in der Frühlingssonne von Breda. Schließlich fragte Beyer: »Ist es zu optimistisch, ›bed‹ als ›Herstellung von Polstermöbeln‹ zu deuten? Betten?«

»Ein wenig optimistisch schon, nicht wahr? Gift, Fluss, Geld, Bett?«

»Dann lass uns eben einmal optimistisch sein«, entschied Jutta Beyer. »Wegen des Geldes wird mit der Herstellung von Betten der Fluss vergiftet?«

»Oder wie wir es ausdrücken würden: wegen des Profits«, meinte Söderstedt. »Aber okay, wir lassen es erst mal so stehen. Das bedeutet, dass wir noch vier Worte übrig haben. Ich bin mir sicher, dass zwar ein winziger Zwischenraum zwischen ihnen war, aber sie dennoch zusammenhingen. In dem Fall haben wir: »rgyl mo rngul chu.«

»Kein Treffer bei ›rgyl‹ und ›mo‹«, sagte Beyer und tippte weiter. »Aber bei ›rngul‹ haben wir etwas. Es bedeutet ›Schweiß‹.«

»Ja, dieses übermäßige Schwitzen«, sagte Söderstedt. »Deine beeindruckende Hyperhidrose.«

»Und ›chu‹ bedeutet ›Wasser‹«, erklärte Beyer und deutete auf den Bildschirm.

»Okay«, sagte er. »Gift, Fluss, Geld, Bett, Schweiß, Wasser. Aber kein Hinweis darauf, wo. Warum nur? Es müsste ihm doch extrem wichtig gewesen sein, zu sagen, *wo* sich dieser Fluss befindet, oder?«

»Obwohl seine Aufzählung sowieso nur sehr bruchstückhaft ist.«

»Oder sind die noch fehlenden ›rgyl‹ und ›mo‹ – unsere *no hit wonders* – geografische Bezeichnungen?«, fragte Söderstedt, der gegen seinen Willen sein paralleles Universum zu verlassen begann und langsam, aber sicher in das tibetische hineingesogen wurde.

»Ich google sie mal«, beschloss Beyer und gab die beiden Worte ein.

Sie landete einen Treffer. Nicht mit »rgyl« und »mo«, sondern erst, als sie alle vier Worte zusammen eingab. »Rgyl mo rngul chu« war nicht in erster Linie ein Hinweis auf Schweiß und Wasser, sondern die Wortfolge war der Name eines Flusses.

»Der Salween River, oder bei uns Saluen«, sagte Jutta Beyer atemlos. »Rgyl mo rngul chu. Schweiß und Wasser sind schlicht und einfach Bestandteile des tibetischen Namens für den Saluen.«

»Verflixt noch mal«, rief Söderstedt aus und hielt seine Hand über den Bildschirm, um Schatten zu erzeugen. »Das Rätsel ist gelöst. Zhang Sang hat mir ins Ohr geflüstert: ›Fluss / Gift / Saluen / Gift / Bett / Geld / Fluss‹.«

»Der Saluen mündet in die Andamanensee im Indischen Ozean«, las Jutta Beyer von dem beschatteten Bildschirm ab. »Genauer gesagt, in Burma. Zuvor bildet er den Grenzfluss zwischen Thailand und Burma. Aber größtenteils fließt er durch China. Und sein Oberlauf fließt durch Tibet.«

»Ich habe das Gefühl, unsere nächste Aufgabe besteht darin, Möbelindustrien entlang der tibetischen Strecke des Saluen auszumachen«, meinte Arto Söderstedt.

»Möbelindustrien, die bromierte Flammschutzmittel und perfluorierte Tenside anwenden«, fügte Jutta Beyer hinzu.

»Von denen du ja andauernd redest«, meinte Söderstedt.

»Das kann man wohl sagen«, bestätigte Beyer und lächelte breiter, als er sie je hatte lächeln sehen.

»Lass mich noch einen anderen Gedankengang durchspielen«, sagte Söderstedt. »Wir wissen ja, dass einer der Gründe für die Krise des schwedischen Unternehmens *Endymion möbelsystem AB* chinesische Produktkopien waren. Raubkopien. Ist diese Firma, die wahrscheinlich rücksichtslos ihr Gift in Tibet verklappt, möglicherweise eine der Fabriken, die *Endymion* mit Kopien das Leben schwer gemacht hat?«

»Aber was veranlasst dich zu der Annahme?«, fragte Jutta Beyer.

»Was weißt du zum Beispiel über chinesische Designerbetten?«, erwiderte Söderstedt. »Noch nicht sonderlich viel, oder? China wartet den geeigneten Zeitpunkt ab. Sie sind in der Vergangenheit bei der Herstellung aller möglichen Produkte rücksichtslos von westlichen Unternehmen ausgenutzt worden. Während dieses Prozesses haben sie viele Erfahrungen gesammelt. Es war gewissermaßen ihre Lehrzeit. So lief es zum Beispiel auch mit Nike. Alles wurde in China hergestellt. Aber die Chinesen haben sich so einiges angeeignet und wurden schließlich zu Konkurrenten. Eine ehemalige olympische Goldmedaillengewinnerin in der Gymnastik hat ihre eigene Marke gegründet, Li Ning, die in Kürze Nike überholt haben wird. Genauso ist es mit al-Qaida, wenn du diesen etwas hinkenden Vergleich zulässt, da haben sich die Amerikaner ihre eigenen Gegner herangezogen.«

»Aber in diesem Fall ist es ja nicht ganz so extrem«, wiegelte Beyer ab. »Wenn du recht hast, sind es wohl eher die schwedischen Möbel, die illegal kopiert werden.«

»In China werden mehr schwedische Designmöbel hergestellt, als du glaubst.«

»Aber nicht die von *Endymion*. Sie haben ja ihre eigene Fabrik in – wie hieß es noch gleich? – Nynäshamn.«

»Hier wird das Ganze allerdings etwas kompliziert«, sagte Söderstedt und nickte. »Die Mafia hat *Endymion* übernommen. Haben sie es getan, um *Endymion* zu verändern? Um in Schweden hergestellte Qualitätsmöbel durch billige chinesische Kopien zu ersetzen?«

»Aber mit welchem Ziel? Um IKEA Konkurrenz zu machen und sie vom Markt zu verdrängen?«

Söderstedt musterte die bescheidene, klein gewachsene Jutta Beyer und empfand eine gewisse Zärtlichkeit für sie. Aber zugleich war er erstaunt.

»IKEA setzt immerhin Milliardenbeträge um«, antwortete er. »Ist doch klar, wenn man einen Teil dieses Möbelmarkts erobert, kann man damit viel Geld verdienen.«

»Nein«, widersprach Jutta Beyer. »Das glaube ich nicht. IKEA ist kein Unternehmen, das man so einfach aussticht. Sie sind immerhin weltweit vertreten. Das würde unendlich viel Zeit in Anspruch nehmen. Und wenn die 'Ndrangheta eines nicht hat, dann ist es Geduld. Sie würden sich niemals auf eine alteingesessene Möbelindustrie stürzen. Sie wollen etwas anderes.«

»Da stimme ich dir zu«, sagte Söderstedt. »Aber den letzten Informationen aus Riga zufolge hat die Mafia zielgerichtet versucht, ganz Lettland in den Ruin zu treiben. Obwohl sie gar nicht die finanziellen Mittel haben, die nötig sind, um ein ganzes Land aufzukaufen.«

»Aber es könnte ihnen darum gehen, jegliche Form der Bewachung der Küste auszuschalten«, entgegnete Jutta Beyer. »Und das wie gesagt für ein bedeutend weitreichenderes Ziel als die Giftverklappung. Wie groß der Schaden auch sein mag, den die baltische Küste daran nehmen wird.«

»Dann reden wir allerdings von Schiebereien«, merkte Söderstedt an. »Und da müssen wir eigentlich über Waffen- und Drogenhandel reden. Nur diese Bereiche sind groß genug.«

»Verflucht noch mal, damit entfernen wir uns aber ziemlich weit von Zhang Sang. Er redet von dem vergifteten Saluen und von Betten, höchstwahrscheinlich also von der Herstellung von Betten. Aber er sagt weder ›Drogen‹ noch ›Waffen‹.«

»Nein«, gab Söderstedt zu und warf einen raschen Blick auf sein nahezu unberührtes Bier. »Nein, Zhang Sang sagt ›Geld‹. Wenn es ihm um Drogen- oder Waffenschiebereien gegangen wäre, hätte er sich anders ausgedrückt. Stattdessen nennt er das Wort ›Geld‹. Sagt er es wirklich nur, um zu betonen, wie gierig die Fabrik ist? Versteht sich das nicht von selbst? Warum verwendet er ausgerechnet den Begriff ›Geld‹?«

»Und«, merkte Beyer an, während sie vor Aufregung vom Stuhl sprang, »Zhang Sang wollte dem amerikanischen Präsidenten gegenüber von ›Geld‹ sprechen. Er ist nicht in London, um über Drogenschmuggel von Riga nach Westeuropa zu reden. Er ist dort, um Barack Obama davon zu berichten – so naiv der Gedanke auch sein mag –, wie seine Heimat durch etwas vergiftet wird, das mit amerikanischen Interessen zu tun hat. Mit amerikanischem Geld.«

»Und genau zur selben Zeit«, fügte Söderstedt hinzu und wandte den Blick wieder von seinem Bier ab, »befindet sich eine amerikanische Finanzanalytikerin mit demselben Ziel am selben Ort. Es muss um etwas Großes gehen, wenn eine solche Person – eine wohlhabende, gut ausgebildete Amerikanerin, die sich auch an die Medien oder die Polizei wenden könnte – versucht, direkten Kontakt mit dem Präsidenten aufzunehmen. Sie wird ebenfalls aus dem Weg geräumt, genau wie Zhang Sang, von einer Sicherheitsfirma mit dem Namen Asterion Security Ltd. Beide haben eine Botschaft, in der es um amerikanische Gelder geht, das verbindet sie. Aber um welche Gelder handelt es sich?«

»Eine Verbindung zwischen China und den USA«, sagte Beyer und setzte sich wieder, allerdings auf die äußerste Kante ihres Stuhls. »Wie hat sie denn in den vergangenen Jahren ausgesehen?«

»China hat Gelder in die USA gepumpt«, erklärte Söderstedt. »Sie haben wild in den USA investiert. Dadurch ist ein absolutes Ungleichgewicht in der Weltwirtschaft entstanden. Mit dem Ergebnis, dass sich die Amerikaner inzwischen chinesische Gelder leihen.«

»Wer ist eigentlich dieser Zhang Sang?«, fragte Beyer abrupt. »Ist er lediglich ein vergifteter Bauer aus Tibet mit Hyperhidrose? Wohl kaum, oder? Er hat es sich leisten können, nach London zu fliegen, er verfolgt Twitter im Internet, und er spricht offenbar Englisch, ansonsten hätte er nicht versucht, mit Obama zu reden. Er muss eine fundierte Ausbildung haben. Hat er in der Fabrik gearbeitet? Hat er etwas gesehen? Etwas, das mit Geld zu tun hat? Und das dramatisch genug war, um Obama darüber zu informieren?«

»Und vor allem genau zu diesem Zeitpunkt«, ergänzte Söderstedt mit einer Intensität, die ihn selbst erstaunte. »Zu dem Zeitpunkt, als die Staatsoberhäupter der zwanzig reichsten Länder der Welt vorhaben, die Finanzkrise zu diskutieren. Im Rahmen des London Summit. Kurz bevor staatliche Billionenbeträge an Finanzinstitute rund um den Globus verteilt werden, die eine nachlässige Firmenpolitik betreiben.«

»Allerdings nicht an chinesische«, wandte Beyer ein und trank im Eifer des Gefechts einen Schluck von Söderstedts Bier. »Denn es gibt keine chinesischen Unternehmen, die nachlässige Firmenpolitik betrieben haben. Und schon gar nicht chinesische Banken. Hingegen jede Menge amerikanische.«

»Doch plötzlich tauchen Gelder auf, greifbare Gelder, von einem erfolgreichen chinesischen Unternehmen aus der Möbelbranche. Dass die Firma ihr Gift in Tibet verklappt und Kopien von europäischen Möbeln herstellt, spielt keine Rolle. Sie haben Bargeld. Geld stinkt nicht. Sie überführen es in die USA. Aber dieses Mal nicht, um es in sichere Staatsanleihen zu investieren, wie die Chinesen es zu tun pflegen. Diesmal handelt es sich um bedeutend risikoreichere Investitionen.«

»Verdammt«, stieß Jutta Beyer aus, und das war das erste Mal, dass Arto Söderstedt sie fluchen hörte. »Und Ariadne hat es in irgendeiner Form entdeckt. Die Finanzanalytikerin Rianna Tinsley aus New York ist dem Ganzen auf die Spur gekommen. Der Skandal ist so groß, dass selbst sie, die immerhin in der Finanzwelt etabliert ist und ihn über die Medien direkt hinausposaunen könnte, merkt, dass es in diesem Fall nur einen Weg gibt: sich direkt an Barack Obama zu wenden.«

»Und das genau zu diesem Zeitpunkt«, ergänzte Söderstedt. »Nämlich bevor er sich an den Verhandlungstisch setzt und gigantische Summen an die bedürftigen Finanzinstitute austeilt.«

»Rianna Tinsley muss an ihrem Arbeitsplatz darauf gestoßen sein«, sagte Beyer. »Es muss sich um ihr Finanzinstitut handeln, welches auch immer es sein mag, ihre eigene Bank, die Unterstützungsgelder bei Obama angefordert hat.«

»Während sie gleichzeitig verdeckte Zahlungen aus China erhielt«, nickte Söderstedt. »Und Tinsley hat es herausgefunden.«

»Vielleicht hat Zhang Sang etwas Ähnliches in seiner Heimat entdeckt«, mutmaßte Beyer. »Vielleicht war es seine einzige Chance, die USA dazu zu bewegen, gegen die Umweltvergiftung in seinem Heimatland vorzugehen. Deswegen sagte er auch ›Geld‹. Es ist eine Art Passwort. Wenn du ›Geld‹ sagst, kommst du rein.«

»Aber«, seufzte Söderstedt, »wozu dienen diese Gelder? In was werden sie heimlich investiert?«

»Tja«, meinte Beyer und seufzte ebenfalls. »Die Weitergabe dieser Informationen hat Asterion Security erfolgreich zu verhindern gewusst. Mithilfe von – Twitter ...«

Sie hielten inne. Langsam drang die Welt um sie herum wieder in ihr Bewusstsein. Die Sonne schien immer noch wärmend auf den Platz vor der Grote Kerk in Breda. Es war absolut windstill. Arto Söderstedt ergriff sein Bierglas und prostete Jutta Beyer zu. Sie erhob ihres ebenfalls.

»Zum Wohl«, sagte Söderstedt auf Deutsch.

»Skål«, sagte Jutta Beyer auf Schwedisch.

Die Sonne spiegelte sich im Bier. Sie tranken. Es schmeckte göttlich.

Doch dann blies für einen kurzen Augenblick ein eisiger Wind über den Platz. Arto Söderstedt erschauderte und fragte: »Es existiert also keine Verbindung zur Mafia? War das nur ein Hirngespinst?«

Jutta Beyer legte ihre Hand auf Söderstedts und meinte: »Das Schlimme ist, dass ich davon überzeugt bin, dass es eine gibt. Aber ich habe keine Ahnung, wie sie aussieht.«

Dann schwiegen sie.

Endlich wurde es Frühling in Europa.

Frühlingsgefühle

Stockholm – Nacka – Arlanda, 12. April

Im übrigen Europa hatte der Frühling vielleicht Einzug gehalten, aber in Schweden definitiv nicht.

Kerstin Holm konnte ihren Einfall nicht genau erklären, aber als sie von Weitem sah, wie die Fahrbahn von Danvikstull angehoben wurde, bog sie abrupt nach rechts ab. Sie hatte nicht die Kraft, erneut zu warten, bis die Brücke für den Autoverkehr wieder geöffnet wurde.

Als sie jetzt auf dem Felsenhügel neben dem Restaurant Fåfängan oberhalb der Brücke von Danvikstull standen und über die bräunlich graue Stadt schauten, die zunehmend in einen aufkommenden Aprilnebel eingehüllt wurde, sagte Kerstin Holm plötzlich zu Sara Svenhagen: »Wir müssen den Dingen irgendwie eine Perspektive geben.«

»Ja, ja«, meinte Sara Svenhagen und ließ ihren Blick über Södermalm schweifen, von der Sofia-Kirche bis hinüber zur Katarina-Kirche.

»Hm«, entgegnete Kerstin Holm, die in Richtung Djurgården blickte.

»Es ist noch gar nicht so lange her, dass ich in Den Haag war«, sagte Sara. »Dort hatten die Bäume jedenfalls schon Knospen.«

»Normalerweise ist das hier der optimale Ort zum Nachdenken und um sich einen Überblick zu verschaffen«, meinte Kerstin. »Aber heute wohl eher nicht.«

»Ziemlich viel los bei denen«, fand Sara. »Ein vielsagendes,

Unheil verkündendes Schweigen aus Italien. Paul hat Ariadne gefunden. Jorge verunglimpft führende Politiker in Riga. Kowalewski wäre in New York beinahe draufgegangen. Arto und – wie heißt sie noch, die farblose Deutsche? – Jutta Beyer waren gemeinsam bei einer Hypnotiseurin ... Ich frage mich übrigens, was sie bloß mit Arto anstellt.«

»Arto hat seine Frau dabei«, entgegnete Kerstin. »Da wird es schon kein Problem geben. Aber sie haben eine ganze Menge herausgefunden. Erstaunlich, auf welche Art und Weise in der heutigen Zeit alles zusammenhängt. Wie sollen wir nur einer Kriminalität Herr werden, deren Hauptakteure global agieren, wenn wir an Ländergrenzen gebunden sind?«

»Du meinst also, wenn seine Frau vor Ort ist, ist alles in Ordnung?«, fragte Sara. »Im Unterschied zu Jorge und Laima Ballong im romantischen Riga?«

»Balodis«, korrigierte Kerstin. »Es hängt wohl alles von deinem Vertrauen ab, nehme ich an. Als du zuletzt weg warst, hat er dir ja auch vertraut.«

»Aber in seinem Innersten vielleicht nicht. Und ich fand Laima Ballefjong schon damals so undurchschaubar.«

»Vielleicht würdest du ja Angelos Sifakis vorziehen«, sagte Kerstin und lächelte. »Ein sympathischer Athener Junggeselle mit Köpfchen. Genau dein Typ. Südländisches Aussehen ohne Machoallüren.«

»Meinst du etwa, dass Fabio Tebaldi mit seinen Oberarmen, die so muskulös sind wie anderer Leute Oberschenkel, nicht mein Typ wäre? Tattoos, Kerstin, Tattoos auf einem geäderten Bizeps.«

»Aha«, meinte Kerstin und lächelte immer noch. »Sifakis hat dir also gefallen?«

»Jetzt hör doch auf!«

»Und Paul?«, fragte Kerstin. »Allein in London mit zwei Schönheiten. Er mag sich vielleicht inzwischen wie ein Weltbürger vorkommen, aber mit Charakterstärke war es bei ihm noch nie so weit her.«

»Machst du dir Sorgen?«

Kerstin Holm schaute hinauf in den gleichmäßig grauen Himmel und sah aus, als dächte sie nach. Schließlich antwortete sie: »Nein. Ich glaube, wir beide wissen, dass wir zusammengehören. Wir wollen gemeinsam alt werden. Und wir werden ziemlich viel Spaß miteinander haben, wenn wir erst reiche Rentner sind.«

»Reich? Wir sind schließlich nur Polizisten.«

Sie lachten beide.

»Und du?«, fragte Kerstin schließlich. »Vertraust du Jorge?«

»Wie du schon sagtest: Wir gehören zusammen. Wir zwei.«

»Aber ...?«

»Aber Sicherheit macht das Leben langweilig, und Langeweile ist der Tod jeder Beziehung. Ein wenig Unsicherheit muss schon dabei sein. Es wäre ja schlimm, wenn andere Frauen ihn völlig unattraktiv fänden.«

Sie mussten erneut lachen. Dann wurden sie wieder ernst, und Sara Svenhagen fragte: »Wann ist Stiernmarck eigentlich nach Hause zurückgekehrt?«

»Erst vor Kurzem«, antwortete Kerstin Holm. »Sein Überwachungsstab ist um zwei Männer erweitert worden. Und um zwei weitere für den Sohn in der Schule. Jetzt sind also vier Sicherheitsbeamte in der Villa.«

»Kannst du es alleine mit ihnen aufnehmen?«

Kerstin Holm wirkte überrascht. Was nicht gerade oft vorkam. »Und was hast *du* vor?«, fragte sie.

»Du kannst mich am Saltsjö-Järla-Gymnasium absetzen.«

»Wegen des Sohnes?«

»Ja. Ich weiß nicht genau, was mit ihm ist, aber es scheint ihm nicht gut zu gehen. Ich muss ihm ein paar Dinge erklären. Wie es aussieht, kümmert sich ja keiner um ihn.«

»Das geht in Ordnung«, sagte Kerstin. »Ich hol dich dann dort wieder ab.«

»Hast du dir überlegt, wie du Stiernmarck gegenüber vorgehen willst?«

Kerstin Holm schüttelte den Kopf. »Es wird nicht ganz leicht werden. Denn es steht ziemlich viel auf dem Spiel. Carl-Henric

Stiernmarck hat Kontakt zu einem Mann gehabt, der in der Hierarchie höher steht als der Sorridente.«

Sara nickte und zitierte: »›Ich bin in Bedrängnis. Die Blauen sind mir auf den Fersen. Ich weiß nicht genau, was sie wissen. Was soll ich nur tun? Lassen Sie mich direkt mit dem Lilanen reden.‹«

»Ja, ›The purple‹«, bestätigte Kerstin. »Wer mag das sein? Und wie ist der Kontakt zu ihm entstanden? Als er ihn in einer Mail erwähnt, bekommt er unmittelbar eine Antwort – wahrscheinlich vom Sorridente aus dem Schloss in den Bergen nördlich von Potenza. Und der schreibt ihm, was mit all seinen Verwandten und Freunden geschieht, wenn er aussagt. In allen Einzelheiten und mit Namen.«

»Dann ist Il Porpore also dem Sorridente und dem Ricurvo übergeordnet?«

»Die Antwort auf diese Frage willst du also verpassen, um mit Johannes zu sprechen?«

»Ja, meinetwegen«, antwortete Sara Svenhagen mit klarer Stimme.

Kerstin Holm lachte laut auf, geradewegs in den immer grauer werdenden Himmel von Stockholm.

»So langsam fällt mir wieder ein, warum Kommissar Jan-Olov Hultin dich damals für die A-Gruppe rekrutiert hat.«

»Willst du damit ernsthaft behaupten, du hättest es schon vergessen?«

»Ich finde, dass die Dinge nun definitiv eine neue Perspektive angenommen haben«, sagte Kerstin Holm und machte sich auf den Weg hinunter vom Fåfängan in Richtung Auto.

Sara Svenhagen sah dem Wagen nach, bis er verschwunden war. Er nahm einen Großteil ihres Gefühls von Sicherheit mit sich. Sie erinnerte sich noch genau an ihren ersten gemeinsamen Auftrag, nachdem sie die feste Partnerin von Kerstin Holm geworden war. Sie saßen in einem Auto und waren auf dem Weg hinaus zum Asylbewerberheim in Slagsta, südlich von Stockholm. Acht Frauen aus den Oststaaten waren aus dem Heim verschwunden. Sara wusste noch genau, wie sie Kerstin damals im Auto von der Seite beobachtet hatte. Wie sie das Gefühl nicht loswurde, dass Kerstin Holm der stolzeste Mensch war, dem sie je begegnet war. Selbst ihr Profil, das dunkle, elegant struppige Haar, die deutlich erkennbaren Falten, alles strahlte eine Art geradlinigen Stolz aus, den sie bewunderte.

Das war Jahre her. Jetzt war sie selbst älter, als Kerstin damals gewesen war. Sie fragte sich, wie es um ihre eigenen Falten bestellt war. Immerhin waren ihre Wunden dabei, zu verheilen. Unter Carl-Henric Stiernmarcks Fingernägeln hatten sich doch keine bromierten Flammschutzmittel und perfluorierten Tenside befunden. Im Laufe des Wochenendes, das sie intensiv mit ihren beiden Kindern verbracht hatte – sie spürte zwischenzeitlich, wie sie sich nahezu an sie klammerte –, war der Schorf unerwartet schnell getrocknet, und heute Morgen fiel er während der Busfahrt von ihrem Haus in Birkastan nach Kungsholmen wie trockenes Herbstlaub ab und hinterließ ein paar Narben auf ihrer Stirn, die durchaus an Falten erinnerten.

Es kam vor, dass sie ihre alte Freundin und Kollegin Lena Lindberg sehnlichst vermisste. Lena war gerade Mutter geworden. Der Vater des Kindes war Pfarrer in der Engelbrekts-Kirche. Sara hatte sie in ihrem Reihenhaus in Stocksund besucht. Im Pfarrhaus herrschte eine merkwürdige, nahezu aufgesetzte Harmonie. Doch Lena machte durchaus einen glücklichen Eindruck. Warum sollte Sara also das Glück infrage stellen? Auch wenn sie keine Ahnung hatte, ob Lenas Lebensentwurf wirklich so aussah …

Das Saltsjö-Järla-Gymnasium war aus den Siebzigerjahren und lag hinter einer Sportanlage. Sie musste zwischen zwei gigantischen Fußballplätzen hindurchwandern, um das Schulgebäude zu erreichen. In dem Moment strömte die große Schar aus der Schule heraus. Erstaunlicherweise gelang es Sara sofort, Johannes Stiernmarcks schwarzen Schatten in der Horde auszumachen. Sie winkte hektisch, aber sie war natürlich viel zu weit weg. Plötzlich schien sich um Johannes herum eine Gruppe zu bilden, die aus Jungen und Mädchen bestand. Als Sara nahe genug war, um die Szene deutlich erkennen zu können, fiel Johannes ziemlich abrupt zu Boden.

Es dauerte ein paar Sekunden, bis Sara aufging, was gerade passiert war. Bis sie begriff, dass Johannes umgestoßen worden war, und sie die Tritte gegen seinen Körper wahrnahm.

Nun war sie nahe genug herangekommen, um auch die Beschimpfungen hören zu können, die bruchstückhaft durch die Luft geflogen kamen:

»Pädophilenbubi ...«

»Vom Alten gefickt ...«

»Das erklärt, warum er so'n verdammter Schwuli ist ...«

»Stehen bestimmt Fotos im Internet ...«

»Der kleine schwule Johannes mit 'm Schwanz von seinem Alten im Mund ...«

Sara lief los, doch wie auf ein Zeichen löste sich die Gruppe um Johannes herum auf und verschwand wieder im Schulgebäude. Johannes blieb am Boden liegend allein zurück. Er stützte sich auf den Ellenbogen und befühlte sein Gesicht. Sara war immer noch zu weit weg, um seine Gesichtszüge erkennen zu können.

Schließlich erreichte sie eine kleine, rot gestrichene Hütte, höchstwahrscheinlich die Fußballumkleide, die direkt vor dem Zaun stand, der den Schulhof umgab. Johannes war gerade aufgestanden und wischte sich langsam die schwarzen Lederklamotten ab. Sara umrundete die rote Hütte, umfasste die Verstrebungen des Zauns und wollte ihm etwas zurufen. Aber sie brachte keinen Laut heraus.

Doch dann sah er sie. Sie erwiderte seinen Blick mit einer kurzen resignierten Geste. Er hob die Hand und deutete damit auf die andere Seite des Zauns, wo sie stand. Und dann erschoss er sie. Mit dem Zeigefinger.

Carl-Henric Stiernmarck saß auf dem *Endymion*-Sofa in seinem Wohnzimmer in Hästhagen. Von dem ehemaligen Direktor Stiernmarck war wenig übrig geblieben. Jeglicher Lack, jegliche stolze Selbstdarstellung war wie weggeblasen. Seine Hände lagen gefaltet im Schoß, sie schlossen und öffneten sich, verkrampften sich in einem merkwürdigen Rhythmus.

»Ich verstehe immer noch nicht, dass Johannes in die Schule gehen durfte«, sagte er gedämpft.

»Es ist wichtig, eine gewisse Normalität zu wahren«, entgegnete Kerstin Holm. »Wir wollen kein Aufsehen erregen, bis wir für Ihre neuen Identitäten alles geregelt haben. Er wird gut bewacht, da wird es also keine Probleme geben.«

»Wictoria hat sich im Schlafzimmer eingeschlossen«, sagte Stiernmarck noch gedämpfter. »Ich frage mich, ob sie mir jemals verzeihen wird.«

»Sie müssen mir genau erzählen, wie es zu dem Kontakt mit der Mafia kam, Carl-Henric. Das ist wichtig.«

»Ich habe es ja versucht.«

»Bisher haben Sie eigentlich nur gesagt, dass Sie es waren, der Kontakt zu ihnen aufgenommen hat, und nicht andersherum. Das ist nicht gerade eine weiterführende Information.«

»Bei einer Möbelmesse in Frankfurt habe ich einen Kollegen getroffen, an dessen Namen ich mich nicht mehr erinnere – ich glaube, er war Holländer, aber da die Nacht ziemlich lang und feuchtfröhlich war, ist also nicht einmal das sicher. Als ich in seinem Beisein über die Produktkopien und die Finanzkrise und was weiß ich noch geklagt habe, gab er mir eine Telefonnummer und meinte, dass ich unter dieser Nummer Hilfe bekommen könnte. Ungefähr eine Woche später rief ich dort an. Ich habe mit einem Mann gesprochen, der sich »The Purple« nannte.«

»Der Lilane.« Kerstin Holm nickte. »Und als die Blauen Ihnen auf den Fersen waren, wollten sie wieder mit dem Lilanen sprechen. Woraufhin sie Ihnen drohten.«

»Zum zweiten Mal«, merkte Stiernmarck an. »Nach dem ersten Mal habe ich mir Waffen zugelegt. Eine Schrotflinte und eine Automatik. Als würde mir das weiterhelfen.«

»Und wie oft haben Sie mit dem Lilanen gesprochen?«

»Zweimal«, antwortete Stiernmarck. »Beim zweiten Mal hat er sich anders genannt. Mr Bagley.«

»Er war also kein Italiener?«

»In meinen Ohren klang er wie ein Amerikaner. Es gab nichts, was auf eine Verbindung mit der italienischen Mafia hindeutete. Ich hatte wirklich keine Ahnung, dass sie dahintersteckte. Dann hätte ich mich im Leben nicht mit ihnen eingelassen.«

»The Purple oder dieser Mr Bagley hat Ihnen also angeboten, Ihre Giftschlacke abzuholen und sie zu verklappen?«

»Er hat mir einen Kontakt vermittelt. Danach war diese Mail-Adresse meine einzige Möglichkeit zur Kontaktaufnahme mit ihnen. Bis diese beiden Monster zu mir nach Hause kamen.«

»Haben Sie die Telefonnummer noch?«

Stiernmarck schüttelte den Kopf. »Sie haben mich ausdrücklich angewiesen, sie zu vernichten.«

»Erinnern Sie sich noch an Details aus den Gesprächen mit Mr Bagley?«

»Sie waren ziemlich kurz. Viel mehr kann ich dazu nicht sagen.«

»Und dieser mutmaßliche Holländer von der Möbelmesse in Frankfurt? Wissen Sie noch mehr über ihn?«

»Na ja, er hat mich angesprochen, als ich betrunken war. Ich kann mich nicht erinnern, ihn vorher schon einmal gesehen zu haben. Hingegen habe ich mit vielen Kollegen gesprochen, die im selben Boot sitzen wie ich. Möbeldesigner und Möbelhersteller mit demselben Problem: chinesische Produktkopien.«

»Wissen Sie, ob einer der anderen ebenfalls von ihm angesprochen wurde?«

»Nicht genau. Wir waren bestimmt zehn Möbelunternehmer, die zuerst im Café Hauptwache saßen und danach in der Hotelbar im Frankfurter Hof. Schon möglich, dass er mit den anderen auch gesprochen hat, aber davon weiß ich nichts.«

In dem Moment piepte es laut in Kerstin Holms Jackentasche.

Sara Svenhagen fand einfach nicht die richtigen Worte. Sie war nicht schlagfertig genug. Gerade jetzt, wo ihr das so wichtig erschien.

»Also, wir müssen jetzt wirklich wieder rein«, sagte die in

Zivil gekleidete Sicherheitspolizistin auf der anderen Seite des Zauns.

»Wir erledigen nur unseren Job«, sagte ihr männlicher Kollege.

Sara betrachtete erneut ihre Kleidung. So stellte sich die Säpo also Gymnasiasten beziehungsweise deren Lehrer vor. Alles saß irgendwie schief, alles war ein wenig aus der Mode gekommen. Sie sahen ganz einfach aus wie zwei in Zivil gekleidete Sicherheitspolizisten, die sich am falschen Ort aufhielten.

»Schön, dass Sie auch schon kommen«, entgegnete Sara, aber auch das klang nicht besonders schlagfertig.

»Wir sind hier, um Johannes Stiernmarck vor äußeren Bedrohungen zu schützen«, sagte der Sicherheitspolizist. »Wenn wir uns in Schulprobleme einmischen, geben wir uns unmittelbar zu erkennen.«

»Und Mobbing gehört also zu den ›Schulproblemen‹?«, fragte Sara anstatt eines vernichtenden Kommentars, den das Duo eigentlich verdient hätte.

»Wir müssen jetzt gehen«, wiederholte die Sicherheitspolizistin.

Sie verschwanden. Aber in diesem Moment tauchte Kerstin Holm auf. Es war das erste Mal, dass Sara Svenhagen hörte, wie die Reifen des Hybridautos ins Schleudern gerieten.

Kerstin hielt einen kleinen Apparat, der an ein GPS-Gerät erinnerte, an die Innenseite des Fahrerfensters. Auf seinem Bildschirm war ein heftig blinkender Punkt zu sehen. Sara ging um den Wagen herum und sprang auf den Beifahrersitz.

»Wang Yunli ist in Sollentuna«, informierte Kerstin Holm sie und legte einen Kavalierstart hin, dass der Kiesbelag auf der Straße nur so aufspritzte.

»Und das ist besorgniserregend?«, fragte Sara Svenhagen.

»Deutliche Bewegung in Richtung Norden«, antwortete Kerstin.

»Aha«, meinte Sara. »In Richtung Arlanda?«

»Einiges deutet darauf hin, dass sie zum Flughafen will. Wir können die südliche Umgehungsstraße nehmen, die direkt auf die E4 hinausführt. Der Punkt bewegt sich nicht so schnell, als dass sie im Arlanda Express sitzen würde. Wahrscheinlich fährt sie mit dem Pendlerzug. Und der verlässt gerade Norrviken. Ich will sie jetzt nur nicht verlieren.«

»Demnach muss sie am Bahnhof von Märsta in einen Bus umsteigen«, erklärte Sara. »Dann haben wir eine Chance, sie einzuholen. Wie lief es bei Stiernmarck?«

»Ach ja«, sagte Kerstin Holm und gab über den Touchscreen des Hybridautos eine Kurzwahl in ihr Handy ein. Nach mehrmaligem Klingeln hallte Angelos Sifakis' Stimme durch den Wagen.

»Sifakis.«

»Angelos, hier ist Kerstin Holm aus Stockholm. Warte kurz, dann schalte ich Paul für ein Gruppengespräch dazu.«

»Sobald wir gelernt haben, alle Errungenschaften der Technologie zu beherrschen, hat die internationale Kriminalität keine Chance mehr gegen uns«, sagte Sifakis stilvoll.

»Klar«, entgegnete Sara Svenhagen.

»Bist du es, Sara? Schön, deine Stimme zu hören.«

»Ganz meinerseits«, erwiderte Sara. »Bist du mit deiner Wohnung schon weitergekommen?«

»All work and no play«, antwortete Sifakis. »Es geht langsam, aber es geht voran.«

»Aha«, warf Kerstin Holm ein und schickte Sara einen vielsagenden Seitenblick.

Erneut ertönte ein Signal im Wagen. Eine Männerstimme meldete sich: »Hjelm.«

»Hallo, Kerstin hier. Offizielles Anliegen. Sifakis und Svenhagen hören mit.«

Sie begrüßten sich kurz kreuz und quer zwischen Stockholm, Den Haag und London.

»Ich habe gerade mit Carl-Henric Stiernmarck gesprochen«, sagte Kerstin Holm schließlich. »Er wurde während einer Möbelmesse in Frankfurt von einem unbekannten Holländer angesprochen, der ihm eine Telefonnummer gab. Und zwar die von dem Lilanen. Er scheint Amerikaner zu sein und führt außerdem den Namen Mr Bagley.«

»Ich werde es in unser elektronisches Whiteboard einfügen«, sagte Sifakis. »Danke.«

»Und ich werde es an Miriam Hershey weitergeben, die gerade unter Hochdruck daran arbeitet, Informationen über Asterion Security zusammenzustellen«, sagte Paul Hjelm. »Sonst alles okay, Kerstin?«

»Es scheint, als wäre Wang Yunli gerade dabei, Schweden zu verlassen«, antwortete Kerstin Holm. »Wir versuchen sie in Arlanda abzufangen. Und wie sieht es in London aus?«

»Ralph Dryden ist aufgewacht«, antwortete Hjelm. »Ansonsten nichts Neues. Bouhaddi und ich arbeiten intensiv mit den neuen Informationen über Ariadne, also Rianna Tinsley.«

»Habt ihr schon was gefunden?«

»Es ist noch zu früh, um etwas zu sagen«, meinte Hjelm.

»Und immer noch nichts von Tebaldi und Potorac gehört?«

»Ich habe Kontakt zu Donatella Bruno in Rom aufgenommen, aber sie weiß auch nicht mehr als wir. Es kann jede Menge Gründe für die Funkstille geben.«

Damit war das Gespräch beendet.

Kerstin Holm drückte einen Knopf neben dem Bildschirm. Sara Svenhagen las: »Power mode«.

Und das Hybridauto fuhr schneller als je zuvor.

Sara Svenhagen sagte: »Wir haben ein Leck.«

»Was?«, rief Kerstin Holm. »Wie meinst du das?«

»Johannes' Klassenkameraden, oder wie man sie nennen soll, wissen, dass Johannes' Vater der Besitz von Kinderpornos vorgeworfen worden ist. Wo zum Teufel haben sie das her?«

Kerstin Holm seufzte. Sara interpretierte es als einen Seufzer der Erleichterung. Was ihr ziemlich unanständig vorkam.

»Das finde ich nun aber wirklich nicht gut!«, rief sie aus.

»Nein, tut mir leid«, gab Kerstin zu. »So habe ich es nicht gemeint. Aber die Sache mit der Kinderpornografie war vor dem Startschuss für die Opcop-Gruppe. Bei den Mitarbeitern im Polizeigebäude sind die Informationen doch schon immer bis in den letzten Winkel durchgesickert. Also nicht nur bis zu den anderen Mitarbeitern. Und nicht nur bis zur Mafia.«

Sara Svenhagen lehnte sich zurück und musste zugeben, dass Kerstin Holm einen Schritt weiter gedacht hatte als sie.

Und das nicht zum ersten Mal.

Als sie die riesigen Drehtüren passierte, war sie nicht allein. An jeder Hand hielt sie ein Kind, während sie innerlich vor Glück hätte zerspringen können. An der linken Hand hielt sie Cheng, an der rechten Shuang. Sie waren wieder vereint.

Wie in einer Zeitmaschine.

Denn als sie auf der anderen Seite die Drehtür wieder verließ und die Abflughalle des Arlanda-International-Flughafens betrat, war sie wieder vollkommen allein.

Sie blieb vor der Drehtür stehen. Viel zu dicht davor. Die anderen Leute beschimpften sie, traten ihr in die Hacken. Aber sie war außerstande, sich zu bewegen.

Vor ihrem inneren Auge sah sie wieder die Schaukeln auf dem Schulhof in Bengbu. Einmal war Cheng ganz oben, das andere Mal Shuang. Die Stimmen der Zwillinge vermischten sich miteinander. Als Cheng ganz oben war, hörte sie seine Stimme, als Shuang ganz oben war, seine. Ein merkwürdiger spukähnlicher Wechselgesang erfüllte ihr Inneres.

Sie begriff, dass es dieser Gesang war, den sie im Augenblick ihres Todes hören würde.

Sie ging auf die große Informationstafel zu. Las die Rubrik »Abflüge« durch. Schließlich fand sie, was sie suchte. Dass sie immer noch die Frechheit haben, die Stadt Peking zu nennen, dachte sie.

Sie fand den richtigen Schalter. Air China. Davor hatte sich eine lange Schlange gebildet. Sie stellte sich hinten an.

Vor ihr standen zwei Frauen. Sie sah lediglich ihre Nacken. Die kleinere der beiden war möglicherweise Chinesin, denn ihr Haar war asiatisch schwarz. Aber die größere war definitiv Europäerin. Sicher Schwedin. Sie hatte kurzes blondes Haar.

Ihre Alarmglocken läuteten viel zu spät.

Sie drehten sich um.

»Kennen Sie uns noch?«, fragte die Kleinere der beiden.

»Sara Svenhagen«, stellte sich die Größere vor und deutete dann auf die Kleinere: »Und Kerstin Holm.«

Wang Yunli lachte. Sie lachte laut und lange. Dann sagte sie auf Schwedisch: »Ja, ich kenne Sie noch.«

Sie begannen mit der Vernehmung bereits im Auto. Als sie einmal losgelegt hatte, war Wang Yunli, die nun ein unerwartet klares Englisch sprach, kaum mehr zu bremsen. Sara Svenhagen, die zusammen mit ihr auf der Rückbank saß, schaltete ihr Handy ein und nahm den überwiegenden Teil des Gesprächs auf.

»Ich gehöre einer Menschenrechtsorganisation an«, erklärte Wang Yunli. »China ist in der heutigen Zeit ein kompliziertes Land. Aber das wissen Sie ja bestimmt. Wir verkörpern den Traum des Kapitalismus.«

»Unendliche Massen an Konsumenten, freier Spielraum für das Kapital, keine demokratischen Störfaktoren«, fügte Kerstin Holm vom Fahrersitz aus an.

»Aber immer mehr Menschen wollen das ändern«, sagte Wang Yunli. »Alles, was wir wollen, ist die Einhaltung der Menschenrechte und die staatliche Kontrolle über das Kapital anstatt über die Bürger. Und auf lange Sicht Demokratie.«

»Und aus diesem Grund haben Sie sich bei Carl-Henric Stiernmarck als schwarzarbeitende Putzfrau ausgegeben und in seinem Computer nach Kinderpornografie gesucht?«, fragte Sara Svenhagen, der es gelang, das gesamte Auto vor Skepsis erzittern zu lassen.

»Das hatte eher persönliche Gründe«, antwortete Wang Yunli.

»Inwiefern?«

»Erinnern Sie sich noch an den Herbst 2005 in Schweden?«

»Natürlich tun wir das. Meinen Sie etwas Spezielles?«

»Aha«, sagte Kerstin Holm vom Fahrersitz aus. »Die chinesischen Kinder. Ich hatte die ganze Zeit schon das Gefühl, dass es einen Zusammenhang geben könnte.«

»Plötzlich kamen massenweise chinesische Kinder allein nach Schweden«, sagte Wang Yunli. »Schweden wurde als Tor zum Schengengebiet genutzt, da man davon ausging, dass das Land eine weniger strenge Grenzüberwachung durchführte. Die Berichte glichen einander auf erstaunliche Weise. Alle Kinder tischten exakt dieselbe Geschichte über ihre Eltern auf, die gestorben waren, und das wenige Gepäck, das sie bei sich hatten, bestand aus genau den gleichen Dingen. Die gleichen Taschen, die gleiche Kleidung, die gleichen Spielsachen, die gleichen Handys. Alles deutete auf eine Form von organisiertem Menschenhandel hin. Aber es gab niemanden, den man vernehmen konnte. Die Kinder verschwanden plötzlich spurlos. Daran erinnern Sie sich doch bestimmt, oder?«

»Selbstverständlich«, antwortete Kerstin Holm. »Das Ganze war ein absolutes Rätsel. Wir haben es nur leider nicht lösen können.«

»Die Organisation hat es für mich herausgefunden«, sagte Wang Yunli.

»Was herausgefunden?«, fragte Sara.

»Dass meine Zwillingssöhne hierherkamen und verschwanden.«

Zum ersten Mal wurde es absolut still im Wagen. Schließlich sprach Wang Yunli weiter: »Zu der Zeit wohnte ich in Bengbu. Mein Mann war gerade gestorben, und ich blieb allein mit meinen Zwillingssöhnen zurück. Aber wir kamen zurecht. Ich habe als Englischlehrerin gearbeitet und genügend verdient, um über die Runden zu kommen. Den Tod meines Mannes habe ich dank meiner Lieblinge Cheng und Shuang überwunden. Sie waren mein Ein und Alles. Das waren sie wirklich.«

Erneut wurde es still im Auto. Kerstin und Sara wollten, dass Wang Yunli sich die Zeit nahm, die sie benötigte. Nach einer knappen Minute sprach sie weiter. Jetzt liefen ihr die Tränen die Wangen hinunter. Jegliche Zurückhaltung fiel von ihr ab. Sie ließ ihrem Schmerz freien Lauf.

»Und eines Tages verschwanden sie einfach. Eines Tages kamen meine Zwillinge nicht mehr von der Schule nach Hause. Die Behörden zuckten lediglich mit den Achseln, für sie war es ein alltägliches Phänomen, sie wollten nichts dagegen unternehmen. Daraufhin habe ich Kontakt zu einer Menschenrechtsorganisation aufgenommen. Sie kannten das Problem ebenfalls. Das Kidnapping von Kindern war weitaus verbreiteter, als ich es geahnt hätte. Wahrscheinlich würde man sie an Pädophile im Westen, in Europa verkaufen. Die Organisation begann Nachforschungen anzustellen. Unterdessen wurde ich immer aktiver.«

»In der Organisation?«, fragte Sara Svenhagen.

»Ja«, antwortete Wang Yunli. »Ich hatte natürlich meine eigenen Beweggründe, aber mir wurde immer deutlicher, dass alles auf unserem maroden Gesellschaftssystem beruht. Mir wurden regelrecht die Augen geöffnet, und ich begriff, wie wichtig die absolute Einhaltung der Menschenrechte ist. Dass das Leben eines jeden Menschen wertvoll ist. Kein Kind darf entführt und verkauft werden!«

»Der Organisation war es also gelungen, herauszufinden, dass Ihre Kinder nach Schweden entführt wurden?«, fragte Sara Svenhagen.

»Ja, sie gehörten zu den allein gelassenen Kindern, die im Herbst 2005 nach Schweden kamen. Auch wenn es keine Unterlagen gibt, weiß ich genau, an welchem Tag sie herkamen. Am 12. Oktober 2005. Cheng und Shuang wurden für zwei Tage in einem Asylbewerberheim in Åkersberga untergebracht. Doch dann verschwanden sie erneut spurlos.«

»Aber Sie und die Organisation hatten eine Spur?«

»Ja, vor einem halben Jahr wurde ein nordeuropäischer Pädophilenring ausgehebelt, der sich aus Schweden, Norwegern, Dänen, Deutschen und Holländern zusammensetzte. Sie bevorzugten chinesische Jungs. Einige von ihnen tauchten auf Fotos auf, Cheng und Shuang jedoch nicht. Es gelang ihnen, ungefähr die Hälfte der Pädophilen festzunehmen, während sie die andere Hälfte lediglich einkreisen konnten. Wir wissen jedenfalls, dass ein schwedischer Mann dem Pädophilenring angehört. Und wir wissen, dass er in Hästhagen in Nacka wohnt. Aber mehr wissen wir nicht.«

»Sie sahen sich also gezwungen, vor Ort zu recherchieren?«

»Die Organisation besaß Mittel und Wege, mich nach Schweden zu schicken. Ich habe mich in eine schwarzarbeitende Putzfrau verwandelt, die sich auf das wohlhabende Wohnviertel Hästhagen spezialisierte. Als Sie mich ertappten, hatte ich bereits drei Computer durchsucht. Und den von Stiernmarck. Aber ich habe keine Spur von meinen Söhnen gefunden. Und als ich sicher war, dass Sie nicht länger vorhatten, mich festzunehmen, wollte ich wieder nach Hause fahren.«

»Sie haben also aufgegeben?«

Wang Yunli schaute an die Wagendecke hinauf. Die Tränen rannen über ihre Wangen. Sara legte den Arm um sie. Sie hielt sie umfasst und begegnete ihrem Blick.

»Haben Sie Kinder?«, fragte Wang Yunli.

»Ich habe zwei Kinder«, antwortete Sara. »Genau wie Sie.«

»Was hätten Sie an meiner Stelle getan?«

Sara Svenhagen hatte keine Antwort parat. All das Phantastische und Anstrengende, das es ausmachte, in der heutigen Welt Kinder großzuziehen, brach über sie herein. Isabel und Miguel. Die dunkle Isabel und der helle kleine Miguel.

Wenn sie plötzlich einfach verschwinden würden.

Sie würde es nicht schaffen, so stark zu sein wie Wang Yunli. Sie würde sich schlicht und einfach auflösen. Sterben.

Wang Yunli lehnte ihren Kopf schwer gegen Saras Schulter. Diese spürte, wie der Stoff ihrer Jacke immer feuchter wurde. Schließlich konnte sie ihre eigenen Tränen nicht mehr zurückhalten. Es ging einfach nicht.

»Mein Sohn wurde einmal gekidnappt«, sagte plötzlich Kerstin Holm vom Fahrersitz aus. »Er wurde von seinem Vater gekidnappt. Erst in dem Moment habe ich akzeptiert, dass der Junge einen Vater hat. Sie sind eine weitaus bessere Mutter gewesen als ich, Yunli. Und ich werde dafür sorgen, dass sich alle nur erdenklichen Energien auf Hästhagen konzentrieren. So viel kann ich Ihnen versprechen.«

Wang Yunli hob ihren Kopf von Sara Svenhagens Schulter und sagte: »Sie sind nicht tot. Das spüre ich.«

Sie liefen durch die Korridore im Polizeigebäude auf Kungsholmen. Sie waren unterwegs zur Abteilung für Kinderpornografie des Reichskriminalamts. Plötzlich blieb Kerstin Holm stehen und sagte: »Wir benötigen die Ermittlungsunterlagen.«

Sie bogen seitlich in einen Korridor ab. Dann gingen sie durch eine Tür, die mit dem Namensschild »Sara Svenhagen / Jorge Chavez, Europol« versehen war, und erreichten die Tür, auf der »Kerstin Holm, Europol« stand.

Kerstin öffnete die Tür und trat ins Büro. Dass die Ordnung auf ihrem Schreibtisch einiges zu wünschen übrig ließ, war ihr ziemlich egal. Es standen weitaus wichtigere Dinge an. Sie kramte und wühlte in riesigen Papierstapeln.

Sara Svenhagen und Wang Yunli blieben in der Türöffnung stehen. Wang Yunlis Blick fiel auf die Wand, an die der gesamte umfangreiche Fall geheftet war. Sara überlegte, wie das elektronische Whiteboard in Den Haag wohl aussah. Sie betrachtete die angepinnten Fotografien, die auf halb acht hängenden Post-it-Zettel in rosa, gelb und blau und die langen, nachlässig gezogenen Pfeile auf zusammengeklebten DIN-A4-Papieren, die alles miteinander verbanden. Okay, das Ganze war noch nicht zu hundert Prozent aktualisiert worden, aber vermutlich vermittelte es ein relativ adäquates Bild von dem komplexen aktuellen Fall. Oder eigentlich den Fällen.

»Aber ...«, rief Wang Yunli aus und deutete auf die Wand.

»Was denn?«, fragte Sara Svenhagen.

Wang Yunli ging näher heran. Kerstin Holm blickte von ihren Papierstapeln auf. Sara Svenhagen wollte Wang Yunli aufhalten, aber Kerstin machte eine beschwichtigende Geste.

Wang Yunli stand vor den beiden Fotos der Leichen aus London. Vor dem abschreckenden Bild mit dem aufgequollenen Gesicht von Ariadne schien sie nicht im Mindesten zurückzuweichen. Aber sie konzentrierte sich auf das posthum digital wiederhergestellte Gesicht von Zhang Sang.

Sie zeigte darauf und sagte: »Aber das ist doch Sonam.«

»Wie bitte?«, fragte Kerstin Holm. »Welcher Sonam?«

»Sonam Phuntsok«, antwortete Wang Yunli. »Er sieht nicht gerade aus, als würde es ihm besonders gut gehen.«

Ausblicke

London – Porthtowan, Cornwall, 12. April

Vielleicht hing es damit zusammen, dass sich die Dunkelheit immer deutlicher ausbreitete, denn das, was er sah, als er die Tür einen Spaltbreit öffnete, erfüllte ihn innerlich mit einer sanften Wärme. Dabei war es eine höchst alltägliche Situation – abgesehen von der Tatsache, dass sie sich in einem Krankenhaus abspielte und die Folge eines Schussdramas mitten im stark gesicherten Polizeihauptquartier war. Doch die Szene an sich war alltäglich. Sie strahlte das Licht aus, das wir alle bemüht sind, in unseren Alltag zu bringen, wie die Welt um uns herum auch aussehen mag.

Es war Doktor Hazel Mallorys Lächeln, als Ralph Dryden die Augen aufschlug.

Sie saß in ihrem weißen Kittel an seiner Bettkante. Er lag mit seiner weißen Bandage im Bett. Der Verband bedeckte seinen gesamten Oberkörper.

Neben dem Bett stand ein Respirator. Er war abgeschaltet, er wurde nicht länger benutzt. Chief Inspector Ralph Dryden vom Metropolitan Police Service, besser bekannt als Scotland Yard, atmete inzwischen wieder vollständig aus eigener Kraft.

Paul Hjelm linste heimlich durch den Türspalt. Und verspürte keinerlei Scham dabei. Er sah, wie Hazel Mallorys Hand sachte über Ralph Drydens Wange glitt. Und er sah, wie sich über sein angespanntes Gesicht allmählich ein Lächeln ausbreitete.

»Ralphie«, sagte Mallory zärtlich.

»Hazel«, erwiderte Dryden heiser. »Ich habe von dir geträumt.«

In dem Moment war es an der Zeit, sich zu zeigen.

Paul Hjelm betrat das Krankenzimmer. Hazel Mallory stand ruckartig von der Bettkante auf und strich ihren Arztkittel glatt. Ralph Dryden schnaubte hörbar.

»Und ich dachte schon, ich wäre im Himmel aufgewacht«, zischte er.

»Ralph«, sagte Hjelm. »Und Hazel, wie schön. Freut mich zu sehen, dass Sie wieder unter den Lebenden sind, Ralph.«

»Das ist etwas zu viel gesagt«, brachte Dryden hustend hervor. »Aber dennoch danke.«

»Der Fall nimmt übrigens ziemlich merkwürdige Dimensionen an«, sagte Hjelm. »Aber darüber können wir uns später unterhalten.«

»Wer war es?«, krächzte Dryden. »Wer hat auf mich geschossen?«

»Ein privates Sicherheitsunternehmen mit weitreichenden Verbindungen in die höheren Etagen.«

»Für das Payne und Coleman gearbeitet haben?«

»Schön zu hören, dass Ihr Erinnerungsvermögen voll funktionstüchtig ist«, sagte Hjelm. »Nur insofern, als Payne und Coleman genau wie ihre Kollegen Barton und Combes vom selben Sicherheitsunternehmen beauftragt wurden. Und ich verlasse mich darauf, dass sich Doktor Mallory an die Geheimhaltungspflicht hält.«

»Hm«, entgegnete Hazel Mallory bestätigend. »Ich habe übrigens Neuigkeiten für Europol. Einen toxikologischen Bericht, wie angefordert. Ich habe ihn Ihnen gemailt.«

»Über Sonam Phuntsok, vermute ich«, sagte Hjelm. »Der im Übrigen wirklich Tibeter war. Ohne diese Spur wären wir nicht so weit gekommen, wie wir jetzt sind. Ich bin Ihnen sehr dankbar, Doktor.«

»Dann werden wir mal sehen, ob die Analyseergebnisse ebenfalls ein wenig Dankbarkeit hervorrufen«, entgegnete Mallory und zeigte erneut ihr strahlendes Lächeln. »Sie hatten mich ja darum gebeten, die Leiche vor allem auf bromierte Flammschutzmittel und perfluorierte Tenside zu testen. Der Stoff, den wir gefunden haben, ist verwandt mit perfluorierten Tensiden, und zwar so eng, dass jede Standardanalyse ihn als solchen eingeordnet hätte. Perfluorierte Tenside sollen verhindern, dass Polstermöbel Feuer fangen. Dieser Stoff hat genau dieselbe Eigenschaft. Aber er kann noch mehr. Unter anderem ruft er beim Menschen eine starke Hyperhidrose hervor.«

»Schwitzen?«

»Ja. Außerdem neutralisiert er alle anderen Gerüche. Eine geradezu geniale Eigenschaft. Wir haben das noch nie zuvor gesehen. Um es herauszufinden, waren allerdings Analysen nötig, die ein halbes Monatsbudget verschlingen. Ich vermute, dass Europol gerne bereit ist, die Auslagen zu ersetzen.«

»Er neutralisiert alle anderen Gerüche?«, fragte Hjelm.

»In der Tat«, antwortete Doktor Hazel Mallory und lächelte.

Normalerweise brauchte Paul Hjelm mindestens zwanzig Minuten, um zurück in sein Büro mit dem Panoramafenster und der Aussicht über London zu gelangen, aber dieses Mal kam es ihm vor, als wäre er in null Komma nichts wieder an seinem Platz. Wie hingebeamt stand er plötzlich mitten im Raum vor Miriam Hershey und Corine Bouhaddi.

»Wie läuft's?«, fragte er.

»Ich versuche gerade, Navarros Unterlagen über Rianna Tinsley zu komplettieren«, antwortete Corine Bouhaddi und schaute von ihrem Computer auf. »Es gibt wirklich nicht gerade viel über sie. Musterstudentin in Harvard. Keine politischen Aktivitäten, eigentlich auch keinerlei andere. Arbeitete bei der traditionsreichen Bank Antebellum Invest Inc., die sich zu einem vielseitigen Finanzinstitut hochgearbeitet hat und deren Büros im nördlichen der Twin Towers lagen, als am 11. September der Terroranschlag verübt wurde. Tinsley war nicht an ihrem Arbeitsplatz, als das Flugzeug direkt in das Stockwerk von Antebellum einschlug und die gesamte Firma nahezu vollständig auslöschte. Da jedoch ein leitender Bankdirektor namens Colin B. Barnworth nach Aussage seines Assistenten Walter zufällig während des Attentats auf den Bahamas war, konnte Antebellum ziemlich schnell seine Geschäfte wiederaufnehmen. Tinsley wurde befördert, weil sie zu den wenigen Überlebenden gehörte. Auf diesem Posten als Finanzanalytikerin war sie bis zu ihrem Tod. Über ihr Privatleben konnte ich nichts Interessantes in Erfahrung bringen. Ich habe mit diversen Freunden und Vertrauten gesprochen, offenbar war sie in erster Linie ein Partygirl ohne irgendwelche politischen Ansichten, die denen der Wall Street widersprochen hätten.«

»Und sonst?«

»David Coleman, Mark Paynes Partner in dem Wagen, der Zhang Sang überfahren hat …«

»Sonam Phuntsok. Wir haben ihn identifizieren können. Rede weiter.«

»Wirklich? Super. Ja, jedenfalls kein Lebenszeichen von Coleman. Sein Handy scheint abgeschaltet zu sein. Und keine Spur von Barton und Combes. Ihre Handys sind ebenfalls aus. Die internen Ermittler der britischen Polizei behaupten jedoch, sie hätten eine Spur. Barton fährt regelmäßig nach Cornwall. Sie sagen, er besäße dort ein Haus. Aber ich habe es bis jetzt noch nicht ausfindig machen können. Vermutlich hat er es den Steuerbehörden nicht gemeldet. Sie haben eine Suche laufen – und ich habe Felipe Navarro gerade beauftragt, selbst eine zu starten.«

»Du hast also Kontakt mit den internen Ermittlern der Met aufgenommen?«

Corine Bouhaddi lächelte. »Ja. Die Engländer haben eine gewisse Schwäche für Französinnen. Jedenfalls am Telefon.«

»Und weshalb soll Navarro eine parallele Suche starten?«

»Das war seine eigene Idee«, antwortete Bouhaddi. »Er hat behauptet, schneller zu sein als die Briten. Er meinte, ›gewisse Kontakte‹ zu haben. Ich glaube aber, er will sich nur wichtig machen.«

»Vermutlich«, sagte Hjelm und nickte. »Und du, Miriam?«

Miriam Hershey hatte noch immer den Verband um den Kopf. Er begann bereits, eine leicht bräunliche Farbe anzunehmen, was Hjelm zeigte, dass die modebewusste Britin andere Prioritäten setzte.

»Ich habe alle Ressourcen darauf verwendet, Asterion Security Ltd. näherzukommen«, antwortete Hershey. »Es war in der Tat nicht ganz leicht. Weder MI5 noch MI6 gelingt es, die Firma vollständig zu durchschauen. Es wird immer wahrscheinlicher, dass Asterion eine Art Chamäleonunternehmen ist, das seinen Namen und seine Geschichte ändert, sobald es einen neuen großen Auftrag erhält. Auch wenn es keiner offen zugibt, deutet vieles darauf hin, dass es sich um eine sogenannte flexible Organisation handelt, in der Söldner und ehemalige Sicherheitspolizisten eine wichtige Rolle spielen. Das Unternehmen ist hoch technologisiert und auf allen Gebieten der Sicherheitsbranche absolut kompetent.«

»Asterion kümmert sich zum Beispiel um die Bewachung von lettischen Regierungsgebäuden«, sagte Paul Hjelm.

»Aber diesen Auftrag haben sie erst vor Kurzem bekommen«, wandte Hershey ein. »Wenn man das Unternehmen weiter als ein Jahr zurückverfolgt, findet man keinerlei Spuren irgendeiner Asterion Security Ltd. mehr. Es handelt sich um eine supermoderne Organisation, die in der Lage ist, ihre Geschichte im Nachhinein umzuschreiben. Sie kommen überall hinein, erledigen alles, sind der Polizei immer überlegen und oftmals auch dem Militär. Ein Albtraum für jeden Rechtsstaat. Und vermutlich ganz angenehm, dort angestellt zu sein.«

»Deinen letzten Satz ignoriere ich jetzt«, sagte Hjelm und startete seinen Computer. »Der einzige Name, den wir haben, lautet ›Ray Hammett‹. Corine hatte eine SMS von ihm erhalten, als er unser Treffen in den Docklands absagte. Der Text war wohlformuliert, fast elegant. Haben wir noch etwas über diesen Hammett, Miriam?«

»Nein«, antwortete Hershey. »Normalerweise muss ein Sicherheitsunternehmen, wenn es einen Vertrag mit Behörden abschließt, Lebensläufe und Personalien der Mitarbeiter offenlegen. Aber bei Asterion ist das nicht so. Ich vermute, dass sie ausgesprochen geschickt darin sind, die Vergangenheit ihrer Mitarbeiter einfach auszuradieren. Natürlich werden die einen oder anderen Unterlagen vorgelegt, und es gibt auch eine Reihe von Verträgen mit Ray Hammetts Unterschrift, aber er hat keine Geschichte. Es gibt keine Fotos von ihm. Er hat keine Identität. Kurz gesagt – Ray Hammett existiert nicht.«

»Aber es muss ja dennoch zahlreiche Leute geben, die ihm begegnet sind, oder?«

»Welche denn?«, fragte Miriam Hershey. »Ich habe gerade mit Laima Balodis in Riga telefoniert. Sie und Chavez haben ebenfalls versucht, Repräsentanten von Asterion aufzusuchen. Denn die Firma hat immerhin die Bewachung des Umweltministeriums in Lettland übernommen. Aber ihr Büro stand leer. Es war kein Personal vor Ort.«

»Und hier in London?«, fragte Paul Hjelm. »Ray Hammett war doch hier. Corine und ich waren schließlich auf dem Weg zu einem Treffen mit ihm.«

»Oder auch nicht«, merkte Hershey an. »Vielleicht hat er lediglich Zeit geschunden, um zu verschwinden und alles mitzunehmen, was an Asterion erinnerte. Denn sie haben ihren Auftrag schließlich erfüllt. Sie haben Rianna Tinsley und Sonam Phuntsok umgebracht, und sie haben Kristaps Bergmanis in Riga diskreditiert. Jetzt werden sie abtauchen und sich zu etwas Neuem formieren, sobald ihr Einsatz wieder gefragt ist.«

»Das reicht mir noch nicht«, sagte Hjelm. »Rianna Tinsley hat einer stundenlangen Folter widerstanden, damit wir, und zwar ganz bewusst wir, etwas Großes aufdecken. Und Sonam Phuntsok hat sich ebenfalls mit einem Anliegen an Arto Söderstedt gewandt. Wir sind so unglaublich dicht dran. Aber wir sind noch nicht am Ziel. Wir sind es einfach nicht. Was wissen wir über diese Bank in Manhattan, diese Antebellum Invest Inc.? Corine?«

»Ich habe mich bisher eher um Rianna Tinsley gekümmert«, antwortete Bouhaddi und rückte etwas dichter an ihren Bildschirm heran. »Aber ich sehe hier ein Dossier über Antebellum. Sie haben vor ein paar Jahren, als in den USA die Finanzkrise wie verrückt tobte, ein Notdarlehen von der Federal Reserve erhalten. Ihre finanzielle Situation ist immer noch nicht die stabilste, aber kürzlich wurde ihnen im Rahmen des London Summit Unterstützung zugesagt.«

»Beim London Summit«, wiederholte Hjelm, »vor dessen Toren Rianna Tinsley stand und in Panik Kontakt zu Barack Obama aufnehmen wollte. Genau wie Sonam Phuntsok. Sie waren zwar unabhängig voneinander dort, aber ging es nicht in gewisser Weise um dieselbe Sache?«

»Genau das hat Jutta Beyer mir gerade in einer Mail mitgeteilt«, sagte Miriam Hershey und zeigte auf ihren Bildschirm. »Es könnte ein Zusammenhang zwischen der chinesischen Möbelindustrie in der Heimat von Sonam Phuntsok und dem krisengeschüttelten Finanzinstitut Antebellum Invest Inc. in New York bestehen. Und es scheint, wie Jutta Beyer schreibt, um viel Geld zu gehen.«

»Aber was ist das Ziel?«, fragte Hjelm. »Gut, die chinesische Möbelindustrie pumpt unsichtbare Gelder in das Finanzinstitut Antebellum Invest Inc., das vermutlich am Rande des Ruins steht. Dort kann man allerdings nicht selbst mit dem chinesischen Geld agieren, denn sonst wäre der Bank die Unterstützung durch den amerikanischen Staat versagt, die sie gerne in Anspruch nehmen will. Also muss es einen Dritten geben, der in ihrem Sinne agiert. Oder der zusammen mit Antebellum als, tja, Bank, als eine Art Vermittler zwischen den chinesischen Geldern und sich selbst, alles regelt. Aber irgendetwas ist mit diesen Geldern geplant – und dabei handelt es sich ganz sicher um hohe Beträge. Nur was?«

Corine Bouhaddi wurde kreidebleich. Es war ziemlich überraschend, zu sehen, wie die kräftige Französin mit den algerisch-berberischen Wurzeln plötzlich jegliche Farbe verlor.

»Zum Teufel auch«, rief sie aus. »Ich habe es doch von Anfang an vor Augen gehabt. Das hatten wir alle!«

»Wovon redest du denn?«, fragte Paul Hjelm.

»Aha«, rief Miriam Hershey aus und riss ihre dunklen Augen hinter dem Spalt in ihrem Verband auf. »Klar. Natürlich.«

»Aber verdammt noch mal, ihr Lieben«, rief Hjelm schließlich aus. »Worum geht es?«

»Um Lettland«, erklärte Corine Bouhaddi. »Wir reden von einer Valutaspekulation, die George Soros' Angriff auf das britische Pfund und die schwedische Krone in den Neunzigern wie ein laues Lüftchen erscheinen lässt. Denn hier handelt es sich im Großen und Ganzen darum, ein ganzes Land aufzukaufen. Das ist eine Zeitbombe: Wenn herauskommt, dass die lettische Regierung neben allem anderen Übel auch noch zu einer umfangreichen Giftverklappung in der Ostsee beigetragen hat, werden die internationalen Handelsbeziehungen zu dem Land abrupt abgebrochen. Die Wirtschaft kommt zum Erliegen. Man wird gezwungen sein, eine drastische Abwertung der Währung vorzunehmen. Und dann wird das Land extrem billig. Wenn man danach aber auf einen Schlag viel Geld hineinpumpt, erholt sich die Konjunktur auf wundersame Weise, alle früheren Werte steigen wieder, und die Wirtschaft beginnt erneut zu florieren. Lettland wird wieder reich. Jetzt allerdings in Privatbesitz. Es handelt sich um eine monumentale Investition. Wer auch immer dein Dritter sein mag, er wird steinreich werden. Wie natürlich auch die chinesischen Investoren. Und Antebellum, die Bank, die sowohl staatliche Unterstützung von Barack Obama als auch den ihr zustehenden Anteil von Lettland erhält.«

»Alles dreht sich nur ums Geld«, fügte Miriam Hershey hinzu. »Eine Umweltkatastrophe in der Ostsee und eine in Tibet sind irrelevant. Das Geld regiert. Geld ist alles in unserer Welt.«

Paul Hjelm machte eine verzweifelte Geste und fragte:

»Aber was hat die ’Ndrangheta damit zu tun? Denn sie war es schließlich, die versucht hat, Kristaps Bergmanis in Riga bloßzustellen. Sie hat die Abwertung der Währung in Lettland vorbereitet. Sie steht mit dem Finger am Abzug da. Es muss lediglich der richtige Journalist in der richtigen Sekunde vor Ort sein, und die Sache läuft.«

»Asterion!«, rief Hershey aus. »Sie sind die Spinne im Netz. Sie haben einen Vertrag sowohl mit Antebellum in New York als auch mit der ’Ndrangheta in Kalabrien. Im Grunde wollen alle dasselbe.«

»Verdammt«, fluchte Hjelm und stürzte zu seinem Computer. »Der toxikologische Bericht. Hazel Mallory. Hier. Sonam Phuntsoks Körper war mit einem Giftstoff belastet, der in derselben

Art und Weise angewendet wird wie bromierte Flammschutzmittel und perfluorierte Tenside, der aber über die Tatsache hinaus, dass er noch giftiger ist, eine weitere wichtige Eigenschaft besitzt. Er kann alle anderen Gerüche neutralisieren. Inklusive Drogen. Die Mafia erweist Antebellum einen Dienst und bekommt ihn bestens bezahlt – was sowohl Asterion und Ray Hammett direkt übernehmen. Aber vor allem öffnet sie die Handelswege nach Osten. Riga wird zum wichtigsten Exporthafen für Drogen, verpackt auf neue Art, sodass sie nicht mehr gefunden werden können. In Möbeln, die keinen Geruch absondern. Kein Hund kann die Drogen in den Möbeln erschnüffeln.«

»Jede Form von Verbrechen hängt letztlich mit jeder anderen Form von Verbrechen zusammen«, sagte Miriam Hershey. »Ich habe es schon einmal gesagt, und ich wiederhole mich gern.«

In dem Moment klingelte Corine Bouhaddis Handy. Sie meldete sich mit imponierender Geschwindigkeit: »Corine.«

Dann blieb sie eine ganze Weile lang still. Bis sie sich auf einem Zettel etwas notierte und sagte: »Danke.«

Schließlich legte sie auf.

»Navarro?«, fragte Hjelm.

»Ja, mit ziemlich selbstherrlicher Stimme«, antwortete Bouhaddi. »Scheinbar hat er Francis Bartons geheimes Sommerhaus gefunden. Es liegt in der Nähe eines Ortes mit dem Namen Porthtowan an der Nordwestküste von Cornwall. Er hat mir die GPS-Koordinaten durchgegeben.«

»Aber wie zum Teufel hat er das herausgekriegt?«, rief Hjelm ein wenig unprofessionell aus.

»Wir können nicht leugnen, dass Navarro ein Genie ist, was die Suche in Computerregistern aller Art betrifft«, sagte Hershey. »Dafür hast du ihn doch angestellt, oder?«

»Gewiss«, antwortete Paul Hjelm nachdenklich. »Wann geht der nächste Flug zum nächstliegenden Ort?«

Miriam Hershey hatte es bereits recherchiert.

»Ihr könnt es mit einem Inlandflug nach Newquay Cornwall Airport schaffen, wenn ihr euch sofort auf den Weg macht. Er geht um 12:18 Uhr vom London City Airport in den Docklands.«

»Du kommst also nicht mit?«, fragte Hjelm mit einem schiefen Lächeln.

»Ich habe mein Handicap inzwischen akzeptiert«, antwortete Hershey mit einem noch schieferen Lächeln.

Der Verkehr war um die Mittagszeit herum zum Glück überschaubar. Der Taxifahrer nahm Paul Hjelm beim Wort und beeilte sich. Der Mann mit nur zwei Schneidezähnen, aber umso breiterem Schnurrbart war zweifellos sein reichlich bemessenes Trinkgeld wert. Hjelm und Bouhaddi erreichten den Flug nach Newquay ohne Mühe, wo sie am Flughafen in einen Mietwagen stiegen. Einen Wagen mit GPS. Bouhaddi gab die Koordinaten ein, dann nahmen sie durch die ländliche englische Landschaft Fahrt auf. Hjelm saß am Steuer. In jeder anderen Situation hätte der ungewohnte Linksverkehr ihm Angst eingeflößt. Aber im Moment pfiff er drauf.

Es waren nicht mehr als fünfzehn Kilometer bis Porthtowan, das sich als kleines, sehr in die Jahre gekommenes Ferienparadies entpuppte. Der Aprilwind stemmte sich heftig gegen die Atlantikküste und ließ unzählige Schaumkronen auf der mattschwarzen Wasseroberfläche entstehen.

Hjelm lenkte den Mietwagen durch den kleinen Ort und ein Stück von der Küste entfernt wieder in die Landschaft hinaus. Der Linksverkehr war dennoch beschwerlich, und die ansonsten so coole Bouhaddi hatte bereits dreimal spitze Schreie des Entsetzens ausgestoßen. Beim dritten Mal war es ihr regelrecht peinlich. »Du hättest mich fahren lassen sollen«, sagte sie.

»Als kämest du mit dem Linksverkehr besser zurecht«, entgegnete er.

Dann schwiegen sie eine Weile. Das GPS signalisierte ihnen, dass es noch einen guten Kilometer auf einer kleinen Straße entlangging, die immer schmaler wurde, bis sie nahezu von der kargen Buschvegetation verschluckt wurde. Sie folgten der Straße, bis Bouhaddi ihn aufforderte: »Bleib hier stehen. Zweihundert Meter hinter den Hügeln dort zweigt der Weg zum Sommerhaus ab. Von dort oben dürften wir einen guten Überblick haben.«

Hjelm lenkte den Wagen halbwegs in den Graben, griff sich sein Fernglas, das er in einem geistesgegenwärtigen Augenblick rasch eingepackt hatte, und dann machten sie sich auf den Weg.

Auf der Anhöhe angekommen, duckten sie sich hinter einem Busch. Von dort konnten sie ein einsames Haus neben einer Baumreihe erkennen, die man mit etwas gutem Willen als Wäldchen bezeichnen konnte. Es war kaum die Art Haus, das man sich als Verkehrspolizist in London leisten konnte. Hjelm nahm das Fernglas zur Hand und richtete es auf das Gebäude.

Davor standen drei Autos. Mit Londoner Kennzeichen.

»Offensichtlich Mietwagen«, meinte Hjelm. »Was sagt dir das?«

»Es kann einige Gründe haben«, entgegnete Bouhaddi, »aber einer von ihnen könnte sein, dass sich die drei berüchtigten Polizisten Coleman, Barton und Combes in Bartons geheimem Sommerhaus versammelt haben.«

Paul Hjelm und Corine Bouhaddi sahen einander an. In Corines Blick spiegelte sich etwas wider, das er noch nie zuvor an ihr gesehen hatte. Es war nicht der heilige politische Zorn der Marseillerin und nicht der Eifer der Wegbereiterin für die Gerechtigkeit. Es war schlicht und einfach ihr Kampfgeist. Sie wollte in das Haus hinein. Sie wollte kämpfen.

»Okay«, sagte Hjelm und griff nach seiner Waffe.

Bouhaddi nickte. Sie drehte so abrupt den Kopf, dass es in ihrem Nacken knackte, und zog ihre Pistole. Dann machte sie sich auf den Weg. Hjelm folgte ihr.

Das erste Auto stand ungefähr zwanzig Meter vor dem kleinen Haus. Sie gingen hinter der Motorhaube in Deckung. Hjelm schaute auf und hielt das Fernglas an die Augen. Mehrere große Panoramafenster schwebten vor seiner Linse vorbei. Es gelang ihm, sein vergrößertes Blickfeld zu stabilisieren. Hinter dem Fenster wurden Gegenstände erkennbar. Die Konturen eines Sofas, eines Fernsehers, eines Esstisches. Das Fenster auf der anderen Seite des Hauses, ein kleiner gepflegter Garten, den er durch beide Fenster hindurch sehen konnte. Aber keine Spur von Leben.

Ein totes Haus?

Dann eine Bewegung. Hjelm warf Bouhaddi einen raschen Blick zu, doch sie schaute gerade auf ihre Waffe hinunter. Er nahm das Fernglas wieder hoch. Was hatte er gesehen? Was für eine Bewegung war das gewesen?

Da war das Sofa. Die Rückenlehne. Sie hatte sich plötzlich ... bewegt – wenn auch nur ein wenig.

Oder hatte er sich getäuscht? Er hielt das Fernglas immer noch an die Augen, schaute hindurch, ohne zu blinzeln, aber die Bewegung wiederholte sich nicht. Hatte er es sich nur eingebildet?

Er nickte Bouhaddi zu, und sie pirschten sich zum zweiten Auto vor. Jetzt waren sie ziemlich nahe dran. Vielleicht noch sieben Meter bis zum Haus. Er hatte das Fernglas um den Hals hängen. Die Waffe in der Hand. Den Blick ununterbrochen auf die Haustür gerichtet. Er warf rasch einen Seitenblick durch das große Fenster. Kein Lebenszeichen.

Was hatte er nur gesehen?

Bouhaddis Blick. Er war absolut fokussiert. Hjelm war froh darüber, sie dabeizuhaben.

Sie richteten sich auf und liefen in geduckter Haltung auf die Tür zu.

Sie waren noch drei Meter entfernt, als die Haustür aufgestoßen wurde. Blitzschnell richteten beide ihre Waffen darauf.

Bouhaddi schoss. Der Schuss hallte durch die einsame Landschaft. Doch der Mann hatte sich unmittelbar geduckt. Oder besser gesagt nach vorn gebeugt. Und sich erbrochen.

Er stand vornübergebeugt auf der Veranda, die Hände auf den Knien abgestützt, als Hjelm und Bouhaddi ihn erreichten. Als sie ihn überwältigten, erbrach er sich immer noch. Und sogar als Paul Hjelm auf seinem Oberkörper hockte und die Knie fest gegen die Unterarme des Mannes presste, übergab er sich noch.

Es war Mark Payne.

Zwischen den Würgereflexen flüsterte er: »Jesus, sweet Jesus.«

Hjelm gab ihm eine Ohrfeige und rief: »Mark, wir sind von der Polizei. Sehen Sie mich an. Erinnern Sie sich an mich?«

Mark Paynes Blick irrte wild umher. Schließlich drehte er den Kopf, aber er schien den Mann, der über ihm kniete, nicht zu erkennen.

Corine Bouhaddi stand neben der offenen Tür. Hjelm konnte nicht protestieren. Er sah, wie sie mit beiden Händen die Pistole auf Kinnhöhe hob und tief Luft holte. Dann stürzte sie ins Haus.

»Alle sind tot«, sagte Mark Payne. Sein Gesicht war mit Erbrochenem verschmiert.

Bouhaddi kam wieder heraus. Es war das zweite Mal, dass Paul Hjelm dieses merkwürdige Phänomen an ihr sah. Er beobachtete, wie das dunkle Gesicht jegliche Farbe verlor. Sie wurde kreidebleich. Bouhaddi setzte sich auf die Verandatreppe. Legte die Pistole zur Seite. Schaute hinauf in den bewölkten Himmel. Begrub dann ihr gespenstisch blasses Gesicht in den Händen und sagte: »Geh nicht rein.«

Paul Hjelm stieg von Mark Payne herunter, half ihm auf die Füße, filzte ihn und setzte ihn schließlich auf die Verandatreppe neben Bouhaddi. Er betrachtete sie. Beide hatten dasselbe gesehen. Beide waren leichenblass.

»Wer ist tot?«, fragte Hjelm.

»Vier Männer«, antwortete Bouhaddi. »Ich habe Coleman, Barton und Combes erkannt. Ich glaube, der vierte ist Chief Superintendent Anthony L. Robbins. Aber vertrau mir, du willst es nicht sehen. Das musst du nicht.«

»Stacheldraht?«, fragte Paul Hjelm.

»Unter anderem«, antwortete Bouhaddi und würgte nun ebenfalls. »Vielem anderen.«

»Und hier sitzt der vierte Mann der beiden mörderischen Polizeistreifen vom 2. April«, sagte Hjelm und steckte endlich seine Waffe weg. »Was zum Teufel machen Sie hier, Mark? Und seit wann sind Sie da?«

Mark Payne schüttelte den Kopf und starrte zu Boden. Dann sagte er: »Dave hat mich angerufen. Er sagte, dass sie in Francis Bartons geheimem Sommerhaus seien. Und dass wir nun unser Geld bekommen würden. Er bat mich herzukommen, weil es an der Zeit sei, die Knete aufzuteilen.«

»Also sollte noch jemand anderes herkommen? Mit der Knete?«

»Offenbar.«

»Und es kam jemand«, schloss Hjelm. »Aber ohne Knete.«

»Ich habe gerade meine Familie in Sicherheit gebracht«, sagte Payne. »Ich brauche das Geld wirklich. Den letzten großen Anteil. Ich bin nach Porthtowan gefahren, habe den Wagen ein Stück entfernt auf einem Seitenweg abgestellt und mich hergeschlichen. Ich kam durch die Hintertür herein. Das war vor ein paar Minuten.«

Hjelm wandte sich Bouhaddi zu, in deren Gesicht langsam die Farbe zurückkehrte. Sie nahm ihre Pistole und steckte sie zurück ins Achselhalfter.

»Wie lange sind sie schon tot?«, fragte Hjelm.

»Sie sind gerade erst umgebracht worden«, antwortete Bouhaddi. »Der Geruch nach frischem Blut. Du weißt schon.«

Hjelm nickte. Er nahm ihn wahr, seit sie auf der Veranda waren. Doch scheinbar registrierte sein Gehirn ihn erst jetzt.

Er stand auf und ging auf die Haustür zu. Dann warf er einen raschen Blick geradewegs ins Haus hinein. An der rückwärtigen Wand konnte er ein rundes Loch ausmachen. Er schaute Bouhaddi an. Sie erwiderte seinen Blick. Es waren keine Worte nötig. Wenn Mark Payne sich nicht vorgebeugt hätte, um sich zu übergeben, hätte Corine Bouhaddi ihn zweifellos erschossen. Sie schloss die Augen.

Doch Payne schien den Schuss gar nicht bemerkt zu haben. Er hatte genügend andere Sorgen. Mit wackeligen Beinen stand er auf und stützte sich mit beiden Händen an der Hauswand ab. Dann sagte er: »Ich habe etwas für Sie. Im Wagen.«

Hjelm schaute noch einmal in die Dunkelheit hinein.

Geh nicht rein. Das musst du nicht.

Er schloss die Tür. Von außen.

Dann betrachtete er die Szene vor sich. Die Veranda mit Paynes Erbrochenem. Diverse Hand- und Fußspuren darin.

»Hat einer von euch dort drinnen irgendetwas berührt?«, fragte er.

Beide schüttelten den Kopf.

»Helft mir, das hier wegzuwischen«, forderte er sie auf.

Sie halfen ihm. Schließlich waren keine sichtbaren Spuren mehr vorhanden.

Sie machten sich auf den Weg. Schlugen die entgegengesetzte Richtung über die Hügel ein. Paynes Wagen stand ein paar Hundert Meter entfernt hinter einem Gebüsch. Hjelm und Bouhaddi zogen wieder ihre Pistolen. Payne ging vor ihnen auf den Wagen zu. Er deutete mit der Hand auf ihn.

»Im Kofferraum«, erklärte er.

Die Waffen waren auf den Wagen gerichtet. Auf die Kofferraumklappe, die langsam aufglitt. Der Kofferraum war leer. Fast leer. Darin lag ein kleines, gut verschlossenes Plastiktütchen. Payne nahm es in die Hand und hielt es Paul Hjelm hin. Hjelm ergriff es und schaute hinein. Er hielt es gegen den grauen Himmel und erkannte eine einzige kurze dunkle Haarsträhne mit deutlich sichtbaren Haarwurzeln.

»Sie ist von Ray Hammett«, sagte Mark Payne. »Ich dachte mir, dass Sie daran interessiert sein könnten.«

Es war später Nachmittag, als sie das Gebäude von New Scotland Yard wieder betraten. Miriam Hershey schaute auf, als sie die Bürotür öffneten.

»Nichts Neues aus Italien?«, fragte Hjelm.

Hershey schüttelte den Kopf. Hjelm knallte seine Handfläche gegen den Türpfosten und spürte, wie sich der Schmerz in seinem Körper ausbreitete. Aber noch stärker in seiner Seele.

Da fragte Hershey: »Ist Payne noch dort?«

»Am Bett festgeschnallt«, erklärte Bouhaddi. »Was ist das denn für ein *Safe House*?«

»Eine geheime Wohnung, die ich noch aus der Zeit beim MI5 besitze«, antwortete Hershey. »Keiner weiß davon. Dort ist er sicher.«

»Wir können nur hoffen, dass seine Familie ebenfalls in Sicherheit ist«, meinte Hjelm und ließ sich schwer auf den Stuhl hinter seinem Schreibtisch fallen.

»Asterion Security hat also einen Fehler gemacht?«, fragte Hershey. »Das ist interessant. Sie haben Mark Payne am Leben gelassen.«

»Ihm ist offenbar das Kunststück gelungen, sich vor ihnen zu verstecken«, sagte Hjelm. »Wie schnell können deine Kollegen beim MI5 die DNA von Ray Hammett entschlüsseln?«

»Heutzutage geht es schneller, als man denkt«, antwortete Hershey. »Habt ihr sie direkt bei Jonathan Clam abgegeben, wie ich es euch geraten habe?«

»Ja«, antwortete Hjelm. »Vor zwei Stunden.«

»Dann läuft die Analyse seit einer Stunde und fünfundfünfzig Minuten. Die Antwort dürfte bald kommen. Außerdem habe ich mit deiner Frau gesprochen.«

»Kerstin Holm ist nicht meine Frau«, entgegnete Paul Hjelm. »Noch nicht.«

»Sie hat mir jedenfalls jetzt mehr über Sonam Phuntsok erzählt«, sagte Miriam Hershey. »Eure schwarzarbeitende Putzfrau Wang Yunli, die aus purer Unachtsamkeit diesen merkwürdigen Fall in Gang gesetzt hat, hat Sonam Phuntsok ja für uns identifiziert, weil sie ihn von der Menschenrechtsorganisation in China her kannte, die sie wegen ihrer zehnjährigen Zwillinge kontaktiert hatte. Sie hat Kerstin Holm also nun erzählt, dass sich auch der tibetische Betriebswirt Sonam Phuntsok an die Organisation gewandt und von der drastischen Umweltzerstörung in Tibet berichtet hatte. Er hat damals bei einer Möbelfabrik gearbeitet, die ihre Gifte geradewegs in den Fluss Saluen einleitete. Aber die Menschenrechtsorganisation hatte derart viel zu tun, dass sie sich nicht mit Umweltfragen befassen konnte. Sie haben ihn direkt an Umweltorganisationen verwiesen. Und das war das Letzte, was man von ihm gehört hat.«

»Wie doch alles zusammenhängt…«, stellte Paul Hjelm fest. »Wir leben in der Tat in einer merkwürdigen Welt. Keiner entkommt der globalisierten Wirtschaft. Nicht einmal, wenn man in einem kleinen Dorf in Tibet wohnt. Wissen wir noch mehr über diese Möbelindustrie?«

»Nicht besonders viel«, antwortete Hershey. »Ich habe Kontakt zu mehreren Menschenrechts- und Umweltorganisationen aufgenommen, sowohl in China wie auch außerhalb. Die chinesischen Behörden in Tibet sind ja bekanntermaßen knallhart. Es ist schwierig, Wasserproben zu entnehmen und dergleichen. Aber diese Organisationen waren sich einig, dass es sich um das Unternehmen Hānshuì in der Präfektur Nagqu im tibetischen Hochland handeln muss. Wir befinden uns auf einer Höhe von über viertausend Metern über dem Meeresspiegel, wo mehrere wichtige Flüsse wie der Jangtsekiang, der Gelbe Fluss oder der Mekong entspringen. Wie auch der Saluen. Bislang liegen noch keine Berichte über Verunreinigungen durch die Fabrik vor. Und auch keine Beschwerden. Allerdings habe ich herausgefunden, dass das Unternehmen Hānshuì rege Handelsbeziehungen zu Nordkorea unterhält.«

»Zu Nordkorea ...«, wiederholte Hjelm.

»Genau«, bestätigte Hershey. »Vor ein paar Jahren haben wir zum ersten Mal von nordkoreanischem Heroin gehört. Dann folgten die Berichte Schlag auf Schlag. In Nordkorea wird Heroin auf staatlicher Basis produziert. Es ist eine phantastische Einkommensquelle für eines der absolut ärmsten und isoliertesten Länder der Welt. Zum Beispiel widmet man sich in einer enormen pharmazeutischen Fabrikanlage mit dem Namen Nanam, die 1993 auf direkte Anweisung des inzwischen verstorbenen Machthabers Kim Il Sung errichtet wurde, einer hochentwickelten Drogenproduktion. Man kann sich einen neuen und effizienten Handelsweg für das nordkoreanische Heroin über Tibet und den Himalaja nach Riga und weiter in die gesamte westliche Welt vorstellen. Besonders, wenn Lettland in die Knie geht.«

»Die 'Ndrangheta beherrscht doch bereits den Kokainmarkt in Europa«, warf Paul Hjelm ein. »Wie erweitert man den Drogenhandel also am besten? Indem man eine neue Route für die zweite große Droge der Welt, Heroin, erschließt. Eine entgegengesetzte Route vom abgeriegelten Nordkorea ins schwer zugängliche Tibet. Dort wird das Heroin in Möbel verpackt, die mit Giften behandelt wurden, damit man es nicht entdeckt. Die 'Ndrangheta kauft eine Anzahl an Möbelunternehmen in Europa auf, darunter auch *Endymion möbelsystem AB* außerhalb von Stockholm. Glaubt ihr, dass sie bereits mehrere Möbelfirmen aufgekauft haben?«

»Derjenige, der dir darauf eine Antwort geben kann, ist wohl Mr More, oder?«, meinte Corine Bouhaddi.

»Ich klär das mit Söderstedt ab«, entgegnete Hjelm und rief ihn an.

»Paul«, sagte Söderstedt.

»Mr More?«, fragte Hjelm lediglich.

»Bin gerade dabei, mich vollständig von der Hypnose zu erholen«, antwortete Söderstedt. »Dafür habe ich immerhin drei Bier gebraucht. Willst du, dass ich ihn jetzt sofort anrufe?«

»Sehr gerne«, antwortete Hjelm erfreut. »Die wichtigste Frage: Hat die 'Ndrangheta in der letzten Zeit auch noch andere Möbelunternehmen in Europa aufgekauft?«

»Unsere Gespräche werden kürzer und kürzer«, seufzte Söderstedt und klickte Hjelm im selben Augenblick weg, als Miriam Hersheys Handy klingelte.

Sie betrachtete die Nummer auf dem Display und sagte: »Ah, das ist Jonathan.«

Sie meldete sich. Und lauschte. Dann beugte sie sich über ihren Computer und begann zu tippen. Schließlich sagte sie in den Apparat: »Ja, ich habe es. Großes Dankeschön, Jonathan. Ich melde mich wieder, wenn ich etwas mehr Zeit habe.«

Sie nahm das Handy vom Ohr, und in dem Moment hörten Hjelm und Bouhaddi zum ersten Mal Jonathan Clams Stimme. Er seufzte: »Unsere Gespräche werden kürzer und kürzer, Miriam.«

»Wir müssen unsere sozialen Netzwerke etwas besser pflegen«, seufzte nun Paul Hjelm.

»Ray Hammett«, verkündete Hershey und las energisch den Text vom Bildschirm ihres Computers ab: »Wir haben seine DNA. Und jetzt auch seine Identität. Er wurde vor zweiundvierzig Jahren als Christopher James Huntington in Virginia, USA, geboren. Ausgebildet als Kriminalpolizist, später Marinesoldat, wurde vom CIA abgeworben, war im Irak und während des Golfkriegs eingesetzt. Hat dann die CIA verlassen und wurde privater Unternehmer. Nämlich Söldner. Ist hier und dort in allen möglichen Krisenherden weltweit in Erscheinung getreten. Benutzt mit Vorliebe Decknamen, die an Krimischriftsteller erinnern. ›Ray Hammett‹ ist eine Mischung aus Raymond Chandler und Dashiell Hammett. Dazu kommen Pseudonyme wie ›Ellroy Christie‹, ›Mr Sayers‹, ›Patric Highsmith‹ und ›Crumley Bingham‹.«

In dem Moment begann Paul Hjelm laut loszulachen. Er lachte aus vollem Hals, bis ihm die Tränen kamen. Und als die Tränen erst über seine Wangen hinunterliefen, konnte er sie nicht mehr zurückhalten. Schließlich brachte er hervor: »Oder auch ›Mr Bagley‹, nehme ich an. In Anlehnung an den miserablen britischen Thrillerautor Desmond Bagley.«

»In welchem Zusammenhang sind wir denn auf diesen Namen schon einmal gestoßen?«, fragte Bouhaddi.

»Er war die erste Kontaktperson von Carl-Henric Stiernmarck«, klärte Hjelm sie auf und trocknete seine Tränen. »›The Purple‹, ›der Lilane‹. Asterion Security Ltd. hat sich offenbar um die Kontakte zwischen den Möbelunternehmen und der Mafia gekümmert. Nennt es Outsourcing.«

»Es gibt jedenfalls keinerlei Hinweise darauf, wo wir Christopher James Huntington finden können«, sagte Miriam Hershey. »Er bewegt sich von einem Ort zum nächsten, taucht ständig unter. Unglaublich gerissen von Mark Payne, ihm ein paar Haare zu entwenden. Wie ist ihm das eigentlich gelungen?«

»Offenbar bei ihrer ersten Begegnung im Gebäude von Asterion in den Docklands. Irgendetwas hat ihm das Gefühl gegeben, dass Ray Hammett gefährlich ist. Mustergültige Intuition.«

Hjelms Handy klingelte. Er musste lächeln, als er aufs Display schaute. »Mr More?«, meldete er sich.

»Fast«, antwortete Arto Söderstedt. »Die LOL Offshore Asset Management Ltd. auf den Caymaninseln leugnet jegliche kriminellen Verbindungen, bestätigt jedoch, dass von dem Konto, von dem die Kaufsumme für *Endymion möbelsystem AB* ausbezahlt wurde, ebenfalls entsprechende Summen an zwölf andere europäische Möbelunternehmen angewiesen wurden. Das Bankgeheimnis verbietet ihnen jedoch zu sagen, an welche.«

»Danke, Arto«, sagte Hjelm und spürte, wie ihm warm ums Herz wurde.

»Gern geschehen«, entgegnete Söderstedt. »Darf ich fragen, worum es geht? Mir fällt es im Moment schwer, selber zu denken.«

»Drei Bier, und du bist schachmatt«, lästerte Hjelm. »Du wirst langsam alt.«

»Auch diese Diskussion ist mir im Moment zu anstrengend. Allerdings muss ich meine Behauptung von vorhin ein wenig korrigieren. Drei Bier und ein Besuch in einem parallelen Universum. Du hättest Jutta mal sehen sollen.«

»Lieber nicht«, meinte Hjelm. »Mir fällt gerade ein, dass du heute Morgen gefragt hast, ob am Ende doch keine Verbindung zur Mafia existiere und alles nur ein Hirngespinst sei. Die Antwort lautet Nein, kein Hirngespinst. Es geht um Heroin aus Nordkorea. Eine neue Drogenroute über Tibet.«

»Oh, verdammt, über die Möbelfabrik?«

»Dein Zhang Sang heißt Sonam Phuntsok und ist Betriebswirt bei einem Möbelunternehmen in Hānshuì in der Präfektur Nagqu im tibetischen Hochland. Die Umweltgifte, die Hyperhidrose verursachen, sind verwandt mit bromierten Flammschutzmitteln und perfluorierten Tensiden und haben außerdem die Eigenschaft, jegliche Gerüche zu neutralisieren. Perfekt für die Verschiebung von Heroin.«

»Mein Gott«, rief Arto Söderstedt aus. »Wir lagen also nicht ganz daneben.«

»Jedenfalls nicht völlig«, meinte Paul Hjelm. »Dass wir die Schurken nicht zu fassen kriegen, steht allerdings auf einem anderen Blatt.«

Hjelm beendete das Gespräch und betrachtete Hershey und Bouhaddi. Beide sahen etwas mitgenommen aus. Als wären sämtliche mysteriösen, aber dennoch logischen Zusammenhänge plötzlich über sie hereingebrochen.

»Was geschieht nur mit dieser Welt?«, fragte Corine Bouhaddi und wirkte zum ersten Mal etwas hilflos.

In dem Moment ertönte ein merkwürdiges Geräusch. Wie von

einer sehr kleinen Kirchenglocke. Doch dieses Läuten kam nicht aus der Stadt London, die sich draußen vor dem großen Panoramafenster an diesem herrlich malerischen englischen Abend von ihrer allerbesten Seite zeigte. Nein, der Klang kam aus einer verborgenen Ecke des großen Raums, genauer gesagt aus Ralph Drydens kleinem unaufgeräumten Kabuff.

»Verflucht«, rief Miriam Hershey aus und stürzte los. Hjelm und Bouhaddi folgten ihr. Sie blieben in der Türöffnung stehen und beobachteten Hershey, während sie in Drydens Papierstößen wühlte und schließlich einen winzig kleinen Computer hervorzog.

»Die Suche«, erklärte sie. »Die hier tagelang weitergelaufen ist.«

»Die Suche?«, wiederholte Hjelm.

»Wie der Chef sicher noch weiß, habe ich auf allen in Europa bekannten Webmailservern eine automatische Suche bezüglich ›e98weriN‹ respektive ›79sYsd76‹ als Benutzernamen und Passwörtern in Gang gesetzt. Also auf den Webmailservern, bei denen die E-Mail-Adresse nicht identisch mit dem Benutzernamen ist. Und es wäre ein absoluter Volltreffer, wenn er die Mailadresse gefunden hätte.«

»Warte, warte!«, rief Corine leicht panisch. »Das waren also die Codes, die die Finanzanalytikerin Rianna Tinsley sich in den After eingeführt und an uns gerichtet hat? ›An die operative Einheit, Europol‹?«

»Stimmt«, antwortete Miriam Hershey und begann zu tippen. »Es scheint sich um einen kleinen amerikanischen Webmailbrowser mit dem Namen Midasmail zu handeln. Ich habe mich gerade reingeklickt. Sie hat die Adresse ariadne@midasmail.com und wendet sich an eine phaedra873456@hotmail.com.«

»Ariadne und Phädra«, sagte Paul Hjelm atemlos. »Zwei Schwestern in der griechischen Mythologie.«

»Ariadne war also richtig«, warf Corine Bouhaddi mindestens ebenso atemlos ein. »Und diejenige, die das Kunstwerk wiedererkennen sollte, das Ariadne darstellt, muss also Phädra sein ...«

»Die Antwortmails von Phädra sind nicht mehr vorhanden«,

sagte Hershey, den Blick starr auf den Bildschirm gerichtet. »Aber Ariadne hat fünf Mails abgeschickt, die alle noch da sind, vom 15. März um 10:31:38 Uhr EST – also Eastern Standard Time Zone, New Yorker Zeit – bis zum 2. April um 8:24:21 Uhr GMT – also Greenwich Mean Time, Londoner Zeit.«

»Am 2. April«, sagte Paul Hjelm. »Das war der Tag, bevor der London Summit begann. Ich meine mich zu erinnern, dass Barack Obamas Limousine die Absperrung am südlichen Tor um 9:05 Uhr passiert hat.«

»Ariadne schickt also diese letzte Mail vierzig Minuten vor dem Zugriff von Barton und Combes ab, die sie an Asterion ausliefern«, resümierte Bouhaddi. »An Ray Hammetts handverlesene Folterexperten.«

»Lies laut«, forderte Hjelm sie auf.

Der letzte Brief

Von: Ariadne <ariadne@midasmail.com>
Betreff: Barack Obama
Datum: 2. April 08:24:21 GMT
An: Phädra <phaedra873456@hotmail.com>

Das Hotelzimmer ist extrem klein, meine Liebe. Ich habe kaum Platz hier. Ich schaue durch das Fenster hinaus auf die Queensborough Terrace. Die Straße ist merkwürdig leer. Hier bin ich also gelandet. Und von hier aus werde ich meinen letzten Versuch starten, mein Ziel zu erreichen.

London Summit. Der G20-Gipfel. Die zwanzig reichsten Länder der Welt. Hier wird jegliche Macht versammelt sein, alle Finanzen der Welt. Und dennoch dieses nagende Gefühl, dass alles nur eine Kulisse ist.

Ich verändere den Winkel der Jalousie, damit die Sonne in mein Kabuff hineinscheint. Das vermittelt mir wenigstens eine Illusion von Wirklichkeit.

Ich weiß, dass ich verfolgt werde. Das ist keine Paranoia. Ich habe Asterion gerade gegoogelt. »Asterion war ebenfalls ein Name für Minotaurus«, stand da. Und plötzlich erschien mir alles absolut logisch. Als hinge es irgendwie zusammen.

Ich wünschte, ich wäre zumindest einmal im Leben Feuer und Flamme für etwas gewesen. Für was auch immer. Um wenigstens einmal das Gefühl zu erleben, dass etwas unerhört wichtig ist.

Aber vielleicht ist es ja genau das, was ich im Moment tue.

Für etwas Feuer und Flamme sein.

Ich bin zu folgendem Schluss gekommen: Minotaurus hat auf ein

Zeichen hin vor, in großer Eile das gesamte chinesische Kapital in einen Makrofonds zu überführen, seine frühere Spezialität. Der Makrofonds wird daraufhin mit einer erstaunlichen Geschwindigkeit über den Erdball befördert. Doch es gibt eine praktische Hürde für sein Vorhaben. Derart große Summen dürfen nicht von einem beliebigen PC aus verschoben werden. Das muss physisch erfolgen, vor Ort, bei einer Bank. Er muss persönlich in einer Bankfiliale erscheinen, die im Besitz von Antebellum ist. Antebellum hat einige Tochtergesellschaften in Europa. Sie haben Filialen in acht europäischen Städten. Mittels dieser acht Alternativen ist es mir schließlich gelungen, ihn ausfindig zu machen. Ich weiß, wo er sich hinbegeben muss, wenn es so weit ist. Und ich weiß genau, wo sich der betreffende zentrale Computer befindet.

Ich habe vor, zwei Fliegen mit einer Klappe zu schlagen. Ich habe Minotaurus gefunden. Und in wenigen Minuten muss ich los, um Obama zu treffen.

Gerade habe ich eine Twitter-Meldung im Internet gesehen. Sie lautete: »Rumour from inner circle: BO will stop and greet crowd 100 m from south gate. Spread!« Dort muss ich hin.

Ich lege jetzt mein Schicksal in Deine Hände, meine Schwester im Geiste. Aber ich kann nicht die gesamte Last auf Dich abwälzen. Ich muss versuchen, diesem europäischen FBI, von dem Kyle gesprochen hat, der operativen Einheit von Europol, eine Nachricht zukommen zu lassen. Ich verändere den Winkel der Jalousie noch ein wenig. Die letzten Sonnenstrahlen scheinen herein. Die Sonne wird jeden Moment hinter den Hausdächern verschwinden. Ich justiere die Jalousie mit der Stange, um die allerletzten spärlichen Strahlen einzufangen. Und dann fällt mir ein, dass ich sie benutzen muss. Die Jalousienstange.

Doch genug davon, Liebste. Die Zeit wird langsam knapp. Du hast alles erfahren, was Du wissen musst. Bis auf eines. Nämlich wo er sich befindet. Wo Minotaurus sich genau in diesem Augenblick aufhält. Jetzt sage ich es. Dir, Phädra, und hoffentlich auch Dir, unbekannter europäischer Polizist, der meine sorgfältig abgewogenen Worte liest.

Wir müssen den Gang der Welt ändern.

Stell Dir vor, ich wäre wirklich Feuer und Flamme dafür.

Minotaurus sitzt in Berlin, ganz einfach. Es hat eine Weile gedauert, bis ich es begriffen habe. Ich bin alle seine ehemaligen europäischen Geschäftskontakte durchgegangen, und da habe ich es begriffen. Es gibt eine Bankfiliale in Berlin-Mitte, in der Nähe der Hackeschen Höfe. In dieser Filiale der Kanalbank in der Oranienburger Straße wird Minotaurus seinen großen Transfer abwickeln. Um was es sich dabei auch immer handeln mag. So weit bin ich nicht vorgedrungen. Aber es fällt mir ziemlich schwer, zu glauben, dass es etwas Gutes ist.

Ich werde Barack Obama mitteilen, dass er dabei ist, enorme Beträge an eine betrügerische Bank zu vergeben, ein korruptes Finanzinstitut, dem ich mein ganzes Leben gewidmet habe. Ich werde ihn darüber informieren, dass es Minotaurus und möglicherweise auch B gelungen ist, Nine-Eleven zu entkommen, als hätten sie im Voraus gewusst, was passieren würde. Ich werde sagen, dass der Makrofondsexperte Minotaurus sich tot stellt, aber in Berlin durchaus aktiv tätig ist. Ich werde ihm von den krummen Geschäften Antebellums mit dem chinesischen Geld berichten, und ich werde ihn über die internen Ermittler von Asterion Security unterrichten, die mich verfolgen. All das wird Barack Obama erfahren. Es wird Auswirkungen auf den gesamten London Summit haben. Und auf die Welt, wie wir sie kennen.

Und Du, meine Liebe, die weiß, um welche Konten es sich handelt – Du, die es als Einzige auf der Welt weiß – was Du mit diesen Informationen machst, die ich Dir anvertraut habe, ist allein Deine Sache. Nur für den Fall, dass ich Obama nicht erreichen sollte, brauche ich Dich. Denn dann bin ich aller Wahrscheinlichkeit nach tot.

Und was die Toten angeht, man steht nicht in ihrer Schuld.

Oder tut man es doch?

Entweder liest Du von mir in der Zeitung, entweder stehe ich morgen mit Barack Obamas Arm um meine Schulter gelegt lächelnd auf einer Treppe in London, entweder siehst Du mich in Kürze als Heldin – oder Du hörst nichts. Wenn Du nichts hören solltest, liebste Phädra, dann bin ich tot. So einfach ist das.

Was immer Du tust, denk daran, dass sie gefährlich sind.

Sie sind sehr gefährlich.

Ich kann nicht gerade behaupten, dass ich mich im Moment wohlfühle. Aber ich muss los.

Auf die eine oder andere Weise werden wir wieder Kontakt zueinander aufnehmen, Liebes, das ist das Einzige in dieser aus den Fugen geratenen Welt, was ich ganz sicher weiß. Ich denke mit viel Liebe an all das zurück, was wir gemeinsam unternommen haben, und daran, wie unzertrennlich wir einmal waren. Ich erinnere mich noch an unseren verrückten Ausflug nach Kalifornien. Diese Erinnerung ist in meinem Gedächtnis mit einem goldenen Glanz versehen. Überhaupt diese letzten Jahre auf dem College ...

Ich werfe erneut einen Blick auf das Foto, das Bild von der Getty Villa, kurz bevor die Aufseher uns abgeführt haben. Das Foto, das Du mir geschickt hast, nachdem wir uns aus den Augen verloren hatten. Von dem merkwürdigen Sarkophag und dem Kreis, den Du um die auffallend gesichtslose Ariadne im Gewimmel der mythologischen Figuren gezogen hast. Sobald ich mein Handy in die Themse geworfen habe, wird das Foto das Einzige sein, was ich in der Kälte des Londoner Apriltages bei mir tragen werde. Ich muss etwas Eigenes mitnehmen.

Ich drehe das Foto um und lese: »Dearest Ariadne! Closest forever. Deine Phädra.«

Forever.

Closest forever.

Kümmere Dich um Deine Familie, liebste Phädra. Versuche, ein gutes Leben zu leben.

Es ist an der Zeit.

Küsschen von Deiner
Ariadne

Phädra

London, 13. April

Die Blicke der drei Anwesenden irrten im Büro von New Scotland Yard umher. Keinem gelang es, irgendetwas zu fixieren. Ihre Gedanken schossen ziellos in alle erdenklichen Richtungen.

Da hielt Paul Hjelm inne. Verordnete seinem Gehirn eine Vollbremsung. Irgendwo in seinem Inneren hatte eine Liste mit Prioritäten begonnen, Form anzunehmen. Was war am wichtigsten?

»Berlin«, sagte er. »Wer ist am dichtesten dran?«

»Von London aus kommen wir schnell hin«, meinte Corine Bouhaddi.

»Obgleich es sowohl von Den Haag als auch von Riga aus näher ist«, wandte Miriam Hershey ein.

»Riga«, entschied Hjelm und wählte eine Nummer.

»Ja?«, meldete sich eine Stimme am Telefon.

»Jorge«, sagte Paul. »Wichtig. Laima und du, ihr müsst sofort nach Berlin. Lass von dir hören, sobald du weißt, wann ihr ankommt.«

»Und worum geht's?«

»Um die Rettung Lettlands und die Rettung der europäischen Wirtschaft.«

»Wir sind bereits unterwegs«, erklärte Jorge Chavez und beendete abrupt das Telefonat.

»Weitere Hinweise?«, fragte Hjelm in den Raum hinein.

»Minotaurus«, antwortete Miriam Hershey, die bereits vollauf damit beschäftigt war, Stichworte in ihren Computer einzugeben. »Hinweise: Makrofondsexperte, im selben Stockwerk wie Antebellum im Nordturm, Sekretärin Bella.«

»B«, fuhr Corine Bouhaddi fort und begann ebenfalls zu tippen. »Ich glaube, wir sind in einem früheren Stadium schon einmal auf ihn gestoßen. Ein Bankdirektor namens Colin B. Barnworth. Ich schau mal nach. Er war auf den Bahamas, als die Twin Towers einstürzten.«

»Gut«, sagte Hjelm. »Aber noch wichtiger ist Phädra. Wer zum Teufel ist Phädra? War Phädra ebenfalls auf diesem Foto von dem Sarkophag in der Getty Villa abgebildet, das Rianna Tinsley bei sich trug, als sie sich auf den Weg durch die Straßen von London machte, und das Asterion für die Folter offenbar inspiriert hat? In dem Fall hätte Asterion einen großen Vorsprung. Phädra weiß, um welche Kontonummern es sich handelt. Rianna Tinsley hat ihr in ihrer vorletzten Mail eine Art mathematische Verschlüsselung übermittelt. Wer ist sie? Hinweise!«

Bouhaddi schob mit Daumen und Zeigefinger ihre Stirn in Falten.

»Ich glaube nicht, dass Phädra mit auf dem Foto war. Es klingt, als handele es sich lediglich um ein Bild des Sarkophags, auf dem ein Kreis um Ariadne gezogen wurde. Die Fotografie war das einzig Persönliche, was Tinsley bei sich hatte, also auch der einzige Anhaltspunkt, den Asterion hat. Als sie das Foto sahen, wussten sie, dass es eine Phädra gibt, die Tinsley/Ariadne nahestand. Auf der Rückseite stand ausdrücklich: »Dearest Ariadne! Closest forever. Deine Phädra.« Sie mussten Tinsley verhören und dann unschädlich machen – das war ihr Hauptanliegen. Da sie aber nichts sagte, mussten sie die andere Person, die eventuell reden würde, verwarnen, nämlich Phädra. Denn es ist immerhin möglich, dass Tinsley mit dieser Phädra über die krummen Geschäfte von Antebellum gesprochen hat, da sie offenbar eine Vertraute war, die ihr so nahestand, dass sie die Fotografie bei ihrer Selbstmordmission in London bei sich trug. Also kamen sie auf die Idee, Tinsleys Leiche in Übereinstimmung mit dem Bild zu arrangieren, damit Phädra sich an das Foto mit dem römischen Sarkophag in der Getty Villa erinnert fühlen würde. Also gestalteten sie die Folter so, dass ihr Gesicht letztlich dem von Ariadne auf dem *Sarcophagus Maconiana Severiana* glich. Wenn Phädra daraufhin ihre ehemalige Freundin wiedererkannte, deren Gesicht ebenso aufgequollen war wie das der mythologischen Ariadne, würde sie sich hoffentlich zu Tode erschrecken und schweigen.«

Hjelm und Hershey starrten Bouhaddi so intensiv an, bis sie sich zu winden begann. Schließlich sagte Hershey: »Verdammt, wie smart du doch bist, Corine.«

»Obwohl«, warf Hjelm schulmeisterlich ein, »es uns keinen Zentimeter näher an Phädra heranbringt. Aber rede weiter.«

Bouhaddi holte Luft und fuhr fort: »Also weiter: Es gibt den Ehemann Scott mit Sex-Appeal, zwei Söhne, die auf eine Schule namens Riverdale gehen, und die Familie wohnt mit Aussicht auf das Metropolitan Museum of Art in New York, also Upper East Side. Phädra war bei Antebellum bis zum 11. September 2001 angestellt, der Tag, an dem sie ihre beste Freundin Rianna als Unterstützung mitnahm, um eine Abtreibung durchführen zu lassen. Doch sie änderte ihre Meinung. Und dann kamen die Flugzeuge. Okay. Nächster Punkt: Listen über die Angestellten bei Antebellum in der Zeit vor Nine-Eleven.«

»Vergleich sie mit dem Register von Harvard«, forderte Hjelm sie auf. »Sie haben zusammen studiert. Da muss sie doch zu finden sein. Zuerst Studienkollegin von Rianna Tinsley, danach Kollegin bei Antebellum bis zum 11. September 2001. Leg los.«

Corine Bouhaddi legte los. Sie beugte sich kämpferisch über ihren Computer.

»Ich habe hier etwas«, sagte Miriam Hershey. »Im selben Stockwerk von Antebellum Invest Inc. befand sich ein kleines Finanzunternehmen. Die Sekretärin Isabella Grant – eine mögliche Bella, oder? – starb bei Nine-Eleven. Wie auch der Direktor.«

»Verdammt«, sagte Hjelm. »Und wie hieß der Direktor?«

Hershey atmete tief durch und antwortete: »Nathaniel D. Winthrop.«

»Finde alles über ihn heraus«, forderte Hjelm sie auf und startete auf seinem Computer ebenfalls eine Suche. »Denn dieser Nathaniel D. Winthrop ist doch wohl Minotaurus.«

»Hier ist ein Foto von ihm«, sagte Hershey. »Aber es ist alt. Aus den Achtzigern.«

Hjelm machte einige schnelle Schritte zu Hersheys Computer hinüber. Vom Bildschirm aus strahlte sie ein perfekt gekleideter Gentleman der alten Schule mit Frack, Fliege und allem, was dazugehörte, an. Etwa fünfunddreißig Jahre alt, blendend weiße Zähne, akkurat gezogener Mittelscheitel im hellen Haar. Das Sinnbild der absoluten Zuverlässigkeit einer früheren Ära.

»Wir brauchen neuere Fotos«, meinte Hjelm. »Winthrop starb offiziell 2001. Bitte das MI5, ein entsprechend gealtertes Porträt herzustellen. Geboren 1954, also 55 Jahre alt. Corine?«

»Noch keine Treffer bei der Suche ›Antebellum – Harvard‹«, antwortete Bouhaddi. »Stattdessen eine Überlegung. Phädra weiß, dass Ariadne versuchen wird, Kontakt zu uns – dem ›großen europäischen FBI‹ – aufzunehmen, aber sie weiß nicht, ob es ihr gelingt. Was sie weiß, ist, dass es nicht zum Kontakt mit Barack Obama kam und dass Ariadne tot ist. Phädra war acht Jahre lang Hausfrau, ihr Ehemann Scott arbeitet an der Wall Street. Den E-Mails nach zu urteilen, hat sie positiv reagiert, Ariadne und Phädra stehen miteinander in Verbindung, aber Phädra hat auch gewisse Bedenken, sie warnt Ariadne vor den Risiken. Wie reagiert sie also, wenn sie mit Rianna in der furchtbaren Rolle der Ariadne auf dem Sarkophag in der Getty-Villa konfrontiert wird? Das Foto war in einer Reihe von Zeitungen abgedruckt, auch in New York. Was tut sie, als sie kurz nachdem sie die letzte Mail von Rianna aus London erhalten hat ihre tote Freundin in dieser völlig absonderlichen Pose in Hampstead Heath erblickt? Hat Rianna sie davon überzeugen können, wie grotesk die Situation ist? Wird Phädra, die Luxushausfrau von der Upper East Side, etwas unternehmen? Oder ist es Asterion schon gelungen, durch ihre Warnung Phädra zum Schweigen zu bringen? Das ist die grundsätzliche Frage.«

»Gut«, sagte Hjelm. »Wird sie etwas unternehmen? Was sagt dir deine weibliche Intuition?«

»Die Intuition, männlich oder weiblich oder menschlich, sagt mir, dass sie etwas unternehmen wird. Sie haben sich einander wieder angenähert, an alte Zeiten angeknüpft, als sie jung waren, es findet ein Austausch statt, den Phädra nicht ignorieren wird. Auch wenn sie eine Luxushausfrau und somit hochprivilegiert ist. Ich kann mir nicht vorstellen, dass Phädra Ariadnes Anstrengungen kaltlassen. Ich glaube, dass ihre Beziehung zu Ariadne stärker ist als die Einschüchterungstaktik von Asterion. Sie wird versuchen, ihre beste Freundin zu rächen.«

»Und wie wird sie es tun? Indem sie Kontakt zu Barack Obama aufnimmt?«

Corine Bouhaddi stutzte kurz. »Ja, zum Teufel, warum nicht? Schließlich hat Ariadne genau das versucht. Da erscheint es nur logisch, wenn Phädra es ebenfalls versucht.«

»Wissen wir, wo sich dieser Bankdirektor Colin B. Barnworth im Augenblick aufhält? Dieser sogenannte ›B‹?«

»Jetzt haben wir Montagabend, einen gewöhnlichen Arbeitstag. Vielleicht sitzt er noch im Büro von Antebellum. Möchtest du, dass ich Kontakt zu ihm aufnehme?«

Hjelm zögerte kurz, während er versuchte, alle Puzzleteile zusammenzusetzen. »Nein«, antwortete er. »Nicht jetzt. Sie haben keine Anhaltspunkte dafür, dass wir ihnen auf der Spur sind. Jedenfalls nicht so dicht. Er kann warten. Aber es ist durchaus denkbar, dass wir einen anderen Mann in New York benötigen.«

Paul Hjelm wählte eine Nummer.

Eine Frauenstimme meldete sich: »Ja, Marek Kubbilubbskis Apparat.«

»Kowalewskis«, korrigierte Hjelm sie. »Hier ist sein Chef. Ist er wach?«

»Einen Augenblick bitte«, antwortete die Frauenstimme.

Dann war Kowalewskis auffallend dünne Stimme zu hören: »Ja, ist dort der Chef?«

»Ja, Hjelm hier. Phantastische Arbeit in New York, Marek. Wie schlecht ist es um dich bestellt?«

»Ich vermute, es hängt davon ab, was genau geschehen ist. War Rianna Tinsley unsere Jane Doe?«

»Ja«, antwortete Hjelm. »Du hast die gesamte Kette eingefangen, von Krakau über London bis nach New York. Und die amerikanische Polizei hat dich noch nicht zur Rede gestellt?«

»Nein«, antwortete Kowalewski, während Hjelm zu hören meinte, wie er sich in seinem Bett aufsetzte.

»Aber der Respirator?«, fragte Hjelm skeptisch.

»Zur Not kann ich ihn ausschalten«, meinte Kowalewski. »Ich habe schon versucht, ohne ihn zu atmen. Und es hat geklappt.«

»Rianna Tinsley hatte eine Vertraute, eine Kontaktperson. Im Moment kennen wir sie nur unter dem Namen Phädra, aber wir wissen, dass sie in New York wohnt. Es könnte sein, dass wir Kontakt zu ihr aufnehmen müssen.«

»Das kann ich übernehmen«, sagte Marek Kowalewski entschieden.

»Ich nehme an, dass dich die Erlebnisse in dem Haus ziemlich mitgenommen haben, oder?«

»Albträume«, antwortete Kowalewski. »Ich bin bestimmt schon zehnmal wieder dort gewesen. Im Traum. Aber das hält mich nicht davon ab.«

»Prima, ich melde mich wieder.«

Das Gespräch war beendet. Hjelm sah zu den beiden am Computer beschäftigten Frauen hinüber. Hershey schüttelte den Kopf und sagte: »Kamerascheuer Typ, unser Minotaurus. Noch immer keine anderen Fotos. Und keine weitere Info.«

»Aber ich habe etwas herausgefunden«, sagte Bouhaddi. »Die Freundin der jungen Harvardstudentin Rianna Tinsley ist vermutlich eine Jane Halloway. Die Suche hat etwas gedauert, weil sie inzwischen nicht mehr so heißt. Sie hat 2002 einen Scott Bennings geheiratet, kurz bevor der erste Sohn Ridley geboren wurde. Jane Halloway und Rianna Tinsley sind gleich alt, haben zur selben Zeit in Harvard studiert und ebenfalls zur selben Zeit eine Anstellung bei Antebellum Invest Inc. bekommen. Dann sprang Halloway im September 2001 ab und wurde kurz darauf Jane Bennings, die inzwischen in der East 84th Street mit Aussicht auf das Metropolitan Museum of Art wohnt. Zwei Söhne,

Ridley und Anthony Bennings, die auf die hochexklusive Privatschule Riverdale Country nördlich von Manhattan gehen.«

»Gut«, sagte Hjelm. »Es besteht natürlich das Risiko, dass sich Asterion die Söhne in der Riverdale vorknöpft.«

»Wir wissen allerdings nicht, wie weit sie bereits gekommen sind«, warf Bouhaddi ein. »Es ist zum Beispiel durchaus möglich, dass Rianna Tinsley Phädra bereits während ihrer Folter verraten hat. In dem Fall ist Jane Bennings vielleicht schon tot.«

»Aber Christopher James Huntington alias Ray Hammett ist ziemlich lange in London geblieben«, sagte Hjelm. »Hätte er sich Phädra nicht auch persönlich vorgeknöpft, wenn er schon so dicht an ihr dran war?«

»Asterion ist eine große Organisation«, wandte Hershey ein. »Huntington muss nicht überall persönlich anwesend sein.«

»Obwohl ich vermute, dass er es gerne wäre«, sagte Hjelm. »Ich glaube jedenfalls, dass er die Folter von Rianna Tinsley selbst geleitet hat. Aber das ist nur eine Hypothese.«

»Wie es auch vorerst eine Hypothese bleiben muss, dass wir Phädra vor Asterion ausfindig machen können«, sagte Corine Bouhaddi. »Weil Rianna auf wundersame Art der Folter widerstand, hat sie uns nicht nur einen großen Vorteil verschafft, indem wir nun alle E-Mails besitzen, die Asterion nicht hat, sondern sie hat auch das Leben ihrer Schwester im Geiste gerettet. Rianna Tinsley ist in der Tat eine Heldin. Weil sie wirklich Feuer und Flamme für etwas war.«

»Und jetzt können wir nur hoffen, dass sie ihre Luxusfreundin ebenfalls angesteckt hat«, sagte Hjelm. »Übrigens, haben wir ein Foto von Jane Bennings?«

»Ich habe gerade eines gefunden«, antwortete Bouhaddi. »Ihr habt es auf euren Computern – jetzt!«

Auf Paul Hjelms Bildschirm tauchte ein breit lächelndes, erstaunlich jugendliches Frauengesicht auf. Sie erinnerte ihn an Jackie Onassis in der Zeit vor Kennedys Tod. Alles, was ihrem Outfit noch fehlte, war ein Pillboxhütchen aus den Sechzigerjahren.

»Sieht sie nicht irgendwie geliftet aus?«, fragte Bouhaddi.

Hjelm unterdrückte seine Zustimmung und sagte stattdessen: »Ich frage mich, ob wir in Washington nach ihr suchen sollen. Sie hat bestimmt vor, Kontakt zu Obama aufzunehmen.«

»Aber wie sollen wir von Europol sie in Washington ausfindig machen können, ohne beispielsweise das FBI einzuschalten?«, fragte Hershey.

»Wir könnten ja einen lungenkranken Polen zu ihrem Ehemann Scott schicken«, antwortete Hjelm.

»Zuerst müssen wir wohl herausfinden, ob eine Person, die Jane Bennings nahesteht, weiß, wo sie sich aufhält«, meinte Bouhaddi.

»In London ist es jetzt Abend«, sagte Miriam Hershey. »In New York ist es mitten am Tag. Was haltet ihr davon, wenn wir Scott Bennings einfach an seinem Arbeitsplatz anrufen?«

»Vielleicht«, antwortete Hjelm gedankenverloren.

»Ich werde bei der Wall Street Financial Cooperation anrufen und mich als ehemalige britische Kommilitonin aus der Zeit in Harvard ausgeben, die die falsche Nummer bekommen hat«, erklärte Hershey, hob den Hörer ab und schaltete den Lautsprecher ein.

Nach fünfmaligem Läuten meldete sich eine klare Baritonstimme: »Yes, Scott Bennings.«

Hershey sagte: »Mein Name ist Mary Jones. Ich wollte fragen, ob ich Jane Bennings sprechen könnte.«

»Das ist meine Ehefrau«, antwortete Bennings. »Aber Sie werden sie kaum an meinem Arbeitsplatz erreichen.«

»Oh«, zwitscherte Miriam Hershey in einer Art und Weise, die Hjelm noch nie zuvor an ihr gehört hatte. »Wie dumm, es tut mir furchtbar leid. Ich muss die Telefonnummern verwechselt haben, die Jane mir gegeben hat.«

»Ich habe nicht ganz verstanden, wer Sie sind«, sagte Bennings etwas kurz angebunden.

»Ich heiße Mary Jones und wollte eigentlich mit Jane sprechen. Wir haben vor ewigen Zeiten zusammen in Harvard studiert. Ich bin gerade zufällig in der Stadt und, tja, wir hatten vorgehabt, uns auf einen Kaffee zu treffen. Sie hat mir mehrere Telefonnummern gegeben.«

»Sie ist weggefahren.«

»Davon hat sie gar nichts gesagt. Tut mir leid, dann kommt mein Anruf ja noch ungelegener. Ich bitte höflichst um Verzeihung.«

»Die Reise war nicht geplant«, fügte Scott etwas versöhnlicher hinzu. »Auch wenn wir schon länger darüber gesprochen haben. Sie wollte sich eine Auszeit nehmen.«

»Aber wenn ich sie recht verstanden habe, liebt sie es, Hausfrau zu sein. Ich bin es auch gewesen, aber jetzt habe ich wieder angefangen zu arbeiten. Canary Wharf, Morgan Stanley. Aber was rede ich da, Scott, Jane ist jedenfalls sehr stolz auf Ihre Karriere bei der Wall Street Financial Corporation.«

»Obwohl Jane auch einen phantastischen Job macht«, entgegnete Scott. »Aber jetzt hat sie sich eine Auszeit verdient. Sie ist für eine Woche in einem Spa in Florida, das Spa im The Breakers, Palm Beach.«

»Wie wunderbar!«

»Das findet sie auch. Ich habe wirklich Glück, dass Gaspara sich in der Zwischenzeit um mich kümmert.«

»Sie hat mich also nicht erwähnt, als Sie das letzte Mal miteinander telefoniert haben? Wann war das noch gleich?«

»Gestern Abend. Nein, sie hat mir nur erzählt, wie herrlich sie alles findet. Die Sonne, die Palmen, die Massage.«

»Dann hat sie wahrscheinlich einfach nur vergessen, dass wir uns treffen wollten, kein Problem. Es tut mir wirklich leid, dass ich Sie gestört habe.«

»Keine Ursache«, entgegnete Scott. »Es war sehr nett, mit Ihnen zu sprechen, Mary Jones. Sie sind herzlich willkommen, bei uns vorbeizuschauen, wenn Sie möchten.«

Sie verabschiedeten sich. Paul Hjelm betrachtete die stark bandagierte Hershey, die lediglich mit den Achseln zuckte und sagte: »Kein Mann kann dem nervösen Geplapper einer Frau widerstehen.«

»Phädra hat also gestern Abend, am Sonntag, angerufen«,

sagte Hjelm nur. »Da lebte sie jedenfalls noch, wenn auch aller Wahrscheinlichkeit nach nicht in Palm Beach, Florida. Zwei Dinge, eines für jede der Damen. Corine, check das mit dem Spa im The Breakers, ob sie wirklich dort ist. Miriam, finde heraus, ob sie das Land verlassen hat. Mithilfe des MI5, wenn es nötig sein sollte.«

Hjelms Handy klingelte. Es war Chavez.

»Wir sind jetzt auf dem Starptautiskā lidosta Rīga.«

»Ich habe keine Ahnung, wovon du sprichst«, entgegnete Hjelm.

»Am Flughafen von Riga«, verdeutlichte Chavez, ohne sich irritieren zu lassen. »Der Flug nach Berlin geht in anderthalb Stunden. Jetzt musst du uns aber sagen, um was es sich dabei eigentlich dreht.«

»Ein amerikanischer Finanzmann, der seit Nine-Eleven tot geglaubt ist, sitzt in Berlin und wartet auf den richtigen Augenblick, um mittels eines zentralen Computers in der Kanalbank in der Oranienburger Straße einen gigantischen Makrofonds nach Lettland zu transferieren. Sein Name, den er jedoch bestimmt nicht mehr führen wird, ist Nathaniel D. Winthrop. Ich schicke euch ein altes Foto von ihm. Ihr müsst schlicht und einfach die Bankfiliale überwachen. Ich denke, dass es folgendermaßen abläuft: In dem Augenblick, wo durchsickert, dass ein Staatssekretär in Riga Zahlen manipuliert und eine Giftverklappung im großen Stil durch die italienische Mafia zugelassen hat, werden die lettischen Staatsfinanzen wie Wasser in der Wüste versickern. Man wird gezwungen sein, eine kräftige Abwertung vorzunehmen. In dem Moment taucht Winthrop mit seinem Makrofonds wie ein rettender Engel auf. Wir müssen ihn ganz einfach physisch daran hindern.«

»So hängt das Ganze also zusammen ...«

»›Wir‹ bedeutet in diesem Fall also ›ihr‹. Kriegt ihr das alleine hin? Ich befürchte nämlich, dass er keine Lust hat, noch sehr viel länger zu warten.«

»Du meinst, die Bank zu überwachen?«, fragte Chavez.

»Seht zu, dass Winthrop unter keinen Umständen an den zentralen Computer gelangt.«

»Wissen wir denn überhaupt, ob er tatsächlich den Haupteingang benutzt? Eine solche Überführung muss doch besondere Priorität haben.«

»Aber er kann sich nicht vorher ankündigen«, erklärte Hjelm. »Das Ganze muss bis zum letzten Augenblick geheim bleiben. Das ist euer Trumpf.«

»Die Opcop-Gruppe hat doch Leute in Berlin sitzen, oder?«, fragte Chavez nachdenklich.

»Selbstverständlich. Gut. Sie werden euch am Flughafen in Empfang nehmen. Landet ihr in Tegel?«

»Ja. Aber inwieweit sollen wir sie einweihen?«

»Vollständig«, antwortete Hjelm ohne zu zögern. »Die Opcop-Gruppe gründet sich schließlich auf gegenseitiges Vertrauen. Allen Eingeweihten ist bewusst, wie diffizil unsere Tätigkeit ist. Ihr habt eine Nacht für die Planung. Bevor die Kanalbank morgen früh ihre Türen öffnet, wird nichts passieren.«

»Ich glaube, ich habe das Bild klar vor Augen«, sagte Chavez.

Hjelm beendete das Gespräch, wandte sich um und fragte in den Raum hinein: »Seid ihr schon weitergekommen?«

»Jane Bennings hat die USA nicht verlassen«, antwortete Miriam Hershey. »Jedenfalls nicht unter ihrem eigenen Namen.«

»Und Corine?«

Erst in dem Moment sah Hjelm, dass sie telefonierte. Sie hob die Hand und führte ihr Telefonat weiter.

»Eine Frage«, sagte Hjelm zu Hershey. »Gibt es irgendein Foto von Ray Hammett? Also von Christopher James Huntington?«

Miriam Hershey schüttelte den Kopf und antwortete: »Nichts. Asterion weiß, wie man Spuren vernichtet.«

»Aber Mark Payne weiß, wie er aussieht«, entgegnete Hjelm. »Und du weißt, wie man das Phantombildprogramm von Europol bedient. Was hältst du davon, die Nacht gemeinsam mit einem Laptop und Mark Payne zu verbringen?«

Hershey zuckte mit den Achseln. »Wenn du mich hier nicht länger brauchst ...«

»Jetzt aber«, sagte Corine Bouhaddi und warf ihr Handy zur Seite. »Jane Bennings ist tatsächlich im Spa im The Breakers,

Palm Beach, Florida eingeschrieben, und der Spa-Chef behauptet auch ausdrücklich, dass sie dort sei, aber gerade eine Behandlung bekäme. Deswegen könne ich nicht mit ihr sprechen. Sie soll nicht gestört werden.«

Paul Hjelm schüttelte den Kopf und fragte: »Haben wir die Beziehung zwischen Ariadne und Phädra doch falsch eingeschätzt?«

»Zum Teufel auch«, sagte Bouhaddi und hämmerte wie wild auf ihre Tastatur ein. »Der Spa-Chef Roger Venice in Palm Beach hat bis vor zwei Jahren noch in New York gelebt. Lasst mich ein paar weitere Nachforschungen über ihn anstellen. Ich glaube nämlich, dass es irgendwo in der Vergangenheit eine Verbindung zwischen Jane Bennings und ihm gibt. Sie hat ihn bestimmt gebeten, sie zu decken. Ist doch klar wie Kloßbrühe, dass sie nicht in Palm Beach ist.«

»Wenn nicht …«, wandte Hjelm ein.

Die beiden Frauen hielten mit dem Tippen inne und musterten ihren Chef.

»Wenn nicht …?«, wiederholte Hershey.

»Wenn Barack Obama nicht einen Besuch in Florida eingeplant hat.«

Miriam Hershey tippte etwas in ihren Computer ein. Auf dem Bildschirm erschien das unverwechselbare Logo des Weißen Hauses. Dann hielt sie inne. Paul Hjelm meinte, eine versonnene Miene durch den dreckigen Verband hindurch erkennen zu können. Sie sagte: »Doch.«

»Doch?«, fragte Paul Hjelm.

»Ja, Präsident Barack Obama fliegt am morgigen Dienstag nach Palm Beach.«

Konsequenzen

Den Haag – Stockholm – Nacka, 14. April

Die Morgendämmerung in Den Haag setzte um 6:48 Uhr ein, und im selben Augenblick, als die aufgehende Sonne ihre allerersten Strahlen in die offene Bürolandschaft warf, trat Felipe Navarro einen Schritt zurück, rückte seinen Krawattenknoten zurecht, der während der langen Nacht etwas aus der Fasson geraten war, und sagte: »Na ja, so einigermaßen.«

Angelos Sifakis stellte sich neben ihn. Sie betrachteten das eigenartige Muster, das sich über das elektronische Whiteboard ausbreitete. Alles war dort zu finden. Sie hatten die ganze Nacht dafür gebraucht. Die Anzahl der Fotos war bedeutend größer geworden, und die vielen Pfeile und Verbindungslinien waren nun derart verwirrend, dass das Ganze einem Kunstwerk aus der wildesten Phase der Postmoderne zu ähneln begann.

»Na ja, so einigermaßen«, entgegnete Sifakis und warf einen letzten Blick auf das Whiteboard, auf dem sie nun wirklich alles zusammengetragen hatten, was alle Opcop-Mitglieder, wo auch immer sie sich gerade befanden, herausgefunden hatten.

»Okay«, meinte Navarro. »Wann ist es gekommen?«

»Gerade eben«, antwortete Sifakis. »Miriam hat die ganze Nacht mit Mark Payne und dem Phantombildprogramm von Europol in einem Safe House in London gesessen. Sie sind gerade erst fertig geworden.«

Sie betrachteten beide das gealterte Phantombild von Christopher James Huntington. Ein profilloses Gesicht mit kräftiger Kinnpartie und einem stechenden Blick aus braunen Augen.

»Sollen wir ihn die Spinne im Netz nennen?«, fragte Sifakis.

»In welchem Netz denn?«, fragte Navarro zurück.

»Was hältst du von einem Kaffee?«, meinte Angelos Sifakis.

»Wenn du versprichst, dass es kein griechischer ist«, antwortete Felipe Navarro.

Knapp hundertfünfzig schwedische Meilen weiter nordöstlich starrten zwei Frauen auf eine Wand. Die Wand war der Versuch, das elektronische Whiteboard in Den Haag nachzubilden, doch anstelle von präzise verlaufenden LED-Pfeilen und beliebig verschiebbaren multifunktionellen elektronischen Elementen gab es hier nur Computerausdrucke, Post-it-Zettel und breite Filzstiftstriche auf zusammengeklebten DIN-A4-Seiten. Dennoch ähnelten sich beide Gemälde.

»Tja«, sagte Kerstin Holm. »Es ist zwar noch nicht ganz fertig, aber so weit scheint alles komplett zu sein.«

»Ist es das?«, fragte Sara Svenhagen. »Ich habe irgendwie das Gefühl, dass etwas Zentrales fehlt.«

»Das hängt wahrscheinlich damit zusammen, dass du noch ein wenig down bist«, meinte Kerstin. »Ich hole Jon.«

»Jon Anderson?«

»Er muss doch in Augenschein nehmen, was er zustande gebracht hat.«

Kerstin Holm verschwand, während Sara Svenhagen das Muster an der Wand betrachtete. Es war irgendwie ziemlich Angst einflößend. Das Abbild einer zunehmend perversen Welt. Eine beunruhigende Vision der Zukunft, die sie erwartete. Doch sie störte auch etwas anderes.

Es fehlte etwas.

Sara Svenhagen ließ ihren Blick über die Fotos vom Sorridente und vom Ricurvo schweifen, über Carl-Henric Stiernmarck und Wang Yunli. Wang Yunli mit ihren Zwillingssöhnen Cheng und Shuang auf dem Schoß. Dann über Stiernmarck mit den blauen Flecken im Gesicht. Il Sorridente mit dem merkwürdigen Lächeln. Ricurvos krumme Gestalt.

In dem Moment fiel es ihr auf.

Und es barg eine furchterregend düstere Logik in sich.

Was waren die Konsequenzen eines solchen Weltbildes? Was für einen Menschentyp brachte es hervor?

Sie verließ Kerstins Zimmer und lief in ihren Raum. Fuhr ihren Computer hoch und erwischte mit erstaunlicher Geschwindigkeit den richtigen Ordner, öffnete noch schneller eine Videodatei mit der Bezeichnung »Februar« und startete sie. Die Filmsequenz war ohne Ton und dauerte nicht länger als zwanzig Sekunden. Am unteren Bildrand stand Mittwoch, 11. Februar, 12:52 Uhr. Zwei Männer mit relativ dunklem Teint stießen einen bedeutend größeren, blonden sonnengebräunten Mann gegen einen Türpfosten. Als der Film zu Ende war, begann es auf dem Bildschirm zu flimmern. Doch an der Kontrollleiste des Videoprogramms war deutlich zu sehen, dass der Film eine Minute lang und davon noch eine halbe Minute übrig war.

In dem Moment erschien das Bild wieder. Johannes Stiernmarck vor seiner Webcam. Lediglich sein Gesicht war zu sehen. Sein Blick hatte etwas Verbittertes. Ernstes. Er schaute direkt in die Kamera. Dann trat er langsam etwas zurück. Als sich nach und nach sein gesamter Körper abzeichnete, wurde deutlich, dass er etwas in den Händen hielt. Er hob die Arme an und verschränkte sie vor der Brust. In der rechten Hand hielt er eine Schrotflinte und in der linken eine Automatikpistole. Dann richtete er beide Waffen direkt auf die Kamera. Schließlich erlosch das Bild. Der Film war zu Ende.

Sara Svenhagen klickte eine Sprachdatei an. Das letzte Gespräch zwischen Kerstin Holm und Carl-Henric Stiernmarck. Sie spulte etwas vor und fand, was sie suchte. Kerstin Holm sagte: »Der Lilane. Und als die Blauen Ihnen auf den Fersen waren, wollten sie wieder mit dem Lilanen sprechen. Woraufhin sie Ihnen drohten.« Daraufhin merkte Stiernmarck an: »Zum zweiten Mal. Nach dem ersten Mal habe ich mir Waffen zugelegt. Eine Schrotflinte und eine Automatik. Als würde mir das weiterhelfen.«

Sara stoppte die Aufnahme und musste an die Ereignisse des gestrigen Tages zurückdenken. Der Schulhof weit entfernt hinter einer roten Hütte und einem Zaun. Wie Johannes umgestoßen wurde. Die Wortfetzen: Pädophilenbubi. Verdammter Schwuli. Den Schwanz von seinem Alten im Mund. Johannes, der Sara auf der anderen Seite des Zauns entdeckt. Wie er ihr geradewegs in die Augen schaut. Wie er die Hand hebt und sie erschießt.

Mit dem Zeigefinger.

Sie spürte, wie sie heftig blinzelte. Einige Sekunden vergingen. Die Gedanken schossen wie wild durch ihren Kopf. Was hatte sie gesehen, als sie Johannes zum ersten Mal begegnet war? Dann fiel es ihr ein. Er hatte sich Filme auf YouTube angesehen. Sie ging ins Internet und klickte YouTube an. Mit zitternden Händen gab sie »Saltsjö-Järla-Gymnasium« ein.

Es gab einige Filme, und es gelang ihr, sie chronologisch zu sortieren, sodass der neueste zuoberst stand. Er war gerade mal eine Stunde alt. Sie konnte auch sehen, wie oft er angeklickt worden war. Sie war die Erste.

Der Film zeigte das Teenagerzimmer von Johannes Stiernmarck. Johannes war in voller Kampfmontur. Militärkleidung. Die Waffen direkt in die Kamera gerichtet. Sein Blick voller Hass. Er zischte zwischen den Zähnen hervor: »Stirb, du erbärmlicher verdammter Wichtigtuer.«

Sie griff nach ihrer Tasche und rannte, wie sie seit Langem nicht mehr gerannt war. Noch bevor sie den Schlüssel für einen Zivilwagen ausgehändigt bekam und die Tiefgarage des Polizeigebäudes erreichte, hatte sie das Gefühl, zu explodieren. Sie gab Vollgas und rauschte auf die Bergsgata hinaus, wo sie verkehrswidrig auf die Scheelegata abbog, dass der Wagen über den Bürgersteig holperte. Dann raste sie mit durchgetretenem Gaspedal die Kungsholmsgata entlang bis zum Klarabergsviadukt und hinunter zur Centralbro. Die ganze Zeit über wurde sie dieses eisige Gefühl nicht los, dass es bereits zu spät sein könnte. Dass es in gewisser Weise immer zu spät war. Dass einem alles immer erst dann einfiel, wenn es bereits zu spät war. Sie nahm die Abfahrt bei Riddarfjärden und fuhr dann weiter über Söder Mälarstrand, Slussen, Stadsgårdsleden. Verdammt, wie langsam sie vorankam. Und dabei gab sie Gas, wie sie es nie zuvor getan hatte. Zum Glück war die Brücke in Danvikstull nicht geöffnet, das hätte sie nicht überlebt. Die Zeit wurde knapp, verdammt knapp.

Endlich kam die Sportanlage in Sicht. Dahinter lag das Schulgebäude des Saltsjö-Järla-Gymnasiums völlig verlassen da.

Sie stürzte aus dem Wagen und rannte zwischen den beiden Fußballplätzen hindurch. Sie sah, dass die Tür zu der kleinen roten Hütte, die unmittelbar vor dem Zaun stand, der den Schulhof umgab, hin- und herschwang.

Die Tür schwang hin und her, das war alles.

Es war in der Tat eine Umkleide für die Fußballspieler. Als Sara Svenhagen sie betrat, hörte sie nichts außer ihren eigenen Atem. Sie japste, keuchte und schnaufte. Allmählich konnte sie die Konturen des Raumes ausmachen. Sie stand in einem kleinen Flur. Eine Tür ging nach rechts ab, eine andere nach links. Die Jungen- beziehungsweise Mädchenumkleide. Sie entschied sich für die Mädchenumkleide.

Dort drinnen war es dunkel. Es roch nach eingetrocknetem Teenagerschweiß. Ein Geruch, der Erinnerungen hervorrief.

Sie war außerstande, etwas zu erkennen, und tastete sich an der rauen Holzwand entlang. Dann erblickte sie ganz hinten in der Ecke etwas. Eine Silhouette.

Er hockte in der Ecke auf dem Fußboden. Die Schrotflinte lag neben ihm, die Pistole hatte er sich in den Mund geschoben. Sein rechter Zeigefinger spannte sich zitternd um den Abzug. Sein Blick war leer.

Sie ging ein paar Meter von ihm entfernt auf die Knie und rang hörbar nach Luft.

»Stirb, du erbärmlicher verdammter Wichtigtuer«, schnaufte sie.

Johannes' Blick veränderte sich, und er sah sie an. Doch die Pistole steckte immer noch in seinem Mund.

»Ich habe es missverstanden«, sagte Sara. »Verzeih mir.«

Seine Augenbrauen hoben sich, während Sara fortfuhr: »Fast eine halbe Stunde lang habe ich etwas ganz anderes vermutet. Etwas, das du wahrscheinlich niemals tun würdest, Johannes.«

In dem Moment zog er die Pistole aus dem Mund und richtete sie stattdessen auf seine Schläfe. Leise, aber etwas irritiert stellte er fest: »Sie haben gedacht, ich würde sie erschießen.«

»Das war dumm von mir«, gab Sara zu. »Je mehr ich darüber nachdenke, desto dümmer erscheint es mir.«

»Weil ich zu feige dazu bin, hä? Weil mir der Mut fehlt, das erste Schulmassaker in Schweden zu veranstalten?«

»Weil du ein viel zu guter Mensch bist. Du Wichtigtuer.«

Er schaute sie an und schob sich die Pistole wieder in den Mund.

»Nichts ist zu spät, Johannes«, fuhr Sara leise fort. »Es ist immer noch möglich, alles wieder ins Lot zu bringen. Ihr bekommt eine zweite Chance, die ganze Familie. Neue Identitäten, irgendwo, weit weg, wo ihr hinwollt. Stell dir zum Beispiel Australien vor. Die Sonne, die Wellen. Es ist, wie neu geboren zu werden.«

»Sie glauben zu wissen, wer ich bin«, zischte Johannes und hielt sich die Pistole erneut an die Schläfe. »Dabei sind Sie doch nur 'n blödes Weib wie alle anderen auch, 'ne verdammte Tussi.«

»Ja, ich bin nur ein Weib. Und dazu noch ein Weib mit einer verdammt schlechten Kondition. Aber ich weiß, was du gesehen hast, Johannes. Du hast mehr und vor allem üblere Dinge gesehen, als es für jemanden in deinem Alter gut ist. Wir leben in einer Welt, in der Macht und Stärke wichtiger sind denn je. Die Welt ist zu einem verflucht erbärmlichen Ort geworden. Spiel ihr Spiel nicht mit, Johannes.«

Johannes lachte auf. Es war ein sarkastisches Lachen.

»Gibt es denn eine Alternative?«, fragte er.

»Dein Vater ist unschuldig«, sagte Sara abrupt. »Er hat sich überhaupt nicht mit Kinderpornografie befasst. Er hat sich ja auch nie an dir vergriffen. Er hat sich lediglich mit den falschen Geschäftsleuten eingelassen, das ist alles. Sie sind gefährlich. Du hast sie ja gesehen.«

»Er hat so verdammt feige ausgesehen.«

»Er hatte Angst. Und es war auch gut, dass er Angst hatte. Wenn er versucht hätte, sich zu verteidigen, wäre er jetzt tot.«

Die Pistole wanderte erneut in den Mund.

»Das ganze Leben liegt noch vor dir«, sagte Sara. »Du willst dich doch gar nicht umbringen. Das weiß ich.«

»Sie hätten nicht herkommen sollen, Sara«, sagte Johannes und zog die Pistole wieder aus dem Mund.

Sara hielt inne. Sie betrachtete Johannes. Betrachtete den Pistolenlauf, von dem inzwischen der Speichel troff. Sie fixierte den Speichelstrang mit ihrem Blick.

»Heute habe ich plötzlich die Welt gesehen, wie sie wirklich ist«, sagte sie langsam. »Ich habe auf eine Wand geschaut, und es war, als würde sich der Nebel vor meinen Augen lichten. Ich habe der Welt mit klarem Blick direkt in die Augen geschaut. Eine kriminelle Denkweise wird sich auf der ganzen Welt ausbreiten. Leute, die vor zwanzig Jahren noch anständig waren, sind heute kriminell, ohne dass sich ihre Situation auch nur annähernd geändert hätte. Kriminalität ist zu einem Normalzustand geworden, zu tricksen und zu betrügen ist inzwischen so normal wie das Atmen. Das hat nichts mit Stärke zu tun. Das Geld ist ernsthaft dabei, die Moral und das selbstständige Denken zu ersetzen. Eine üble, unausgegorene Feigheit breitet sich in ganz Europa aus. Alles wird immer oberflächlicher. Für den Schmerz, den du spürst, Johannes, ist kein Platz mehr. Er passt nicht in die Scheinwirklichkeit einer Welt, die von der Unterhaltungsindustrie bestimmt wird. Also sucht er sich ein Ventil und schießt über das Ziel hinaus. Immer öfter schießt er über das Ziel hinaus.«

»Und was wollen Sie dagegen tun?«

Sara hielt inne. Sammelte sich und versuchte ihre Gedanken in die richtigen Worte zu fassen. Dann sagte sie: »Wenn du als Selbstmörder stirbst, wird dich der Schmerz bis in alle Ewigkeit verfolgen. Das glaube ich jedenfalls. Komm, wir gehen hier weg. Pfeif auf die Idioten, denen nicht einmal bewusst ist, dass sie dir wehtun. Pfeif auf alles andere und kümmere dich stattdessen um dich selbst. In deinem Alter ist es normal, wenn die Seele leidet. Auf diese Weise wird der Rest des Lebens wertvoller.«

Er blinzelte. Er blinzelte tatsächlich. Sie sah, wie ihm langsam Zweifel kamen. Aber das Ganze konnte noch immer in die völlig falsche Richtung gehen.

»Gib mir die Waffe«, forderte sie ihn auf. »Man ist immer stärker ohne.«

»Sie wissen genau, dass das nicht stimmt«, entgegnete er mit dumpfer Stimme. »Der Stärkere gewinnt. Der mit den meisten Waffen. Ich hab doch gesehen, wie diese Idioten meinen Vater gegen den Türrahmen gestoßen haben. Sie haben gesiegt.«

»Das hat nichts mit Stärke zu tun, das ist Feigheit. Wir können aber nicht in einer Welt leben, in der die Feigen gewinnen. In der sich Betrug, Gemeinheit und Dummheit immer wieder durchsetzen. Du bist nicht so. Du empfindest die Dinge intensiver als andere, das ist alles. Zeig es auf die richtige Art und Weise.«

Sara lehnte ihren Kopf an die Holzwand. Sie schloss die Augen. Dann fuhr sie fort: »Vor zehn Jahren habe ich Kinderpornografiefälle bearbeitet. Es hat mich fast umgebracht. Diese unendlich kranke Welt. Glaub mir, ich weiß, wie beschissen du dich fühlst.«

Sie öffnete die Augen nicht. Sie wusste, dass es jeden Augenblick zu Ende sein konnte. Sie lächelte schwach. Was auch immer nun passieren würde, das Verrückte war, dass der Moment sich angenehm anfühlte.

Die Zeit verging. Schließlich hörte sie Johannes' Stimme.

»Verdammt. Hier.«

Er reichte ihr die Waffen. Sie nahm sie an sich und legte sie neben sich ab. Dann breitete sie ihre Arme aus. Er kam zu ihr gekrochen. Und weinte an ihrem Hals. Sie strich ihm sachte über die langen verfilzten, schwarz gefärbten Haare. Und begann selbst zu weinen.

Eine Weile blieben sie so sitzen. Bis von der Schule her Geschrei und Gejohle zu hören waren.

»Sollten wir nicht lieber gehen, bevor die Fußballspieler kommen?«, fragte Sara Svenhagen.

Die Bank

Berlin, 15. April

Jorge Chavez schloss die Augen und konzentrierte sich auf die Basslinien von Radioheads »The National Anthem«, die ihm in seinem Leben bisher am meisten bedeutet hatten. Nach zweistündiger absoluter Konzentration auf Minotaurus gönnte er sich eine kurze Ruhepause und hörte Musik. Endlich kam Jorge Chavez zur Ruhe. Er ließ den Tag Revue passieren. Das Treffen am frühen Morgen mit den beiden Deutschen der Opcop-Gruppe, Dieter Hamann und Lara Drescher, die zu ihrer Verfügung standen. Wie die detaillierten Pläne der Kanalbank in der Oranienburger Straße auf dem Tisch ihres Hotelzimmers weit vor Beginn der Morgendämmerung ausgebreitet wurden. Die coole Aufmerksamkeit von Laima Balodis. Wie sie ein Rotationsverfahren festlegten, damit keiner, am wenigsten das Personal, Verdacht schöpfen würde, dass die Bank überwacht wurde. Und wie sie die Waffen verteilten. Dann stimmten sie ihre Standorte vor und in der Bank ab. Keiner sollte sich länger als eine Viertelstunde in der Bank aufhalten. Außerdem mussten sie für wechselnde Maskierungen sorgen und sich mit verdeckten Ohrstöpseln und Mikrofonen ausstatten. Und vor allem mussten sie sich das Aussehen von Minotaurus beziehungsweise Nathaniel D. Winthrop einprägen, sowohl als fünfunddreißigjährigen Gentleman der alten Schule wie auch als gealterten Fünfundfünfzigjährigen. Plötzlich war es so still im Hotelzimmer. Als wäre alles bereit.

Aber sie konnten keinesfalls loslegen.

Nicht bevor die gewaltige Bombe hochging. Nicht bevor über

die höchst kriminellen Machenschaften der Regierungskreise von Riga in den Medien berichtet wurde.

Hamann und Drescher hatten gegenüber der Bank in der Oranienburger Straße eine Wohnung vorbereitet. Als Treff- und Ausgangspunkt. Sowie als Ort, von dem aus man sich einen Überblick verschaffen konnte. Einer würde mit dem Fernglas dort sitzen, einer von ihnen an einem Cafétisch in der Nähe oder auf einer Parkbank neben der Filiale, während die beiden anderen ins Gebäude gehen würden. Allerdings würden sie immer wieder die Rollen tauschen, damit sie in der Bank nicht auffielen. Und sie würden in der Wohnung immer wieder die Maskerade wechseln.

Zwei Stunden bevor die Kanalbank öffnete, waren sie in der Wohnung versammelt. Sie gingen die letzten Vorkehrungen noch einmal durch und spürten die Anspannung bis in die Haarspitzen. Sie waren startklar. Warteten auf das Zeichen.

Unten auf der Oranienburger Straße betraten die Bankangestellten die Filiale. In der Wohnung machte sich Frustration breit. Dort standen drei Laptops, die die neuesten Nachrichten der führenden Agenturen ausspuckten. Eine Meldung löste die andere ab. Doch bis jetzt war noch nichts Brisantes geschehen. Drei der Opcop-Mitarbeiter klebten mit ihren Blicken förmlich an den Bildschirmen, die vierte Person saß am Fernglas.

Es war die robuste Lara Drescher mit kurzen stoppeligen Haaren, die mit ihrer dunklen Altstimme vom Fernglas aus verkündete: »Alte Dame geht rein. Erste Kundin.«

»Es muss heute passieren«, meinte Chavez. »Sie können es sich nicht leisten, noch länger zu warten.«

Und dennoch geschah nichts. Eine ganze Stunde lang.

Die vier bewegten sich in einem ausgeklügelten Muster auf die Bank zu und entfernten sich wieder. Schließlich entstand eine eigentümliche Routine.

Dann ging die Bombe hoch.

Die Nachricht wurde genau zum selben Zeitpunkt sowohl von der amerikanischen AP, der britischen Reuters-Agentur wie auch von der französischen AFP bekannt gegeben. Gigantischer politischer Skandal in Lettland. Der Umweltminister steckt hinter einer skandalösen Giftverklappung in der Ostsee. Weltweit große Missbilligung.

Die wirtschaftlichen Folgen ließen nicht auf sich warten. Der lettische Lats mit seinen Santimu sank wie ein Stein im Wasser. Zahlungen wurden eingestellt, und der wirtschaftliche Niedergang nahm mit rasender Geschwindigkeit groteske Formen an. Nach nur einer Viertelstunde berief die Regierung eine Krisensitzung ein. Die Welt drehte sich schneller und schneller. Die Globalisierung ließ den Erdball Fahrt aufnehmen. Zahlungseinstellungen folgten Schlag auf Schlag. Dann kam der Abwertungsbescheid, der drastischer ausfiel, als irgendjemand hätte voraussehen können – außer möglicherweise Nathaniel D. Winthrop. Die Tür stand ihm jetzt offen.

Und die Opcop-Gruppe war unterwegs. Drescher blieb in ihrer Position am Fernglas, Hamann nahm Platz auf der Sitzbank vor der Filiale. Chavez und Balodis gingen hinein, um diverse Geldgeschäfte zu erledigen. Sie nahmen die anvisierten Positionen ein. Die Warteschlangen wurden jetzt etwas länger. Plötzlich waren deutlich mehr Personen in der Bank.

Die Aufmerksamkeit der vier Polizisten war bis aufs Äußerste geschärft.

Der zentrale Computer stand in einem der hinteren Räume, der mit einer gläsernen Front zu der großflächigen Schalterhalle hin versehen war. Bis jetzt hatte ihn noch keiner betreten, aber der Raum war von der Halle aus direkt zugänglich, und man musste keine Sicherheitsschleusen passieren. Das war gut, für den Fall, dass sie schnell zugreifen müssten.

Chavez stand an einem Tisch und füllte bedächtig ein Überweisungsformular aus. Für einen kurzen Augenblick gestand er sich ein gewisses Erstaunen darüber zu, wie viel in Deutschland noch auf Papier erledigt wurde. Dann ließ er seinen Blick zu Laima Balodis hinüberschweifen, die sich in einer Schlange angestellt hatte. Eine rein physische Schlange, ohne Wartenummern und Zettelchen. Sie machte sich ausgezeichnet als vulgäre osteuropäische Touristin. Ein Sicherheitsbeamter durchquerte die Filiale, um danach wieder an seinen Platz in einem der hinteren Räume zurückzukehren, der ebenfalls ein großes Fenster zur Schalterhalle hin hatte. Dort saßen zwei Sicherheitsbeamte und schauten sich die Filme der Überwachungskameras an. Einer von ihnen machte hin und wieder eine Inspektionsrunde durch die Räume.

Balodis kam an die Reihe und erledigte irgendein vorgetäuschtes Anliegen. Chavez ließ seinen kritischen Blick über die Kunden in der Bank schweifen; ein älterer Herr mit einem Gehstock, ein amerikanisches Touristenpärchen, einige Geschäftsleute sowie zwei türkische Männer, die mit Münzen in der Hand herumschnickten, vermutlich irgendwelche Geschäftsinhaber. Definitiv kein Minotaurus in Sicht. Balodis verließ die Filiale, und Hamann kam als alternder Dandy herein. Chavez stellte sich in die Schlange, während Hamann seinen Platz am Tisch im Schatten der Kameras übernahm. Zwei weitere Personen betraten die Filiale, beides Frauen. Eine Bankangestellte ging in den Raum mit dem zentralen Computer. Chavez sah, wie sie sich über die Tastatur beugte. Möglicherweise um Vorbereitungen für eine umfassende Transaktion zu treffen. Er behielt sie fest im Blick.

In der Schlange ging es langsam voran. Ganz vorn stand der ältere Herr mit dem Stock und wollte eine Überweisung auf ein internationales Konto vornehmen, ohne die internationalen Bankcodes zu kennen. Das gab Chavez die Gelegenheit, weiter die Bankangestellte zu beobachten. Sie verließ den Raum mit dem zentralen Computer. Er stand wieder leer.

Nachdem Chavez sein Formular abgegeben hatte, tauschte er draußen auf der Parkbank seinen Platz mit Lara Drescher. Er nahm ein Buch zur Hand, freilich ohne darin zu lesen. Seine Aufmerksamkeit richtete sich auf den Eingang der Bank. Jetzt betraten noch mehr Menschen das Gebäude. Es ging auf die Mittagszeit zu. Aber keiner hatte auch nur die geringste Ähnlichkeit mit Nathaniel D. Winthrop. Bald waren zwei Stunden vergangen, seit die Nachricht aus Lettland an die Öffentlichkeit gelangt war.

Chavez ging nach oben in die Wohnung.

Dort saß Laima Balodis in korrektem Businessdress am Fernglas und gab ihm ein Zeichen, zu warten. Er sank hinter einem der Laptops auf einen Stuhl und warf einen kurzen Blick auf die aktuellen Medienberichte. Die Krise in Lettland weitete sich aus. Das Land befand sich unmittelbar vor einer Inflation.

Er schloss die Augen und konzentrierte sich auf die Basslinien, die ihm in seinem Leben bisher am meisten bedeutet hatten. Er wurde erfüllt von Musik. Von Leben. Sie versorgte ihn mit neuer Energie, und als er hörte, wie Laima sich geräuschvoll räusperte, öffnete er die Augen mit frischer Kraft.

»Du bist erstaunlich sexy als Geschäftsfrau«, sagte er.

Sie lachte auf und konterte: »Aber du schindest als südamerikanischer Loser auch ziemlich Eindruck.«

Jetzt war es an ihm zu lachen. Er fragte: »Wieso sollte ich eigentlich warten?«

»Ich hatte den Eindruck, ihn durchs Fernglas gesehen zu haben«, antwortete Balodis. »Vielleicht war er es. Aber er ging vorbei. Möglicherweise sondiert er das Terrain.«

»Okay«, meinte Chavez.

Sie setzte sich wieder ans Fernglas.

Innerhalb der nächsten halben Stunde betraten mindestens zwanzig Personen die Kanalbank in der Oranienburger Straße durch das beeindruckende Eingangsportal. Chavez übernahm das Fernglas und konnte so jedes einzelne Gesicht genau betrachten. Aber es war definitiv kein Minotaurus dabei. Dennoch bestand kein Grund, die Hoffnung aufzugeben.

Drescher kam herein. Chavez zog sich rasch seinen Anzug an. Der Gedanke, sich einen Schnurrbart anzukleben, gefiel ihm gar nicht, aber er überwand sich. Er warf einen raschen Blick in den Spiegel und machte sich auf den Weg.

Wieder betrat er die Bankfiliale. Stellte sich an den Tisch und füllte sorgfältig einen Vordruck aus. Ließ seinen Blick über die Schalterhalle gleiten. Es befanden sich acht Personen im Raum. Er hielt inne bei einem gut gekleideten Mann, der auf einem Stuhl saß und in eine Broschüre über Hypothekendarlehen vertieft war. Irgendetwas an ihm fiel ihm auf. Er hatte nicht im Geringsten Ähnlichkeit mit Winthrop, war mindestens zwanzig Jahre zu jung, aber er erinnerte ihn an einen Polizisten. Chavez ließ ihn nicht aus den Augen, während er sich drei Schritte hinter der Geschäftsfrau Balodis in die Schlange stellte. In der Schlange ging es relativ zügig voran, da zwei Kassen geöffnet waren, und sich die Kunden auf beide verteilten. Er betrachtete die Frau hinter der ersten Kasse, es war diejenige, die in den Raum mit dem zentralen Computer gegangen war. Ihm fiel auf, dass sie erstaunlich hübsch war, blond und mit kühlen nordischen Zügen, genau das, was er attraktiv fand. Im Vergleich zu ihr sah ihre Kollegin an der Kasse daneben recht alltäglich aus, aber sie erinnerte ihn an irgendjemanden.

Chavez warf erneut einen Blick auf den Mann mit der Broschüre über Darlehen. Er saß unbeweglich dort und war vertieft in feste und variable Zinssätze. Kein Grund zur Unruhe. Die hübsche Bankangestellte bedachte gerade einen türkischen Kleinunternehmer, der einen Eimer mit kleinen Münzen gewechselt hatte, mit einem strahlenden Lächeln. Jetzt kam Balodis bei der dunkelhaarigen Kassiererin an die Reihe. Wortlos reichte sie ihr das Formular. Dann fasste sie sich ans Ohr.

Im selben Augenblick begann es in Chavez' Ohr zu knistern. Es war das erste Mal während der Überwachungsaktion. Dann hörte er Dreschers dunkle Altstimme: »Ich glaube, er ist gerade auf dem Weg hinein.«

Dann folgte Hamann von der Parkbank aus: »Bestätigung, er scheint es zu sein.«

Chavez glitt so unauffällig wie möglich aus der Schlange und begab sich zu dem Tisch im Schatten der Kameras. Er griff sich einen Stift und nahm ein paar Änderungen an seinem Vordruck vor, während er registrierte, wie eine in Pelz gekleidete Figur eintrat.

Nathaniel D. Winthrop hatte nicht gerade eine verblüffende Ähnlichkeit mit dem von ihnen erstellten, gealterten Porträt, aber er war ihm ähnlich. Vermutlich störte der grau gesprenkelte Bart, der perfekt zu dem eigentümlichen Pelz passte, das Bild.

Winthrop sah sich rasch in der Schalterhalle um. Sofort nickte ihm ein Angestellter aus einem der hinteren Räume, der neben dem Raum mit dem zentralen Computer lag, durch die Glasfront zu. Dann beugte sich der Mann rasch über seinen Computer und deutete auf die Tür neben der Schlange. Winthrop bewegte sich darauf zu. Er trug eine kleine, aber elegante Aktenmappe bei sich. Chavez warf erneut einen Blick auf den Mann mit der Broschüre über Darlehen. Er war immer noch darin versunken. Dann schaute Chavez zu Laima Balodis hinüber. Sie verließ gerade die Kasse. Rasch erwiderte sie seinen Blick und umrundete die Schlange. Sie war etwa zehn Schritte hinter Winthrop, den der Bankangestellte gerade in den Raum mit dem zentralen Computer bat. Als Chavez ihm nun selbst folgen wollte, registrierte er zwei Dinge: Er sah Dieter Hamann die Bank betreten, und er sah, wie die dunkelhaarige Kassiererin von ihrem Platz aufstand und ihrer blonden Kollegin etwas zuflüsterte, woraufhin diese kurz nickte.

Laima Balodis ging nun auf die Tür des Raumes mit dem zentralen Computer zu. Durch die Glasfront konnte Chavez sehen, wie sich der Bankangestellte über die Tastatur beugte, vermutlich um den Computer für eine Transaktion freizuschalten. Dann deutete er auf das Gerät und stellte sich in die hinterste Ecke. Winthrop nahm auf dem Stuhl vor dem Computer Platz. Für Chavez spielte sich das alles wie auf einem riesigen Fernsehbildschirm ab.

Nun hatte er Balodis eingeholt. Die Sicherheitsbeamten saßen reglos auf ihren Stühlen. Da hörte er, wie sich klappernde Schritte näherten. Chavez und Balodis wechselten einen raschen Blick. Sie nahm ihre Brille ab, dann betraten sie den Raum.

Chavez ging geradewegs auf die Glasfront zu und ließ die Jalousien herunter. Balodis hingegen steuerte direkt auf Winthrop zu. Als Chavez die Tür schloss, beugte sie sich zu ihm hinunter, hielt ihm den Pistolenlauf in den Nacken und rief: »Nehmen Sie Ihre Finger von der Tastatur, Nathaniel D. Winthrop.«

Winthrop tat, wie ihm geheißen. Ohne ein Wort hob er die Hände. Auf dem Bildschirm des Computers war ein vollkommen wahnwitziger Betrag zu sehen. Der Cursor blinkte. Er wartete auf ein »Ja« oder »Nein«.

»Mein Gott«, stieß der Bankangestellte in der Ecke aus und wurde blass. »Das ist Dr. Johann Wrostock, einer unserer treuesten Kunden.«

»Ich nehme an, dass Sie deswegen die Überwachungskameras in diesem Raum ausgeschaltet haben?«, vergewisserte sich Chavez auf Englisch.

»Wir haben hier kein Geld«, entgegnete der Bankangestellte in ziemlich miserablem Englisch und war nun kreidebleich.

»Wir sind von der Polizei«, erklärte Chavez. »Wir haben nicht vor, die Bank auszurauben. Wir sind hier, um ein Land zu retten.«

Nathaniel D. Winthrop saß regungslos da, die Hände in die Luft gereckt.

»Wie weit sind Sie gekommen?«, fragte Balodis und warf einen Blick auf den Bildschirm.

»Ich habe keine Ahnung, wovon Sie reden«, antwortete Winthrop beherrscht in deutlichem New Yorker Englisch.

In dem Augenblick, als die Tür geöffnet wurde, kam Chavez darauf, an wen ihn die dunkelhaarige Kassiererin erinnerte. Sie stürzte sich auf Winthrop. Chavez ergriff ihr Handgelenk genau in dem Moment, als sie das Messer in Winthrops Rücken rammen wollte, und dachte verwirrt: fast wie Jackie Onassis.

Ihr fehlte lediglich ein Pillboxhütchen aus den Sechzigerjahren auf dem Kopf.

Chavez rang Jane Bennings alias Phädra nieder, sodass sie unter dem Schreibtisch landete, und warf ihr Messer in die Ecke in Richtung des immer noch blasser werdenden Bankangestellten. Balodis wurde mit einem kräftigen Stoß gegen die Wand katapultiert. Winthrop nutzte die Gelegenheit und klickte auf der Tastatur auf »Ja«.

Dass es in gewisser Weise immer zu spät ist, dachte Chavez. Dass einem alles immer erst einfällt, wenn es bereits zu spät ist.

Doch auf dem Bildschirm hatte sich nichts verändert. Der Cursor blinkte weiter. Er wartete immer noch auf ein »Ja« oder »Nein«. Winthrop hämmerte immer verzweifelter auf das »Ja« ein, bis es Chavez gelang, seinen Stuhl umzustoßen, sodass er zu Boden fiel.

Chavez hob die Tastatur an. Ein Kabel hing von ihr herab und baumelte lose in der Luft. Er spürte, wie albern sein Gesichtsausdruck war, als er seine Augen aufriss und Laima Balodis unten auf dem Boden anstarrte. In der rechten Hand hielt sie immer noch ihre Pistole. Doch dann hob sie ihre linke Hand. Darin hielt sie eine Schere.

»Ich habe als Erstes die Verbindung gekappt«, sagte sie.

Jorge Chavez wollte am liebsten loslachen. Er wollte laut auflachen. Doch die Situation war nicht danach. Er half Winthrop wieder auf die Füße. Balodis stand mit blutendem Kopf auf und kümmerte sich um Jane Bennings. Phädra und Minotaurus – Bennings und Winthrop – wurden mit Handschellen gefesselt. Chavez stieß Winthrop in Richtung der offenen Tür.

In dem Moment explodierte Nathaniel D. Winthrops Kopf.

In der Türöffnung konnte Chavez gerade noch den Schatten des Mannes ausmachen, der auf dem Stuhl gesessen hatte und in eine Broschüre über Darlehen vertieft gewesen war. In der Hand hielt er eine Pistole mit Schalldämpfer. Chavez erahnte ein ziemlich profilloses Gesicht mit einer kräftigen Kinnpartie und einem stechenden Blick aus braunen Augen. Dann war er weg.

Chavez und Balodis beugten sich über Winthrop, doch die Hälfte seines Kopfes war weggeschossen. Der Bankangestellte brüllte, Jane Bennings heulte.

Chavez stolperte in Richtung Ausgang. Sein Anzug war blutrot und mit graugrünen Spritzern übersät. Die Sicherheitsbeamten kamen auf ihn zugerannt. Er schob sie zur Seite. Vermutlich war es lediglich sein Blick, der sie daran hinderte, ihn zu erschießen. Unmittelbar vor dem Eingangsportal der Bank kniete Lara Drescher, die nur einen BH trug. Ihren Pulli und ihre Jacke hatte sie verwendet, um einen Druckverband herzustellen, den sie mit aller Kraft gegen Dieter Hamanns Brust presste.

»Wer zum Teufel war das denn?«, rief sie mit ihrer dunklen Altstimme verzweifelt.

Jorge Chavez seufzte tief und steckte seine Pistole zurück ins Achselhalfter unter seinen blutbesudelten Anzug.

»Ein Mann namens Christopher James Huntington«, antwortete er. »Aber das ist mir zu spät klar geworden.«

Er öffnete die Tür und sog gierig die Berliner Aprilluft ein. Der Frühlingstag war ziemlich warm. Die Menschen liefen die Oranienburger Straße entlang, als wäre nichts geschehen. Und weit und breit war natürlich nicht die geringste Spur von Christopher James Huntington, besser bekannt als Ray Hammett, zu sehen.

Als die Polizeisirenen in der Ferne ertönten, zog Jorge Chavez sich den Schnurrbart von der Oberlippe. Er blieb oben auf den Stufen zur Bank stehen und schloss die Augen. In seinem Kopf dröhnten die hypnotischen Basslinien von »The National Anthem«.

6 – Eingebungen

Die Kathedrale

Den Haag, 16. April

Schon wieder fühlte er sich in diesem Raum wie in einer Kathedrale. Vielleicht lag es daran, dass er allein war, vielleicht auch an der frühen Morgenstunde. Vielleicht aber auch daran, dass er von etwas Übermächtigem erfasst wurde und es nicht deuten konnte.

Paul Hjelm war allein im Versammlungsraum des Hauptquartiers von Europol in Den Haag. Als er mitten in der Nacht in seinem holländischen Appartement aufgewacht war, war der Fall gewissermaßen über ihn hereingebrochen. Er hatte noch keinerlei Distanz dazu gewonnen, keine kritische Analyse parat, keinen Handlungsplan für die Auswertung. Es gab nur dieses Gefühl, das ihn plötzlich weckte. Das ihn regelrecht aus dem Bett katapultierte. Es war in einer Art und Weise beunruhigend, wie er es nie zuvor erlebt hatte. Es trieb ihn hierher. In diese Kathedrale.

Jetzt saß er hinter seinem Schreibtisch auf dem erhöhten Podium und ließ die Musik durch den großen Saal hallen. Die Akustik war unbestreitbar großartig. Er hatte den Flügel von Esbjörn Svensson noch nie so rein klingen hören.

»Premonition«.

Vorwarnung, Vorzeichen, Vorgefühl, Vorahnung.

Es war ein magischer Augenblick. Er schloss die Augen und hoffte, dass die Sicherheitsbeamten nicht hereinstürzen und ihn niederschießen würden. Aber wenn sie es in diesem Augenblick täten, wäre es ihm merkwürdigerweise egal.

Er saß eine Weile da und ließ sich von der Musik erfüllen. So fühlte er sich in seinem Inneren immer reiner. Die einzigartige Macht der Musik.

Als ein blinkendes blaues Licht durch seine Augenlider drang, dauerte es eine ganze Weile, bis er begriff, dass es von außen kam. Und als er die Augen aufschlug und einen der Bildschirme an der Wand blau aufblitzen sah, war er davon überzeugt, dass auf dem Schirm gleich Kerstin zu sehen sein würde. Seine Kerstin.

Sie war es aber nicht. Es dauerte eine ganze Weile, bis er erstens auf die Idee kam, die Musik abzuschalten, und zweitens das Gesicht zuordnen konnte. Wie Kerstins war es ebenfalls von dunklem Haar eingerahmt. Aber im Übrigen wirkte es typisch italienisch.

Allerdings hatte er Donatella Brunos Gesicht noch nie in einem derartigen Zustand gesehen.

Premonition, dachte Paul Hjelm und erschauderte.

»Donatella?«, fragte er vorsichtig, fast flüsternd. Seine Stimme trug nicht richtig.

»Ja«, antwortete Donatella Bruno tonlos. »Rom hier. Bist du alleine?«

»Es ist ja noch relativ früh«, antwortete Hjelm.

»Ja«, stimmte Bruno zu. »Aber es ist gut, dass ich dich erreiche. Und nur dich.«

»Es gibt wohl keinen Grund, mich länger auf die Folter zu spannen«, meinte Hjelm. »Sag es mir.«

Donatella Bruno räusperte sich, holte unhörbar Luft und sagte dann: »Die Leichen von Fabio Tebaldi und Lavinia Potorac sind heute Morgen in einem kleinen Schloss in der Basilikata gefunden worden. Sie sind eindeutig identifiziert.«

Hjelm schloss die Augen. Noch nie hatte er die Musik so sehr vermisst.

»Wie sind sie gestorben?«, fragte er, und im selben Moment erschien ihm die Frage völlig bedeutungslos.

»Sie sind in die Luft gesprengt worden«, antwortete Donatella Bruno. »Dem kriminaltechnischen Bericht zufolge wurde

Potorac zuerst mittels einer kleineren Sprengladung getötet und danach Tebaldi. Das Innere des Schlosses wurde bei dem nachfolgenden Brand schwer beschädigt, da die Oberflächen im Erdgeschoss mit einem geruchsfreien, leicht entzündlichen Brennstoff getränkt waren. Die größere Bombe, die Tebaldi getötet hat, war dem Bericht zufolge an Sorridentes Körper festgeklebt. Il Sorridente und Il Ricurvo wurden ebenfalls in die Luft gesprengt, aber sie waren laut Analyse bereits tot. In dem ausgebrannten Schloss wurden nur die DNA-Spuren der vier Toten gefunden.«

»Sie haben alles darangesetzt, um ihre Spuren zu vernichten«, sagte Hjelm.

»So muss man die Sache wohl sehen«, stimmte Bruno zu und hielt einen Aktenordner hoch. »Das hier ist unsere einzige Spur.«

Hjelm sah auf den Ordner und meinte, einen runden Kreis darauf zu erkennen. »Der Abdruck eines Kaffeebechers?«, fragte er.

»Ich glaube, es handelt sich um ein Zeichen von Tebaldis einzigem ehemaligen Kollegen, dem er vertraut hat. Offenbar war es eine Fehleinschätzung.«

»Ganz zu schweigen von meiner Einschätzung«, sagte Paul Hjelm.

»Deiner?«

»Ich hätte Tebaldi natürlich niemals fahren lassen dürfen. Und vor allem hätte ich nicht zulassen dürfen, dass er Potorac mitnimmt.«

»Stimmt es, dass sie eine kleine Tochter hat?«

»Ja«, antwortete Hjelm. »Die kleine Nadia. Wie fürchterlich.«

»Wenn dir das ein Trost ist – keiner von uns hätte anders gehandelt«, sagte Donatella Bruno.

Hjelm ließ seinen Blick über die Kathedrale schweifen, deren hintere Hälfte von der Dunkelheit verschluckt wurde. Er hatte den Eindruck, dort würde sich etwas bewegen.

»Gibt es noch etwas, das du dem hinzufügen möchtest?«, fragte er.

»Ich weiß nicht, ob dem überhaupt noch etwas hinzuzufügen ist«, antwortete Donatella Bruno.

Dann verschwand sie in einem bläulichen Blitz.

Paul Hjelm saß vollkommen reglos da und starrte in die Dunkelheit. Er hatte den Eindruck, als wimmelte es dort hinten im Dunklen nur so.

Dann begann er zu weinen.

Nach Hause kommen

Peking, 16. April

Je näher der Landeanflug rückte, desto stärker machte sich ein eigenartiges Gefühl in ihr breit. Es war nicht das angenehm weiche Gefühl, endlich nach Hause zu kommen, aber auch nicht das Gegenteil, auch nicht die Angst angesichts der Gefängnismauern, die sich vor einem auftun. Es war ein drittes Gefühl, ein sehr schwer zu definierendes. Das Gefühl, bei der Rückkehr den Boden eines anderen Landes zu betreten als beim Aufbruch. Das Gefühl, dass jeden Augenblick alles Mögliche passieren konnte. Das Gefühl, im bevölkerungsreichsten Land der Welt zu sein, wo unglaublich viele Dinge geschehen, die schwer zu verstehen oder deren Konsequenzen schwer vorhersehbar sind.

Sie stand auf und schob sich durch den engen, mit Gepäckstücken zugestellten Korridor in Richtung Ausgang. Sie ging die Gangway des Flugzeugs hinunter und setzte sich auf den letzten freien Platz im Flughafenbus. Am Gepäckband wartete sie auf ihre Tasche. Es war merkwürdig, die Gesichter zu beobachten. Die Gesichter ihrer Welt. Die Gesichter ihrer Kindheit. Und doch auch wieder nicht. Sie waren ihr so fremd.

Als wäre eine fremde Macht in ihr Land eingedrungen.

Ihre Tasche kam. Die große rote Reisetasche. Wo sie überall schon gewesen war. Gekauft in Bengbu vor einer Ewigkeit. In einem völlig anderen Leben.

Damals waren sie noch zu viert gewesen. Eine richtige Familie.

Ihr Mann war eines Tages mit der Tasche nach Hause gekommen und hatte gesagt, dass sie es sich jetzt leisten könnten, ins

Ausland zu fahren, alle vier. Sein neuer Arbeitsplatz in der Fabrik. Ihre feste Arbeitsstelle als Lehrerin. Jetzt würde es möglich sein. Die Jungs wuchsen heran. Ihre finanzielle Situation wurde von Tag zu Tag besser. Ihr Lebensstandard stieg stetig. Ihre Lebensqualität nahm laufend zu. Alles war auf dem richtigen Weg und verhieß eine bessere Zukunft.

Es kam vor, dass sie, wenn sie zu Hause war, plötzlich innehielt. Wie verhext stand sie dann vor der großen roten Reisetasche. Was sie alles in sich barg. All die Versprechen.

Das Enkelkind der Kulturrevolution.

Wer verschwendete schon einen Gedanken an Demokratie? Wer dachte schon daran, dass sich mit verbesserten Ausbildungsmöglichkeiten und steigenden Löhnen noch etwas anderes weiterentwickeln müsste? Wer dachte schon an die Unantastbarkeit der Menschenwürde?

Wer hatte denn dazu Zeit?

Alles war im Fluss. Die Entwicklung ging wie im Schnelldurchlauf voran. Man wollte mit dem Rest der Welt mithalten. Etwas erreichen. Genau wie alle anderen auch.

Sie zog ihre große rote Reisetasche durch den Zoll, zeigte ihren Pass an der Passkontrolle vor, und schon war sie draußen. In Peking.

Wang Yunli blieb unmittelbar vor dem Eingang unter dem von Abgasen grau gefärbten Aprilhimmel stehen. Plötzlich konnte sie sich nicht mehr bewegen.

Drei große Busse fuhren gerade vor. Wie auf ein Zeichen hin öffneten sich die Türen der Busse, und hinaus drängte ein buntes, wildes Gewimmel. Als würden Hunderte von Kaulquappen gleichzeitig schlüpfen und so das Wasser am Fließen hindern. Plötzlich stand Wang Yunli inmitten von unzähligen fröhlichen Zehnjährigen. Sie hüpften, schrien und lachten. Sie streckte die Hände nach ihnen aus. Aber keines kam zu ihr. Keines sprang ihr in die Arme. Keines berührte auch nur ihre Hände.

Sie war allein, vollkommen allein.

Und ihr Blick wurde von der Ewigkeit verschluckt.

Wegkommen

Den Haag, 19. April

Mark Payne betrachtete seine Familie. Ihm war eigenartig zumute. Alles war extrem zweischneidig. Zum einen hatte er sie in Lebensgefahr gebracht. Zum anderen hatte er ihnen das Leben gerettet. Und zum dritten zwang er sie jetzt, ihre Identität zu wechseln und ins Ausland zu ziehen.

Er begegnete dem Blick seiner Frau. Er war nur schwer auszuhalten. Doch umgekehrt wäre er ohne seine Familie inzwischen tot. Ohne seine Frau und Ethan und Olivia. Er tat es für sie. Aber wie sollte er ihnen das erklären? Ohne sie mitschuldig zu machen? Denn das waren sie nicht.

Mark nahm Olivia hoch und küsste sie auf die Wange. Dann ergriff er die Hand seiner Frau. Ethan klemmte sich zwischen sie. Sie warteten.

Sie warteten in einer Art Raum, der an eine Schleuse erinnerte. Sie waren durch Schiebetüren eingetreten, die sich hinter ihnen wieder geschlossen hatten. Der Zwischenraum, in dem sie nun standen, war völlig leer. Wie in einem Vakuum. Und jetzt warteten sie vor den Schiebetüren auf der anderen Seite. Nur sie. Völlig allein.

Vermutlich war das ein gutes Zeichen. Es waren nur wenige Leute involviert. Dementsprechend gab es nur wenig potenzielle Lecks.

Sie waren in einem schwarzen Minibus nach Holland eingereist. Unter dem Ärmelkanal hindurch. Eine schwarze Scheibe trennte sie vom Fahrer. Sie sahen ihn nicht, und er sah sie nicht.

Mark Payne spürte, wie er geradewegs in die Zukunft schaute. Es war wie eine Szene aus einem Science-Fiction-Film.

Jetzt glitten die Türen auf. Die kleine Familie presste sich aneinander, rückte automatisch zusammen.

In dem Raum dahinter saßen drei Menschen. Sie blickten sie erstaunt an. Es war ebenfalls eine Familie. Alle drei waren etwas älter als die Mitglieder der Familie Payne. Sie traten näher.

»Mark Payne«, sagte Mark Payne und schüttelte dem Vater mit dem weizenblonden Haar die Hand. Man hatte ihm versichert, dass er im Moment noch seinen alten Namen verwenden konnte. Er würde ihn sowieso nie mehr benutzen.

Der Blonde nickte. Er sah aus wie ein Segler, und seine Schneidezähne blitzten wie neu gekauft.

»Carl-Henric Stiernmarck«, sagte er. »Und das hier sind meine Frau Wictoria und mein Sohn Johannes.«

Sie begrüßten einander. Der Sohn saß mit einer akustischen Gitarre in der Hand da und zog eine verdrießliche Teenagermiene, aber in seinen Augen lag ein lebenslustiger Glanz. Die Ehefrau joggte auf der Stelle. Es sah etwas merkwürdig aus.

»Gerade viel haben wir ja nicht von Den Haag gesehen«, sagte Mark Payne.

»Nein«, stimmte Carl-Henric Stiernmarck zu. »Aber das war wohl Absicht. So wenig wie möglich sehen und so wenig wie möglich gesehen werden.«

»Ich nehme an, dass wir hier zusammengekommen sind, um gemeinsam Instruktionen zu erhalten«, sagte Payne.

»Ich denke auch«, pflichtete ihm Stiernmarck bei.

Die beiden Männer setzten sich etwas abseits. Etwas entfernt von ihren Familien. Sie musterten einander. Schließlich lächelte Stiernmarck und sagte: »Familienvater zu sein ist heutzutage nicht mehr dasselbe wie damals, als der eigene Vater es noch war.«

»Nein«, meinte Payne. »Ganz und gar nicht.«

»Mein Vater hat das Unternehmen gegründet, das mein Leben ausmachte«, sagte Stiernmarck. »Das war noch die Zeit der Patriarchen.«

»Mein Vater war genau wie ich Polizist«, entgegnete Payne. »Und er hat sich niemals zu kriminellen Handlungen verleiten lassen. Das waren noch andere Zeiten. Und dennoch weiß ich nicht, ob ich sie zurückhaben will. Wenn die Dinge sich nicht weiterentwickeln, sterben sie.«

»Stimmt«, meinte Stiernmarck. »Aber ehrlich gesagt sind auch so ziemlich viele Menschen gestorben.«

Sie lachten eine Weile. Nein, sie gluckskten regelrecht.

Mark Payne sah, wie Johannes Stiernmarck vor den weit aufgerissenen Augen von Ethan und Olivia einige Akkorde auf seiner Gitarre griff. Dann sang er ihnen ein Kinderlied vor. Sie schienen einander zu mögen.

Doch in nur wenigen Minuten würden sich ihre Wege trennen, und sie würden sich nie mehr im Leben begegnen.

»Sieht so die Zukunft aus?«, fragte Payne. »Wir begehen Verbrechen, wir verpfeifen unsere Kollegen, und wenn wir es wert sind, erhalten wir eine zweite Chance. Sonst werden wir unserem Schicksal überlassen. Wir erhalten eine zweite Chance, wenn einflussreiche Kriminelle uns ermorden wollen. Heißt das, dass der Rechtsstaat mittlerweile schwächer ist als die internationalen Verbrecherorganisationen?«

Carl-Henric Stiernmarck sah ihn an.

»Mir war nicht klar, wie einflussreich sie wirklich sind«, antwortete er schließlich.

»Mir auch nicht«, sagte Payne. »Ich wollte nur ein wenig hinzuverdienen. Zu teurer Kredit auf dem Haus.«

Stiernmarck nickte eine Weile. Dann fixierte er Payne mit dem Blick und sagte: »Wenn ich noch einmal im Leben die Chance bekommen sollte, ein Unternehmen aufzubauen, dann weiß ich jedenfalls, wie man es heutzutage aufziehen muss.«

Versammlung

Den Haag, 20. April

Vielleicht war es noch nicht ganz so weit, aber als Jutta Beyer zum Europolgebäude im Raamweg in Den Haag radelte, hatte sie doch das Gefühl, dass der Sommer Einzug hielt. Die Luft veränderte sich, sie wurde wärmer, duftete stärker, und als sich das von wildem Grün umrankte Europolgebäude wie eine Oase nach einer langen Wanderung durch die Wüste vor ihr auftürmte, kam ihr die Stadt wirklich sommerlich vor. Auf dem Parkplatz kollidierte sie beinahe mit Marek Kowalewski, der nicht ganz so breit lächelte wie früher. Sie stellten ihre Fahrräder nebeneinander ab.

»Sollen wir sie zusammensperren?«, fragte Marek und rasselte mit seinem Fahrradschloss wie ein Gespenst.

»Okay«, antwortete Jutta und ließ ihn die beiden Fahrräder zusammensperren.

Als sie gerade das Gebäude betreten hatten, bekam Kowalewski einen heftigen Hustenanfall. Jutta Beyer blieb stehen und wartete, bis er fertig gehustet hatte. »Ist es noch nicht besser geworden?«, fragte sie.

»Es wird immer besser«, antwortete Kowalewski, »aber wahrscheinlich werde ich meine volle Lungenkapazität niemals ganz zurückerlangen. Es ist so, wie du gesagt hast, Jutta Beyer. Ich hätte daran denken sollen, dass ich ein Schreibtischbulle bin.«

Jutta lächelte. Doch dann musste sie an Tony Robbins denken. Die Idee, ihren alten Bekannten Chief Superintendent Anthony L. Robbins einzuspannen, endete damit, dass er ermordet wurde.

Sie hatte mit großer, nahezu masochistischer Akribie die britischen Ermittlungsunterlagen über die Polizistenmorde in Porthtowan gelesen. Tony war gefoltert worden, nicht zuletzt mit Stacheldraht, und dann hatte man ihn enthauptet.

Und das war Jutta Beyers Schuld.

Ziemlich niedergeschlagen erreichten Beyer und Kowalewski die Tür zum Versammlungsraum, der inzwischen von allen »die Kathedrale« genannt wurde. Vor der Tür stand Felipe Navarro und richtete seinen Krawattenknoten, die Zungenspitze im Mundwinkel. Er öffnete die Tür und hielt sie ihnen mit einer galanten Geste auf.

»Danke«, sagte Jutta Beyer erfreut.

»Gern geschehen«, erwiderte Felipe Navarro höflich.

Die restlichen Mitglieder der bunten Schar saßen bereits an ihren Plätzen und wirkten nahezu unversehrt. Bis auf zwei markante Ausnahmen. Miriam Hershey trug noch eine überdimensionale Nasenschiene, die aussah, als wäre sie aus Gips, und um die herum sich blaue Flecken über ihr Gesicht ausbreiteten wie Wasserflecken um ein leckes Abflussrohr herum. Aber sie wirkte dennoch fröhlich. Sie war wieder mit Laima Balodis vereint, und die beiden, die schon so vieles hatten durchmachen müssen, saßen dort vorn und kicherten wie zwei Schulmädchen. Jutta Beyer wertete es als gutes Zeichen, auch wenn es sie außerordentlich irritierte. Sie setzte sich neben Arto Söderstedt, das war völlig selbstverständlich.

Er schaute auf und nickte ihr kurz zu. Sie nahm es als sicheres Zeichen dafür, dass sie bis in alle Zukunft zusammengehörten.

Angelos Sifakis unterhielt sich mit Corine Bouhaddi, während Kowalewski irgendwie das Gefühl hatte, nach Hause zu kommen. Er lächelte. Lächelte richtig breit. Es kam ihm so vor, als sei es seit Langem das erste Mal.

Die Ereignisse in New York hatten ihn stärker mitgenommen, als er sich selbst eingestehen wollte. Und zwar eher mental als in physischer Hinsicht. Natürlich war es unangenehm, nicht zu hundert Prozent durchatmen zu können, aber viel schlimmer war es, wenn man ständig mitten in der Nacht aufschreckte und sich erneut mit Leichen herumschlug, um deren Hals Stacheldraht gespannt war.

Felipe Navarro ging auf das Katheder mit dem Computer zu. Er tippte etwas auf der Tastatur ein, woraufhin der große Flachbildschirm von der Decke heruntergelassen wurde. Ein paar weitere Tastenkombinationen sorgten dafür, dass die digitale Wand, die draußen in der Bürolandschaft stand, exakt darauf abgebildet wurde. Auf ihr befanden sich einige neue Elemente. Ein kleines Kreuz seitlich von Minotaurus. Und nicht zuletzt zwei Kreuze neben den Fotos von Lavinia Potorac und Fabio Tebaldi. Navarro hatte nicht gewollt, dass sie dort angebracht wurden, es war ihm zu makaber, doch Paul Hjelm hatte darauf bestanden.

Jorge Chavez saß etwas abseits und betrachtete das Kreuz neben dem Foto von Minotaurus. Er musste kurz an seinen Anzug denken. Aber im Grunde waren seine Gedanken nicht einmal bei Potorac und Tebaldi. Im Augenblick dachte er hauptsächlich daran, dass Sara bald herkommen würde. Gewiss, um ihn abzulösen, aber sie würden zumindest ein paar Tage zusammen verbringen. Danach würde er zu seinen Kindern zurückfahren, die er immer stärker vermisste. Isabel und Miguel.

Der krasse Gegensatz zu diesem Scheiß hier.

In dem Moment betrat Paul Hjelm den Saal. Er drehte den Kopf und warf einen Blick auf die Abbildung des elektronischen Whiteboards. Dann fragte er: »Wovon handelte dieser Fall eigentlich?«

Die Mitglieder der Opcop-Gruppe sahen einander an. Normalerweise fiel es nur sehr wenigen von ihnen schwer, aus sich herauszugehen und zu sagen, was sie dachten. Doch im Moment wollte sich keiner so recht äußern. Im Versammlungsraum blieb es still.

Bis Arto Söderstedts Körper von einem Schauder erfasst wurde, der sich Zentimeter um Zentimeter von den Zehenspitzen bis hinauf in das Innerste seines Kleinhirns vorarbeitete und eine schneidende Kälte in ihm verbreitete. Es war ein eisiger Februarwind, ein harscher Wind des Verrats, der von dem verlassenen Tal her blies. Er sagte: »Von der Zukunft.«

In dem Augenblick schwor er einen ehrfurchtsvollen Eid und gab ein heiliges Versprechen ab.

Paul Hjelm nickte bedächtig. Dann sagte er: »Vielleicht. Sowohl von unserer eigenen als auch von der Zukunft unseres Planeten. Für die Opcop-Gruppe hingegen sieht es unerwartet gut aus. Offiziell gibt es keine Kritik wegen der Geschehnisse in Italien, aber ihr wisst ja, wie ich persönlich über die Sache denke. Ich hätte sie nicht fahren lassen dürfen.«

»Und wie hättest du sie aufhalten wollen?«, fragte Angelos Sifakis. »Tebaldi wäre auf jeden Fall gefahren, auch wenn du ihm Handschellen verpasst hättest.«

»Und Potorac wäre mitgekommen«, ergänzte Corine Bouhaddi, »auch wenn du sie des Landes verwiesen hättest.«

»Das Wichtigste ist doch, dass wir hinter dir stehen«, sagte Jutta Beyer. »Keiner von uns ist der Meinung, dass du eine falsche Entscheidung getroffen hast.«

Hjelm konnte ein kurzes Lächeln nicht unterdrücken. Dann sagte er: »Hingegen standen wir, wie ihr wisst, nach den Vorfällen in Berlin ziemlich dumm da – es war nicht so einfach, die Aktion in der Kanalbank zu erklären, ohne die europäische Zusammenarbeit zu erwähnen –, aber schließlich hat sich ja doch alles geklärt. Der Chef des Büros in Berlin Dieter Hamann ...«

»Ich wusste gar nicht, dass er der Chef war«, rief Chavez aus.

»So ist es. Nach dem Schuss in die Brust ist er auf dem Weg der Besserung. Es ist ihm auch gelungen, die Verantwortung auf das Bundeskriminalamt abzuwälzen, dem er und Lara Drescher seit Eintritt in ihr Berufsleben angehören. Deshalb haben sie auch offiziell das Lob für den Zugriff geerntet. Die eigentlichen Helden Laima Balodis und Jorge Chavez sind als ›internationale Helfer‹ eingestuft worden. Die Geheimhaltung hat demnach so funktioniert, wie wir es uns vorgestellt haben.«

»Mach mich nur nicht zum Helden«, wehrte Chavez ab. »Laima hat entschieden schneller reagiert als ich. Sie hat sich auf das Wesentliche konzentriert. Nämlich darauf, die Kommunikation von Minotaurus mit der Außenwelt zu kappen.«

»Bitte, wenn du meinst«, sagte Hjelm und machte eine großzügige Handbewegung in Laima Balodis' Richtung. »Ich weiß zwar nicht, wo du so schnell die Schere hergenommen hast, aber die Idee war genial.«

»Mir kam die Idee, als ich an der Tür auf Jorge wartete«, sagte Balodis gelassen. »Ich habe immer ein kleines Schminktäschchen bei mir. Und da ist die Schere drin.«

»Aber wieso?«, fragte Chavez. »Was hast du gesehen, was mir nicht aufgefallen ist?«

»Nur, dass dort ein Computer stand. Computer haben Kabel. Und die Kommunikation musste verhindert werden. Eigentlich ziemlich primitiv. Aber du hast immerhin Phädra mit ihrem Messer zurückgehalten.«

»Als täte das irgendetwas zur Sache«, murmelte Chavez. »Winthrop ist ja trotzdem gestorben. Wäre Phädra schneller gewesen, wären wir jedenfalls drum herumgekommen, mit seiner Hirnsubstanz eingesaut zu werden.«

»Für Jane Bennings spielte es allerdings eine große Rolle«, wandte Hjelm ein. »Sie ist nicht zur Mörderin geworden. Wir konnten sie auf freien Fuß setzen und zu ihrer Familie nach Manhattan zurückkehren lassen. Wäre es anders gekommen, hätte sie die nächsten zwanzig Jahre in Deutschland im Gefängnis zubringen müssen.«

»Man fragt sich natürlich, ob es nicht besser gewesen wäre, wenn sie, statt nach Berlin zu kommen, in Palm Beach Kontakt zu Barack Obama aufgenommen hätte«, wandte Corine Bouhaddi ein.

»Ja«, stimmte Marek Kowalewski zu. »Für mich ist das nur eine der vielen ungelösten Fragen. Wie zum Teufel ist die Amerikanerin Jane Bennings so schnell als Kassiererin in einer deutschen Bank gelandet? Noch dazu in genau der betreffenden deutschen Filiale?«

»Tja, Corine«, meinte Hjelm mit einem Blick auf Bouhaddi. »In dem Fall hattest du wirklich recht.«

»Das Ganze ging von Roger Venice aus dem Spa im The Breakers in Palm Beach aus«, erklärte Bouhaddi. »Er hat eine Zeit lang unten in der Rezeption des Apartmenthauses der Familie Bennings in der East 84th Street gearbeitet. Und er war einmal ein erfolgreicher Fälscher. Jane und Roger standen in regem Kontakt.

Als Jane Rianna Tinsleys Leiche als Ariadne arrangiert sah, ließ sie sich nicht einschüchtern, wie Asterion gehofft hatte, sondern nahm Kontakt zu Venice auf. Er besorgte ihr einen gefälschten Pass, verschaffte ihr eine Identität als amerikanische Bankangestellte mit internationaler Erfahrung und vermittelte ihr den Kontakt zu einer Personalagentur. Die wiederum vermittelte sie an die Kanalbank, die offenbar regelmäßig Bedarf an qualifiziertem Personal aus aller Welt hat. Rianna hatte ihr ja geschrieben, dass die Transaktion dort stattfinden würde, und sie wusste, dass sie Minotaurus wiedererkennen würde. Ich nehme an, dass ihre amerikanische Zielstrebigkeit den Ausschlag gab. Außerdem spricht sie gut deutsch.«

»Und sie wollte in der Tat ihre alte Freundin Rianna Tinsley rächen«, sagte Hjelm.

»Aber was zum Teufel hat Ray Hammett dort gemacht?«, fragte Kowalewski.

»Ein umtriebiger Mann«, antwortete Hjelm. »Wir haben natürlich keine endgültige Antwort darauf, aber die schlüssigste Hypothese ist, dass Asterion drei Auftraggeber hatte und nicht zwei, wie wir geglaubt haben. Ich meine aber, irgendwer hat es zwischendurch auch mal vermutet.«

»Okay«, sagte Kowalewski. »Antebellum Invest, die 'Ndrangheta und ... wer noch?«

»Eine Instanz, die es gern gesehen hätte, dass Nathaniel D. Winthrops Coup gegen Lettland geglückt wäre – die jedoch gezwungen war sicherzugehen, dass er nicht lebend davonkam, wenn es ihm misslang.«

»Um was nicht auszuplaudern?«, fragte Kowalewski.

»Darüber können wir nur spekulieren«, antwortete Hjelm. »Die waghalsigste These lautet, dass es um Nine-Eleven und das World Trade Center ging. Dass er Dinge wusste, die besser nicht an die Öffentlichkeit gelangen sollten.«

»Oder auch der Opcop-Gruppe zugespielt werden könnten«, merkte Angelos Sifakis an.

»Nenn es Outsourcing«, schaltete sich Arto Söderstedt ein. »Drei Auftraggeber auf einmal. Starker Wirkungsgrad.«

»Ich möchte übrigens anmerken, dass ich derjenige war, der vermutet hat, dass Asterion drei Auftraggeber hatte«, warf Felipe Navarro ein. »Just for the record.«

»Ich hätte ihn erkennen müssen«, schimpfte Jorge Chavez selbstkritisch. »Ich habe ihn lange beobachtet. Er saß auf einem Stuhl in der Bank und blätterte in einer verdammten Broschüre über Hypothekendarlehen. Ich habe gesehen, dass er dort nicht hingehörte. Ich hatte den Eindruck, er sei Polizist.«

»Womit du auch gar nicht so falsch lagst«, bemerkte Paul Hjelm. »Wie wir erfahren haben, war Christopher James Huntington vor langer Zeit einmal bei der Kriminalpolizei in Virginia tätig. Und später dann beim Militär.«

»Ich hätte ihn mir vorknöpfen sollen«, meinte Chavez und schüttelte den Kopf.

»Denk jetzt nicht mehr daran«, sagte Hjelm. »Ihr habt einen mustergültigen Einsatz in der Kanalbank geleistet. Ganz eindeutig. Und wenn wir gerade davon reden, dass möglicherweise noch jemand von irgendwelchen Insiderinformationen über Nine-Eleven gewusst hat, gab es da ja noch den Bankdirektor Colin B. Barnworth, die Kontaktperson für Minotaurus und die Chinesen, den Mann, den Rianna Tinsley ›B‹ nannte. Er ist leider untergetaucht, die Flucht scheint von langer Hand geplant gewesen zu sein.«

»Ja, die Chinesen«, seufzte Kowalewski. »Was sie betrifft, bin ich auch etwas ratlos.«

»Arto?«, fragte Hjelm.

»Das kann Jutta übernehmen«, antwortete Söderstedt und wandte sich großzügig an seine Sitznachbarin.

»Gut«, sagte Jutta Beyer und blätterte ein wenig in den Unterlagen vor sich. »Ach ja, hier ist es. Dank der hemmungslosen Fabrikation von Produktkopien schwedischer Qualitätsmöbel florierte das Möbelunternehmen Hānshuì in der Präfektur Nagqu im tibetischen Hochland lange Zeit so stark, dass es eine Menge Überschusskapital für mögliche Investitionen anhäufen konnte.

Hānshuì wandte sich an Antebellum Invest in New York, und die Bank versprach dem Unternehmen, seine Gelder um ein Vielfaches zu vermehren. Antebellum wandte sich wiederum an Minotaurus, den König der Makrofonds, der er offenbar auch noch lange nach seinem offiziellen Tod blieb. Und der in Deutschland unter dem Namen Dr. Johann Wrostock tätig war.«

»Wie genau die zeitliche Reihenfolge in dem gesamten Fall aussieht, ist nur schwer zu sagen«, erklärte Paul Hjelm. »Das Merkwürdige ist, dass alles in gewisser Weise organisch zu sein scheint. Die kriminellen Organisationen greifen reibungslos ineinander. Es existiert quasi kein Anfang. Es ist eine Geschichte ohne Beginn, eine Geschichte, in der alles bereits geschieht und nichts neu beginnen kann, ohne dass alles andere nicht bereits präsent ist. Es ist eine Welt in einer abwärtsführenden Spirale.«

»Ein Mahlstrom«, merkte Arto Söderstedt an.

»Es greift wirklich alles ineinander«, bestätigte Jutta Beyer. »Die 'Ndrangheta, die auf der Jagd nach neuen Drogenrouten und Schmugglerpfaden ist, erschließt die Heroinroute von Nordkorea über Hānshuì und Riga. Es ist nicht auszuschließen, dass das Ganze über russische und chinesische Mafiakontakte läuft. Oder sowohl als auch. Aber die 'Ndrangheta benötigt Hilfe dabei, mehrere westeuropäische Möbelunternehmen, die am Rande der Insolvenz stehen, ausfindig zu machen und an sich zu binden, um ihre geruchsfreien Polstermöbel, die von Riga aus verfrachtet werden, zu importieren. Die Mafia ist bereits in Lettland aktiv, einem Land, das aufgrund der Finanzkrise perfekt dafür geeignet ist, Gifte von Möbelunternehmen zu verklappen. Die Mafia hat die Möbelfirmen fest in der Hand – das schwedische *Endymion* ist nur eines von vielen Möbelunternehmen, in die die Mafia ihre Widerhaken hineingebohrt hat. Die Investmentbank Antebellum steht für den Transfer von Schwarzgeldern von China in die USA, während sie zugleich den Anschein erweckt, selbst am Rande der Insolvenz zu stehen. Als ihr Geheimnis an die Öffentlichkeit zu gelangen droht, beauftragt sie das Sicherheitsunternehmen Asterion Security, das bereits im Auftrag der 'Ndrangheta damit beschäftigt ist, in Lettland eine Falle zu stellen, mit der das Land in die Insolvenz getrieben werden soll, damit die Grenzüberwachung minimiert wird.

Asterion fälscht die Ergebnisse der Wasserproben aus der Ostsee und sorgt so für Ruhe im Umweltministerium. Dann begeht das Unternehmen dort einen Einbruch im Kellergeschoss, um in Ruhe die IP-Nummer in der Computerzentrale weiter oben im Gebäude zu manipulieren und den Verdacht auf den unbequemen Umweltpolitiker Kristaps Bergmanis zu lenken.

Minotaurus hat lange nach einer Investitionsmöglichkeit für einen gigantischen Finanzcoup gesucht. Aufgrund der Kontakte von Antebellum fällt die Wahl selbstverständlich auf Lettland. Doch sowohl Hānshuì als auch Antebellum sind von innen bedroht. Es gibt Mitarbeiter in beiden Firmen, die durchschaut haben, was gerade geschieht. Wie illegal und unmoralisch ihr Verhalten ist. Aber weder Rianna Tinsley bei Antebellum noch Sonam Phuntsok bei Hānshuì sehen das große, nahezu unüberschaubare Ganze. Antebellum setzt dennoch Asterion darauf an, beide zu liquidieren.«

»Der Geniestreich war so banal wie einfach: eine Twitter-Mitteilung«, merkte Arto Söderstedt an. »Sie wussten, dass sowohl Tinsley als auch Phuntsok aktive Twitterer waren. So konnten sie beide genau zum richtigen Zeitpunkt anlocken. Asterion aktivierte seine Londoner Polizisten, sorgte dafür, dass sie beim London Summit Dienst hatten, und ließ Tinsley und Phuntsok umbringen. Vor den Augen eines ratlosen Beobachters von Europol.«

»In diesem Zusammenhang können wir wohl festhalten, dass die chinesischen Behörden begonnen haben, Hānshuì näher unter die Lupe zu nehmen«, sagte Jutta Beyer. »Sie haben uns versichert, aus dem Saluen in der Präfektur Nagqu Wasserproben zu entnehmen. Außerdem haben sie tatsächlich internationale Umweltorganisationen um Unterstützung gebeten.«

»Entlang der gesamten lettischen Küste werden jetzt ebenfalls konsequent Wasserproben genommen«, ergänzte Laima Balodis. »Und entlang der litauischen auch. Wir müssen die Gifte ausfindig machen, die das unsichtbare Geisterschiff verklappt hat. Für das Wohl der Ostsee.«

»Ja, Lettland«, meinte Hjelm. »Das Land hat ja, wie ihr wisst, von der EU ein Notdarlehen erhalten. Die Abwertung wurde aufgehoben und die internationalen Investoren haben sich bereit erklärt zu bleiben, nachdem sich herausstellte, dass Kristaps Bergmanis unschuldig ist. Das Land befindet sich zwar noch immer in einer wirtschaftlichen Krise, die allerdings nicht mehr so schlimm ist wie zuvor, und die Lage hat sich leicht entspannt. Bergmanis ist übrigens derjenige, der die Beschlüsse zur länderübergreifenden lückenlosen umwelttechnischen Bewachung der Ostseeküste vorantreibt. Damit sorgt er sogar für Unruhe bei den schwedischen Behörden. Denn die schwedische Küste ist bekanntlich ziemlich lang.«

»Es ist an der Zeit, die eigene Medizin zu schlucken, wie Bendiks Vanags in Riga es ausdrücken würde«, meinte Chavez.

»Was noch?«, fragte Paul Hjelm. »Chief Inspector Ralph Dryden vom Metropolitan Police Service ist wieder auf den Beinen und wird, wie mir mitgeteilt wurde, die Rechtsmedizinerin Hazel Mallory heiraten. Sie haben Commander Andrew Crowleys Angebot, die Trauung vorzunehmen, freundlich, aber bestimmt abgelehnt.«

»Jane Bennings ist wie gesagt wieder zu Hause in New York«, berichtete Corine Bouhaddi. »Unsere Phädra ist Mitglied bei Amnesty International geworden und setzt sich sehr engagiert dafür ein, alle Formen der Folter in den USA abzuschaffen. Außerdem versucht sie, gegen Antebellum vorzugehen, und bemüht sich, eine Klage gegen sie zu erwirken. Doch dort schiebt man alles auf den verschwundenen Colin B. Barnworth. Alles sei letztlich seine Schuld.«

»Wang Yunli ist nach China zurückgekehrt«, teilte Jorge Chavez mit. »Sie nimmt ihre Arbeit bei der immer einflussreicher werdenden Menschenrechtsorganisation, der sie angehört, wieder auf. Aber ihre Kinder wird sie wohl niemals finden.«

»Und hier wird es langsam Sommer«, sagte Hjelm. »Die Familien Stiernmarck und Payne haben neue geheime Identitäten erhalten und sind in die Welt hinausbefördert worden. Und welche Schurken haben wir eigentlich geschnappt?«

»Es ist fast einfacher zu sagen, welche sich davongeschlichen haben«, meinte Arto Söderstedt. »Bisher ist noch kein Mitarbeiter des Managements von Hānshuì belangt worden. Antebellum Invest wird ebenfalls weitestgehend von Anklagen verschont bleiben. Gegen Colin B. Barnworth läuft natürlich ein internationaler Haftbefehl, während der amerikanische Kongress seine Krisenhilfe für Antebellum noch einmal kritisch überdenken muss, aber die chinesischen Gelder sind noch existent und können in besser abgesicherte Papiere als die Makrofonds von Nathaniel D. Winthrop investiert werden.

An die 'Ndrangheta sind wir nicht herangekommen, nur an den Sorridente und den Ricurvo. Möglicherweise werden wir in Zukunft etwas wachsamer sein, was den Import und Export von Polstermöbeln betrifft.«

»Die britischen internen Ermittlungen sind eingestellt worden«, berichtete Miriam Hershey. »Neben Coleman, Payne, Barton und Combes wurden keine Schuldigen ermittelt. Damit bleibt das Massaker an Coleman, Barton, Combes und auch an Anthony L. Robbins ungesühnt.«

»Die italienische Polizei hat keine weiteren Spuren in dem Schloss bei Potenza gefunden«, sagte Paul Hjelm. »Dennoch vertritt man zunehmend die Ansicht, dass es sich um einen Versammlungsort von La Santa, der äußerst geheimen Unterorganisation der 'Ndrangheta handelte. Vielleicht können doch einige Unterlagen sichergestellt werden. Ich bilde mir ein, dass Tebaldi geahnt hat, dass es sich um La Santa handeln könnte. Aber das werden wir nie erfahren.«

Es wurde einen kurzen Augenblick still, bevor Söderstedt fortfuhr: »Und bekanntlich ist Asterion Security Ltd. ohne eine Schramme davongekommen. Weder das Unternehmen noch Christopher James Huntington haben irgendwelche Spuren hinterlassen. Sie sind untergetaucht, um dann in der Form, die dem jeweiligen Zeitalter angemessen ist, erneut wieder aufzutauchen.«

»Im Zeitalter des Outsourcing«, warf Jutta Beyer ein und registrierte glückselig Söderstedts schwaches Lächeln.

»Also, welche Schurken haben wir denn jetzt geschnappt?«, fragte Corine Bouhaddi.

Alle Anwesenden drehten die Köpfe, um zu sehen, wer eine Antwort darauf parat hatte. Doch es war vergebens.

»Du hast recht«, sagte Paul Hjelm. »Im Großen und Ganzen haben wir keinen einzigen Schurken geschnappt. Zwei Mafiosi sind umgekommen, eine Gruppe korrupter Polizisten niederen Ranges ist umgebracht worden, ein einflussreicher Wirtschaftskrimineller ist getötet worden, eine Anzahl Kleinkrimineller wie Payne, Stiernmarck und Bennings wurden ohne Auflagen wieder auf freien Fuß gesetzt. Dennoch bin ich der Meinung, dass alles von großer Bedeutung war. Wir haben eine Menge Neues erfahren. Wir haben viele Türen aufgestoßen, die wir früher niemals geöffnet oder auch nur angerührt hätten. Wir haben ein kleines, aber wichtiges europäisches Land gerettet. Und vor allem haben wir gezeigt, dass wir Europäer ohne große Reibungsverluste zusammenarbeiten können. Das ist das Zukunftstaugliche an dem Ganzen. Wir haben deutlich mit dem Finger auf eine Kriminalität gezeigt, die man nicht jeden Tag zu sehen bekommt, höchstens bruchstückhaft. Und ich möchte noch einmal betonen, dass ihr alle zusammen einen einzigartigen Einsatz geleistet habt. Es wird Zeit, den herannahenden Sommer zu genießen. Die Opcop-Gruppe besteht von nun an dauerhaft. Wir sind zwar gezwungen, noch eine Zeit lang im Geheimen zu agieren, aber nach Aussage des Managements von Europol und den entsprechenden Stellen der EU haben wir den Weg für die Zukunft bereitet. Wir werden sehen, was kommt.«

»Ich habe noch eine Frage«, meldete sich Marek Kowalewski zu Wort. »Sie beschäftigt mich schon die ganze Zeit. Warum zum Teufel musste Asterion die ganze Familie Ritchie in Queens ermorden?«

»Darüber habe ich auch lange nachgedacht«, gab Paul Hjelm zu. »Wenn ich es recht verstanden habe, wusste Asterion nicht, dass Rianna Tinsley ihre Mitteilung an uns gerichtet hat. Sie wussten nicht einmal von der Mitteilung. Und hoffentlich auch nichts über uns.

Rianna ist es tatsächlich gelungen, während der langen, grausamen Folter das Röhrchen im Körper zu behalten. Aber ich kann mir vorstellen, dass ihr Kyle Ritchies Name über die Lippen gekommen ist. Und dass Christopher James Huntington die Befürchtung hatte, dass Kyle möglicherweise etwas verraten würde. Und Kyle wusste ja in der Tat nahezu alles, was Rianna wusste. Wenn er herausgefunden hätte, dass sie ermordet wurde, hätte er sich bestimmt mit der gesamten Wut eines frustrierten Indiemusikers an die Presse gewandt.«

»Oder Rianna war daran völlig unschuldig«, wandte Miriam Hershey ein. »Asterion kann von der Beziehung zwischen Rianna und Kyle auch ohne ihre Aussage erfahren haben. Er war ihre letzte Liebesaffäre und somit der Mensch, bei dem das größte Risiko bestand, dass sie es ihm erzählt hatte. Ich glaube nämlich nicht, dass Rianna Tinsley geredet hat. Ich glaube nicht, dass sie Kyle verraten hat. Ich glaube, sie hat standhaft ausgehalten. Wie jeder Mensch, der ernsthaft Feuer und Flamme für seine Sache ist.«

»Aber die Stille Post haben sie nicht in den Griff bekommen«, merkte Marek Kowalewski an.

»Oder«, wandte Paul Hjelm ein, »sie spielen sie immer noch.«

Es wurde für eine Weile still im Versammlungsraum. Dann fuhr sich Paul Hjelm bedächtig mit den Händen übers Gesicht und sagte:

»Ihr habt das gesamte Material auf euren Computern und auf der digitalen Wand. Ich schlage ein paar Wochen intensive Arbeit vor, um diesen Fall abzuschließen. Dann müssen wir uns auf andere Dinge im Leben konzentrieren. Danke für den gemeinsamen Morgen. Ich hoffe, ihr spürt tief in eurem Herzen, was ihr erreicht habt. Danke, meine Freunde.«

Dann zogen sie von dannen. Einer nach dem anderen. In einem langsamen Gänsemarsch. Felipe Navarro und Angelos Sifakis verließen den Raum. Dann schlossen sich Miriam Hershey und Laima Balodis an. Ihnen folgten Corine Bouhaddi und Jorge Chavez. Schließlich verließ auch Arto Söderstedt den Saal.

Doch Jutta Beyer blieb sitzen. Sie konnte nicht aufstehen. Ihr Blick haftete wie festgeklebt auf dem Flachbildschirm.

Paul Hjelm betrachtete sie mit einer gewissen Zärtlichkeit. Er hatte das Gefühl, als würde er weit in seine eigene Vergangenheit zurückblicken. »Ist alles okay, Jutta?«, fragte er.

»Ich weiß nicht«, antwortete Jutta Beyer. »Kann es das denn jemals wieder sein?«

»Die meisten Dinge kann man irgendwann hinter sich lassen«, versicherte Hjelm ihr. »Brauchst du Hilfe?«

»Ich habe ja Arto.« Jutta Beyer lächelte.

»Ja, aus ihm ist ein richtiger Psychologe geworden.« Hjelm lächelte auch.

Dann wandte er den Blick nach oben auf die Abbildung der digitalen Wand. Er zeigte darauf und sagte zu Jutta Beyer:

»Du kannst dir das Muster ja einprägen und die Europakarte in deinem Atlas dadurch ersetzen.«

Hjelm und Beyer betrachteten das unüberschaubare Wirrwarr aus Pfeilen, Fenstern und Buchstaben. Dort war alles vorhanden. Eine vollkommen wahnwitzige und dennoch logische Abbildung des mentalen Scherbenhaufens eines Kontinents. Eine außerordentliche Konstellation von Verbindungen zwischen todgeweihten, aber noch zuckenden Körperteilen. Ein vom Geld bekifftes Nervensystem. Ein monströses Diagramm über geistigen Verfall und kulturelle Oberflächlichkeit.

Ja, ja, dachte Paul Hjelm. Auch das kann man überleben.

Er sehnte sich nach Kerstin Holm.

Mehr denn je zuvor.

Eheclique

Den Haag, 24. April

Sie betraten das Café-Restaurant Rootz an der Kreuzung Raamstraat und Grote Marktstraat, als die Uhr gerade auf 20:00 Uhr umsprang. Ihnen wurde ein etwas abseits stehender Tisch für vier Personen zugewiesen, an den sie sich setzten. Sie sahen einander an.

»Tja«, sagte Paul Hjelm. »So sieht also unser Leben nach der A-Gruppe aus.«

»Es hätte schlimmer kommen können«, bemerkte Jorge Chavez.

»Aber wir könnten uns auch gerne ein wenig öfter sehen«, befand Kerstin Holm.

»Jedenfalls haben wir ja bald Urlaub«, warf Sara Svenhagen ein. »Lasst uns das Ganze positiv sehen.«

»Darf ich vorschlagen, dass wir Westvleteren bestellen?«, fragte Chavez. »Westvleteren Twaalf? Obwohl ›twaalf‹ zwölf bedeutet, ist es nur zehnprozentig. Dunkel und verdammt lecker.«

»Ausgezeichnete Idee«, meinte Kerstin Holm und blickte sich in dem Lokal um. »Man stelle sich vor, dass ich zum ersten Mal in Den Haag bin.«

»Du musst etwas öfter hier herunterkommen«, fand Paul Hjelm.

»Oder du musst öfter nach Hause kommen.«

Vier Flaschen Westvleteren Twaalf wurden auf den Tisch gestellt, woraufhin sie kurz miteinander anstießen, an ihrem Bier nippten und schließlich genussvoll seufzten.

»Ja, das ist wirklich lecker«, pflichtete Sara Chavez bei und leckte sich die Lippen.

»Danke übrigens für einen ausgezeichneten Job in Hästhagen«, sagte Paul. »Gibt es bei diesem Pädophilenring schon Ermittlungsergebnisse?«

»Können wir nicht über etwas anderes als über die Arbeit reden?«, fragte Jorge. »Und einfach den Abend und das außerordentlich gute Trappistenbier genießen?«

»Das ist leider leichter gesagt als getan«, antwortete Kerstin Holm. »Noch sieht es nicht gerade gut aus. Aber die Abteilung für Kinderpornografie hat sich des Falles angenommen und ist dabei, ihn neu aufzurollen. Wir können ihnen nur die Daumen drücken.«

»Oder auch Däumchen drehen«, meinte Jorge. »Das ist oftmals zum Verwechseln ähnlich.«

»Und du?«, fragte Kerstin. »Sicher, dass mit dir alles okay ist? Das war ja eine ziemlich heftige Geschichte in dieser Berliner Bank.«

»Wenn man schon einmal mit Blut besudelt wurde, ist das zweite Mal nicht mehr so schlimm«, antwortete Jorge. »Aber das Schlimmste ist, dass ich das ernst meine und hier nicht bloß den Macho geben will.«

»Ich meinte eigentlich, ob du Hilfe brauchst«, verdeutlichte Kerstin ihre Frage.

»Die beste Hilfe, die ich bekommen kann, sitzt hier«, meinte Jorge und beugte sich über den Tisch, um Sara zu umarmen.

Danach wirkte sie fast etwas gerührt.

»Aber du machst einen etwas mitgenommenen Eindruck, Sara«, fand Paul. »Bist du okay?«

»Mann, was für ein Geschwafel, ob hier jeder okay ist.« Sara lachte. »Ja, ich bin okay. Aber zugegebenermaßen bin ich etwas mitgenommen. Der Fall hat ganz schön reingehauen.«

»Da kann ich dir nur zustimmen«, sagte Paul. »Er hat sich gewissermaßen tief in einen hineingegraben. Nicht nur, weil ich zwei Mitarbeiter in den Tod geschickt habe. Sondern weil die Welt einem hinterher irgendwie anders vorkommt.«

»Vielleicht weil man sie deutlicher wahrnimmt«, warf Kerstin ein. »Du hast jedenfalls einen super Einsatz bei Johannes Stiernmarck geleistet, Jorge. Wie viele Gitarrenstunden habt ihr absolviert?«

»Acht«, antwortete Jorge. »Aber bei mir musst du dich nicht bedanken, dank lieber Sara. Sie war ziemlich hartnäckig.«

»Und, hat er Talent?«, fragte Paul.

»Unbedingt«, antwortete Jorge. »Ein gutes Grundgefühl, aber keine Technik. Hoffentlich wird sie jetzt etwas besser. Das Ganze hat mir übrigens Lust gemacht, auch selbst wieder zu spielen.«

»In gewisser Weise haben wir echt Glück, dass wir einander ablösen«, meinte Sara mit einem schiefen Lächeln.

»Es war schon irgendwie merkwürdig mit Johannes«, sagte Kerstin. »Er hat sozusagen den gesamten Fall in sich aufgesogen, ohne ihn selbst zu verstehen. Irgendwann hatte ich das Gefühl, er würde jeden Moment explodieren. Oder eher implodieren.«

»Ach nein«, wandte Sara ein und ließ ihren Blick hinaus in den dunklen Abend von Den Haag schweifen. »Die Gefahr bestand eher nicht.«

»Jetzt hat er jedenfalls die Möglichkeit, sich abzureagieren«, meinte Paul. »Das freut mich für ihn. Wo auch immer auf dieser Erde er gelandet sein mag.«

»Es ist wohl das Beste, wenn wir es nicht wissen«, sagte Sara und erhob ihr Glas.

Sie prosteten einander erneut zu. Dann stellte sich eine besonnene Ruhe ein.

»Ich hätte Lust, ein Gesellschaftsspiel zu spielen«, sagte Paul schließlich. »Zum Beispiel Scrabble.«

»Was ist das denn?«, fragte Kerstin.

»Ein altes Spiel aus den Siebzigern«, antwortete Paul. »Ein auf den ersten Blick simples Kreuzworträtsel.«

»Bloß nicht«, wandte Jorge ein. »Gesellschaftsspiele spielt man, wenn die Dinge dem Ende zugehen. Aber für uns hat es ja gerade erst angefangen.«

»Da hast du natürlich recht«, gab Paul zu. »Aber das hängt hauptsächlich damit zusammen, dass die Gewalt nie endet. Ist eine Gesellschaft ohne Gewalt und Übergriffe heutzutage überhaupt denkbar? Früher konnte ich es mir vorstellen. Heute bin ich mir nicht so sicher.«

Sie schwiegen eine Weile. Schließlich sagte Kerstin: »Solange es so etwas gibt, werden sie nicht die Oberhand gewinnen.«

»So etwas?«, fragte Jorge.

Kerstin beschrieb mit der Hand einen Kreis um den Tisch herum und erklärte: »So etwas.«

Sie sahen einander an. Sachte breitete sich auf einem Gesicht nach dem anderen ein Lächeln aus. Und es war das gleiche Lächeln.

Nach einer Weile fragte Sara: »Hätten wir heute Abend nicht auch Arto und Anja mitnehmen sollen?«

»Arto ist direkt in den Urlaub gefahren, dieser Schurke«, antwortete Paul. »Er hatte irgendetwas Bestimmtes vor. Es hat mit einem heiligen Versprechen zu tun.«

»Mit einem heiligen Versprechen?«, fragte Kerstin.

»Arto ist, wie er ist«, entgegnete Paul. »Bei ihm macht es keinen Sinn, nachzuhaken.«

Jorge Chavez nahm die Speisekarte zur Hand und reichte sie herum. »Aber jetzt lassen wir die Arbeit hinter uns, und damit basta. Ich bin der festen Überzeugung, dass ihr heute Abend Haring bestellen solltet«, sagte er.

Operation Glencoe

Glencoe, Schottland, 25. April

Solange sie den Geschmack des einundzwanzig Jahre alten Highland-Park-Whiskys noch auf der Zunge spürte – und er hielt sich bereits erstaunlich lange –, ließ sie ihn gewähren. Sie saß auf einem bemoosten Stein und genoss die Sonne in den Highlands. Hin und wieder warf sie einen Blick in seine Richtung. Er stand vollkommen still unten in der Schlucht, absolut regungslos. Auch um ihn herum bewegte sich nichts.

Es war so überraschend gekommen. Plötzlich hatte er einfach Urlaub. Und es fügte sich so glücklich mit der Anerkennung ihrer neu gezüchteten Basilikumsorte bei den offiziellen Behörden in Rom. Jetzt gab es also eine Basilikumsorte, die Anja-Basilikum hieß, *Ocimum Basilicum Anja*. Sie legte die gerade eingetroffenen Steuererklärungen zur Seite und kam seiner Idee, für ein paar Tage, vielleicht drei, maximal vier, wegzufahren, nach. Außerdem hatte sie absolut nichts gegen das Reiseziel. Sie trank für ihr Leben gerne Single Malt Whisky, es war schon fast peinlich.

Dennoch hatten sie es heute Morgen im Clachaig Inn ziemlich behutsam angehen lassen. Sie wollten ja schließlich Berge besteigen. Oder zumindest eine lange Wanderung machen. Also musste ein kleines Glas von dem Einundzwanzigjährigen genügen, dessen Geschmack sich seit einiger Zeit schon auf ihrer Zunge hielt.

Auch wenn er jetzt kurz davor war, sich zu verflüchtigen.

Sie waren nach Glasgow geflogen, hatten sich einen Mietwagen genommen und waren zwei Stunden geradewegs in Richtung Norden gefahren. Dann hatten sie im Clachaig Inn ein Zimmer bezogen und ein wunderbares Abendessen genossen, das durch ein Tablett mit Kostproben der führenden Sorten des Jahres aus den Highlands komplettiert wurde. Daraufhin waren sie ein wenig beschwipst in ihr unnötig luxuriöses Hotelbett gefallen, um bei erfrischender Morgenluft, die durchs Fenster hereinwehte, ausgeruht und glücklich wieder zu erwachen. Daraufhin hatten sie ein ausgiebiges schottisches Frühstück sowie ebenjenen einundzwanzigjährigen Highland Park zu sich genommen, die Wanderstiefel angezogen und waren in die Wildnis aufgebrochen. Hinunter zum Loch Leven, auf die Heidefläche hinaus und in die Berge hinauf.

Sie erreichten die ersten Berggipfel – der mächtige Meall Mòr erhob sich zu ihrer Rechten, der noch mächtigere Sgorr Nam Fiannaidh zu ihrer Linken – und waren kurz davor, ins Tal hineinzuwandern. Weit in der Ferne konnten sie den Buachaille Etive Mòr in der transparenten kristallklaren Luft erahnen. In dem Moment hielt Arto inne und blieb stehen. Genau am Rande des lang gezogenen Tals blieb er stehen.

Anja Söderstedt betrachtete ihren rätselhaften Mann. Sie bemerkte, dass er auf etwas wartete. Noch spürte sie den Geschmack des Malt-Whiskys auf ihrer Zunge. Aber viel mehr Zeit würde sie Arto nicht geben.

Glencoe zeigte sich von seiner allerbesten Seite. Die Frühlingssonne schien und umgab die Berggipfel mit einer Aura aus zartem Licht. Und es war vollkommen windstill.

Arto Söderstedt stand da und wartete. Es ging um einen ehrfurchtsvollen Eid und ein heiliges Versprechen. Er stand am Rande des Tals von Glencoe und wartete auf den Wind.

Er musste ihn unbedingt spüren.

Physisch spüren.

Er hörte ihn, lange bevor er ihn spürte. Er blies dort unten durch die Senke des Tals, woraufhin die Zweige an den Büschen, an denen gerade das erste Grün spross, zu rascheln begannen, und als der Wind aus Glencoe herausströmte, war er eisig.

Arto stand mitten im erblühenden Frühling und wartete, dass ihm der eisige Februarwind, der aus dem verlassenen Tal blies, durch Mark und Bein drang. In gewisser Weise tat es ihm gut. Er wurde von einem Schauder erfasst, der aus den tiefsten Tiefen seines Inneren emporkam.

Dann lächelte er breit, wandte sich seiner Ehefrau auf dem moosbedeckten Stein zu und sagte: »Komm, wir gehen, Liebling.«

Anja Söderstedt seufzte, stand auf und stellte fest, dass der Whiskygeschmack in ihrem Mund verschwunden war. Dann folgte sie ihrem Mann.

Und das Tal lag vollkommen still in seiner betörenden Schönheit da, ein Berggipfel hinter dem anderen erstrahlte frühlingshaft grün. Vom Meall Mòr bis hin zum Buachaille Etive Mòr lautet der Name der herben Schönheit Glencoe.

OPCOP-Gruppe, Europol

Zentrale – Den Haag, Holland:

Paul Hjelm: Erfahrener schwedischer Kriminalbeamter, operativer Chef der neu gegründeten Opcop-Gruppe.

Jutta Beyer: Kriminalbeamtin aus Berlin mit ausgeprägtem Kontrollbedürfnis, aufgewachsen in der ehemaligen DDR.

Marek Kowalewski: Schreibtischbulle aus Warschau, der bislang Wirtschaftskriminalität in Osteuropa bekämpft hat.

Lavinia Potorac: Rumänische ehemalige Eliteturnerin, Mafiabekämpferin der harten Schule.

Miriam Hershey: Britische Polizistin und ehemalige Agentin im MI5, auch undercover.

Laima Balodis: Litauische Polizistin der neuen Generation, war als Spitzel bei der Mafia eingeschleust.

Angelos Sifakis: Friedfertiger stellvertretender Chef der Gruppe, der zuvor Korruption in Athen bekämpft hat.

Corine Bouhaddi: Muslimische Drogenpolizistin aus Marseille, einer der kriminellsten Städte Europas.

Felipe Navarro: Eleganter Verbrechensstatistiker und Ermittler in Sachen Wirtschaftskriminalität aus Madrid.

Fabio Tebaldi: Hartgesottener, mit Morddrohungen konfrontierter Mafiajäger aus San Luca in Kalabrien im Süden Italiens.

Arto Söderstedt: Hellhäutiger finnlandschwedischer Kriminalbeamter mit einer recht bunten Vergangenheit.

Nationale Einheit – Stockholm, Schweden:

Kerstin Holm: Ehemalige Polizeichefin und Chefin des lokalen Büros der Opcop-Gruppe in Stockholm.

Jorge Chavez: Erfahrener Ermittler mit offenkundigem Computerfachwissen und hohem Energielevel.

Sara Svenhagen: Vernehmungsexpertin mit Erfahrung als Ermittlerin gegen Kinderpornografie.

Leseprobe

aus dem neuen Thriller von Arne Dahl: »Zorn«

Erschienen im Piper Verlag

Bekenntnis und Wahrheit

Den Haag, 9. Mai

Entgegen allen Prognosen hatte es in Den Haag angefangen zu regnen. Der Frühling war zwar bereits fortgeschritten, doch es wollte einfach nicht wärmer werden. Der Abend hingegen wich unweigerlich der Nacht. Vor dem Kneipenfenster prügelte der Regen auf den Asphalt. In den nachtschwarzen Pfützen spiegelte sich zitternd das Licht der Straßenlaternen.

Die von Narben gezeichneten Kämpen Paul Hjelm und Arto Söderstedt saßen im Café Rootz an der Kreuzung Raamstraat – Grote Marktstraat. Das gesamte Abendessen über hatten sie vorwiegend geschwiegen, und inzwischen waren sie beim Calvados angelangt.

»Der Selbstmörder«, sagte Hjelm nach einer Weile.

Söderstedt schüttelte langsam den Kopf.

»Es ist Sonntagabend«, entgegnete er und nippte am Calvados. »Da bringst du mich jetzt nicht hin.«

»Ich weiß«, antwortete Hjelm.

Und dann schwiegen sie wieder eine Weile.

»Nein«, sagte Söderstedt schließlich. »Du bringst mich da nicht hin, egal wie ausdauernd du auch schweigst.«

»Ich weiß«, entgegnete Hjelm.

Wieder verstrich Zeit.

»Egal wie ausdauernd du auch als Chef schweigst«, fügte Söderstedt hinzu.

»Deine Familie ist also wieder zu Hause in Schweden?«, fragte Hjelm.

»Linda ist gerade aus Australien zurückgekommen«, antwortete Söderstedt. »Sie muss inzwischen die älteste Tagträumerin der Welt sein. Ich wäre gerne übers Wochenende mit ihnen nach Hause gefahren. Aber da war ja …«

Paul Hjelm schwieg erneut.

Arto Söderstedt richtete seinen hellblauesten Blick auf ihn und fragte: »Du erinnerst dich an meine zweitälteste Tochter?«

»Linda«, sagte Hjelm. »Ich weiß. Geht es ihr gut?«

»Ja, obwohl sie immer noch ohne Plan und Ziel durch die Weltgeschichte reist«, antwortete Söderstedt. »Unverschämt gut.«

»Genau wie der Vater«, entgegnete Hjelm. Dann schwieg er wieder.

Söderstedt nippte erneut am Calvados und ließ das goldene Elixier sich sacht in seiner Mundhöhle ausbreiten und dachte an absolut gar nichts. Dadurch erzeugte er ein Vakuum, das normalerweise die geheimen Gedanken seiner Gesprächspartner wirkungsvoll ansog.

»Ich reise ziemlich selten durch die Weltgeschichte«, sagte Söderstedt verdrießlich. »Als ich diesen Job hier antrat, hatte ich eigentlich angenommen, etwas öfter unterwegs zu sein.«

»Und jetzt besteht die Möglichkeit dazu«, entgegnete Hjelm knapp.

Sie schwiegen erneut.

»Er hat sich nicht das Leben genommen«, meinte Söderstedt schließlich.

Hjelm lächelte nicht einmal triumphierend, als er sagte: »Aber alles deutet darauf hin. Betagter Professor. Eine fast ein halbes Jahrhundert währende Ehe, die in die Brüche ging. Unglücklich nach der Scheidung. Die Sache ist nur deshalb auf unserem Tisch gelandet, weil das Tätigkeitsfeld des Professors hochsensibel ist und sein Tod daher automatisch diverse nationale und internationale Alarmsysteme aktiviert.«

»Und das zu Recht«, behauptete Söderstedt. »Dort ist es zu sauber, und das weißt du auch, Paul. Kein Staubkorn. Da ist gezielt gereinigt worden. Es handelt sich um einen vorgetäuschten Selbstmord, falls es so etwas überhaupt gibt. Er hat sich nicht das Leben genommen. Es ist ein klassischer fingierter Selbstmord. Falls er nun überhaupt tot ist.«

»Die erhängte Leiche war ja wohl ein deutliches Zeichen ...«, entgegnete Hjelm.

»Okay, möglicherweise«, pflichtete Söderstedt ihm bei, »aber kein Zeichen für einen Selbstmord. Ich garantiere dir, dass er vorgetäuscht ist.«

»Aber es gibt nichts, was darauf hindeutet«, beharrte Hjelm. »Das ist doch der typische Niedergang eines erfolgreichen Mannes. Scheidung, Alkohol, Workaholic-Symptome, Einsamkeit, all das, wovon so viele von uns bedroht sind.«

»Von uns?«, fragte Söderstedt.

»Von uns weißen heterosexuellen Männern mittleren Alters«, erklärte Hjelm.

»Seit wann sind diese stereotypen Allgemeinplätze eigentlich wieder salonfähig?«, brummte Söderstedt. »Warum lässt du mich nicht einfach meinen Calvados genießen?«

»Weil wir so alt nun auch wieder nicht sind«, antwortete Paul Hjelm und lehnte sich auf seinem Stuhl zurück. »Nun komm schon, Arto. Im Grunde stoßen wir doch in diesem verdammten Job jeden Tag auf etwas Neues und Überraschendes. Und auch wenn es sich selten um positive Überraschungen handelt, sind Überraschungen etwas Gutes. Man lernt aus Überraschungen. Man lernt unentwegt.«

»Du bist doch ein unverbesserlicher Optimist, Paul. Höchstwahrscheinlich, weil du ein Spätzünder bist, immerhin hattest du deine Teenagerzeit ja erst in der A-Gruppe. Mehr als dreißig Jahre haben deine Fähigkeiten brachgelegen, und dann bist du plötzlich aufgeblüht. Alle Möglichkeiten dieser Welt haben sich dir eröffnet. Während ich an der Universität Uppsala akademische Abhandlungen über theoretischen Marxismus verfasst habe, warst du ein desillusionierter, träger Kriminalpolizist in Alby. Und dann hast du mich möglicherweise überholt. Aber wohlgemerkt nur möglicherweise.«

»Worüber?«

»Wie bitte?«

»Du hast Abhandlungen über theoretischen Marxismus geschrieben?«

»Ja, den üblichen Aufsatz ›Marxismus im Alltag‹«, gab Söderstedt zu und stellte enttäuscht fest, dass sein Calvadosglas leer war. «Wir müssen noch einen bestellen«, meinte er und winkte der Bedienung.

»Denk daran, dass morgen Montag ist«, sagte Hjelm.

»Soll ich das so verstehen, dass du keinen mehr möchtest?«

»Nein.«

»Gut.«

Es wurden zwei volle Gläser gebracht. Nach einer Weile genussvollen Schweigens sagte Arto Söderstedt etwas nachdenklicher: »Ich hatte die eine Seite gesehen. Eine Welt, in der Kapitalismus und Kriminalität ganz einfach ein und dasselbe sind. In der es nur darum geht, sich an Macht zu berauschen, an dem Gefühl, stärker zu sein als andere, andere dominieren zu können. In der Mangel an Empathie nicht nur Voraussetzung für den Erfolg ist, sondern absolut bewundert wird. Wer am wenigsten Mitgefühl zeigt, gewinnt. Ich habe für diesen Typus Mensch gearbeitet und war das Sprachrohr solcher Leute: der junge Staranwalt, dem es immer gelang, ihr Handeln logisch und in der jeweiligen Situation notwendig erscheinen zu lassen.«

»Ich erinnere mich«, nickte Paul Hjelm. »In Finnland. Das ist eine ganze Weile her ...«

»Ja, aber es ist unauslöschlich in mein Gedächtnis gebrannt. Irgendwann begann das alles – diese Welt um mich herum und nicht zuletzt ich selbst –, nach Verwesung zu stinken. Und dennoch ist es eine Erfahrung, die ich nicht missen möchte. Seither habe ich nämlich eine ziemlich ausgeprägte Sensibilität für Menschen mit ebendiesem Mangel an Mitgefühl entwickelt. Denn Empathiemangel kommt ja nicht nur in der Wirtschaft vor – auch wenn er dort am wirkungsvollsten ist –, sondern genauso im Krankenhaus, in Schulen, sozialen Einrichtungen und in der Entwicklungshilfe, in der Kirche und natürlich bei der Polizei. Überall dort, wo die Fähigkeit, sich in andere hineinzuversetzen, eine Funktion erfüllt.«

»Auch unter Marxisten?«, fragte Paul Hjelm lächelnd.

»Nicht zuletzt dort«, antwortete Arto Söderstedt. »Als diese Welt der Reichen und Mächtigen für mich anfing, nach Verwesung zu stinken, wollte ich mein Leben neu ausrichten. Ich hielt es plötzlich für dringend notwendig, dass man diesen Menschen Einhalt gebot und das politische System nicht weiter diese Empathietoten belohnte und das öffentliche Leben steuern ließ. Daher landete ich am linken politischen Rand und schrieb sogar einige radikale politische Artikel für linksgerichtete Zeitschriften.«

»Und dann wurdest du Polizist«, merkte Hjelm an.

»Ja, ja, das war vielleicht nicht der einfallsreichste Schachzug in meinem Leben. Aber nach all den Erlebnissen war mein innerer Detektor hochsensibel, und mir fiel auf, dass unter den Linken eine selektive Blindheit existierte, die manche ohne Vorwarnung befiel. Sie äußerte sich in diffusem Antihumanismus und einer überbordenden Wut. Man wollte sich prügeln, Steine werfen, morden, Völkermord begehen. Mir wurde klar, dass die simple Losung ›links gut, rechts schlecht‹ falsch war. Inzwischen bin ich davon überzeugt, dass es in allen Gruppierungen sowohl wahre Humanisten wie auch Empathiegestörte gibt. Man muss lernen, das Individuum zu sehen, und man muss seinen inneren Detektor aktivieren.«

Paul Hjelm nickte kurz und betrachtete Arto Söderstedt, der nun ziemlich erschöpft wirkte. Es war offenbar lange her, seit er zuletzt eine derart feurige Verteidigungsrede gehalten hatte.

»Alle Achtung«, sagte Hjelm schließlich. »Aber das Ganze hat keinen Deut mit Professor Udo Massicotte zu tun.«

»Alles hat damit zu tun«, entgegnete Söderstedt. »Wirklich alles.«

»Inwiefern?«

»Es genügt zu registrieren, wie es bei ihm zu Hause aussah.«

»Ich kann die Zeichen, die du siehst, offenbar nicht erkennen«, wandte Paul Hjelm ein.

»Aber du siehst andere?«

»Ich stelle lediglich fest, dass ein Wissenschaftler, zumal ein Arzt vom Kaliber Massicottes, hätte wissen müssen, dass Erhängen mit einem kurzen Strick zu den qualvollsten Todesarten gehört, die wir kennen. Bei einem Fall aus großer Höhe bricht man sich sofort das Genick oder wird zumindest bewusstlos, bevor man erstickt. Bei geringer Höhe hängt man bei vollem Bewusstsein, bis man erstickt. Ganz langsam.«

»Obwohl Selbstmord ja eine Selbstbestrafung ist«, warf Arto Söderstedt ein. »Also, wenn man es ernst meint. Wenn es kein Hilferuf ist. Und es sich um echte Selbstverachtung handelt, nach dem Motto: ›Dein Tod wird jetzt ebenso qualvoll sein, wie es dein Leben gewesen ist, du Feigling‹.«

»Gab es denn wirklich Zeichen für eine derartige Selbstverachtung?«

»Es fanden sich jedenfalls keine Zeichen, die auf das Gegenteil hingedeutet hätten.«

»Und wie funktioniert es, wenn wir auf diese Art und Weise die Rollen tauschen?«

»Wir können uns in die Position des anderen hineinversetzen.«

Sie betrachteten einander eine Weile lang, als hätten sie tatsächlich die Rollen getauscht. Es war ein eigentümlicher Augenblick.

»Ich habe allerdings nicht die Rolle getauscht«, erklärte Arto Söderstedt schließlich und leerte sein Glas. »Mein Misstrauen bezüglich der Selbstmordtheorie hat nichts mit dem Charakter des verehrten Professors zu tun, sondern mit seinem Haus und seinem Arbeitsplatz.«

»Und wenn ich der Selbstmordtheorie misstraue, dann aufgrund des kurzen Stricks«, meinte Paul Hjelm, fügte sich in sein Schicksal und leerte ebenfalls das kleine Calvadosglas. Allerdings sein eigenes.

»Tust du das denn?«

»Professor Udo Massicotte war für ein geheimes EU-Projekt tätig, bei dem es um die Wiedererkennung von Terroristen nach einer chiroplastischen Operation geht. Ein hoch qualifizierter Arzt mit Zugang zu einem Regenbogenspektrum an tödlichen Drogen. Da muss es schon gute Gründe geben, dass so ein Mann sich mit einem kurzen Strick erhängt.«

»Die Sache wird also zu einem Opcop-Fall?«

»Ich denke schon«, antwortete Hjelm. »Aber uns wird nicht viel Zeit bleiben, um Beweise zu finden. Hilf mir einen Schritt weiter. Sein Haus, sein Arbeitsplatz?«

Arto Söderstedt seufzte tief und winkte die Bedienung heran. Dann antwortete er: »An beiden Orten herrscht eine ganz gewöhnliche Kombination aus Ordnung und Unordnung. Als wäre Massicotte einfach von seinem Stuhl aufgestanden, hätte seinen Rücken durchgestreckt, einen Schluck Kaffee getrunken und sich dann aus geringer Höhe erhängt. Die Alltäglichkeit der Szene erscheint mir nicht logisch. Er hat etwas Extremes vor. Auch wenn er keinen Abschiedsbrief hinterlassen hat, hätte er den Ort doch wenigstens auf außergewöhnliche Art verlassen müssen. Ihn entweder in Unordnung bringen oder aufräumen müssen. Zeichen der Verbitterung zeigen müssen. Aber die Räume sind von einer Normalität, die kein Zufall sein kann. Es ist eine Normalität, die geradezu nach Täuschung riecht.«

Paul Hjelm unterschrieb die Rechnung und holte etwas Trinkgeld aus seiner Jackentasche. Dann sagte er: »Tja, das klingt nach einem schlagenden Beweis.«

Arto Söderstedt kramte ebenfalls ein wenig Trinkgeld hervor, das er klimpernd auf die Tischplatte fallen ließ, während er aufstand. »Obwohl es darum im Grunde eigentlich überhaupt nicht geht«, erklärte er und ging in Richtung Tür.

Hjelm winkte der Bedienung kurz zu und folgte ihm.

»Nicht?«, fragte er.

»Nein«, antwortete Söderstedt und öffnete seinem Chef galant die Tür.

»Ich habe eigentlich keine Lust, mich heute Abend mit dir zu streiten«, sagte Paul Hjelm und trat hinaus in den Regen. »Um was geht es dann?«

»Um den Raum im Keller«, antwortete Arto Söderstedt.

Erster Bericht

Bezeichnung: Bericht CJH-28347-B452
Auftragsnummer: A-100318
Ziel: Aktualisierung, Einholen von Einschätzungen
Datum im laufendem Jahr: 21. März
Level: The Utmost Degree of Secrecy

Entsprechend dem oben genannten Auftrag werden vom heutigen Datum an kontinuierlich Berichte über das zu observierende Objekt, im Folgenden als »W« bezeichnet, herausgegeben.

Über die Zeit vor der Auslieferung ist keine Berichterstattung angefordert worden. Der erste Bericht befasst sich aus diesem Grund mit der Zeit, unmittelbar nachdem W die Anlage verlassen hat. Dies geschah in einem Alter, das in unserem Quellenmaterial als »vorbewusst« bezeichnet wird.

W wurde von der vielsprachigen Diplomatenfamilie Berner-Marenzi adoptiert, die sich, entsprechend den Intentionen des Auftraggebers, in ständiger Bewegung rund um den Erdball befand. Demzufolge entwickelte der junge W nie eine eindeutige Muttersprache, sondern wurde bereits in den ersten Stadien des Spracherwerbs in gleichem Umfang mit dem großväterlichen Spanisch und dem großmütterlichen Deutsch seiner Mutter Maria sowie dem großväterlichen Italienisch und dem großmütterlichen Russisch seines Vaters Luigi konfrontiert. Die Tatsache, dass die Familie im Austausch mit ihrer Umwelt Englisch sprach, bedeutet für W, dass er keine Muttersprache, aber bis zu fünf Sprachen beherrscht.

Es hat einige Zeit in Anspruch genommen, Quellenmaterial

über Ws erste Jahre ausfindig zu machen. Es besteht aus den fünf Tagebüchern von Maria Berner-Marenzi aus den Jahren 1977 bis 1994, die abwechselnd in Spanisch und Deutsch verfasst sind.

W ist vier Jahre alt, als er er zum ersten Mal im Tagebuch seiner Adoptivmutter erwähnt wird. Er ist das jüngste von drei Kindern, die alle adoptiert wurden, da Maria Berner-Marenzi unter einem Gendefekt litt, der Unfruchtbarkeit zur Folge hatte und vermutlich auch in späteren Jahren zu ihrem Tod geführt hätte.

Die Familie verlässt Manila auf den Philippinen, wo Luigi Berner-Marenzi italienischer Generalkonsul gewesen ist, und verbringt ein Jahr in Dubai in den Vereinigten Arabischen Emiraten. Anschließend wird Maria spanische Botschafterin in Bukarest, Rumänien, dem Land mit dem damals wohl korruptesten sozialistischen Regime der Welt. Bald darauf wird W dort eingeschult. Noch bevor er schreiben lernt, wird Rumänisch die sechste Sprache, die er spricht.

Das erste schriftliche Dokument von ihm ist allerdings auf Englisch, da er eine internationale Schule für Diplomatenkinder im Lipscani-Viertel in Bukarest besucht. Maria hat seinen Aufsatz in ihr Tagebuch übertragen. Er erzählt von einem Badeausflug mit den Eltern und seinen Schwestern Una und Vera.

»Im Sommer waren wir am Gardasee und haben gebadet. Es war kalt. Una ist zuerst reingegangen. Es war steinig. Sie fiel ins Wasser. Papa musste reinspringen und sie wieder herausziehen. Ich habe eine andere Stelle zum Baden gefunden. Im Wasser war es schön.«

Der kurze Aufsatz wurde ohne weitere Kommentare mit Gut benotet. Ein Auszug aus der Beurteilung des ersten Schulhalbjahres durch die Englischlehrerin ist es wert, wörtlich zitiert zu werden: »W trotzt regelmäßig seinen ›Hummeln im Hintern‹, wodurch es ihm ohne Probleme gelingt, seine Hausaufgaben zu erledigen. Dass die Gruppenarbeit weniger gut funktioniert, hat mit Ws offensichtlichen Führungseigenschaften zu tun.«

Die nächste bedeutendere Erwähnung handelt von einem Segelwettbewerb im Schwarzen Meer. W ist inzwischen neun Jahre alt und hat gelernt, eine gut fünfzig Kilo leichte Einmannjolle zu beherrschen. Er konkurriert bei der rumänischen Juniorenmeisterschaft in der Hafenstadt Mangalia mit deutlich älteren Gegnern. Die Ceauşescu-treue Lokalpresse berichtet, dass er den zweiten Platz erzielte. Drei Tage später wird das Ergebnis revidiert. Eine Meldung informiert nüchtern darüber, dass der Sieger aufgrund antikommunistischer Propaganda disqualifiziert worden sei. Als Sieger stehe nun W fest.

Der ursprüngliche Gewinner hieß Costin Florescu und war zu diesem Zeitpunkt vierzehn Jahre alt. In einem Gespräch mit unserem lokalen Repräsentanten erklärt Florescu, dass am Tag nach dem Wettbewerb ein fremder junger Mann in der Schule seiner Heimatstadt Constanţa mit einem hellblauen Zettel in der Hand gesehen worden sei. Als er selbst einen Tag später aus Mangalia zurückkehrte, spielte sich Folgendes ab: »Als ich in die Schule kam, standen sie dort, eine ganze Delegation mit dem Rektor an der Spitze. Sie zeigten ohne ein Wort auf meinen Spind. Mit zitternden Händen holte ich die Schlüssel hervor und schloss ihn auf. Darin lag ein Zettel mit der Aufforderung, das kommunistische System zu stürzen. Ein hellblauer Zettel.«

Als die Familie kurz nach diesem Vorfall nach Paris umzieht, da Luigi Berner-Marenzi zum italienischen Kulturattaché in Frankreich ernannt wird, bedeutet dies für den jungen W und seine Schwestern, eine weitere Sprache erlernen zu müssen. Dies scheint dem Elfjährigen jedoch nicht schwerzufallen, wie ein anderer, französischer, Schulaufsatz belegt, den er an der International School of Paris im 16. Arrondissement geschrieben hat. Bereits mit vierzehn Jahren konnte W daher an die École Massillon wechseln, eine der katholischen Eliteschulen der Stadt.

Seine positive Entwicklung belegt außerdem ein Tagebucheintrag der Mutter: »W machte einen ziemlich fröhlichen Eindruck, als er heute nach Hause kam. Mein Kleiner ist wirklich groß geworden. Und er hatte diesen spitzbübischen Blick, der keiner Mutter entgeht. Während des außergewöhnlich guten Abendessens von Anaïs, bei dem mein Kleiner seine Foie gras wirklich zu genießen schien, blühte er dann regelrecht auf und erzählte: ›Ich kann jetzt richtig gut Französisch, Mutter.‹ Mir wurde ganz warm ums Herz.

Ich frage mich, wie viel Wissen in diesem kleinen Körper stecken muss. Seine beiden Schwestern tun sich viel schwerer, eine siebte Sprache zu erlernen. Luigi sagt, das liege daran, dass W der Jüngste ist. Aber ich weiß, dass dies nicht die einzige Erklärung ist.«

An dieser Stelle muss berichtet werden, dass es in der Diplomatenwohnung im 16. Arrondissement eine Haushälterin namens Anaïs gab und dass sie die Hauptrolle in einer Episode spielt, mit der wir diesen einleitenden Bericht abschließen. Zwei Zeugenaussagen vermitteln in diesem Fall zwei unterschiedliche psychologische Profile von W. Die erste Darstellung entstammt wiederum dem Tagebuch der Mutter – die Familie lebt nun seit gut einem Jahr in Paris, und W steht kurz vor seinem dreizehnten Geburtstag:

»Heute waren wir gezwungen, Anaïs zu entlassen. Das war ein harter Schlag für uns. Dieses, wie wir bislang angenommen hatten, wunderbare Geschöpf aus der Provence hat über ein Jahr lang unsere Abendessen in Festessen verwandelt, von den Mahlzeiten am Wochenende ganz zu schweigen. Doch diese Woche hat sie meinen Kleinen derart verleumdet, dass ich keine andere Wahl hatte. Ich war gezwungen, rasch zu reagieren, da die falschen Klagelieder von Anaïs ansonsten möglicherweise bis an Luigis Ohren gedrungen wären. Sie musste auf der Stelle gehen, allerdings nicht ohne eine großzügig bemessene Abfindung.«

Der Pariser Polizei liegt im Gegenzug eine Zeugenaussage von Anaïs Criton vor, aus der hier ein Passus zitiert werden soll:

»Ich habe in der Tat ein Röhrchen mit der Aufschrift ›Protobiamid‹ in seinem Zimmer gefunden. Nein, leider ist es nicht mehr dort, obwohl ich es zurückgelegt habe. Seine Mutter durfte nicht erfahren, dass ich in den Schubladen des jungen W gewühlt habe. Doch beim zweiten Mal war es noch viel schlimmer. Ich weiß, dass er erst zwölf Jahre alt ist, Herr Kommissar, aber es handelt sich bei ihm nicht um einen gewöhnlichen Zwölfjährigen. Sie hätten nur seinen Blick sehen müssen. Ja, ja, ich weiß, dass der Blick eines Zwölfjährigen keinerlei Beweis darstellt, aber warum sollte er sonst dieses Protobiamid zu Hause haben? Das ist ein Stoff, der in Verbindung mit Eiweißstoffen stark reagiert, so viel habe ich begriffen, nachdem ich mit einem Freund gesprochen habe, der Chemiker ist, aber mehr weiß ich nicht. Außer, wie entsetzlich es juckte. Ich habe mich völlig zerkratzt. Ja, dort unten. Es ist mir unangenehm, das zu sagen, aber mein Unterleib war danach ganz blutig. Ja, ich weiß natürlich, dass Sperma hauptsächlich Eiweißstoffe enthält, aber dürfte ich Ihnen meine Theorie unterbreiten? Und es ist weitaus mehr als nur eine Theorie, Herr Kommissar, das garantiere ich Ihnen. Natürlich, ich weiß, dass dies kein formeller Beweis ist, aber ich weiß auch, dass das Protobiamid irgendwie in meinen Slip gelangt ist und es furchtbar wehtat, Herr Kommissar, wirklich grauenhaft. Meine Theorie? Ja, aber Herr Kommissar, es ist doch wohl offensichtlich, dass W mich bestraft hat, weil ich mich mit Männern getroffen habe. Er hat eine Schicht Protobiamid auf meinen Slip aufgetragen, und als ich Geschlechtsverkehr mit einem Mann hatte, kam die Reaktion. Muss ich noch mehr sagen?«

Weiter sind wir in unseren Nachforschungen über W aktuell noch nicht gekommen. Da uns noch kein Hinweis auf seinen momentanen Aufenthaltsort vorliegt, sind wir gezwungen, W hier an der Schwelle zur Pubertät zurückzulassen. Nun warten wir die Reaktion des Auftraggebers ab. Sollen wir unsere Recherchearbeit fortsetzen? Wir gehen davon aus, dass noch eine Menge Material über die Zeit bis zu seinem Verschwinden gefunden werden kann. Unsere Empfehlung lautet, die Nachforschungen weiterzubetreiben, bis sich eindeutige Spuren auftun. Dies dürfte nicht mehr allzu lange dauern.

Besprechung

Den Haag, 10. Mai

Jutta Beyer fuhr mit dem Fahrrad zur Arbeit. Nach dem starken Regen vom Vorabend herrschte strahlender Sonnenschein. Für derart launenhaftes Aprilwetter war es zwar bereits ein wenig zu spät im Jahr, andererseits galt dies auch für die Erde an sich. Dieses Gefühl hatte Jutta Beyer schon seit Längerem. Und es hatte sich während des vergangenen Jahres einerseits verstärkt, war andererseits aber auch ein wenig in den Hintergrund getreten.

Verstärkt hatte es sich, weil sie in den letzten Monaten einen tieferen Einblick in die europäische Kriminalität gewonnen hatte. Aber zum ersten Mal seit langer Zeit liebte sie ihre Arbeit. Daher empfand sie eine gewisse Zuversicht.

Sie gab ihren Code an der Tür zur offenen Bürolandschaft der Opcop-Gruppe ein. Dort drinnen standen Miriam Hershey und Laima Balodis gerade von ihren auf mysteriöse Weise zusammengewachsenen Schreibtischen auf.

»Besprechung«, sagte Balodis und wies vage mit der Hand in eine Richtung.

»Kathedrale?«, fragte Beyer.

»Nein«, antwortete Hershey. »Whiteboard.«

Kowalewski betrachtete die einsilbigen Damen und ertappte sich dabei, über Gewohnheiten zu sinnieren. Wie schnell sich doch Spitznamen und gewisse Ausdrücke einschliffen. Die »Kathedrale« war ein großer Saal für Zusammenkünfte mit einer Kassettendecke und Bildschirmen von allen siebenundzwanzig Mitgliedsstaaten der EU. Das »Whiteboard« hingegen war eine eher informelle Besprechungsecke am Rand der Bürolandschaft mit einem Touchscreen, der das althergebrachte Whiteboard ersetzte.

Am Schreibtisch daneben saß Paul Hjelm, der Chef der Opcop-Gruppe, tief versunken in einen Stapel Unterlagen. Neben ihm war der stellvertretende Chef, der zierlich gebaute Grieche Angelos Sifakis, damit beschäftigt, den Computer hochzufahren. Der Bildschirm des Whiteboards flimmerte merkwürdig, während Sifakis mindestens ebenso merkwürdig das Gesicht verzog und dann in Richtung Festplatte hinter dem Schreibtisch abtauchte.

Zwei Personen hatten bereits ihre Plätze eingenommen, als sich Kowalewski, Beyer, Hershey und Balodis auf ihre Stühle setzten. Es waren die Französin Corine Bouhaddi und der Spanier Felipe Navarro. Arto Söderstedt kam als Letzter in die Ecke der Bürolandschaft geschlendert, nachdem er sich gerade aus der Umarmung einer groß gewachsenen blonden Frau gelöst hatte. Marek Kowalewski betrachtete sie respektvoll. Sie war eine der nationalen Repräsentanten, die immer ein wenig am Rand der Kerngruppe standen. Er versuchte sich an ihren Namen zu erinnern. Sie war doch Schwedin, oder? Mit einem sehr ausgefallenen Namen. Schließlich kam er drauf: Svenhagen.

Sara Svenhagen.

Eine der knapp ein Dutzend nationalen Repräsentanten war also anwesend.

Angelos Sifakis tauchte hinter dem Schreibtisch wieder auf, betrachtete den Bildschirm, der inzwischen nicht mehr flimmerte, und sagte in seiner zurückhaltenden Art: »Also dann, Meeting der Kerngruppe.«

Paul Hjelm blickte von seinen Unterlagen auf und nickte Sifakis zu, der ein Foto von einem älteren Mann mit traurigen Augen anklickte, das auf dem elektronischen Whiteboard im Großformat erschien.

Hjelm räusperte sich und sagte: »Das hier ist Professor Udo Massicotte, Arzt für plastische Chirurgie von Weltklasse. Mit ihm werden wir uns in dieser Woche befassen, denn er hat sich am vergangenen Samstag erhängt. Er war sechsundsechzig Jahre alt und in einem mit Alarmanlagen gesicherten Bereich tätig, er hat nämlich für ein geheimes EU-Projekt gearbeitet, das sich mit der Identifikation von Terroristen nach chiroplastischen Operationen befasst. Man gewährt uns für diesen Fall für ein paar Tage Einblick in das Projekt, wenn wir innerhalb dieses Zeitfensters nichts finden, wird es geschlossen. Aus diesem Grund befassen wir uns in erster Linie intensiv mit seiner Person anstatt mit unmittelbaren Verdachtsmomenten. Finden wir binnen ein paar Tagen nichts, lassen wir die Sache fallen. Man hat uns die Abstimmung mit der NATO zugesichert, aber wenn die Amerikaner erst einmal involviert sind, wollen sie wahrscheinlich ihre eigenen Ermittlungen durchziehen.«

»Also bestehen eventuell Verbindungen zum Terrorismus?«, fragte Miriam Hershey, die eine Vergangenheit beim MI5 in England hatte.

»Möglicherweise«, bestätigte Hjelm.

»Und womit hat er sich genau befasst?«, fragte Kowalewski.

»Das Ganze ist zwar auf unserem Tisch gelandet, weil es sich um ein EU-Projekt handelt, aber wir haben noch zu wenig Informationen. Das Projekt wird in Straßburg durchgeführt, ursprünglich waren fünf Forscher und Sicherheitsexperten mit unterschiedlicher Fachrichtung involviert. Wir haben gerade grünes Licht dafür erhalten, dass zwei von euch hinfahren und mit den vier verbleibenden Personen sprechen. Das Projekt wurde von Udo Massicotte geleitet, die restlichen Namen stehen hier.«

Sifakis tippte etwas in seinen Computer, bis vier Namen offensichtlich unterschiedlicher Nationalitäten erschienen.

»Ist denn das Problem mit chiroplastisch operierten Terroristen gravierend?«, fragte Jutta Beyer.

»Ich habe etwas darüber gelesen«, merkte Laima Balodis an. »Die Sicherheitsdienste haben generell Schwierigkeiten damit, vor allem arabische Terroristen zu identifizieren, und offenbar nutzen das immer mehr von ihnen aus und lassen sich chiroplastisch operieren.«

»Weitere Infos zur Ausrichtung des Projekts erhaltet ihr dann von Hershey und Balodis aus Straßburg«, sagte Hjelm.

»Der Flug geht in genau einer Stunde von Schiphol«, erklärte Sifakis. »Das Taxi wartet draußen, Tickets, Hotelreservierung und weitere Informationen werden an eure Handys geschickt. *Off you go.*«

Hershey und Balodis schauten einander an und seufzten.

»Billigflug, vermute ich mal?«, fragte Hershey.

»Kauft euch Slips am Flughafen«, riet Kowalewski.

»Ab mit euch«, rief Hjelm.

Woraufhin sich Hershey und Balodis in Bewegung setzten, durch die Bürolandschaft joggten und zur Tür hinaus verschwanden.

»Das war aber nicht gerade die feine Art«, merkte Arto Söderstedt an. »Ihr hättet es ihnen ja auch schon heute Morgen mitteilen können.«

»Es hat sich erst, drei Minuten bevor ihr kamt, entschieden«, entgegnete Hjelm.

»Aber ging es nicht um einen Selbstmord?«, fragte Jutta Beyer.

»Wir glauben nicht daran«, antwortete Hjelm. »Es gibt gewisse Anzeichen.«

»Anzeichen?«

»Arto?«, meinte Paul Hjelm leicht gehässig.

Arto Söderstedt bedachte ihn mit einem eindringlichen Blick und sagte dann: »Es ist besser, wenn ihr euch das Ganze vorbehaltlos anschaut.«

»Das vorhandene Material findet ihr auf euren Computern«, erklärte Sifakis. »Schaut es durch und lasst uns wissen, was ihr dazu denkt.«

Paul Hjelm betrachtete seine Truppe, während die Mitglieder sich zu mehr oder weniger festen Paaren formierten. Dies waren also die Übriggebliebenen der ursprünglichen Opcop-

Gruppe, die sich im vergangenen Jahr bereits in der Testphase auf so tragische Weise dezimiert und noch immer keine Nachfolger erhalten hatte. Vielleicht war das Sondierungsverfahren schon im Gange, vielleicht auch nicht. Er wurde allerdings den Verdacht nicht los, dass irgendein wie auch immer gearteter Machthaber ihn bestrafte. Vielleicht hieß dieser Machthaber auch schlicht und einfach Gewissen.

Schlechtes Gewissen.

Sowohl Hershey und Balodis als auch Beyer und Söderstedt hatten sich zusammengefunden. Navarro und Kowalewski waren genau wie Sifakis Computerbullen und hatten keine Probleme damit, allein zu arbeiten beziehungsweise spontane Allianzen miteinander zu bilden. Diejenige, die allerdings leicht ins Abseits geriet, war Bouhaddi. Sie benötigte einen Partner. Wenn schon nicht für die anderen, so musste er wenigstens ihr zuliebe so bald wie möglich einen Ersatz für die schmerzlich Vermissten Fabio Tebaldi und Lavinia Potorac finden.

Er kehrte in sein Chefzimmer zurück und schaltete das Radio ein, um vor seinem Anruf bei der NATO ein wenig musikalische Erbauung zu finden. Beethovens einfache, aber majestätische Klänge der Europahymne *Ode an die Freude* waren fast verklungen, als er endlich das Radio ausschaltete und nach dem Telefonhörer griff.

Draußen in der Bürolandschaft blätterte Jutta Beyer mit versierten Mausbewegungen die Dateien auf ihrem Computer durch und sagte: »Tja, hier findet sich ja nicht gerade viel ...«

»Die Fotos«, entgegnete Arto Söderstedt, »die Protokolle. Sag mir, was du siehst.«

Dann verfiel er in eine Art vermeintlichen Halbschlaf, den Beyer nur allzu gut von ihm kannte. Er wartete auf ihre Reaktion.

Sie arbeitete sich durch die Fotos, sowohl von Massicottes Villa außerhalb von Charleroi in Wallonien als auch von seinem Arbeitszimmer in den provisorischen Büroräumen in einem Gebäude des Europäischen Gerichtshofs in Straßburg.

Er hatte sich in seiner Villa erhängt, genauer gesagt in einem Ankleidezimmer hinter dem Schlafzimmer. Beyer scannte mit ihrem Blick die Bilder ab und suchte fieberhaft nach irgendwelchen Hinweisen. Während sie sich schließlich dem schriftlichen Ermittlungsmaterial der belgischen Polizei widmete, ging Söderstedts Halbschlaf in einen Winterschlaf über. Man sah deutlich, wie seine Körpertemperatur um mindestens zehn Grad sank.

Corine Bouhaddi musterte ihn von der Seite und schüttelte den Kopf. Dann fragte sie: »Ist sein Alkoholismus eigentlich näher dokumentiert?«

»Wie bitte?«, rief Marek Kowalewski neben ihr aus.

»Ich sehe zwar, dass in den Dokumenten der belgischen Polizei etwas darüber steht, aber ich finde keine Quellenangabe. Außer einem Klatschweib, das seine Nachbarin war.«

»Gut«, meinte Kowalewski. »Ich notiere es mir. Aber die Scheidung ist hinreichend dokumentiert. Und wurde vor einem halben Jahr vollzogen.«

»Verzeihung«, sagte eine Stimme vom Schreibtisch nebenan. »Im Obduktionsprotokoll ist von einer Schrumpfleber die Rede.«

Bouhaddi und Kowalewski drehten sich um und blickten in Navarros unbewegtes Gesicht. Bis dieser verdeutlichte: »Leberzirrhose. Apropos Alkoholismus.«

»Danke«, sagte Bouhaddi. »Gut, dann ist das also bestätigt.«

»Vor zwei Jahren stand ein Artikel über das aufstrebende Ehepaar Massicotte in der *Nouvelle Gazette*«, informierte Kowalewski, mit dem Gesicht unmittelbar am Bildschirm klebend.

»Bist du etwa kurzsichtig?«, fragte Bouhaddi.

»Ich warte darauf, dass die Altersweitsichtigkeit es wieder ausgleicht«, entgegnete Kowalewski. »So wie die Zeit auch meine Lungen innerhalb eines halben Jahres nach Queens wieder geheilt hat. In der Zeitung steht unter anderem: ›Wir wissen beide, dass wir zusammen alt werden und sterben wollen.‹ Ein gutes Jahr danach, er ist siebenundsechzig, sie vierundsechzig, kommt die Scheidung. Sie hat ihn verlassen. Er hat gesoffen, bis er sich schließlich erhängt hat. Schwierig, da etwas anderes zu sehen.«

»Das Saufen war vielleicht eher die Ursache als der Grund«, meinte Bouhaddi.

»Nicht ganz von der Hand zu weisen«, bestätigte Kowalewski. »Vielleicht war es sowohl die Ursache als auch der Grund und die Situation deshalb nicht länger zu ertragen.«

»Fast zwei Promille im Blut bei Eintritt des Todes«, las Navarro neben ihnen vor. »Eins Komma acht.«

»Im Großen und Ganzen deutet alles in ein und dieselbe Richtung«, erklärte Bouhaddi. »Scheidung, Alkohol, Workaholic-Symptome, Einsamkeit und so weiter.«

»Das erscheint mir allerdings etwas zu konstruiert«, rief Jutta Beyer aus.

Söderstedts Körpertemperatur stieg allein während der minimalen Bewegung, deren es bedurfte, um sich leicht vorzubeugen, markant. Er forderte sie auf: »Führ das näher aus.«

»Es scheint geradezu so, als wäre Massicotte von seinem Schreibtisch aufgestanden und hätte gedacht: ›Man müsste sich mal das Leben nehmen. Das würde einem vielleicht wieder den nötigen Kick geben.‹ Keinerlei Gefühlsregung.«

»Hm«, meinte Söderstedt, »klingt fast nach Sherlock Holmes.«

»Liege ich falsch?«, fragte Jutta Beyer.

»Keine Ahnung«, antwortete Arto Söderstedt und begab sich wieder in seinen Dämmerzustand. »Rede nur weiter.«

Beyer warf ihm einen enttäuschten Blick zu und wandte sich wieder dem Material zu.

»Mit einem kurzen Strick?«, fragte Corine Bouhaddi.

Kowalewski schaute auf. »Kurz?«

»Ja«, antwortete Bouhaddi. »Dabei ist das Ankleidezimmer ein ziemlich hoher Raum. Und der Hocker war auch relativ hoch, eher eine Trittleiter. Man hätte ohne Probleme einen langen Strick benutzen können, um das Leiden zu verringern.«

»Verlangst du jetzt nicht zu viel Rationalität von einem Selbstmörder?«

»Alles andere deutet schließlich auf Rationalität hin«, entgegnete Bouhaddi und zuckte mit den Achseln.

»Jetzt sehe ich es«, rief Jutta Beyer so leise aus, wie sie es vermochte. Denn etwas leise zu äußern war und blieb für sie eine Kunst.

Söderstedts Gelenke tauten erneut auf, diesmal allerdings etwas langsamer.

»Was siehst du?«

»Das Zimmer im Keller«, antwortete Beyer.

»Das musst du näher erklären«, forderte Söderstedt sie auf, während er seinen Nacken dehnte, als hätte er einen langen Winterschlaf gehalten.

»Professor Udo Massicottes Villa war groß«, begann Beyer. »Sie war groß und ziemlich verwahrlost, wenn ich das erste Protokoll richtig gelesen habe. Er selbst war ebenfalls ziemlich heruntergekommen, wenn ich das zweite recht verstehe. Leberzirrhose et cetera. Geschieden, seelisch am Ende. Und die Villa sah dementsprechend aus. Er hatte zwar eine Putzfrau – sie war schließlich diejenige, die ihn gefunden hat –, aber sie hat offenbar keinen besonders guten Job gemacht. Es war überall staubig. Außer in einem Raum. Ein Raum im Keller war sehr sauber.«

»Danke«, sagte Arto Söderstedt und stand auf. »Außerdem hast doch bestimmt du, Jutta, eine Ahnung davon, wie weit es nach Charleroi ist. Übrigens ein absolut unangemessener Wohnort für einen der weltweit führenden Ärzte für plastische Chirurgie. Charleroi ist allgemein bekannt als die hässlichste Stadt der Welt. Es werden sogar spezielle Reisen dorthin angeboten, für Leute, die in Hässlichkeit schwelgen wollen.«

»Gut zweihundert Kilometer«, antwortete Jutta Beyer.

»Das schaffen wir in zwei Stunden, oder?«

»Nicht mit deiner Schrottkarre.«

»Mein Toyota Picnic sehnt sich schon nach einem Facelifting in der hässlichsten Stadt der Welt«, behauptete Söderstedt galant, während er sich das Jackett überzog und auf die Tür zuging.

»Müssen wir nicht erst den Chef fragen?«, wandte Jutta Beyer ein.

Arto Söderstedt erstarrte. Beyer holte ihn ein und warf ihm einen erstaunten Blick zu. Er beugte sich zu ihr vor und sagte mit Nachdruck: »Wenn du, Jutta Beyer, mich jemals den *Chef fragen* siehst, dann versprich mir, mich direkt ins Jenseits zu befördern.«